乐黛云先生九十华诞贺寿文集

车槿山	陈跃红	马向阳	王柏华	张　锦	张　辉　刘耘华　编
戴锦华	程　巍	申洁玲	杨乃乔	张　宁	
秦立彦	黄学军	宋伟杰	陈戎女	陈国兴	
伍晓明	孔书玉	王宇根	张旭春	闫雅萍	
米家路	曹卫东	张洪波	龚　刚	陈毓飞	
赵冬梅	史成芳	张　辉	刘耘华	盛海燕	
王达敏	周　阅	林国华	张　沛	张明娟	

复旦大学出版社

乐黛云（2012年在贵州）

大学时代的乐黛云

乐黛云和汤一介

前　　言

庚子年的疫情改变了计划好的一切。对我来说，最遗憾的，是没能按原先的设想为乐老师过九十岁生日，也没能为远在故乡南通的老母亲过八十岁生日。

聊可安慰的是，按照我们老家的习俗，生日是可以"补"的，而且延后时间补生日，甚至更加吉利。我们"分解"了原定在未名湖后湖畔朗润园举行的户外生日会，大家以更具精神性的方式为老师庆生。

北京大学比较文学与比较文化研究所的微信公众号"北大比较所"特别设立专栏，陆续转载乐老师最新出版的回忆录《九十年沧桑：我的文学之路》，同时配发弟子和学界同仁的祝寿文章。友邻公号"人文共和""北语比较文学""古典学研究""海螺社区"等联袂唱和。

媒体同仁共襄盛举。《传记文学》刊发了乐黛云专题；《南方人物周刊》、北京大学校园网分别发表了《乐黛云：搭桥者与铸魂人》《90岁乐黛云：北大奇女子的生命热度》等万字长文。

此外，北大比较所和北大中文系联合北京大学人文社会科学研究院，在2021年5月9日母亲节当天举行了一场别开生面的读书会，研读乐老师的新书，也与我们的"九零后资深青年"乐老师一道回忆往昔、思考现在、瞩望未来。

这本《乐以成之——乐黛云先生九十华诞贺寿文集》，也正是迟到的生日活动的重要一环，她是另一本贺寿之书《乐黛云学术叙录》的姊妹篇。两本书分别由复旦大学出版社、北京大学出版社出版，南北两个学术重镇的出版机构颉之颃之、遥相呼应，不啻为一段令人难忘的学术佳话。

非常感谢复旦大学出版社的方尚芩老师，北京大学出版社的张冰老师、刘爽老师，三位老师为两本文集的出版贡献良多。也非常感谢北大比较所人唐克扬师弟的团队，他们全权负责两本书的装帧设计，使两本书虽在异地出版，却依然交相辉映、珠联璧合。还要特别感谢同门刘耘华教授，正是因了他的美意，这次乐老师九十华诞贺寿之书的出版才得以南北应和、好事成双。

感谢张锦师妹,李茜、吴佩烔二位博士为文集的编辑所做的诸多工作。

当然,更要感谢这本论文集的所有作者。

文集取名《乐以成之》,也正与北京大学出版社 2011 年出版的《乐在其中——乐黛云教授八十华诞弟子贺寿文集》形成序列。这是时过十载之后,北大比较所同仁以及海内外乐门弟子的再次雅集。"兴于诗,立于礼,成于乐",乐老师是我们学术和精神上的领路人,是我们心中永远永远的老师。诗云:"乐只君子,福履绥之""乐只君子,福履将之""乐只君子,福履成之"。文集的封底上用我们所有人的名字组成"100"字样,谨以此书为敬爱的老师祝寿,谨以此书期盼十年后再为老师编辑百岁华诞贺寿文集。

谨以此祝敬爱的老师健康、快乐、幸福!

张 辉
2021 年 6 月再改于京西学思堂灯下

目　录

前言 …………………………………………………… 张　辉　1

真假之间
　　——解读法国电影《触不可及》 ……………………… 车槿山　1

理论演武场
　　——《盗梦空间》批评札记 ……………………… 戴锦华　12

不以诗怨：惠特曼的《草叶集》 ……………………… 秦立彦　25

"文学"之前的"比较" …………………………………… 伍晓明　32

史诗焦虑：河流抒情与八十年代水缘诗学 ……………… 米家路　72

德福相生与情移理化
　　——"三言"的劝世特色 ………………………… 赵冬梅　89

徐世昌与桐城派 ………………………………………… 王达敏　109

诗人寒山的世界之旅 …………………………………… 陈跃红　124

辜鸿铭在英国公使馆的"身份"考 ……………………… 程　巍　132

相逢缘何不相识——再谈罗素与中国 ………………… 黄学军　171

金山想象与世界文学版图中的汉语族裔写作
　　——以严歌苓的《扶桑》和张翎的《金山》为例 …… 孔书玉　182

你我之间，永远都有说不完的故事
　　——詹姆斯与布伯对读 ………………………… 曹卫东　202

道、神理与时间 ………………………………………… 史成芳　213

冈仓天心的中国之行与中国认识 ……………………… 周　阅　227

重估钱穆的新保守主义价值 …………………………… 马向阳　239

低语境交流：文学叙事交流新论 ……………………… 申洁玲　251

门，迷悟，方（反）向感
　　——张爱玲的文字影像世界 …………………… 宋伟杰　266

The Xikun Experiment: Imitation and the Making of the New

Poetic Style in the Early Northern Song ……………… 王宇根 277
《红楼梦》"远嫁悲情"的跨文化省思……………………… 张洪波 309
莱辛如何思考文明冲突问题?
　　——《智者纳坦》中的指环寓言再释……………… 张　辉 318
埋葬的法权与战争法序言………………………………… 林国华 331
"Will You Ignore My Sex?": Emily Dickinson's 1862 Letters to
　　T. W. Higginson Revisited ………………………… 王柏华 347
汉字思维与汉字文学
　　——比较文学研究与文化语言学研究之间的增值性交集…… 杨乃乔 389
古希腊悲剧的跨文化戏剧实践…………………………… 陈戎女 405
"Sharawadgi"词源考证与浪漫主义东方起源探微……… 张旭春 423
美文自古如名马:中西速度美学引论……………………… 龚　刚 437
"意识到"、自发性与关联思维
　　——试论葛瑞汉的汉学方法论……………………… 刘耘华 453
洛克的"白板"与现代人的"自然权利"…………………… 张　沛 467
作者弗洛伊德
　　——福柯论弗洛伊德…………………………………… 张　锦 483
布莱希特"姿态论"初探…………………………………… 张　宁 498
从朝贡制度到条约制度
　　——费正清的中国世界秩序观……………………… 陈国兴 510
同之与异,不屑古今
　　——刘若愚的《文心雕龙》研究……………………… 闫雅萍 525
身体、家庭政治与小说叙事
　　——从晚明生育知识看《金瓶梅词话》的求子之战…… 陈毓飞 536
布鲁克斯关于诗歌复杂性结构的批评方法
　　——以《荒原》的结构型"多层反讽"模式为例………… 盛海燕 546
灵悟还是顿悟?
　　——谈乔伊斯诗学概念 epiphany 的翻译 ………… 张明娟 562

后记………………………………………………………… 刘耘华 577

作者简介………………………………………………………………… 579

真假之间
——解读法国电影《触不可及》

车槿山

一、没有悬念的故事

深夜，交通繁忙的巴黎城市主干道上，一辆豪华轿车闯过红灯，超速行驶，疯狂变道，在车流中左冲右突，犹入无人之境。这自然引来一串警车的追捕，警灯闪烁，警笛长鸣，猫捉老鼠的游戏开始了……如果仅就这个片头而言，《触不可及》像警匪片，而且是不入流的警匪片。

结构主义盛行时，有一种叙事分析方法是专注于作品的首句，认为首句必然包含整个故事的雏形和意义，尤其能建立一种阅读契约。比如，《三国演义》的"话说天下大势，分久必合，合久必分"，就是叙述者以历史学家的身份、立场和视点阐释历史规律，其后的故事只是对此的展开和证明。电影的片头在功能上大致就是小说的首句。那么这个最初的场景试图告诉观众的是什么呢？当然，如同常见的那样，它交代了故事的时空，也预示了某种喜剧风格，特别是引出了两个主要人物，菲利普和德里斯。但有意味的地方在于，他们两人是作为差异体或矛盾体出场的：一个年长，一个年轻；一个瘫痪，一个健康；一个是白人，一个是黑人；一个是主人，一个是佣人；一个安静而寡言，一个活泼而唠叨；一个貌似有点修养，一个显然相当粗野。总之，两人身上的一切都构成了最明显、最简单、最直接的二项对立。

至此，我们已经可以初步理解片名的意思了。Les Intouchables（英语译为 The Intouchables，汉语译为《触不可及》或《无法触碰》），作为名词使用的复数形容词，显然是指这样两个一切都正好相反的人互为"不可接触者"。考虑到这个词特指印度那些作为不可接触者的贱民，这里强调的尤其是两人社会身份的不同,他们的出身、教育、价值观、生活方式、经济状况和政治地位全都不同,分属两个对立的阶级,相互之间横贯着难以逾越的鸿沟。

其实,整部电影就是围绕这种身份差异建构的叙事。但在这里的片头中,表面上如此不同的两人,在戏弄警察时,却心有灵犀,配合默契,显现出一种相互之间的信任与和谐。"不可接触者"不仅已经变成了"可接触者",而且几乎是亲密无间。换句话说,这里并非常见的那样是故事的开始,而是故事的结束,因为电影讲述的就是两人怎样相遇,经过冲突与磨合,最终建立起互帮互助、谁也离不开谁的关系。这里当然可以看成是一种形式的预叙,它事先交代了结尾,同时也就排除了悬念。就像卡梅隆版《泰坦尼克号》中陷入回忆的罗丝一样,观众在观影过程中至少不用为她的生命担心,因为她在灾难中活下去成为了这一灾难叙事发生的最低条件。

在《触不可及》的片头中,这两个主要人物开着车在凯旋的乐曲声中驶向远方时,一个长长的拉镜头有意营造出一种结束感,把特写的主体重新放入整体的背景,放入城市的大街小巷,这几乎就是我们常见的电影尾声。电影的开始成为了故事的结束,那么这是一个没有悬念的故事,说穿了也就是没有故事的电影,也就是必须重写故事、解释故事的电影。电影的欲望和逻辑在这里要求展现的只能是一种证明,或者更准确地说是证伪,对"不可接触者"这一主题和命题的社会学证伪。

显然,这不是以情节取胜的电影,而是用各种平淡的日常场景串联起来的电影。就像传统的法国电影风格一样,生活中的点点滴滴、琐琐碎碎、鸡毛蒜皮构成了电影的主线,既没有暴力,也没有色情,更没有科幻,甚至除了几处的夸张之外,所谓的喜剧片都没有什么新鲜一点的笑料。但问题是:作为商业片,它能吸引人吗?

二、莫名其妙的反响

出乎所有人的意料,《触不可及》在2011年底一上映,立即就打破了法国票房的历史记录,让人目瞪口呆。就连半年前隆重推出、年后收获五项奥斯卡奖和另外一百多项各种世界大奖的《艺术家》也望尘莫及。当年仍在台上的法国总统萨科齐也终于按捺不住,接见了《触不可及》的剧组人员,为这场全民狂欢加上了一点官方色彩。

法国电影市场和世界其他地方一样,几十年来一向是好莱坞独霸鳌头。

如果在其他国家这还算自然,可以心安理得,那么在法国这只能被看成是奇耻大辱。哭天喊地声不绝于耳,捶胸顿足者随处可见。毕竟法国是电影的发源地,曾经占领过世界巅峰,引导过国际潮流,为这门艺术的奠基和发展做出过不可替代的贡献。因此,每当法国电影取得某种成绩时,就会泛起一阵"本土电影复兴"之类的议论。不过,众所周知,电影的现代工业生产,从制作到发行,往往与跨国资本的运作紧密相关,民族主义话语掩盖的未必不是各种复杂的资本关系和利益。

除此之外,如果不算观众在互联网上发表的大量观影感想的话,《触不可及》在媒体上引发的专业影评,和票房相比,似乎显得有点冷清。概括地说,赞扬这部电影的人基本都是在强调故事真实感人,生活场景温馨,具有乐观向上的力量,友谊关系跨越了一切障碍,散发出坦诚、平等、理解、尊重、和谐、救赎的光芒;批评这部电影的人则大多指出剧情设置的童话性,是老套的模式化叙事,是励志片、治疗系的类型化写作,是按照大众口味标准化生产的娱乐产品,既没有深刻思想,也伪善地远离了社会现实。

双方的评论虽然尖锐对立,但也都有一定的道理,都在一定程度上说明了电影实际呈现的某些面貌。不过,如果把这里的正反意见作为价值判断放入电影史考察,那么双方也都不见得经得起推敲。首先,温馨感人的电影比比皆是,拿常见的言情片来说,这甚至是最不可或缺的构成要素,但我们都知道,在煽情实践中,烂片比好片多得多。反过来说,描述人际关系冷漠无情的影片也不一定就意味着失败,否则大部分的战争片、犯罪片、恐怖片等就没必要拍了。几年前引起争议的两部涉及二战的影片,《帝国的毁灭》和《柏林的女人》,显然谈不到什么温馨,什么尊严,什么感人,但它们却通过对历史和人性的拷问,深化了这类电影常见的主题。另外,在我们今天这个连艺术片本身都是类型之一的时代,一定程度的类型化或模式化是电影难以逃离的樊笼。因为说到底,哪怕在最简单的意义上理解,这也只不过是占统治地位的资本主义生产方式在文化领域追求高效的表现,随之而来的意识形态也早已深深地浸润了文化产品的定义本身和评判标准。不过,这样的文化机制既不能保证优秀,也不会必然地导致低俗。比如,晚于《触不可及》一年上映的《被解放的姜戈》,从头至尾采用的都是陈腐的西部片程式,但这并不妨碍昆汀·塔伦蒂诺拍出个性与新意,最终如他自己所说拍成了"南部片"。《被解放的姜戈》在国内各大影院上映时被匆匆叫停,广电总局应该是看出了它不是一部老少咸宜、无伤大雅的普通西部片。

如果对《触不可及》引起的正反评论做进一步的辨析,我们也许可以说,一方意见关注的主要是电影的所指,另一方关注的则是能指;一方讨论的是伦理维度,另一方则是艺术维度;一方参照的是生活经验,另一方则是文化经验。换句话说,这里的评论综合起来看,大致就是"旧瓶装好酒"的意思,即这部电影以大众习见的通俗形式处理了生活中重大而关键的问题。有意味的地方还在于,这里的两派意见尽管截然相反,但是却有一个公约数,即对双方而言,"真实"都是不容置疑、不证自明、理所当然的最高评判标准:一方因真实而肯定,另一方因虚假而拒绝。

那么这部"根据真人真事改编"的电影到底是真还是假呢?真假是对再现的故事而言还是对故事的再现而言呢?这里涉及了电影艺术存在的根本问题,似乎一言两语还说不清,我们来具体考察一下文本的发生和叙事的策略,看看能不能找到相对合理的答案。

三、难以还原的前身

其实,这里所谓的真人真事经历了多次变形。按照时间轴来说,首先有一本自传《第二次呼吸》,然后有一部纪录片《生死与共》,然后自传又有了续篇《护身魔鬼》,最后才是故事片《触不可及》。

《第二次呼吸》的作者就是《触不可及》中那个富翁的原型,在现实生活中名叫菲利普·波佐·迪·博尔戈,是酩悦·轩尼诗-路易·威登集团下属伯瑞香槟公司的副总裁,也是法国两大名门望族的财产继承人。在这本自传中,作者回忆了家族史,讲到自己的童年和接受的教育(比如读过马克思、恩格斯、阿尔都塞,参加过 1968 年学生运动),特别是重点描述了和前妻贝阿特莉斯的相遇、热恋、结婚以及婚后的生活。妻子多次流产,不能生育,确诊患有某种罕见的血癌,经常住院,长期接受各种痛苦的治疗,于是他们收养了一个女孩和一个男孩。后来作者自己又在滑翔伞运动中发生事故,高位瘫痪,卧床不起,妻子在照顾他的过程中去世。通读下来,可以说这本书基本上是一篇对生活和生命、疾病和死亡的哲学思考,同时也是一首爱情的颂歌和挽歌。在他发生事故后,是重病缠身的妻子在生活上的帮助和精神上的支持给了他第二次呼吸,让他走出绝望,获得心灵的拯救。

全书共四章二十多节,只在其中一节里重点谈到阿布代尔,即《触不可及》中那个年轻黑人的原型。他是阿尔及利亚移民后代,自小送给了亲戚,长在巴黎远郊。在作者的笔下,这个护工有好有坏,而且似乎是缺点多于优点。他虚荣,傲慢,粗鲁,仇恨全世界,立志做恶人,整日不是打架,就是用一些相当卑鄙的手段泡妞。不过,在作者看来,他也显现出一种独特的个性、一种随机应变的智慧和一种近乎母性的人情味。这段有关阿布代尔的文字,在自传中相对而言并非重要,但却在以后蔓延开来,最终成为电影《触不可及》的基本情节。

爱情的主题变成友谊的主题,始作俑者是《生死与共》。在这部纪录片中,阿布代尔取代菲利普的前妻占据了中心位置。当然,拍摄这部纪录片时,她已去世,但阿布代尔来到这个家庭时,她仍在世,他们有过交集,打过交道,但却被导演有意无意忽略了。

影片拍摄了瘫痪病人的一些日常生活场景,他在周围各行各业护理人员的帮助下,起床、洗澡、治疗、穿衣、吃饭、出门,参加社会活动和娱乐活动。在这些场景中,阿布代尔永远陪伴左右,是主要人物,风头甚至盖过雇主。作为纪录片,反常的地方还在于,除了这些有限的实录镜头,整部片子基本上是由采访片段联接而成,一个女记者的画外音提出问题,菲利普、阿布代尔以及他们的亲朋好友做出回答,问题全是围绕他们两人的关系设置的,试图探究这种关系的本质。于是,在这部纪录片的话语中而不是在画面中,我们听到而不是看到,他们两人形象的建构和每人对这种关系的理解。众多受访者论述的角度不同,结论也有差别,但一般都强调了双方的品质,双方的互补和互助。其中也许多少有点新意的是作为最后一个受访者的菲利普女儿的看法。她认为,他们两人关系独特,他们之间肯定发生了很多事情,但他们没有表现出来,我们不了解,也就无法解释,无法进入他们的世界,那么就让他们保留秘密吧,不要解释了。

如此一来,一部试图寻找真相的影片,结果却带来了更多的谜团,指向了多种可能性,甚至没有排除同性恋嫌疑。影片的开始处,阿布代尔以开玩笑的方式给卧床的菲利普安上了一副硕大的假阴茎和睾丸,这一情节除了制造欢乐气氛外,很难说就一定不是某种暗示。整部纪录片最后结束于一群人在山巅咏唱《圣母经》的神秘场景,把这个故事的意义导向了宗教的彼岸,提升到了人类苦难的普遍主义高度。不过,这既是主题的深化,也是求实的挫折和无奈。

自传的续篇《护身魔鬼》的写作大致和《触不可及》的拍摄同时,出书与电影上映亦同步。电影的剧创人员多次接触瘫痪病人菲利普,了解情况,挖掘素材,寻找灵感,而后者则在出版商的建议下,为了再版已经售罄的自传,补写了这个续篇,使自己的故事在时间上正好吻合电影,也就是都到认识现妻结束。自传和故事片,这当然是两种不同的文类,有各自独特的游戏规则和诉求,但在相互关注下同时创作的这两部作品,在内容上的参照、指涉和影响却是显而易见的。有趣的是,这种关联在两部作品中往往朝相反的方向展开。

在这个续篇中,主角变成了阿布代尔,自传在很大程度上变成了他传。作者尽管在这里仍然提到这个年轻人对自己的长期帮助和照顾,提到他多次挽救了自己的生命,但同时也毫不留情地大量描写了"他那流氓无赖的一面"。阿布代尔的形象开始变得丰满,但也开始彻底失去以前那种闪闪烁烁的神秘甚至神圣的光环。他偷盗,还向菲利普推销赃物;他吸毒,而且把雇主也带上了迷途;他滥交,甚至不断为我们的瘫痪病人找来妓女……总之,阿布代尔与巴黎街头的小混混从思想到行为上都没有什么本质区别,他对菲利普而言,确实很像浮士德的护身魔鬼墨菲斯托。

以上对《触不可及》故事起源的简单梳理,相对于我们的问题而言,可能带来的更多是困惑而不是答案。不过我们至少知道了,电影根据的真人真事本身就成疑,这里的自传和纪录片也都是某种叙事策略的结果。裁切现实、转换主题、问答的语言游戏、自相矛盾的陈述、不断延宕的真相和意义,这一切告诉我们,我们面对的是一段已经迷失在文化史中的个人史,它不能作为判断电影故事真假的天然依据,因为它甚至说不清自己的真假。《第二次呼吸》的作者在新版前言里说:"不论有意无意,一本自传都充满了遗漏和谎言。"我们说,纪录片也是如此,尤其是当它放弃模仿语式而采用叙事语式时,实际上也就等同于故事片。

四、模式生成的仿真

我们看到,《触不可及》的现实本源模糊不清,几近丧失,它不大可能在准确意义上像开头的字幕说明的那样"根据真人真事改编"。其实,电影中这种性质的说明,虽然相对于故事而言,似乎处于另一个更真的层面,但从来也都是叙事策略的一部分,游戏的一部分,它企图证明故事真实,但在文本内部却没有什么可以证明它自己真实。比如,这部电影结束处的字幕,"菲利普·波佐·迪·博尔戈今天生活在摩洛哥,再婚,是两个小女孩的父亲",就只是部分正确,因为我们通过他的自传知道,他有三个女孩,还有一个男孩。这当然不会是电影剧创人员的疏忽或无知，他们和菲利普一家非常熟悉，电影拍摄期间一直都有密切的联系，因此这里的说明几乎是在提示我们，影片和现实之间仅保持了一种半真半假、亦真亦假、非真非假的关系。一方面，影片脱下厚重的现实外衣，踏上不可承受之轻的旅程。大量生动的片段，感人的场景，如此逼真，让人以为采自生活，但实际上却是完完全全的艺术虚构，例如无心插柳的招聘过程、峰回路转的女儿恋爱困境、追求女秘书的尴尬失败，等等。另一方面，影片也没有彻底扔掉这件脱下的外衣，它还与生活保持着某种若即若离的关系，至少是保持着这种关系的幻象，因为这是故事合法性最简单、最廉价、也最有效的保证。

在影片中，瘫痪病人菲利普最主要的故事就是他的恋爱。他不断给一个女性笔友写信，情意绵绵，但出于自卑和胆怯，不敢求爱。是护工德里斯在每个关键点都冒出来促进此事，开导他，强迫他，甚至自作主张安排了见面。整部影片最后的场景就是这对恋人的第一次约会，一个风姿绰约、面容模糊的少妇出现在病人的面前，她成了他的第二任妻子。然而，如果对照《护身魔鬼》，这个赚足了观众眼泪的故事在现实中却比较无聊，既不浪漫，更无诗意。菲利普是写过几封像情书一样的信，但那是写给和自己上过几次床的一个无关紧要的情人，而他的现妻却是自己在摩洛哥的大街上偶遇的，有过几次平淡无奇的交谈就结婚了，作者在自传中甚至基本没描述过自己对这个女人的情感。

《触不可及》剧情的高潮应该是那场为瘫痪病人精心准备的生日庆典。灯红酒绿，杯光斛影，管弦乐队演奏的古典音乐在大厅回响。但在结束时，德里斯却放了一段流行歌曲，跳起了街舞。这种本该与上流社会格格不入的草根文化却意外地大受欢迎，典雅的晚会变成了疯狂的舞会，每人都在尽情地摇摆，扭动，旋转，脸上写满了快乐。社会的和谐在这里实现了，对立的价值观不仅冰释前嫌，而且学会了相互欣赏。不过，说来有点可悲，在现实中，这个晚会是为菲利普教子的生日举办的，阿布代尔特意请来了一个脱衣舞女，她的全裸出场和大胆挑逗让男女宾客发出恐怖的叫声，避之犹恐不及，晚会彻头彻尾搞砸了。

以上两例可以让我们大致了解《触不可及》选择、处理、整合现实元素的方式。生活的碎片在这里再次搅拌，重新排列组合，像积木一样搭建，呈现新的形态，产生新的意义。同时，这种操作也就遮蔽、排斥、淘汰了更多的现实元素，渐行渐远，直到与现实彻底分离。这种叙事技巧一般被人称作拼贴，它本身并没有什么可指责的地方，是文学艺术创作的基本方式和普遍现象，电影尤其如此，它本来就是拼贴艺术，所谓的蒙太奇就已经是典型的拼贴了。

不过，这里的拼贴并非杂乱无章，它是一种电影语言，有完善的语法，受到严格的操纵，从头至尾都在服从电影的主题，即"不可接触者"变为"可接触者"。因此，我们前面提到的在这部电影中占主导地位的二项对立结构模式，也是它的内在生成模式。与纪录片《生死与共》相比，《触不可及》在视觉上最直观的变化是我们的护工从白人变成了黑人。阿布代尔的家乡是北非的阿尔及利亚，属欧罗巴人种，而德里斯的家乡则是西非的塞内加尔，属尼格罗人种。这样的变化当然不会是出于选角的考虑，在法国找一个白人演员肯定比找一个黑人演员要容易得多。因此，这种黑白互换只能是为了强化二项对立的逻辑、效果和意义。

我们国内有评论说，这部电影是黑人版的《灰姑娘》，男人版的《风月俏佳人》，青年版的《为黛西开车》。这样的例子其实还可以举出很多。熟悉这些电影的观众轻易就能认同这样的类比，它恰好说明这里是基因的遗传与变异，是模式生成的故事，是电影生成电影，艺术生成艺术，文化生成文化。

这种模式生成，尤其是二项对立模式的生成，波德里亚称为仿真，而这样生成的世界则被他叫做超级现实，因为它比真实更真实。在他看来，今天，随着资本的普及化，我们早已超越了机械复制的工业时代，进入以代码为标识的后工业时代，即信息社会，它受价值的结构规律支配，结构维度自主化，参照维度被排除，符号的能指和所指分离，不再依赖真实世界而获得意义，符号与符号相互交换，自我交换，生成自己的自然，也即仿象。

电影作为现代技术的集大成者，作为可以调动声色光影等多种表现手段的综合艺术，作为横跨戏剧表演的模拟系统和文学语言的象征系统的符号系统，几乎必然地成了仿真的绝佳场所，也许就是最佳场所。它通过整套复杂机制向我们表明的首先是它自己作为现实的存在，其次是把自己创造的现实强加于我们，用结构、模式、符号、代码控制我们的思想、情感和欲望，让我们生活在现实的美学幻影中，生活在超级现实中。超级现实之所以比真实更真实，是因为它没有了作为来源和本原的现实参照，没有了本来意义的真实。其实，真假的问题在这里已经失效了。

五、艺术解决的方案

在《触不可及》中，两个主人公的主仆关系体现的二项对立模式，在横组合方向以换喻方式生成菲利普和笔友的男女关系以及德里斯和母亲的母子关系，即影片故事的两条副线，又在纵聚合方向以隐喻方式生成更广泛的社会不同阶级的关系，当然还可以继续上溯，指向不同种族、不同文化的关系。

这里也许难免让人想到遥远而著名的黑格尔主仆辩证法。不过，如果说黑格尔强调的是自我意识通过他者认识自己，满足自己，双方在斗争和征服中相互承认，又在劳动中相互逆转，那么《触不可及》则在某种意义上否定了这一思维，因为这里大力书写的恰恰是自我在他者的欲望中学习他者，靠拢他者，改变自己，最终取消自我与他者的差异，实现融合。

菲利普在黑人护工的帮助下，在恋爱中经过猜疑、烦恼、恐惧、逃避、绝望等各个阶段，最终找到了幸福的感觉，重新获得了生活的动力和活力。他那辆代步的机动轮椅车找人改装，速度变快了，甚至超过了健康人驾驶的双轮平衡车。德里斯在影片一开始便被母亲赶出家门，他后来在和瘫痪病人的相处中，开始懂得亲情，体会到母亲当保洁工养家的艰辛，认识到自己的家庭责任，为母亲买了昂贵的礼物，回家参与处理家庭问题。

至于阶级、种族、文化等层面的对立与融合，影片显然在有意淡化这样的政治色彩，直接描述并不多。但一是菲利普和德里斯本来就是雇主和雇工的关系，这是不言而喻的社会等级制，他们的行为不论怎样惊世骇俗，也无法摆脱阶级差异的规定和限定，影片也不断强调他们由于出身和教育的不同而显现的文化品位的不同；二是今天的巴黎作为故事的环境，一直包围着我们的主人公，如影随形，显出社会意义，因为我们知道，法国的首都早已分裂为对立的两大区域，一个是游客如织的中心城区，一个是频繁骚乱的边缘郊区，两者几乎没有什么相同的地方。影片中德里斯家狭小、拥挤的住房，周围昏暗、脏乱的街道，东游西逛的失业人群，角落里的毒品交易，这一切和菲利普的豪宅以及里面的生活方式形成强烈反差，任何人都能看出这是社会的微缩景观。

这部电影中有一个很容易忽略的细节，可以当症候来阅读。富翁名叫菲利普，他在现实中，即他的原型在自传中也叫这个名字，可谓行不更名，坐不改姓。但正像我们已经看到的，护工德里斯的原型却叫阿布代尔，他在电影中不仅形象变得高大，肤色变得黝黑，而且有了新名。当然，阿布代尔

("Abdel",经常也译为"阿卜杜勒")这个名字带有明显的穆斯林特征,电影人物已从阿尔及利亚白人后裔变成塞内加尔黑人后裔,改名似乎是这种变化的附带结果。但我们知道,塞内加尔其实也是伊斯兰国家,因此叫阿布代尔也毫无问题。这里的改名对电影剧创人员而言,恐怕还是有避免穆斯林色彩的嫌疑,法国主流社会不大能接受穆斯林,而穆斯林也可能对自己的形象太过敏感,所以整部电影都淡化甚至屏蔽了宗教维度。但在《第二次呼吸》和《附身魔鬼》中,这一维度却相当明显。阿布代尔喜欢打人,打男人的理由各不相同,但打女人的原因只有一个:他被女人叫做"肮脏的阿拉伯人"。如果电影创作时的考虑真是如此,那么这部宣扬社会和解的作品自身恰恰做得不够到位,不够真诚,不够自信,为了其他方面的利益而回避了不该回避的问题,也通过这种回避,凸显了这确实是一个关键而尖锐的社会问题。更惊人的地方是,在影片中,黑人护工告诉我们,德里斯这个名字也不是他的真名,他真名叫巴卡里(Bakary),但因为附近有好多同名的人,所以他就被人胡乱叫成伊德里斯(Idriss),后来又被人莫名其妙地叫成德里斯(Driss),再后来他也就只好认了。如此复杂、啰嗦的个人姓名史,在这里的出现无论如何是反常的,也纯粹是冗余的,无法整合到电影故事的任何脉络中,但也正因如此,它必定是有意义的。黑人护工实际上是一个匿名的人,无名的人,丧失个性、品质、身份的人,他只是作为群体的符号而存在,随时可以替换,随时可以消失,没人在乎,就像我们的农民工一样,只在复数的指称中才能获得有效的命名和统一的形象,作为个体则几乎没有生存权。那些像这里的富翁一样的社会精英却各有各的精彩,都是有名有姓有粉丝,姓名本身就是广告,可以估价,可以出售。

《触不可及》有点像欧洲文学史上常见的成长小说,叙述的重点是人物领悟生活真谛的变化过程。菲利普是身体的残疾带来心理的障碍,黑人护工的陪伴加上爱情的力量使他最终得到了治愈。德里斯是精神的缺陷造成行为的怪异,他在刚出场时很大程度上是一个野蛮人的形象。但他在和贵族出身、受过良好教育的富翁的接触中,开始变得文明了,文雅了,不论喜欢与否总算可以听古典音乐和歌剧了,还略懂诗歌音律了,甚至主动画画了,创作的抽象画还卖出了一万一千欧元的高价。影片中有一个重复出现了两次的相同情境,很典型地说明了他的这种变化。两次有人把汽车停在雇主家门口,第一次他暴怒,挥动双拳解决了问题,第二次则是彬彬有礼地说着"对不起""谢谢",指给车主看墙上禁止停车的指示牌。德里斯从野蛮人、边缘人变成了具有良好修养的守法公民，最后人人都开始喜欢他了，不仅在电影故事中，在电影院亦如是。

大团圆的结局，对立消失了，不论是个人还是阶级、种族、文化，全都走向了和谐、合作与同一。电影创造了现实，赋予了意义，满足了社会的期待和理想，由此完成了童话书写。显然，这只是艺术解决，是电影文本内部的想象性解决，之所以艺术解决，正是因为现实无法解决，但又太需要解决了，在今日世界，这也许是唯一可以设想的解决方案。因此，《触不可及》其实是主旋律影片，它用光明而虚幻的未来替代悲惨的当下，指向的仍然是人类解放的大叙事，对主流社会，这是一种安慰，对边缘社会，这是一种教育。从票房看，它应该是取得了成功，当然演员出色的表演、精彩的配乐、绝美的画面、顺畅的情节、轻松的幽默等也功不可没，极大地增强了影片的美学感染力。不过，老实说，影片的这番努力对它真正想教育的群体却未必有效，原因很简单，就像刘项原来不读书一样，巴黎街头的小混混们是不进电影院的。

现在，回到《触不可及》的片头，回到此文的开始，我们可以发现，黑人护工德里斯在编故事骗警察时，他讲述的内容，除了去医院这一点外，其余全都是事实，比如他说自己是受雇的护工，老板是瘫痪病人，不能动，连车门都打不开，后备箱里还放着轮椅，等等。警察作为听故事的人，作为看表演的人，在交流的这个节点上，既是接受的客体，也是审查的主体，他要判断真假，信或不信，惩罚或不惩罚。最后警察信了，还产生了同情，主动提议用警车开道护送他们。德里斯发出胜利的笑声，这是叙事的胜利，是谎言的胜利。我们的观影过程与这个场景同构。最后我们也被这部电影说服了，征服了，泪流满面，无比感动，票房随之全面飘红。整个剧组人员以及掩藏其后的各路资本自然也会发出成功的笑声，这是仿真的成功，是超级现实的成功，也就是一般意义上的电影的成功。

（原刊于《上海艺术评论》2017 年第 5 期）

理论演武场
——《盗梦空间》批评札记[1]

戴锦华

一、雾非雾

2010年,《盗梦空间》再度于IMAX/超大银幕之上创造了全球奇观效应。这一次,不是《阿凡达》或《爱丽丝漫游奇境》式的3D震撼,不是《驯龙高手》《卑鄙的我》式的童真柔情,亦非《海扁王》或《超级大坏蛋》式好莱坞自我指涉性的反英雄喜剧书写,而是克里斯多夫·诺兰幽暗的黑色童话/或曰男性梦魇与释梦的奢华版,一次极端昂贵的、非数码影像秀。

对于众多"良民"——好莱坞殷殷养成的电影观众——来说,《盗梦空间》如同一份始料未及的惊喜:除却清一色奥斯卡奖得主的国际巨星阵容、一亿六千万美元的巨额预算允诺的消费快感、稔熟的巴黎街景在你面前反卷倒置的奇观、科幻(玄幻?)/动作/惊悚/犯罪……的混搭类型之外,人们居然在一枚典型的票房炸弹炸开的漫天彩屑中遭遇了智性挑战:多重叠加的梦景,在号称迷宫式空间中构置着迷宫式情节,造型、影像似乎清晰且惊人高雅地提示着其互文谱系:谜一般的荷兰版画家M. C.埃舍尔或狂放张扬的西班牙天才达利……于是由埃舍尔而非欧几里得空间,而数学家哥德尔,而数理逻辑;由达利而梦,而魇,而潜意识,而精神分析……尽管相对于此前《黑客帝国》所引发的全球阐释狂潮来说,《盗梦空间》的阐释激情无疑难望其项背,但也令

---

[1] 多余的话:此处的"理论演武场"非指《盗梦空间》的影片文本自身,其所指是针对《盗梦空间》的批判实践。这或许已是广为人知的事实:理论化的批判之本意不在本体或审美,而在一份特定的、社会性的表意实践。而结构主义、后结构主义时代之后,原本是大众文化、流行文本与诸种神话,相较于个人与原创性艺术更适于充当理论的跑马地与演武场。

专业与业余的品影人忙碌非凡。当然,对于难于计数的《盗梦空间》粉丝说来,影片所呈现的智性挑战仅仅是剧情谜题:尾声处,当摄影机镜头从仍在稳稳旋转的陀螺——甄辨现实与梦境的"图腾"——上摇升开去,落幅在好莱坞式的团圆结局——父子(女)团聚——的催泪时刻,一个小小的噱头,同时也许是一道意义或结构的裂隙,牵动了索引与认证的狂潮:那究竟是一个真实的时刻,道姆·柯布(莱昂纳多·迪卡普里奥)终于挣脱梦魇,返还家园;还是幸福的尾声,只是灵泊(limbo)中的一幕幻境,最后的救赎实则永远的沉沦与迷失?于是,《盗梦空间》掀起了曾为《泰坦尼克号》热映之时独有的盛况:不仅是观者如潮,而且是重复观影。此番,观影次数不仅显现狂恋的热度,而且是获取甄别、索引的资格。一枚小陀螺带起了巨型金流的涡旋,最终令《盗梦空间》以八亿两千余万美元的全球票房而完美收官。刷新了《蝙蝠侠》的票房辉煌,诺兰彻底脱离了美国独立电影的蹊径,登临了好莱坞的金拱之顶;是"好莱坞最后的作者"的成就还是终结?

对于若干"刁民"——好莱坞的文化宿敌或"大内高手"而言,《盗梦空间》不过是好莱坞又一部巨大而空虚的奇观片,其成功几乎如同一则无从发噱的冷笑话。即使勉为其难地将其放入《黑客帝国》《解构纽约》等互文坐标中去,《盗梦空间》仍了无新意、乏善可陈,其多数剧情与造型桥段常引人欲如遇故交般地脱帽致意。其疑似严整、精致的梦景套层,实则最老套的、顺势排列的戏剧情节链——将总的情节线分解为若干小单元,借以延宕/发展剧情,以渐次升级的张力,或曰逐级放大的"小霹雳"将叙述带往高潮处的"大爆破"——加以垂直叠加,于是小段落中的迷你高潮便叠加为逐层"唤醒"/Kick 的全剧高潮戏,由此构成了好莱坞诸多动作片所必须的、占据叙事时间链三分之一强的"情节团块"。在《盗梦空间》的不屑者看来,这个看似神奇的故事,实则只是强盗/夺宝故事的变异版。——当然,其"创意"点,不仅在于其行动空间是梦境,而且在于其目的不是盗窃、劫掠,而是"植入"。事实上,"植入"——正是影片题名 *Inception* 的直译。尽管在影片 *Inception* 的中译名《盗梦空间》(大陆)、《全面启动》(台湾)、《潜行凶间》(香港)中,《盗梦空间》相对传神切近,但"盗梦"之"盗"固然凸显了主人公法外之徒的身份,但却错位于故事的情节主线:潜入梦境,植入记忆或观念。《盗梦空间》的迷恋或辩护者或许认定,影片不同于"一般"票房炸弹或动作片之处,正在于其情节有着动作剧情之外的情感与心理动力:重重梦境中的历险,只是主人公抗争命运,顽强地挽救自己破碎的家庭的挣扎。剧情的起伏跌宕、起承转合因而润泽而迷人。但"刁民"们当然亦可哂笑反诘:这正是《盗梦空间》之为叙事滥套的品牌标识——一年之前,《2012》已为了复合一个美国家庭,不惜摧毁了所有地球上的大陆板块,将全人类(除却新版诺亚方舟之上的"选民")投入巨浪汪洋;相形之下,《盗梦空间》的题内之意便可谓小巫见大巫了。

或需赘言的,对核心家庭价值的尊崇不仅是好莱坞电影一以贯之的主旋律,而且是美国主流社会不容置疑的核心价值之一。因此,必须指出的是,无论滥套与否,主人公道姆·柯布的心碎既往与似箭归心,他对家庭——此处是一双儿女的殷殷深情——却无疑是支撑《盗梦空间》这座七宝楼台的重要的意义与情感力学魔块。正是为此,诺兰的小小陀螺才成功地旋动了无数观众的心,令其着迷般地争相论证结局之"真伪";更为有趣的是,在至少中英文的网络世界之上,尽管也时有"证伪"——经由文本引证,论述结局只是一幕灵泊沉沦中的幻象——但压倒多数的论证是带有一份堪称天真的急切,尝试印证这字面意义上的"团圆"千真万确,不容置疑。换言之,如果说,当摄影机镜头摇转之时仍在转动的陀螺,成就了一个极为成功的票房噱头;那么,其更为成功的,却是令《盗梦空间》在完满地震撼、愉悦了全球电影观众之余,竟然拨马而去,放出一个小小的破绽、留下一道细微的缺口,且不复回补;而无数观众重复观影并在网上论辩——尽管其动力之一出自网上炫技或智力游戏,但同时表明,相对于好莱坞票房炸弹所要求的惯例的完满而言,这出细小的缺口,仍在观众处牵动出一份细碎的不安或曰微妙的痛觉。

如果参照同年的另一部大片——马丁·斯科西斯执导的《禁闭岛》(由于同为莱昂纳多·迪卡普里奥主演,其互文关联似乎相当直观),那么,《盗梦空间》故意放出的这个小破绽,便不仅是诺兰的个人印鉴,而且在大众文化或曰观众接受、消费心理层面上显现深意。尽管故事与风格相去颇遥,《禁闭岛》却同样在结局处留下了一道细微的缺口、一份迷你疑窦。观众在剧情突然峰回路转、急转直下并直达悲剧结局之后,仍间或纠结于核心情节三岔口处的真伪选择:这究竟是美国硬汉、孤胆英雄勇闯禁闭岛揭露惊天阴谋,却身心陷落于蓄谋的黑幕网罗的故事?还是主人公原本是万劫不复的狂人罪犯,剧中的一切只是精神科医师为救治他而排演的一出戏码?结局处,主人公从容果决地起身迎向自己的行刑队,究竟是美国英雄陷落黑幕,坦荡承担起失败者的宿命?还是疯狂杀手在心智澄明的时刻,选择了远胜于疯狂迷乱的死亡收束?抑或那只是无可救药的疯狂幻想中的悲剧英雄结局?尽管不如《盗梦空间》热络,《禁闭岛》同样在网络空间中迸发论证竞猜。有别于《盗梦空间》,作为一部文学原著的改编电影,影片《禁闭岛》的谜团,便先有一个权威谜底:当小说在情节逆转的时刻,显露了旁知、第一人称叙事人的身份——即剧中泰迪的助手查克警官,实则狂人安德鲁的主治医师,于是,相关真相便昭然若揭、无需置喙。其间并无故事与意义的疑团,有的只是一个堪称巧妙的叙述圈套。然而,不仅对于电影改编多种情形而言,原著小说与影片在极端状况下可以是南辕北辙的独立文本(由此方有"忠实改编"一说),而且从文化研究的视域出发,或曰对电影分析的理论演练而言,"从小说到电影",其关注点刚好是其间的"改编"——不似处,而非相同点;而这份关注的目的不仅瞩目文本的内部事实或逻辑,而且在于以此为切入点,再度将文本开敞向社会、历史与人生。正是在类似视域中,一年之内,两位好莱坞重要导演,在两部大制作影片中,不约而同地采取了相对于其工业及文化惯例而言鲜见结局技巧或曰噱头,便不能简单地将其视为巧合或偶然。与其说,结局处的缺口,只是导演或曰电影叙事人信手抛出或精心构置的谜团、雾障,不如说,它刚好是构筑电影幻景世界之镜像回廊上划去了镜体涂层的一道擦痕,透入的微光隐晦地或不甚情愿地提示着一个幻景之外的世界。当然,无论是《盗梦空间》还是《禁闭岛》,结局处的细小裂隙远未能构成所谓"开放性结局",因为一个开敞的叙事结局始终指涉着一个开放性的未来视野,一个充满变数也满载着希望与信心的时代。相反,此处的小缺口,隐约地牵动起观众的微弱焦虑,与其说(用拉康/齐泽克的精神分析语言)是显影了真实界的面庞,不如说只是某种现实感的印痕。因为除却20世纪六七十年代——欧洲作者电影的黄金时代的艺术名作,电影/或曰商业电影的旨归是遮蔽和抚慰,而非揭露与质询。因此,这两部好莱坞大片所不期然共享的奇思妙想或曰雕虫小技,事实上,更接近于某种社会症候之所在。再度祭起福柯也是电影的症候批评的有效公式:重要的在于讲述神话的年代,而不是神话所讲述的年代;或者更为直白地说,社会的主部现实或曰公众性的社会问题始终是索解成功的大众文本的首要参数。

毋庸置疑,2008年以降,相对于美国社会或全球金融资本主导或占据绝大份额的国家说来,最重要与基本的社会现实,便是金融海啸的灾难性冲击与播散。而相对于美国本土——当然是好莱坞电影的第一现实参数说来,金融海啸的爆发,至为伤痛与凄惶的,正是其直接形成了对美国社会主体——中产阶级的空前的剥夺与重创。也正是在金融海啸的底景之上,似以梦幻工厂、奢靡时尚为其外在标志的好莱坞,再度显露出其成功的真正秘笈之一:正是极度紧张地保持着对现实的高度敏感与关注，并快速反应以调整其经营与叙事策略。正如美国社会在"911"震惊、伊拉克泥沼与丑闻、维基解密引发的信任危机，尤其是金融海啸的重创之下，快速启动其应激机制，其外在标识之一，便是令全世界始料未及地选出了美国历史上第一位黑人（用美国政治正确的说法是非裔美国人）、新移民身份的总统；其好莱坞的对应版，则是历经百年，2010年奥斯卡金像奖破天荒地授予了一位女导演。当然，这无疑只是表象而已，在内里，其调整远为艰难而繁复。也是在类似参数之上，我们或可索解被雪藏多年的奥利弗·斯通的复出与游移于中心之畔的诺兰的激升。

因此，《盗梦空间》与《禁闭岛》结尾处释放出的单薄迷雾，与其说出自诺兰与斯科西斯的社会共识或艺术的不甘，倒不如说是一个小小的记号，告知人们：尽管好莱坞仍可以继续制造《钢铁侠》或《天龙特攻队》式的喜剧白日梦，或将美国英雄传奇移往潘多拉星球（并缀以3D外壳），以对冲渐趋沉重、真切且无从排遣的现实挤压，但与此同时，或许隐约泄入的现实天光，些许不宁与疑惑，方是以释梦之名挥去梦魇、重坠梦乡的恰当路径。

二、梦非梦

电影/梦，几乎关于电影的最"古老"的言说与类比。即使暂时搁置 *Inception* 之为《盗梦空间》的译名提示，直观其情节，《盗梦空间》似乎是一部颇为神奇的关于梦（当然不止于梦）的电影。但几乎毋需细查我们几乎已然断定，如果不是在一般意义上讨论电影的社会、心理功能与机制，那么，《盗梦空间》几乎与梦无关。因为《盗梦空间》之梦显现着最为基本的非梦或曰反梦特质，那是清醒梦，同时是共同/分享梦。人为或曰理性构置的梦景，尽管间或可以视觉性地复现埃舍尔或非欧几里得空间，或翻转、折叠巴黎城（或可视作诺兰在向库布里克的《2001：太空奥德赛》致敬？）；或设定在梦中梦的、有限且多重的套层内，时间呈等比级数放大；但无论是埃舍尔或哥德尔的空间或曰数列"怪圈"，还是世上方数日、梦中已百年的相对时间设计，都只是曰科学、曰理性的陈述，并非边际状态；甚至梦尽头：灵泊之所在，仍充满了现代建筑/都市文明的，只是处处坍塌、危机四伏罢了。一个有趣的追问是：这难道不正是现代文明与现代都市生存的真义与常态吗？

当然，无需赘言，《盗梦空间》之梦、之造梦、之梦中梦，乃至梦尽头，犹如

"时间机器"或"变化的位面",只是一份曰"科幻"之想象的载体或曰发明。对于科幻类型的"成熟"受众(诸"良民"之一种)说来,可以即刻将《盗梦空间》之所属类型指认为科幻的依据,不仅是影片的造型风格及影像系统,而且影片所复制和变奏的、科幻类最"古老"且深邃的主题或曰母题之一:假如我所感知的真实只是一份幻景。如果说这是一份古老且现代的恐惧与战栗,那么,在中国,它早已有着一份古老且诗意的表达:庄生梦蝶。关于真实与幻觉、关于身份与虚构、关于自我与世界。也正是在这份古老的中国表达中,梦与真伪的哲思早已相遇。事实上,镜与梦,始终既是古老的诗歌意象乃至母题,又是饱含着哲学意蕴的隐喻。如果我们将真实与虚幻视作《盗梦空间》的之意义的核心二项对立式,我们似乎可以轻松地借重格雷马斯的意义矩形获取如下的结构元素:

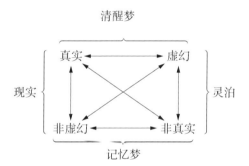

然而,在此,格雷马斯的意义矩形与其说带我们抵达了《盗梦空间》的意义核心,不如说,它刚好显影了所谓现实与梦或曰真实与虚幻的二项对立,并非《盗梦空间》及其成功的谜底,而更近似于谜面或曰外壳。借重这组意义对立式所呈现的结构元素,不仅不足以阐释影片的结局在全球观众那里的好奇与微妙焦虑,而且无从提纲挈领起剧情的主要元素。延着结构主义的路径继续推进,我们却在不期然间发现:《盗梦空间》的有趣之处——或许也正是导演诺兰的印痕所在,是在于影片事实上叠加着另一组略呈怪诞的二项对立式:以亲情(具体地说是父子之情)对立于爱情。以后者为原点,我们再度铺陈出又一个格雷马斯的意义矩形:

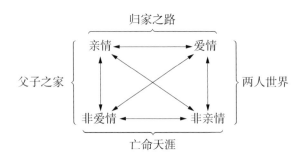

如上所述,《盗梦空间》叙事之基本且重要的情感动力正是主人公如何结束亡命天涯的悲惨境况,踏上父子(女)团聚的归家之路;结局中陀螺的小噱头或曰细小裂隙的意味正在于观众渴望确认主人公是否"真的"已然"回家"。毋庸赘言,恰是作为美国主流社会、也是好莱坞之核心价值——家庭价值的延伸和变奏,回家/归家之路,至少自《绿野仙踪》之后变成了美国大众文化基本叙事模式与动力结构。此间,有趣之处在于,于《盗梦空间》,令男主人公道姆·柯布亡命天涯的,却是妻子对"永远在一起"的爱情的执念。于是,两人世界(核心家庭的雏形与初始),便成了家庭(在此是父子之家的魔障)。作为美国核心价值之家庭,原本是核心家庭(以父权制、异性恋婚姻为其不二法门);因此,(异性恋)爱情,似应为婚姻/家庭、至少是关于婚姻与家庭神话的充分必要的前提;于是,当父子亲情成为家庭价值的载体,而爱情或曰两人世界成为其对立项,结局处的小缺口便展露为一个不仅是文本的,而且是语境的或曰社会的结构性裂隙。当然,以父子之家之为家庭价值的重建或曰弥合,已并无新意。自二十世纪 80 年代、里根/撒切尔共同开启了新自由主义时代以来,父权、具体说来是父亲形象的重建,便成为新主流文化的一个急切却曲折迂回的命题。其中,历尽劫波而得以幸存的家庭或曰美国主流社会的核心价值,便间或采取了残缺却相濡以沫的父子之家的形式。如果说,1979 年的《克莱默夫妇》成为类似叙述的先声,那么,1994 年《阿甘正传》便成为其中成功且具有标识性的一部。如果说,以父子之家的幸存为好莱坞变奏的"小团圆"形式,在将二十世纪 60 年代反文化运动的"罪责"归咎于女性的同时,以对女性的放逐完成了对女权(运动)的审判;那么,《盗梦空间》的"新意",则在于将爱情同时视作某种梦魇与疯狂之源。甚至无需援引罗兰·巴特的《恋人絮语》,便可指出,爱情话语或曰神话在关于现代"人"的话语建构中始终是一柄双刃(多刃?)剑。可以说,爱情神话事实上如同一道浮桥,将欧洲文化涉渡于现代与个人,并成为个人(主义)话语的重要基石之一;但与此同时,爱情神话作为浪漫主义的母题之一,始终负载着疯狂或曰非/反理性的意蕴,因而携带着某种颠覆性因子。而欧美60年代革命——准确地说是以青年学生为主体的反文化运动,则作为现代主义的内爆,将个人、爱情(性/政治)、解放的推向颠覆性的极致。因此,在20世纪80年代以降新主流的修复工程中,个人/爱情叙述便成为一处更缠绕的所在。然而,《盗梦空间》以父子之家对抗两人世界,不仅是这一新主流叙事逻辑的复制或变奏,其中或许更为重要的,则是这份昂贵而精巧的翻新,超距且准确地对位着今日美国或曰今日现实。在此,不仅是奢靡化了的诺兰式的(男性)生命之痛,而且正是通过削弱、审判女性/爱情,以弱化"个人(主义)"曾经在美国主流文化中所承载的巨大份额。对此,尽管我们可以印证诸多的影片以为互文佐证,但最好的参正文本,也许还不是其他好莱坞电影,而是在金融海啸重创下、临危受命的美国第一位黑人总统奥巴马的就职演说。在这份激扬顿挫的演说词中,几乎令旁观者触目惊心的是,曾经成为美国文化标识的个人主义、个人奋斗、个人权利及以此为支撑的"美国梦"之语词几乎全然消隐,取而代之的却是同舟共济、携手同心、相濡以沫、分享艰难。因此,尽管仍有《社交网络》之类的新科亿万富翁的故事快闪着新版美国梦,但社会主旋律却是《在云端》式的"小团圆"的结局;并非游走空中的男主人公获取真爱,并因此而得救,相反,只是他通过为胞妹圆梦,重新拥抱了自己的血缘之家。

　　稍作细查,即可发现,《盗梦空间》结构着一个父子关系的套层。回顾其情节,贯穿全剧的是主人公道姆·柯布的亡命天涯与归家之路,而实现其梦想的唯一可能便是达成梦中的"植入":令百万富翁孱弱的继承人心甘情愿地解体父亲留下的资本帝国;这一不可能的任务能否达成的关键,则是年轻的继承人是否在梦中、准确地说是在梦的"深处","亲历"一场冷漠、紧张的父子关系的温情大和解。全剧的动作、戏剧、造型高潮中发生在加拿大雪原或曰的梦境的第三层中;"最后一分钟营救"便是在梦中、百万富翁的弥留之际、在主人公柯布彻底沉沦灵泊之前、在唤醒之大爆炸轰毁一切的千钧一发时刻,为继承人续上父亲最后的遗言:不是面对不肖子的最终绝望,而是殷殷父爱。于是,剧情中的一次商业阴谋、一次潜意识领域的犯罪,成就的是双重父子深情与父子团聚;一处相互映照的镜像结构,同时成为戏剧引爆点、愿望达成的困境突破点与目标结局的同义自反。然而,也正是在这里,《盗梦空间》事实上延伸着了一个与结局的小破绽或曰噱头彼此关联的意义裂隙:如果百万富翁父子的和解只是梦境深处的一次阴谋性的虚构或搬演,或可以视为一次成功的欺骗,那么,我们确实有理由怀疑影片的小团圆结局中的柯布的父子(女)团聚只是心之所愿、梦之所想——所谓"梦里不知身是客,一晌贪欢";或者,可以视为对观众的一次"事先张扬的"欺瞒。于是,似乎是对《盗梦空间》的高估:如果说,剧情所建构的意义矩形是对新主流叙述的一次复沓或曰加固,成为对美国现实困境的一次想象性解决或曰偏移,那么,其小缺口或裂隙却再度以某种内在的阴影,幽灵般地呼应着无从消解的滞重现实:即使"我们"成功地放逐了来自女性(/母亲/妻子)的威胁,由此祛魅于曰"个人"的颠覆性与后现代政治,"我们"仍无法彻底祛除此番金融资本主义内爆所拖曳的长长的余震与回声。因此,"我们"甚至难于享有《阿甘正传》式温馨含泪的结局,父与子相依为命的家庭/幸存,相反,在小团圆的缺憾"完满"中仍携带着持续旋转的小陀螺投下的浓重阴影。

三、花非花

在《盗梦空间》中读出了《人鬼情未了》之况味的观众几乎是堪称"良民"之典范。这与其说揭示出了一份有效的互文关联,不如说只是表明了一份接受惯性如何以善良的愿望改写着文本自身的剧情与意义结构。

的确,在《盗梦空间》的情节层面上,一个看似清晰的情感元素,是主人公柯布对亡妻的无尽思念、追悔;但与此同时,正是这位亡妻,将每一个"清醒梦"改写为十足的梦魇。事实上,亡妻梅尔充分地履行着蛇蝎美女之于一个男性生命创伤故事的全部功能意味。正是在这一层面上,《盗梦空间》将自己与梦——在此是弗洛依德之梦、精神分析之梦,或简单地直呼为梦魇——联系在一起。尽管弗洛依德在《释梦》一书中将梦定义为"欲望的实现",但弗洛依德之梦、之释梦几乎绝少有美梦/dream,相反,那大都是噩梦/梦魇/nightmare。或许赘言的是,尽管弗洛依德的精神分析理论极大地刷新、甚或扭转了现代/西方人文学的方向,为以人、人类为名建构而成的人文学赋予了性/别维度,但其言说、剖析、揭秘的主体缺无疑仍只是一位男性;其中女性,只是某种修辞性的对位与参照。因此,弗洛伊德理论之于女性个体生命史的阐释力远逊于男性。《盗梦空间》之梦,准确地说是梦中惊骇,几乎无一不来自亡妻梅尔的梦中"幽灵"。而她的每一次出现,每一次邪恶的介入,尤其是进入了"植入"的主部剧情之后,其效果都在于成功地阻断并试图永远阻断道姆·柯布的归家之路。当然,依照剧情逻辑,这只是一份彼此缠绕的因与果:柯布之所以无辜沦落为亡命天涯的逃犯,正出自梅尔的病态邪恶的杰作:别无选择的强迫殉情或曰几近谋杀的阴谋陷害。于笔者看来,也正是在此处,《盗梦空间》呈现了较之一般的票房炸弹更为繁复、精致的结构方式与意义之环。其路径正在于将真实与虚幻的对立式所衍生的对立式叠加于亲情对爱情的情感纠葛。这份彼此叠加与微妙错位双重线索,在完成了男性生命(间或是在现实中倍感挫折的中产阶级个体的代称)伤痛的转移的同时,巧妙地绕开了美国社会的 PC(政治正确)的栅栏,令其主流叙述再度奏效。

事实上,如何成功地筑起"防波堤",以应对观众在接受与阐释中可能出现的抵御机制,正是好莱坞新主流叙事重获活力与可能的关键所在。当新好莱坞已经老去,庞大的美国电影工业必须面对的不再是反战、民权、女权运动的余震,不再是冷战年代的意识形态对抗与美国社会内部左翼力量的抵抗,而是官方的多元文化论与后冷战之后依然存留的曰"政治正确"的辨识系统。其中"阶级、性别、种族"这一看似老旧却依旧真切"三字经",要求大众文化工业尽可能绕开相关的偏见表述。这当然不是大众文化工业——此处是好莱坞大公司的"政治觉悟",而是精刮的生意经,唯如此,方可争取并保证全球、首先是美国的市场与票房。因此,在《盗梦空间》的梦景中,梅尔是一朵十足的恶之花。如果你指斥影片定型化、妖魔化女性,那么剧情将清晰地告知,那并非任何女性的真身,甚至不是亡妻梅尔的幽灵,而只是柯布幽暗的潜意识的具象,是他对亡妻绝望的思念与深切的负疚。如果你进而将这一形象对照着记忆之梦或梦中的记忆——梅尔在结婚纪念日自尽并机关算尽地将柯布置于万劫不复的绝境,指出这正是梅尔的"真相"——那么,再一步的退行性解释则是:梅尔之所以彻底迷失,只因为柯布曾在梦的深处于她心灵中植入了怀疑自己是否身处现实的种子,致使"假作真时真亦假,无当有时有还无"——不仅改变了梅尔的人格,而且最终摧毁了她的生命和他们共有的生活。这也正是剧情中柯布对亡妻深深的负疚感的由来。至此,影片似乎赦免了梅尔之现实的与梦中的罪行,并成功地拦截了观众可能产生的、对性别定见、毋宁说是偏见的抵制。

但"刁民"式的追问仍可继续逆推:柯布之所以"被迫"在梅尔心中植入了怀疑自己的"现实感"的种子,是因为梅尔沉迷梦境,流连忘返,已丧失了指认真实与虚幻的能力;近乎彻底地遗忘了自己生活在真实世界中的一对儿女,弃置了自己为妻、尤其是为母的责任。此间,一个或许提及的、《盗梦空间》之一处堪称破绽的、先置逻辑的混乱——这也是热心的观众不无迷惑地细数、争辩所在:如果说,柯布与梅尔曾沉迷造梦,层层深入,乃至以身涉险,落入灵泊;那么依照此科幻/玄幻叙述的先置逻辑,所谓灵泊/潜意识边缘的特征之一,便是个中之人将丧失了分辨真实与虚幻的能力,因此无法自我唤醒,返归现实。此破绽、或许亦是真意的有趣之处在于,如果柯布和梅尔曾落入灵泊,那么,何以梅尔彻底沉沦,而柯布却仍保持着指认真/幻的能力,且依然能够成功地完成对梅尔的意念植入?抑或者其依据仍是无需论证的"常识"/偏见:相对于女性,男性当然、也始终更清醒、更理性,更先天地接近并持有真理/真相?再驻步,继续细查,便会发现,诺兰式的细密不仅表现在梦的套盒,而且呈现于他彼此缠绕、相互映照与遮蔽的意义结构。如果你追问到柯布无端优于梅尔的真/幻的辨识力,那么,再一道的"防波堤"则是内设于场景之中——两人世界里,柯布窥见了梅尔的秘密:她在梦的深处、梅尔儿时的屋舍的角落、密闭的保险箱之内藏起了自己的陀螺——令她分辨和把握现实的依凭。换言之,并非梅尔丧失了分辨真与幻的能力,而是她拒绝分辨。她封藏了自己的图腾,她宁愿流连于这个梦中的世界,这朝暮相守、充满创造、令爱情神话成真的世界,甚或出自某种逃离现实世界、逃离其中难于更动的女性宿命的愿望。(当然,在此,诺兰已表达了他对此的判断和拒绝。灵泊中的场景之一,也是影片一幅著名的剧照,便是道姆和梅尔在海滩上搭建着一座沙堡;那是幻境,是潮汐冲过便荡然无存的辉煌。)在这一诺兰设置却覆以薄雾的脉络中,梅尔最终跟随柯布返归现实,间或并非出自柯布所植入的怀疑的意念,而是出自柯布给出的一个至高的、关于爱情的信念和允诺:共赴死亡并超越死亡,达成"永远在一起"的盟誓。在这一层面上,柯布的"罪行",不在于他干扰了梅尔的意念,而在于他始作俑,提供了一个关于爱情的极端模式:携手殉情(尽管剧情给出的解释是,唯此无以逃离灵泊,返归现实,即回到一对儿女、也是负载着社会主流价值的核心家庭中去)。因此,柯布的梦魇中频频闪回的,才不仅是梅尔口中念着柯布的爱情"咒语"自饭店楼窗的高处坠落,而且是梦中那道荒芜的铁轨,列车呼啸而过时的强烈震动。有趣的是,当叙事之指涉溢出了真与幻的缠绕,却再次回归并封闭了父子之家与两人世界的意义对抗。

至此,这一表意事实再度凸显:《盗梦空间》非但不是一个生死情未了的传奇,而是一个孤独的男性生命创伤的故事。于是在那一吊诡的二项对立式中,两人世界并非无端邪恶,而是因女性的对爱情神话的偏执,其"固有"的非理性、疯狂,而变为恐怖。

当然,为了达成这一表意实践,如此意义互补的双环尚需润色。于是关乎个人、个体生命的重要戏码:精神分析,便必须予以借重。从某种意义上说,精神分析,尤其是其原版弗洛伊德版的精神分析,与其说是某种解读利器,不如说早已成了大众文化工业稔熟于心的叙述、表意套路。再回首《盗梦空间》,其序幕便发生在灵泊之中。第一个场景中的第一幅画面,便是大海潮汐冲刷着海滩,继而我们看到昏迷中的柯布倒在海滩之上。片刻之后,他为疑似日本国民自卫队的军人发现并押解到垂垂老矣的齐藤面前。结尾处,剧情重回这一场景,两个几乎丧失了行动能力的男人将面对持续平稳旋转的陀螺忆起自己的真身和男人间的承诺,并在共赴死亡中苏醒。在弗洛伊德版的精神分析的套路中,这些设置的意味昭然若揭:潮汐中、海滩上、昏迷并苏醒,走向死亡并新生,这一无疑是一份关于母腹、出生的意象/象征,人/男性最深切的梦,或曰"涅槃"欲望。十足"本能",当然充分"文化",一次有趣的想象与象征的组合场景。尽管在影片中,这便是梦、梦之深处/幻景所在,但如果依照拉康的陈述,这便是现实或曰现实感的真意。又一次,诺兰玩弄了一个迷宫或反转的游戏。

而延伸拉康/齐泽克的阐释蹊径,我们会发现,开篇伊始,我们已然到达了《盗梦空间》的表意核心——因为如齐泽克所言,真相或曰意义核心始终在表面:灵泊之为死亡之地,同时被赋予母腹意象,这里也正是梅尔所固执的两人世界之所在;而无论在道姆·柯布与梅尔两人共筑之梦里,或是在故事的"现实"层面,或影片的情节主部:为"植入"所造之层层梦境中,梅尔现身的真意,都是欲令道姆永远地驻留灵泊,这无外乎是胁迫他共赴死亡的另一版本。因此剧中的梅尔,相对于道姆·柯布,甚至不仅是劳拉·穆尔维所谓的象征着父权"阉割"的"鲜血淋漓的伤口",而更接近于拉康所谓"创伤性内核",以其"冗余"显示着真实界/或直呼为死亡的威胁与诱惑的在场。因此,她才必须经历第二次死亡,即再一次被杀死在灵泊之中,以完成符号意义上的最终放逐。因为第一次死亡,即肉体的、生物学意义上的死亡远远不足以杀死这份威胁与诱惑;那不是终结,而是梦魇的开启。只有令梅尔经历第二次、符号意义上的死亡,方能彻底屏/蔽这副"真实界(实在)的面庞",阻断死亡的威胁和诱惑。至此,《盗梦空间》再度显露了其梦/梦工厂之梦的意味。我们可以看出,这是一曲独唱,一阕道姆·柯布的单人舞,梦中的对抗只是魅影之舞,也是祛魅之舞,一个绝对的男性个体/主体的叙述。或需赘言:一个约定俗成的指认是,在西方世界或曰在发达国家,个人的故事只关乎个人而非社会;因为"19世纪"已遥不可及,今日发达国家的书写者已不复"社会寓言"——詹明信所谓的"舍伍德·安德森的方式"去写作。然而,这份共识却显然不适用于多数流行的大众文化文本。因其大都仍因循着老旧的现实主义书写原则——唯此方能以其成规和惯例的稔熟而最大限度地获取形式的透明感,造就阅读/接受的真实幻觉。类似文本因此而未能全然豁免于现实主义写作所必然携带的社会寓言的意味。所以,我们无疑可以将《盗梦空间》读作某个体/男性个人生命创伤与心灵悲剧的故事,但类似老旧的故事何以混搭于科幻类型而在2010年获取如此巨大的流星雨商业成功,其谜底,至少是部分谜底只能来自此时此地、此情此景的美国社会现实。

此时再次引证《盗梦空间》与《禁闭岛》的互文关系便更加意味深长。将这两部文本联系在一起的,显然不仅是主演莱昂纳多·迪卡普里奥,亦不仅是主人公在真/幻世界间的迷失,而且是对男性个体生命创伤的表达。在《禁闭岛》中,主人公泰迪警官的亦真亦幻的梦中同样频频出现他已逝的妻子,而且"明白"地告知这梦境源自泰迪的负疚感:他没能在纵火犯的烈焰中拯救者自己的妻子,致使她丧身与烈焰浓烟之中。然而,当真实或曰关于真实的另一版本曝露,观众方知晓:这死于非命的不幸女人,实则杀子/女的疯狂、冷血的凶手;正是她亲手、在湖中逐个溺杀了三个亲生儿女。当酗酒成性的安德鲁警官(即泰迪的真身)明白了妻子疯狂的深度,被迫亲手处死了这个女人,却因无法承受着家破人亡的惨剧,而沦入人格分裂与纵火犯罪。似乎无需多言女人杀子在精神分析系谱中所携带的阉割威胁的寓意,我们或可将《禁闭岛》视为《盗梦空间》的清晰版,将《禁闭岛》中疯狂杀子的女人,再度叠印着《盗梦空间》中梅尔之为道姆生命之创伤性内核的意味;在参差对照中,体认道姆·柯布归家之路所携带的救赎意味:父子之家的幸存,意味着战胜阉割威胁、拒绝真实界的诱惑,维护并确认男性主体的生存及其意义。而这两部作品同样热映于2010年,其屏/蔽当下美国社会现实的意味也相映成趣。

的确,尽管《盗梦空间》成就了一个小团圆的结局,但未倒的陀螺仍在画外传递着隐隐的悬疑与威胁。2011年伊始,当奥斯卡盛会再临,美国政府却因财务危机而面临"歇业",好莱坞所负载的梦境与梦魇将继续纠结并铺陈下去。

(2011年2月草于加州大学伯克利校区)

不以诗怨：惠特曼的《草叶集》

秦立彦

惠特曼对美国和世界的前景曾有乐观的预想，站在二百年后的今天，他还能认出这世界吗？他所热烈歌唱的美国已经不再像从前那样闪光，他预言的人类共同的乌托邦也并未到来。如果他目睹了"一战"与"二战"，他会怎么说？在《荒原》之后，在卡夫卡之后，我们应该如何阅读惠特曼？

惠特曼作为诗人的很多品质会令我们感到有些陌生。现代诗人大多敏感、孤独、悲伤、脆弱。而从《草叶集》中浮现的惠特曼骄傲、勇敢，充满能量和希望，不迷惘，不虚无，有明确的目标和自我身份。他的健旺的语气，与比他小十岁左右的狄金森很不同。惠特曼少有异化的感觉，他在大自然里和城市里都如在家中。华兹华斯书写了大都市伦敦的异化感，而惠特曼自豪地称纽约为"我的城"（my city）。走在城市的人群中，他没有陌生感。他认为每个人都是自己的同伴，没有社交恐惧症。他拥抱现代性，拥抱现代机器。在他看来，"现代"这个词是英雄性的（the heroic modern），是应当歌颂的，而"现代"的前沿与代表就是美国。

惠特曼笔下的劳动不异化，不辛苦，劳动者都强壮。他参与了美国南北战争（不是作为士兵，而是作为志愿的医护人员），目睹了惨烈的伤亡，但这并未打消他的热情。战后他没有感到幻灭，也没有 PTSD（创伤后应激障碍）。他笃信自由、平等、民主与个人，相信这些将最终胜利。

钱锺书从"兴观群怨"的中国诗学中，提取了"诗可以怨"这一条古今中外名诗的特点，就是诗歌主要用以抒发郁结，这样的诗也容易写好。钱锺书援引弗洛伊德的理论为一种依据：文艺是作者日常生活中不能实现的愿望的替代。钱锺书所引的清代陈兆仑之言尤其具有启发性："盖乐主散，一发而无余；忧主留，辗转而不尽。意味之浅深别矣。""诗可以怨"是在中外文学中具有相当解释力的概念，惠特曼却是一个醒目的反例。然而作为纽约人，当代人，难道他没有感受到当代人的忧郁与危机？他如何以诗歌处理个人际遇，尤其是其中的伤痛？

惠特曼的自我定位是美国的国民诗人，扩而广之，是人类的诗人，甚至诗人自身就像大自然一样是无所不包的，神一般的。"我赞美我自己，歌唱我自己/……/属于我的每一个原子也同样属于你。""我"与你没有差别，也就没有隔阂。"我"唱歌自己，也就是歌唱一切人。"每个男人女人都是我的邻人"，"我的同志"（my comrade）。惠特曼与他人合一，他相信，自己要说的也是人人都要说的，他就是人人。他一直关注读者，他的许多诗都是对读者的召唤，虽然《草叶集》第一版销量甚少，虽然至少在较早的时候，大众并不承认他是他们的代言人或"同志"。

从这样一个视角来看，惠特曼作为一个独特个人的品质和他个人的悲喜，在他的诗中就并非很重要。他确认自己的诗歌主题是"事物是多么令人惊奇"。在这样的信念之下他写道："我在宇宙中没有看到过残缺，/我从来未见过宇宙中有一桩可悲的前因或后果。"他歌唱人类的集体身份，歌唱一个超越了个人"小我"的自我。他爱自然的部分与华兹华斯类似，但爱人类的部分相当激进。他写自然的部分要少于写人的，人是他最重要的关注点。人人平等的观念使他尊重女性，尊重黑奴，走在了自己时代的前面。虽然他最著名的作品题为《我自己的歌》，然而这首诗并非歌唱惠特曼自己，而是歌唱每个人的"自我"，也召唤每个人都像他这样歌唱。正如他另一首诗的题目是《普遍性之歌》（"Song of the Universal"），他写的是普遍性，而较少写具体之人或物。

在《草叶集》中，名词常常以复数的形式出现。惠特曼多次使用"all"这个无所不包的、超越式的、淹没了个体的代词。他有一首题为《一个女人在等着我》（"A Woman Waits for Me"）的弘扬性爱的诗，诗题里是"一个女人"，而在诗的正文中则写道："我要做那些妇女的壮硕的丈夫。"（I will be the robust husband of those women.）类似地，他的男性爱人们在诗中也没有名字或具体生平，常表现为复数。

复数，多，是惠特曼的力量之一，他的句法也促成了这样的效果。他的诗歌风格是此前的西方诗歌史上不曾有过的。大量并列的名词、同位语、分词，如同滚滚不穷的海浪（catalogues）。在排比之中，诗行的前后顺序并非固定，在长诗中多一行少一行对全局也没有大影响。他的句法不是碎片与切断，而是难以句摘，有一种贯穿的淋漓之气和强烈的激情。他不甚关心炼字、炼句。甚至许多诗如同同一首诗，是对同一主题的多角度的反复表达。我们可以将博尔赫斯诗歌中有惠特曼风的排比列举法与《草叶集》对照，更能看出两位诗人各自的特点。博尔赫斯大量列举静态之物，句子不长，不追求力量，而惠特曼则有一种"奔流到海"般的腾涌。

惠特曼的复数与长篇列举，形成宏大而众多的效果，在这中间，单个人的面目一闪而过。他的诗歌写法并不是现实主义小说的那种针对具体事物的精雕细琢，如福楼拜做到的那样。我们可以说惠特曼的视角是全景照相机式的，而不是显微镜式的。他很少写一朵花、一只鸟。以他的诗《一只沉默而坚韧的蜘蛛》("A Noiseless Patient Spider")为例，这首十行的小诗写一只蜘蛛，但并非像华兹华斯或狄金森那样对自然界中微物的凝视，而是以这只在虚空中释放蛛丝的蜘蛛，比喻诗人的灵魂在无限空间中寻找落脚之处。蜘蛛在虚空中结网，诗人的灵魂也如此，诗的结尾的声音是有信心和安全感的，仍归于自我。类似地，另一首写于一八八八年的诗《老水手柯萨朋》("Old Salt Kossabone")写自己的一位已经去世的祖先——他九十多岁的时候日日坐在扶手椅上遥望大海，最后一天看见一条挣扎的船终于找到了方向，然后就死去。这首诗的目的也并非记录一位祖先的生平故事，而是以他作为惠特曼自己面对死亡的榜样。

惠特曼的诗具有某种英雄性和公共性，诗人尤其书写失败的英雄："失败的人们万岁！/战舰沉没在海里的人们万岁！/自己也沉没在海里的人们万岁！"在对南北战争的死伤者的描绘中，诗人不只感到他们生命的可贵，也感到北方士兵为之而死的事业的可贵。那种失败就具有了崇高感，诗人本人也被英雄们所激励。作于一八七六年的一首诗《在遥远的达科他峡谷》("From Far Dakota's Canons")，赞美在达科他州的一次印第安人袭击中，一百多美国士兵英勇战斗而死。在这首诗中也出现了诗人的自我："就像在艰难的日子里坐着，/孤单，闷闷不乐，在时间的浓厚黑暗里找不到一线光明，一线希望。"惠特曼对日常生活的阴郁描述，近似于华兹华斯对一些低落时刻的描述。但惠特曼几乎是有意识地在当代寻找英雄性。在这首诗中，他书写的英雄就鼓舞了他。在此诗的几个段落中，包含着"我"与那些死去的英雄两类人物，英雄在西部的战场，"我"在东部城市的房间里，形成鲜明的对照。勇于赴死的无畏战士，正是他觉得自己应具有的面对生活重负的态度。惠特曼笔下的华盛顿、林肯、格兰特将军也是英雄式的。在英雄主义视角下，日常生活的痛苦也变得可以忍受。

这也可以解释为什么惠特曼乐于以士兵自比，为什么他在战后对战争岁月有留恋之意。惠特曼不是反战的。这固然因为美国南北战争可以视为一场正义战争、民主国家的阵痛,一种为未来付出的值得的代价。同时也因为恰是在战争中,惠特曼强调的人们之间的同志关系(camerado)能够实现。《列队急行军与陌生之路》("A March in the Ranks Hard-prest, and the Road Unknown")一诗,非常真切地书写了战地医院里的情景、气味、死亡。在美国诺顿出版社二〇〇二年版本的《草叶集》中,编者对此诗中的战地场面颇为赞誉,加脚注说这些描绘很"现代",不亚于斯蒂芬·克莱恩(Stephen Crane)和海明威。但我们可以说不同的是,惠特曼所写的战争是正义的,在正义战争的框架下,血腥与残酷可以得到解释,而不导向绝望与虚无。

惠特曼也多次写到死亡。他关于死亡的诗时间不一,显然很早就在思考这个问题,而这个主题在他晚年的时候尤为凸显。虽然他没有明确的关于死后的主张,但对于他而言,死亡不是终结。一八八八年的《将结束六十九岁时的一支颂歌》("A Carol Closing Sixty-nine")一诗中,他说自己身体虽然衰残,但欢乐与希望之歌仍将继续。他的这种态度使他能够承受死亡的到来。一八七四年的《哥伦布的祈祷》("Prayer of Columbus")以哥伦布的第一人称书写,而哥伦布显然也是惠特曼。诗中"我"老朽失败,但仿佛看见"在远方的浪头上航驶着无数船只"。作为熟悉纽约和大海的诗人,惠特曼多次以水手、船、航行等意象,将死亡比为重新出海。惠特曼以英雄主义和探险者的身份对待死亡。虽然他不舍此生,但死后未来的不确定性变为一种期待,死亡是另一种开始。

除了战争、死亡这样的重大问题外,或许更难以乐观处理的是当代平庸的日常。惠特曼的诗是诚挚的,但不包含很多的个人色彩。在《草叶集》中,人类的每一分子都是诗人的朋友,但他写具体人物的诗并不多,最突出的就是写林肯总统的,亦有写格兰特将军的(格兰特战后也担任了总统)。林肯与格兰特都是公共人物,并不是惠特曼私人生活中的人物。惠特曼很少在诗中具体写到他的父母、爱人、朋友、兄弟。他仿佛与一切人都亲密,而并没有固定的亲密者。

在《有那么一个孩子出得门来》("There Was a Child Went Forth")一诗中,惠特曼列举各时节的自然风物与人,并很罕见地写到了父亲和母亲:"父亲,健壮,过于自信,男子气,难对付,发脾气,不公正,/打人,尖锐地大声骂人,苛刻论价,诡计多端。"在这里我们仿佛窥见了惠特曼的秘密,找到了他原生家庭的缺陷,然而这一点私人信息埋藏在他的大量列举之中,父母在众人众物之中并不醒目。惠特曼在母亲去世八年后,有一首纪念自己母亲的十行小诗——《死亡也走到你门口时》("As at Thy Portals also Death"),写自己的母亲"那理想的女性,务实的,富有精神性的,对我说来,在所有大地、生命和爱情之中是最好的"。但这样一个完美的母亲在惠特曼的诗中很少露面,只有这一首小诗是专门为她而作。

虽然惠特曼不断提到"我",大部分诗都采用"第一人称",但他并没有在诗中融入很多的个人生平信息。他很少说到自己生活中的具体欢乐烦恼,从他的诗中很难勾勒出他的生平或年谱,连他的个性都是不怎么清晰的。他自己或许也看到这一点。在他的诗《在我随着生活的海洋落潮时》("As I Ebb'd with the Ocean of Life")中他写道:"真正的我尚未被触及,被说出,完全没有被抵达。"(the real Me stands yet untouch'd, untold, altogether unreach'd)

博尔赫斯有一文一诗论及惠特曼的作品和他的生平之间的这种差距。博尔赫斯曾翻译《草叶集》,在译序中说,看过"炫目与晕眩"的《草叶集》的读者再去看惠特曼的传记,会有上当之感。在《草叶集》中,惠特曼到处游荡,爱人众多,而在生活中他并未去过多少地方,不过是一个普通的记者。博尔赫斯由此认为有两个惠特曼:普通记者惠特曼,和"惠特曼想成为却并不是的另一个人,一个爱与冒险之人,一个游荡的、热情的、无忧无虑地在美国游历的旅行者"。博尔赫斯的诗《卡姆登,1892》("Camden,1892")也循着这样的思路(惠特曼一八九二年死于美国新泽西州的卡姆登);垂死的惠特曼看见镜中老朽的自己,但感到满足,因为"我曾是沃特·惠特曼"。两个惠特曼,与博尔赫斯许多作品中的多重自我类似。博尔赫斯的言下之意是,生活平淡的惠特曼创造出了另一个与自己迥异的文本的自我,作为一种补偿,这也是惠特曼的天才所在,而那个日常的自我在诗歌中几乎没有留下痕迹。博尔赫斯是将惠特曼进行了"博尔赫斯式"的解读,正如博尔赫斯在另一首诗里将塞万提斯描绘为忧伤失败、失去了祖国的人。

我更愿意相信惠特曼并非在诗中掩藏了日常的自我。如果我们在一切过往的诗人中都看到一个当代的脆弱失败的诗人,文学版图将趋于平面化、单一化。惠特曼异于当代诗人的部分,也许恰是值得我们注意的地方,是我们的另一种资源。

惠特曼也有纯然书写痛苦与焦虑的诗,但很少,篇幅也不长,且不进入细节。《泪水》("Tears")一诗特别沉重,写一个人晚上在海边痛哭,而白天他那么整齐有序(regulated),我们不知此人痛苦的具体缘故,诗中也没有说那人是谁。《然而，然而，你们这些懊丧的时刻》("Yet, Yet, Ye Downcast Hours")中，惠特曼说自己对懊丧的时刻十分熟悉，但语焉不详。在别的诗中，他告诉我们他完全理解那些邪恶的人，因为他自己也"充满邪恶"，但同样没有细节。《你们这些在法院受审判的重罪犯》("You Felons on Trial in Courts")写"我"与那些罪犯和妓女一样，"在这张看似冷漠的脸下面地狱的潮水不断在奔涌"，然而从这首诗看惠特曼并无罪感，而是接受这些底层犯罪者，将他们也纳入世界的神圣秩序。

更多的时候，生活苦痛只在《草叶集》的字里行间出现，较少作为诗的主体。惠特曼的处理方法之一是将其埋藏在长篇的列举中。在《我自己的歌》中，他列举了众多健康的劳动者，包括木匠、农夫、纺织的女子，然而在其中我们发现了几个不和谐的人：一个被送进疯人院的疯子，手术台上一个血肉模糊的畸形身体，还有"自杀者趴伏在卧室里血淋淋的地板上，/我目睹了尸体和它黏湿的头发，注意到手枪落在什么地方"。《草叶集》中共有两处提及"自杀者"(suicide)，然而"自杀者"并非这两首诗的题目，没有被突出地集中书写，也并不醒目。在《我自己的歌》大量健康的人物谱中，几个不和谐者几乎被淹没，是大幅群像里的几张痛苦的面孔。我想这并非是惠特曼将世界的阴暗面隐藏在诗中，而是在看到这些的同时，他也看到了许多健康者，他的心思和笔都没有在黑暗的部分过久停留。当诗人的视野放宽，容纳了众多的人与物时，黑暗也仿佛得以冲淡。或以他的名诗《来自不停摆动着的摇篮那里》("Out of the Cradle Endlessly Rocking")为例，诗中之人从鸟和大海那里听到的是爱与死的主题，与惠特曼大部分诗中的明亮色彩不一样。此诗加入了鸟的哀声，形成多声部的效果。这也是《草叶集》从开篇到此唯一一首哀伤痛苦的诗，然而那是一只鸟痛失爱侣。而且那是使一个诗人觉醒的时刻，是他的起步和开始，鸟是诗人的启发者和唤醒者，这也减弱了诗的哀伤。

在惠特曼的几首关于忧郁的诗中，我们瞥见了熟悉的忧郁诗人形象，读到了华兹华斯的很多诗中、雪莱的《西风颂》、济慈的《夜莺颂》中的那种对尘世生活的抱怨，读到孤独。然而惠特曼很少表达逃世的想法。他没有想变成西风、夜莺，没在过去寻找梦境。他是未来导向的，不像欧洲浪漫主义者有时指向中世纪的过去，也没有想象到远方无人的幻美之地躲藏。在他的大部分书写忧郁的诗歌，也就是"怨诗"中，他都找到了鼓舞自己的办法。

他有时以士兵的勇敢对待痛苦。《啊，贫穷，畏缩，闷闷不乐的隐避所》("Ah Poverties, Wincings, and Sulky Retreats")列举日常的许多痛苦，最后宣布："我还会作为一个赢得最后胜利的士兵那样站起来。"他的"怨诗"中常自带解决方案，尤其是老年，当他非常看重的美好身体变得衰朽的时候。《你那欢乐的歌喉》("Of That Blithe Throat of Thine")写一个北极探险者听到一只孤鸟的歌声，诗人也如那被冰雪包围的北极探险者一样，被老迈所包围，但那只鸟给诗人以教导。鸟鸣改变了一切，包括"老年被封锁在冬天的海港内——（冷，冷，真冷啊！）"。《致日落时的微风》("To the Sunset Breeze")中，"我，老迈，孤独，患着病，给汗水浸得筋疲力尽"，但一阵清风吹来使"我"重生。这些诗有杜甫的"秋风病欲苏"之感，甚至题目都不是痛苦的。诗中对老年困境的描写令人动容，但诗人主动突围和自救。惠特曼把诗笔献给那些安慰之物，而并不在痛苦之上过多"逗留"。他是可以安慰的，不沉溺于自怜。

我想，我们不应当将这些品质视为惠特曼的幼稚，或者他"不够现代"。我们所处的现代阶段并非多么令人自豪，我们对悲伤知道得更多，而不是快乐。也许我们可以从惠特曼身上获得灵感与鼓舞，以减轻我们的现代负担。也许我们可以重新呼唤勇气和乐观，不过多耽留于悲伤与怨诉，更注目于我们共同的身份，而不是个人的悲喜。我相信这也是为什么博尔赫斯这位与惠特曼如此不同的诗人，会乐于翻译惠特曼的《草叶集》，而且视惠特曼为天才。

（原刊于《读书》2020 年第 1 期）

"文学"之前的"比较"

伍晓明

也许,在某种非常重要的意义上,一切文学首先都是比较文学,因而一切文学研究也首先都是比较文学研究?[1]

然而,我们可能还并不知道"文学"和"比较"意味着什么,因而也并不知道"比较文学"意味着什么,当然就更不知道"文学之前的比较"意味着什么了。是以此文标题中的"文学"与"比较"才被谨慎地加上了引号。使用引号是想表明,我们首先只是在引用,亦即,只是在人云亦云地使用着"文学"与"比较"二语。谨慎之必要则意味着,成为问题者,或需要被质疑者,首先只能作为不成问题者而被说出。这里,成为问题者是"文学"与"比较"的意义,而本文的标题则试图指向这样一种可能性或不可能性:先于"文学"的"比较"。当然,这将取决于我们如何理解这两个构成着"比较文学"这一表述的概念。

一、存在于文学"之间"

所谓"比较文学"这一学科真有其合法性与独立地位吗?

如果我们今天仍然可以丝毫不加质疑地谈论一门学科的合法性及其独立地位,而不首先对所谓"学科"以及"学术合法性"这些传统的(或并非那么传统的)概念本身进行分析的话,那么所谓"比较文学"这一学科其实也许从来就没有在中国(但可能同样也没有在其他地方)的高等教育和社会人文科

---

[1] 我曾于2008年应邀在台湾中央大学中文系以"在语言和文化的边界之上"为题讲过本文之基本论点。2010年11月,我据此初稿在"北京大学比较文学学术发展30年暨北大比较文学与比较文化研究所创建25周年纪念论坛"上做过简短发言。随后不久,应北京外国语大学中文学院之邀,我又以"文学之前的比较"为题讲过此文之大意。现在的文章是在初稿的基础上扩展的。温洁女士曾阅读此稿并为我标出文中若干笔误及不流畅的表述。陈雪虎先生为笔者指出文中一个涉及章太炎的错误。特此致谢。

学研究机构中为自己真正争取到通常意义上的那种"合法性"与"独立"地位。

例如,在北京大学,自上世纪八十年代中期比较文学研究所(今之比较文学暨比较文化研究所)成立以来,比较文学这一"学科"迄今仍是在以"所"而不是"系"的形式存在着。熟悉当代中国高等教育机构内学科组织结构原则的人当然都知道"专业系"与"研究所"之间的某种公开或微妙的学科(或专业)附属关系:后者经常附属于前者。在北京大学,比较文学研究所就自始至今都是"附"在中文系之上的。当然,此种附属关系有时也许纯属特定机构内行政管理上的需要。〔1〕但即便如此,这种关系也仍然时时透露着对于不同学科的"学术身份"或"学科自我认同"的某种成见。

附属于某一系的某一所这里似乎标志着某一作为中心的"正统"合法学科之外的若干轮廓不明的"边界地带"。〔2〕这里,具体的学术地形仍然有待于勘察(如果此处真有所谓"具体学术地形"可以被勘察的话);这里,确定的学科边界依旧有待于划定(如果此处真有所谓"确定学科边界"可以被划定的话,因为其实这些"学科"本身已经属于边界,或已经处于边界之上)。当然,从某种意义上说,允许这样的边界状态的"朦胧学科"或"学科朦胧"以某种附属形式而存在,这一事实本身就已经是某种宽容的体现。但这样的"宽容"其实也蕴含着某种涵义暧昧的焦虑期待或期待焦虑:所谓中心学科或主导学科(中国大陆目前所谓"一级学科")的这些"边界区域"(亦即,存在于边界两边的区域,或更严格地说,存在于边界之上的区域,如果我们真能知道"存在于边界之上"意味着什么的话,如果我们真能知道如何"存在于边界之上"的话。因为,严格说来,所谓"边界"必然总是亦此亦彼,非此非彼,因而总是"虚而不实",而无任何"之上"可言)究竟是会继续以面目不清的形式就这样存在下去呢,或是会终于明确地成为"学术首都"的"特定省份"呢,还是会最终宣布彻底的"独立"(而成为一个新的"学术国家")呢?

这里暂且不论"独立"对于比较文学这一学科"本身"——如果我们确实可

---

〔1〕 自北京大学比较文学所1985年建立,直至其于1997年被完全纳入北京大学中文系,该所一直是在编制上和学术上享有相对的独立性,但在财政上却没有独立性。

〔2〕 此处需要思考的不是"边缘"而是"边界"——那同时分开/连接着此一与彼一特定领域的界线,那其实既不属于任何一方而又同时属于双方但其实却首先使任何特定的"主权领域"之存在成为可能者的虚拟之线——本身及其所包含的复杂问题。边界之所以必然是虚拟之线,是因为它从不可能切实地存在。边界始终只是而且也只能是那个微妙的"之间"。然而,这一"虚拟"却可能比任何"切实"都更加切实。

以在某种意义上谈论比较文学"本身"的话,亦即,如果比较文学真能有一确切的"本身"可言的话——究竟将会意味着什么。首先,任何欲为比较文学争取独立——即使仅仅是有限的独立——的运动都似乎必须始终面对一个直接的内在困难:无论我们能为比较文学发明出一个如何精密、如何完善的定义,"比较文学"之"比较"这一概念都必然蕴含着或要求着对不止一个文学之存在的某种确认。[1] 因为,如果我们"顾名思义"(如果比较文学之名真的可以允许我们顾其名而思其义的话,因为我们其实也知道,"比较文学"从来就不是一个"正名",所以才始终都有要求为其正名的呼声[2]),那么"比较文学"之"比较"就必然要求着有可被比较之"文学"。而这就意味着,此处所言之"文学"必然是复数形式,亦即必然不止一个。所以,"比较文学"之名本身就已经预设了:存在着不同的"文学",可以根据种种标准并以种种形式加以"比较"的"文学",即使此"根据种种标准"而"以种种形式"进行的"比较"可能会以完全不为人所熟知的面貌而出现。唯其如此,需要对不同文学进行比较研究的比较文学才很难真正独立起来,如果"独立"意味着独立于其他特定文学研究领域的话。

比较文学其实不可能独立存在于任何特定文学研究之外,更不可能独立存在于任何特定文学研究之上,而仅仅只能存在——假使其真能以某种方式"存在"的话——于不同的特定文学研究领域之"间"(就像"比"字在汉语的比较句中只能置身于句中所言及的诸被比较者之间一样),甚至也许就只能仅仅作为此"间"本身——假使"间"也能有一"本身"可言的话——而存在。因为,虽然比

---

[1] 例如,比较文学美国学派的代表人物亨利·雷马克(Henry Remak)在其广为中国比较学者所知的但其实也颇成问题的关于比较文学的定义中就这么自信地说:"比较文学是超越一国范围之外的文学研究,并且研究文学与其他知识领域及信仰之间的关系。……简言之,比较文学是一国文学与另一国或多国文学的比较,是文学与人类其他表现领域的比较。"(Henry Remak, "Comparative Literature, Its Definition and Function", Newton Stallknecht & Horst Frenz, eds., *Comparative Literature: Method and Perspective*, Carbondale: Southern Illinois University Press, 1961, p. 3.)但欲如此定义比较文学,那就必须已经知道所谓不同国别文学的界线何在,以及文学与其他"表现领域"的界线何在。然而,这些界线其实并不是自然给定的事实,因而并非那么容易就能确认和划出。

[2] 例如,乌尔里希·维斯坦因的《我们自何而来?我们是什么?我们向何而去?:比较文学的永恒危机》(Ulrich Weisstein, "D'où venons-nous? Que sommes-nous? Où allons-nous?: The Permanent Crisis of Comparative Literature", *Canadian Comparative Literature*, June 1984)一文即以雷恩·库柏(Lane Cooper)的下述戏谑之言为其第一题辞:"但'比较文学'这个伪术语是经不起任何真正推敲的……你也蛮可以让自己说'比较土豆'或'比较谷皮'嘛。"(p. 167. 汉语翻译见孙景尧编选:《新概念,新方法,新探索——当代西方比较文学论文选》,漓江出版社,1987年,第22页。该书汉语译文此处不准确。)

较文学作为理论话语当然会有所言说，但其所言及者——其所分析和判断者——却必然始终都只能或为**此**特定文学，或为**彼**特定文学，而不可能是彼与此合言之(单数的或大写的)文学，尽管比较文学的典型言说方式可能会比特定文学研究的言说方式多出"**与此/彼文学相比**"这样一句明确或隐含的限制语："与此/彼文学(或作品，或作者)**相比**，彼/此文学(或作品，或作者)乃如何如何。"

因此，一旦比较文学开始受到要去合言其所"比较"之诸文学这样的宏大诱惑，换言之，一旦比较文学开始让自己去谈论"比较文学"之应该或正在走向所谓"世界文学"(或"普遍文学"，假使我们真能知道所谓"普遍文学"意味着什么的话)，它其实就开始在允许自己有意或无意地走向自身之终结了。如果比较文学欲自觉地约束自己以避免此种"自尽行为"，那么它似乎就也应该去约束自己以避免争取独立，因为那也将会是比较文学自身结束自身的另一种"自尽行为"。就其某种本义——如果"比较文学"真有所谓本义的话——而言，"比较文学"作为(诸)"文学"的"比较"即不可能独立，亦即，独立于任何特定文学，独立于任何特定文学研究。比较文学的独立将意味着比较文学的消失，独立了的比较文学就将不再是比较文学。[1] 于是，我们就面对这样的"吊诡"现象：比较文学的独立将会是其不独立与消失，而其不独立却可能会是其某种独立与存在。比较文学似乎就只能如此悖论式地以不独立而保持其某种独立，或以某种独立而保持其必然的不独立。

只能存在于不同文学研究之"间"，甚至只能作为不同文学研究之"间"而存在，比较文学在某种非常深刻的意义上其实必然——一如那不可能有任何本身可言的"之间"——始终都是视而不可见，听而不可闻，触而及不可的。[2]

---

[1] 因为，一旦处于"之间"的甚至本身就作为"之间"而存在的比较文学独立(假使这是可能的话)，比较文学就只是与其他特定(国别)文学研究并立的又一种特定文学研究了。于是我们就又需要寻找或发明可以"比较"比较文学研究与其他特定文学研究的话语。然而，这一逻辑的或理论的论辩并不意味着，在现行学术体制中比较文学不应该有独立的体制性存在。相反，有保证的体制性的——亦即，作为独立学科的——存在也许正可以让比较文学更好地保持其本质上非此非彼、亦此亦彼的边界性质。或者，用流行的话说，其"跨学科性质"。但当比较文学或任何跨学科研究在体制上成为独立"学科"之时，这些"学科"又应该注意防止自身因不慎或自满而失去其重要的作为学科之间的边界的性质，而独立为只是又一个学科而已。

[2] 这就是说，比较本身，或差异本身，是看不见的。是以所谓"比较文学"才始终都难于定义。从某种意义上说，比较文学当然也需要回答自己是什么，但却必然无法回答自己是什么。而这一"无法"并不是其弱点，因为说自己"是什么"就意味着将自身"比较—区别"于自身所不是者。但如果一切皆由于"比较—区别"而获得各自的确定地位、身份或意义，我们又将如何去比较"比较"本身，或去区别"区别"本身呢？

若果如此,这个在某种意义上必然不会有任何"本身"或任何"实体"可言的、始终都会有些"虚无缥缈"的比较文学,又如何才会或如何才能让自己去独立呢?承认了这一"争取独立运动"本质上的困难性甚至不可能性,某种天真的比较文学也许会选择让自己轻松地——可能也是不无某种优越感地——逍遥于不同文学之间。但"不同(的)文学"这一表述却又立即蕴含着,我们已经知道何为或何谓"文学",已经知道不同的(国别)文学之间的边界何在,并且已经知道为此边界所分开的各个(国别)文学之间的相近及不同。此种"知识"——例如,知道何为"中国文学",何为"日本文学",何为"法国文学",何为"美国文学"等等——对于此种自信的或天真的比较文学似乎不言而喻,理所当然。无此知识,比较文学的比较似乎即不可能开始,而那样的话当然也就不可能有任何所谓"比较文学"。而这也就是说,从表面上看,有关特定(国别)文学的知识似乎必然先于所谓比较文学而为后者之存在的可能性之条件。亦即,后者似乎必须以某种方式"寄生"在前者之上。

然而,难道不也应该反过来问一下:此种似乎无可质疑的知识——那似乎让比较文学得以开始的知识,那知彼文学之为彼文学、知此文学之为此文学的知识,而且,首先,那知何谓或何为文学的知识——本身又如何可能,或能从何而来呢?让我们此处暂且仅为下文的进一步分析而预先提出这一问题。

其实,也许正是因为,在中国,这些历史远非悠久的、自二十世纪初期才开始形成的现代(西方)"文学"概念似乎迄今仍被视为不言而喻,而这也就是说,正因为文学本身的边界(如果所谓"文学"也真能有所谓"本身",并因此而真能有任何明确的边界的话[1]以及不同(国别)文学之间的边界尚未成为我们的问题[2],尚未受到严格的质疑,尚未受到思考和分析,所以比较文学才可以依

---

[1] 此乃一切文学研究其实都需要首先回答的"何谓/为文学?"的问题。而正是因为"文学"的边界其实(也许必然)始终模糊不清,而这也就是说,"文学"之"本身"也许必然始终都会处于"姜身未分明"的状态,才会有那么多试图回答"文学是什么"的理论努力。伊格尔顿在其《二十世纪西方文学理论》(*Literary Theory: An Introduction*)(伍晓明译,北京大学出版社,2006 年,第 9 页)中讨论何为"文学"时曾引约翰·M. 艾里斯(John M. Ellis)不无调侃之意的话说,"'文学'一词起作用的方式颇似'杂草'一词:杂草并不是一种具体的植物,而只是园丁出于某种理由想要除掉的任何一种植物"。当然,与"杂草"相反,一般来说,"文学"不是人们想要除掉者,而是想要栽培者。当然,我们知道,也有欲除掉"文学"的人和时代。

[2] 不同国别文学其实并非是自然给定的。例如,如何确定十月革命后那些流亡美国并以英语写作的俄国作家的国别身份?如何确定居住在法国的前捷克作家米兰·昆德拉的国别文学身份?或如何确定那些出生和成长在中国,现在却以外语在国外写作的作家的国别文学身份?

旧——幸运或不幸地——被或隐或显地视为首先并主要只是基于——或附属于——对不同国别文学的具体研究之上的某种"比较研究"而已,无论人们愿意在何种意义上理解和使用这一字眼。这一"基于"或"附属于"当然立即就以某种方式确立了具体的国别文学研究对比较文学研究的某种优先和支配地位。

所以,一旦提到自己研究的是比较文学,你似乎自然而然地就会期待那些非比较文学学科内的学术朋友提出下述礼貌性的问题:你比较哪些不同的文学? 而这种似乎绝对无伤大雅的问题却很可能经常置那些涉足于比较文学者于某种困窘之中。因为,首先,比较文学的理论和实践其实早已在努力超越——并且确实已经在很多方面以不同的形式超越了——此种据说是比较文学研究中最传统、最经典的"关系和对比研究"的模式。因此,很多比较文学研究者其实很难具体地说出自己究竟是在"比较"哪些国别文学。其次,这种问题的逻辑本身也蕴含着:在能够声称具有比较不同国别文学的资格以前,你究竟精通哪一或哪些具体的国别文学? 而正因为你为了要进行"比较"而已经跳入不同文学之"间",已经居于不同文学之"间",或已经不再专属于任何特定的文学研究领域,所以谦虚的你似乎又不愿声称自己对任何一个具体国别文学拥有像那些毕生研究它们的专家一样的发言权(因为庄子早就说过:"吾生也有涯。")。[1] 因此你知道,当你决定进入比较文学这一轮廓不清的"边界"区域(或选择危险地逗留于此"边界"之上)时,你就已经在开始冒险了:冒放弃(国别文学)专家的权威、远离公认的(既定)中心而甘于被人忽视甚至遗忘之险。因此,当被人问及何以欲居于不同文学之间(而不是安全稳定地待在特定文学研究的领域之内),以及正在居于何种不同文学之间时,很多比较文学研究者才总是感到自己立即就被不无尴尬地置于某种必须辩明自己之学术身份的防守地位之上。而这也就是说,感到自己被不无困窘地置于某种必须辩明比较文学"本身"的身份或其合法性这样一种防守地位之上。

是以才有那自"比较文学"诞生之日起即开始存在的对其合法身份与独

---

[1] 因此就有那个其中认真成分其实远多于玩笑成分的讽刺性说法:学比较文学的就是那些中文不好、外文也不好的人。没有能力把任何一种文学钻深研透,于是就只好去比较! 就好像比较可以成为不能精深于任何特定文学研究的借口一样。其实,对于所有比较性学科,都有着类似的不信任看法。但此种不信任其实也存在于同属文学研究领域的不同国别文学研究之间:学中国文学的有可能会被认为是外语不好的人,而学外国文学的则有可能会被认为是中文不好的人。在哲学研究领域也有某种可以与此进行"比较"的流行说法。在英美哲学研究的学术语境中,有人将研究英美分析哲学者与研究欧洲大陆哲学者之间的某种"文人相轻"概括为:学分析哲学的是不学外语或学不了外语的人,而学欧洲大陆哲学的则是不学逻辑或学不了逻辑的人!

立地位的或隐或显的怀疑,以及与之相应的比较文学本身——如果比较文学真能有一"本身"的话——(或比较文学研究者自己)所似乎时时需要做出的或含蓄或明确的自我申辩或自我正名[1],还有它那似乎始终挥之不去、隐隐难言的某种自卑情结(亦即,面对"精通"特定文学的研究者时可能会感到的自卑。当然,自卑情结又必然以种种复杂的方式与某种自大情结相连:你虽专精但有局限,我虽不专不精却能超越)。

比较文学的学术合法性与独立地位究竟何在,如果我们仍然相信它应该享有某种合法性与某种独立地位的话?从事于比较文学的研究者何以竟然可以选择居于不同的国别文学或文学国别之"间",却没有任何一个合法的文学研究国籍,如果我们仍然假定它也应该拥有某种国籍的话?

然而,问题是否也可以反过来提呢?如果不是已然有**某种**比较文学,某种并非通常意义上的比较文学,某种也许经常只是隐而不显地待在甚至完全消失于所谓国别文学研究——任何国别文学研究——之内的比较文学,某种也许从未被堂而皇之地冠以"比较文学"之名的甚至永远也不会被冠以此名的比较文学,是否还能有任何通常所谓的"国别文学"或"文学(的)国别"及其研究呢?

因为,抽象地说,"文学"这一观念,或诸可被纳入此观念者,只在比较中才存在,只通过比较而存在,并且只被不断的比较维持着其继续的存在。因为,所谓"文学"——或任何事物,任何概念——都只能通过比较而区别于其他事物或观念并认同于自身,因而此所谓"自身"已然是比较的产物,已然产生于比较之中。一方面,正是通过比较,"文学"才可以区别自身于所谓"非文学",亦即,区别自身于其"他者"。只有如此,我们才有所谓"文学"可言。这就是说,"文学"与"非文学"总是相对而言者或相比较而言者,总是只相对于或相比较于其对方或他者方才作为自身之所"是"者而存在。这就是为什么可以说文学其实并无任何"自身"可言。[2]另一方面,通过比较,"文学"——作为一特定的文之总和,或作为一特定的语言文字总体——才可以区别自身

---

[1] 所以会有比较文学乃一始终为其自我存在而焦虑的学科之说。例如,前引维斯坦因之《比较文学的永恒危机》一文开头就说:"在构成其正式生涯的百多年间(案:此文发表于1984年),比较文学一直是极度地过分注意自身的,而且……一直让自己屈服于一种几乎是病态的冲动:要反省自身,要质疑(自身的)命运。"(Ulrich Weisstein, *Canadian Comparative Literature*, June 1984, p.167.)

[2] 在作为现代学科的"中国古典文学研究"试图在中国传统之文中决定何者为"文学",何者为"非文学",何者介乎所谓"文学"与"非文学"之间时,这一点表现得尤为明显。

于其他"文学",而由此我们就可以有比较文学习惯于谈论的"国别文学"或"语种文学"(例如,汉语文学,英语文学,西班牙语文学,拉丁语文学)等概念。

如果情况真是这样,那么,**某种**比较文学,某种其实也许不可须臾离开的比较文学,某种原初意义上或根本意义上的——如果我们可以这样说的话——比较文学,某种"原始比较文学",可能不仅并非任何具体国别文学研究的派生和附庸,而且反倒是那首先使任何一种所谓国别文学及其研究成为可能者。当然,我们也立即就可以开始怀疑,这样的"先于国别文学的比较文学",或"文学之前的比较",还能算是"比较文学"吗?

二、比较之前的文学:汉语传统中"文(与)学"之意义

为了回答这样的问题,让我们首先简单回顾和分析一下古汉语的"文学"之义,然后再考察一下现代汉语中"文学"观念的形成,以及"中国文学"之作为一门现代专业学科的短暂历史。

中国过去并无可与西方的(拉丁语源的)"literature"对译的"文学"这一其实颇为现代的概念。[1] 但这当然不是说,"中国过去没有自己的文学",如果我们真能知道这一暧昧的表述以及其中之"文学"一语意味着什么的话。[2]

---

[1] 英语"literature"一词源自拉丁语"litteratura",此词则来自"littera",亦即"letter",拼音文字之字母。广义的"literature"乃所有文字构成之作品。故此词亦有"专题文献"之义。至于狭义的"literature",即今之通常所谓"文学",可参见库顿在其《文学术语词典》(J. A. Cuddon, *A Dictionary of Literary Terms*, London: Andre Deutsch, 1977, pp. 365 - 366)中对"literature"一词的解释:"一个模糊的词,通常指那些属于主要文类(genre)——叙事诗、戏剧、抒情诗、长篇小说、短篇小说、颂歌——的作品。如果我们把什么东西相对于其他东西而描述为'literature',那么这个词就具有了表示性质的涵义,亦即,所言之作品具有卓越的性质,远远高于普遍的写作。例如,'乔治·艾略特的小说是文学,而弗莱明的邦德则绝对不是。'"但库顿也指出,很多不属于主要文类的作品也可能因为其文笔之出色、其原创性以及其审美性和艺术性而被视为文学。他顺手列出的单子从亚里士多德的《诗学》和《修辞学》、贝克莱的《柏拉图对话》直到瑞贝卡·韦斯特夫人的《叛卖的意义》。

[2] "中国过去(没)有自己的文学"这一表述的暧昧性在于,如果从"文学"一词的现代的或西方的意义上看,那么可以说中国既有也没有自己的文学,因为中国传统中"文"或"文章"的概念既窄于亦宽于这样的"文学"或"literature"概念。所以,一方面,例如《文心雕龙》所讨论的很多"文类"就不会被列入现代中国大学的文学课程,但另一方面,现在被如此看重的传统"白话小说"(胡适等甚至认为这是中国传统中唯一的真文学或活文学)却被传统排斥在"文"或"文章"之外。是以鲁迅在1920年代才会说,"当我留心文学的时候,情形和现在很不同:在中国,小说不算文学,做小说的决不能称为文学家。"关于这一说法的问题,详见本文以下提及鲁迅对文学之看法时的论述。

只是我们如今似乎已经过分地习惯于现代汉语中所说的"文学",一个其实仍然含糊的名称,或一个其实仍然朦胧的概念,以至于经常自觉或不自觉地忘记了,这一意义上的"文学"并不存在于中国传统之内。当然,《论语·先进》中已见"文"与"学"之连言:

> 德行:颜渊、闵子骞、冉伯牛、仲弓;言语:宰我、子贡;政事:冉有、季路;文学:子游、子夏。

而这可能会让人觉得,在汉语传统中,"文学"早就作为一个名称——即使可能还不是一个边界清晰的概念——而存在了。但在此语境中,与"德行""言语""政事"相并列的"文学"乃是"文"与"学"之合称,因此乃是分指两事(尽管是以某种形式相近或相关之两事)而非合言一事者,一如"德行"乃指"德"与"行","政事"乃指"政"与"事"。[1] 故邢昺《论语注疏》即径释"文学"为"文章博学",亦即,"文章"与"博学"。[2]

但如果可以"文章"释孔子所言之"文学"中的"文",那么"文章"在汉语传统中又何谓?《论语·公冶长》中载子贡之语云:

> 夫子之文章,可得而闻也;夫子之言性与天道,不可得而闻也。

朱熹《论语集注》释此"文章"之义为"德之见乎外者,威仪文辞皆是也"。刘宝楠则以为,此"文章"指孔子所传之诗书礼乐。比较《论语》中另一处所言"文章"之义,朱注此处似更为可从。[3] 考诸先秦文献,"文章"并无后世和现代的"文字构成之篇章"之义。[4] "文章"连言,本指不同色彩相映而互显(据说青

---

[1] 我们知道,《论语·子路》中孔子特意分言"政"与"事":"冉子退朝,子曰:'何晏也?'对曰:'有政。'子曰:'其事也!如有政,虽不吾以,吾其与闻之!'"至于"德行",刘宝楠《论语正义》(中华书局,1990年,第441页)引《周官》师氏注云:"德、行,内外之称。在心为德,施之为行。"

[2] 杨伯峻《论语译注》中以为此"文学"指对古代文献的熟悉。刘宝楠《论语正义》引沈德潜"子游之文学,以习礼自见"等说,以为此"文学"指实践礼的知识技能。在其《比较文学·比较诗学·人文之道》一文所附之《"文学"的解放》中,张沛基于朱熹对"文"的解释而以"文学"为对于"文"亦即礼乐或国家生活制度之"学习"(见陈跃红、张辉、张沛编:《乐在其中——乐黛云教授八十华诞弟子贺寿文集》,北京大学出版社,2011年,第322页)。

[3] 《论语·泰伯》:"子曰:'大哉尧之为君也!巍巍乎唯天为大,唯尧则之。荡荡乎民无能名焉。巍巍乎其有成功也。焕乎其有文章。'"

[4] 检索台湾"中央研究院"古汉语资料库(http://hanji.sinica.edu.tw/),先秦典籍不见有"文字构成之篇章"意义上的"文章"。《荀子》中经常"黼黻文章"连言,更明确了其图案徽记之义。在西汉司马迁所著之《史记》中,"文章"仅七见,其一为《孔子世家》中引《论语》"夫子之文章"语。仅《三王列传》(疑非出司马迁之手)及《儒林列传》("明天人分际,通古今之义,文章(下转第41页)

与赤相间谓之"文",赤与白相间谓之"章"〔1〕,如屈原《橘颂》颂桔之美曰:"青黄杂糅,文章烂兮。"故"文章"亦被用以指有社会文化意义的图案或徽记。它们多由鲜艳的颜色组成,用于标志人或物的社会等级或地位("明贵贱"或"辨贵贱")。意义延伸之后,"文章"遂可泛指表现出内在深刻意义(尤其是道德意义)的外在悦目形式。圣人之举动("威仪")言语("文辞")皆为其内在之德的外在之形,故孔子可以赞叹尧之"文章",而子贡亦可以赞叹孔子之"文章"。〔2〕

但凡此所言之"文章",尚非孔子笔之于书而成之"文章"。"文章"之所以能逐渐转义为后来的"文字构成之篇章",以至于后来的《论语》注释者之一刘宝楠只在此义上理解"夫子之文章"的"文章",可能是因为"文字构成之篇章"实乃"人文(制度)"本身之最美丽的"图案"或"徽记",或人的文化创造力量(人之德)之最彰明昭著的形式表现。但虽然《论语》中连言之"文章"尚无后世的"文(字构成之篇)章"之意,其中单言之"文"字之义则确实包括了后世所谓之"文章",亦即,著之于竹帛的诗书礼乐,故邢昺在此意义上以后世所谓之

(上接第40页)尔雅,训辞深厚,恩施甚美)中"文章尔雅"之"文章",开始有"文辞"之义。但"文辞"亦尚非后世之"文章"。《淮南子·泰族训》中"孔子弟子七十,养徒三千人,皆入孝出悌,言为文章,行为仪表"之"言为文章",也不是后世"出言成章"之意。东汉王充始在"文字构成之篇章"的意义上使用"文章"一语:"传书言:'仓颉作书,天雨粟,鬼夜哭。'此言文章兴而乱渐见,故其妖变故天雨粟、鬼夜哭也。"《后汉书》中"文章"一语多见,其"文字构成之篇章"已经确立。例如,《列传/宗室四王三侯传第四/北海靖王兴》:"临邑侯復好学,能文章";《列传/桓谭冯衍列传第十八上/桓谭》:"桓谭……能文章,尤好古学,数从刘歆、扬雄辨析疑异。"至汉末魏晋间,有关这一意义上的文章的论述开始出现,挚虞之《文章流别论》当为其著名者。他从功用角度为文章定义曰:"文章者,所以宣上下之象,明人伦之叙,穷理尽性,以究万物之宜者也。"魏文帝曹丕则从治国角度看文章之用:"盖文章经国之大业,不朽之盛事!"集古典文论之成的刘勰关于文章之用的说法是:"唯文章之用,实经典枝条,五礼资之以成文,六典因之以致用,君民所以炳焕,军国所以昭明,详其本源,莫非经典。"(《文心雕龙·序志》)至于"文章"的外延为何,他一言以蔽之曰:"圣贤书辞,总称文章。"(《文心雕龙·情采》)我们下文将看到,直至1907年时,鲁迅基本仍在这样的意义上使用"文章"一语。

〔1〕见王先谦《荀子集解》注引,第180页。《周礼·考工记》:"赤与白谓之章。"
〔2〕个体的圣人有"文章",人群之整体也有其"文章"。《韩非子·解老》中称,"礼者,所以貌情也,群义之文章也。"此即以(作为形式的)人文制度为人之情感与道德原则的可见图案或徽记。章太炎在《国故论衡·文学略论》(中华书局,2008年,第248—249页)中说:"古之言文章者,不专在竹帛讽诵之间。孔子称尧舜'焕乎其有文章',盖君臣朝廷尊卑贵贱之序,车舆衣服宫室饮食嫁娶祭葬之分,谓之文。八风从律,百度得数,谓之章。文章者,礼乐之殊称矣。其后转义施于篇什。"这是将《论语》中孔子所言之尧之"文章"的意思过分扩大了。但其言"其后("文章"一语)转义施于篇什",则不误。

"文章"释"文学"中之"文",亦非不确之论。

至于"博学"一语,《论语》中亦数见。其中一处明确地以"文"为"博学"之所学者:"君子博学於文。"[1]另一处则有"行有余力,则以学文"之说。[2] 如前所述,此"文"在孔子时代的语境中尤指诗书礼乐。但一般而言,"文"可以指一切典章文献,或所有凝固结晶为文字篇章者。狭义的"文章"之"文"则又体现着广义的"人文"或"文化"之"文"。"学"或"博学"可以是学具体凝聚于"文章"之中的"文",但却不必仅限于此"文"。例如,《学而》篇中孔子所言之"好学"说的就不是学习狭义的"文章"之"文":

> 君子食无求饱,居无求安,敏於事而慎於言,就有道而正焉,可谓好学也已。

或同篇之中子夏所言之相对于"未学"的"(已)学":

> 贤贤、易色;事父母,能竭其力;事君,能致其身;与朋友交,言而有信。虽曰未学,吾必谓之学矣。

据此,"学"也包括对"德行"(道德准则或做人方式)的学及与此相连之习。而当"学"乃为学习典章文献之"文"时,此学之成果一方面应可为知识之增加,一方面则应可为某种能力之形成。"文"因而也可以意味着由"学"而来的一种特定能力,亦即俗语所谓"能文能武"之"能文"。此"能文"一般而言尤指具有良好的文字表达能力。而此所谓"表达"的一个基本方面则又必然是以"文"(语文)来表达"学"(学问),因为传统之"学"必然总要通过历代之"文"——文字构成之篇章——而得到继续和发展。而且,即使"文"所表达的不是"学",而是所谓"志"或"情"(情志是传统诗文的内容),后者其实也总是已经以种种方式为学——特定的学,不同的学——所型塑、所界定。所以,在中国传统中,"文"与"学"之连言是有章可循的,因为不可能有完全无"文"之"学",也不可能有完全无"学"之"文",尽管向着其中一方的偏倚将会导致"文"与"学"在后世的某种分道扬镳。而有学又能文,即为深于或长于传统意

---

[1] 《论语·雍也》:"子曰:'君子博学於文,约之以礼,亦可以弗畔矣夫!'"此语又见于《颜渊》篇。《子罕》篇云:"达巷党人曰:'大哉孔子,博学而无所成名。'"《子张》篇云:"子夏曰:'博学而笃志,切问而近思;仁在其中矣。'"

[2] 《论语·学而》:"子曰:'弟子入则孝,出则弟,谨而信,泛爱众,而亲仁。行有余力,则以学文。'"

义上的"文学"者。

《论语》之后,"文"与"学"之连用似并不见于《孟子》《老子》《庄子》等书。《荀子》中"文学"一语约四见,其用法表明,文与学——作为个人的能力和知识,但也作为一种品德修养——是可以逐渐积累起来的。例如:

> 今人之化师法,积文学,道礼义者为君子;纵性情,安恣睢,而违礼义者为小人。(《荀子·性恶》)[1]

《韩非子》中"文学"一语约十四见,经常用以形容当时的某一类人,即韩非心目中那些扰乱君主之法者。例如:

> 学道立方,离法之民也,而世尊之曰文学之士。(《韩非子·六反》)[2]

其所谓"文学之士",实即我们以上所说的"有学而能文者"。只不过与荀子相反,以君主之法为至上的韩非对这样的"文学之士"或"文学"本身并无多少敬意而已。

到了汉代,"文学"一语亦大致不出此范围。例如,汉文帝下《策贤良文学诏》,以求国中之贤良与文学之士。汉武帝下《议不举孝廉者罪诏》,说自己"旅耆老,复孝敬,选豪俊,讲文学"。汉昭帝有《举贤良文学诏》:"令三辅太常举贤良各二人,郡国文学高第各一人。"汉宣帝在《凤皇集甘露降诏》中要求"博举吏民厥身修正,通文学,明於先王之术"者。董仲舒《元光元年举贤良对策》则将"重禁文学"列为秦朝灭亡的原因之一。[3]

南北朝时,刘义庆作《世说新语》,仍依《论语》所言之"德行、言语、政事、文学"四科,而以《文学》为其所记当日"新语"之一类。观其所载,大致乃学与

---

[1] 在《荀子》其他几处有"文学"出现的段落中,此语的用法或意义与文中所引荀子段落相似。例如,《荀子·王制》:"虽庶人之子孙也,积文学,正身行,能属于礼义,则归之卿相士大夫。"又如,《荀子·大略》:"子赣季路故鄙人也,被文学,服礼义,为天下列士。"

[2] 又如:"乱世则不然,主上有令,而民以文学非之;官府有法,而民以私行矫之,人主顾渐其法令,而尊学者之智行,此世之所以多文学也。"(《韩非子·问辩》)

[3] 董仲舒《元光元年举贤良对策》:"秦继其后,独不能改,又益甚之,重禁文学,不得挟书,弃捐礼谊而恶闻之,其心欲尽灭先王之道,而颛为自恣苟简之治,故立为天子十四岁而国破亡矣。"以上诸诏及董文分别见严可均《全上古三代秦汉三国六朝文·全汉文》卷二、卷三、卷五、卷六及卷二十三。

文并臻卓轶者之佳事,而非仅"能文"者。[1]

到了唐代,元结在《大唐中兴颂序》中说,为了歌颂唐朝中兴,需要有"老于文学者":

> 天宝十四载,安禄山陷洛阳,明年陷长安。天子幸蜀,太子即位于灵武。明年皇帝移军凤翔。其年复两京,上皇还京师。於戏!前代帝王有盛德大业者,必见于歌颂。若今歌颂大业,刻之金石,非老于文学,其谁宜为!

其所谓"老于文学",仍兼指深于学而精于文者。有学而又能文,乃可以有机会以自己之"文(与)学"教人。汉代以来之设有"文学"这一官职,大致即以此。[2] 直到后世小说《醒世姻缘》第三十三回中所言之"韩、柳、欧、苏的文学",也还是兼指这些文人的"文"与"学",而不是单指他们所作的那些被我们现在习惯性地算在"中国古典文学"之内的诗文而已。[3]

以上的简略回顾与分析欲表明,中国传统中"文学"之义可说一直大致不出邢昺所谓"文章"与"博学"之范围,尽管这一表述中已经蕴含着后来的分化。因此,虽然传统所言之"文学"还不是我们今日以为其意义似乎不言而喻之"文学",但"文学"之"文"的含义在后世将日益偏于形式方面,亦即,偏重于指言语文字的表达能力[4],而"文学"之"学"的含义在后世则日益偏于内容方

---

[1] 《世说新语·文学》共一百零四条,多记汉代经学大师如马融、郑玄,及魏晋善谈玄说佛者如王弼、何晏、慧远、支道林等之轶事。其言及我们今日可能会收入"中国古典文学"选集者仅十数条,如六十六记曹丕令曹植为七步诗,六十八记左思之《三都赋》如何初得见重于世,六十七记阮籍之下笔成文神速,六十九记刘伶做《酒德颂》,七十五记庾亮与庾子嵩言作《意赋》之有意与无意,七十六记阮孚评郭璞诗句"林无静树,川无停流",七十七记庾阐之如何为庾亮改《扬都赋》之两字,七十九记谢安之评庾阐《扬都赋》,八十六提及孙兴公之《天台赋》,八十八记谢尚之江上闻咏而得识袁宏之诗才,九十二及九十七之提及袁宏之作《北征赋》与《东征赋》,九十八记人问顾恺之其《筝赋》与嵇康之《琴赋》孰优等等。

[2] 汉代于州郡及王国设"文学"或"文学掾""文学史"等职,为后世教官之所由来。汉武帝为选拔人才,特设"贤良文学"科目,由各郡举荐人才上京考试。被举荐者称"贤良文学"。"贤良"乃品德端正、道德高尚者;"文学"则指精通儒家经典的人。魏晋以后还有"文学从事"之名。唐代于州县置"博士",德宗时又改称"文学"。太子及诸王以下亦置"文学"。明清废此官职。

[3] 《醒世姻缘》第三十三回"劣书生厕上修桩,程学究裈中遗便":"如今的官府,你若有甚么士气,又说有什么士节,你就有韩、柳、欧、苏的文学,苏、黄、米、蔡的临池,且请你一边去闲坐。"

[4] 亦即,中国传统中开始出现对文本身的强调。这一强调主要不是看文——文章——表达了什么,而是看其如何表达或表达得如何。梁昭明太子萧统即主要根据这一标准而从古代到他自己的时代所积累下来的广义之文中进行选择。其结果为《文选》之编辑。顾名思义,(下转第45页)

面,亦即,偏重于指对典籍文献的了解,以及对学问或道理的掌握。[1] 例如,萧子显《南齐书》卷五十二列传三十三在《文学》之题下为当时一些有学而能文者作传,其中甚至包括祖冲之这样的如今会被视为"古代科学家"者,但其卷末论赞却已经开始明显地集中于对"文章"而非"博学"的论述:

> 文章者,盖情性之风标,神明之律吕也。……属文之道,事出神思,感召无象,变化不穷。俱五声之音响,而出言异句;等万物之情状,而下笔殊形。

而此所言之"文章"强调的则已是其作为表达媒介之如何进行表达。这就开始接近今日所谓"文学"的一个主要方面了。我们以下将会看到,在二十世纪初,提倡新文学的胡适其实基本上也还是从表达方面来理解文学的。

三、比较之中的文学:现代汉语中"文学"观念的成形

以上所言之传统的"文学"之义,与中国文化二十世纪接触西方文化以来所形成的现代汉语中的"文学"相比,有某种若即若离的关系。因为,"文学"一名在现代汉语中之最终成为一类特定形式的话语(亦即,一种想象性、虚构性、创造性的话语)之总称,如前所已提及者,部分上是由于"文学"这一复合表述中之"文"在意义上原已日益趋向于语言形式表达这一方面。而这一变化则又以某种形式"拖累"或"带偏"了"文学"这一复合表述中之"学"。于是,连言的"文—学"才也可以泛指文字构成之篇章,而且可以尤指其中那些专注于"翰藻"亦即文字表达者。

知此即不难理解,何以五四时代于所谓"文学革命"有发难之功的胡适在总结所谓"新文学"第一个十年的成就之时,说的最多的其实也还只是汉语白

(上接第44页)"文选"乃文——所有文字构成之篇章——之选。入选之文在某种意义上即成为文这一观念的具体"形象"(范例)。这样一个操作的后果是,在中国传统中,"文"这一观念在某种意义上被"窄化"了。于是,所谓"文"现在就不能只是任何文字构成之篇章(这是"文"的传统意义),而必须也是"综缉辞采,……错比文华,事出於深思,义归乎翰藻"者(萧统《文选序》)。在《文选序》的语境中,那似乎也可以被解释为欲追求"内容"与"形式"之平衡的"事出於深思,义归乎翰藻"其实已经大大地向"翰藻"亦即文字表达方面倾斜了。

[1] 在中国传统中,诸如"(魏晋)玄学""(宋明)理学"("道学""心学")等皆为其代表。

话之如何取代文言而为新的"文学语言",亦即,表达工具。[1] 至于应以这一新的文学语言所写出的新的"文学"在内容上究竟会当如何,其实提倡者自己在开始时也还非常朦胧。而这也就是说,不见于中国传统之中的新的汉语"文学"观念彼时仍在形成之中。胡适解释说,在他们提倡新(革命)文学之初,之所以还只能先谈"形式"(白话,活的文学),而尚不能谈"内容"(人的文学),是因为"世界的新文艺都还没有踏进中国的大门里,社会上所有的文学不过是林纾翻译的十九世纪前期的一些作品",直至1918年6月《新青年》出"易卜生专号",才"是我们(案:指《新青年》同仁)第一次介绍西洋近代一个最有力量的文学家"。[2]

因此,即使在胡适、陈独秀等人发动所谓"文学革命"之时,汉语的"文学"一词其实还只徘徊在其传统的和现代的意义之间,所以此"革命"的要求更多的还只是文字表达形式方面的主张。在《文学革命论》中,陈独秀虽然在其"文学革命军"的旗帜上大书特书文学革命的"三大主义",亦即,"推倒雕琢的、阿谀的贵族文学,建设平易的、抒情的国民文学","推倒陈腐的、铺张的古典文学,建设新鲜的、立诚的写实文学","推倒迂晦的、艰涩的山林文学,建设明了的、通俗的社会文学",但其文中所言之种种新旧"文学"在概念上是非常含糊的。我们在其中所能感到的乃是中国传统的"文章"观念与现代意义上的"文学"观念的某种混合。[3]

其实,甚至当蔡元培在二十世纪三十年代为《中国新文学大系》作总序时,他所理解的"文学"的意义也仍然只偏于各种文章的文字表达。所以其序中追述中国文章传统时才有如下的说法:

---

[1] 胡适1920年10月14日为回答"何为文学"而写给钱玄同的信一开始就引自己以前为"文学"所下的定义说:"我尝说:'语言文字都是达意表情的工具;达意达得好,表情表得妙,便是文学。'"(胡适:《什么是文学——答钱玄同》,《胡适文集2·胡适文存·卷一》,北京大学出版社,1998年,第149页。)这当然是一个非常宽泛而模糊的说法。但此并非只是思想观念不严密的表现。"文学"之难于定义是根本性的,而不是一时性的。因此,问题最终并非只是应该为"文学"找到或构成一个更完善的定义而已。

[2] 《中国新文学大系·导言集》,第48页。此距胡适在《新青年》上发表《文学改良刍议》已有两年。也同是在1918年,鲁迅的白话小说《狂人日记》亦在《新青年》上出现,"算是显示了'文学革命'的实绩"。见鲁迅:《现代小说导论(二)》,赵家璧主编:《中国新文学大系·导言集》,良友图书公司,1935年,第125页。

[3] 《中国新文学大系·理论建设集》,第44页。陈独秀文中言及的中国传统文学也包括明代的前后七子,清代的桐城派古文等。

> 在文学方面,周易的洁静,礼经的谨严,老子的名贵,墨子的质素,孟子的条达,庄子的俶诡,邹衍的宏大,荀卿与韩非的刻峭,左氏春秋的和雅,战国策的博丽,可以见散文的盛况。[1]

而在二十世纪之初,当王国维在《论新学语之输入》中讨论当时翻译问题时,他所谓"文学"更是与后来逐渐形成的想象性、虚构性、创造性意义上的"文学"无关。其文开篇即言:

> 今年文学上有一最著之现象,则新语之输入是已。[2]

但观其所论之新语,皆为基本理论概念,所以其所谓"文学"实仍沿用传统之"写作"义。

在现代中国学人中,章太炎可能是最早欲明确界定"文学"之义者之一。但在初版于1910年的《国故论衡·文学总略》中,章太炎对"文学"的简单界说却只是:

> 文学者,以有文字著于竹帛,故谓之文;论其法式,谓之文学。[3]

这一界说中包括两项:"文"谓所有文字著作,"学"谓研究,所以章太炎所谓"文学"即"文之学",或有关一切文字著作之研究。此研究所注意者则主要在法则与形式("法式")。这样的"文学"显然已经不是《论语》及先秦所言之"文学"。[4] 但被如此规定的"文学"却也还远非我们如今所说的"文学",一个在现代汉语中与狭义的"literature"对应的"文学"。[5]

其实,即使是二十世纪第一个显示了"文学革命"实绩的鲁迅,当其1907

---

[1] 《中国新文学大系·导言集》,第4页。
[2] 《王国维先生全集》初编5,《静安文集》,台北:大通书局,1976年,第1829页。
[3] 章太炎撰,庞俊、郭诚永疏证:《国故论衡疏证》,中华书局,2008年,第247页。
[4] 《国故论衡》的疏证者已经特意指出了这一点:"今之所论,则为一切文辞之法式。其关于小学者,则上卷论之;关于哲学者,则下卷论之。故此所云文学与周秦亦别也。"(章太炎撰,庞俊、郭诚永疏证:《国故论衡疏证》,第247页。)
[5] 《国故论衡》的疏证者注意到章太炎的"文学"定义可能会引起的批评,故特意为之辩解如下:"此言文学之定义。或病其过为广漠,然文学本以文字为基,无句读文、与有句读文、初无根本之别,其内容至博,不可削之使狭。证之西方,亦有谓游克力〔欧几里得〕之几何、牛顿之物理,莫非文学者矣。专主藻采,则必远于修辞立诚之旨。世人惟不能抉破一切狭陋文论,故有应用文与美文之别。流宕不反,竟有谓美文乃可不重内容,乃可不求人解,乃可不受常识与论理之裁判者,良由持论偏狭,故不胜末流之弊矣。"(章太炎撰,庞俊、郭诚永疏证:《国故论衡疏证》,第247页。)

年以《摩罗诗力说》一文专门介绍西方那些"立意在反抗,指归在动作"的诗人之时(此时鲁迅尚未开始其实际的文学创作活动),其意虽确已在提倡现代意义上的"文学"的精神教育之功用,但此"文学"在其文中却仍被以"文章"称之:

> 涵养人之神思,即文章之职与用也。[1]

通过"神思"这一传统的"文论"观念,我们可以看出鲁迅彼时所言之"文章"——其意义已经开始接近他后来所说的"文学"——与中国传统的"文章"观念之间的联系。[2] 到 1922 年作《呐喊·自序》时,鲁迅开始改用"文学"而不是"文章"来指称他所欲从事的活动:

> 而善于改变精神的是,我那时以为当然要推文艺,……[但]在东京的留学生……没有人治文学和美术。[3]

这里,"文学"被作为"文(学)艺(术)"的一种而提及。这也就是说,鲁迅此时所言之"文学"的意义与所指已经离开了汉语传统意义上的"文学"。但在1925 年写《灯下漫笔》时,鲁迅似又回到了"文学"一词的比较传统的意义之上:

> 但看国学家的崇奉国粹,文学家的赞叹固有文明,道学家的热心复古,可见于现状都已不满了。[4]

---

[1] 鲁迅:《摩罗诗力说》,《坟》,《鲁迅全集》第一卷,人民文学出版社,1981 年,第 73 页。"涵养人之神思"是鲁迅早年对文学功用的看法。他后来则说自己自始即希望以文学"改良社会"。(鲁迅:《我怎么做起小说来》,《南腔北调集》,《鲁迅全集》第四卷,第 507 页)《摩罗诗力说》作于 1907 年。"文学"一词在其中仅出现过一次:"由纯文学上言之,则以一切美术之本质,皆在使观听之人,为之兴感怡悦。文章为美术之一,质当亦然,……"(《鲁迅全集》第一卷,第 73 页)在此语中,"文章"更接近现代意义上的"文学"之义,"(纯)文学"这一表述则似乎是被用来指包括文学在内的一切艺术(鲁迅此处的"美术")的形式方面或审美方面的特质。在其 1926 年作为厦门大学课程讲义而写的《汉文学史纲要》第一章"自文字至文章"中,鲁迅追溯了"文"之本义及引申义,提及"汉时已并称凡著于竹帛者为文章",并谓此"文章""今通称文学"(《鲁迅全集》第十卷,第 350—351 页)。但当鲁迅对学生如此说之时,他似乎没有意识到,传统之"文章"与"今通称文学"者在意义上还是有相当距离的。

[2] "神思"乃魏晋南北朝期间确立起来的重要古典"文论"观念。刘勰《文心雕龙》有专章讨论"神思"。正文以上所引《南齐书·文学列传》卷末对"文章"的论述中,亦出现"神思"一语:"属文之道,事出神思。"在作者为出于神思者,在读者即为涵养神思者。从传统之言文章乃出于神思者,到鲁迅之言为文章乃涵养神思者,是一个从作者角度到读者角度,或从注重创作角度到注重接受角度的转变。

[3] 鲁迅:《呐喊·自序》,《鲁迅全集》第一卷,第 418 页。

[4] 鲁迅:《灯下漫笔》,《坟》,《鲁迅全集》第一卷,第 218 页。

鲁迅此处的"文学家"似泛指那些作论为文者,或研究广义"文学"者。此似可以鲁迅1927年在广州知用中学的讲演为证。他在讲演中说,现在的一个问题"是往往分不清文学和文章。……其实粗粗的说,这是容易分别的。研究文章的历史或理论的,是文学家,是学者;做做诗,或戏曲小说的,是做文章的人,就是古时候所谓文人,此刻所谓创作家。创作家不妨毫不理会文学史或理论,文学家也不妨做不出一句诗。"[1]这里,鲁迅所说的"创作家"才是我们今日所说的文学家。他在此讲演中为听众推荐的几本研究"文学"的书则为苏维埃俄国和受西方影响的日本学者的现代文学理论。[2]这些书,无论其意识形态如何,当然都是为了研究或论述现代意义上之文学而提出的理论。

在晚年所写的《我怎么做起小说来》(1933)中,鲁迅为其在《呐喊·自序》中所说的自己如何做起小说来的过程补叙了一点:

> 当我留心文学的时候,情形和现在很不同:在中国,小说不算文学,做小说的决不能称为文学家。[3]

此时在鲁迅笔下,"文学"一词的现代意义和用法已经相对稳定。这也多少反映着"文学"一词在二十世纪三十年代中国的一般用法:1935年,赵家璧主编,蔡元培作总序,鲁迅、茅盾等著名作家作导论的中国现代小说、散文、戏剧、诗歌作品选集共煌煌十卷以《中国新文学大系》为题在上海出版。这是现代意义上的中国文学创作成就在其第一个十年之后的总体回顾。

四、同时性的"审己—知人":鲁迅之例的简略分析

鲁迅以上"在中国小说不算文学"之语其实透露给我们很多有关汉语中"文学"的现代意义如何形成的消息,故此处值得略作分疏。鲁迅所留心与所欲致力的"文学"已是现代意义上的文学,其典范是欧美和日本的现代文学作品。按照这一标准,小说不仅应该算文学,而且是文学的正宗、主流。现代汉语中的"小说"作为通名似乎最能代表五四新文化、新文学运动中人所理解的

---

[1] 鲁迅:《读书杂谈》,《而已集》,《鲁迅全集》第三卷,第444页。
[2] 鲁迅具体提到的是本间久雄的《新文学概论》,厨川白村的《苦闷的象征》,瓦浪斯基等的《苏俄的文艺论战》,并读读后要"自己再想想,再博览下去。因为文学的理论不像算学,二二一定得四,所以议论很纷歧"。(鲁迅:《读书杂谈》,《而已集》,《鲁迅全集》第三卷,第445页。)
[3] 鲁迅:《我怎么做起小说来》,《南腔北调集》,《鲁迅全集》第四卷,第507页。

"文学"之本质,亦即,一种想象性的、虚构性的、创造性的话语,但却能有重要的社会影响与功用。但这一意义上的"小说"(作为"novel"及"short story"的汉语对等词)已非传统意义上的"小说"。因此,虽然鲁迅在其《中国小说史略》课中将"小说"之名追溯至《庄子·外物》中的"饰小说以干县〔高〕令〔名〕",但他也知道这还并不是后来意义上的"小说":

> 小说之名,昔者见于庄周之云"饰小说以干县令"(《庄子·外物》),然案其实际,乃谓琐屑之言,非道术所在,与后来所谓小说者固不同。桓谭言"小说家合残丛小语,近取譬喻,以作短书,治身理家,有可观之辞"。(李善注《文选》三十一引《新论》)始若与后之小说近似,然《庄子》云尧问孔子,《淮南子》云共工争帝地维绝,当时亦多以为"短书不可用",则此小说者,仍谓寓言异记,不本经传,背于儒术者矣。[1]

"寓言异记"性的传统写作离鲁迅这一代作家所理解的"小说"还是很远的。在后来所讲授的《中国小说的历史的变迁》课上,鲁迅又说:

> 至于《汉书》《艺文志》上说:"小说者,街谈巷语之说也。"这才近似现在的所谓小说了,但也不过古时稗官采集一般小民所谈的小话,借以考察国之民情,风俗而已;并无现在所谓小说之价值。[2]

我们当然应该更具体地阐明鲁迅及其同时代人心目中小说的"价值"为何。但此问题必须另文专题探讨。此处,值得指出的只是,尽管鲁迅明确地意识到,中国最早所谓"小说"不仅不同于他当时所理解之"小说",而且也不同于中国传统中后来所谓之"小说",但似乎还是情不自禁地要从"小说"一名在汉语中的最早出现开始来讲述中国小说的历史。然而,指导和结构这一现代历史叙述的基本观念——现代意义上的"小说"——却已经不是历史性的或来自中国历史的了。所以,这样的工作乃是欲在现代意义上的"小说"之名下为"中国(古代)小说"发明或创造出一个谱系来的话语操作。[3] 这与当时很多

---

[1] 鲁迅:《中国小说史略》,《鲁迅全集》第九卷,第5页。
[2] 鲁迅:《中国小说的历史的变迁》,《鲁迅全集》第九卷,第307页。
[3] 1924年,在西安讲授《中国小说的历史的变迁》时,鲁迅说他自己相信,"文艺,文艺之一的小说",也是"进化"的,尽管此进化时有"反复"而且新旧"羼杂",因此他所要做的就是在"杂乱的作品里寻出一条进行的线索来"。(鲁迅:《中国小说的历史的变迁》,《鲁迅全集》第九卷,第306页。)以某种进化论来指导和结构各种历史论述和叙事,不仅是鲁迅那一时代的普遍现象,也是迄今仍然支配各种历史书籍写作的流行观念。

学者欲在现代意义上的"文学"之名下发明或创造出一个"中国（古代）文学史"来，其实皆属于同类的活动。

现在让我们回到鲁迅的"在中国小说不算文学"之说。鲁迅此语蕴含着对他开始从事文学活动时中国流行文学观念的某种批评。然而，鲁迅此语本身却包含着几层的含混，尽管是非常可以理解的含混。首先，如前所述，中国传统中其实并无鲁迅所理解的现代意义上的"文学"观念。其次，正如鲁迅自己说到的，被用来翻译"novel"及"short story"的"小说"在汉语中的意思及其所指也历经变化。因此，严格地说，鲁迅其实并不能说"在中国，小说不算〔亦即，不被人们认为是〕文学"，而只能说，根据中国传统的"文"或"文章"观念，小说，这在现代的或更西方的意义上被他这一代人认为应该受到重视和推崇的小说，过去在中国是被排斥在其所重视的主要"文类"之外的。[1] 既然中国传统中并无鲁迅心目中现代意义上的"文学"观念，或者说，既然中国传统所谓之"文学"与现代意义上的"文学"并不相等，所以鲁迅其实已经是在一个新的名称和观念——现代意义上的或更为西方意义上的"文学"——之下来重新审视中国整个的"文章"——文字构成之篇章——传统。根据这一新的"文学"观念，中国传统"文学"就不仅应该包括诗词歌赋，而且还应该或更应该包括被中国传统的"文"或"文章"观念所排斥的小说。所以，批评性地说在中国过去小说不算"文学"，而这当然也就是要说，小说在中国现在应该算文学，其实就是要在现代意义上的"文学"之名下为中国传统以及中国现代"重构"或

---

[1] 其实，至迟从明代开始，"小说"已经成为用来指称类型较为确定的一类话语之通名。而当时著名学者如冯梦龙等已经在有意识地为小说争地位了。为此，他也以反向构造的方式将他所理解的"小说"之起源追溯到先秦时代，尽管宋代话本和明代小说与"小说"一语在以前所指者并无多少类型上的相似之处。冯梦龙编著的《喻世明言》之叙开头即云："史统散而小说兴。始乎周季，盛于唐，而浸淫于宋。韩非、列御寇诸人，小说之祖也。"在此叙中，他甚至将通俗小说与《论语》《孝经》相比，称小说家之描写令人"可喜可愕，可悲可涕，可歌可舞；再欲捉刀，再欲下拜，再欲决胆，再欲捐金。怯者勇，淫者贞，薄者敦，顽钝者汗下。虽小诵《孝经》、《论语》，其感人未必如是之捷且深也"。在1898年所作的《译印政治小说序》(《梁启超全集》第一卷，北京出版社，1999年，第172页)中，尽管梁启超对传统中国"小说"基本上持否定态度，说它们"综其大较，不出海淫海盗两端"，但他对"小说"的价值或其社会功能的理解其实却很接近冯梦龙。当然，现在支持着梁启超对"小说"之肯定的已经是英国某名士的"小说为国民之魂"之说了。梁启超即欲以他相信有感人至深之作用的小说来推进中国当时的社会政治变革。在写于1902年的《论小说与群治之关系》(《梁启超全集》第四卷，第884页)中，梁启超明确地称"小说为文学之最上乘"，并以为欲新中国之一切，必自新小说始。由此观之，为"中国小说"发明或创造出一个历史来的欲望并非仅始于鲁迅这一代人。

"创造"出一个应该包括小说在内甚至以小说为主的文学(史)来。[1]

但对于中国的"文"或"文章"传统的这一"重(新)(理)解"与"重(新)构(成)",以及关于在此(被重构出来的)传统中何者应被视为"文学"、何种文字构成之篇章或写作应该被包括在现在这个"文学"之内,必然是当鲁迅发现自己已经置身于中国传统观念与西方文化观念的某种"比较"之中时才可能开始的。[2] 正是在这样的意义上,此一"比较"才必然以某种(不可能的)方式先于汉语中现代意义上的"文学"观念(以及那在此观念之下被名之为"文学"者)的诞生。

我们知道,"比较"一语已经明确出现于鲁迅的《摩罗诗力说》中:

> 意者欲扬宗邦之真大,首在审己,亦必知人,比较既周,爰生自觉。[3]

细读此语,可以看到其如何为弘扬中国文化这样一个"宏大欲望"所驱动。为了这一弘扬,为了中国文化之己的重新寻回、恢复及发扬光大,"审己"很可以理解地成为鲁迅所列出的首要条件,"知人"则作为另一条件紧随其后。二者虽皆为中国文化之自我恢复与重新发展所必需,但在鲁迅的话语中,"知人"是被排在"审己"之后的。我们似乎当然可以代鲁迅为他的这一号召文化比较的话语之中的这样一个先后秩序做出如下解释:无"己"即无以知"人"。所以,"(他)人"必须有某一"(自)己"去知,亦即,去承认,去了解,去认识。"人"为(读为第二声)"己"所知,而且也为(读为第四声)"己"而被知。所以,鲁迅

---

[1] 胡适在《中国新文学大系·理论建设集·序言》(第20页)中曾明言:"……承认白话文学为'正宗',这就是正式否认骈文古文律诗古诗是'正宗'。这是推翻向来的正统,重新建立中国文学史上的正统。"而胡适所说的白话文学主要就是中国古典白话小说。胡适更说:"我们在那时候所提出的新的文学史观,正是要给全国读文学史的人们戴上一副新的眼镜,使他们忽然看见那平时看不见的琼楼玉宇,奇葩瑶草。"(第22页)胡适甚至称此为"哥白尼革命"。鲁迅当时之讲授《中国小说史略》等,其实也有为小说在中国争地位——如果不是争"正统"的话——的意思。

[2] 在收入《訄书》重订本(1904年出版)的《哀清史》一文所附之《中国通史略例》中,章太炎已经明确提及"比较"文化自我与他者之必要,虽然他当时的论述语境是中国通史之研究。与西方历史知识的接触使他意识到:"草昧初启,东西同状;文化即进,黄白殊形。必将比较同异,然后优劣自明,原委始见。是虽希腊、罗马、印度、西腊诸史,不得谓无与域中矣。"(上海人民出版社编:《章太炎全集》第三卷,上海人民出版社,1984年,第331页。)这一说法假定了一个共同的文化起点与诸种不同的文化演进。此点所包含的问题姑且不论。对于本文来说,值得注意的是,章太炎此语已经蕴含着,对于文化自我的自觉意识、反思及价值判断("优劣")其实只能生于比较,亦即来自比较之后。因此,当章太炎要求将中国历史与西方历史、印度历史等进行"比较"时,他已经置身于(或他发现中国文化已经置身于)比较之中了。

[3] 《鲁迅全集》第一卷,第58页。

说的似乎一点也不错:"首在审己,亦必知人。"但如果"知人"只是为了自己,那么此一要求进行比较的话语就可能仍以某种方式而为一个"自我加强逻辑"所支配:自我之走出自身,之走向他者,最终却是为了回到自己,加强自己!这一逻辑支配下的话语因而就还不是能够真正允许他者向自己走来,或让他者作为异、作为新、作为事件而发生的话语。[1]

但"审己"与"知人"其实并不可能如此分别进行,亦即,不可能分出这样的先后次序,不可能"先(审)己"而"后(知)人",而只能在"己"(自己的文化)与"人"(他者的文化)的"同时"比较之中才能实现。因为,严格地说,所谓"(自)己"与"(他)人",以及二者之"可见的"、"具体的"、可被表述的或可形诸话语的差异,其实并不存在于其"互相比较"之前。鲁迅要求中国为弘扬文化自我或自我文化而"审己"和"知人",这当然已经是出于"自觉"的行动。无此"自觉"即不可能有此一对比较的要求。然而,鲁迅随后却又说:"比较既周,爰生自觉。"如此,"自觉"又是某种产生于"比较"之后者。那么,是鲁迅的论述逻辑在此有问题吗?或是这里有某种鲁迅并未意识到的似乎不合逻辑的力量在起作用?我们这里也许确实在面对着某种不合逻辑:一方面,如果没有某种程度的自觉,那就连开始(要求自己)去比较都不可能;但另一方面,此自觉其实已经来自比较。只有已然置身于比较之中,或只有已然面对他人,才有可能意识到自己(亦即,自我意识产生和形成于面对他者之时),于是也才有可能去(自觉地)比较:比较自己与他人,他人与自己。

因此,在比较——被某一"自己"或"自我"作为一项主动活动或工作——

---

[1] 当然,在鲁迅的时代,或在一个中国处于某种强势他者(西方)的巨大压力之下,因而似乎必须忧虑自身政治、社会、经济、思想、文化存亡的时代,谈论"让他者向自己走来,让他者作为积极意义上的事件而发生于(降临到)中国",似乎是非常困难之事。所谓"救亡和启蒙"这一仍然流行或重新被拾起来的话语(李泽厚似有创始权,但有学者认为并非如此)会让人以为,中国文化之亡于他者是当时迫在眉睫的危险。但我们不应该将这一危险普遍化(应该具体分析鸦片战争至抗日战争以来的历史,而不应该以一种意识形态话语将这些具体历史情境意识形态化)。其实,在维新运动话语与早期新文化运动话语中,主流声音仍是在为中国文化的未来而欢迎西方文化这一他者。具体到鲁迅的早期论著中,这是非常明显的(例如《摩罗诗力说》篇首之引尼采《查拉图斯特拉如是说》中之语"求古源尽者将求方来之泉,将求新源。嗟我昆弟,新生之作,新泉之涌于渊深,其非远矣"为其题词)。我的保留或怀疑仅在于,这一为中国文化而欢迎他者到来的话语在哲学上仍不充分自觉,走得仍不够远,而仍为一个自我加强逻辑所支配。面对一个民族主义话语开始增强其态势的局面,我们今天的任务之一当是更彻底地研究、质疑和解构维新运动和新文化运动中关于西方的话语,但不是为了否定,而是为了作为这些遗产的继承者而以一种更为负责的方式继承和发展它们。

开始以前，比较就已经开始了！自始即已有某种比较，"原始"的比较，或"原始比较"。一切皆已在此比较之中。此比较因而以一种不可能的方式"先于"那被比较者和进行比较者，因为那意识到自己之"身份"的或能进行自我认同的比较者本身——作为可以去进行比较的主体——已经是此种"原始比较"所产生者。因此，当鲁迅号召"中国"这一"自己"在文化上开始一个重要的"审己"而"知人"的比较任务，从而重新弘扬光大自我文化之时，"中国"其实已经进入此一比较之中，而且已经作为此比较本身所产生者而存在了。正是在这样的意义上我们才可以说，比较——某种比较，"原始的比较"——乃以一种其实不可能的方式"先于"被比较者，而此"被比较者"中当然也包括着任何会将自身明确置于自觉的比较之中者。

五、"原始比较"：传统之"（事）后构（造）"与认同之追认

随着现代汉语中"文学"一词逐渐明确地成为对一类特定形式的话语的指称，以及作为话语实践的"中国现代文学"在此新文学观念之中的逐渐涌现，"文学研究"在现代中国也作为一个学科而随之形成。其实，即使是在西方，"文学研究"之开始成为大学教育中的一个专业，也并不是在十分遥远的过去。[1] "文学"之成为中国现代高等教育和学术研究机构中的一个专业学科，则首先是由于中国文化与西方现代学术、思想、文化的全面接触。正是在从晚清开始的致力于使教育现代化的改革中，"文学"才开始被设为一个高等教育科目。而从其在最初阶段所包括的门类看，这一科目的设置开始时却仍然或多或少地反映着《论语》以来的传统"文学"观念，而与今日中国大学中"中国文学"或"外国文学"（或"世界文学"）专业的科目设置相去甚远。[2] 但在西方的影响下，早期大

---

[1] 参阅伊格尔顿《文学理论》（*Literary Theory: An Introduction*）第一章"英国文学（研究）的兴起"。中译本见伍晓明译：《二十世纪西方文学理论》，北京大学出版社，2006年。
[2] 光绪二十八年（1902），清政府管学大臣张百熙遵拟《学堂章程》。该章程随之作为《钦定学堂章程》颁布。《清史稿》称"教育之有系统自此始"（见《清史稿·卷一百零七·志八十二·选举二·学校二》，中华书局，第3130页）。根据此章程，京师大学堂的大学专门分科（略相当于现在的本科）共设七科，其中文学科包括七门：经学，史学，理学，诸子，掌故，词章，外国语言文字（《清史稿》，第3130页）。稍后几年，大学的分科及科目又有所变更。大学本科开设八科，一为经学科，二为文学科。文学科中又分九门：中国史、万国史、中外地理、中国文学、英国文学、法国文学、俄国文学、德国文学、日本国文学（《清史稿》，第3136页）。这样的"文学科"当然还不是现代学科意义上的文学研究专业。

学中的"文学科"很快就开始走向更现代意义上的"文学研究",因为当时的学科设置基本是参照西方教育系统而初步拟定和逐渐调整的。

因此,在中国的历史并非悠久的现代教育体系中,作为学科而存在的所谓"(中国)文学(研究)",在一个非常深刻的意义上,乃是深受他者——西方文化——影响的一个"发明"。[1] 而这一体制性的"发明"又反过来为中国重新"发现"或"发明"了一个过去的文学传统,一个也许会令过去那些撰写传统史书中"文学列传"或"艺文志"章节的作者在其中甚至认不出自己所熟悉的"文学"来的文学传统。二十世纪初期各种"中国文学史"之撰写与发表,即此"发现"或"发明"之若干例证。[2] 其实,概而言之,包括所谓文学传统在内的任何一种语言、思想、文化传统,都必然是这样一种"发明",这样一种"(事)后构(造)"。[3]

---

[1] 正因为如此,根据某种现代的或西方的"文学"观念所发明或构造出来的"中国古典文学"的边界才难于确定。当然,也许可以说,所谓"中国现代学术"本身首先就是这样一个发明。这样说当然并不是欲否认所谓"中国现代学术"与中国传统学术的复杂承继关系。但——例如——试图恰如其分地强调这一关系的陈平原在其《中国现代学术之建立——以章太炎、胡适之为中心》(北京大学出版社,1998年,第7页)中也承认:"如何描述晚清及五四两代学者创立的新的学术规范,实在不是一件容易的事情。起码可以举出走出经学时代、颠覆儒学中心、标举启蒙主义、提倡科学方法、学术分途发展、中西融会贯通等。构成如此纷纭复杂的图景,既取决于社会思潮的激荡、个人机遇及才情的发展,也有赖于学术演进的内在理路。三者兼而有之而且谁也逃避不了的严峻课题,则是如何协调'西潮'与'古学'之间的缝隙与张力。"这似乎就是在承认,无论我们试图将这一"大故事"讲得如何面面俱到,但若无中国传统("古学")与西方文化("西潮")的这一关键性的遭遇,或本文所说的"原始比较",这整个的"大故事"就必然会面目全非。因此,真正"谁也逃避不了的严峻课题"是如何面对那不可能不以某种方式——哪怕是表面上似乎极其否定的方式——去面对的文化他者或他者文化。

[2] 林传甲《中国文学史》出版于1910年,是此类著作中最早正式出版者。其前身为林氏的京师大学堂讲义,1904年印行。黄摩西《中国文学史》的正式出版虽略晚于林作,但也早在1904年即已被编撰为东吴大学教材。随后则有刘师培《中国中古文学史讲义》(1917),朱希祖《中国文学史要略》(1916—1920),吴梅《中国文学史(自唐迄清)》(以上三种皆早期北大讲义),谢无量《中国大文学史》(1918)等。再后更有鲁迅的《汉文学史纲要》(鲁迅1926年厦门大学中国文学史课程讲义,当时题为《中国文学史略》,次年在广州中山大学讲授时改题《古代汉文学史纲要》。作者生前未发表)、胡适的《白话文学史》(1921年在教育部国语讲习班授课时已有大纲和讲义,1928年正式出版)等。参见蒋原伦《中国文学史谱系学论要》(《上海文化》2011年第3期,第57—66页)、陈平原《早期北大文学史讲义三种》(北京大学出版社,2005年)。

[3] 所以,包括"中国文学史"在内,现代中国出现的各种普遍或专题"通史"之绝大多数皆产生于中国文化与西方文化的决定性遭遇之后。例如,在"中国哲学"领域,胡适与冯友兰的"中国哲学史"皆为中国学者遭遇西方哲学后回头在中国思想传统中的"发明"或"重构"。这样的"发明"或"重构"为中国"创造"出了一个哲学的历史。但正因为此种"发明"或"重构"的问题性,所以在这些著名的早期中国哲学史写出大半世纪之后,今天人们仍在讨论"中国哲学"一名是否"合法"这样的问题。

为什么可以这么说？因为，不能与自身拉开起码距离的文化就不可能有任何所谓"传统"。而且，更根本地说，不能与自身拉开起码距离的文化其实还根本没有任何所谓"自身"可言，因为没有任何距离——假使这是可能的话——就没有任何自我意识及自我反思可言。而没有自我意识和自我反思，也就不可能有真正的自我认同。但所谓"与自身拉开起码距离"却首先并不是任何（文化）主体的自觉的、主动的意志行为。（文化）主体的任何自觉、主动首先皆来自于主体或自我之因（被动）遭遇他者而被以某种方式分离于"自身"之时。正是此一分离——一个为主体或自我"创造"出其所谓自身的分离——才让主体开始自觉地、主动地意识到其自我或自身。

就现代中国的情况而言，首先正是由于与一"他者的语言文化"或一"语言文化的他者"——现代西方（但我们应该注意不要将"西方"视为单数）——的接触或遭遇，某种经常——甚至始终——都是极为被动的接触或遭遇，某种假使能被主体控制也许就会被其尽量避免的接触或遭遇，才使中国的语言文化开始了此种决定性的与自身分离之运动，并因此而使其能够开始与自身拉开距离。[1] 而只有当一个语言文化由于他者文化或文化他者的这一（其实可能并非总是受到欢迎的甚至可能经常是被极度抗拒的）"介入"而能够与自身如此拉开距离之时，这一语言文化本身才开始有可能不仅将自身与他者加以比较，而且将自身与自身（重新）加以"比较"，亦即，将一个通过与现在他者之遭遇而正在被意识到或被形成的（新的）自身同一个已经过去的自身加以比较，并且从而将这一"过去的自身"作为"自身的过去"，亦即，作为"自己的传统"，或作为"传统的自己"，而加以承认、拒斥、批判、继承。[2]

但所有这些由一文化主体所启始的自觉、主动的"比较行为"，皆必始于与文化他者之遭遇，始于此一文化之发现自身**已然**处在比较之中。此一并非

---

[1] 当然，此种情况其实早已开始了：所谓"中国意识"，或"中国"对于自身的种种"自我意识"，其实自始就是在传统所谓的"夷夏之辨"或"中国—蛮夷之辨"中形成的。就此而言，中国文化与西方文化自十九世纪中叶以来的前所未有的遭遇，只是"中国"不断（被迫）与自身拉开距离以反观其在此运动之中产生的自身的又一阶段而已，尽管此阶段可能是所谓"三千年未有之变局"。

[2] 我们可以从这一角度来谈论整个中国新文化运动（五四时代）的意义：在各个方面呼唤和创造中国新文化者所做的一切都是在力图将过去的中国"比较于"一个憧憬中的未来的中国，一个在人们心目中渐渐成形的中国。二者（过去的中国和未来的中国）因此皆产生于此一"比较"之中。但也正因为如此，二者却都是线条粗重的大画面中的"失真"形象。之所以言其"失真"，并不意味着二者本有其各自真相，而只是说，此种由原始比较激发的自觉比较必然总是有特定角度的，因而总是片面的。

能由任何文化主体主动开其始的、而却必然首先要由其被动承受的"比较"即本文——其实并不十分恰当地——称之为"原始比较"者,因为比较蕴含着能进行比较的主体,而所谓"原始比较"则必为不由任何主体所启始者,因而所谓"原始比较"乃无法想象而我们又必须想象者。此"原始比较"在使进行比较的主体得以形成之同时而被此主体意识到,并因此而同时为此主体所"肯定"。但此"被意识到"与"受到肯定"也是"原始比较"的隐去与"自觉比较"的开始。所以,如果没有中国文化与一个语言、文化意义上的他者之遭遇,如果没有由这一遭遇而产生的某种最根本、最原始的比较,如果没有由这一比较而产生的中国语言文化与自身之(重新)认同以及与他者之(再次)别异,那就根本还无所谓现代意义上的中国语言文化,当然也就更无所谓现代意义上的"中国文学"或"中国文学研究"了。

而此理亦应同样适用于一切所谓"国别文学"或"民族文学"者。这里的问题并不是要说不同民族、不同国家、不同文化在这一最根本、最原始的比较之前(当然,如前所述,严格地说,其实并没有这样一个实际上的、可以历史地确定的"之前")就没有某种"事实"意义上的言说或写作实践,而是要强调,没有与文学和文化他者的遭遇,没有在某种意义上必然先于一切特定文学和文化"身份"的、或先于任何自我认同之形成和存在的这一与他者的"原始遭遇",或"原始比较",就不可能有任何明确的、自觉的文学和文化同一性与主体性(意识)的形成。[1]

六、文学(家)(的)比较:"中国现代文学"之例

在现代意义上的中国文学研究中,被特别区分出来的所谓"中国现代文学"本身的形成及其研究,也许最能阐明上述"原始比较"或"原始遭遇"的重要意

---

[1] 所以,严格地说,所谓"不同民族、不同国家、不同文化"其实并不存在于这一"最根本、最原始的比较"之前。是此"比较"本身才产生了不同的民族、国家、文化,或民族、国家、文化之间的不同。这也就是说,(民族、国家、文化的)自我总是相对于他者来界定自己之为此一自己。但此"自我界定"却并不是(亦即,并不首先是,也并不总是)自我的意志行为。自我作为自我必然始终都是在与他者的"最根本、最原始的比较"之中发现自己的。此处我们也许可以回到拉康的镜像之喻:尚无任何自我感的或尚不具有自我同一性的幼儿是在与其"自身"的镜像的原始"比较"之中首次发现自己——发现那个此前对其来说并不存在的自己——的。对于拉康来说,此"发现"与幼儿发现语言同时,与其可以开始说"我"同时。就此而言,我们也许可以说,作为自觉文化活动的言说、写作实践其实也并不先于我们所讨论的这一"原始比较"。

义。中国大陆政治、思想、文化、学术语境中这一特定意义上的"中国现代文学",时间虽然不长,但却确实以某种方式在中国的语言文化写作实践上标志出了一个划时代的文学—文化事件。[1] 抛开特定的政治和意识形态所曾经加给这一重要文学时代的种种限制性阅读不论,众所周知,在二十世纪初期短短的一二十年之间,一大批非常自觉地以创造主要是西方现代意义上的文学为己任的中国作家,以自己在技巧上虽远非炉火纯青,但却激情四溢的写作,为现代中国创造了一个崭新的(现代)文学。学者们如今当然可以质疑"崭新"这一说法的简单性或绝对性,并恰如其分地强调过去的研究由于特定原因而一度所忽视的这一新文学与中国传统写作实践、尤其是与所谓"晚清文学"或"民初文学"的联系。[2] 而这也就是说,"自己"与"自己"的联系,"现在的自己"与"过去的自己"之间的联系。但"自己"之能与"自己"拉开距离,或之能与自己比较,却已然就是遭遇他者的结果,或本文所谓"原始比较"的结果。因此,如果没有以上所说的这一根本性的"原始比较",此种与某一或某些文学、文化他者的意义重大而影响深远的遭遇,一个其实基本上是不期而来的遭遇,一个其实也许是很不情愿的遭遇,这一新文学可能将会是完全无法想象的。[3]

---

[1] 在此特定语境中,最狭义的"中国现代文学"仅指 1918/1919—1949 年间的新文学。此前的文学称为"中国近代文学",此后的文学称为"中国当代文学"。但这样的分期早已处在受到学术质疑和改变的过程之中。

[2] 这是王德威在《被压抑的现代性——晚清小说新论》(北京大学出版社,2005 年)一书中着力强调的一点。其书导言即明确题为:"没有晚清,何来五四?"

[3] 也许是有意为了强调这一"不期而来的(与他者的)遭遇",鲁迅晚年回忆他的小说创作起源时才会说,"大约所仰仗的全在先前看过的百来篇外国作品和一点医学上的知识,此外的准备,一点也没有。"(鲁迅:《我怎么做起小说来》,《南腔北调集》,《鲁迅全集》第四卷,第 508 页。)与郭沫若承认自己在文学上是经由他者而"发现"自己不同(详见下注),当鲁迅说自己"此外的准备,一点也没有"时,他似乎一方面是欲强调此一影响之来得如何突然,另一方面则是欲有意遗忘(或欲让我们忘记)中国传统文化(传统意义上的"文学")对他的深刻影响。但鲁迅曾在其他场合承认,自己其实深受这一传统的影响:"别人我不论,若是自己,则曾经看过许多旧书,是的确的,为了教书,至今也还在看。因此耳濡目染,影响到所做的白话上,常不免流露出它的字句,体格来。但自己却正苦于背了这些古老的鬼魂,摆脱不开,时常感到一种使人气闷的沉重。就是思想上,也何尝不中些庄周韩非的毒,时而很随便,时而很峻急。孔孟的书我读得最早,最熟,然而倒似乎和我不相干。"(鲁迅:《写在〈坟〉后面》,《坟》,《鲁迅全集》第一卷,第 288 页。)可以说,正是鲁迅与他者文学或文学他者的此一不期而来的遭遇(此"不期而来"部分上反映在下述事实之中:鲁迅去日本原是为了去学医而不是去从事文学的),让鲁迅发现自己已经置身于"原始比较"之中,而此发现所带来的震荡则是让鲁迅立意创作出不同于中国传统之文的"新文学"来。在鲁迅的情况中,正是由于这一比较,中国传统——那其实一直在深刻地影响着鲁迅者——才会作为一个他欲远离甚至欲与之对立者而被"(重新)发现"。

当然,发现自己已经置身于比较之中、并且已经为其所深刻影响的中国现代作家,当其开始自己的创作之时,就同时也开启了程度不同的自觉的"文学比较",亦即,开启了并非作为学科而存在的某种"比较文学"。也许可以说,在中国现代文学的奠基作家中,几乎没有一人没有从事过此种"文学比较"或非学科性的"比较文学"。这里,自觉的比较发生在这些作家自幼所接受的传统中国语言文化教育与其青年至成年时期所接受的现代西方语言文化(包括当时很大程度上已经西化的日本语言文化)影响之间。或者,我们毋宁说,正是在此一程度不同的自觉比较之中,这些作家才重新发现或"发明"了"自己的文化"。〔1〕没有此种自觉的文学比较或并非作为学科而存在的"比较文学"的催化,就没有我们现在所看到的"中国现代文学",尽管这一"没有"并不意味着现代中国因而就不会有任何自己的语言文化写作实践。

　　此处,在谈论主要是由作家所自觉进行的、程度不同的文学比较(而非作为学科的比较文学)之时,我们应该更深入地分析一下此种比较的复杂含义。自觉的文学比较,如果具有系统性和理论性,就将成为学科性的比较文学研究。然而,文学比较其实首先是在"文学"之名下进行写作者所必然时时使用的"基本方法",尽管有些写作者对此"自觉比较"的意识可能并不完全"自觉"。〔2〕因为,没有一个作家能够完全凭空创造。这也就是说,每一作家在创作之时都会以各种不同方式模仿、借鉴、影射、点化或改造已经存在的其他作

---

〔1〕 关于此种发现或发明,此处可以试举一例。郭沫若在回忆他的作诗经历时曾说,使他真正领略到诗意的,不是他从小熟读的中国古诗,而是一首普通的英文小诗,美国诗人朗费罗(Henry Wordsworth Longfellow,1807—1872)的《箭与歌》。他当时"感觉着异常的清新,就好像第一次才和'诗'见了面"。由于这一与他者文学或文学他者的遭遇,郭沫若"在那读得烂熟,但丝毫也没有感受着它的美感的一部《诗经》中,尤其《国风》中,才感受到了同样的清新,同样的美妙"。(郭沫若:《我的作诗经过》,转引自拙旧作《郭沫若早期文学观与西方文学理论》,《中国现代文学研究丛刊》1985年第3期,第107页。)

〔2〕 例如,评论家指出,曹禺《雷雨》第一幕与易卜生《群鬼》第一幕有着明显的类似。但曹禺自己在《雷雨》公演(1930年代)之后曾写道:"……时常有人论断我是易卜生的信徒,或者臆测剧作某些部分,是承袭了 Euripides 的 *Hippolytus* 或 Rachine 的 *Phèdre* 的灵感。认真讲,这多少对我是惊讶。……尽管我用了力量来思索,我追忆不出哪一点是在故意模拟谁。也许在所谓'潜意识'的下层,我自己欺骗了自己。我是一个忘恩的仆隶,一缕一缕地抽取主人家的金线,织好了自己丑陋的衣服,而否认这些褪了色(因为到了我的手里)的金线,也还是主人家的。"曹禺:《〈雷雨〉序》,上海,1936年。转引自高利克(Marián Gálik):《中西文学关系的里程碑》(*Milestones in Sino-Western Literary Confrontation:1898—1979*),伍晓明、张文定等译,北京大学出版社,1990年,第140页。在此,"潜意识"这一具有某种弗洛伊德精神分析学说意味的概念被曹禺用来同时承认和否认自己所受的文学影响。

品或文本,并因此而将自己的"原创性"作品置于无可避免的比较之中。此"比较"意味着,一方面,创作者总要时时比较自己之作与他人之作,以求其相异或相近,另一方面,研究者也要经常比较此一文本与彼一文本,以求指出其继承性与原创性。当然,所谓"模仿""借鉴""影射""点化""改造"等都是非常模糊的说法。[1] 其必然模糊是因为,这些说法皆描述一文本与它文本之间的**某种**连接或关系。于是,比较所面对的任务始终都是,要在两个或诸个文本之间划出明显的、确定的分界和连线。而这却正是根本性的困难之所在。

因此,否认有任何文学原创性的传统文学智慧干脆会说,"天下文章一大抄"。但一切作品——如其欲作为有特定面目的、能与其他作品相区别的作品而存在的话——本质上皆必为欲区别自身于其他作品这一"创一作"努力或活动的产物。当我们隐去作者的署名时,若一作品完全不能与其他作品相区别,亦即,若一作品没有能使其从其他作品中被"辨认出来"的起码特征,此一作品即不可能有其自身的存在。[2] 在这一意义上,尽管那欲创作"前无古人,后无来者"之作的作家,以及始终要在任何特定作品中认出其他作品痕迹的批评家都会认为,古往今来大多数作品都是"千人一面,千部一腔",但其实任何作品,无论如何"平庸",如何"了无新意",都必然是在与其他作品的"比较"中产生的。这一比较活动则同时既是"认同"也是"别异"(或"趋别",借用朋友张祥龙对德里达的"différance"的一个别出心裁的翻译)。或者,换个其实需要首先加以质疑的"贬义"说法,那就是,这一活动既是"抄袭"也是"改

---

[1] 但中国和西方传统中都有一个似乎可以概括所有这些情况的美化性比喻:蜜蜂采于百花而酿蜜。在《管锥编》第四卷(生活·读书·新知三联书店,2001年,第63—66页)中,钱锺书从《全上古三代秦汉三国六朝文》中拈出张璠《易集解序》"蜜蜂以兼采为味",说"以学问著述之事比蜂之采花酿蜜,似始见于此",并征引中外典籍中类似之比喻(三国裴松之,古希腊 Socrates[苏格拉底],Lucretius[卢克莱修],Horace[贺拉斯],Seneca[塞涅卡],Montaigne[蒙田]等),以示此说法之普遍。但钱锺书仅满足于旁征博引,却未能考虑此一关于自我与他者关系的普遍比喻所包含的复杂哲学问题。更值得我们留意的是,钱锺书是以艾克曼所记歌德的一段话结束他对蜜蜂采花酿蜜之喻的征引的:"歌德因学究谈艺,不赏会才人之意匠心裁(die Originalität)而究其渊源师承(die Quellen),乃嗤之曰:'此犹见腹果肤硕之壮夫,遂向其所食之牛、羊、豕一一追问斯人气力之由来,一何可笑!'"可笑诚然可笑,但其所涉及的却是我们必然总是要以某种方式"吃他者"这一严肃问题。本文此节以下部分,是对任何作品都必然始终要以某种方式"采他"(或"吃他")以"为我"这一现象的初步思考。在此节末尾,读者将会看到,鲁迅在主张"拿来主义"之时,也不约而同地使用了吃的比喻。

[2] 当然,此问题需要进一步的分疏。极端地说,如果一(新的)作品与一已经存在的作品毫无区别,此作品即根本不是此作品,而只是已经存在之作品的"拷贝"或重复而已。然而,即使是这样的重复,在某种意义上也仍会与原作有差异,亦即,仍然可以辨认。

造"(当然,应该将此"改造"区别于获得原作者授权的"改编")。

　　抄袭——以某种方式与他者认同;改造——以某种方式与他者别异:此二者其实乃一切"创—作"的题中应有之义。因为,如果没有作品可以凭空产生的话,那么任何所谓"创—作"都不可能不以某种方式指涉其他"创—作",亦即,必然以某种方式在自身之内留下其他文本的痕迹。[1] 就此而言,不含贬义的"抄袭"不可避免。但如果抄袭成为完全的、绝对的,这样的活动就不会产生任何"新作",或任何不同的东西(但我们这里必须意识到现代社会中复杂的"复制"问题,此应另当别论),而这也就是说,不会产生任何东西,如果我们这里所说的东西应该是"这一个"(这也是在俄国和苏联文学理论影响下的中国革命文学理论或社会主义文学理论所曾经喜欢的一个术语)而不是任何其他"一个"的话。因此,"完全的抄袭"或"绝对的抄袭"将等于无抄袭,非抄袭。所以,创作者总会努力以某种方式尽量改造。但是,"完全的改造"或"绝对的改造"也是不可能之事,因为如果此事真的可能的话,那么所谓改造而来的作品与被改造的作品之间由于这一"完全"或绝对"就不再有任何联系,于是也就不再有所谓"改造"可言。因此,"完全的或绝对的改造"乃是自相矛盾的说法。有所谓"改造"就不可能有"完全"或"绝对",反之亦然。

　　所以,一般而论,抄袭——不含贬义的抄袭——总只能是不完全的抄袭,而这也就是说,总是要从不止一个作品那里多少"拿来一点"的抄袭(蜜蜂采于百花而酿蜜),而改造也总只能是不完全的或部分的改造,亦即,对任何特定作品的部分"抄袭"可说是一种不完全的"改造",而将诸部分"抄袭"结合起来也是对所有被抄袭作品的一种"改造",亦即,每一被抄袭的作品都在这一结合中被部分地改造了。一个与其他作品有起码不同的因而可被认出为一特定作品的作品即如此诞生,无论此作品是否会被认为"拙劣"。比较则自始至终都在这一作品的产生过程中活动着(抄袭需要时时"比较"被抄袭者与由抄袭而得者;改造亦然,需要时时"比较"被改造者与由改造而得者)。

　　然而,如果部分抄袭与部分改造是"平庸"作品的产生规律或生产原则,

---

[1] 我们其实可以从这一角度重新思考孔子的"述而不作"的含义:超出孔子的自谦,也超出一定程度的事实,"述而不作"指向一个非常深刻的哲学层面,那就是,不可能有任何无"述"之"作",也不可能有任何无"作"之"述"。

那么它们其实也必然是任何"独创性"作品的生产原则或产生规律。因为,没有任何作品——无论如何独创的作品——可以在无任何比较的绝对孤立中产生。当然,任何所谓"独创"——顾名思义——都必然从一开始就是一个欲将自身完全区别于他者的努力活动。而正是这一欲产生真正独创作品的努力活动本身,却从一开始就已经将此独创的"未来结果"——所谓"独创性作品"——置于不可避免的比较之中了。因为,欲"完全"区别自身于他者,或欲自己与他者"完全"不同,其实是一种典型的既从根本上依赖他者而又欲从根本上排除他者的"形而上学"操作。"我"总需要"借"他者来表明我自己如何独创,或如何不同于他者,而恰恰就是这一对他者的无可避免的"借(用)"使我再也离不开他者,并从而将我的"独创"变为并不独立于他者之创,或将我所追求的"完全的不同"从根本上变为"相对的不同",因为所谓"不同"总只能是"不同于……",而"不同于……"则必然蕴含着比较。

所以,"完全不同",如果真能这么说的话,乃是不可能之事,或自相矛盾之事。欲"不同"就不可能"完全"(注意,此处所言是"完全"而不是"完整",后者意味着一物之无缺失,前者则意味着全部,总体),而欲"完全"就不可能"不同"。所谓"不同"必然使"完全"成为相对的,亦即,成为"不完全"的(这就是说,只有成为"至大无外"者才能真正完全,但"至大无外"却必然使"完全"成为不可想象者,因为"至大无外"本身就是不可想象者:"无(任何)外"之"至大"已经无所谓"至大"了)。因此,严格地说,"完全"本身也是一个不可能的观念。在这一意义上,去想象并欢迎真正意义上的("完全"新、异的)"事件"才是虽不可能而又非常必要、虽必要而又在某种意义上不可能的困难之事。[1]

以上所言,并不是要为抄袭(我们知道如今学术——而非文学——抄袭已经成为严重的问题)辩护,而是欲分析任何创作都必然会包含的"抄袭(性)的改造"或"改造(性)的抄袭"因素,并思考其哲学含义。"抄袭—改造"现象之普遍表明,比较其实无处不在。例如,在中国传统写作中,诗歌创作中的"无一字无来历"经常不是批评而是赞扬。而在中国现代文学中,文学上的"拿来主义"也是被明确宣布的积极原则。"拿来主义"一方面明确承认自己的不完全,承认自己需要他者,需要从他者那里拿:

---

[1] 例如德里达所谈论者。具体到本文的语境,那就是,独创文学作品作为无法预料之事件的到来。

> 没有拿来的,人不能自成为新人,没有拿来的,文艺不能自成为新文艺。[1]

而此"拿来"则必然包括某种形式的"吃他者"。因此,"吃"是上引鲁迅之文中所使用的如何"拿来"的诸形象之一:

> 看见鱼翅,并不就抛在路上以显其"平民化",只要有养料,也和朋友们像萝卜白菜一样的吃掉,只不用它来宴大宾;……。[2]

但是,"拿来主义"另一方面又假定(当然,这一假定也是必要的)一个能够"拿来"并且知道如何"拿来"的主体:

> 总之,我们要拿来。没有拿来的,人不能自成为新人,没有拿来的,文艺不能自成为新文艺。然而首先要这人沉着,勇猛,有辨别,不自私。[3]

这当然不错,因为所谓"拿来"已经是某一主体的自觉行为,而此主体在拿来之时必须能够"辨别"。"辨别"则已经是一种有意识的或自觉的比较。但"拿来"的必要——如果承认这一必要的话——又表明,我们离不开他者。我们总是通过他者——通过模仿、借鉴、影射、点化或改造他者,或通过与他者的"比较"——而成为我们自己。我们只在无所不在的"与他者的比较"之中,才是我们自己。所以,在能够"拿来"之前,任何能够主动自觉地进行"拿来"的主体都必然会发现自己已经置身于"原始比较"之中了。而中国现代文学中所发生的情况则是此种"原始比较"与"自觉比较"的一个典型事例。

七、作为伦理学的比较文学

正因为中国现代作家所进行的自觉的文学比较,或这一并非作为学科而存在的比较文学,直接决定了"中国现代文学"的形成和发展,作为一门现代人文学科的"中国比较文学"之在很大程度上也首先发源于、并且相对集中于

---

[1] 鲁迅:《拿来主义》,《且介亭杂文》,《鲁迅全集》第六卷,第39页。
[2] 同上书,第38页。
[3] 同上书,第39页。

中国现代文学作品的研究，才应该是毫不令人奇怪的。[1] 这里，即使是最传统的所谓"影响研究"，一种主要是通过搜寻各种文本证据而试图勾勒出为不同语言和文学传统所分开的不同文学文本之间的具体联系线索的研究，也必然会从根本上超越影响研究对所谓"事实接触"的注重。因为，有关一个本国作家与一部外国作品之有何种事实接触的历史证据，或前者之如何为后者所具体影响的文本证据，它们在此所表明的其实绝不仅仅是外国文学作品中某一特定观念、特定主题、特定体裁、特定结构、或某一特定表达方式之如何为本国作家在自己的写作中所接受而已。并不超出事实之发现和列举的影响研究当然也很必要，而且有时甚至可以像侦探小说一样引人入胜，但却不能告诉我们很多东西。这里，我们首先应该要问的也许是，这样的影响和接受在伦理意义上意味着什么？

的确，以上说的是"伦理意义"，因为所谓影响与接受从根本上涉及的乃是自我与他者的关系，而这一关系从一开始并从根本上就是伦理性的。如果我——每一个我——都必然来在他者之后，那么影响就始终意味着他者对我的可能经常是不期而至的冲击，而接受则始终意味着我对他者的可能并非总是心甘情愿的敞开。而承认无可避免的影响和接受就是承认，没有任何自我可以独立于他者，可以免于他者的影响。因为，无论我是否主动接受以及在何种程度上接受，影响都始终已经在那里、已经在发生作用了。所以，就是不接受和有意拒绝，其实也首先已经是一种接受。在这一深刻的意义上，超出任何具体的、有时可能只是"技术性"的影响，文学的影响—接受研究所最终关注的，其实乃是任何一"文学自我"之如何必然会以此种或彼种方式与他者发生关系，以及其如何"自觉地"对待某一他者的文学或文学的他者。

---

[1] 二十世纪三十年代初，在一封与当时清华大学中国文学系主任刘师培讨论"国文试题"的信中，陈寅恪曾谈及当时中国文学系的中外比较文学课程，说其"只能（引者案：陈寅恪这里的意思是"只应该"）就白乐天等在中国及日本之文学上，或佛教故事在印度及中国文学上之影响及演变等问题，互相比较研究，方符合比较研究之真谛。盖此种比较研究方法，必须具有历史演变及系统异同之观念，否则古今中外，人龙天鬼，无一不可取以相与比较"。（《与刘叔雅教授论国文试题书》，《陈寅恪集·金明馆丛稿二编》，陈美延编，生活·读书·新知三联书店，2001年，第252页。）此处暂且不论陈寅恪的比较文学观念本身的特定局限。他之不提中国现代文学，似乎反映着中国现代文学创作当时尚未充分进入大学的文学课程及学术研究这一历史现象。二十世纪八十年代，当比较文学在中国大陆开始发展时，很多极有成就的比较研究首先都出现在中国现代文学领域。例如，比较文学研究的全力推动者之一乐黛云先生自己就是从中国现代文学研究进入比较文学的。她当时的鲁迅与尼采的比较研究，可说是开风气之先的比较文学研究之一。

因此，在对影响的接受中，始终都已经在被以某种方式接受的乃是那个任何一个文化都有责任接纳的文化他者，那个在不同的"国别文学"中显示自身的他者。这一他者要求自己之接受。而阅读这一他者，并且在自己的写作中——而且就以自己的写作本身——来接受这一他者，则是每一文化的责任。在自己的语言文化和文学之"家"中接受他者，这将不仅只是一个语言文化上和文学上的主人之礼貌性的好客，也不是来自其自足而有余的慷慨。相反，正是在自己之"家"中对他者的这一义不容辞的（当然有时可能也是极其困难的）接受和款待，才能使自己的语言文化之家成为一个真正的好客之家，一个能尊重他者并且让他者作为他者而在的好客之家。[1]

因此，所谓影响—接受问题其实远远超出了对"渊源师承"的技术性或学术性追寻。在我们这个每一文化都正在以含义极其暧昧的方式"全球化"的时代，或者说，在我们这个文化交流、文化传播和文化冲突甚至文化战争同时并存、齐头并进的时代，影响—接受研究的深刻伦理意义可能会更其显著。因为，面对外来文学影响，文学创作中的民族主义冲动总是会更加强调所谓"民族化"，但同时又可能天真地或一厢情愿地相信，"越是民族的就越是世界的"。然而，一切民族主义所已经忽视的或不愿记住的是，民族主义本身其实已经就是对他者——其他国家，其他文化——之必然影响的某种接受的产物，尽管此种接受在表面上只体现为对他者文化或文化他者的拒绝和排斥。没有他者的文化或文化的他者，民族主义——文化民族主义——就根本还不

---

[1] 行文至此，我们也许可以从本文目前的论述角度来考虑一下诺贝尔文学奖问题。诺贝尔文学奖当然不是高高在上的文学总裁判，因为此奖之决定必然始终会受种种政治的、社会的、文化的乃至意识形态的和经济的影响，某种偶然性也在其中发生作用，因此它远非中立。然而，在将上述影响考虑在内的同时，我们可以说，一个作家之会被认为值得这样一个"国际性"的文学奖，将不可能只是因为其作品完完全全是"民族的"或"本文化的"，亦即，是与其他文学传统无涉的，或是未受其他文学传统"感染"的，但也不可能是因为其作品已经具有充分的"世界性"，如果我们真能知道这一"世界性"对文学意味着什么（假使不是纯粹的灾难）的话。一个作家之能获得某种"世界性"的欣赏，将只能是因为他/她以自己的方式表明，在他/她所创造的独特的语言文学之家中，他者——他者的文学，文学的他者——受到了真正的尊重。德国汉学家库宾（Wolfgang Kubin）在第一次世界汉学大会（中国人民大学，2007年）的一个圆桌会议上说，1949年以后的中国大陆没有文学，基本理由是，大陆作家不学外语。此话当然过于绝对，因为即使自己不学外语的中国作家也不可能完全免于外国文学的影响（例如，通过阅读汉译外国文学作品，或通过阅读那些阅读外语作品的前辈中国作家）。但如果宽容地理解库宾此话，他的意思是，不学外语的作家对于他者——作为外国文学的他者，出现在外国文学中的他者——可能不如直接阅读外语文学作品的中国作家那么敏感。

会意识到自身的存在,因而也根本就还不会存在。而一旦有他者文化或文化他者,任何民族主义就都无法摆脱这一首先使其进入存在和获得自我意识的他者影响。

当然,这并不是说,心甘情愿的"他者化"才是唯一的出路。如果没有能够与他者面对——而且能够**对得起**他者——的自我,那就既不会有自我,也不会有他者。因此,始终都会有我,一个必然要面对文学他者的文学之我,或必然会受到文学他者影响却又追求自己独创的文学之我,而此我对于无可避免的他者影响的接受,无论体现为何种形式,无论是肯定的还是否定的,都首先已经就是一种"向他者致敬"。而正是这样的不断地致敬于他者的文学行为,不仅使每一文学之我更加为我,也使每一文学他者都更加是他者,因为文学之我与文学他者只在比较之中才会各自是其之所是。

那么,比较文学——作为学科的比较文学,中国比较文学——又当何为?这一"何为"问题也是一个"为何"的问题:为何比较文学?需要比较文学吗?有必要去比较"我们的文学"和"他们的文学"吗?但首先,让我们问,为什么我们要在"比较文学"之前冠以"中国"这一定语?如果比较文学必然只能居于不同文学之间,那我们原则上能够给"比较文学"加上诸如"中国"或"法国"或"美国"这样的定语吗?居于不同文学之间的比较文学不是原则上就只存在于不同文学之间,并在这一意义上超出任何在不同语言中产生的文学吗?诚然!但所谓"之间"却并不存在,或至少是,不可能作为实体存在。一旦成为某种实体,"之间"就不再是"之间"了。所以,任何比较文学研究都必然首先只能在某一特定语言中进行,亦即,首先只能"说"某一特定语言,而我们绝对不应该忽视这一似乎可以忽视之点。因为这一"只能"意味着,居于不同语言文化和文学之间的比较文学又必然首先只能是居于某一特定语言之中的比较文学,必然只能是"说"某一特定语言的比较文学。而这也就是说,比较文学并不是某种"普遍语言",假使真能有超越任何特定语言的普遍语言这样一回事的话。并没有一种可以作为"普遍语言"的比较文学,亦即,不可能有"普遍的比较文学"。因而,如果有所谓比较文学,那么它就必然只能或是"中国的比较文学",或是"法国的比较文学",或是"美国的比较文学",等等。亦即,它们或者说汉语,或者说法语,或者说英语,等等。而正因为如此,比较文学,作为一门学科,作为特定的学术研究方式或论述方式,亦即,作为一种"理论话语",才本身又可以被比较,被比较于其他的比较文学。例如,法国比较文学可以被比较于美国比较文学,而中国比较文学又可以被比较于此二不同的比较文学,等等。这将是比较文学之间的比较,或比较的比较。比较文学本身可以被比较,也需要被比较,而且其实也始终都已然在此种或彼种方式之中被比较了。最根本、最原始的"比较"无处不在。

然而,我们这里又遭遇到一个困难问题,一个回应着本文开头在讨论比较文学的独立之可能时所提出的问题。首先,如果比较文学必须说某一语言,或在某一语言中被说出,那么比较文学——任何比较文学,无论是中国的,美国的,还是法国的——就没有一个超出它所比较的不同文学的中立之地。这就是说,比较文学作为学科,作为理论,作为去比较不同文学的那个主动的比较者,从来不可能"不偏不倚",从来不可能成为一个居于被比较者之上者,例如,成为居于被它所比较的两个不同文学之上的第三者。为什么?我们当然可以设想,由一个超出中、俄文学的第三者来比较中俄文学,或由一个外在于英、法文学(或英美文学与欧洲大陆文学)的第三者来比较英法文学,其"结论"将会更加全面公正。然而,问题在于,此比较却仍必然要在某一语言中进行,因而最终一切都必须在这一语言中得到陈述和确定。但为了在第三种语言中比较两个不同的语言文学,它们——作为某种意义上的不可被翻译者,作为会以某种方式消失于翻译之中者——就首先需要被翻译。[1] 而如此一来,当在第三种语言中被互相比较之时,它们就皆已非原来的自己了,如果它们真可以说有一个"原来的自己"的话。换言之,为了比较,"(进行)比较(的)语言"首先总是必须去翻译诸"被比较者的语言"。翻译则必然在任何一被比较者之被比较于任何其他文学之前就已经改变了这一被比较者。但此说其实也同样适用于那些在被比较的两种不同的语言文学所属的语言之一中进行比较的文学研究,因为此处不仅同样需要翻译,而且这样的单向翻译可能还会更加"不公正"。当被比较的两方之中的一方需要翻译,而另一方不需要翻译的时候,吃亏的似乎经常是那个需要翻译者。所以,"比较语言"必然始终都会在被比较者上留下决定性的烙印,那甚至会使被比较者身体残毁、面目全非的烙印,尤其是当被比较者不说进行比较者所说的语言之时。

---

[1] 例如,我以前参与翻译的汉学家高利克(Marián Gálik)的《中西文学关系的里程碑》,就属于此种情况。高利克是捷克斯洛伐克人,他的这部比较文学之作以英语写成,由一德国出版社出版,研究的对象是中国著名现代作家如鲁迅、郭沫若、茅盾、曹禺等与俄国文学、法国文学、德国文学、美国文学等西方文学的关系。书中所涉及的以不同语言写成的作品,如不首先被翻译成英语,就不可能被比较。但统统译为英语之后,被比较的又究竟是什么呢?而且,如果考虑到此书竟又被译为汉语,那么这一局面就更有意思了。但我当年受托参与翻译此书时,还未能想到这些问题。

而此却经常被相信为是比较文学的胜利。[1]

当然,如果能有居于被比较的一切文学之上的中立语言或普遍语言,那么比较文学的胜利就是不可挑战的。受委屈者(诸被比较之文学)将无处"申冤",因为它们都不说这一最高法庭所说的语言。在这样的"比较文学"中,它们将是"无语"的,将只能被一个更高者代言。然而,无论幸或不幸,这样的高高在上者,这样的最高法庭,或这样的比较文学,并不存在,也不可能存在。因此,作为学科的比较文学总是特定的,而其远非中立的立场则始终需要被质疑。没有一个第三者能够中立地评判两个被比较的不同文学,而对于那些比较"自家语言中的文学"与其他语言文学的研究,我们就更加需要警觉。因为,在这样的比较文学中,进行比较者本身的立场("自己的语言","自家的文学")既似不言而喻,而又更加成为问题。这当然不是说,这样的比较文学就不应该或不可能。其实,只会有这样的比较文学,也只能有这样的比较文学。但这也就是为什么说,如前所述,"比较文学"会不可避免地带上表示自身语言或国别的定语,而比较文学——不同的比较文学,不同国别或不同语言中的比较文学——本身也可以而且应该被比较。

因此,比较不可避免,但比较却不是为了逐渐并最终实现所谓"视野融合"。此语现在已被说滥,但其中复杂、矛盾的含义却似乎从未在汉语学术语境中得到深究。所谓"视野"对于不同的视者—主体意味着什么?不同的视野怎么融合?如果融合真能实现,融合之后还有比较文学吗?还需要比较文学吗?正如比较文学一旦让自己开始谈论所谓"世界文学"时所会发生的那样,其所珍爱的"视野融合"——如果真能实现的话——其实也是一个会让比较文学消失于其中的乌有之处。

然而,视野却不可能融合,也不应该融合,因为视野的融合将意味着,只有一个至大无外的视者—主体,其目光是无所不在和无所不及的,能够期待一切的。然而,在我之外,却始终都会有他者,始终都已经有他者。而他者,那真能当得起"他者"之名的他者,那真能保持此名的他者,则必然始终都会从我的视野之外——我的视野的结束之处,我不再有视野之处——到来。因为,任何在我的视野之中者都必然是我已经对之有所准备者和有所期待者,

---

[1] 因此,在某种非常深刻的意义上,超出特定语言边界的比较文学乃是既非常必要但又绝不可能之事。因为,不翻译就无法比较,而翻译了就无可比较。所以,作为学科的比较文学本质上其实始终都是在尝试不可能之事:比较那从根本上即不可被比较者。

但也就正因为如此,这样的他者已经不是他者,或不再是他者,而这样的到来也不是或不再是到来了(这也就是为什么我们说,在任何自觉的比较能够开始之前,我——作为进行此一比较的主体——必然发现自己已经置身于"原始比较"之中了)。他者,能当得起"他者"之名的他者,那总会让我吃惊的他者,只能从我的视野之外出现。[1] 这也就是说,对于这样的他者,我已经不可能有任何的"期待视野"了。我当然更不可能期待这样的他者的视野融入我的视野,或期待让自己融入这样的他者的视野。

那么,何为比较文学?为何比较文学?如果我们接受,比较——先于一切自觉比较的比较,原始的比较,让他为他并让我为我的比较——不可避免,那么作为学科的比较文学也许只是对于必然的、无所不在的比较的某种正式承认。比较文学并不为了比较而比较。比较是我们的无法推卸的责任。比较,是因为他者已然在此,已然在我们面前,并且始终都会让我们感到出乎意外。比较,是因为他者在要求我做出回应,对他者负责的回应。因此,如果比较文学有其必要性的话,那是因为我们始终需要研究和思考一文学与他文学的关系,自己的文学与他者的文学的关系。而关系,如前所述,则从一开始并从根本上就是伦理性的。如果承认这一点,**那么比较文学其实乃是伦理学,而且只能是伦理学**。这意味着,比较文学的最深刻最根本的责任可能是:以其自身所特有的方式——如果比较文学真能拥有这样的方式的话——为他者——语言、文化、文学的他者——的(可能是不期而至的)到来时刻做好准

---

[1] 德里达在论述何为真正的事件的本质时谈到了他者何以将在我没有视野之处,在我不再看见其到来之处到来。他的论点是这样的:当得起"事件"之名者是那"只发生一次者,是始终以单一的、独特的、例外的、不可替代的、不可预见的、不可计算的方式而发生者",而这样的事件,无论是作为某事还是作为某人,恰恰就在那"我们看不见其到来之处,在没有前景或视野之处发生或到来,而此种情况不仅是视野的结束,也是(传统)目的论的结束,是可计划的程序、预见、预备的结束"。详见 Jacques Derrida, "The 'World' of the Enlightenment to Come (Exception, Calculation, Sovereignty)", 收入 Jacques Derrida, *Rogue: Two Essays on Reason*, Translated by Pascale-Anne Brauk and Michael Naas, Stanford University Press, 2005。以上引号中的文字只是原文的大意。此段原文的英语译文为:"If I allow myself to play a bit with this sonorous register, it is in order to get closer to this essence of the event, of *what comes to pass* only once, a single time, a first and last time, in an always singular, unique, exceptional, irreplaceable, unforeseeable, and incalculable fashion, of *what* happens or arrives as well as of *who* arrives by coming precisely there where — and this is the end not only of the horizon but of teleology, the calculable program, foresight, and providence—one no longer *sees it coming*, not horizontally: *without prospect or horizon*." (p. 135)

备(而他者的到来则其实始终都是不期而至的)。而这一准备之所以必要,之所以应该开始,并且必然始终都已经开始了,又正是因为此乃来自他者的要求:语言、文化、文学的他者始终已经在等待自己的机会。超出技术层面,比较文学能够做的和应该做的乃是,从一个语言之中,在一个文学之中,穿过语言和文学的边界,而对他者,或对另一个语言和文学,做出回应。而回应是应承,是承担,是为他者负责。此一负责也是给予:比较文学在将自身——自己所置身于其中的语言和文学——向他者敞开之时将自身给予他者,并通过这样的给予而得到自身的充实。

这样的比较文学既会让自身作为专业学科而存在,也能让自身存在于所有的文学写作之中。这样的比较文学为无所不在的原始比较所要求,但同时也揭示这样的原始比较的哲学含义。这样的比较文学为在国别文学中进行认同的文学自我揭示其自我认同的形成过程,揭示这一自我认同的"秘密"或真相:没有无所不在的原始比较,就不可能有任何语言、文化、文学的自我认同。而正因为任何国别文学——国别文学的自我意识和自我认同,国别文学之相对于其他文学而为自身界定的身份或同一性——首先都是比较文学,而一切文学研究首先都是比较文学研究,所以从某种意义上说,我们甚至也许可以省掉或取消"比较文学"这一从来未得其正的名称。但这当然不是欲取消已经作为一个学科而存在的比较文学研究的边界,从而扩张其领域到"至大无外"的程度,而只是欲肯定一个事实:一切文学,一切国别文学,一切具体的国别文学研究,都首先即已蕴含着某种根本性的比较。

八、不是结论

比较文学当然不能因此而暗暗自大,但或许也无须继续隐隐自卑。比较文学可以而且其实永远都只能"(不)安(地)居"于不同的语言文学之间,或"(不)安(地)居"于语言、文化和文学的边界之上,并且就作为这样的边界而"(非)存在"。

但边界本身——如果我们真是可以谈论边界"本身"的话——总是容易被忽视和被遗忘的。有谁愿意仅仅逗留在必然没有任何"实质"的边界之上,而不赶快奔向为其所分开的某一本土——本土的中心,或中心的本土——呢?因为乐趣似乎只生于本土——文学的本土,本土的文学——之中心,而不生于文学的边界之上。

因此，为了不忘记那从一开始并从根本上使任何文学本土得以成为文学本土的文学边界之功，为了不忽视无所不在而又经常隐而不显的原始比较，为了能始终对他者的文学或文学的他者做出负责的回应，让我们继续坚持"比较文学"之名，并在此名之下准备和期待着未来的文学和文学的未来。

（写于 2004—2011 年间，定稿于 2012 年 5 月 19 日
再次修订于 2012 年 6 月 1 日，新西兰基督城家中
最终定稿于 2012 年 8 月 19 日，北京京师园寓所）

史诗焦虑：河流抒情与八十年代水缘诗学

米家路

水是人类创伤之一。[1]

在鲁迅1921年的短篇小说《故乡》的结尾，河流梦境般的本性得到了一次生动而短暂的记述。叙述者"我"在河上的小船里打盹儿，在亲眼目睹故乡的崩溃后，即便未来飘渺难测，他毅然决定永远离开他的故乡。就在他若有所思的一刻，他梦想一个去除了旧人类（包括代表知识阶层的"我"和代表愚昧农民阶层的"闰土"）的全新的自然空间（"我在朦胧中，眼前展开一片海边碧绿的沙地来，上面深蓝的天空中挂着一轮金黄的圆月"），一种从未有过的全新的生活（"他们应该有新的生活，为我们所未经生活过的"）。[2] 其中怀望着四种新的生活方式：新生代间"没有隔膜"；没有劳动阶级的"辛苦展转"；生命不再"辛苦麻木"，以及生活不再"辛苦恣睢"。叙述者梦中的河流所唤起的渴望清晰地表达了某些现代性的宏大理想，自转入二十世纪起，这些理想就为中国知识分子热烈地追求：平等，自由，幸福，尊严感与生活之美。在中国现当代文学中，关于民族身份与主体性的书写关联着民族河流梦的乌托邦地形学，鲁迅这篇对理想化之未来的幻想可以说称得上一部发轫性的文本（inaugural text）。根据法国哲学家加斯东·巴什拉（Gaston Bachelard）的看法，雄性之海激发冒险故事，河流（包括湖与溪流）凭借其流动性，则唤起梦与幻想："溪流的景象再次唤醒遥远的梦；使我们的幻想富于生气。"[3]如果我们细致地考察二十世纪的文化想象便会发现，河流的形象不仅仅与中国的现代性紧密关联，即河流的形象与民族国家的兴起以及新的民族身份的建构相伴

---

[1] Jean Gebser, *The Ever-Present Origin*, Columbus: The Ohio University Press, 1985, p. 219.
[2] 鲁迅：《故乡》，《鲁迅全集》第一卷，人民文学出版社，1981年，第485页。
[3] Gaston Bachelard, *Water and Dreams: An Essay on the Imagination of Matter*, trans. Edith Farrell, Dallas: The Pegasus Foundation, 1983, p. 185.

相随;除此之外,在现代中国的启蒙大业中,作为生产、维系现代性理想与渴望的忧患话语(obsessive discourse),河流的形象还会被当作此一梦想的基质。[1]

在后毛泽东时代生机勃发的所谓"文化复兴"中,河流对于重新浮现的民族大业来说不可或缺。在八十年代的十年间,中国的文学、艺术、电影、政治书写经历了一场河流话语的大爆发,所有这些都或隐或显地记录着社会、文化、美学,以及政治征候与创伤,记录了后毛泽东时代对民族复兴的集体渴望。[2]最强有力地表达了民族河流之魅力的小说有:张承志的《北方的河》(1984)、李杭育的《最后一个鱼佬儿》(1982)、郑义的《老井》(1985)、张炜的《古船》(1986)、贾平凹的《浮躁》(1985)以及高行健的《灵山》(1986);诗歌则有昌耀,海子和骆一禾。

八十年代的中国正处于转变与过渡期,在激发社会想象、文化理想以及政治无意识方面,河流想象非比寻常地激增并在其中扮演了一个动态的角色。河流想象把差异与对立的话语捆绑在一起,成为一个开放媒介,关于自我与民族身份的竞争话语在其中得到展现与沟通。河流话语的膨胀尤其激励我们去追问与此相关的一连串问题:什么样的集体愿望被刻写在民族河流所呈现的幻景中?在河流话语与身份想象的相互作用之间,社会—文化的无意识欲望如何得以表征?河流话语怎样处理后毛泽东时代中国的民族重建中所产生的张力与犹疑?

为了厘清这些问题,我提出"水缘诗学"(poetics of navigation)作为一种分析性概念来考察对于民族河流认识学上的建构,这一点在张承志的《北方的河》以及海子、骆一禾与昌耀的抒情诗中最为清晰地显现出来。我认为构成这一独特"大河漫游场景"(excursive scenario)的实质,在于创造史诗时过度狂热的激情,借由河流的幻想性形象,重绘了后毛泽东时代的空间及地缘政治的民族身份。在追踪这条庞大的水缘轨迹时,我欲考察这一新的生命欲

---

[1] 由冼星海(1905—1945)创作于1939年、改定于1941年的音乐史诗《黄河大合唱》或许是最有影响力与最具民族主义的作品,这部作品确立了黄河作为民族主义、英雄主义与爱国主义事业的合法性地位。经由神话—诗学的重构,黄河不再是大灾难的来源,而变为民族的大救星,带来幸福与自由的生命源头。

[2] 例如,关注黄河的重要电影包括陈凯歌的《黄土地》(1984)、《边走边唱》(1990)、沈刹的《怒吼吧!黄河》(1979)以及滕文骥的《黄河谣》(1989)。在电视纪录片领域内则有三部重要作品:四十集的《话说黄河》(1986—1987);《话说长江》(1986—1987)以及《话说运河》(1987)。另外,全民族都席卷于确定黄河源头的科考热,以及在黄河与长江上的漂流热。

望在投入营造史诗工程时所产生的解放性力量,以及实现此一宏大愿景的困难艰辛。与其把河流的景观仅仅视为象征物或待破译的文本,我则凸显其动态表现的语义运作,依照 W. J. T. 米歇尔(W. J. T. Mitchell)的识见,即考察景观的"文化实践"与"身份的构成"。[1] 本文希望揭开在全球化去疆界化的时代,中国所呈现出的深切焦虑,阐明在后毛泽东的八十年代新时期,由文化乌托邦主义所重新界定的民族身份。

一、海子与骆一禾:水缘诗学中史诗意识的重构

八十年代两位天才诗人的出现使得"史诗冲动"或"史诗意识"得到了最完整的昭示,他们捕捉到了知识分子大体上贯穿了整个二十世纪(尤其是八十年代)的民族想象。他们就是骆一禾(1961—1989)与海子(1964—1989)。1989 年之后,两位诗人的早夭使他们变成了民族崇拜的偶像。[2] 随着二人地位的上升,张承志的史诗追寻找到了其在诗歌中最具雄心的释放,特别是河流之诗,我称之为"水缘诗学"(poetics of navigation)。

和张承志一样,在八十年代上半期,诗人们同样对这些河流着迷,特别是黄河。最有趣地是,对河流或海洋的诗意认同强烈到某些诗人把自己称为"江/河"或"海/洋",他们的笔名多与河流(波、浪、流或渡)以及海洋(涛或沙)的元素相关[3]。因此,河流作为诗人想象之所在不仅成为民族的象征景观,对民族振兴的极度热情,使得河流同样成为特定年代心灵史的景观。

如果张承志在《北方的河》中以一种雄性气慨的方式,通过对神圣黄河的

---

[1] W. J. T Mitchell, "Introduction", in *Landscape and Power*, ed. W. J. T. Mitchell, Chicago: The University of Chicago Press, 1994, pp. 1 - 2.
[2] 对这两位诗人的死亡崇拜及其一系列殉道者/圣徒身份,请参阅奚密的两篇论文:Michelle Yeh, "The 'Cult of Poetry' in Contemporary China", *The Journal of Asian Studies* 55, no. 1 (1996 February), pp. 51 - 80; Michelle Yeh, "Death of the Poet: Poetry and Society in Contemporary China and Taiwan", 参见 Pang-Yuan Chi & David Der-Wei Wangeds, *Chinese Literature in the Second Half of A Modern Century: A Critical Survey*, Indiana University Press, 2000, pp. 216 - 238. 对于海子自杀与诗人身份的浪漫图景之间的复杂关系,最为全面的研究可看柯雷最近的论文 Maghiel Van Crevel, "Thanatography and the Poetic Voice: Ways of Reading Haizi", *Minima Sinica*, 2006(1), pp. 90 - 146. 感谢论文作者柯雷将这篇颇富洞见的研究寄给我。
[3] 笔名字面上与河流/水有关联的一些较为著名的诗人有:江河、西川、欧阳江河、西渡、孟浪、孙文波、宋渠、刘漫流;与海洋相关的诗人则有:海子、海男、海上、海客、巴海、伊沙、北岛与岛子。

朝圣肩负起后革命时代中国神话的重构,那么骆一禾和海子则向往创造彻头彻尾的中国史诗,海子称之为"真诗"或"大诗"。[1] 没有一个中国现代诗人表现出的"史诗冲动"如这两位诗人这般充满力量与不可抗拒,他们惊人的诗歌作品令他们的同代诗人难以望其项背。然而如果我们仔细地观察他们的创作轨迹,我们就会看见河与水的形象在激起他们的史诗图景中扮演了一个重要角色。换言之,是河流引领两位诗人雄心勃勃地创作一部终极史诗的计划:逐日之河造就了海子未完成的史诗《太阳》;汇海之河则造就了骆一禾未完成的史诗《大海》。这一水缘诗学便着眼于将民族河流的话语"史诗化"。

二、河流的再神话化:骆一禾

作为一部史诗诞生的序曲,黄河又一次成为诗意想象的所在。在他们仙逝前,二位诗人都写出了一组以黄河为中心母题的微型抒情史诗(大多写于八十年代中早期),其中包括骆一禾的《河的旷观》(1983)、《河的传说》(1983—1984)、《滔滔北中国》(1984)、《水(三部曲)》(1985—1986)、《祖国》(1985)、《大河》(1987)、《水的元素》(1987)以及《黄河》(1987);还有海子的《龙》(1984)、《河流》(1984)、《传说》(1984)、《但是水、水》[2]。作为北大的同窗与好友,二人不可避免地相互影响,他们诗中的主题有着非常明显的重叠现象。

首先,两位诗人河流诗歌的特征在于,他们对于作为精神资源的河流存在想象力的一致性,此种精神资源在于民族的复兴,以及作为英雄主体为民族代言的诗人形象。通过河流的持续性与流动性,对民族身份的想象在他们对河道的神话、传说、历史和民俗的诗性重构中强烈地表达出来。许多河流诗歌展示出一种神话化的时空,其中的河流与河水唤起了复苏与滋养的力量,敞开为一种民族兴衰的进化论式叙述。因此民族的命运切近地与河流的原始神话相联系。在《河的旷观》这首诗中,骆一禾描述了春天河流的苏醒,从压抑的萧条中解放,并使祖国大地重现生机:"大河今日/到底像祖国一样/奔流了……"(骆一禾,第45—46页)通过显示河流之"旷观"的壮丽场面,诗人梦想着民族的"奔流"与"苏生"。

通过河流来呼吁自我赋权与民族苏醒,在他的长诗《河的传说》中得到了

---

[1] 海子:《海子诗全编》,上海三联书店,1997年,第888页。
[2] 骆一禾:《骆一禾诗全编》,上海三联书店,1997年。以下文中引文均出自该选集。

最强力地表达,副标题为"献给中国精神发源地:伟大的河流"。标题传达出这首诗是一首赞美河流的颂歌,它是塑造中华民族的原型力量,这首诗同时也唤起大灾难之后民族振兴的力量。诗歌的史诗结构,以黄土高原上中国人种的创造为开端,探索民族神话的起源、记忆、离散、战争、苦难、历史性时刻以及先驱者的轨迹,并终结于河流激荡的高潮中那可感的民族重生的启示性图景。作为中国文化的源头,大河的力量正迷失"在火山灰和健忘火山的记忆中"(第61页);河流在等待复苏的循环,好使那些满载"燃烧"能量的人,借着对河流深度的挖掘释放这种能量:"骚动在果实里的生命在燃烧/这一瞬间河流明亮起来/我们的身躯轰然作响/一切都回荡在激动的心中。"(第63页)诗人寻问:"有力的河/还在流动吗?"回答坚定无疑:

> 河
> 是不会枯干的
> 河是空气的母亲
> 河把满天的流星
> 化作饱含着水分和热量的树种
> 我们在那里流散
> 分而复合　合而复分
> 哼唱着河道谱下的迈进的歌
>
> （第64页）

河流再次与树的有机形象相连,树"经受"了民族生与死的历史。河流经由"水文圈"("hydrologic circle")的循环往复展现出它的转换力,这股力量常常与人类命运以及宇宙秩序紧密联系。[1]河流不仅滋养了"土地史诗和中国人的神话"(第66页),而且也被当作了中国历史变迁的见证。最为重要的是,河流在这种循环性中总是孕育着中国人的新希望,"河流的种族":"于是宇宙对人说/你们是伟大的/于是人们在河流里/获取了跃动的再生。"(第68页)诗人相信:"有了河流/中国的火才燃烧到如今"(同上)。伴着"我们"的激情、祈祷甚至牺牲,诗人呼喊着原型河流的复活:

> 河呵河呵

---

[1] 参阅 Yi-Fu Tuan, *The Hydrological Cycle and the Wisdom of God: A Theme in Geoteleology*, Toronto: University of Toronto Department of Geography, 1968。

> 我们民族最古老的传说
> 那关于天地起源的传说
> 就是这样的
> 在靠近生存的地方
> 锤炼生活　锤炼壮丽的忧患
> 沟通起群山和先驱者的意义
> 河水滔滔的　惊醒黝暗的时间
> 阳光敲响大地
> 河呵河呵……阳光敲响大地

（第69页）

民族的神话因此在河水滔滔的流动上孕育。"阳光敲响大地"的景象显示了一种乌托邦式的愿望：在冲突得以解决与创伤得以治愈之后，民族能和谐地安定下来。正如怀曼·赫里迪恩（Wyman H. Herendeen）注意到的，这样一种乌托邦话语精确地阐明了"基本冲动"与河流的联系。在创世神话中：河流即为自然神性的显现，以及从堕落世界中复活的超然力量。[1] 正如文章开头的引文所示，黄河在古代中国作为荷载宇宙精气的大河被神话化了，黄河给予泥土里的东西以生命。如此一来，如果河流显现出它的神力，那么民族的复活便指日可待。诗歌以此种可能性暗示作为结尾："从那里远远传来/河流的声音/……/……"（第70页）最重要的是，诗人唤起的神话之河来自未来而非过去，这是一条不存在现世的河流，而仅仅存在于梦境之中。

三、作为神秘超然的水

其他作品像是《滔滔北中国》《水（三部曲）》《祖国》《水的元素》全都在赞美河流救世主般的超然力量与民族命运之间的休戚相关。《大河》中的两行可以作为对神话之河崇拜的最佳例证："我们仰首喝水/饮着大河的光泽"（第243页）。仰首的姿势显示出由大河之神力所驱使的超然信念。在《黄河》一诗的开头（写于1987），诗人将中华民族的姻缘认同为黄河，并以此作为全诗的开端：

---

[1] Wyman H. Herendeen, *From Landscape to Literature: The River and the Myth of Geography*, Pittsburgh: Duquesne University Press, 1986, p. 8.

> 人民。在黄河与光明之间手扶着手，在光明
> 与暗地之间手扶着手
> 生土的气味从河心升起，人民
> 行走在黄河上方
> 人影像树木一样清晰，太阳独自干旱
> 黄河是一条好姻缘
> 只一条黄河就把人民看透了

（第 369 页）

黄河的幻景作为神性与姻缘的显现给人们带来幸福，并极具神话意味，使得诗歌的开端呼应宇宙与人类的开端，一个在尚未堕落与腐化之前的清白、纯洁与原始和谐的伊甸园世界："村庄在大气间颤抖/人民用村庄的语言在天上彼此知道/在黄河上昼夜相闻"（第 369 页）。黄河进一步被喻作一只"大碗"，男男女女在其中生生死死，畅饮其中的圣水。饮水再次强调了生命滋养与生命提升的过程，使得与水相联系的血在整个身体内循环。因此，河流的干枯象征着文明的死亡，民族的衰落："在枯水季节/我走到了文明的尽头"（第 370 页）。值得注意的是"人民"这个词，一个在革命意识形态中被神圣化了的关键语。然而，通过解构这个霸权性符码，骆一禾为"人民"这一术语赋予了一种新含义："人民"不是"一个抽象至上的观念，他不是受到时代风云人物策动起来的民众，而是一个历史地发展的灵魂。这个灵魂经历了频繁的战争与革命，从未完全兑现，成为人生的一个神秘的场所，动力即为他的深翻，他洗礼了我的意识，并且呼唤着一种更为智慧的生活"（第 833 页）。很明显，滋养与洗涤生命的"神秘灵魂"即为黄河，一个拟人化的心灵承载着中国人集体无意识的原型力量：

> 人民以手扶手，以手扶手，大黄河
> 一把把锄头紧紧抱在胸前
> 在太阳正中端坐
> 这就是人民的所有形态，全部的性命
> 闪烁着烛光
> 美德的河，贫困的河
> 英雄学会了思想的河
> 一场革命轻轻掠过的河

> 美德在灯盏上迟钝地闪耀

（第371页）

"锄头、太阳、英雄、革命与灯盏"的形象作为意识形态的能指，指涉了基于延安的革命（从三十年代到四十年代），黄河的支流渭河流过那里。那种由一系列革命运动来振兴中国的乌托邦信仰已经流产，正如中国之灵黄河仍旧遭受着贫穷、萧条与落后。什么才能拯救中国麻木的灵魂？以略带超现实的笔触，诗人在作品结尾试图回答这个问题：

> 在牛头的屏蔽下
> 两眼张开，看见黄河不再去流
> 而是垂直的断层
> 以罕有的绿光
> 向我们迎面压来

（同上）

"牛头"所展开的景象，或许可以读解为祈祷者的仪式，用作求雨、求得好运或保佑丰收（就像在陈凯歌的电影《黄土地》里的最后一幕所看到的那样）。黄河的断流预示着深重的民族危机，"垂直的断层"一方面展示了探索萎靡不振之真正原因的雄心，另一方面，揭示了河流向内流入人们的灵魂。因此从"垂直的断层"发出的"绿光"表征了一个历史性契机，或表征了一个为创造新生活而需要实现的期许。这是一次对中国魂强有力的召唤，它赋予民族主体在后革命时期一种"使命感"和"忧患意识"，以此来进行英雄主义般的重新赋权，民族亢奋主导了八十年代的认知想象。

四、作为征候的河流：海子的史诗诗人身份

海子与骆一禾一样，急剧地受到"史诗冲动"的驱使，洞悉到河流修辞中的中国神话、历史与民族身份的存在。在他短暂而富有创造性的一生中，他创作了多首卓越的微型河流史诗。在三章史诗《河流》中，海子揭示了河流的全景图貌：追溯河流神话的诞生，生殖力与毁灭力，母性护佑与创生的光辉，原始的神性。最有意义的是，他创造了一个对话空间，在这个空间中，他将河流拟人化为"你"和"我"，二者能够相互作用、质疑、挑战以及反思。河流的"你"代表了历史与神话，过去丰富的文化，如今却消失殆尽，然而河流的"我"

看似一个年轻英雄，在一段英雄成长与成熟的旅程中，寻求"你"失落的根源。诗歌开始于"你"的诞生，历经"你"与"我"之间对抗性的交流，最后在黄河"你"与"我"的融合之中结束：

> 编钟如砾
> 在黄河畔我们坐下
> 伐木丁丁，大漠明驼，想起了长安月亮
> 人们说
> 那儿浸湿了歌声[1]

"编钟"与"长安"（盛唐的大都）的意象同时唤起由黄河养育的中国历史的荣光。诗人的探寻使得"我"将自己的身份视为"你"那持续流动、不可分离的一部分：

> 我凝视
> 凝视每个人的眼睛
> 直到看清
> 彼此的深浊和苦痛
> 我知道我是河流
> 我知道我身上一半是血浆一半是沉沙

（第 187 页）

身份的相互指认——"你是河流/我也是河流"（第193页）——促使青春期的"我"穿过失落的世界并进一步进行自我探索：流经远古的河流现在也流经他的身上。诗人规定了神话的连续性而非差异性，神话的在场而非缺场。只有意识到这一点，原型的"你"和被放逐的"我"的最终融合才成为可能。与骆一禾的诗篇《树根之河》一样，海子使用了树这样一种有机体修辞来描述持续生育的河流："树根，我聚集于你的沉没，树根，谷种撒在我周围。"（第193页）在河里深深扎下的树根变成中国的生命之源。这一有机统一体以幻想的方式提供了治愈经由荒谬的极端革命所造成的分裂、麻木以及创伤身份的可能性。换言之，河流神话的"你"向内流经个体生命的"我"，同样也会使历史残骸得到洗涤，彻底地恢复濒于精神崩溃边缘的生命，引导自我的重生："我不得不再一次

---

[1] 海子：《海子诗全编》，上海三联书店，1997年，第205页。以下文中引文均出自该选集。

穿过人群走向自己,我的根须重插于荷花清水之中,月亮照着我/我为你穿过一切,河流,大量流入原野的人群,我的根须往深里去"(第194页)。此处,海子民族之河的三部曲史诗——《春秋》(意为历史的开端)、《长路当歌》(意为国家的发展历程)、《北方》(赞美原型力量的重聚与重归)——清晰地显示出对"清澈如梦的河流"(第201页)之回归的召唤,映照出民族振兴的无意识欲望。

六章史诗《传说:献给中国大地上为史诗而努力的人们》(1984)是一部梦之诗,表达了从死灰(不死凤凰的神话)中复兴的中国("中国的负重的牛"第208页)的预言景象,滔滔江河(母性的"东方之河",第225页)带来了重生。通过对文化记忆的发掘与重拾——不朽诗人李白,禅宗诗人王维,道家圣人老子与庄子,孔圣人以及诗圣屈原——诗意的"我"宣称:"诞生。/诞生多么美好!"(第227页)初生的婴儿来自"河上的摇篮"(第221页),"绛红的陌生而健康"(第221页),象征了中国的重生——"更远处是母亲枯干的手/和几千年的孕"(第222页)。"河水初次"(第220页)使得类似的重生成为可能。

在诗人看来,有两个关于中国的传说:一个关于"早晨的睡眠"(中国文化犹如一个早夭的早熟婴儿);"在早晨早早醒来"(中国的民族复兴受一股危机感与焦虑感所驱使):"第一次传说强大得使我们在早晨沉沉睡去/第二次传说将迫使我们在夜晚早早醒来"(第222页)。"夜晚早早醒来"的景象清晰地显示了八十年代"赶上热"的社会—政治心理。换言之,这两个传说暗示了中国落后于西方列强,因为她在全世界都在发展时过早的停止了生长;现在她应该在全世界处于睡眠的夜晚中早早醒来开始工作。接下来的问题变成如何能使仍在酣睡中的人们得以苏醒。这也是一个困扰鲁迅的问题,鲁迅将中国比作一间"黑暗的铁屋子",人们在其中沉睡,悲观地拒绝任何苏醒的可能性。跟鲁迅一样,海子面对同样的真实困境,他对能否唤醒一般民众并不确定,但同时海子也意识到那些少数已经醒过来的知识分子可以甘愿成为殉道者;海子诗意的英雄主义使他确信,少数几位上下求索寻找史诗的诗人是真正的大彻大悟者:

> 我继承黄土
> 我咽下黑灰
> 我吐出玉米
> 有火
> 屈原就能遮住月亮

>   柴堆下叫嚣的
> 火火火
> 只有灰,只有火,只有灰
> 一层母亲
> 一层灰
> 一层火。

(第 228 页)

残酷的事实在于中国的重生只能以牺牲生命来实现。个体的"我"决定肩负起使中国觉醒与振兴的英雄使命,只是此番壮举重如泰山,难以完成,因此通灵的诗人最终必须牺牲他自己,来促成这个乌托邦大业的成功。令人唏嘘的是,甚至海子的殉难,尽管在全民族的顶礼膜拜中获得了名垂青史的光环,也无助于唤醒人们的麻木意识,最终被媒体哗众取宠,庸俗化以满足贪婪无忌公众的猎奇心理。[1]

五、作为宇宙招魂符语的水

尽管海子不确定如何唤醒那些沉睡的人们,但有一件事他相当确定,河流对于中国之复兴至关重要:"啊,记住,未来请记住/排天的浊浪是我们唯一的根基。"(第 219 页)此种对母性河流所具有的生殖、生育与复兴神力的呼唤在海子四章的史诗《但是水,水》(1985)中获得了最强烈的表达。在这首长诗中,海子急迫地构造了中华文化的广阔图景——创造、衰落、苦难与重生的神话贯穿于广阔的河系。在其广阔的视野下,以宏大的时间架构,神秘的典故以及寓意来寻求中华文化的身份,这首诗不禁让人联想起 T. S. 艾略特的划时代史诗《荒原》。[2] 第一篇是题为"遗址"的三幕诗剧,开始于一个诗人与战俑之间的对话,背景为一条完全干涸的大河(黄河),四位老人像树根一样盘坐着。被活埋的战俑,呼求一头母羊的到来(母羊即指用以复活的水),即将在

---

[1] 参见他的诗人朋友西川(1962 年生)对海子神话的警惕和批判。见《海子诗全编》,上海三联书店,1997 年,第 919 页。
[2] 《荒原》早在 1937 年就被赵萝蕤译成中文,在八十年代由裘小龙、赵毅衡、查良铮、汤永宽、叶维廉等译者再次译成中文,在中国被广泛地阅读,这首诗对中国当代诗人的史诗意识与汉语史诗的写作产生了巨大的影响。

绝望中崩溃,因为他害怕拯救他的母羊永不到来,但诗人相信水和母羊一定会到来。诗人将亲手把母羊牵到战俑那儿。从这个意义上来说,如果战俑代表死亡,那么诗人就代表生命。战俑所拒斥的,便是诗人所坚持的。

第二幕是对沉江的诗圣屈原的合唱,神秘的山峰,背景悠远,群巫在沿南方的大河(长江)边采药。当巫医用超自然的神力来治病,召唤死灵,从第三幕起,诗人与"母羊"回来了,背景中伴有雨水声。诗人无疑在这里成为了通过巫术唤回生命的屈原的化身。说话人不仅仅代表了复活的屈原,也代表海子自己,因为海子总是宣称自己是现代世界中诗圣的化身。诗人在他的长篇独白中宣称他从雨季的荒原中返回,他是"倾盆大雨",他将使莲花开放,给干旱与死亡的世界废墟带去新生——"在东方,诞生、滋润和抚养是唯一的事情"(第236页)。因此在剧末,传来了新生婴儿的哭泣声,伴随着"雨水声像神乐"(第237页)。显然,这是一个在肥沃的土地与丰饶的江河上重生、复兴与赞美新生的时刻。

第二篇题为"鱼生人",探索摧毁世界的大洪水神话以及再造世界的天神盘古和女娲。诗人以独特的结构呈现了灾难性的大洪水,在同一页纸上再造了对称性的双重世界,以此展示同时发生的死亡与再生。在这样一个生死同质的时空中,尽管看上去风格古怪,却可用来消解时间的流动,并打碎历史的线性时间,创造一个没有时间的神话时空,其中和谐的宇宙秩序被刻写,被依次赞美。此　创世神话的关键在于诗人所赞美水的女性力量。黄河"神秘的水"(第245页)赋予中国文化以生命与滋养：

……母亲
母亲痛苦抽搐的腹部
终于裂开
裂开：

黄河呀惨烈的河
东方滚滚而来

(第240页)

滚滚而来的母性力量创造了光辉的史前中国文化——"青铜时代"与"新石器的半坡文化"(第244页)。因此,为了生命的创造与抚育,"靠近大河"的呼喊响彻了整首诗篇。只要靠近"大河",无论何地,生命便生长繁茂。为了与河流的神性力量重聚,"靠近大河"的召唤话语贯穿了整个八十年代,激发了对河流的崇拜,促发了书写河流的史诗之梦。从另一面看,激情昂扬地呼唤"曙光逼近大河"同样释放了海洋的乌托邦(oceanotopia),亦即想要同海洋合并的社会欲望:"我的呼吸/把最初的人们/带入大海。"(第 248 页)然而,诗人说:"东方是我远远的关怀。"(同上)生与死的矛盾母题最终在毁灭与创造的一节诗中得到融合:"一共有两个人梦到了我:河流/洪水变成女人痛苦的双手,河流/男人的孤独变成爱情。和生育的女儿。"(第 249 页)"靠近大河"便是亲近始源的创造能量,融入生生不息的民族之魂。

第三篇题为"旧河道",通过强调水的女性与母性品质来继续探讨生与死的主题。包括黄河与长江的旧河道,同时指向中国历史("盛唐之水",第 251 页)及其衰落的现代。通过回到旧河道去经历光辉的过往——"我便回到更加古老的河道……女人最初诞生……/古老的星……忘记的业绩……五行……和苦难"(第 255 页),并进一步探索衰落的轨迹——"我便揪住祖先的胡须。问一问他的爱情"(同上)。正如诗人所揭示的预言图景,承载着中国文化记忆的旧河道将用复活之水再次将自己填满:

> 便是水、水
> 抬起头来,看着我……我要让你流过我的身体
> 让河岸上人类在自己心上死去多少回又重新诞生
> ……
> ——水
> 让心上人诞生在
> 东方归河道

(第 253 页)

水所携带的复兴力量完全源自海洋,诗人将在那里开始重建:"……水噢蓝的水/从此我用龟与蛇重建我神秘的内心,神秘的北方的生命。"(第 252 页)最终,旧河道便载着新生命的水重新澎湃:"根上,坐着太阳,新鲜如胎儿……但是水、水。"(第 258 页)

最后一篇题为"三生万物",女人诞生于水中,水承载着持续生殖的母性力量。这一篇还包含了,诗人作为失落世界的救世主的预言图景。这一篇的第二部分意义最为深远,诗圣屈原"A"与后辈诗人"B"之间进行的对话。在他们晦涩的交流之间,诗圣将自己称作"水"和"神秘的歌王",像一个导师一般

（正如维吉尔对于但丁）引领出场的诗人穿越死亡与干旱的陆地；屈原将诗歌遗产传给了这位年轻诗人，并最终激励着后辈诗人的成熟。[1] 现代诗人的崇高形象便傲然地出场了：

> B：是的。我记住了。
> 诗人，你是一根造水的绳索。
> 诗人，
> 你是语言中断的水草。
> 诗人，你是母羊居留的二十个世纪。
> 诗人，
> 你是提水的女人，是红陶黑陶。

（第264页）

新生代诗人为屈原招魂成为一场诗歌契约的转让仪式，由此确立了海子作为"神秘歌王"的现代化身的合法性，一个中国文化长久地诉诸于屈原的角色。在圣诗人的角色中，海子便有能力创制他的梦之诗，那部他称之为"大诗"的终极史诗。

因此我们发现，女性在海子的微型河流史诗中的突出地位是其史诗的一个重要特征。与张承志甚至骆一禾的作品中男性主义的河流概念正相反，海子赞美河流的女性特质，全身心地拥抱河流散发出的爱与抚育的母性力量。在1987年之后，他放弃了这一主题，并转向一种"父性，烈火般的复仇"来对抗世界。[2] 正如巴什拉所注意到的，水带有"强烈的女性特质"，养育、护佑与管制。[3] 在他的一篇短文中《寂静》（《但是水，水》的原"代后记"）中，海子清晰地解释了他对水的女性特质的偏爱。据海子来看，世界是水质的，因此具有包含的特质：如同女人般的身体，生产但同时也包含——"女性的全面覆盖……就是水"（第877页）。相对于男性世界，水是一种痛苦的征服，

---

[1] 海子理念中向后辈诗人平和地传递诗歌资本的景象，不同于对先驱诗人的布鲁姆式的暴力弑杀，却更像在初学的转折过程中，荣格式的原型力量的宇宙起源变形。然而，海子通过屈原确立自己诗性语言的合法性之景象，与布鲁姆称之为"阿波弗里达斯"（Apophrades，或死者的回归）的最后阶段相适应。通过对前辈诗人的原创/转换性改写，现代诗人获得了彻底的胜利，从而成为大宗师。参看Harold Bloom, *The Anxiety of Influence: A Theory of Poetry*, London/New York: Oxford University Press, 1997。

[2] 西川编：《海子诗全编》，上海三联书店，1997年，第923页。

[3] Gaston Bachelard, *Water and Dreams: An Essay on the Imagination of Matter*, p. 9.

水质的女性世界是"一种对话,一种人与万物的永恒的包容与交流"(同上)。他这么写道:

> 但是水、水,整座山谷被它充满、洗涤。自然是巨大的。它母性的身体不会无声无息。但它寂静。寂静是因为它不愿诉说。有什么可以要诉说的,你抬头一看……天空……土地……如不动又不祥的水……有什么需要诉说呢?但我还是要说,写了这《水》,因为你的身体立在地上、坐于河畔,也是美丽的,浸透更多的苦难,虽不如自然巨大、寂静。我想唱唱反调。对男子精神的追求唱唱反调。男子精神只是寂静的大地的一部分。我只把它纳入本诗第二部分。我追求的是水……也是大地……母性的寂静和包含。东方属阴。
>
> 这一次,我以水维系了鱼、女性和诗人的生命,把它们汇入自己生生灭灭的命运中,作出自己的抗争。(同上)

由此可以看出,海子将河流的女性气质放置到突出的位置具有两个目的:一方面,利用与河之女性气质的对话,来与男性意识形态的主流社会,在八十年代透露出的尚武情绪相抗衡;另一方面,构造和平主义以及包容的"东方精神"来对抗西方霸权侵略性的思想状态。然而,这样一种浪漫的反抗姿态只能是自我防卫,自我催眠,因为诗人的目标非常模糊,抒情力量在日常的平庸现实面前显得如此脆弱,简直不堪一击。在八十年代后半期,从此种"史诗冲动"的英雄主义画景中实际出现的并非包容的女性气质,以及河流水质的母性所拥有的梦幻景象,而是一些古怪、讽刺以及荒谬的梦魇焦灼,亦即在郑义、张炜与苏晓康的作品中出现的末世感。[1]

六、水缘弥赛亚主义:昌耀

我已经在上面讨论了张承志、骆一禾与海子的水缘诗学,下面我将简要讨论八十年代另一位重要的水缘诗人昌耀(1950—2002)的诗歌。昌耀是青海大西北的诗人,因为其地理上的遥远以及他作品不羁的风格,常被称作"边

---

[1] 在我的英文论文《熵的焦虑与消失的寓言:论郑义〈老井〉与张炜〈古船〉中的水缘乌托邦主义》("Entropic Anxiety and the Allegory of Disappearance: Hydro-Utopianism in Zheng Yi's *Old Well* and Zhang Wei's *Old Boat*")中,我分析了郑义与张炜的作品如何挑战与介入民族河景的抒情地形学诸种问题。Jiayan Mi, *China Information*, 21 No. 1 (March 2007), pp. 109 - 140.

塞诗人"。像骆一禾与海子一样,昌耀热情洋溢地拥赞黄河,他的诗极力推崇对民族身份的精神崇高性进行神话—诗性的探寻。作为对张承志的小说中河流朝圣的回响,昌耀的《青藏高原的形体》(1984)是一部包含六个部分的史诗,描述了重新探索中国的旅程,通过对黄河源头的考察来追溯河流的神话、历史、文化与地理。例如,在《之一:河床》中,河床被拟人化为抒情的"我"从河流的源头升起,"白头的巴彦卡拉"——携带着历史与神话的声响——"我是时间,是古迹。是宇宙洪荒的一片化石。是始皇帝。"——伴随着拯救与重生的期许从祖国的陆地流入海洋——"我答应过你们,我说潮汛即刻到来,/而潮汛已经到来……"[1]承诺疗救的弥赛亚力量并没有呈现为母性的力量,而是父亲的形象,一个纹身的、身体多毛的巨人(粗犷男性的象征),一颗博爱的胸襟,以及"把龙的形象重新推上世界的前台"(同上)的力量:

> 他们说我是巨人般躺倒的河床。
> 他们说我是巨人般屹立的河床。
>
> 是的,我从白头的巴颜喀拉走下。
> 我是滋润的河床。我是枯干的河床。我是浩荡的河床。
> 我的令名如雷贯耳。
> 我坚实宽厚、壮阔。我是发育完备的雄性美。
> 我创造。我须臾不停地
> 向东方大海排泻我那不竭的精力。
>
> (第98—99页)

"排泄"一词的身体性行为释放出的创造能量,源于大河作为一种驱动力所激发出来的原始激情的欢腾表演,以及面对海洋世界,社会的生命冲动之解放,男性主义的欲望再一次与张承志产生了共鸣。在诗歌《之六:寻找黄河正源卡日曲:铜色河》中,不同于第一首中原型抒情的"我",说话的主语在这一章变成了复数的"我们",无疑暗示了集体所承担的探求:"从碉房出发。沿着黄河/我们寻找铜色河。寻找卡日曲。寻找那条根。"(第103页)

将河流的源头转喻为树的根,使得对河流源头的寻找变成了对某些基本事物之根基的寻找:中国文化的根。"我们"被赋予这样一个崇高任务,被"亲

---

[1] 昌耀:《青藏高原的形体》,《昌耀诗集》,人民文学出版社,1998年,第100页。

父、亲祖、亲土的神圣崇拜"(第103页)所驱使,预备去探索中华民族与中国文化的源头——"我们一代代寻找那条脐带。/我们一代代朝觐那条根"。(第104页)在黄河源头,"我们"找到了一棵深深扎根的大树,"生长"出中国的神话家园:

> 而看到黄河是一株盘龙虬枝的水晶树。
> 而看到黄河树的第一个曲茎就有我们鸟窠般的家室……
> 河曲马……游荡的裸鲤……

（第105页）

通过将河流构造为一棵神话之树[1],"我们"在第一条"曲径"里发现,中国文化之树的原始灵魂,成长、开放,最后结出果实——"腾飞的水系"。"腾飞"作为八十年代新时期的关键词,表达出"民族振兴"的普遍梦想。不同于《河床》启示性的口气,诗歌的结尾采用安静的口吻:"铜色河边有美如铜色的肃穆。"(第106页)这个结尾一方面显示出,经过对中国文化圣地的朝圣油然而生的精神净化,另一方面也显示出,在自信恢复以后,对民族复兴的要求。这种安静不是永久的,而是高潮的爆发与腾飞之前的平静。因此我们看到经过对中国的再次探索,昌耀对黄河源头的史诗探索是一个神话化的进程。在河流神话里镌刻着八十年代上半期乌托邦幻象的主要能指,诸如:"振兴中国""赶上世界强国"或是"四个现代化意识"。

张承志、骆一禾、海子与昌耀的作品,催化了对民族河景的水缘性重绘的史诗冲动,记录了后毛泽东时代民族振兴冲动的社会-文化想象。因此,他们所赞美的河与水的疗愈性以及神话诗性的力量,构成了八十年代早期的文化乌托邦主义的真正内容。与欢欣鼓舞的陶醉于拥抱生机勃勃的生殖力相对,一些作家(如郑义、张炜)在八十年代后半期,开始通过提供一幅更加荒谬的熵之河景(entropic riverscape),挑战这种民族河流之神话力量的浪漫化形象。水缘的争论性话语催促我们去提出更多关于社会幻想、民族身份,以及后社会主义的生态状况之诸种问题。

（原刊于《江汉学术》2014年第5期,赵凡译）

---

[1] 在古代神话中,对树之仁慈力量的崇拜,参看詹姆斯·弗雷泽影响甚广的作品《金枝:巫术与宗教之研究》,尤其是第九章:树之崇拜。参阅 James G. Frazer, *The Golden Bough: A Study in Magic and Religion*, New York: The Macmillan, 1922, pp. 109-135。

德福相生与情移理化

——"三言"的劝世特色

赵冬梅

引 言

"三言"一直被视为话本小说创作的高峰,这自然因其在艺术上达到的高度为其他小说难以企及,同时也由于小说反映社会生活的广度与深度,换句话说,"三言"是一部极具社会关怀的作品。和"二拍"、《型世言》等小说一样,它尊重把彼时的人们结合为家庭及国家的价值观念,在家庭秩序和社会秩序同构的观念框架下展开故事的叙写,在诉诸人们情感的同时,也对读者如何立身处世加以劝诫,希图对其人生有所助益,因此,小说以"喻世""警世""醒世"命名,事实上,这也正是这一作品取得其他小说无法超越之地位的一个重要原因。说到艺术技巧,应该说,《欢喜冤家》及李渔的小说都不逊色,但这些小说的境界过窄,后者过多沉溺于对封闭性的私人情欲生活的描写,前者更是和《肉蒲团》之类的作品一样,即便是在结尾加上一个纵欲而亡或善恶得报的结局,其对性及物欲的津津乐道,表明作者在很大程度上摒弃了社会关怀,小说表现出对精神价值的冷漠,退回到对生理性、身体性快乐的追求,这也是这类小说一直被视为"格调不高"的根本原因。而对社会生活的关怀这一共性则是人们将"三言、二拍、一型"并举[1]的理由。虽然《型世言》在关怀现实方面走得太远,小说的艺术水准不高,但当人们将其与《欢喜冤家》和《肉蒲团》等小说相比时,恐怕还是会将前者摆放在后者之前,这正在于小说的社会价值,换句话说,在于小说是否面向现实指向人心,是否有劝世价值。

---

[1] "三言、二拍、一型"的说法参见中华书局2002年出版《型世言》之"序"。

"话须通俗方传远,语必关风始动人。"[1]一般观点认为,在话本小说文人化后,"语必关风"、重视劝世这一点得到强化,对此加以论证的文章多是从题材、思想内容等方面展开的,很少涉及作品在劝世方面呈现出的不同个性,且从叙述话语分析的角度对小说劝世特色加以考察的文章尚未多见。本文将以被视为文人话本小说开山之作的"三言"为对象,在细读文本的基础上,将"三言"与"二拍"及《型世言》加以对照,探讨其在实现劝世意图时呈现的特色。本文认为,"三言"读者定位明确,劝世贴近生活,尤强调"积善逢善,积恶逢恶"[2],以德福之道教谕庶民。其"喻世""醒世""警世"的实现,是以"以情移之""以理化之"的方式完成的。

一、以德福之道劝世

(一) 行善积德致福报

细读"三言"文本,我们会发现,小说劝世内容涉及如何教子、和亲、交友、治生、处世等方方面面,非常贴近百姓的日常生活。而最多见于文本的劝世话语要在一个"善"字,诸多故事常常将中心归结至劝善这一点,基本有三种情况:

一是小说整体就是劝善故事,代表作品如"裴晋公义还原配"(《喻世明言》卷九)、"李公子救蛇获称心"(《喻世明言》卷三十四)、"吕大郎还金完骨肉"(《警世通言》卷五)、"桂员外途穷忏悔"(《警世通言》卷二十五)、"两县令竞义婚孤女"(《醒世恒言》卷一)、"施润泽滩阙遇友"(《醒世恒言》卷十八)等。

二是小说虽从整体上看不属劝善故事,但在结末处,会将义理表述归结至劝善,如叙述夫妻悲欢离合的"范鳅儿双镜重圆"(《警世通言》卷十二),故事结尾道:

> 后人评论范鳅儿在逆党中涅而不淄,好行方便,救了许多人性命,今日死里逃生,夫妻再合,乃**阴德积善之报**也。
>
> 有诗为证:十年分散天边鸟,一旦日圆镜里鸳。莫道浮萍偶然事,总由**阴德感皇天**。

---

[1] 语见《警世通言》卷十二"范鳅儿双镜重圆"。
[2] 语见《喻世明言》卷二十六"沈小官一鸟害七命"、卷三十四"李公子救蛇获称心"。

"乔太守乱点鸳鸯谱"(《醒世恒言》卷八)从情节进程上看为一出婚恋喜剧,在结末处亦将义理表述归结至劝善:

> 后来刘璞、孙润同榜登科,俱任京职,仕途有名,扶持裴政亦得了官职。一门亲眷,富贵非常。刘璞官直至龙图阁学士,连李都管家宅反归并于刘氏。刁钻小人,亦何益哉! 后人有诗,**单道李都管为人不善,以为后戒**。
>
> 诗云:为人忠厚为根本,何苦刁钻欲害人! 不见古人卜居者,千金只为买乡邻。

类似这种在故事结末将义理表述归结至劝善的篇目很多,像《喻世明言》卷二十六"沈小官一鸟害七命"、《警世通言》卷七"陈可常端阳坐化",等等。

还有一种情况就是在情节展开过程中将劝善纳入其中,如"拗相公饮恨半山堂"(《警世通言》卷四)将王安石推行新法归于"不行善事":

> (王雱)道:"阴司以儿父久居高位,**不思行善**,专一任性执拗,行青苗等新法,蠹国害民,怨气腾天,儿不幸阳禄先尽,受罪极重,非斋醮可解。"

荆公辞世之时对妻子的嘱托也是"广修善事":

> 荆公道:"夫妇之情,偶合耳。我死,更不须挂念。只是散尽家财,**广修善事**便了……"

其他如志异的"旌阳宫铁树镇妖"(《警世通言》卷四十)、"小水湾天狐诒书"(《醒世恒言》卷六),前者通篇都在强调"改过迁善",后者也在"劝列位须学杨宝这等好善行仁"。可以说,"三言"叙事是将劝人行善为最高皈依的,为人物命名时也会将劝善因素纳入,如"乐小舍拚生觅偶",乐和父亲名"乐美善","卖油郎独占花魁",莘瑶琴父亲名"莘善","张孝基陈留认舅",主人公父子过善、过迁之名暗喻"改过迁善",等等。

小说在劝善之时,直接将行善和积德致福联系到一起,以德福之道谕人。德福之道很早就已经提出,有学者认为《尚书·洪范》第九畴"五福""六极"之说已蕴含德福之道。[1]"五福"为寿、富、康宁、攸好德、考终命。孔安国注释"攸好德"曰"所好者德福之道",将"德福"合为一词。孔颖达对此语的疏解为"所好者德,是福之道也。好德者,天使之然,故为福也"。《正义》引王肃注亦

---

[1] 吴震:"导论",《明末清初劝善运动思想研究》,台大出版中心,2012年,第14页。

云:"言人君所好者,道德为福"。"这里,'德是福之道'、'道德为福'都与'德福之道'意同。尤当注意者是'天使之然'之说,意味人之好德是'秉诸上天',同时意味着'上天'乃是'为善致福'的根据。"〔1〕孔颖达在注释"五福""六极"之时,提出"天监在下,善恶必报"的见解。〔2〕

"三言"劝人行善时,秉承天监在下、好德为致福之道的原则,总是给行善之人一个得到福报的结局。"吕大郎还金完骨肉"一篇的得胜头回在叙及被称为"金剥皮""金冷水"的金员外子与妻横死后,总结道:

> 方才说金员外只为行恶上,拆散了一家骨肉。如今再说一个人,单为行善,周全了一家骨肉。正是:**善恶相形,祸福自见;戒人作恶,劝人为善**。

吕大郎还金,不仅骨肉周全,还得富("家道日隆")贵("子孙繁衍,多有出仕贵显者")之报。"裴晋公义还原配"同样如此:

> 后来裴令公**寿过八旬**,子孙蕃衍,人旨以为阴德所致。诗云:无室无官苦莫论,周旋好事赖洪恩。人能步步存阴德,福禄绵绵及子孙。

"两县令竞义婚孤女"头回后强调"还是行善最高",结末写道:

> 钟离夫人年过四十,忽然**得孕生子**,取名天赐。后来钟离义归宋,**仕至龙图阁大学士,寿享九旬**。子天赐,为**大宋状元**。高登、高升俱仕宋朝,官至卿宰。此是后话。
>
> 从此贾昌恼恨老婆无义,立誓不与他相处;另招一婢,生下两男。此亦**作善之报**也。

钟离公因行善事之德,得生子、仕途通达、长寿、家族昌盛之福报,贾昌也同样因修德得生子福报。

不仅这些本身即为劝善故事的篇章大写福报以劝世,其他类型的故事也在情节展开进程中时时将行善致福的内容写入其中。"蒋兴哥重会珍珠衫"(《喻世明言》卷一)叙及吴县令使兴哥三巧重圆后,接着写道:

> 此人向来艰子,后行取到吏部,在北京纳宠,**连生三子**,科第不绝,人**都说阴德之报**,这是后话。

---

〔1〕吴震:"导论",《明末清初劝善运动思想研究》,台大出版中心,2012年,第15页。
〔2〕《尚书·洪范》,《十三经注疏》本,第188页。

"灌园叟晚逢仙女"也将惜花和积德相联,而积德可致福报,入话里有言:

> 只那**惜花致福,损花折寿**,乃见在功德,须不是乱道。

情节演进过程中也通过人物之口加以强调:

> 花女道:"秋先,汝功行圆满,吾已申奏上帝,有旨封汝为护花使者,专管人间百花,令汝拔宅上升。但有**爱花惜花的,加之以福;残花毁花的,降之以灾**。"

细读"三言",我们会发现善、德、福的出现频率很高,"吕大郎还金全骨肉"头回中提到的寺庙名福善庵,福善庵拜佛求来的子嗣名"福儿""善儿"。"杜十娘怒沉百宝箱"(《警世通言》卷三十二)在提及万历皇帝之时,说的是"这位天子,聪明神武,德福兼全","旌阳宫铁树镇妖"有"福德临身旺"之语,"桂员外途穷忏悔"中则拜福德五圣之神。

虽然说"三言"和"二拍"皆在三教合一思想下谈天然之机、自然之理,宣扬祸因恶积,福缘善庆,但在劝善惩恶之时则有不同个性。"二拍"如其命名所言,着意于惊奇志异,且大谈因果。正如《二刻》卷十二"硬勘案大儒争闲气"中所言:

> 看官听说:从来说的书不过**谈些风月,述些异闻**,图个好听。最有益的,**论些世情**,**说些因果**,等听了的触着心里,把平日邪路念头化将转来。这个就是说书的一片道学心肠,却从不曾讲着道学。

"三言"力证福由行善积德而生,而"二拍"则重因果强调命由前定。《初刻》卷一"转运汉遇巧洞庭红"入话的一番议论引用了不少名人之言及熟语来说明"万事分已定,浮生空自忙"。可以说,"奇"是编撰者在选择素材之时的立足点,命定论则是作品呈现出的最基本的思想观念,各种不同类型的故事都被归入这一范畴。以叙婚姻的故事为例,《初刻》卷九"宣徽院仕女秋千会"入话言曰:

> 话说人**世婚姻**前定,难以强求,不该是姻缘的,随你用尽机谋,坏尽心术,到底没收场。及至该是姻缘的,虽是被人扳障,受人离间,却又散的弄出合来,死的弄出活来。……**奇奇怪怪**,难以尽述。

同题材的其他篇目,《初刻》卷五"感神媒张德容遇虎"入话有言"婚姻事皆系前定",卷十"韩秀才乘乱聘娇妻"卷首诗也说"姻缘本是前生定",卷十二

"陶家翁大雨留宾"同样是"话说人生万事,前数已定",卷三十四"闻人生野战翠浮庵"入话说的是"世间齐眉结发,多是三生分定""夫妻自不必说,就是些闲花野草,也只是前世的缘分"。《初刻》如此,《二刻》亦同,卷二"小道人一招饶天下"卷首词第一句便是"百年伉俪是前缘",卷三"权学士权认远乡姑"入话也是先从"奇"字着眼,"而今说一段因缘,隔着万千里路,也只为一件物事凑合成了,深为奇巧",之后在接下来的"有诗为证"中仍有"可中宿世红丝系,自有媒人月下来"之句。

婚姻前定,钱财亦同,《初刻》卷三十五"诉穷汉暂掌别人钱"入话议论道:

> 却说人生财物,皆有分定。若不是你的东西,纵然勉强哄得到手,原要一分一毫填还别人的。

结尾则曰:

> 有口号四句为证:**想为人禀命生于世**,但做事不可瞒天地。**贫与富一定不可移**,笑愚民枉使欺心计。

子嗣也一样,《初刻》卷三十八"占家财狠婿妒侄"开篇便云"子息从来天数,原非人力能为,最是无中生有,堪今耳目新奇"。在感叹"新奇"之时强调"天数"。

遭难也有定数,《初刻》卷三十六"东廊僧怠招魔"一篇,东廊僧遭受无妄之灾,认为"必是自家有往修不到处。向佛前忏悔已过,必祈见个境头。蒲团上静坐了三昼夜,坐到那心空性寂之处,恍然大悟。元来马家女子是他前生的妾,为因一时无端疑忌,将他拷打锁禁",自己所遭受的牢狱之灾原来自这段冤愆,命经前定。

科举更是如此,《初刻》卷四十"华阴道独逢异客"入话中写道:"人生凡事有前期","随你胸中锦绣,笔下龙蛇,若是命运不对,到不如乳臭小儿、卖菜佣早登科甲去了"。

"二拍"的个别篇章如《初刻》卷二十"刘元普双生贵子"、《二刻》卷十五"韩侍郎婢作夫人",行善与得福成因果,但绝大部分篇章叙事时皆扣在"命定",这与"三言"形成一个对照。《警世通言》卷十一"苏知县罗衫再合"叙及徐继祖巧遇生父告状之时心下暗思的是:"我父亲劫掠了一生,不知造下许多冤业,有何阴德,积下儿子科第?"而"华阴道独逢异客"则只言"数皆前定如此,不必多生妄想",并以问答形式与看官交流:

> 说话的,依你这样说起来,人多不消得读书勤学,只靠着命中福分罢了。看官,不是这话。又道是:"尽其在我,听其在天。"只**这些福分又赶着兴头走的**,那奋发不过的人终久容易得些,也是常理。

这里,福分是赶着兴头走的,得福是因为运势旺,不像"三言"那样总是归结到"行善"上。虽然"三言"也谈因果、命定,但小说孜孜于劝善,且将行善积德与获得福报连在一起,强调善行的力量,在有的篇章中更提出了"善可回天"的主张:

> 道是面相不如心相。假如上等贵相之人,也有做下亏心事,损了阴德,反不得好结果。又有犯著恶相的,却因心地端正,肯积阴功,反祸为福。**此是人定胜天**,非相法之不灵也。("裴晋公义还原配")

要人不生妄想、强调万事前定的"二拍",在关注因果之时,更多描写恶有恶报,写善有善报的篇目非常之少。[1] "三言"则不然,其劝世重在彰余庆,不像"二拍"那样着力示余殃;后者震慑庶众使不为恶,前者敦促细民勉力向善。

较之于"三言"和"二拍"在三教合一思想下谈因果报应不同,《型世言》体现了另一种面貌。其以"树型"为要,大写忠臣、孝子、节妇、能士,这些典范人物的孝悌节行都为"常分",践行者是在为当为之事,与能否福报无涉,如:

> 妇人称贤哲的有数种,……又夫妇过得甚恩爱,不忍忘他,但上边公姑年老,桑榆景逼,妯娌骄悍,鹄鸰无依,更家中无父兄,眼前没儿女。有一餐,没有一餐,置夏衣,典卖冬衣。这等穷苦,如何过得日子?这便不得已,只得寻出身。**但自我想来,时穷见节,偏要在难守处见守**,即等算后日。(第十回"烈妇忍死殉夫贤媪割爱成女")

> ……尝见兄弟,起初嫌隙,继而争竞,渐成构讼,甚而仇害,反不如陌路之人,这也是奇怪事。本是父母一气生来,倒做了冰炭不相入。试问人,这弟兄难道不是同胞?难道不同是父母遗下的骨血?为何颠倒若此?故我尝道:**弟兄处平时,当似司马温公兄弟**,……**处变当似赵礼兄弟**。……至于感紫荆树枯,分而复合,这是田家三弟兄,我犹道他不是汉子,人怎不能自做主张,直待草木来感动……(第十三回"击豪强徒报师恩 代成狱弟脱兄难")

---

[1] 以《初刻拍案惊奇》为例,40 篇故事内容为志奇志异者 15;着意劝惩的篇目 11,其中恶有恶报 7、善有善报 2、戒色 2。

当我们将"善"作为检索词来检阅整部《型世言》时发现,"行善""积善得善"之类的话语在《型世言》中基本不见,第十六回"成都郡两孤儿连捷",两孤儿得中进士,不因父祖"有何阴德,积下儿子科第",而是因为三节妇殷殷课子,"这两个儿子都能体量寡母的心肠,奋志功名",且因"其时还是嘉靖年间,有司都公道,分上不甚公行",所以两孤儿才能光耀门庭。像第二十五回"凶徒失妻失财"、第三十一回"阴功吏位登二品"这样内容关涉到善恶有报的篇目在整部作品中所占比例非常之低。从整体上说,《型世言》不以德福之道劝善,不谈因果报应,贯穿于其中的不是"三言""二拍"的三教合一思想,而是儒家的正统观念。

从上面的对照中我们可以发现,执着于以德福之道劝世是"三言"最为突出的特色,其所构建的世界是一个天监在下、德福有征、良性运转的社会,是一个可以通过"行善积福"开启阶层上升通路、予人以希望的社会。对于社会人来说,一个秩序稳定、阶层上升通路开启的空间有益于每一个成员。应该说,"三言"如此劝世在安定人心、稳定社会秩序方面是很有效用的。

(二)面向庶民行劝诫

"三言"虽大谈行善积德以得福报,但《喻世明言》卷八"吴保安弃家赎友"有一个极需注意的细节:

> 仲翔在任三年,陆续差人到蛮洞购求年少美女,共有十人。自己教成歌舞,鲜衣美饰,特献与杨安居伏侍,以报其德。安居笑曰:"吾重生高义,故乐成其美耳。**言及相报,得无以市井见待耶?**"

此段叙述中,安居之视"以财报德"是"以市井见待",涉及一个值得关注的问题。宋代以后,随着将劝善主题凸显的《太上感应篇》等善书的传播,"天监在下,善恶必报"的观念在社会各阶层中影响更大。到了明代末年,随着社会矛盾的加剧,作为精英的士绅阶层,出于维护传统伦理和社会秩序的责任感,编订了大量宣扬"诸恶莫作,众善奉行"、以提高民众道德水平维持地方秩序的劝善书,希图扭转日益失落的人心走向,[1]此时,道德劝善成为一种运动。从"三言"的劝世内容可以看出,冯梦龙的编撰活动受到了这一时代潮流

---

[1] 关于善书的出版情况参见吴震《明末清初劝善运动思想研究》。

的影响,"三言"中的劝善细节可说与当时最有影响的善书《了凡四训》[1]"积善篇"中的与人为善、爱敬存心、成人之美、劝人为善、救人危急、舍财作福、敬重尊长、爱惜物命等行善方法重合。

《了凡四训》虽大行于世,但士人阶层对为求福报而行善积德的看法多有争论。反对者认为行善应是为当为之事,道德行为不应该是为了保证个人及家族得到最大限度的福祉,因此,《了凡四训》也为人所诟病,斥之者认为其"善恶相抵"主张是将严肃的道德之举视为可以"与鬼神交手为市"[2]"与天地鬼神为市"[3]。持这种观念的人很多,如林有麟在《法教佩珠》所言:

> 阳明先生曰:为善自是士人常分。今乃归身后福,取报若市道然,吾实耻之。使无祸福报应,善可不为耶?

此语正与前引杨安居之语的意旨相同,说明身为士人的冯梦龙对于时人的争论了然于心,杨氏施恩坚不受报在故事中也是被称道的。那么,"三言"为什么坚执以德福之道劝世呢?显然是其读者定位使然。"古今小说"(《喻世明言》)序文有言:

> 大抵唐人选言,入于文心;宋人通俗,谐于里耳。天下之文心少而里耳多,则小说之资于选言者少,而资于通俗者多。……噫!不通俗而能之乎?茂苑野史氏,家藏古今通俗小说甚富,因贾人之请,抽其可以嘉惠里耳者,凡四十种,畀为一刻。

这段话明确说明《古今小说》的读者是为市井细民,小说后更名为《喻世明言》及后续两部集子的命名也说明编撰者的读者定位。以德福之道劝善或与精英文化相悖,如一些士人所言"君子言善恶耳,何必谈报?"[4]但是,对于那些和士人处于不同社会阶层的庶民却很难用这样的标准去要求,更何况,便是士人,对为善不言报的观念也有不同认识,如善书《迪吉录》的作者颜茂猷便反驳说:"且世自揣何如圣人,圣人之语人曰'积善余庆,积不善余殃'"[5],李贽在与耿定向争论时也驳斥那些责人甚严的道德君子:

---

[1] 《了凡四训》,1602 年行于世,作者为明人袁黄(字了凡),该书由百花文艺出版社 2007 年出版。
[2] 黄宗羲语,见《黄宗羲全集》第 10 册《高古处府君墓表》,浙江古籍出版社,2005 年,第 273 页。
[3] 张尔岐语,见《蒿庵集》卷一《袁氏立命记辨》,齐鲁书社,1991 年,第 46 页。
[4] 颜茂猷:《迪吉录》,第 322 页。
[5] 同上书,第 322—323 页。

>自朝至暮,自有知识以至今日,均之耕田而求食,买地而求种,架屋而求安,读书而求科第,居官而求尊显,博求风水以求福荫子孙。种种日用,皆为自己身家计虑,无一厘为人谋者。及乎开口谈学,便说尔为自己,我为他人,尔为自私,我欲利他……[1]

士人尚难做到摒弃私心,更何况那些占有社会资源甚少、生存处境艰难的庶民!对他们来说,能改变自身生活状况的"福"自然更有吸引力。他们更希望行善确能致福以改变自身的经济状况、能使自己及家人健康长寿、能使家族兴旺、能提升自己或后孙的社会阶层,等等。"三言"坚执以德福之道劝世正是为了迎合庶民的欲求。

和"二拍"、《型世言》相比,"三言"的读者定位是非常明确的,从同具公案元素的《醒世恒言》卷三十三"十五贯戏言成巧祸"、《初刻》卷十一"恶船家计赚假尸银"、《型世言》三十六回"勘血指太守矜奇"三篇作品中我们可以看到这一点。这三篇故事均写问官不能详查,致使平人被屈,"十五贯"更是酿成二人冤死的严重后果,但在提起劝诫之时,"十五贯"与其他两篇大不相同,先看"十五贯":

>入话:……所以古人云:"颦有为颦,笑有为笑。**颦笑之间,最宜谨慎**。"这回书,单说一个官人,只因酒后一时戏笑之言,遂至杀身破家,陷了几条性命。

>结尾:善恶无分总丧躯,只因戏语酿殃危。**劝君出话须诚实,口舌从来是祸基**。

再看"恶船家":

>入话:……**古来清官察吏,不止一人,晓得人命关天,又且世情不测**。……所以就是情真罪当的,还要细细体访几番,方能够狱无冤鬼。如今为官做吏的人,贪爱的是钱财,奉承的是富贵,把那"正直公平"四字撇却东洋大海。……如今所以说这一篇,**专一奉劝世上廉明长者**:一草一木,都是上天生命,何况祖宗赤子!须要慈悲为本,宽猛兼行,护正诛邪,不失为民父母之意。不但万民感戴,皇天亦当佑之

>结尾:所以说为官做吏的人,千万不可草菅人命,视同儿戏。……何

---

[1] 李贽:《焚书·答耿司寇》,《李贽文集》第一卷,社会科学文献出版社,2000年,第28页。

况公庭之上,岂能尽照覆盆?**慈祥君子,须当以此为鉴**。

"勘血指":

> 入话:忠见疑,信见谤,古来常有。单只有个是非终定,历久自明。故古人有道:周公恐惧流言日,王莽谦恭下士时,假若一朝身便死,后来真假有谁知。

> 结尾:**做官要明,要恕**,一念见得是,便把刑威上前。试问:已死的可以复生,断的可以复续么?故清吏多不显,明吏子孙不昌,也脱不得一个"严"字。故事虽十分信,还三带分疑,**官到十分明,要带一分恕**,这便是已事之鉴。

三相对比可以看出,"十五贯"的劝诫对象是须防口舌致祸的细民,而"恶船家"和"勘血指"则指向了问案的官吏。

"二拍"虽然会出现劝诫庶民之外的官员等其他身份读者的情况,但从小说叙述人将自身定位为拟说书场的说书人以及不停地以命定论观念告诫拟听者(读者)的情况看,"二拍"在大部分情况下,其读者定位还是庶民。《型世言》的读者定位则较为复杂,细读文本我们会发现,作者完全是以正统文人的姿态去创作小说的,[1]叙事时频繁现身的"我"可为验证:

> **吾儒**斡全天地,何难役使鬼神。况妖不胜德,邪不胜正乃理之常。昔有一妇人遭一鬼,日逐缠忧,……妇人大怒,道:"我心独不正么?"其鬼遂去不来。此匹妇一念之坚,可以役鬼,况我**衿绅之士**乎?(卷三十九"蚌珠巧乞护身符 妖蛟竟死诛邪檄")

> **吾家**尼父道:"血气未定,戒之在色。"正为少年不谙世故,不知利害,又或自矜自己人才,自奇自家的学问。当著鳏居消索,旅馆凄其,怎能宁奈?(第十一回"毁新诗少年矢志 诉旧恨淫女还乡")

可见,这里的"我"是为正统文人,这也是小说拒谈因果报应、不以德福之道劝世的根本原因。因《型世言》的作者将小说当成自身言志述怀的载体,读者定位自然很难集中到庶民身上,文本的价值取向也与庶民的价值取向之间现出偏差,很多内容与庶民生活相去较远,作为通俗作品,其劝世效果自然比不上读者定位明确的"三言"。

---

[1] 参见拙作《融文章作法于小说——〈型世言〉的叙事特色》,《중국학논총》第60집,第37—54页。

总的来说,"三言"之以德福之道劝善不仅符合庶民的阅读期待,也与当时的劝善大潮相合。如果说"二拍"使民惧罪,"三言"则使民求福;"二拍"使民安命屈从,"三言"则引民争为良善。和在价值观上拒绝融入庶民文化空间、道德上高屋建瓴的《型世言》相比,"二拍"更易为庶民层接受;和力主"众恶莫行"的"二拍"相比,以德福之道劝善的"三言"更容易打动人心,在使庶民层人心安定方面,"三言"的劝世功用自然是更为显著的。

二、以情移理化喻人

(一) 融贯情节以情理劝世

所谓情移理化即指"三言"是通过故事中蕴含的情理感化教喻读者以实现其劝世意图的。

宋元话本志奇记趣,不甚关注故事的伦理价值,"三言"从其命名便可看出编撰者着意劝惩、关注小说的道德教化作用。在对宋元旧种的整理上,冯梦龙的一些看上去不显的处理,使得枝蔓尽去,主旨集中,故事的情理线索明晰。从《喻世明言》卷四"闲云庵阮三偿冤债"对《清平山堂话本》"戒指儿记"的增删调整中我们可以看到这一点。

"戒指儿记"开篇部分是这样的:

> 好姻缘是恶姻缘,不怨干戈不怨天。两世玉箫难再合,何时金镜得重圆?
>
> 彩鸾舞后腹空断,青雀飞来信不传。安得神虚如倩女,芳魂容易到君边。
>
> 自家今日说个丞相,家住西京河南府梧桐街兔演巷,姓陈名太常。自是小小出身,历升相位。年将半百,娶妾无子,止生一女,叫名玉兰。那女孩儿生于贵室,长在深闺,青春二八,有沉鱼落雁之容,闭花羞月之貌。况描绣针线精通,琴棋书画,无所不晓。怎见得?有只同名《满庭芳》,单道著女人娇态。其词曰:
>
> 香霭雕盘,寒生冰筯,画堂别是风光。主人情重,开宴出红妆。腻玉圆搓素颈,藕丝嫩,新织仙裳。双歌罢,虚栏转月,余韵尚悠扬。
>
> 人间何处有?司空见惯,应谓寻常。坐中有狂客,恼乱愁肠。报道

金钗坠也,十指露,春笋纤长。亲曾见,竟胜宋玉,想象赋《高唐》。

劝了后来人,男大须婚,女大须嫁,不婚不嫁,弄出丑吒。……

《喻世明言》"闲云庵阮三偿冤债"的开篇如下:

好姻缘是恶姻缘,莫怨他人莫怨天。但愿向平婚嫁早,安然无事度余年。

这四句,奉劝做人家的,早些毕了儿女之债。常言道:男大须婚,女大须嫁;不婚不嫁,弄出丑吒。多少有女儿的人家,只管要拣门择户,扳高嫌低,担误了婚姻日子。情窦开了,谁熬得住?男子便去偷情嫖院;女儿家拿不定定盘星,也要走差了道儿。那时悔之何及!

则今日说个大大官府,家住西京河南府梧桐街兔演苍,姓陈名太常。自是小小出身,累官至殿前太尉之职。年将半百,娶妾无子,止生一女,叫名玉兰。那女孩儿生于贵室,长在深闺,青春二八,真有如花之容,似月之貌。况描绣针线,件件精通;琴棋书画,无所不晓。……

开篇卷首诗截取了"戒指儿记"卷首七言八句中能扣住作品主旨的第一句"好姻缘是恶姻缘",由于此姻缘无涉干戈却与尼姑、张远等他人相关,因第二句改为"莫怨他人莫怨天",再删除其余六句,新加两句"但愿向平婚嫁早,安然无事度余年"。用向平典故切入主题,然后将"戒指儿记"中直指劝世主旨的"男大当婚、女大须嫁"从后前移至改动后增添的入话议论部分,与卷首诗里的向平典故相衬以强化主旨表述。小段议论后进入正话,在正话中将原有的苏轼写歌女的《满庭芳》删去,这首词用来描绘宦门小姐显得语意轻薄,不合情理,且引入的这首词作无益于故事情节连贯,删去会使文脉的逻辑关联更为密切。改动前后两相对照,便看出"闲云庵阮三偿冤债"的增删转换之优胜处。对比两者之后的情节展开,类似裁剪移动尚存,每一步都能使故事的各构成元素之间融贯性加强、情理逻辑线索更为明晰,阅读者在阅读文本获取意义时,主体意识可集中在情节之中,情感随着情节走,看到因父亲苛刻求婿未能及时婚嫁的"衙内小姐玉兰",在"欢耍赏灯"之时被阮三的吹唱吸引,心生思慕,渴念私会,派侍女暗通款曲,与尼姑谋定而动,结果是阮三身亡,……读者在阅读中不知不觉被诸细节间蕴含的情理逻辑打动,认同叙述人强调的劝世主张"男大须婚,女大须嫁,不婚不嫁,弄出丑吒",这就达到了以情移之、以理化之的效果。其他篇目如《警世通言》卷三十三"乔彦杰一妾破家"对《清平山堂话本》"错认尸"的调整等,也做到了这一点。通读"三言",

我们会发现,内中诸多篇目基本做到了情节融贯、情理线索明晰,像"蒋兴哥重会珍珠衫""陈御史巧勘金钗钿"等篇目达到的成就更是非同寻常。小说的细节处理非常用心,如"施润泽滩阙遇友",劝止杀鸡即刻得报;"吕大郎还金完骨肉",悬金济人救得弟命,这些细节中蕴含的情理均指向福由善积,故事推进进程中各构成元素紧密融贯,很好地实现了劝世意图。阅读其他篇目如"两县令竞义婚孤女""桂员外途穷忏悔"之时也是一样,感受故事的过程即是体会故事中体现的劝世主张的过程,读者在不自觉中便会被情移理化。

和"二拍"及《型世言》相比,我们可以感受到"三言"在这一方面的成就。"二拍"是一本真正的"拟话本"小说,它将说书人用语的叙事功能发挥到极致,在"二拍"的叙述人语言中,"看官(听说)"等说书人用语的出现频次很高。根据笔者的穷尽性搜索,《初刻拍案惊奇》四十篇中,"看官(听说)"出现五十六次,《二刻拍案惊奇》三十八篇[1]中出现五十二次。其分布也甚广,除了题目和诗词中无法插入,在小说的入话议论、得胜头回、正话、结末评中均有出现,正话中出现的比例最高,其他说书人用语如自称词"小子/在下"、他称词"说话的"等也频繁出现在小说诸环节,作为可自由插入的话语手段,这些说书人用语给叙述人提供了极大的自由,使读者聚焦于叙述人的重点表述,在其拟定的认知框架内感受、理解、受教,在其指点下完成整体的阅读理解。[2]但这种做法也产生了一个负面效应,即时时出现的"看官听说"等说书人用语打断了情节进程,读者获得文本意义不是在自主意识活动中通过情感浸入即移情的方式完成,而是叙述人明确告知的,这必然会减弱作品的艺术感染力,相应降低其劝世效果。"二拍"在叙事时,不仅频繁出现的说书人用语打断叙述影响了情节融贯,有时也会有受习惯于考据辨误的文人习气影响、导致游离于情节的事外之议出现的情况,这就更使情节裂痕增大,断续之间,故事不能流畅地展开。如:

> 说话的,你错了。据着《三元记》戏本上,他父亲叫做冯商,是个做客的人,如何而今说是做官的?连名字多不是了。看官听说:那戏文本子,多是胡诌,岂可凭信!只如南北戏文,极顶好的,多说《琵琶》《西厢》。那蔡伯喈,汉时人,未做官时,父母双亡,庐墓致瑞,公府举他孝廉,何曾为做官不归?父母饿死?(《初刻》卷二十八"金光洞主谈旧变")

---

[1] 去除与《初刻》重复的卷二十三"大姊魂游完宿愿"及卷四十"宋公明闹元宵杂剧"。
[2] 相关内容参见拙作《从"看官听说"看"二拍"叙事特色》,《中国学论丛》第55辑,第91—107页。

更有甚者,有时插入的议论完全是叙述人自己愤懑情绪的发泄。如:

> ……在下为何说这个做了引头?只因有一个人为些风情事,做了出来,正在难分难解之际,忽然登第,不但免了罪过,反得团圆了夫妻。正应着在下先前所言,做了没脊梁、惹羞耻的事,一床锦被可以遮盖了的说话。看官们,试听着,有诗为证:……(《初刻》卷二十九"通闺闼坚心灯火")

这篇小说是讲述科举考试成功助得有情人终成眷属的,对这对年轻人并未采取批评立场。可入话议论文字的基调却与正话故事的基调不同,导致入话与正话的情理逻辑不能一致,自然会影响读者对故事劝世意图的把握。

"三言"虽然和"二拍"一样,是以拟说书方式开始故事叙述的,但在叙述话语层面却呈现出全然不同的面貌。除了在极个别篇章中作者表现出借人物之口浇自己块垒的倾向,[1]但从整体的编撰情况看,"三言"的叙事介入是非常有节制的。根据笔者搜索,"三言"中"看官"出现频率最高的是《醒世恒言》,共有十八次;《喻世明言》中出现七次;而《警世通言》仅出现四次。和"二拍"相比,这类作为叙事介入手段的说书人用语的使用频率可说是极低的。且"三言"中使用的说书人用语基本出现在入话中,少有在情节发展中打断叙事、直接与拟想听者交流以把控故事解读的情况。可以说,"三言"虽未能做到作者退隐,但在努力使情节和人物自行呈现、使读者在阅读中被故事本身蕴含的情理打动以实现劝世意图方面取得的成就是"二拍"无法比拟的。

《型世言》更未能做到像"三言"那样用情节本身蕴含的情理打动读者以实现劝世意图,前文提到它的编撰者将小说视为自我言说的载体,如"勘血指"一篇,开篇在一首七律后发出大段议论,先是以周公为例,说明即便"忠见疑、信见谤",也总会"是非终定,历久自明",然后转到对魏忠贤如何用"三案""一网打尽贤良"、如何用"封疆行贿""把正直的扭作奸邪,清廉的扭做贪秽,防微的扭做生事,削的削,死的死,戍的戍,追赃的追赃"等恶行的批判,发了一大段议论后才转到与此故事相关的"问官糊涂"的话题,而对"勘血指"故事加以细致考察我们会发现,小说内容与入话议论所言之"忠见疑、信见谤"相去较远,结末所论"官到十分明,要带一分恕"也非故事自身呈现的伦理叙事逻辑的归结,也就是说,作者尽力提升"勘血指"的叙事伦理指向,借入话和结

---

[1] 如《警世通言》卷十七"钝秀才一朝交泰"、卷十八"老门生三世报恩"。

末议论文字来大言己之胸怀的做法,已经偏离小说情节本身的情理逻辑。《型世言》中类似的情况在其他篇目中也有存在,如第十六回"内江县三节妇守贞"中,叙述人用极其冗长的文字将其对医界的不满表达出来,这一大段文字完全游离于情节之外。第四回"片肝顿苏祖母"、第九回"感梦兆孝子逢亲"、第十回"烈妇忍死殉夫"等篇中对僧尼不满情绪的发泄也与情节本身的情理逻辑偏离,这些文字使小说情节发展出现断裂,情理线枝蔓横生,读者无法浸润到情节之中,便是受到提点教育,也是由议论文字直接入耳,而不是像"三言"那样可以在阅读故事中自己感受。

在对照中我们发现,"三言"努力使故事的各构成部分结成一个融贯性的整体,叙述人既不像"二拍"那样不断打断情节进程劝诫读者,也不像《型世言》那样居高临下训示读者,而是让读者进入具有自足性的故事空间中,在阅读体味中获得文本意义,在情移理化过程中感知并接受作品传达的劝世意图。

(二) 启发经验以常言喻人

读者在阅读中之所以能被故事情节打动,是因为人们在小说中体会到的喜怒哀乐与其在经验世界体会到的喜怒哀乐是重合的;能够认同其劝世主张,也是因为故事展现的人生哲理与其在经验世界中的感知认识重合。赵毅衡在《文本内真实性:一个符号表意原则》一文中提到,文本要打动人,首先须满足一个条件,即文本应该是真实的,而虚构文本的内在真实性,要依靠文本内各种元素的融贯。他同时也指出,真实性还产生于"文本与经验世界的对应相符"。[1] 谢有顺在论及王安忆小说的创作特色时也强调了"常识、经验、逻辑、情理、说服力"之于当代小说写作的重要意义,认为这是小说的"物质外壳","读者对一部小说的信任,正是来源于它在细节和经验中一点一点累积起来的真实感"。[2] 此段文字中的"逻辑、情理"可以归结到赵毅衡所说的文本的内在真实性上,前文对"闲云庵阮三偿冤债"等的分析已经说明"三言"是如何使文本各构成部分相融贯的。"三言"也注重小说文本构建的世界与读者经验世界的对应相符,也就是谢有顺所言之"常识、经验"部分,小说的细节描写在"累积""真实感"方面起到了非常大的作用,如"蒋兴哥重会珍珠衫"对

---

[1] 赵毅衡:《文本内真实性:一个符号表意原则》,《江海学刊》2015年第6期,第23页。
[2] 谢有顺:《小说的物质外壳:逻辑、情理和说服力——由王安忆的小说观引发的随想》,《当代作家评论》2007年第3期,第36页。

王三巧住居的描写,很容易唤起读者的现实感。而在"三言"叙事话语中使用的熟语更可以用来开启读者的经验世界。所谓熟语亦即我们通常说的"俗语","三言"称之为"常言、俗话、俗语",本文使用的是其在语汇学上的称谓。在对"三言"的熟语使用情况加以调查统计时发现,"三言"中《喻世明言》共使用熟语一百四十八条,叙述语言中九十三条;《醒世恒言》中计有熟语二百六十三条,一百六十七条使用在叙述语言中;《警世通言》中使用熟语二百零四条,叙述语言中有一百零九条。这些熟语绝大部分为谚语。而作为显性话语手段的谚语,是人们在千百年的社会生活亦即经验世界的实际人生内容中总结出来的符合人之常情的公理性命题,读者在阅读这些出现在小说文本中的具有共识性质的话语成分时,他们于现实生活中积累的相关经验会被开启,小说文本世界与经验世界联通,熟语也就成为以情移理化方式实现小说劝世意图的最有利的话语手段。

"三言"叙事中使用的熟语一是使用在篇首诗词后的议论文字中,在"闲云庵阮三偿冤债"一篇中我们已经窥见"男大须婚、女大须嫁"这一熟语在促使读者领会劝世意图方面的作用。再如"李公子救蛇获称心"一篇,也是在卷首词后用熟语点出劝世主旨:

……这八句言语,乃徐神翁所作,言人在世,**积善逢善,积恶逢恶**。古人有云:积金以遗子孙,子孙未必能守;积书以遗子孙,子孙未必能读;不如积阴德于冥冥之中,以为子孙长久之计。

因熟语为读者耳熟能详并有共识性,自然使其印象深刻,这样就为在续后阅读中理解情节蕴含的情理点出方向。"三言"的很多篇目如《警世通言》卷二"庄子休鼓盆成大道"、卷三"王安石三难苏学士"、卷四"拗相公饮恨半山堂"、卷五"吕大郎还金完骨肉"等,皆在篇首诗后的议论文字里引用熟语点出小说劝世意图。

熟语也常使用在得胜头回后的起承转合文字中,在实现篇章功能的同时,发挥其劝世效用。如"施润泽滩阙遇友":

……只因亦有一人曾还遗金,后来虽不能如二公这等大富大贵,却也免了一个大难,享个大大家事。正是:**种瓜得瓜,种豆种豆**。一切祸福,自作自受。

最多是使用在正话的情节展开中,如《警世通言》卷九"李谪仙醉草吓蛮

书",在写到杨国忠、高力士磨墨脱靴一节时叙述道:

> 二人心里暗暗自揣,前日科场中轻薄了他,"这样书生,只好与我磨墨脱靴"。今日恃了天子一时宠幸,就来还话,报复前仇。出于无奈,不敢违背圣旨,正是敢怒而不敢言。**常言道:冤家不可结,结了无休歇**。侮人还自侮,说人还自说。

使用在情节展开过程中的熟语,从叙述层面看,评议紧贴情节,融入其中。从内容上看,大部分贴近时人的生活,能使读者在阅读中自然而然得到警示。如:

> 春儿自此日为始,就吃了长斋,朝暮纺织自食。可成一时虽不过意,却喜又有许多东西,暗想道:"且把来变买银两,今番赎取些恒业,为恢复家缘之计,也在浑家面上争口气。"虽然腹内踌躇,却也说而不作。常言**"食在口头,钱在手头"**,费一分,没一分,**坐吃山空**。不上一年,又空言了,更无出没,瞒了老婆,私下把翠叶这丫头卖与人去。(《警世通言》卷三十一"赵春儿重旺曹家庄")

使用在人物会话中的熟语,也会对读者产生教益,如:

> 王爷又问刘斋长:"学业何如?"答说:"不敢,连日有事,不得读书。"王爷笑道:"'读书过万卷,下笔如有神。秀才将何为本?**'家无读书子,官从何处来?'**,今后须宜勤学,不可将光阴错过。"(《警世通言》卷二十四"玉堂春落难逢夫")

无论使用在小说的哪一个环节,这些熟语皆用人们在经验世界实际生活中总结出的符合人之常情的公理性认知增强了小说的现实感,强化了小说文本构建的世界与读者身处的经验世界的关联,开启了读者自身的经验感知,使读者在产生现实感的同时受到影响,实现小说的劝世意图。

"三言"使用熟语叙事,使情节在符合常情常理的逻辑关联中展开这一点在《醒世恒言》卷二十七"李玉英狱中讼冤"中表现得最为清晰,这篇小说情节进程的许多环节都有熟语前接后引。小说开篇在入话中用"逆子顽妻,无药可治"这个谚语领起全文,由此进入正话李雄原配亡故再娶"顽妻",由此产生的家庭惨剧。正话中先是"俗语有云:'姻缘本是前生定,不许今人作主张'",解释了为何身正的李雄会与恶妻结缡。在因妻子虐待继子女、夫妻产生矛盾后,又用"夫妻是打骂不开的"这个谚语进入李雄无法与妻子仳离、只能想法让子女避免伤害这一环节的描写。之后用妻兄焦榕所言的"自古道：'将欲取之，必固与之'"转入下一段情节的展开，虐待继子女受挫的焦氏假充慈母。然后是"常言说得好：'只愁不养，不愁不长'"，孩子们渐渐长大。接着李雄战死，"官情如纸薄"，孩子们不仅在家中、在父亲的亲友那里也找不到依靠，长子承祖先被继母害死。之后是"痛定思痛"总结前文，引出玉英对弟弟死亡的怀疑。下面又是"常言说得好：坐吃山空，立吃地陷"，描述李雄去世后家境窘迫。……熟语在成为推进故事发展的有效话语手段的同时，也使情节融贯在其给出的情理逻辑中，使故事构成一个完整自足的世界，实现了赵毅衡所说的文本的内在真实。同时，由于熟语是经验世界中总结出的公理性认知，可以将文本构建的世界与人们生活的经验世界联系在一起，使读者对文本描述的内容产生信任，小说劝世自然会产生理想效果。

我们还要看到一点，那就是"三言"的叙事介入与"二拍"的不同，前文提到，"三言"叙述话语中熟语的使用频率极高，这些具有理据义的熟语在作为议论话语介入叙事时，与情节展开的叙事话语的相融度是非常高的，对"李玉英狱中诉冤"的分析已经使我们对这点有深入体会，这种介入与"二拍"使用说书人套语介入叙事形成的那种两层话语结构的显豁分离全然不同，与《型世言》以"我"出面耳提面命式的训诫也完全两样，读者几乎感受不到叙述人对读者解读的把控，便在熟语与情节相融的义理教化中接受了叙事中的伦理表述。事实上，"三言"很多篇目中的熟语都起到了相同的作用。

"三言"中的熟语内容非常丰富，有诫人立身处世的，如"闭口深藏舌，安身处处牢""得意之事，不可再作；得便宜处，不可再往"；有讲解婚姻之道的，如"做买卖不著，只一时；讨老婆不著，是一世""妻贤夫祸少"；劝人治生的，"常将有日思无日，莫待无时思有时""家无生活计，不怕斗量金"；以果报劝世的，如"一报还一报""善恶到头终有报，只争来早与来迟"；以伦理观念劝世的，"烈女不事二夫""不孝有三，无后为大"；等等。这些熟语是其喻世警世醒世思想主旨的构成部分，也是其劝世意图的具体体现。通过对形形色色的熟语的了解和把握我们就能感受到"三言"反映社会生活的广度及深度，认识到"三言"劝世所及的方方面面。

小　结

本文在细读文本的基础上，对"三言"的劝世特色加以分析，认为"三言"

劝世贴近生活，尤重视将劝世主旨归结至行善积福，以德福之道谕人。为使故事深入人心打动读者，编撰者在整理及叙写故事之时注重文本本身情理线索的连贯，在使情节整合融贯的同时，也注重使文本所述与读者经验世界相符，使故事兼具内在真实与外在真实。较之"二拍"与《型世言》，其尽量使情节和人物自行呈现的叙事方式，方便了读者在阅读过程中将自己的情感浸入其中，在情感体验中完成意义的获得并受到教益。"三言"产生于价值观稳定的时代，常识、经验、逻辑、情理为小说编撰者和读者共享，而常言熟语的使用特别是像"三言"这样大量的谚语使用，使文本世界与经验世界相联，更容易使小说传达的思想主旨为读者接受并认可，使得叙事中伦理价值更显，更符合彼时文化成规下读者的阅读期待，小说以德福之道劝世，在"喻世""醒世""警世"之时呈现出以情移之、以理化之的特色。

(原刊于《中国语文学志》2018 年 9 月第 64 卷)

徐世昌与桐城派

王达敏

徐世昌(1855—1939)出身清寒,年少孤露。在清末以翰苑起家,因与袁世凯为昆弟交而扶摇直上,外而为东三省首任总督,内而授军机大臣、体仁阁大学士,掌管枢府,负中外之望。民国肇造,初擢国务卿,进而践总统大位,任天下之重。下野后退隐津沽,无复出岫之念,一心扬榷风雅,颐情志于典坟以终。

徐世昌进入政界、登上学坛的时候,中国正在现代化之路上趑趄前行。辛酉政变(1861)之后的近半个世纪,慈禧太后、光绪皇帝、恭亲王与曾国藩、左宗棠、李鸿章、张之洞、袁世凯上下勠力,坚韧而曲折地开展着面向西方的自强运动。同时,包括程朱理学、今古文经学、桐城派等在内的传统学术,栉欧风,沐美雨,勉力进行自我调整,推动着政治、经济、文化层面的现代化运动。徐世昌与康有为、袁世凯、段祺瑞、孙中山、章太炎和梁启超同代。这些一世之雄尽管各自留下诸多败笔,但其贡献在于:在三千年未有之大变局的关键时刻,他们肩起历史赋予的使命,抓住机遇,识大体,得要领,合力引导着古老中国,一部分一部分地,向现代转型。徐世昌是一位与时俱进者。他积极参与国家的各项制度变革,支持立宪,维护共和政体,努力发展工商业和教育;同时,□□□西用为指导,敛现代于古典之中,强调经世致用,集中体现了特定历史□□□时代精神。

徐世□□城派渊源极深。他把自己归入桐城派,仰之弥高。他说:"自望溪昌古□□□,刘姚继之,桐城一派遂为海内正宗"[1];"桐城为一代文献之邦,昔之□□故事炳耀宇内"[2];"望溪以后,此派学问亦为有清一代特色,且

---

[1] 徐□□□祖武点校:《清儒学案》(四)卷一百八十九《挚甫学案》,河北人民出版社,2008年,□□

[2] □□□敬跋外祖遗像》,见《退耕堂题跋》卷二,天津徐氏民国己巳(1929)刊行,第8页。

多于经学一门有著述,其流派至今犹存"[1];"桐城学派,为有清特起者,故须详其源流"[2];"桐城宗派精深,为文者不可不涉猎"[3]。其《桐城》一诗有句:"一代文章伯,岿然独立时。雄才存汉策,伟业接韩碑。县小江声大,名高遇合奇。植根经术重,永奉紫阳师。"[4]他在一系列著述中重塑桐城文统,再建桐城道统,力图将涵盖了桐城派莲池文系、颜李学派的北学纳入国家主流学术之中。随着其政治地位日崇、学问日进、人格日臻高境,数十位桐城派名家以他为核心,形成了一个庞大的带有官方色彩的学者群体。这一群体以桐城派莲池文系学者为主,兼及他省桐城派学者。他们盘踞北方坛坫数十春秋,挥发出巨大的精神能量,推动中国向现代转型,也推动自身浴火重生。这是继曾国藩为首的桐城派学者群体照耀一时之后,桐城派又一次在学坛发出炫目之光。

一、结缘桐城

从血缘、学缘、业缘和地缘角度而观之,徐世昌可谓与桐城派结下了不解之缘,其一生学问渊源本末皆不离桐城,皆围绕桐城之学而展开。

徐世昌与桐城脉联,首在血缘。其外家刘氏为桐城望族,外祖父刘敦元于刘大櫆为族从,于刘开为族父行,于麻溪姚氏为亲故。刘敦元少有文誉,但屡入棘闱不第,遂邀游江湖,客吴越岭南最久,尝与曾燠、吴嵩、侯云松、汤贻汾等海内名宿和乡贤刘开、吴恩洋、方诸、吴赓枚、徐璈、叶琚、许丙椿、吴廷康酬唱。[5]后游中州,移家大梁,达官争相倒屣迎之,尤见重于河南巡抚桂良。桂良入觐,咸丰帝询及豫省工笺奏者,桂良以刘敦元的俪体文进呈,甚被宸

---

[1] 徐世昌:《〈曹秉章民国十八年己巳(1929)致徐世昌〉批语》,见李立民整理:《清儒学案曹氏书札整理》,中国社会科学出版社,2016年,第29页。
[2] 曹秉章:《曹秉章民国十九年庚午(1930)九月廿五日致徐世昌》引徐世昌语,见李立民整理:《清儒学案曹氏书札整理》,第29页。
[3] 徐世昌:《〈曹秉章民国二十二年癸酉(1933)二月初八日致徐世昌〉批语》,见李立民整理:《清儒学案曹氏书札整理》,第149页。
[4] 徐世昌:《桐城》,见《海西草堂集》卷二十四,天津徐氏民国壬申(1932)刊行,第2页。
[5] 吴汝纶:《刘笠生诗序》,见施培毅、徐寿凯校点:《吴汝纶全集》(一),黄山书社,2002年,第200页。

赏。[1] 徐世昌平生时常郑重道及外家，将自己与桐城紧密勾连，以彰显其学问渊源所自。他对外祖极为孺慕，以传其文心自任。他于光绪二十八年（1902）为外祖编刻《悦云山房诗存》六卷、《风泉馆词存》一卷，民国五年（1916）编刻《悦云山房骈体文存》四卷，民国八年（1919）从桐城姚氏访得外祖全稿，又编成《悦云山房集》，包括《悦云山房诗存》八卷、《文存》四卷、《词存》四卷、《附存》一卷，以仿宋版精印行世。[2] 他请桐城派大师吴汝纶及其子吴闿生为其外祖著作作序，进一步密切了他与桐城派的关系。[3]

徐世昌的学缘关系将其引入桐城派堂奥。他于光绪八年（1882）应顺天乡试，中式，同科获隽者有天津严修；又于光绪十二年（1886）成进士，此科同贡于礼部者有直隶武强贺涛、新城王树柟，山东胶州柯劭忞。此四贤皆习桐城之学，皆属桐城派莲池文系。在数十年生涯中，他与四贤至契，其诗文集中有关四贤的文字最多，包蕴情感最深。正是在与四贤以文章道义相切劘中，他渐成桐城派中一员，进而成为该派之核心。

在业缘关系方面，徐世昌所亲近者多属桐城一派。据不完全统计，参与徐世昌纂《大清畿辅先哲传》的桐城派成员有：王树柟、赵衡、贺葆真、王在棠、严修、刘若曾、华世奎、孟锡珏、吴桐林等[4]。参与徐世昌纂《晚晴簃诗汇》的桐城派成员有：王树柟、柯劭忞、徐树铮、赵衡、林纾、严修、高步瀛、夏孙桐、傅增湘、吴笈孙、周志辅、柯昌泗等[5]。参与徐世昌纂《清儒学案》的桐城派成员有：夏孙桐、傅增湘等[6]。参与徐世昌支持成立的四存学会中的桐城派成员有：吴笈孙、林纾、严修、王瑚、赵衡、贺葆真、吴闿生、齐树楷、王树柟等[7]。

---

[1] 徐世昌：《先太宜人行述》，见《退耕堂文存》，天津徐氏民国己巳（1929）刊行，第 9—10 页。徐世昌纂、傅卜棠编校：《晚晴簃诗话》（下），华东师范大学出版社，2009 年，第 963 页。
[2] 柯愈春：《清人诗文集总目提要》（中），北京古籍出版社，2002 年，第 1091 页。天津地方史资料联合目录编辑组编：《天津地方史资料联合目录》（甲编，第一分册），天津图书馆，1980 年，第 137 页。
[3] 吴汝纶：《刘笠生诗序》，见施培毅、徐寿凯校点：《吴汝纶全集》（一），第 200—201 页。吴闿生：《悦云馆骈文序》，见《北江先生文集》卷五，第 38 页；《悦云山房集序》，见《北江先生文集》卷六，第 25 页，文学社民国甲子（1924）刊行，第 25 页。
[4] 徐世昌纂：《大清畿辅先哲传》卷首，北京古籍出版社，1993 年。
[5] 贺葆真撰、徐雁平整理：《贺葆真日记》，凤凰出版社，2014 年，第 489 页。潘静如：《〈晚晴簃诗汇〉的编纂成员、续补与别纂考论》，见《中国典籍与文化》2016 年第 2 期，第 119—121 页。
[6] 刘凤强：《〈清儒学案〉编纂考》，见《史学史研究》2009 年第 3 期，第 82—85 页。
[7] 四存学会编：《四存学会章则汇刊》，见李学斌：《颜李学的近代境遇》，商务印书馆，2017 年，第 195 页。

担任徐世昌家西席的桐城派成员有：贺涛、吴笈孙、赵衡、王荫南等[1]。担任徐世昌总统府职务的桐城派成员有：王树枏、赵衡、贺葆真、柯昌泗、周志辅、吴锡珏、贾廷琳等[2]。与徐世昌往还较密切的桐城派成员还有：吴汝纶、邓毓怡、廉泉、贾君玉、贾恩绂、王振尧、马其昶、姚永概、孟庆荣、刘春霖、唐文治、孙葆田、李书田、张謇、张一麐等。

从地缘关系角度看，与徐世昌有学缘、业缘关系的桐城派学者多来自直隶一省，多属桐城派中莲池文系。徐世昌地域观念极重，其先世明季从浙江鄞县北迁大兴，三世祖从大兴徙居天津，为天津人。虽然自其六世祖起，徐氏已居河南卫辉，但作为十一世的徐世昌从来视自己为天津人，而非河南籍。光绪六年（1880）春初，为崇祀畿辅历代先哲，由李鸿藻、张之洞倡建的畿辅先哲祠在京师落成。徐世昌自光绪十四年（1888）八月至翌年二月，在畿辅先哲祠会课至少二十二次；自光绪十五年（1889）至民国六年（1917），春秋两季，在畿辅先哲祠随祭或主祭至少十六次；此外尚有许多次在畿辅先哲祠宴饮、拜谒。为使更多直隶乡贤被清史馆采入正史，民国三年（1914）十二月二十六日，时任国务卿的徐世昌宣布启动纂修大清畿辅先哲传的项目[3]，他说："前贤事业堪师表，搜辑遗编未敢忘。"[4]而编书处就设在畿辅先哲祠。他在畿辅先哲祠内活动这样频繁，既昭明其地域意识，也强化着其地域意识。来自直隶的多数桐城派学者与徐世昌一样，地域意识极为浓郁。这就不难理解，直隶桐城派学者何以能够长久团聚在徐世昌周围而不散，而徐世昌何以能够如此容与地领袖群伦。

二、重塑桐城文统

徐世昌对于桐城派的首要革新，是重塑桐城文统。这一新的桐城文统包涵以先秦两汉之文、唐宋八家和明归有光之文为核心的古典文系，以方苞、姚鼐和姚门首座弟子梅曾亮之文为核心的桐城文系，以曾国藩、张裕钊、吴汝纶、贺涛之文为核心的莲池文系。三个文系一脉相连，而以莲池文系为结点。

---

[1] 贺葆真撰、徐雁平整理：《贺葆真日记》，第126、131、271页。
[2] 同上书，第471—472、519页。
[3] 同上书，第277页。
[4] 徐世昌：《畿辅先哲祠春祭毕北学堂宴饮》，见《水竹邨人集》卷六，第8页。

徐世昌诗云:"秦汉堂堂去,桐城道独崇。八家留盛业,一代启宗风。遥下昌黎拜,群归孟子功。湘乡如可接,又见武强雄。"〔1〕诗人从莲池文系的角度立论,对中国文章史,对桐城派发展史,对桐城文统,作了点睛式概括。在桐城派受到包括新文化派在内的学者冲击下,徐世昌重塑桐城文统意在维护以桐城派为代表的古典传统的价值,确立莲池文系在桐城派内部和清民之际学坛的崇重地位。

关于古典文系,徐世昌维护姚鼐所树立的唐宋八家和继轨八家的明归有光之文的典范地位,同时凸显先秦西汉之文的典范性,形成双典范并峙之局。从文学史演进的内在理路而论,这一建构是在明代秦汉派和唐宋派基础上的综合创新。他以为,自茅坤至姚鼐以来,唐宋八家典范之所以不可摇撼,是因为其文"有当乎人心之公""萃天地之精英"〔2〕。他推尊归有光,在于"自宋以后至于今七八百年,惟归熙甫氏崛起有明,为文家之正宗"〔3〕。他凸显先秦西汉之文的典范性,对姚鼐所建桐城文统是一个超越。姚鼐的《古文辞类纂》对先秦西汉之文有所甄采,但其重心则在唐宋八家和明归有光之文,先秦西汉之文不过陪衬而已,姚鼐同时代和后来学者均视桐城诸老为唐宋一派,原因就在这里。将以西汉文为中心的先秦西汉之文经典化始于曾国藩,曾氏为弥补桐城诸老不能奇崛之偏,引入汉赋的雄奇、瑰丽,张裕钊、吴汝纶和贺涛继之,遂使桐城文风一变。徐世昌把先秦西汉之文视为典范,正是对曾、张、吴、贺为文祈向的概括。他肯定曾国藩的创获:"生平倡议以汉赋之气体入之古文"〔4〕;"创议以扬马之瑰丽入之古文"〔5〕。他衡定曾、张、吴、贺之文时,常将先秦西汉之文视为标准。例如,他评吴汝纶《记写本尚书后》《再记写本尚书后》:"二篇气体醇厚渊懿,蔚然西汉之文。"〔6〕评其《冬至祠堂祝文》《显扬祠祝文》《节孝祠祝文》:"三篇高格,皆在西汉以上。"〔7〕等等。

关于桐城文系,徐世昌保留方苞和姚鼐,删去刘大櫆,增入姚门首座弟子梅曾亮。推尊方苞,是因为方氏发现了为文蹊径。他说:"清代昌明学术,望

---

〔1〕 徐世昌:《与赵湘帆孝廉衡论文》,见《水竹邨人集》卷四,第9页。
〔2〕 徐世昌:《明清八家文钞序》,见《明清八家文钞》卷首,天津徐氏民国二十年(1931)刊行。
〔3〕 同上。
〔4〕 徐世昌:《评〈湖口县楚军水师昭忠祠记〉》,见《明清八家文钞》卷十二《曾四》,第23页。
〔5〕 徐世昌:《评〈送梅中丞序〉》,见《明清八家文钞》卷十三《张上》,第12页。
〔6〕 徐世昌:《评〈记写本尚书后〉〈再记写本尚书后〉》,见《明清八家文钞》卷十五《吴一》,第7页。
〔7〕 徐世昌:《评〈冬至祠堂祝文〉〈显扬祠祝文〉〈节孝祠祝文〉》,见《明清八家文钞》卷十七《吴三》,第43页。

溪方氏首以古文义法号召天下,文学蹊径由是益明。"[1]推尊姚鼐,是因为"清代文学至姚而后醇"[2]。删去刘大櫆,是因为其"雄而未粹"[3]。增入梅曾亮,是因为梅氏与姚鼐等老辈一样,"巍然为当代大师,学者之所宗仰"[4]。梅曾亮在姚鼐去世后,成为桐城派旗帜。其在京师时,湖南曾国藩、吴敏树、孙鼎臣,湖北刘传莹,广西朱琦、王拯、龙启瑞,浙江邵懿辰,江苏鲁一同、余坤,山西冯志沂,江西吴嘉宾、陈学受,等等,皆"勤造请"[5]。曾国藩称其为"不孤当代一文雄"[6],并试问"他日曹溪付与谁"[7]。但随着曾氏在军、政、学三界领袖地位的确立,梅曾亮的功绩被有意无意遮蔽。徐世昌将梅氏作为明清八家中的一大家予以表彰,可谓别具卓识。

关于莲池文系。徐世昌在重塑桐城文统时的创举,是构筑了一个以曾国藩、张裕钊和吴汝纶、贺涛三代学者一脉相传的莲池文系。徐世昌说:"自桐城姚姬传氏推本其乡先生方氏、刘氏之微言绪论,以古文辞之学号召天下,湘乡曾文正公廓而大之。曾公之后武昌张廉卿、桐城吴挚甫两先生最为天下老师。继二先生而起者则刑部君也。"桐城文系、莲池文系与古典文系的关系是:桐城文系以先秦西汉之文为渊源,而以唐宋八家和明归有光之文为典范;莲池文系是对桐城文系的顺承与廓充,肯定唐宋八家和明归有光之文的典范地位,尤重这一典范中的韩愈和王安石之文的价值,把韩王之文视为通往先秦西汉之文的桥梁;同时,又以先秦西汉之文为典范,并抬先秦西汉之文典范在唐宋八家和明归有光之文典范之上。整部《明清八大家文钞》共二十卷,归有光、方苞、姚鼐、梅曾亮各占两卷,共八卷。而莲池文系的曾国藩四卷、张裕钊两卷、吴汝纶四卷、贺涛二卷,共十二卷。可知,在徐世昌视野中,莲池文系诸家后来居上。

---

[1] 徐世昌:《明清八家文钞序》,见《明清八家文钞》卷首。
[2] 同上。
[3] 同上。
[4] 同上。
[5] 朱琦:《伯言先生六十初度同人集龙树寺设饮赋诗邵蕙西舍人诗先成因次其韵》,见《怡志堂诗初编》卷五,咸丰七年(1857)丁巳仲秋代州冯志沂刊行,第5页。
[6] 曾国藩:《赠梅伯言二首》其二,见《曾国藩全集·诗文》(修订版),岳麓书社,2011年,第51页。
[7] 曾国藩:《送梅伯言归金陵三首》其三,见《曾国藩全集·诗文》(修订版),第71页。

三、再建桐城道统

徐世昌立足北学,以为产生于畿辅的颜李之学体用兼备,其实用精神与西学相通,能满足当世需要,因此将其确立为国家意识形态。以他为核心的桐城派莲池文系的学者大多追随其后,信奉、研习、传播颜李之学,并以颜李之学代替程朱理学,上接孔孟之道,从而改变了桐城诸老所捍卫的以程朱理学为中心的桐城道统。

桐城派在漫长历史演进中所持道统就是儒家构造的传道谱系。根据孟子的《孟子·尽心下》、韩愈的《原道》、朱熹的《中庸章句序》和《中庸集解序》等论说,儒家之道在仁义,传承此道的统绪是尧、舜、禹、汤、文、武、周公、孔、孟、程、朱。方苞生当视程朱理学为神圣的康熙时代,作为儒生和居庙堂之高的文臣,最终还是皈依了程朱理学,并且欲以唐宋之文载程朱理学之道,所谓"学行继程朱之后,文章介韩欧之间"[1]。自方氏后,从姚鼐到方东树,桐城派学者均以承传儒家道统自任,均对程朱理学信之弥笃,均持文以载道信念。曾国藩崛起后,情势发生微妙变化。他虽然"以宋儒程朱之学为根本"[2],但却不完全认可文必载道之论。他说:"道与文竟不能不离为二。鄙意欲发明义理,则当法经说。……欲学为文,则当扫荡一副旧习,赤地立新,将前此所习荡然若丧守,乃始别有一番文境。望溪所以不得入古人阃奥者,正为两下兼顾,以至无可怡悦。"[3]吴汝纶面对东西洋文明汹涌而来,卫道和传道热情悉趋冷却。光绪二十二年(1896)十二月五日,他说:"仆平生于宋儒之书独少浏览。"[4]同日又说:"必欲以义理之说施之文章,则其事至难。不善为之,但堕理障。"[5]至徐世昌出,程朱理学在整个儒学谱系中的地位不再坚牢,连带地,其在桐城派中的道统地位也发生摇晃,凌驾其上的,是立程朱理学为鹄的并力破之的颜李学派。

徐世昌与绝大多数清代儒士一样,其学问根基原在程朱理学,但自民国

---

[1] 王兆符:《望溪先生文偶钞序》,见方苞著,刘季高校点:《方苞集》(下)附录三《各家序跋·原集三序》,第906—907页。
[2] 徐世昌纂、陈祖武点校:《清儒学案》(四)卷一百七十七《湘乡学案》,第6156页。
[3] 曾国藩:《致刘蓉》,见《曾国藩全集·书信一》修订版第22册,第587页。
[4] 吴汝纶:《答吴实甫》,见《吴汝纶全集》(三),第139页。
[5] 吴汝纶:《答姚叔节》,见《吴汝纶全集》(三),第138页。

五年(1916)始,其为学重心由程朱理学转向颜李学派。先年(1915)十一月,为纂修《大清畿辅先哲传》,贺葆真为徐世昌购到王灝纂《畿辅丛书》两部、《颜李遗书》二十部。翌年(1916)二月十日,徐世昌首次在日记中抄录李塨之语,并在二月十六日,与贺葆真论颜李之学;二十六日,又与贺葆真"大论颜李之学"[1]。同一时段,他有《读李恕谷阅史郊视》《读李恕谷后集》之作,对颜李之学极表倾慕。他说李塨,"兴衰征往迹,制作驾群才。大业堪王佐,真儒出草莱"[2];说颜李,"师弟巍然起,艰难治道开","礼乐关天运,文章起世衰"[3]。此后,他用心访求颜李著述,并在日记中继续抄写李塨语录。贺葆真八月二日说,徐氏"欲选颜李书之精粹者为一编,以便改良教育";八月十九日说,徐氏"日读《颜李遗书》,而圈识其精粹者"。[4]

徐世昌就任大总统近四年间(1918—1922),利用绝高的政治地位,将其一己尊奉的颜李之学升格为国家意识形态。民国七年(1918)十二月十五日,他刚履职两月,就催促弟子赵衡加快编撰颜李书的进度:"现在拟提倡理学。……盖非此不足以化民成俗。"[5]他所说的理学,指的就是颜李之学。民国八年(1919)一月三日,他履职不满三月,就颁布大总统令,将颜元、李塨从祀孔庙。作为国家大典,建立孔庙从祀制度的目的在于树立儒家典范,修明正学,以觉世牖民。徐世昌在大总统令中说:"孔子道赞华育,陶铸群伦。自汉以降,代致崇典。后之儒者,被服古训,绅绎道义,或尊德性,或阐知能,觉世牖民,廉顽立懦。两庑祀位亦复代有增列,所以重儒,修明正学也。"[6]孔庙从祀制度始于汉代,定型于唐贞观年间,此后历代相沿不衰。清朝最高统治者为证明自己皇权的合法性,将治统与道统合一,极力崇儒重道,强化孔庙从祀制度。康熙帝曾亲临曲阜祭拜孔庙,行三跪九叩大礼;又于康熙五十一年(1712)二月颁旨,把朱熹升配孔庙大成殿十哲之次。整个清代从祀孔庙两庑的当朝学者有陆陇其、汤斌、孙奇逢、张履祥、陆世仪、张伯行、王夫之、黄宗羲、顾炎武。徐世昌将颜元、李塨从祀孔庙,是中国历史上以国家名义举行的最后一次孔庙增祀大典。

---

[1] 贺葆真撰、徐雁平整理:《贺葆真日记》,第315—316、334、337页。
[2] 徐世昌:《读李恕谷阅史郊视》,见《水竹邨人集》卷二,第1页。
[3] 徐世昌:《读恕谷后集》,见《水竹邨人集》卷二,第2页。
[4] 贺葆真撰、徐雁平整理:《贺葆真日记》,第357、361页。
[5] 同上书,第479页。
[6] 徐世昌:《民国八年一月三日大总统令》,见《江苏省公报》第1814期,第2页。

徐世昌为弘扬颜李学派,除将颜李崇祀孔庙外,还倡导建立四存学会。颜元撰有《存性编》《存学编》《存治编》《存人编》,合称《四存编》。将学会颜之曰四存,可知其宗旨所在。该会民国九年(1920)六月二十七日,由徐世昌在政、学、军三界的幕僚宾友发起成立,其中坚多为桐城派莲池文系的学者。四存学会成立后,创办《四存月刊》;组织定期的学术演讲会;编辑出版四存丛书;开辟北京农事试验场作为会员实践基地;开设四存中学;在北京之外的天津、河北、河南、山西等地设立分会或中小学;等等。[1] 可称说者,四存学会排印的《颜李丛书》收录颜李著作数十种,这项集大成的文献整理工作有力地推动着当时和后来的颜李研究;而四存中学培养的英髦为国家所做出的贡献更是光照汗青。

徐世昌跨朱越程,径直将颜李接续孔孟道统。他说:"颜李两先生之道乃尧、舜、禹、汤、文、周、孔、孟数大圣所传之正道也。孟子之死,不得其传。颜李两先生乃从两千年后直起接之。"[2] 他之所以以颜李代替程朱的道统地位,是因为,他以为,首先,颜李之学体用兼备,而程朱理学偏于体而轻于用。他说:"自宋元明以迄我朝,理学家多轻视仕宦,所以治国少人才,与《大学》所言修齐治平亦尚欠缺。习斋、恕谷论学,体用贯彻,上接孔孟。"[3] 其次,颜李重"用",因而其学实;程朱轻"用",因而其学虚。他说:"至于升堂入室之序,尤以躬行实践为归。不由表彰,焉知尊率。先儒颜元、李塨,清初名硕,生平著书立说,归功实用"[4];其"以实学、实习、实用之天下为主,视宋学之失于蹈虚者又少进"[5]。其三,颜李之学实,其所强调的礼乐、兵农、工虞、水火,与欧西科学相通;其教弟子礼乐射御书数,与欧西职业教育相通。而程朱理学虚,则与西学远隔。他说:"各国交通后,时事大不同。颜习斋学问事功兼行并进,不肯蹈虚。此后之故老,此后之力学,恐非此不可。有识者自知之"[6];"颜氏之学最能取适于今之世,观其教弟子,六艺并施,礼乐射御书数,弟子必执其

---

[1] 王学斌:《颜李学的近代境遇》,商务印书馆,2017年,第195—203页。
[2] 徐世昌:《颜李遗书序》,见赵衡:《序昇斋文集》卷七,天津徐氏民国二十一年(1932)刊行,第20页。
[3] 徐世昌撰、吴思鸥和孙宝铭整理:《徐世昌日记》(22)民国七年(1918)一月二日,第10990页。
[4] 徐世昌:《民国八年一月三日大总统令》,见《江苏省公报》第1814期,第2页。
[5] 徐世昌:《弢斋述学·下篇》,第10页。
[6] 徐世昌:《〈曹秉章民国二十三年甲戌(1934)十二月廿二夜致徐世昌〉批语》,见李立民整理:《清儒学案曹氏书札整理》,第280—281页。

一习勤,观念殊有类于今日职业教育之旨"[1];西方"为学科目胥与吾五家三代不甚相远",而颜李之学正是"五家三代之学也"[2]。由于颜李之学"尤于今日之世为切要"[3],因而在中西相遇时代更有实用价值,比程朱更有资格接续儒家道统。

综而观之,徐世昌再建桐城道统,结穴在颜元、李塨;重塑桐城文统,落脚在贺涛,而颜、李、贺皆属北学统系。所谓北学,就是产生于燕赵之地的学术。徐世昌作为燕赵之人,十分醉心北学。他说:"太行山势峻,北学自崔嵬。"[4]在北学中,徐世昌竭力要表彰的,就是颜元、李塨和贺涛。贺涛专精文章,平生基本无诗,经学也无专门著述。但为了格外颂扬贺涛,徐世昌硬是命将贺葆真勉强搜罗到的其父两首诗录入《晚晴簃诗汇》,三篇经论录入《清儒学案》。关于颜李,徐世昌说:"习斋之艰苦卓绝,恕谷之博大含宏,实开吾北学万世之宗。"[5]民国五年(1916)二月十六日,他说:"颜李为吾畿辅自有之流派"[6],因而在纂修《大清畿辅先哲传》时要特意表出。清代末造,莲池书院是接武北学的重镇。同治五年(1866),莲池书院将清初孙奇逢弟子魏一鳌辑、尹会一续辑、戈涛再续辑的《北学编》所录直隶历代乡贤,从董仲舒、毛苌到颜元、李塨共五十二人附祀于莲池书院圣殿。[7]同治七年(1868),莲池书院又将《北学编》刊行,供师生研习。曾国藩总督畿甸,检阅《北学编》,融湖湘之学于北学中,撰成《劝学篇示直隶士子》(1869),以振兴斯文。[8]黄彭年两主莲池书院(1859—1862,1878—1882),曾在书院设局主纂《畿辅通志》(1871—1884),表彰北学人物。出身莲池书院的王树枏所撰《北学师承记》虽未完竣,却是阐发北学的着意之作。张裕钊、吴汝纶叠主莲池书院,所哺育的群彦之北学意识也至为浓烈。在祭祀畿辅先哲的大典中,与徐世昌同祭的名流,就有不少出自莲池。因此,当徐世昌欲将包括颜元、李塨和贺涛在内的北学人物抬进国家主流学术时,莲池诸子如王树枏、严修、赵衡、傅增湘、吴闿生等,

---

[1] 徐世昌:《弢斋述学·下篇》,第10页。
[2] 徐世昌:《颜李语要师承记后序》,见赵衡:《序异斋文集》卷六,第24—25页。
[3] 徐世昌撰,吴思鸥、孙宝铭整理:《徐世昌日记》(22)民国七年(1918)一月二日,第10990页。
[4] 徐世昌:《读李恕谷阅史郄视》,见《水竹邨人集》卷二,第1页。
[5] 徐世昌:《北学铭》,见《退耕堂砚铭》,第2—3页。
[6] 贺葆真撰、徐雁平整理:《贺葆真日记》,第334—335页。
[7] 陈美健、柴如薪:《莲池书院志略》,中国文史出版社,2013年,第52—57页。
[8] 王达敏:《曾国藩总督直隶与莲池新风的开启》,见吴怀东主编:《安徽大学学报》2014年第6期。

无不鼎力支持,并踊跃助以成之。

四、在中体西用视野下

在中国向现代转型中,徐世昌感时忧国,持守中体西用观念不移,坚定走经世致用之路。他向往光风霁月气象,对中华文明自信甚坚;同时引进西政、西艺,主张中西调和。其中体西用的思想和实践,是特定历史时期时代精神和国家战略的反映,是他重塑桐城文统、再建桐城道统的基础,也是他所附丽和以他为核心的桐城派学者群体的共同追求。

徐世昌所持守的中体西用观念,是清季桐城派代表人物的共识,也是清季学界主潮,更是当时的国家战略。中体西用是曾国藩、张之洞等自强运动领导者和冯桂芬、郑观应、沈毓桂、朱之榛、孙家鼐、吴汝纶等面对西潮时的应对思路。光绪二十四年(1898)三月,作为湖广总督的张之洞所撰《劝学篇》问世。[1] 在该书中,他总结此前相关成果,系统阐述了中体西用思想,指明:学者必"先以中学固其根柢";"必先通经,以明我中国先圣先师立教之旨";《四书》《五经》、中国史事、政书、地图为旧学;西政、西艺、西史为新学。旧学为体,新学为用,不使偏废"。[2] 由于《劝学篇》回答了在中西相遇时代国家向何处去的问题,甫一出就洛阳纸贵,并歆动人主。光绪帝于《劝学篇》刊行的次月二十三日,颁布《明定国是诏》,启动变法维新。诏曰:"中外大小诸臣自王公以及士庶,各宜努力向上,发愤为雄,以圣贤义理之学植其根本,又须博采西学之切于时务者实力讲求,以救空疏迂谬之弊,专心致志,精益求精,毋徒袭其皮毛,毋竞腾其口说。总期化无用为有用,以成通经济变之才。"[3] 这篇诏书的主导思想就是中体西用,与《劝学篇》旨趣若合符契。因此,当光绪帝披览《劝学篇》后,殊为欢喜,于六月初七日颁旨:《劝学篇》"原书内、外各篇,朕详加披览。持论平正通达,于学术、人心大有裨益。著将所备副本四十部,由军机处颁发各省督、抚、学政各一部,俾得广为刊布,实力劝导,以重名教而

---

[1] 许同莘:《张文襄公年谱》卷六,民国己卯(1939)冬十月刊行,第7页。
[2] 张之洞:《劝学篇》卷首,见苑书义、孙华峰、李秉新编:《张之洞全集》第十二册《著述·诗文·书札·附录》,第9703页。
[3] 《著明定国是变法维新御旨》,见迟惠生、何芳川、邢永福主编:《京师大学堂档案选编》,北京大学出版社,2001年,第7页。

杜卮言"[1]。七月六日，光绪帝又谕军机大臣等："《劝学篇》一书，著总理衙门排印三百部。"[2]由于光绪帝的召唤，《劝学篇》被迅速推向全国，各地争相印刷，各类版本难计其数，中体西用思想几达家喻户晓。庚子事变后，国家重启全面改革，其战略思想仍不出中体西用范围。[3]

徐世昌沾溉于其乡前辈张之洞的中体西用思想至深。《劝学篇》尚未刊行时，他就在与张之洞交往中闻其绪论。光绪二十三年（1897）九月初六日至十月十四日，他应张之洞之邀，访问当时现代化建设正酣畅展开的武汉，参观了织布厂、缫丝厂、银元局、蚕桑局、铁厂和枪炮厂等，颇感震撼。九月十七日，他看过织布各厂后感慨："机器之灵捷，开千古未有之奇，宜乎泰西致富胜我中国。"[4]其间，他与张之洞在五福堂长谈十余次。张氏云："目前新学，中年通籍以后之人，以讲求西政为先，西学随其性之所近而涉猎之，仍以中学为主。因论中学甚晰，立身以必有守然后有为。"[5]又云：挽回大局之法，"其要有三，曰多设报馆，多立学堂，广开铁路。而所以收此三者之效者曰士农工商兵，然必欲观此五者之成仍不外乎变科举"。[6]张氏所谓的以中学为主、立身有守，就是中学为体；所谓的多设报馆，多立学堂，广开铁路，就是西学为用。徐世昌闻听张氏高论，又目睹其心忧天下之容，感慨万千："其规划宏远，忠诚恳至，中外一人而已。"[7]《劝学篇》刊行后，在光绪帝号召下，在戊戌变法高潮中，徐世昌于光绪二十四年（1898）七月二十三日、二十五日读之，兴奋异常："看《劝学篇》，平允切当，扫尽近今著论诸家偏僻之说，深足救当时之弊而振兴我中国之废疾，凡文武大臣、庶司百执事，下逮士农工商兵皆当熟读，奉为准绳。伟哉孝达先生，谨当瓣香奉之。"[8]徐世昌对张之洞的中体西用思想如此钦服，以至于要瓣香奉之。从此，其思想和政治实践就汇入中体西用的时代洪流之中，至其卸任大总统职务（1922）而不稍有改变。

---

[1] 张之洞：《劝学篇》，见苑书义、孙华峰、李秉新编：《张之洞全集》第十二册《著述·诗文·书札·附录》，第9724—9725、9740页。
[2] 《清实录》第五十七册《德宗景皇帝实录》（六），中华书局，1987年，第543页。
[3] 秦进才：《〈劝学篇〉与"中体西用"思想的传播》，见《河北师范大学学报》2014年第5期，第55—62页。
[4] 徐世昌撰，吴思鸥和孙宝铭整理：《徐世昌日记》（21），第10325页。
[5] 同上书，第10328页。
[6] 同上书，第10326页。
[7] 同上书，第10329页。
[8] 同上书，第10357页。

徐世昌坚持中学为体,神往光风霁月的儒者气象。他虽然责备程朱理学蹈虚,但对其所提倡的修养境界则心向往之。他曾书"光风霁月"四个大字,并作跋语:"李延平曰:'洒落如光风霁月,为善形容有道者气象。'朱晦翁云:'所谓洒落者,只是形容清明高远之意,只如此,有道胸怀表里亦自可见。若有一毫私吝心,何处更有此等气象耶?'学者读书明理,诚积于中,方有此磊落光明气象发之于外。今日之学人,即他日担当宇宙间事之人,克己复礼,天下归仁。愿与同志力学者共勉之。"[1]要达致里外澄澈的光风霁月境界,寻得孔颜乐处,成为风流豪雄,就要去私吝心、诚于中、克己复礼。徐氏另撰有《跋自书致中和三大字》,展现中和境界,是对光风霁月气象的另一种表达。[2]梁敬錞说:"东海广额疏髯,霁容炯目。每于秋阳将夕,青鞋布袜,简从缓步南海怀仁堂与春藕斋间。予民国八九年供职公府外交委员会时,常遇之于道左,冲和之气,引人敬重。"[3]徐世昌去世后,国民政府于民国二十八年(1939)六月八日颁布褒扬令云:"徐世昌国之耆宿,望重群伦。……学识闳通,风度冲穆。秉政之日,对内以和平息争为念,对外以维护主权为心。"[4]霁容炯目,气象冲和,风度冲穆,非学养湛深,何能到此。

徐世昌坚持中学为体,对中华文明特具信心。他以为,历代贤哲之道具有普世价值:"中国之所谓道者无他,即世界之所谓人道也";"中国之所谓道,实为世界之道,非直中国之道也";"若夫舍物质以言精神,则历代贤哲之所遗,蒸民之所习,未尝不足为全世界同类维持其新生命,而出此同类于物质、罪恶、忧伤、恐怖之中"。[5]为将中华文明推向世界,他支持在巴黎大学建立中国学院。民国八年(1919)一月三日,他说:"方今世界,文化日益昌明,孔子之至德要道,著在六经,传译邻邦,交相倾仰。"[6]民国二十年(1931),他说:"近十余年来,中国文化已渐行于欧美,西士多啧啧道之。"[7]他为此感到自豪和欣慰。

徐世昌坚持西学为用,努力引进西方制度和技术,并接受国家从专制到

---

[1] 徐世昌:《跋自书光风霁月四大字》,见《退耕堂题跋》卷四,第11页。
[2] 徐世昌:《跋自书致中和三大字》,见《退耕堂题跋》卷四,第12页。
[3] 梁敬錞:《徐世昌评传序》,见沈云龙:《徐世昌评传》卷首,中国大百科全书出版社,2013年,第2页。
[4] 《国府褒扬徐世昌》,见《新闻报》民国二十八年(1939)六月十日。
[5] 徐世昌:《欧斋述学·结论》,民国十年(1921)刊行,第1页。
[6] 徐世昌:《民国八年一月三日大总统令》,见《江苏省公报》第1814期,第2页。
[7] 徐世昌:《评〈养浩堂诗集序〉》,见《明清八家文钞》卷十三《张上》,第10页。

共和的政体变迁。光绪二十三年（1897）六月初五日，他应袁世凯之聘，至天津小站协助其"以西国法治兵"[1]，其间自习英语。光绪三十一年（1905）十月九日，他任新建巡警部尚书，引入西方巡警制度。光绪三十三年（1907）三月初八日，他任东三省总督，在近两年内，对东北的政治、经济、教育、外交等进行改革。[2] 在诸多举措中，他建立的具有独立倾向的司法体系最具现代特色，标志着国家的现代化从器物层面向制度层面转移。[3] 宣统元年（1909）一月十九日，他任邮传部尚书后，督办铁路交通事务甚力。[4] 光绪三十一年（1905）、宣统元年（1910），他两入军机，"益以维新为己任"[5]。进入民国，他接受共和体制，出任国务卿（1914）。民国四年（1915），袁世凯欲帝制自为，他屡阴阻之而无效，只好避嫌辞职。民国六年（1917）七月，张勋复辟，他反对尤力。[6]

　　徐世昌坚持中体西用，主张调和中西文明。第一次世界大战后，他说："世界文化，无外两大宗派：一曰西方文明；一曰东方文明。二者互有长短，调和之，镕治之，实为战后之急务。"他以为，西方文明重物质，讲竞争，趋功利，结果引起欧战惨祸；而以中国为代表的东方文明虽然物质落后于西方，但讲求温良恭让、心性修养、淡泊自处和忠恕待人。西方文明只有汲取中国文明，才能免蹈覆辙；中国也宜吸收西方文明，"大兴产业，内裕民生，外利世界"，如果"不吸收西方文明，吾国将无以自立"。[7]

　　徐世昌在总统大位时，新文化运动正如火如荼地展开。他的中体西用思想与陈独秀、胡适、钱玄同、鲁迅等的反传统主张正相反对，因而受到辛辣嘲讽。以他为核心的桐城派学者群体因声势盛大且带有官方色彩，而被近在咫尺的新文化派下重手痛击。但他对新文化派诸家则是始终容忍，甚至支持。民国九年（1920）一月十二日，他属下的教育部经他允许而发布训令，命全国各地的国民学校一二年级自该年秋起，"先改国文为语体文，以期收言文一致之效"[8]。新文化派竭力主张以白话代替文言。教育部这一训令在国家层面

---

[1] 贺涛：《书天津徐氏族谱后》，见《贺先生文集》卷四，第2页。
[2] 贺培新：《徐世昌年谱》（上），见《近代史资料》第69期，第30、32页。
[3] 高月：《清末东北新政与东北边疆现代化进程》，见《东北史地》2008年第3期，第79页。
[4] 贺培新：《徐世昌年谱》（上），见《近代史资料》第69期，第37—38页。
[5] 贺涛：《书天津徐氏族谱后》，见《贺先生文集》卷四，第2页。
[6] 沈云龙：《徐世昌评传》（上），第318、374—376页。
[7] 徐世昌：《欧战后之中国》，中华书局，民国九年（1920）十月十日印成，第124—126页。
[8] 朱有瓛主编：《中国近代学制史料》第三辑上册，华东师范大学出版社，1990年，第158页。

巩固了新文化派的成果。这一划时代事件标志着统治中国文化数千载的文言开始走向终结,而一直处于边缘的白话开始走向文化、政治舞台的中心。这一划时代事件也最终决定了桐城派无可挽回地走向式微的命运。

  总之,作为一位优秀的政治家和学者,徐世昌与其同时代的诸多豪杰一起,在数千年不遇的历史关键时刻,作别专制,建共和,行宪政,为实现中国的现代化作出了永垂史册的贡献。作为继曾国藩之后的又一位卓越的桐城派领袖,他以中体西用为指归,立足其所自出的北学传统,重塑桐城文统,再建桐城道统,在吸收西方文明精粹的同时,又努力保持民族文化本色。虽然他所构筑的新的文统和道统,因地域色彩过浓,只是主要得到桐城派莲池文系学者的认同,而难服包括马其昶、姚永概、姚永朴在内的南方桐城派诸家之心,虽然他弘扬颜李学派过于操切,而对该派的反智倾向所可能造成的严重历史后果缺乏足够警惕,但他积极面向西方,意欲激活古典传统以与西学接轨的指向,因符合中国现代化的内在逻辑,至今仍然散射出强劲的生命活力。

(原刊于《安徽大学学报》2018年第6期)

诗人寒山的世界之旅

陈跃红

今天是 2020 年元旦,新年第一天,恭祝各位新年愉快!

承蒙国家图书馆"文津讲坛"的邀请,有幸来这里跟大家聊一个与新年搭点边儿的诗人话题。

这话题对于诸位应该是既陌生又不陌生。说陌生,相信在座几百人中,恐怕没有几位读过寒山的诗;说不陌生,大概在座多数人都知道苏州有座寒山寺,同时也大多记得唐代诗人那首家喻户晓的《枫桥夜泊》:"月落乌啼霜满天,江枫渔火对愁眠;姑苏城外寒山寺,夜半钟声到客船。"在苏州,寒山寺是著名的景点,每逢新年,很多游客都会去那里朝拜、撞钟、守岁迎新年。其中有不少还是专程从日本各地赶来朝拜的佛教信众。

今天讲座的重点正是寒山在中国的事迹,我尤其想跟大家交流的,是那个属于全世界的寒山,希望大家听讲的时候注意这一点。

实事求是地说,诗人寒山在中国诗歌史上并不很出名,但是作为一个写诗的禅宗和尚,他在日本、美国等地却肯定比在中国有名得多,上个世纪六十年代他甚至还是今天所谓网红级别的西方前卫青年的偶像。如今,你去日本和韩国旅游,在许多博物馆、艺术馆、图书馆和寺庙中,还可以经常见到寒山的文学和绘画作品。所谓墙内开花墙外香,这无疑是中外文化交流史上非常有趣的话题,值得品味!

一、中国的寒山

那么,谁是寒山呢?姓甚名谁?我真的不太清楚。何方人氏?学术界至今也没法确认。

有记载说唐代寒山一生写了八百多首诗,不过我们今日所能见到的,收在诗集中的其实只有三百四十多首。通常所见版本的《寒山诗注》中,不仅有寒山的诗，还有拾得的诗。只要大致了解一下寒山的情况就知道，他当年写诗从来不是写在纸上，也不是写在墙壁上，他自己也没有编过自己的诗集。他的诗都是随意地写在树叶上面，或者写在切下来的桦树皮上，还有写在岩石上的，所以很多诗后来都散佚了。

到目前为止，虽然学术界对寒山有不少研究，但是关于他的生平行踪依旧是一笔糊涂账。比如，寒山是哪里人我们就不清楚。你说寒山寺在苏州吧，但寒山肯定不是苏州人，我就从来没听过哪位苏州人敢说寒山是苏州人。你说寒山修行写诗成名是在浙江天台山一带吧，但他也肯定不是浙江天台人，天台没有他的故乡传说。那么他究竟是哪里人呢？迄今的研究只能通过一些文字记载上的蛛丝马迹去寻找线索。他诗里说"寻思少年日，游猎向平陵"。这里的"平陵"历史上是指咸阳附近的汉昭帝陵，所以他大概该是陕西人，具体说很可能是陕西咸阳人。那么，他又是怎样从陕西一路向南，竟然跑到浙江天台去了呢？据说是为了访道求仙。理由很简单，寒山和一般科举屡考不第的文人一样，从少年到三十五岁，其实就是一个类似范进一样的，热衷功名却又屡试不第的儒生。据说他老是考不取功名，连妻子对他都相当冷淡，他诗中所言"却归旧来巢，妻子不相识"，说的是大实话，心灰意冷了，就去中国南方寻找精神归宿。沿着儒道释这一路走来，还就真是完成了古代中国文人精神历程的人生三阶段，科举功名不成（儒），就追求长生不老（道），长生而不得就回归内心，求个精神永恒（释）。大约在寒山三十多岁的时候，他就这样来到了浙江天台山一带。那么，如此兵荒马乱，交通不便，一介书生，他又是如何从陕西出发，最后抵达浙江的呢？说起来还是一部糊涂账，谁也说不清楚。

不过，寒山选择落脚在天台山一带，我看八成与这里佛道兴盛的环境有关。天台这地方今天人称之为道源佛宗，所谓道源指的是这里的山上道观曾经是道教的发源地之一，曾经大名鼎鼎的道观如桐柏观、福圣观都在山上。佛宗则是指佛教的重要宗派天台宗这里开宗立派，山下就有天台宗的祖庭，著名的国清寺。所以寒山到天台去有说得过去的理由，与其说是躲避安史之乱，倒不如说就是想去修道成仙。

寒山南下到了历史上的始丰县，如今这个地方似乎已经划入天台了。他在一处叫翠屏山的地方修道，读书，炼丹的同时还写诗。炼了一段，发现根本就没有什么仙丹，长生不老也不可能，于是就放弃修道，改去学佛坐禅了。他的诗中说"炼药空求仙，读书兼咏史。今日归寒山，枕流兼洗耳"就是这个意思。禅是中国化的佛教，寒山大概是科举考伤心了，所以不打算去读那些抽象艰深的佛经，而是走禅宗极其聪明的取巧路子，所以就学禅。我感觉他其实就是想通过游山玩水，东想西想，去领悟人生真谛。禅宗作为古代中国人从佛教改造出来的东西，认为读不读经似乎还真不太要紧，但是要聪明，会领悟，通过棒喝和悟性，在日常生活中就可以入禅成佛。

后来禅宗经过朝鲜半岛进入日本，在日本发展兴盛，成就许多大宗，又是一桩跨文化交流的盛事。除此而外，佛教在日本还发展了许多重要的宗派，其中就有日本前首相田中角荣一家都信奉的，被称为日本皇室宗教的天台宗。据说1972年田中访华，向周恩来总理提出要造访天台的国清寺祖庭，可是，那时候的国清寺因为"文革""破四旧"已经毁得破败不堪，总理没安排，承诺以后再邀请他去，多年以后，田中首相最终没去成，倒是他的儿子田中京2017年替他实现了夙愿。

所以，我们虽然说寒山是禅宗和尚，但是实际上他在世的时候，并没有和禅宗宗派团体有什么关系，反而是与儒、道、释都有非常复杂的关系，最终形成了一个复杂的形象。当代研究者中有个叫魏子云的评价寒山，说这个人"似儒非儒，非儒亦儒，似道非道，非道亦道；似僧非僧，非僧亦僧；似俗非俗，非俗亦俗"。这个评价，跟民间对济公和尚的评价差不多，可以说就是那种"酒肉穿肠过，佛祖心中留"的另类角色。

透过诗歌和有限的资料观察寒山在天台山修行的状态，他其实既不是天台山国清寺的正式剃度和尚，同时也不是天台山桐柏观入册封号的道士，他大概认为心里面有道或者有禅就可以了。他的道场在哪里？可以说没有，也许可以说是寒岩，但寒岩其实也就是个勉强遮风挡雨的石洞。平时寒山居无定所，就游荡在树林之下，山野之间，所谓"天地尽是我的道场"，这是大道场，大智慧。寒山就这样游荡着成了"天台三圣"。所谓"天台三圣"，就是后世把寒山视为文殊化身，拾得是普贤化身，丰干是弥陀的化身。今天的天台山国清寺内有个三贤堂，日本天台宗对之非常推崇，有机会大家可以去看看。

关于寒山的活动踪迹，古代的典籍中多少能找到一些记载，唐宋之后来华日本僧人的记载也有佐证。譬如北宋真宗大中祥符八年（1015），就有一位日本来华僧人名字叫作念救，到天台捐资国清寺修建了三贤堂。北宋神宗熙宁五年（1072），日本天台宗高僧成寻到天台山求法，参拜国清寺三贤堂，在他的《参天台五台山记》中就写道："午时参礼三贤院。三贤者，丰干禅师、拾得菩萨、寒山菩萨，弥陀、普贤、文殊化现，禅师旁有虎。"后来的中日绘画中有所谓三个和尚加一只老虎的《四睡图》。《四睡图》有个传说，说台州刺史闾丘胤拜访丰干禅师求教禅宗道理，丰干禅师让他去问寒山和拾得。刚好寒山和拾得正在一起聊天谈禅，刺史上前对二位大师说，我特来拜访。两人问，谁叫你来找我们？刺史说，是丰干禅师指引。寒山拾得就说，丰干太多嘴了，看来我们在这里待不住了，于是两人起身，拿着破画卷和破扇子，摇摇摆摆出门去，一出门就消失不见了。刺史看到这个情景感到很惊讶，转回去找丰干问情况，走进丰干的房间发现丰干也不见了，只有一只老虎睡在那里。这就是《四睡图》的来源。

除了传说，也可见一些国内典籍记载，譬如《佛祖统纪》就记载过寒山的生活状态。用现代视角看，寒山的行为就是一个古代嬉皮士，放荡不羁，东游西逛。据说拾得是寒山在路边捡到的一个弃婴，寒山把弃婴捡回来交给丰干，丰干管着国清寺厨房，顺便就养大了拾得，后来丰干和拾得每天把寺里和尚吃剩的饭菜，装进竹筒留着，隔几天寒山就会来取。寒山每次来的时候都一路嬉闹一路诵诗，到了国清寺廊下还大声喊叫，甚至骂修行的和尚，所谓"廊下徐行，或叫噪凌人，或望空漫骂，和尚不耐"，常常"以杖逼逐，翻身拊掌，呵呵而退"（《佛祖统纪》卷53），和尚恼火，拿大木杖追打，寒山也不生气，还拍拍手呵呵而退。寒山穿着也很奇特，"布襦零落，面貌枯瘁，以桦皮为冠，曳大木屐，活法辞气，宛有所归，归于佛理"（《大藏经》50卷830），连穿的衣服都破烂到要拿绳子穿起来，而且"面貌枯瘁"越来越瘦，把桦树皮做成帽子戴起来，整日穿个木拖鞋，念念有词，放荡不羁，痞气十足。这样的生活方式，与美国20世纪60年代的披头士也有些相似，难怪那时候的很多美国青年喜欢寒山。

寒山的诗歌，在唐宋时期的选本中都没怎么收录，实在是因为寒山的诗不太符合中国古代诗歌写作的传统。中国古代诗歌讲究格律和意境，比如李白的想象瑰丽、汪洋恣肆；杜甫的沉郁顿挫、格律严谨，但这些都跟寒山的诗没什么关系。寒山的诗是想到哪里就写到哪里，许多诗基本都是大白话和顺口溜，但他自己却认为："下愚读我诗，不解却嗤诮。中庸读我诗，思量云甚要。上贤读我诗，把著满面笑。"不过他的诗歌在身后一千年多年的传播史证明，似乎还真有些道理。

我先读一首大家听听："猪吃死人肉，人吃死猪肠。猪不嫌人臭，人反道猪香。猪死抛水内，人死掘土藏。彼此莫相啖，莲花生沸汤。"这是诗吗？前几句恐怕很难说是诗，但最后一句"彼此莫相啖，莲花生沸汤"，又让人眼前一亮？寒山还有诗曰："吾心似秋月，碧潭清皎洁。无物堪比伦，教我如何说。"

马上就令人想起惠能的"菩提本无树,明镜亦非台。本来无一物,何处惹尘埃?"但两位之间并没有关系,一个在浙江,一个在广东,却都深得禅理。寒山的诗后来多成为禅宗的参禅工具和上堂法语,在古代的中国北方以及日本都很流行,明清之际民间有句俗语说"家有寒山诗,胜汝看经卷"。可见寒山就是那么一位,在正统中国诗歌中基本不被注意,而在民间却很有影响的禅宗诗人,道家和禅宗也很重视他的诗歌。有考证说唐代最早的寒山诗集是天台山桐柏观的道长徐灵府编定,晚唐禅宗大师曹山本寂也编定过《寒山子诗》七卷,对后世影响很大,在日本也流传很广。

二、寒山在日本

寒山在日本的影响远超他在中国的名气,一直被视为禅宗大诗人。他的独特形象,一头乱发、裂牙嗤笑、肩扛扫帚、手持画卷,一副疯和尚的模样深受日本人崇拜,被视为是日本天台宗的祖庭大师之一,也是历代日本艺术界和文学界创作的重要题材。

寒山之所以在日本流行,首先是天台宗的影响。据说鉴真大师东渡日本,带去的佛经中就有天台宗典籍。其随行弟子思托就是台州开元寺僧人,他在日本最早开讲佛学,后来成为日本国宝的鉴真大师像就是他所塑造。日本学人最澄(767—822)于804年入唐学法,最澄回国后,正式创立日本天台宗。北宋神宗熙宁五年(1072),日本天台宗僧人成寻入宋求法,获《寒山子诗一帖》,令弟子带回日本,寒山诗由此初入日本,以后越来越多。现存最早的寒山诗集版本,即1189年的国清寺本,目前就收藏在日本的皇宫图书馆。

禅宗无疑是日本人喜欢寒山的最重要原因。自镰仓时代起始,禅宗就不断风靡日本,作为禅宗诗人的寒山也因此流行。寒山的诗句许多本身就是偈语,可以为参禅和上堂开悟所用。寒山在日本流传,也与日本的诗歌风气和诗学理论有关,寒山不住寺庙,林中游荡,所谓"三界横眠闲无事,明月清风是我家"的人生态度,与平安、镰仓、室町时代讲究"不入世浊,自显生灭,不尽名利"的"风雅"诗学观念几近吻合,发展到后来,日本的和歌俳句也都浸染了这种特征。从美学角度看,寒山诗讲究清静、空灵和哲学机锋,与讲究寂静、幽玄和物哀的日本诗歌美学观念极为接近。当然,语言也有重要关系,日本人尤其喜欢白居易和元稹,白话诗歌的晓畅易懂对于接受和流行是重要的前提。

从12世纪到16世纪,日本禅宗寺院兴起一类文学,叫五山禅林文学,简称五山文学。这类文学的书写多以文学性的禅宗语录为主,兼集诗文、日记和论说,它促进了当时日本木版印刷的发展。日本学界认为,五山文学酝酿了日本禅文化的母胎,日本著名五山诗人绝海中津有诗云:"流水寒山路,深云古寺钟。"一看就感觉是脱胎于寒山的"可笑寒山道,而无车马踪",再比如平安时代的日本和歌鼻祖西行法师,江户时代的著名俳句大师松尾芭蕉,他们的诗风里面都有寒山的影子。寒山的形象和他的作品一直都是日本文学创作的素材,譬如日本近代著名作家森鸥外就曾经写了一篇名为《寒山拾得》的短篇小说,日本文学评论界不少人认为这是森鸥外最好的短篇小说之一。

三、寒山在美国

上个世纪五六十年代,世界风云变幻,美国战后新一代年轻人在经历了经济繁荣和科技进步的同时,也深切体验了二次大战以来的精神信仰失落和心灵异化,形成了所谓"垮掉的一代"。在灵魂无所皈依之际,他们试图到西方以外去寻找自己的精神寄托,除了摇滚、毒品和诗歌,他们也迷上了马丁·路德、圣雄甘地、切·格瓦拉等人。恰好此时,以铃木大拙为代表的一代日本禅师和学者大力推动禅宗西渡,给他们带去了寒山,顿时引发一代美国青年大学生的大力追捧。美国著名诗人加里·斯奈德(Cary Snyder)在他翻译的寒山诗集里曾描绘了当时寒山在美国的流行状况,他说,寒山和拾得等古代诗僧,"他们的卷轴、扫帚、乱发、狂笑——成为后来禅宗画家特别喜欢描绘的对象。他们已成为不朽人物。而在今天美国的穷街陋巷里,果树园里,无业游民的营地上,或在伐木场营幕中,你时时会和他们撞个满怀"。寒山的生活风范与他们是如此的相像,而诸位想一想,这可是一位一千多年前中国的写诗和尚呵!那一段时间,在美国的常春藤大学校园,常常可以看见很多留长发,戴耳环,不穿鞋、唱歌、弹吉他,拿着一本诗集到处跑的美国学生。如果你问他手里是什么诗集?他八成会告诉你,那是寒山的诗集。一个中国古代默默无闻的诗僧,竟然成了二十世纪西方先锋青年的偶像,其间的文化因果关系的确很有意思。

在当时美国垮掉一代许多年轻人心目中,寒山就是他们的时代偶像。尽管当时寒山的诗在欧美各国汉学界也都有翻译,比如英国、法国、德国、荷兰、比利时等等,但影响最大的,还是在美国。当时美国一所大学编的中国诗歌选集,李白的诗选一首,杜甫的诗选一首,陶渊明的诗选一首,而寒山的诗竟然选了二十四首,现在看看真是不可思议!

"垮掉的一代"有个著名作家叫杰克·凯鲁亚克(Jack Kerouac),他读了寒山的诗后非常喜欢,就写了一本小说叫《法丐》(*The Dharma Bums*)(又翻译为《达摩流浪者》)来描绘他与寒山的故事。Dharma 的意思就是"达摩",也是法和规则的意思;Bums 就是游民,叫化子。这实际上是一本表现克鲁亚克与史奈德之间友谊的自传体小说。在小说中作者把寒山和史奈德都视为垮掉一代的精神宗师。《法丐》一书的扉页题献上写着四个字:"献给寒山"。诸位不妨想一想,一位美国的著名小说家,将自己的小说献给一个一千多年前中国浙江台州的和尚,这样的情景意味着什么?

最有意思的是在《法丐》一书的结尾,克鲁亚克描写他独自一人爬上了高山,试图呼唤寒山,在晨雾的迷茫中,寒山终于显灵了。小说这样写道,"在群山里,我呼唤寒山的名字,没人应我。我在晨雾里呼唤寒山,——一片静默。……忽然,我似乎看见那难以想象的中国小流浪汉立在雾里,在他风霜的脸上,是一种冷然的幽默。这不是真实生活里的史奈德,不是埋头学佛家理论的他,或者参加疯狂宴会的他;这是我梦想中,比生活更真实的史奈德;他站着没有话说。然后,他高声一叫,'滚,你们这群心贼!'把不可言喻的千川、飞瀑、岩穴都唤了下来"。

在这里,你们谁还分得清这究竟是寒山呢,还是垮掉的一代的形象?寒山、史奈德、克鲁亚克、垮掉的一代,前卫青年与古代禅宗和尚,中外古今全都融汇成了一体,成了一组含义丰富无比的文学意象。而这一意象的丰富性和复杂性,恰好在"寒山"这个命名上找到了最绝妙的象征表达。我们知道,寒山并不是诗人的真名,寒山也不是诗集的名字,寒山也不等于"寒岩",寒山也许是他的法名,可是,又是谁给的命名呢? 不知道。寒山诗曰:

> 人问寒山道,寒山路不通;夏天冰未释,日出雾朦胧;似我和由届,于君心不同;君心若是我,还得在其中。

这里,诗、山、人、心,早已经成了浑然一体的象征,成为可以感觉而不可以言说的"心境",由此走向了中国诗学精神所追求的那种物我合一,主客合一,天人合一,齐物道同的美学境界。可见,一种文化苦心经营的东西,在另一种文化中似乎是本来如此的状态,中西一旦实现互为镜像的交流,许多诗学的难题在相互参照过程中便似乎可以迎刃而解。看来,千年前的中国诗僧在世界三种文化中的命运,同样可以给我们诸多的启迪呵。

好啦！到这里讲座似乎该结束了，但是寒山的故事却仍然没有结束。刚才讲的都是从唐代到上个世纪的寒山事迹，进入 21 世纪的今天，寒山故事已经又有了新的延伸。譬如在美国，1997 年有位作家查尔斯·弗雷泽出版了一部长篇小说叫 *Cold Mountain*，其实就可以翻译成《寒山》，该书荣获美国国家图书奖，继而被米拉麦克斯公司拍成同名电影，一时风靡，中文片名译作《冷山》；小说的中文译本也叫《冷山》，我就不太明白了，为什么不翻译成"寒山"呢？原作者弗雷泽在该书卷首明明就引用了寒山的诗句"人问寒山道，寒山路不通"嘛。

寒山在地方和民间传统文化的形象也在不断发展，最初只是个与社会格格不入的孤高诗人形象，慢慢地却发展成具有忍耐力和眼光长远的精神智者，从玩世酷冷的疯和尚到与拾得兄弟情深，进而升华到对爱情忠贞的比喻，成为地方"和合文化"的象征和中华民族和谐文化的组成部分。如今你到台州，特别是到天台去看看，那里的政府部门和企业家们意识到文化对于社会发展和精神文明建设的重要意义，都在大力推广以寒山拾得为代言象征的"和合文化"哩！

看来，寒山的历史和现代价值还有待继续挖掘和发扬光大！

（据作者 2020 年 1 月 1 日在国家图书馆"文津讲坛"同名讲座稿修改。原刊于《光明日报》2020 年 6 月 6 日第 12 版，2021 年 1 月改定）

辜鸿铭在英国公使馆的"身份"考

程 巍

一、"私人秘书""门生"或"助理"?

有关辜鸿铭在归国之初的 1879 到 1881 年间曾一度受聘担任英国驻华全权公使威妥玛(Thomas Wade)的"私人秘书"(private secretary)的说法,最早来自 1882 年 2 月在香港聘请辜鸿铭为自己所率的"从广州到仰光"探险队担任首席翻译的英国人阿契巴尔德·科洪(Archibald Ross Colquhoun)。探险结束后,科洪在英国殖民地印度停留了数月,9 月 5 日,他应邀在印度联合军种学会宣读探险报告,其中谈到"Hong Bing Kaw"即辜鸿铭:

> 我们于[1881 年]12 月 6 日离开伦敦,[次年]1 月 20 日抵达广州,因为遇到了一些常见的问题,迟至 2 月 5 日才出发。非常不幸的是,我在广州[英国]领事馆的那位朋友由于公务在身没有获准随我前往,而英国驻北京的全权公使威妥玛先生又正式警告我说,穿越中国西南从中缅边境越境出去会冒风险。因此,我被迫四处去寻找一个合格的翻译,在经过一连串失败后,终于在一个叫 Hong Bing Kaw 的有着[爱丁堡大学]文学硕士学位的中国绅士身上找到了这样一个人。他熟谙英语,精通官话,粤语也掌握得不错。他曾被英国驻北京全权公使聘为私人秘书(private secretary),也曾供职于新加坡辅政司署。[1]

科洪曾在苏格兰接受大学教育,他提到的"我在广州[英国]领事馆的那位朋友"是苏格兰人詹姆斯·骆克哈特(James Stewart Lockhart),辜鸿铭在

---

[1] A. R. Colquhoun, "From Canton to Rangoon", *Journal of of United Service Institution of India*, Vol. XII, No. 54, 1882, p. 44.

爱丁堡大学读书时的校友，也一直是朋友，后来经常为陷入贫困之境的辜鸿铭提供帮助。1879年初辜鸿铭回到福州时，骆克哈特通过了英国文官事务委员会每年例行举行的公开竞聘考试，被英国殖民部派到香港辅政司署当士官候补生（Cadet）[1]，旋即又派到英国驻广州领事馆学习中文，1882年1月他与来到广州的科洪重逢，正是他把此时经由他介绍而在香港辅政司署"打零工"[2]的辜鸿铭介绍给了急于为探险队寻找合适翻译的科洪。

科洪从印度返回英国后不久，1882年11月13日夜间，他受邀到曾为他的探险队提供测绘仪器的皇家地理学会就此次探险发表演讲，几乎一词不动地重复了上引文字，只不过将"Hong Bing Kaw"改拼成"Hong BengKaw"，并在最后那个句子中间插入了一个"我相信"："他曾被——我相信——英国驻北京全权公使聘为私人秘书（Private Secretary），也曾供职于新加坡辅政司署。"[3]这一次他把"Private Secretary"的首字母大写了，说明这是一个职位，但另一方面，这个陈述句因为中间因插入了"I believe"（我相信），又一定程度弱化了它的肯定性。

其实，在去北京英国驻华公使馆之前，辜鸿铭在福州与英国驻福州领事馆下设的罗星岛副领事翟理斯（Herbert Allen Giles）结识，来往甚多。1898年已回到英国的翟理斯出版《古今姓氏族谱》，其中列入的"辜立诚"即辜鸿铭，说他"曾以类似私人秘书的身份（as a kind of private secretary）服务于北京的 T. Wade 爵士"[4]。"T. Wade"即 Thomas Wade，也即威妥玛。这一方面袭用了科洪1882年9月和12月分别发表于《印度联合军种学会会刊》和《皇家地理学会会刊》的探险报告中的说法，另一方面又使用了"类似私人秘书的身份"的暧昧表述，并小写了"private secretary"的首字母，以表示一种不确定性。翟理斯本人曾先后任英国驻厦门、福州和上海等地的领事馆的代理

---

[1] *Twenty-Third Report of Her Majesty's Civil Service Commissioners*, London: George E. Eyre and William Spottiswoode, 1879, p. 222.

[2] 辜鸿铭不是香港辅政司署"在编人员"，而是类似署中的个人自掏腰包私聘的"中文教师"或此前他在北京英国公使馆时的"临时文书""抄写员"一类的编外人员，否则，他不仅要经过英国文官事务委员会的考试，而且名字也会列入英国殖民地官署名录。

[3] A. R. Colquhoun, "Exploration through the South China Borderlands, from the Mouth of the Si-Kiang to the Banks of the Irawadi", *Proceedings of the Royal Geographical Society*, Vol. IV, 1882, London: Edward Stanford, 1882, p. 714.

[4] Herbert Allen Giles, *A Chinese Biographical Dictionary*（《古今姓氏族谱》）, Shanghai: Kelly & Walsh, Ltd., 1898, pp. 377-378.

领事或副领事，知道英国文官事务委员会并未为驻华公使馆设置"private secretary"一职，且以辜鸿铭之资历，也断无可能担任公使馆"秘书"（所谓"Secretary of Legation"，即"一等秘书"），哪怕"二等秘书"（Second Secretary）或"三等秘书"（Third Secretary），所以他并未提及威妥玛的"英国全权公使"身份，只说"北京的 T. Wade 爵士"，并在"私人秘书"前添加"类似"一词，含混地表示这可能是一种私聘行为，即威妥玛自掏腰包为自己聘了一个"类似私人秘书"的人为自己个人服务，与公使馆事务无关。

不过，就名号而言，英国文官系统里的"private secretary"并非私人雇员，而是一个重要官职，其中"private"并非指"私人的"（personal），而是"confidential"（可信托的），因而"private secretary"（可译为"贴身秘书"或"专属秘书"）不仅可以自由出入其所服务的机构的长官的专属办公室（private office），还可以在自己所属的官署内外代表长官的意见和权威，隐形地位甚至仅次于长官。不过，英国驻华公使为英国政府授权（全权公使），在华代表英国政府的唯一的权威的声音，不会像为其他文官机构的长官那样设置"私人秘书"来分享其权威，所以哪怕是"Secretary"（一秘），也被限定为"Secretary of Legation"（公使馆秘书），并且由英国文官事务委员会和外交部任命。

十几年后的 1912 年，德米特里斯·布尔格（Demetrius Charles Boulger）在《亚洲评论》发表一篇文章，提到辜鸿铭"三十三年前曾是威妥玛的门生"（a protégé）。[1] 他给出了一个具体时间，"三十三年前"，即 1879 年，但这并不确切，而他有关辜鸿铭为"威妥玛的门生"的说法也不好理解：难道几乎每天马不停蹄地奔波周旋于日渐多发而且棘手的外交纠纷的英国公使，会有闲时和闲心来指导一个与公使馆事务无关的青年的学习，收其为徒，并支付他在北京的生活费用，而分内本该由他指导的公使馆里的"见习译员"（Student Interpreters，地位等同于"士官候补生"），他却反倒经常没有时间指导？

正如任何情况下我们不可忽视经济的因素，辜鸿铭在北京的生活费用也必须纳入考虑，即便是英国在华最高权力代表的公使本人的薪水也没有宽裕到可以随便供养什么人的程度（这位汉学家的薪水主要用来购买大量中国文物，后经翟理斯整理目录，成为剑桥大学的馆藏），而公使馆内拿薪水的"见习

---

[1] Demetrius Charles Boulger, *Asian Review*, East & West, 1912, p. 408.

译员"甚至为买一双新靴子而犹豫再三。[1] 毕竟,对当时的英国人来说,派驻中国,不像派驻印度那样是一个肥差,而抱怨薪水低、升职难是英国驻华公使馆里低级职员们的一个经常话题。威妥玛的确在公使馆开设了一门"北京官话"课,却是为寓于公使馆内的"见习译员"开设的,用的教材也是他本人撰写的《语言自迩集》,尽管他常常没有时间亲自执教,但这些"见习译员"也勉强可算是"威妥玛的门徒"。不过"见习译员"并非威妥玛个人可以招收,他们是通过英国文官事务委员会的文官竞聘考试获胜后以公开任命方式派到北京英国公使馆专门学习二年中文的官费生,学习结束后,还必须通过公使馆举办的中文考试,才可派到各领事馆任职,一般从最低的"二等助理"(Second Assistant)干起。英国公使馆的院子最深处有一栋西式两层建筑,为"见习生宿舍"(Student's Quarters),"上下各五个房间",[2] 但见习译员常年只两三人。

1920年2月8日辜鸿铭把他1879年秋以"一个年轻中国人"(A Young Chinese)为笔名发表在香港《孖剌西报》上的反英国传教士的诗《乌石山事件》重刊于日本人在华所办英文报纸《华北正报》上,并附了一份说明:"此诗写于1879年我刚从欧洲回国之时,写作的起因是福州的基督教传教士与当地士绅就福州城中心的乌石山顶上一块与一座美丽的寺庙相连的土地发生的争端……我这首诗当时发表在《孖剌西报》上,我现在可以披露,正是这首诗,使我结识了现在已故的英国公使威妥玛爵士,我后来成了他的私人秘书(private secretary),供职于英国驻北京公使馆。"[3]

由于中文词和英文词此时还处在寻找彼此的"对应词"的阶段,因而,对不同的者来说,同一个名词可能意涵不同,而不同的词可能意味着相同的东西。如1894年沿长江从上海到重庆然后走陆路到中缅边境的G. E. 莫理循(G. E. Morrison)中途停留汉口,结识了时在武昌张之洞幕府担任"洋文案"的辜鸿铭,他在次年出版的旅行记中写道:"担任张之洞总督私人秘书(private secretary)的是一个叫辜鸿铭的聪明中国人。"[4] 他之所谓"私人秘书",即"洋

---

[1] A Student Interpreter, "Where Chineses Drive": English Student-life at Peking, London: W. H. Allen & Co., 1885, p. 30.
[2] Ibid., p. 28.
[3] Ku Hung Ming, "Wu Shih Shan Affair", The North China Standard, Febrary 8, 1920.
[4] George Ernest Morrison, An Australian in China: Being the Narrative of a Quiet Journey across China to Burma, London: Horace Cox, 1894, p. 4.

文案"或"翻译"。有时,"secretary"还被用作比喻:据英国公使馆里的一位见习译员的记载,在公使馆里经常为手头拮据的低级职员和"见习译员"举办的旧物拍卖会上,"一只笨重的带抽屉的柜子被拍卖主持人称为'secretary'"。[1]

关于"private secretary"一词的中文译名,辜鸿铭本人1903年5月20日在英文刊物《天朝帝国》重刊自己的一篇有关中西官职译名的旧文时,特意在文末附了一则说明:"在许多省份,正如当今湖广各省的督抚或总督衙门,被任用于private secretaries部门从事日常事务的僚属现在由公共资金支付薪水。督抚或总督的secretaries现在译为'文案'。"[2]这意味着到1903年中国地方衙署里原隶属于主官个人而非一种"官职"的"文案",已参照西方的官职设置改为一种拿俸禄的官职了。实际上,1904年上海商务印书馆出版了一本由严复作序推荐的《商务袖珍华英字典》,其中"secretary"的中文释义除"幕友"切合中国衙署内的"幕僚"外,其他各项更切合"secretary"在英国官署中的角色——"书记,大臣,卿,总办,主事"。[3]

或许正因为英国公使馆未设"私人秘书"一职,因而关于辜鸿铭到底在英国公使馆是何身份,又有了其他猜测。一直对辜鸿铭颇为关注的阿尔弗雷德·达谢在1922年1月《日内瓦评论》上发表《辜鸿铭》一文,其中谈到辜鸿铭早期经历说:"这个年轻的学者成了英国公使馆的一个助理(assistant)。"[4] 1964年《中国论丛》上一篇论文在谈到辜鸿铭早期经历时则不那么自信:"他去了北京,作为威妥玛的助手或者秘书(as an assistant or secretary)供职于英国公使馆。"[5]不过英国公使馆的"助理"(assistants,分为一等助理、二等助理)也并非一个初入公使馆的年轻人可以担任,例如曾供职于北京英国公使馆的弗雷德里克·布恩(Frederick Bourne)1890年返回英国休假时向下议院调查委员会作证说,英国大学生"经过公开竞聘考试"录用后,"被派往北京的英国公使馆,从见习译员开始干起,学习两年中文,然后,通过考试后,才可以

---

[1] A Student Interpreter, *"Where Chineses Drive"*: *English Student-life at Peking*, p. 30.

[2] Ku Hung Ming, "Body Politic and Civil Service in China", *The Celestial Empire*, May 20, 1903, p. 260.

[3] Z. T. Woo and M. W. Woo, *Commercial Press English and Chinese Pronouncing Pocket Dictionary*(《商务袖珍华英字典》), Shanghai: The Commercial Press, 1904, p. 1043.

[4] Alfred Dachert, "Ku Hung Ming"(originally *La Revue de Genève*, January, 1922), *The Living Age*, 1922, p. 471.

[5] *Papers on China*, Vol. 18, East Asian Research Center, Harvard University, 1964, p. 197.

成为'助理'——如果助理的职位有空缺的话。公使馆已有若干助理,你必须等到出现空缺,才可能被提拔为助理",而这可能"要等数年"。[1]

在等级分明的英国公使馆,年轻人的升迁之路向来障碍重重,让低职位的年轻人抱怨不已。除了为每一个职位设定的时间台阶,公使的推荐对低职位的年轻人的升迁也起着一定作用。1867 年经由英国文官考试而成为英国驻华公使馆"见习译员"的翟理斯多年后在自己的回忆录里谈到 1871 年(他那时为天津英国领事馆的助理,并指望能够升到领事馆翻译)他所受到的不公正对待:

> 这一年春天,[天津]领事馆翻译(Interpreter to the Consulate)——那时是一种官衔——被调到了另一个地方,而帕克先生(如今是教授了)则被从北京[公使馆]派来接替他在领事馆的这一职务。但帕克先生比我年轻二岁,我于是写信给公使威妥玛爵士,抗议这是对我的极大的不公正。威妥玛先生毫无理由地回复说,他认为我休假[翟理斯 1870 年去了希腊几个月]后中文退化了,如果我只要求公正,那这就是公正了。但我觉得我的要求十分公正,部分因为我休假时随身带了不少中文书籍,为的正是时刻不忘乃至增进我对中文这门语言的知识。[2]

到 1893 年返回英国,在驻华多个英国领事馆工作长达二十五年之久的翟理斯最终也只是一个领事,而"领事的职位相当于公使馆的二等或者三等秘书",且不拥有后者的外交权威。这一点,在 1872 年就被英国下议院调查委员会问起:"领事难道不抱怨吗,他们工作了三十乃至四十年,可职位只相当于一个只干了四或五年的年轻人?"[3] 不过,1872 年后,随着严格的"公开竞聘考试制度"在英国对华公使馆实施,公使馆里的年轻人也不那么容易升迁了,而连"见习译员"资格都没有的辜鸿铭则根本不可能成为威妥玛的"私人秘书"——何况,英国公使馆未设这一职务。

---

[1] *Fourth Report of the Royal Commission Appointed to Inquire into the Civil Establishments of the Different Offices of State at Home and Abroad*, London: Eyre and Spottiswoode, 1890, p. 164.

[2] Herbert Giles, "The Memoirs of H. A. Giles", ed. Charles Aylmer, *East Asian History*, No. 13-14, June/December, 1997, Institute of Advanced Studies, Australian National University, 1997, p. 12.

[3] *First Report from the Committee of Public Accounts*, ordered by the House of Commons, to be printed, 13 March, 1872, p. 127.

二、威妥玛、辜鸿铭、翟理斯

不过,辜鸿铭1920年2月8日在《华北正报》重刊旧作《乌石山事件》时有关他在英国公使馆担任公使威妥玛的"私人秘书"的说法——由于他是当事人——后来就基本成了一个定论,例如骆惠敏在1995年发表于《东亚史》的论文中就据此断言,正是辜鸿铭1879年发表的谴责英国传教士的诗《乌石山事件》,让威妥玛看中了他:

> 在翟理斯现身于福州前夕,辜鸿铭有关乌石山教案的那首诗就发表在了香港《孖剌西报》上,他在诗中谴责传教士的非基督教行为,并进而警告英国政府一贯以"炮舰政策"相威胁。这首诗引起了所有人的注意,也引起了英国驻华公使威妥玛的注意。威妥玛爵士立即想知道该诗作者是谁。在找到这位年轻的、心怀不满的"殖民地人"后,这位英国在华最高权力的代表并不责备该诗歌作者流露出的对英国的不忠,而是邀请辜鸿铭去英国公使馆供职,作为他的私人秘书(private secretary)。辜鸿铭似乎为威妥玛对他的赏识而感到高兴,而且他钦佩威妥玛的公正和正直。[1]

骆惠敏根据辜鸿铭重刊这首诗时写的说明("此诗写于1879年我刚从欧洲回国之时"),推算辜鸿铭抵达福州的时间是"1879年年底"。[2] 但如果辜鸿铭"1879年年底"才抵达福州,他在福州是根本见不到威妥玛的。1874年12月中缅边界发生的"马嘉理案"(Margary affair)让本来纠纷不断的中英关系又处在紧张状态,也使英国公使威妥玛处在"炮舰外交"还是"法律外交"的选择中。作为英国第一次对华鸦片战争时期的"老兵",威妥玛几十年来一直与中国打交道,深知动辄使用"炮舰外交"一定会一次次激发中国人的仇英情绪,而这对英国在华利益十分不利。1876年9月他与李鸿章在芝罘(烟台)签订《烟台条约》后,返回英国休假两年。1878年9月2日他搭法国邮轮离开英

---

[1] Lo Hui-Min, "Ku Hung-Ming: Homecoming" (part 2), *East Asian History*, No. 9, 1995, p. 79.

[2] Lo Hui-min, "Ku Hung Ming: Homecoming", *East Asian History*, No. 9, December 1993, Institute of Advanced Studies, Australian National University, 1993, p. 163.

国,[1]赴华复职,尚在途中,便获悉8月底福州发生了"乌石山教案",面对福州中国士绅的反英国传教士情绪,传教士们一次次发出威胁,要"惩罚中国",几艘英国炮艇也先后抵达福州。威妥玛不断通过电报,游说英国政府不要被英国报刊叫嚣的"炮舰政策"所误导,他将亲自去福州,采取"庭审"方式,将事件诉诸法律。

1879年3月22日,在香港停留了一些时间的威妥玛终于抵达福州,[2]又经过一个多月的协调,4月30日,在威妥玛以及中英双方福州地方要员见证下,由威妥玛从上海请来的英国法官傅兰治(Judge French)主持,"乌石山案"庭审在英国驻福州领事馆一个房间开始进行,"房间里挤满了对这一案件感兴趣的欧洲人和中国人",[3]庭审持续多天,到5月10日才结束,而判决结果迟至7月19日才在福州领事馆当众宣读,双方签字画押。[4] 不过,5月10日庭审结束后,威妥玛就乘船继续北上了,5月19日抵达上海,在那里停留了一些日子,以迎候英国女王维多利亚的两个儿子阿尔伯特·维克托王子和乔治王子环游世界所乘坐的"巴香"号("Bacchante")的到来,但"巴香"号迟迟不来,威妥玛怕耽误到北京英国公使馆复职,就继续乘船北上,[5] 6月20日抵达山东芝罘(烟台),据6月20日芝罘对当天进出港口的船只登记信息,"一大早,'新南青'号驶入港口,乘客中有英国全权特使和全权公使威妥玛先生以及其他去天津的乘客"。[6]

辜鸿铭出现在福州,大约是在1879年初。从辜鸿铭早期的一首"离别诗"《过去的好时光不再有》("Days That Are No More")可推断他离开英国的时

---

[1] *The Japanese Weekly Mail*, September 28, 1878.

[2] Ellsworth Carlson, *The Foochow Missionaries*, 1847–1880, Cambridge: East Asian Research Center, Harvard University, 1974, p. 155.

[3] *The Wu Shih Shan Trial: Report of the Case of Chou Chang Kung, Lin King Ching, Loo King Fah, Sat Keok Min versus Rev. John R. Wolfe*, Hong Kong: Printed at the "Daily Press" Office, 1879, p. 3.

[4] Ibid., p. 74.

[5] "巴香"号抵达上海的时间是1879年11月22日,但威妥玛6月下旬就"离开了上海,乘邮船去了中国首都,因为他不能久等船队的到来,他在天津[白河]被冰封之前才有机会[赶到首都]"(*The Cruise of Her Majesty's Ship "Bacchante", 1879–1882*, Vol. II, *The East*, compiled by Prince Abert Victor and Prince George of Wales, London: Macmillan and Co., 1886, p. 138)。

[6] *China Imperial Maritime Customs: Reports on the Trade of the Treaty Ports of China for the Year 1879*, Part 2, Published by Order of the Inspector General of Customs, Shanghai: Statistical Department of the Inspectorate General, 1880, p. 22.

间是1878年秋,而从他习得的多种西方语言和获得的学位的性质——爱丁堡大学文学硕士和莱比锡大学工程学学士——推断,他最初的打算,大概是想和其他来自英国海峡殖民地和香港殖民地而到英国留学的年青一代"大英子民"(其中主要是"混血"的苏格兰人,例如他的庇护人福布斯·司各特·布朗的两个儿子)一样,学成之后,通过英国文官考试,被派回到海峡殖民地或英国在亚洲的其他殖民地担任殖民官员,不过,在他可能报考的那两年(1877年和1878年)英国文官事务委员会例行向女王提交的年度考试结果报告里,就像此前此后的报告一样,尽管每名报考者及其各科考分均详细列表,但往往只有获胜者才列出具体姓名,未通过者只以考号代替,因而难以确定辜鸿铭是否在这些一长串一长串的落选者里,但一个家道中落的年轻人完成学业之后首先考虑的问题依然是工作。寻找一份工作,对留学九年一直靠在福州做生意的哥哥辜鸿德资助并寄人篱下的二十三岁的辜鸿铭来说,尤其迫切,以致他虽然念念不舍,还是离开了对他满怀深情的玛格丽特——他在爱丁堡的港口小镇利斯读高中时的房东的女儿:

  秋天到了。在老院门的前面
  两株随风摇摆的灰色山茶树下
  开阔的绿地与天空之间
  停着一辆马车。"再见,记住我!"
  玛格丽特哭着说。

  如果辜鸿铭"秋天"离开爱丁堡,那历经二十多天的漫长海路,他至迟应在当年秋冬回到了阔别九年的槟榔屿,但槟榔屿的一切已显得那么陌生,而利斯小镇则在记忆中变得栩栩如生:

  思绪纷纷,与对异国的四季
  它的白天与黑夜还有他处的天空的回忆
  痛苦地交织……这些我童年熟悉的面孔
  如今,我浪游归来,
  已习惯异国景象的双眼
  却觉得他们如同异域之人,我回过头,
  思绪飞回那片已隔重洋的土地

和多年前的那些景致与面孔。[1]

《过去的好时光不再有》题目取自辜鸿铭十分熟悉的英国诗人阿尔弗雷德·丁尼逊的抒情诗《泪啊，空流的泪》("Tears, Idle Tears")中作为"叠句"出现在全部四个诗节的尾句的"the days that are no more"，一声声叹息美好的过去一去不复返。不过，辜鸿铭这首诗到1922年才第一次发表在《华北正报》上，他在诗题下方添了几行说明文字："写于1880年赴任英国驻华公使威妥玛的私人秘书时从天津到北京的白河的水路上。"[2] 骆惠敏据此认为诗中的"异国"（foreign）、"他处"（other）是指英国，而"我童年熟悉的面孔"（Faces familiar in my infant years）是指他从经天津去北京的白河水路上所见到的中国人，因而这首诗预示着辜鸿铭与英国人威妥玛之间不久之后的"分道扬镳"。[3]

但该诗第一节使用的是现在时，后面四节则使用了过去时，回忆自己最初到利斯小镇的温暖经历，从利斯高中毕业后，他先后在爱丁堡大学和欧洲大陆的莱比锡大学求学六年，在返回槟榔屿之前，再度回到利斯小镇与过去的朋友们告别。显然，诗中所说的"异国"和"他处"是指"利斯"之外的世界（爱丁堡和欧洲大陆），连"我童年熟悉的面孔"（显然指他十四岁前生活的槟榔屿的人们）如今也似乎变成了"异域之人"（alien），似乎只有利斯才是他的"心之乡"，他于是"回过头，/思绪飞回那片已隔重洋的土地/和多年前的那些景致与面孔"。此诗虽写于他1880年从天津到北京的白河水路上，却更体现了1878年秋冬他回到槟榔屿的那个时刻的漂泊无着的心理状态，是一种事后的"追写"。

久别的槟榔屿已物是人非，他的父母以及他当初的庇护人福布斯·司各特·布朗均早已作古。远在槟榔屿乔治城外布朗农场上的辜鸿铭一家，与他们在乔治城里的叔伯亲戚们，似乎从父亲辜紫云一辈开始，就没有了来往（或

---

[1] "Poems by Ku Hung Ming: Days That are No More", *The North China Standard*, Sunday.（辜鸿铭将《华北正报》登载此诗的部分剪下，寄给骆克哈特，原件缺失具体日期，但可以判断为1922年。原件藏于苏格兰国立图书馆手稿部骆克哈特档案。在此感谢在爱丁堡大学访学的陈智颖小姐去该手稿部拍摄原件并惠寄复制品。）

[2] "Poems by Ku Hung Ming: Days That Are No More".

[3] Lo Hui-min, "Ku Hung Ming: Schooling", *Papers on Far Eastern History*, Vol. 38, September, 1988, p. 62; Lo Hui-min, "Ku Hung Ming: Homecoming" (Part 2), *East Asian History*, No. 9, 1995, p. 81.

许因为辜鸿铭家这一支是曾祖父辜礼欢的"偏房"所出,所谓"庶出",为"嫡出"的乔治城内的辜氏亲戚们所瞧不起,或许家族史上还发生过什么纠纷,不管怎样,辜鸿铭家未被列入辜尚达家撰写的槟榔屿辜氏家族家谱,[1]而辜鸿铭父亲将两个儿子的英文姓氏由槟榔屿辜氏家族的"Koh"改成"Kaw",就已是脱离乔治城内辜氏家族的一个信号),辜鸿铭穷困潦倒一生,也从未见他的靠对华鸦片生意发家致富乃至富甲一方的堂兄辜尚达对他施以援手。

辜鸿铭在槟榔屿只待了数月,遂去福州投靠辜鸿德。他抵达福州的时间是在1879年初,比威妥玛稍早,此时,福州还处在1878年8月底爆发的"乌石山事件"的余波之中。福州当地士绅对英国传教士横蛮的侵占行为、挑衅的威胁以及游荡在福州附近的英国炮艇,感到怒不可遏,而正是在这种群情激昂的氛围中,辜鸿铭以"一个年轻中国人"为笔名写下了那首题为《乌石山事件》的诗。3月22日,主张"诉诸法律"的威妥玛抵达福州,而一个月后开始的"庭审"——从审判程序和审判结果来说——还算公正。目睹整个过程的辜鸿铭尽管痛恨对英国在华的"治外法权",但对威妥玛个人会有一种好感。他对"乌石山事件"的关心程度,使他不可能不去旁听审判,因而他此时与威妥玛结识是完全可能的。

至于翟理斯,要迟至1880年3月才"现身于福州"。翟理斯1879年6月26日至1881年3月10日为英国驻厦门领事馆代理领事,1880年2月25日他接英国领事部令兼任福州领事馆下设的罗星岛副领事。[2] 多年后,辜鸿铭在写给他与翟理斯共同的朋友E.G.莫理循的信中谈到自己归国之初与翟理斯的来往:"我从欧洲回来后不久,就和翟理斯先生经常在福州罗星塔锚地一带郊游。直到义和团运动爆发那一年,我们都是极好的朋友。"[3]换言之,辜鸿铭与翟理斯相识,是在1880年3月10日翟理斯入驻罗星岛英国副领馆后不久,而此前——此后也是如此——翟理斯根本就不知道他在《孖剌西报》上读到的那首题为《乌石山事件》的诗的匿名作者"一个年轻中国人"就是辜鸿

---

[1] See Arnold Wright et al eds., *Twentieth Century Impressions of British Malacca: Its History, People, Commerce, Industries, and Resources*, London: LLoyd's Greater Britain Publishing Company, Ltd., 1908, p. 755.

[2] Herbert Giles, "The Memoirs of H. A. Giles", ed. Charles Aylmer, *East Asian History*, Institute of Advanced Studies of Australian National University, No. 13/14, 1997, p. 3.

[3] Lo Hui-min, "Ku Hungming: Homecoming" (Part 2), *East Asian History*, No. 9, 1995, p. 78.

铭,因为1879年12月他在伦敦《双周评论》上发表了一篇题为《中国当前事态》的长文(文稿从厦门寄到伦敦发表,至少需要一个月,可以反推他读到这首诗的时间是当年10月之前),报告福建的中国士绅中间普遍存在的反英国传教士情绪,而作为英国驻厦门代理领事,他对此感到十分焦虑。文章最后写道:

> 那些在中国或别的地方接受过英国教育的中国人,很快就投到了反基督教的行列,加强了其力量,而他们试图以更合理的手段来达到他们的目标,而不是摧毁教堂或鼓动大批愤怒的暴民攻击赤手空拳的孤零零的传教士。最近的福州事件爆发之后,很快,"一个年轻中国人"就在一家外国报纸上发表了数首针对传教团体的英文诗,最后一首可以作为对西方传教的仇恨之情的代表,此前对我们所有机构的那种无法消解的仇恨和高傲的鄙视如今全集中在我们的传教机构上了:
> 我们不需要传教士的帮助
> 不论是刮了胡子的,还是蓄了须的
> 不需要"强权即真理"这一旧规的暗示
> 我们需要的是使我们变得强大的科学和知识
> 以及勇敢、无私、智慧而又公正的统治者
> 好将你们从我们的土地上赶走,就像狂风扫尽尘埃。[1]

"一个年轻中国人"(辜鸿铭)的诗在此被翟理斯作为中国人对于英国传教士和英国殖民主义的"无法消解的仇恨和高傲的鄙视"的代表,它以"像狂风扫尽尘埃"的激烈言辞鼓动"暴民"去"攻击赤手空拳的孤零零的传教士",将英国人"从我们的土地上赶走",倘若翟理斯知道"一个年轻中国人"就是辜鸿铭,他或许早就不与他为友了,而不必等到1900年事件之时——那时,辜鸿铭的言辞甚至已只是诉诸理智的"辩护",而不是火药味甚浓的"鼓动"了。

三、翟理斯的报告与罗尔梯的信函

不过,《中国当前事态》的大部分篇幅论及翟理斯作为驻厦门代理领事遇

---

[1] Herbert Giles, "Present State of Affairs in China", *Fortnightly Review*, Vol. xxvi, July 1 to December 1, London: Chapman and Hall, 1879, p. 384.

到的一个事关英国"主权"的棘手问题——一些祖辈早已移民英国海峡殖民地而自己也早就是"大英子民"(British subjects)的华人在回到"祖宗之地"后随即放弃自己的英国国籍，转而在中国当地衙署的花名册上登记自己的身份，"改宗归祖"(convert):

> 如今存在着一种对英国政府的与日俱增的不满，它似乎会成为英中两国未来大麻烦的导火索，除非我们及早采取步骤来应对这些已显露迹象的祸难。这种复杂的麻烦来自那些从我们英国的海峡殖民地返回中国的华侨，他们本来已是归化的大英子民；更令人不可思议的是有些华侨，他们的祖先早已移民，其父母出生于英国殖民地，而他们本人与伦敦或利物浦的土生土长的英国人一样是大英帝国的公民。那些已归化为大英子民的华人，一旦返回其祖宗之邦，一旦他们踏上中国的土地，就立刻重新获得了他们之前的民族身份。但基于他们的归化证明，如果他们受到了任何严重的或残暴的不公对待或者压迫，英国领事又会毫不犹豫地向中国官府提出温和的抗议。实际上，英国领事馆只能尽可能关照他们的利益，而不能让英国政府对他们施行明确的保护政策。这与对另一些华侨提供保护基于完全不同的基础，他们是真正的大英子民，他们一到中国，便到当地英国领事馆登记。[1]

为防止这些"已归化"的英国殖民地华侨在回到中国之后"重新成为中国人"，英国领事馆还采取了一些措施。翟理斯写道:

> 我们曾试图坚持让他们穿欧式服装，以与中国国民区别开来，但他们除了穿戴西式靴子和低顶宽边软毡帽，对这一规定并不严格遵守……他们完全明白作为大英子民，他们在中国所享有的权利和特权的价值，但他们中许多人在内心深处其实是彻头彻尾的中国人，除了吸雪茄，他们几乎不采用英国习惯和风俗。作为一条规则，他们甫一抵达中国，就去祭拜祖坟，而当地中国官员向他们提出他们的名字将列入本地官府的人口簿中，尽管这一情况是真是假，目前还不能遽下判断。无论如何，他们作为大英子民和中国臣民的混合的变动的特征，对中国官府来说也颇为棘手。为公平对待中国官府计，也为维护我们自己的尊严计，应谋划

---

[1] Herbert Giles, "Present State of Affairs in China", *Fortnightly Review*, Vol. xxvi, pp. 373 - 374.

一项计划,在已向领事馆登记者和未向领事馆登记者之间进行严格的区分,将前者置于英国国旗的保护之下。[1]

当时争议屡屡涉及"衣服",这不仅来自中国传统的一种有关"正朔"的概念,即一个人穿戴什么朝代的"衣冠"就是他效忠于那个朝代的标志,也来自英国的文明等级论在"文明人"与"土人"之间做出的区分。不管怎样,《中国当前事态》一定会引起威妥玛的高度注意,尽管 1868 年 11 月时任英国驻华公使的阿礼国(Rutherford Alcock)就鉴于"居住在中华帝国境内的华人出身的大英子民的权利难以得到保障",并根据英国外交部指令,发布了一个通告,让他们改穿英式服装以区别于中国人,否则"他们一旦丢掉自己的英国国籍,

辜鸿铭归国之初的照片

将不再获得英国法律的保护"。[2] 但此项通告当时还只是一个非强制性建议,随着"华人出身的大英子民"大量回到福建和广东以及其他沿海或内地的城市,就在中英之间产生了一个关于他们的管辖权问题的巨大争议,双方都将这一问题视为主权问题。英国以及其他在华列强遂将《南京条约》后施之于在华外国人的"治外法权"延伸到在华的"华人出身的大英子民",并将"华人出身的大英子民"在中国境内生下的后代同样作为"大英子民"纳入英国法律保护,这就破坏了国际法的"属地原则",但列强祭出的理由却是:"我们之所以将治外法权加于中国,是因为不信任中国的司法。"[3]

由辜鸿铭、威妥玛和翟理斯"分别现身于福州"的时间,可知 1879 年威妥玛在福州之时(3 月 22 日到 5 月 10 日)不可能读到辜鸿铭发表于当年 9 到 10 月间《孖刺西报》上的《乌石山事件》一诗,而 1879 年 10 月之前在厦门读到《孖刺西报》上的这首诗的翟理斯也不知道它的作者"一个年轻中国人"就是辜鸿铭,即便 1880 年 3 月之后他迁到了福州并与辜鸿铭结识。骆惠敏说《乌石山事件》"引起了所有人的注意,也引起了英国驻华公使威妥玛的注意。威妥玛

---

[1] Herbert Giles, "Present State of Affairs in China", *Fortnightly Review*, Vol. xxvi, p. 374.
[2] "Notification", *Reports from the Royal Commissioners for Inquiring the Naturalization and Allegiance*, London: George Edward Eyre and William Spottiswoode, 1869, p. 64.
[3] *Papers Relating to the Foreign Relations of the United States*, 1880, p. 172.

爵士立即想知道该诗作者是谁。在找到这位年轻的、心怀不满的'殖民地人'后,这位英国在华最高权力的代表并不责备该诗歌作者流露出的对英国的不忠,而是邀请辜鸿铭去英国公使馆供职,作为他的私人秘书",然而,如果威妥玛当时读到了这首诗,并且知道"一个年轻中国人"就是辜鸿铭,那作为英国在华利益的最高代表,他决不会"邀请辜鸿铭去英国公使馆供职,作为他的私人秘书",不仅因为辜鸿铭是"中国人"而不符合英国文官委员会规定的英国公使馆人员必须全为"大英子民"的规定,还因为"该诗歌作者流露出的对英国的不忠"可能会给英国在华的利益带来不可预知的风险。与骆惠敏的猜测相反,威妥玛是在不知"一个年轻中国人"就是辜鸿铭的时候聘请他来为英国公使馆服务,而一旦得知辜鸿铭就是"一个年轻中国人",就解聘了他。

我们必须注意威妥玛的政治身份。即便是平日对中国人非常友好而且像辜鸿铭一样反对英国传教士在中国传教的翟理斯在遇到类似 1900 年义和团事件的时候,也会立即坚定地代表英国的立场,而这正是那时已自觉以中国利益为自己的诉求的辜鸿铭与他分道扬镳的原因。从《中国当前事态》对《乌石山事件》的引用,可知厦门时期的翟理斯读过这首诗并留下了深刻印象,但他肯定不知道"一个年轻中国人"就是几个月后常与他在罗星塔锚地徜徉的辜鸿铭,正是在这种情况下,他向北京的威妥玛推荐了辜鸿铭,推荐的时间是在 1880 年 3 月他由英国驻厦门代理领事来福州兼任罗星岛副领事之后,而推荐的职位绝不是"私人秘书"——除非"private secretary"一词被他广泛理解为中文里的"文书",即"writer",因为英国公使馆唯一可以自主聘请的临时编外人员正是"temporary writer",即临时聘用的"文书"或"抄写员"。

离开中国长达两三年之久的威妥玛 1879 年 9 月回到北京英国公使馆复职后,发现随着中英之间以及英国与其他列强之间的外交纠纷和贸易纠纷日益增加,公使馆的事务忙得不可开交,而公使馆全部人员加起来也仅十来个人,同时,英国领事部在中国各"条约港口"加速设立领事馆和副领事馆,可又缺少领事和副领事的人选。之所以会出现这种人员紧缺的状况,与英国两项彼此相关的规定有关:第一,自 1872 年起,英国文官事务委员会进一步严格化了"文官考试制度",尤其针对英国驻华外交和领事机构还有额外规定,正如曾供职于英国驻华公使馆的弗雷德里克·布恩(Frederick Bourne)在 1890 年返回英国休假时向下议院调查委员会提供的信息,"1872 年,公开竞聘的制度[在英国驻华公使馆]开始实施",此后任何试图进入英国驻华外交机构从事服务的年轻人都必须经过严格的竞聘考试,胜出者"被派往北京,作为实习译员,在公使馆进行两年的中文学习","没有人经过另外的途径从外面进入这一机构";[1]第二,中英自有交涉以来,就形成了一个语言传统,即英方提供翻译,这就使得英国公使馆和领事馆的人员都必须能流利地阅读中文,并能讲流利的官话(Mandarin),为此,英国文官事务委员会才在英国驻华公使馆内设"见习生宿舍"。但中文之难,让许多资深的英国外交人员以及许多想服务于英国对华外交机构的英国年轻人把驻华视若畏途。

如果逼迫中国也培养自己的翻译人才,那就不仅能够大大减少英方的翻译负担,还能让不懂中文但外交经验丰富的英国人前来中国出任英国外交官。不仅如此,如果中国开办大量英语学校,就能生产大量与英国发生情感和价值认同的中国人,而这正是 1835 年英国历史学家托马斯·麦考利(Thomas Macaulay)在出任英印政府公共教育委员会主席时向该委员会提交的"东方教育计划"(Oriental Project of Education)的宗旨,即"想方设法在印度本地社会形成一个在我们与我们统治的亿万当地人之间充当翻译的阶层;这个阶层将由这些人组成,他们虽是印度人的血缘和肤色,却有着英国人的趣味、见解、道德和智识",[2]他们将在整个庞大的殖民系统中担任低级职员,为英国的利益服务,所以英印政府一改过去散乱的教育机构,设立"全然英语教育"的学校,培养后来被称为"麦考利的孩子们"(Macaulay's Children)的向英国效忠的印度人。继印度之后,这一"东方教育计划"又在英国的新殖民地(海峡殖民地和香港)实施,但这项"计划"却在中国受阻,反倒是英国人纷纷学起了中文,而且每个人还取了一个中文名字,这让 1879 年之后的英国在华外交官们突然意识到了"异常",他们很快发现,这项"计划"恰恰受阻于中英交涉以来英国方面包办翻译的传统,这使得中国方面几乎毫无必要创办英语学校以培养翻译人才,而英国在华机构甚至连英国传教士所办教会学校,都在以中文授课。

这一状况必须马上改变,而且必须联合其他列强共同向中国施压。从 1879 年年底开始,基于列强在华的共同利益,由英国公使威妥玛主持,各国公

---

[1] *Fourth Report of the Royal Commission Appointed to Inquire into the Civil Establishments of the Different Offices of State at Home and Abroad*, London: Eyre and Spottiswoode, 1890, p. 164, 166.

[2] Thomas Macaulay, "Minute on Indian Education" (Minute of the 2nd of Febrary, 1835), *Speeches by Lord Macaulay with His Minute on Indian Education*, ed. C. M. Young, London: Oxford University Press, 1979, p. 359.

英国公使馆全体正式人员(1879)

使就对华交涉的一系列问题——诸如厘金、鸦片贸易以及在华外国人和已转籍他国的华人的管辖权等——在北京举行了一连串会议,互通情报,协调行动。也正是在这种情形下,"翻译"作为一个涉及列强"主权"的重要问题与"已转籍他国的华人"的管辖权问题一起被提了出来。1880年4月,美国驻华公使西华(George Seward)就"外语各类知识在中国的教育情形"函询其驻华各领事和副领事,要求他们提供所在地的调查信息,结果,领事和副领事们发来的报告都发现此类外语学校——无论中国官方所办、中外私人所办还是外国教会所办——都少得可怜。[1] 在众多回函中,西华特别看重美国驻宁波领事罗尔梯(Edward C. Lord)的回函,因为他在回函中指出中国的英语教育的缺失源自中国官方与外国外交官员之间的一种传统的默契,而这种默契正在损害列强的利益:

> 就您提出的"在外国官员与中国官员的交流中,为何外国官员不该使用本国语言?"的问题,我斗胆提出几点看法。我认为他们应该这么做……将翻译的负担搁在我们一方,是不公正的,也是不便利的,除非特殊情况,这一点不该继续,而且一旦情况改变,就应该终止。在条约签

---

[1] See *Papers Relating to the Foreign Relations of the United States*, p. 281.

的当初,这一点还可以理解,因为中国官方缺乏合适的翻译而在这一工作上无能为力。外国政府仁慈地承担起了这一工作,直到中国官方能够提供自己的译员,因而,中国官方本该在这方面采取迅速而有成效的努力。这已经是多年前的事了,时间已长到足够让全部所需的译员出生、长大、训练和投入服务,但我们连个影子都没有看到。

于是我们扛起的负担,我们还得继续扛下去。毫无疑问,我们注定永远扛着这个负担,除非我们自己卸下这个负担。中国人当然不会主动来解除我们的这个负担。他们当然明白目前的自由为他们提供的便利与优势。但我们也不必因此而怪罪他们。在相似的情况下,我们自己也会这么做,因为我们很容易想到这对我们是多大的便利,如果在我们与这些官员的交往中,我们使用自己的语言进行交流,并使他们也使用我们的语言与我们交流。[1]

西华对罗尔梯的建议给予了高度评价和鼓励,于是,罗尔梯又进一步建议说,可以将这种状况视为中方在语言上"侵犯外国主权"的"不对等外交",应联合其他国家,通过总理各国事务衙门向中国政府提出抗议:

您这份鼓励对我很是珍贵,在它的影响下,我作为一个领事无疑可以寻找到机会在实现我们意欲的这个改革上做些事情。然而,除非对北京当局采取行动,这个改革执行起来就非常迟缓。我们所需要做的是把那里[北京]的各国公使联合起来,以提醒中国政府,现在是它自己能够而且必须提供自己的译员的时候了。如果具体条件不允许此类行动,那么个人行动也是可能的,因为我们所欲求的东西具有正当性。[2]

这就迫使中国官方一方面不得不从境外中国侨民中招揽翻译人才以应急需,另一方面,作为长远之计,设立外语学校,从聪颖子弟中招收学生,假以时日,将他们培养成翻译人才。不过,就英国公使馆而言,决定摆脱"搁在我们一方的翻译负担"也并非全从"主权"和中国版的"东方教育计划"——即在中国本地社会培养一个"有着中国人的血缘和肤色,却有着英国人的趣味、见解、道德和智识"的阶层——这些方面着想,还因为随着英国在华利益的迅速

---

[1] Mr. Lord to Mr. Seward, May 31, 1880, *Papers Relating to the Foreign Relations of the United States*, pp. 288 - 289.
[2] Ibid., pp. 294 - 295.

扩张以及中英各种外交的和经济的交涉日益增多,英国迫切需要在中国各"条约口岸"尽可能多设领事馆和副领事馆,而这样一来,本来人手十分有限的英国驻华外交团队就显得更加捉襟见肘了。由英国或其殖民地迅速调来人员进行补充,是没有可能的,不仅因为当时英国更注重其辽阔而且常常互不相连的属地和殖民地,还因为英国文官事务委员会为派驻中国的外交人员规定了"语言资格"。人手短缺,而每天必须及时处理的各类公私文牍——条约、各类报告、中国报纸翻译、来往信函和电文——又堆积如山。

更为困难的是,北京已是"国际大都市",不仅是各国来往人员的必到之地,也是东西列强声索自己在华利益的所在。说着相互隔绝的各种外语的外国人和说着不同方言的中国人充斥于北京,使这座昔日语言统一的"帝国首都"成了圣经中那个"变乱其音"的"巴别塔"。因而,一个理想的翻译不仅要精通中文和几种主要的西方语言,还必须精通几种主要的沿海方言,这不仅可以减少翻译成本,而且不至造成驻外机构突破核定的人员编制。当然,人手实在紧张,还可以临时聘请"文书"或者"抄写员"。

四、"临时雇用的文书"

任清朝海关总税务司的英国人赫德(Robert Hart)不必像英国公使威妥玛那样受制于英国文官制度的程序和英国驻外机构人员编制的限制,而像中国各地衙署一样,可以自由雇请"私人秘书"(private secretaries)为他处理各类公私信函。赫德屡屡提到的"私人秘书"其实只是"文书"或"抄写员",即"temporary writers"或"temporary typists"。即便如此,赫德还是时常感到手下翻译人才和抄写人员奇缺。在1879年6月6日写给大清国海关驻伦敦办事处的詹姆斯·坎贝尔(James Duncan Campell)的信中,他高兴地说自己从英国"带来了波特(Porter)作为私人秘书(private sec.);他能够说法语和德语,对这一行里的人及这一行的历史也非常了解——所以我希望至少目前一定要好好用他,我自己已决意不再做那些无聊的事,我可以找人帮我做这些"。[1] 从不久之后赫德写给坎贝尔的另一封信中,可以知道作为他的"私人

---

[1] Hart to Campell, 6 June, 1879, *The I. G. in Peking: Letters of Robert Hart, Chinese Maritime Customs, 1868 – 1907*, Vol. 1, ed. John King Fairbank et al., Cambridge: The Belknap Press of Harvard University Press, 1975, p. 248.

秘书"的波特主要从事什么工作："我可能寄给你[阅览]的一些 A 类信件,是波特抄写的。我已让他做了私人秘书(private sec.),并且发现他很能派上用场。"[1]尽管波特是个能干的抄写员,而且懂英语、法语、德语和中文,但他不懂俄语,而此时俄国人开始进入中国做生意,这样,作为清朝海关总税务司的赫德就必须有俄语翻译。他在 1880 年 12 月 14 日给坎贝尔的信中急切地写道：

> 请尽快给我找三个年轻的俄国人为我承担翻译服务……我希望我所需要的这三个人也来自德语省份,俄国的德语省份的人比其他省份的人受的教育更好,举止也更文明。你一找到这样的三个人,就立即让他们去伦敦待上三个月,然后坐邮轮从南安普顿出发。我希望他们一开始就懂点英语。至于教育,如果他们所受教育越好,那自然更让我满意,但我最希望在他们身上看到的是干净而合乎规范的抄写能力,还要会画图表——这是简单的数学工作——画得又快又准确。我希望他们既年轻,又聪明——我的意思是乐于学习——也就是说,乐于学习怎样在中国生活,怎样与一起吃饭的伙伴们友好相处,怎样与人交谈。[2]

"secretary"有时还等同于"师爷"。爱德华·哈珀·帕克(Edward Harper Parker)1871 年从英国公使馆结束两年的中文学习后被派到广州领事馆任职,他在那里自己掏钱雇了一位姓"欧阳"的老先生教他中文,"他曾作为秘书(secretary)或者'师爷'(shī-ye,方言叫 sz-ye)受雇于湖南"。[3] 后来,他把这位博学的"老欧"(Old Ow)转给了从香港辅政司署派到广州领事馆来学习中文的骆克哈特,"一两年后,这位老先生被他的新东家带到了香港的'西夷'总部,雇他为辅政司署干活,而这位老先生表现出绝对的忠诚……他的忠诚的天性使他决不允许自己为人利用而充当间谍或情报员的角色。他经常教英国军官们中文……十年后他去世了,但他的油画像依然挂在辅政司署","而现在已是辅政司(Colonial secretary)的詹姆斯·骆克哈特先生常常会满

---

[1] Hart to Campell, 6 June, 1879, *The I. G. in Peking: Letters of Robert Hart, Chinese Maritime Customs, 1868-1907*, Vol. 1, ed. John King Fairbank et al., Cambridge: The Belknap Press of Harvard University Press, 1975, p. 248.

[2] Ibid., p. 309.

[3] Edward Harper Parker, *John Chinaman and a few Others*, New York: E. P. Dutton & Co., 1902, p. 208.

怀崇敬地回忆起他"。[1]

帕克还谈到他在英国驻华其他领事馆任职时也雇有"文书"或"抄写员"（writer），帮他把一些将交给中国官员的公文或信函译成官书体的中文，并用毛笔工整誊写在宣纸上。[2] 他在广州领事馆任职时，也雇了一个"抄写员"（writer），"叫阿杰，我们通常用英语叫他'杰克'（Jack），是个新教徒，受雇于广州领事馆。他写得一手端正的英文，曾在圭亚那受过英国式的训练"。[3] 正如帕克所说，这类"文书"或"抄写员"就是中国地方衙署里的"师爷"。威妥玛自己在 1871 年左右也曾雇过一个姓"刘"（Lew）的"抄写员"，有一天，这位刘先生在京城街道上行走时，眼镜被扒手抢走了，他到公使馆后，向当时还是"见习译员"的帕克说明了情况，帕克建议他去找威妥玛公使，或许他会帮忙，可他们没想到威妥玛很快就帮了忙："一封照会送到了［总理衙门的］恭亲王及其他官员手中：'英国公使接到手下一个刘姓文书的申诉，说今早九点，他经过煤山附近的宫门去上班的路上，一个扒手抢走了他的水晶眼镜并逃之夭夭。英国公使认为这类发生在枢纽之地的抢劫行为，决不会让九门提督感到满意。另外，刘姓抄写员若无眼镜之助，根本无法工作……"[4] 或许这位"刘先生"在威妥玛 1876 年返回英国休假后离开了公使馆到别处谋生去了，两三年后重返北京的威妥玛于是找来了辜鸿铭接替他，作为他的"抄写员"。

赫德在上引的那封致坎贝尔的信中提到"俄国的德语省份的人比其他省份的人受的教育更好"，就 19 世纪欧洲而言，"受过教育"意味着"通识教育"，至少懂得古希腊语和古拉丁语，这也是英国文官考试的必考科目，但这些古典语言当今并无多少外交的或者经济的使用价值，还是必须熟悉多种现代语言。前面之所以大段引用赫德这封信，不仅是因为它是 19 世纪中后期外国驻华机构招揽翻译人才的一个典型文本，还因为它透露出一种此类人才难得的窘境，而在这种情形下，通晓英语、德语、法语、马来语、古希腊语、古拉丁语并且还会说官话、粤语和闽南语的辜鸿铭——另外，他还有工程学方面的学位——自然是一个难得的翻译人才，连自身就是出色语言学家的翟理斯对他的多种语言知识都极为佩服，而几乎每一个与辜鸿铭接触过的外国人也无不

---

[1] Edward Harper Parker, *John Chinaman and A Few Others*, p. 210, p. 211.
[2] Ibid., p. 96.
[3] Ibid., p. 150.
[4] Ibid., p. 144.

对此留下深刻印象,例如1911年初美国商务代表团应邀访问中国,根据清政府的要求,代表团所经各地都举办了隆重的欢迎仪式。代表团抵达上海时,时任上海海关道台的辜鸿铭向代表团致辞。跟随代表团的美国记者查尔斯·菲尔德(Charles K. Field)记述道:"在上海,我们的访问开始时,本地一家报社为我们设宴接风。辜鸿铭非常用心地准备了欢迎词。辜先生至少掌握了七种外语。"[1]

尽管英国文官事务委员会对驻外使领馆的人员编制有严格规定,但考虑到可能出现的情况,而允许临时雇请"writer"即"文书"或"抄写员",为其承担部分案牍工作,但即便如此,英国文官事务委员会和财政部1872年6月27日特就文官机构雇用"writer"一事发布命令,"除符合规定的一些情形外,自本日起,任何文官机构都不得聘用任何临时文书(temporary writers)","以维护文官机构在编人员与临时文书之间的清晰界线",[2]"对1870年6月4日前各机构所聘用的临时文书,无论冠以什么名头,并且其服务期享受升薪待遇,可以在以下两种方式中选择其一",即要么"辞退",但可获得一笔不菲的补偿,要么"按1871年8月19日命令第三款继续其服务期",[3]并且由文官事务委员会在年度报告中任命。于是,在这些报告所登出的长长的任命名单中,偶而会见到名字后面标明"writer"的人。

所谓"1871年8月19日命令第三款",是1871年8月19日对1870年6月4日的相应命令的修订,即"任何文官机构不得自行任命任何人员,除非聘用机构提供的报告证明他们满足以下四个条件",即"年龄在20到24岁之间""身体健康""人品良好""能够胜任工作"。[4]但即便满足这些条件,"临时文书"也非长久之计,"这并非意味着临时文书个人可以在职员(clerk)出现空缺时提出申请,而是当机构长官感到有必要将临时文书转编为正式职员时,由长官发布通知,并适当优先考虑已从事这一职员工作的临时文书"。[5]临时聘用文书中还有一类地位更低的"temporary copyists"(临时抄写员),只负责

---

[1] Charles K. Field, "Guests of Greater Chinatown: A Personal Account of How China 'Made Good' on Her First Invitation to Foreign Business Men", *Sunset, The Magazine of the Pacific and of All the Far East*, Vol. XXVI, No. 5, May, 1911, pp. 491–492.
[2] *Twenty-Third Report of the Civil Service Commissioners*, p. 18.
[3] Ibid., p. 19.
[4] Ibid., p. 6.
[5] Ibid., p. 23.

抄写誊正,年龄十八岁以上,并且要通过"书法、正字法、抄写手稿、抄写表格"的考试——当然,临时文书也起码要通过这几门考试。

按照当时英国文官事务委员会的规定和惯例,即便是临时聘用的文书,也必须先由人推荐,然后经过聘用机构考试,合格者才被录用。尽管英国公使馆里的正式人员和见习译员可以自掏腰包雇些佣人、车夫乃至"中文教师"(Chinese teachers)——无论年龄大小,他们一律被称作"Boy"——但正如前面所述,按照编制,公使本人并没配备"secretary",而如果他自掏腰包雇用所谓"私人秘书"(private secretary)帮他翻译、抄写、誊写公私文牍,则违背"保密"原则。但正如前文所说,英国文官事务委员会至此尚为文官机构留出了一个小小通道——"temporary writers",由公使馆出钱雇用。然而,即便可以非正式地将"temporary writer"理解为"private secretary",像大清国海关总税务司赫德那样交替使用"temporary writer"和"private secretary"来称呼自己的文书和抄写员,但就英国公使馆来说,不存在"private secretary"这样一个职位或名头,或即便给出了这样的名头(如前所引,1872年6月27日英国文官事务委员会发布的命令就已提到"各机构所聘用的临时文书,无论冠以什么名头"),它的本来身份依然是编外的"临时雇用文书"。

当然,按照英国文官事务委员会的规定,这样的临时雇用文员在具备年龄、身体状况、人品和能力等四个方面的合格条件外,还有一个不言而喻的政治条件,即"所有申请者都必须是大英子民",[1]这一点在1872年后随着每个人的"政治身份"(国籍)越来越被认为是对国家"效忠"的重要标志而被进一步强调,而且,这个"大英子民"并不包括新近归化的"大英子民",而是"一类大英子民"("Class 1 British subjects"),即出生于英国本土或其"属地"而且至少上一代(父母双方)已是"大英子民"的"生来籍民"(English-born subjects)。并非偶然的是,与英国这种高度的"政治意识"和"主权意识"相比,同时代的中国则急于聘请"客卿",而这些"客卿"大多依然暗中为其本国"服务",损害中国利益。

---

[1] *Twenty-First Report of Her Majesty's Civil Service Commissioners*, London: George E. Eyre and William Spottiswoode, 1877, p. 34.

五、"混血儿"——"大英子民"或"中国人"?

芭芭拉·沃森·安达娅就中国人在19世纪末和20世纪初发生的身份紊乱问题写道:"在19世纪末和20世纪初,'构成一个中国人的到底是什么'以及诸如此类的问题因中国的旧秩序发生改变而受到质疑。"[1]这对几代人之前就已侨居英国海峡殖民地的"中国人"尤其如此,更由于这些地方的中国人处在多个种族杂居并且通婚的"混血社会",已不一定是"纯种中国人",这就进一步增加了国家认同的困难。

骆惠敏认为辜鸿铭母亲为"西洋人"之说始于辜鸿铭北大时期的同事周作人。周作人说:"他的母亲是西洋人,他生得一副深眼睛高鼻子的洋人相貌,头上一撮黄头发。"[2]不过,周氏之说见于周氏1960年代陆续撰写并在香港报纸上发表的回忆(后结集为《知堂回想录》)。实际上,周作人只是袭用了更早的刘成禺的说法。刘成禺是辜鸿铭供职于武昌张之洞幕府时在武昌自强学堂教过的一个学生,但这个学生后来成了"革命党",辛亥革命后更被尊为"革命元老"。在刘禺成1922年出版的讥讽"洪宪人物"的《洪宪纪事诗本事簿注》中,这位"前弟子"奇特地将一直反对袁世凯的辜鸿铭与"筹安会"的严复并列,并在诗传之后附了一篇"辜先生鸿铭遗事",其中写道:"先生生于新加坡,闽华侨之子,英妇所产,故貌似西人,眼睛特蓝。"[3]考虑到辜鸿铭出生于槟榔屿,而非新加坡,那么,这段"生平"就不是"吾师"亲口所说,而是刘成禺本人的观察与猜测。

不过,骆惠敏又反转了周作人的说法,从辜鸿铭的庇护人福布斯·司尔特·布朗资助辜鸿铭到苏格兰和欧洲大陆留学"长达十年",推断辜鸿铭有可能是辜鸿铭之父所服务的这位槟榔屿最大的农场主与辜鸿铭之母(在这种情况下是一个华人女子)的私生子,尽管他补充道:"如果说这个后来被冠以'最后一个儒家'的人诞生于一个道德上和地理上远离了儒家伦理和维多利亚时代戒律的双重羁绊的环境中,那里婚外情不被认为是一种罪,而'非婚生子'

---

[1] Barbar Watson Andaya and Leonard Y. Andaya, *A History of Malaysia*, Honolulu: University of Hawai'i Press, 2001, p. 206.
[2] 周作人:《知堂回想录》(下),安徽教育出版社,2008年,第331页。
[3] 刘成禺:《洪宪纪事诗本事簿注》,台湾文海出版社,1966年,第100页。

也不是一个有意义的词，那么，这一猜测依然缺乏证据。"[1]不过，福布斯·司各特·布朗死于1875年，[2]并未资助过辜鸿铭，一直资助辜鸿铭留学费用的是亲哥哥辜鸿德（Kaw Hong Take）。辜鸿德比辜鸿铭大十四岁，兄弟情深，他1862年[3]十九岁时就离开槟榔屿回到"祖宗之地"，在福州开办了一家船运公司。骆惠敏在专论中引用过辜鸿德1872年3月16日写给英国驻福州领事查尔斯·辛克莱（Charles Sinclair）的一封说明函，但他未留意信中有关"弟弟的生计"的文字。当时，正如其他"口岸城市"的英国领事，辛克莱也要求在福州的华人"大英子民"穿英式服装，以区别于"中国人"，因此，他大概要求过辜鸿德解释作为"大英子民"何以依然穿着中式服装。辜鸿德在这封英文回函中写道：

> 我的祖先是槟榔屿最早的移民，他们在那里居住，至今已五代人。我从来没有声明放弃自己与英国政府的联系，没有以任何方式将自己置于中国的保护之下，也没有动机在中国永久居住下去。我的商号是"Kaw Hong Take & Co."，而我从商是为了自身的利益以及妻儿和弟弟的生计。我弟弟现在在英国，他穿着英式服装，接受全然英语的教育。我的商业利益依靠英国的保护，尽管我个人的衣服会增加我的利益。[4]

在英国驻福州领事馆1878年的登记簿上有辜鸿德的名字，标为"Class 1 British subject"（一类大英子民），即"出生于英国属地，而父母也出生于该地或已归化为大英子民"。[5] 辜鸿铭1857年出生于槟榔屿，不过，直到那时，槟榔屿还只是英国东印度公司托管的一块殖民地，因而生活在那里的华人在国籍上依然是"中国人"。然而，1867年1月，也就是辜鸿铭十岁时，英国政府鉴于东印度公司对海峡殖民地管理不善，加上英国此时的"东向"殖民战略使得作为印度与中国的海上通道的马六甲海峡的地理位置日显重要，而将海峡殖

---

[1] Lo Hui-min, "Ku Hungming: Schooling", *Papers on Far Eastern History*, Vol. 38, September 1988, p. 48.

[2] "Forbes Scott Brown's Death" (*Penang Gazette*, May 30, 1875), *The London and China Telegraph*, July 13, 1874, p. 472.

[3] *Royal Commission on Opium: Proceedings*, Vol. V, London: Eyre and Spottiswoode, 1892, p. 187.

[4] Qtd. in "Ku Hung Ming: Homecoming", *East Asian History*, No. 9, December 1993, p. 181.

[5] Ibid., p. 179.

民地升格为受英国殖民部直辖的"直辖殖民地"（crown colony），[1]而这"意味着出生于该殖民地的华人成了'大英子民'（British Subject）",[2]自动失去之前的中国国籍而获得英国国籍，而非本殖民地出生却已在当地生活相当长时间的新移民则根据1867年5月开始实施的《外侨归化法》补充条款，可向该殖民地总督提交一份有关其个人情况及已在该殖民地居住时间的备忘录并在殖民地议事会成员见证下进行"效忠英国宣誓仪式"后，获得总督签署的归化证明，成为"大英子民"。[3]

按照这项规定，已在槟榔屿生活了四代的辜氏家族自动转籍为"大英子民"。但对当时只有十岁的辜鸿铭来说，这更多的是一种缺乏意识的被动仪式。1886年，适逢槟榔屿成为英国殖民地一百周年，槟榔屿殖民政府签署了一份对槟榔屿商人辜尚达（辜鸿铭的堂兄）进行表彰的文件，文件收入英国政府当年的文件档案："百年的更为牢固的纪念，是太平绅商辜尚达先生慷慨解囊分别为槟榔屿的槟城义学和兄弟义学设立奖学金。辜尚达先生的尊祖来到南洋，比海峡殖民地建立还早几年，而其祖父辈与他一样都是英国的生来籍民。"[4]

英国对海峡殖民地中国人采取的"转籍"或"归化"政策，引起清朝政府的焦虑。为维持中国在这个战略要地的日益衰落的影响力和利益并重新唤起当地华人日渐降低的对中国的认同感，清政府与英国展开了一场争夺"籍民"的竞争，要求自己的出外使节沿途经过华人成堆的外国商埠时尽可能召集华人谈话。南洋史专家陈育崧写道："满清末年，因为和泰西各国交涉频繁，不断地派遣使节，前往欧洲公干，新加坡是东西交通必经，高官大吏，星槎所至，眼见自家子民，在海天万里外，生聚繁殖，骎成巨族，只因隔绝祖国声教，渐和

---

[1] "An Act to Provide for the Government of the 'Straits Settlements' (10th August, 1866)", *Straits Law Reports: Being a Report of Cases Decided in the Supreme Court of the Straits Settlements, Penang, Singapore, and Malacca*, Penang: Heap Lee & Co., 1877, pp. v - vii.

[2] Karl Hack and Kevin Blackburn, *Did Singapore Have to Fall? Churchill and the Impregnable Fortress*, London: Routledge Curzon, 2004, p. 13.

[3] "Straits Settlement: Act No. VIII of 1867: An Act to Amend the Law for the Naturalization of Aliens" [15th May, 1867], *New South Wales Parliamnent Council, Votes and Proceedings of the Legislative Assemblby during the Session of 1881*, Vol. IV, 1882, Sydney: Goverment Printer, 1882, p. 800.

[4] *Papers Relating to Her Majesty's Colonial Possessions*, London: Eyre and Spottiswoode, 1887, p. 212.

外族同化,生怕他们啸聚外洋,为非作歹,于朝廷大大不利;又因他们人数众多,实力雄厚,如能善为招徕,储为国用,岂不是侨民之幸,国家之福吗? 于是一变从前摈弃的政策,改用争取的手段,一面废弛海禁,一面设领保侨。"[1]这也是晚清政府的现代"主权国家"意识的体现。1881年7月马建忠受李鸿章密令前往印度时途经海峡殖民地,在槟榔屿与邱天德和辜尚达等本地华人富商谈话,获知该埠华人"已半入英籍",于是责问其"何无首邱之念"。[2]

1879年,也就是辜鸿铭从欧洲留学返回作为其出生地并度过儿童和少年时代的槟榔屿后不久,长期生活在槟榔屿并且与辜氏家族相当熟悉的英国传教士J. D. 沃甘(J. D. Vaughan)在一本著作中谈到本地这些已转籍为"大英子民"的华人:"他们更乐于做大英子民。我曾见到他们一旦被人问起是否中国人,就毛发直竖,带着被冒犯的神情说:'我不是中国人,我是大英子民,是一个Orang Putih。'这个词的字面意义是白人,但只用在英国人身上……奇怪的是,巴巴们尽管如此忠诚于他们祖先的习俗,却瞧不起真正的中国人,并排斥真正的中国人……他们有自己的俱乐部,却不准在中国土生土长的中国人加入。"[3]

《海峡殖民地华人风俗习惯》出版于1879年,主要"基于我1854年所写并发表在詹姆斯·理查德·罗根先生《印度群岛杂志》上的一篇有关槟榔屿华人的文章",[4]因此,它描述的主要是槟榔屿第一代华人移民及其在当地出生的儿子们和孙子们的情况,而到1870年代末,即第一代华人移民的曾孙们纷纷从学校走向社会的时候,槟榔屿华人族群的情形已大为改变:年轻一代说着标准的英语,能够大段背诵连许多当时受过教育的英国人都不屑去背或背不出的英国18世纪长诗,却于中文不甚了了,而且,衣着上,他们几乎都一身英式装束,辫子也剪掉了。根据1908年伦敦出版的一本有关海峡殖民地华人状况的大部头著作的描述,"只要情况允许,许多华人都吸收着欧洲观念……年轻华人不仅一身西式服装,甚至走得更远,剪掉了自己的辫子,尤其是当他

---

[1] 陈育崧:《左子兴领事对新加坡华侨的贡献》,《椰阴馆文存》第一卷,新加坡:南洋学会,1983年,第121页。
[2] 马建忠:《南行记》,小方壶斋舆地丛钞再补编第十帙,南清河王氏铸板,上海着易堂印行,1891年,第7页。
[3] J. D. Vaughan, *The Manners and Customs of the Chinese of the Straits Settlements*, pp. 4-5.
[4] Ibid., preface.

们去欧洲留学之后,而他们这种行为也通常为长辈所容忍,允许他们自由行事"。[1]这几乎是对留学归来的辜鸿铭的白描了。

当道格拉斯在《闽方言词典》中将"Baba"定义为"海峡殖民地的混血儿"时,意味着他们已不是"纯种中国人"。槟榔屿的辜氏家族从第二代开始就是中国人与当地马来女人的"混血儿"。最初来到槟榔屿的各国移民多为单身汉,很难在本地找到同种女人结婚,于是他们就从当地女人中物色对象,不过,时间一长,这些所谓"当地女人"也已不尽是马来女人,其中少数的血管中已混杂着此前葡萄牙殖民时期和荷兰殖民时期的欧洲人的血液,是"欧亚混血种"。18世纪下半叶最初移民至此的中国福建人和广东人也是清一色单身汉,单身年轻中国女人经海路移民到槟榔屿,是一代之后的事(正如最初的英国殖民者与当地女人所生的第一代"欧亚混血儿"开始回到英国寻找"纯种英国女人"作为妻子),最初是海峡殖民地的一些人口贩子从中国东南沿海连蒙带骗弄来的。

槟榔屿主要是一个由从各自原初社会的道德常规中逸出的移民组成的混杂社会,性观念开放,跨种族婚姻频繁。这种频繁发生的跨种族性关系常常带有随意性和短暂性。殖民宗主国国内实施的泾渭分明的人种区分标准在这里就经常失去了可辨别性,因为包括海峡殖民地的英国殖民统治阶层在内,没准谁的血管里都流淌着异族的血。因而,例如在槟榔屿,这种在宗主国存在的种族主义因白人殖民者自身家族的血缘混杂而大大松动,何况当地华商还占据着显赫的经济地位和社会地位,拥有丝毫不让于英国人的豪门大宅以及私家花园(例如辜尚达的别墅"爱丁堡府邸"就是槟榔屿最阔气的西式住宅,因接待过英国爱丁堡公爵被冠名)。1882年4月英国军官亨利·肖尔(Henry N. Shore)在英国艺术协会宣读他有关在英国殖民地生活的中国人和日本人的问题的论文,谈到英国对中国的入侵导致了一个意想不到的后果,即中国国门被轰开后,大量中国人移民海外,因此,在海峡殖民地,尽管"各处都有呼声让'中国佬滚回中国去',但已于事无补:首先,他的故国不会接纳他;其次,他在海外根基已太深,不可能拔腿就走",再说,"长期定居于海

---

[1] Arnold Wright et al eds., *Twentieth Century Impressions of British Malacca: Its History, People, Commerce, Industries, and Resources*, London: LLoyd's Greater Britain Publishing Company, Ltd., 1908, p. 202.

外,使他与其先祖相联的纽带松动了"。[1]

至今尚未找到任何文件证明辜鸿铭为"英妇""葡萄牙女人"或"西洋人"所生,但辜氏家族从第二代开始就至少是中国人与"马来女人"之间的"混血儿"则毫无疑问,尽管这种混血特征不如"欧亚混血种"那么明显,因而见过辜鸿铭的人,除了早期的弟子刘成禺和后来的北大同事周作人,几乎无人提到辜鸿铭长得像"欧亚混血种",但辜鸿铭本人知道自己是血管里流淌着部分"异族"的血的"混血儿"。

由于跨种族性关系随处发生,"混血"成了槟榔屿社会的一个普遍特征,因而,在槟榔屿,"阶级"的区分比"种族"的区分更加有效。实际上,童年和少年时代生活在槟榔屿的辜鸿铭并没有受到"种族歧视",而他第一次意识到自己的"中国佬"(Chinaman)身份,恰恰是在他留学殖民宗主国英国的时候,那里的社交圈甚至对在殖民地或"东方"长久生活过的英国人都有一定程度的歧视。1921年12月辜鸿铭应邀在北京"中英学社"晚宴上发表演讲,他回顾了"苏格兰的社会生活",其中提到一位返回英国的"来自条约口岸的女士"给他带来了哥哥的礼物,根据以"第三人称"记录的现场记录稿,

> [她]是在福州行医的一个[英国]医生的妻子,她给此时在爱丁堡的辜鸿铭带来了哥哥的一封信,以及诸如丝绸和茶叶等礼物。当初,来英国前,还是一个小男孩的辜鸿铭曾到过福州,去看望他的在福州做生意的哥哥。辜先生记得,他在那里被带到了一个外国医生的家里,并在那里见到了上面提到的那位苏格兰女士,在他眼中,这位衣着鲜丽而周围的摆设也很漂亮的女士简直就是一位女神。但当她到爱丁堡来看他时,她不再是女神了,而是一个十分平凡的女人。这个来自中国条约港口的了不起的女士,当她回到她在爱丁堡的家时,却被中产阶级社交圈子看不起,不把她视为一位女士,而是一个难以忍受的俗气女人,尽管她租着一座大房子,添置了贵重的家具,过着优雅的女士的生活。由于遭到了彻底的排斥,她最终被迫离开了爱丁堡。[2]

---

[1] Henry N. Shore, "Remarks on the Character and Social Industries of the Inhabitants of China and Japan", *Journal of the Society of Arts*, Vol. XXX, May 5, London: George Bell and Sons, 1882, p. 634.

[2] "Reminiscences of Mr. Ku Hung Ming". 原件藏于苏格兰国立图书馆手稿部骆克哈特档案,为剪报,所刊报纸名称及日期不详,辜鸿铭在剪报空白处手书"亲爱的詹姆斯·骆克哈特先生,新年愉快。辜鸿铭,1921年12月3日"。在此感谢陈智颖小姐到该手稿部拍摄原件并寄赠复制品。

辜鸿铭很少谈及当初因为自己的肤色而在英国和欧洲大陆所受到的歧视，相反，他当时所写的诗歌倒是常常以浪漫笔触描写他在爱丁堡利斯小镇的某个社交圈子的亲密生活——但这个社交圈子恰恰由一些来自海峡殖民地的"欧亚混血种"的苏格兰人组成。实际上，一走上街道，一种社会性的种族歧视就在他的身边展开，剥夺了他的"大英子民"的身份，无论他身穿英式服装，说着地道的英语。在这些英国人眼中，他依然是一个"中国佬"。十四岁的辜鸿铭到爱丁堡后最初三年是在爱丁堡小镇利斯的利斯高中（High School of Leith）度过的。利斯距爱丁堡城大约一英里，"是一个古迹颇多的地方"，[1]1873年左右，该镇人口约有四万四千人[2]，只是华人很少见，但这并不意味着那里的人缺乏对"中国佬"的想象。1922年，一个在爱丁堡度过少女和学生时代的英国女作家瑞贝卡·韦斯特（Rebecca West，即Cicily Isabel Fairfield 的笔名）出版了一部以利斯为背景的小说《法官》（The Judge），开篇是对午夜的爱丁堡城的描写，随后女主人公埃伦·麦尔维尔回忆起多年前她与她的母亲麦尔维尔太太经常去利斯散步，有一天她们返回得有些晚了，只得抄一条近道往城里的方向走：

> 她们沿着一条寂静的街道走到半途时，突然听到身后传来人足才可能有的那种偷偷摸摸、心怀鬼胎的拖曳声。她们回过头，看见一个高大的黑影，尽管驼，但依然高大，在后面一码远左右紧紧跟着她们。她们对这个脚步声感到害怕，好几次回头来看，不知怎么办，直到走到一个街灯下，才看清是一个身形高大的中国佬，一张平坦的黄皮肤的脸，脑袋后面垂着一条细长的猪尾辫，蓝色长衫下的溜肩有一种十分滑稽的女学生气，细长的眼睛紧盯着人，但它们并不明亮……埃伦回过头，看见那个中国佬的平坦的脸上愈发露出一种邪恶的表情。他的舌头品味着两个女人的恐惧，从中吸取一种不可想象的甜蜜和爽快。[3]

如果辜鸿铭一直生活在"种族混杂"的槟榔屿，或像他哥哥辜鸿德一样由

---

[1] Thomas C. Jack, *The Waverly Handbook to Edinburgh*, Edinburgh: Grange Publishing Works, 1876, p. 59.

[2] House of Commons, *Reports from Commissioners (6): Ecclesiastical; Church Estates; Endowed Schools and Hospitals (Scotland)*, Vol. XVII, London: George E. Eyre and and William Spottiswoode, 1874, p. 516.

[3] Rebecca West, *The Judge*, Book I, New York: George H. Doran Company, 1922, pp. 11–12.

槟榔屿移民到所见几乎都是中国人面孔的福州,那么,他的"大英子民"的身份或许不会发生问题。但他在英国和欧洲大陆留学九年,而那里对他的种族歧视一定会使他感到自己的"大英子民"身份只是一个空洞的标签,而正是一次次带着贬低口吻的对他的"中国佬"的定义渐渐唤醒了他的"中国人"身份。作为一个"混血儿",他不会从种族特征上来定义"中国人",而一定从政治身份来定义"中国人"。如果说一方面"纯种中国人"只是一个理想的"生物学类型",而以中国国土之辽阔,民族和种族之多,中国境内东西南北各地"中国人"之间的生物学差别甚至大于辜鸿铭这种"混血儿"与"纯种汉族"之间的差别,若以种族论,则无疑是在分裂中国;另一方面,在辜鸿铭长期辗转于海峡殖民地、英国、欧洲大陆、香港以及中国"条约港口"时,他见识过太多的"纯种中国人",而他们的这种种族特征却不一定能保证他们不是"假洋鬼子"(imitation western men)或"大英子民",效忠外国了。

把辜鸿铭说成"民族主义者",如果不是误解,至少也是盲目,因为辜鸿铭的混血儿身份以及他先后三段婚姻中有两个妻子分别是满族人和日本人,使他不可能赞同基于单一民族的欧洲"民族—国家"理论,而这一理论恰恰被清末南方的"排满革命者"作为自己的"种族革命"的计划,要以汉地十八省建立一个"纯种华人"的国家。辜鸿铭的"一个国家"既然以国籍而不是种族为界,那么,对他来说,"国籍"就比种族和肤色更能体现一个人的政治身份或者政治归属。"中国人"是国籍,不等于"汉人",而涵盖一切拥有中国国籍的人。实际上,辜鸿铭主张的是一种不以种族或民族的生物界线为基础的"现代主权国家"理论,比清末致力于"种族革命"的南方汉族的种族主义和民族主义主张的"民族-国家"更加有利于形成对一个统一的多民族主权国家的认同,而恰恰是这种"主权国家"而非"民族国家"的理论及其产生的深刻影响力,使中国由一个清朝统治下的多民族帝国成功转化为一个现代的多民族主权国家。

尽管辜鸿铭反对共和主义,认为共和制度会使国家分崩瓦解,但他一定会赞同秉持共和主义的清末山西咨议局议员李庆芳在《中国新报》上发表的《中国国会议》一文,该文力斥"种界"之说,并进一步提出"种民"和"国民"的区分,认为前者基于种族和血缘,是一种较为低级的国家形态,后者基于"政治",是一种高级的国家形态:

> 余于此敢断言之曰:必满、汉不相排,然后蒙、回、藏、苗可内附;必六种族混为一民族的国民,然后可以立国;国是既定,乃可以讲立宪。盖中

国将来为立宪国,宪法上决不可有种族芥蒂之嫌。若宪法上有满、汉等字样,不惟成法律上之笑谈,抑亦后来大乱之兆也。若国人群起而希望立宪,尚各有利其种族之私心,则是中国为种民的国家,而非国民的国家。种民以血统为团结力之中心,国民的国家以政治为团结力的中心。种民的国家,为国家幼稚之期;国民的国家,为国家发达之期。中国欲望其为幼稚国家乎,则宜相约为种民;欲望其为发达国家乎,则宜相约为国民可也。然余以中国处于二十世纪之世界,若人人甘为种民而不勉为国民,欲期国家之存立,是何异朽索之驭六马,一发之系千钧也?盖以自国之种民资格,与他国之国民资格相遇,不待智者而知其强弱实质之不敌矣。余主张国民的立宪,而哓哓于满、汉问题,诚恐其直接而酿内部之瓜分,间接而招外国之瓜分,不待立宪国不能成,专制国亦不可保。此吾国民之大宜猛省,决不能以大好河山,任野心家为孤注之一掷乎?[1]

清末之时辜鸿铭还来不及系统阐释他的"主权国家"理论,不过,1901年他发表《为了中国的善治》(后收入同年出版的英文著作《总督衙门论文集》,即《尊王篇》),其中把列强在华的"治外法权"视为"一个关键问题":"治外法权是一个怪胎,其道德后果业已对中国的善治造成损害。但列强在华的代理人非但不不去减少这个怪胎的罪恶,反倒获准引进一个更糟糕的怪胎,即所谓'治内法权'(in-territoriality)。列强不满足于中华帝国政府无权审判在华作奸犯科的外国人,还允许其在华代理人剥夺中国政府对于本国国民的审判权。传教士干涉中国诉讼一直遭到公正的谴责,但干预中国地方官员对本国国民的审判也应遭到谴责。"[2]在1910年出版的《张文襄幕府纪闻》之《不排满》一文中,他强调曾国藩之所以对中国贡献甚巨,在于有国家观念而无满汉之界:"倘使文正公稍有猜忌,天下之决裂,比将有甚于三国者。天下既决裂,彼眈眈环而伺我者,安肯袖手旁观,有不续兆五胡乱华之祸也哉?"[3]1915年,痛感于清末民初中国濒于分崩离析的无政府状态,他出版《中国人的精神》(即《春秋大义》),以孔子的代言人身份谈到"孔子对中国文明的最大贡

---

[1] 李庆芳:《中国国会议》,原载《中国新报》第九期,《辛亥革命前十年间时论选集》第三卷,张枬、王忍之编,生活·读书·新知三联书店,1977年,第125—126页。
[2] Ku Hung-ming, *Papers from a Viceroy's Yamen*, Shanghai: Mercury, Ltd., 1901, pp. 57-58.
[3] 辜鸿铭:《不排满》,《张文襄幕府纪闻》,陈霞村点校,山西古籍出版社,1995年,第12页。

献""对中国民族的一个居功至伟的贡献",[1]说孔子生活的时代是一个无政府状态蔓延的时代,类似于当今"世界大战"之中的欧洲以及陷入内战之中的中国,而尽管"孔子终其一生未能阻止中国文明的毁灭",但他"保留了中国文明的设计图和计划书",此即"中国的'旧约'——五经"。不过,辜鸿铭进一步指出,这还不是孔子对于中国人民的最大贡献:"他最伟大的贡献在于他对它们进行了新的综合,对这一文明的计划给出了新的阐释,正是在这一新的综合中,他为中国人民提供了有关'国家'的一个真正观念——为国家提供了一个真正的、理性的、永恒的绝对基础。"[2]

这个"绝对基础"是"春秋大义",辜鸿铭又将其阐释为"君子之道",从而将孔子从两千多年前的历史局限中解放出来,以启发当今:"孔子将这一君子之道写成宪章,使之成为一种宗教——国家宗教。这个国家宗教的首要仰信原则是名分大义——荣誉与责任的原则,因而可称为'荣誉宪章'。通过这个国家宗教,孔子教导我们,不仅国家真正的、理性的、永恒的绝对的基础,而且整个社会和整个文明的真正的、理性的、永恒的绝对的基础,是君子之道,即内在于人的荣誉感。"[3]正如1916年为《春秋大义》德文版作序的奥斯卡·斯密茨(Oscar Schmitz)所说,辜鸿铭"属于少数既摆脱了民族主义狭隘性、又摆脱了那种毫无特征的国际主义的人。实际上,他是一个对国家念兹在兹的中国人,尽管他反对自己的国家欧化,但他充分意识到,只要中国不背弃自己的传统,那么欧洲文化的知识对中国是大有裨益的"[4]。

由于辜鸿铭将孔子的"春秋大义"进行了一番"主权国家"的阐发,那么,他的"春秋大义"就由"尊王"而变为"效忠国家",其中最为关键的一点——辜鸿铭称之为"作为中国人"而"绝不能丢掉"的东西——是对"国籍"的看重。1921年12月3日,他受邀参加北京"中英学社"的晚宴并在晚宴上发表演讲,他热情地却显然过于理想地把这次邀请视为"新中国的代表"向"旧中国的代表"发出的携手共建国家的邀请,据当时听众以第三人称所记录的演讲内容:

> 他说来自中英学社的对他的邀请对中国来说是一个好的迹象,不管

---

[1] Ku Hung ming, *The Spirit of the Chinese People*, pp. 20–21.
[2] Ibid., p. 24.
[3] Ibid.
[4] Qtd. in Gotlind Müller, *Gu Hongming (1857-1928) and China's Defence against the Occident*, Heidelburg: Heidelburg University Press, 2013, p. 5.

怎样，这一迹象都是中国历史的一个转折点。"因为，"辜先生说，"如果中国要获拯救，那么，我相信，老中国和青年中国必须携手合作。我今晚将自己看做旧中国的代表，而贵会的中国成员自然是青年中国的代表。我作为旧中国的代表，现在打算向你们新中国的代表提出一个条件，基于这个条件，我们旧中国的代表可以和你们新中国的代表一起努力，这个必要条件就是：中国可以改进，可以改善，但绝不能欧化。换句话说，我们中国可以学习甚至必须学习——我们也愿意去学习欧洲和美国一切好的东西，但是我们需要而且必须保持我们的中国人身份。当我们中的任何一个人娶了欧洲或者美国的妻子时，他一定不能向她低头，而要坚定地告诉自己的妻子：'这里的人是中国人，这里的上帝是中国的上帝！'简而言之，我们中国人绝不能丢弃掉中国的国籍——这里不仅仅是指政治上的国籍，也是指我们道德上的民族传统。"[1]

这篇演讲是辜鸿铭此时开始写作的一篇回忆录的一部分，其记录稿后来发表在一份英文报纸上，而这篇回忆录的关键部分则是描述自己如何"重新成为中国人"（became again a Chinese）的经历，这一经历体现为一个事件，即"四十年前"（1881）他在新加坡与肩负秘密使命前往印度就英国对华鸦片贸易问题进行谈判并沿途调查海峡殖民地鸦片加工与运转情况的马建忠结识，并在马建忠下榻的旅馆与马建忠进行了一次长谈：

> 我与马建忠的会面，是我一生中的重大事件。正是他——马建忠——使我改宗归祖（convert），使我重新成为一个中国人。尽管我从欧洲回国已三年多，但我于中国的思想和观念世界尚未涉足，一无所知，就像当今共和国时代的中国人一样愚不可及，甘心做假洋鬼子。在交谈中，马建忠问及我在新加坡贵干，我如实相告。"但这太不可思议了，"他说，"像你这样的人，是不该满足在洋人的办公室当小职员的，我敢说，你即便在那里工作二十年，也还是一个小职员。尽管你丢掉了自己本有的民族身份，成了一个欧洲人，但欧洲人，英国人，永远不会把你视为他们中的一员。"[2]

---

[1] "Reminiscences of Mr Ku Hung-ming".
[2] Lo Hui-min, "Ku Hungming: Homecoming" (Part 2), pp. 87-88.

与马建忠在新加坡的会面,并没有实际发生过,它只是辜鸿铭的"文学回忆"[1],辜鸿铭不过把自己"重新成为中国人"的心理历程附着在了一个想象性的戏剧化事件上。关键在于,辜鸿铭何以在这里似乎画蛇添足地使用"重新"(again)一词?正如前文谈到辜鸿铭的主权国家理论时所说,这里涉及的是"国籍",而"重新"暗指他一度失去了中国的"国籍"。为了"重新成为中国人","混血儿"的辜鸿铭会比那些因自己的"纯正血统"而将自己的"中国人身份"视为理所当然而不会去思考"构成一个中国人的到底是什么"的土生土长的中国人更深刻地触及这一身份问题,并在不断的思考中将"中国人身份"带向更为内在的层面。"中国人"并非一个与生俱来的种族身份,甚至不体现为某些特别的种族生物学特征("纯种中国人"),而是一个通过教化而可能获得,又可能因自己的草率而随时失去的文化身份和政治身份。

六、"重新成为中国人"

辜鸿铭与在福州领事馆明确登记为"一类大英子民"的哥哥辜鸿德不同,他当时介乎某种游离状态:一方面,他受"乌石山事件"刺激而初步产生的"中国人"身份开始排斥他的"大英子民"身份,并以"一个年轻中国人"的笔名向英国人发出严厉谴责;另一方面,与辜鸿德为了在中国人中间做生意方便而常穿中式衣服不同,回到福建的辜鸿铭依然一身英式衣服——这在当时是"大英子民"的外在标志。

如前所述,辜鸿铭 1922 年登出旧作《过去的好时光不再有》时,注明该诗"写于 1880 年赴任英国驻华公使威妥玛的私人秘书时从天津到北京的白河的水路上",说明他抵达北京的时间是在 1880 年 3 月到 12 月之间,因为白河在别的时间段处于封冻状态,而中外旅行者一般只选择在白河的通航季节才来往于天津与北京。1870 年 11 月发表在《英国长老会儿童纪闻》上的一篇文章介绍这条作为天津与北京之间的便捷水路(其实要花四五天时间)时说:"天津坐落在白河边,是北京的港口,距离北京约 80 英里。夏天,白河上满是小船和帆船,一入冬,从 12 月到来年 3 月,当河面完全封冻的时候,就只得乘雪橇

---

[1] 详见程巍:《辜鸿铭的受辱:民族主义与创伤记忆》,《山东社会科学》2017 年第 1 期。

去北京了。"[1]据此也可以推测,辜鸿铭离开北京公使馆的时间是在1881年3月到12月之间,因为据科洪记载,他在香港见到"中国绅士"辜鸿铭是在1882年1月。[2]与科洪同行并承担探险沿途的照相和制图任务的查尔斯·瓦哈布为辜鸿铭照过几张像,可辨识出照片中的辜鸿铭此时已留了辫子,证明他离开北京公使馆——他在那里的"大英子民"身份至少体现为西式的服装和发式——已有一年多(头发一年生长的长度为10—14厘米),由此推断,他离开北京公使馆的时间在1880年12月之前,也就是说,他供职于北京公使馆的时间是在1880年3月到11月之间,即白河当年通航的那九个月内。那么,辜鸿铭为何在英国公使馆只工作了短短几个月就突然离开了?

来源:A. R. Colquhoun, *Aross Chrysê*

知晓内情的是翟理斯。1882年2月辜鸿铭在广西百色脱离科洪探险队后,沿水路返回香港,并在骆克哈特介绍下受雇于香港辅政司署,从事"临时文书"工作,但11月13日科洪在英国皇家地理学会做的有关此次探险的报告登在了《皇家地理学会会刊》12月号上,其中把辜鸿铭描写成一个险些让此次事关英国的中缅贸易通道的探险中途夭折的"背叛者":"他抱怨我们对他不

---

[1] "The Tientsin Massacre", *The Children's Record of the Presbyterian Church in England*, Nov. 1, 1870, London: T. Nelson and Sons, 1870, p. 176.

[2] Archibald R. Colquhoun, *Aross Chrysê: Being the Narrative of a Journey of Exploration through the South China Borderlands from Canton to Mandalay*, Vol. I, London: Sampson, Low, Marston, Searle, and Rivington, 1883, p. 3, p. 11.

够尊重,但事实却是,前路的艰险离他越近,他就越感到厌烦。我们从来就没指靠他的勇气和忠诚,但我们想他应该为背叛我们而感到羞耻。"[1]几个月后(1883 年 4 月),科洪详细记载这次探险行动的两卷本探险记《穿越中国西南腹地》在伦敦出版,书中一次次提到辜鸿铭,开始还是"辜鸿铭先生是一个有文化的绅士,曾在欧洲求学和游历,熟知欧洲文学,对中国古典和历史涉猎广泛,并深切关心他的人民。大凡罕见于今日中国佬的那些品质都可以在他身上找到,但他还不止于此,他还有一个更有价值的品质,舍此则其他品质就将大打折扣——那就是他对我们将要着手的工作感到了一种真正的兴趣",[2]到最后,当辜鸿铭在百色决定不再跟随探险队前往缅甸时,就成了"他尽管受了欧洲教育,但却没有学会我们为之骄傲的一个品质——永不抛弃同伴。欧洲人置身于相似的情形,即便受到更糟的对待,也罕有勇气背弃自己的同伴。他的冷漠,以及在这件事上的无动于衷,向我们揭示了中国佬的特征"。[3]

对辜鸿铭的这些评价破坏了他的名声,以致当这些评价随着杂志和书籍从伦敦发往香港,香港的英国人社交圈子就对辜鸿铭关闭了大门。辜鸿铭于是离开香港,前往福州,但 1883 年 7 月福州爆发了霍乱,他又离开福州,9 月到了上海,与已调任英国驻上海领事馆副领事的翟理斯重聚,并向翟理斯谈到阔别三年来他的两个经历——何以离开英国公使馆,又何以离开科洪探险队。

多年后的 1898 年,翟理斯出版《古今姓氏族谱》,在"辜立诚"即辜鸿铭条目下,他以含混的笔墨向读者解释辜鸿铭在这两件事中的真实动机:"他曾以类似私人秘书的身份服务于北京的 T. Wade 爵士,但他们相处得并不融洽(uncongenial),很快分手了,之后,1882 年,他与科洪和瓦哈布先生开始了他们穿越中国西南之旅,但他不满于他们对待自己的态度,很快中途退出。"[4]其实,这两次事件都有一个相同的情节,即"与英国人合作——发现有违中国利益——发生冲突——很快分手",但这种冲突均由"合作"的另一方(威妥玛

---

[1] A. R. Colquhoun, "Exploration through the South China Borderlands, from the Mouth of the Si-Kiang to the Bnaks of Irawadi", *Proceedings of the Royal Geographical Society and Monthly Record of Geography*, December, 1882, p. 5.

[2] Archibald R. Colquhoun, *Aross Chrysê: Being the Narrative of a Journey of Exploration through the South China Borderlands from Canton to Mandalay*, Vol. I, p. 18.

[3] Ibid., p. 275.

[4] Herbert Allen Giles, *A Chinese Biographical Dictionary*(《古今姓氏族谱》), Shanghai: Kelly & Walsh, Ltd., 1898, pp. 377-378.

或科洪)的身份及其行为所引发：1880年辜鸿铭供职于英国公使馆时，威妥玛正致力于让1876年9月签订的《烟台条约》生效。《烟台条约》是英国借口英国驻上海领事馆秘书马嘉理在云南被杀而逼迫中国政府签订的不平等条约。为打通英国东印度公司从缅甸到云南的内陆贸易通道，马嘉理1875年12月带领武装卫队由缅甸闯入云南，遭云南南甸都司李珍国指使的军民的截杀，而1882年科洪探险队试图完成马嘉理的"未竟之业"，但为避人耳目，他采取绕道两广进入云南再由云南进入缅甸的方式。充当探险队首席翻译的辜鸿铭渐渐发觉这支探险队的间谍动机，预谋让它的行动夭折，而在百色，他又居然见到了1875年12月"马嘉理案"的当事人——被英国政府一再追责而被中国政府秘密安排在百色当都司的爱国者李珍国。

此时，1875年英国探险队的翻译马嘉理就重叠在了1882年英国探险队的首席翻译辜鸿铭身上，而辜鸿铭必须通过"杀死"自己身上的"马嘉理"，从而站在中国人一边。从乌石山事件，到英国公使馆，再到科洪探险队，辜鸿铭的"中国人意识"和"中国人身份"一次次觉醒，一次比一次更为清晰。1880年他在英国公使馆供职时依然是一个"大英子民"，但当科洪1882年1月在香港认识他时，他已变成一个"中国佬"，而科洪深刻地看出了这一点，并对此一直怨恨难消。他在1908年出版的《四大洲纪行》中将《穿越中国西南腹地》的内容又大致复述了一遍，并就此时早已名声远播的辜鸿铭补充了一些评价：

> 在此我想指出，作为一个在欧洲受过教育的中国佬，辜鸿铭那时对他本民族的认同立场还不牢固。使他今日名声鹊起的那些品性，那时还只能引起别人的不信任和厌恶。他后来在某处的衙门谋得了一份幕僚的差事，并在那里供差数年，然后，出于厌恶和幻灭，他彻底丢弃了他以西方文明装饰的外表，按中国方式结婚和生活，变成了一个刻毒的反西方分子。出自他笔下的那本名叫"Vox Populis"的小册子[指辜鸿铭以"一个中国人"为笔名在上海《字林西报》发表的英文文章《为祖国和人民争辩——现代传教士与最近教案关系论》，后以单行本出版——引者]机智而辛辣，尽情羞辱欧洲及其文明。我最后听到他的消息，是他在张之洞总督衙门供职。[1]

科洪揭示出了辜鸿铭1882年前的心理特征：一方面，他"深切关心他的

---

[1] Archibald R. Colquhoun, *Dan to Beersheba*, p. 145.

人民",另一方面,他"那时对他本民族的认同立场还不牢固"。那么,英国公使馆的气氛又如何呢? 或许,1869 到 1871 年间在公使馆学习中文的"见习译员"帕克的态度可以作为公使馆一般气氛的注脚:"我不能说中国人是易于相处的善类,实际上,*odi profanum vulgus et arceo*(我讨厌这类无法无天的粗野的畜群,并避开它)是我对他们的一般感觉。"[1]生活在这种气氛中的辜鸿铭一定时时刻刻会有一种民族情感被刺痛的感觉。就像他后来中途离开英国探险队一样,他在英国公使馆只待了短短几个月。作为威妥玛的"文书"或"抄写员",他接触了英国公使馆内大量的公私文牍。这些来往文牍无不以损害中国利益为出发点,而他本人在其中扮演了一个"翻译"角色。认识到这一点,他就摆脱了这一角色。

1922 年 1 月阿尔弗雷德·达谢在《日内瓦评论》上发表的《辜鸿铭》一文也谈道:"这个年轻的学者成了英国公使馆的一个助理……北京的英国驻华全权公使非常高兴有了这么一个能干的助理,对他寄予厚望,但他失望了。一天,年轻的辜走到他跟前,向他宣布道,当他自己的国家内外交困之时,他不能再服务于一个外来的强国,说完便与威妥玛分道扬镳,去寻求为中国政府服务了。"[2]同样的情节见于 1964 年《中国论丛》上的一篇论文,几乎原封不动地抄写了达谢一文的相关内容:"[辜鸿铭]去了北京,作为威妥玛的助手或者秘书供职于英国公使馆(辜那时还是一个大英子民)。但是,一天,据说他走到英国全权公使跟前,向他宣布道,他不能再在自己的国土上服务于一个外来的强国——应该就是在这个时候,他穿上了中式衣服,留起了辫子,并且开始从事中文学习。到 1881 与 1882 年冬,辜在官话上已取得足够的进展,可以充当一个翻译了。"[3]不久,辜鸿铭受聘于正在招徕"洋务人才"的张之洞的幕府,开始"为中国政府服务了"。

(原刊于《人文杂志》2019 年第 7 期)

---

[1] Edward Harper Parker, *John Chinaman and A Few Others*, p. ix.
[2] Alfred Dachert, "Ku Hung Ming" (originally published in *La Revue de Genève*, January, 1922), *The Living Age*, 1922, p. 471.
[3] *Papers on China*, Vol. 18, East Asian Research Center, Harvard University, 1964, p. 197.

相逢缘何不相识
——再谈罗素与中国
黄学军

自1920年7月12日英国哲人罗素踏上中国的土地,已经整整九十年过去了。罗素访华,在五四后的中国知识界曾经是一件极为轰动的大事,曾经承载了中国新文化界众多的期望与想象。但遗憾的是,无论是当时的自由知识界还是激进的社会主义者,甚至包括罗素本人,对这次访华的结果都大失所望。一个普遍的结论是,罗素的访华实际上失败了,并未取得如中国知识界和他本人曾经预期的效果。这个结论似乎并没有什么不妥,虽然后来曾有人有过不同的看法,但有一点可以肯定:罗素访华作为中西文化交流的一件大事,所产生的影响和结果都远不如人们希望的那样。不过,在九十年之后的今天再来反思这一事件,倒是有许多以前可能不曾涉及的内容值得我们深思,也值得我们探寻。

早在上世纪九十年代中期,我国学术界曾经对罗素访华进行过较大范围及较深层次的研究和反思。冯崇义的《罗素与中国——西方思想在中国的一次经历》一书,全面描述了罗素访华的经历以及对中国知识界所产生的影响,并试图通过"这一个案的微观研究,概括性地探索二十世纪以来东西方文化交往这一宏观课题,试图找到历史表象背后的某些模式或我们通常所说的规律"[1]。作为国内学术界第一部全面论及罗素与中国关系的专著,其学术价值无疑是有目共睹的。朱学勤先生1996年在《读书》上所发表的文章《让人为难的罗素》,则并不完全认同罗素访华失败的观点,认为罗素对中国问题的看法及中国文化的观点,有点类似"中药",治本不治标,只是不能迎合当时中国

---

[1] 冯崇义:《罗素与中国——西方思想在中国的一次经历》,生活·读书·新知三联书店,1994年,第2页。

知识界急功近利的价值需求而已,但对我们今天的意义则非同寻常,值得我们认真思考[1]。显然,朱学勤的眼光是独到的,他看到了罗素在当时不被中国知识界认可的最根本的原因,尤为难能可贵。1997年,袁伟时先生在《学术研究》发表的《中国人对罗素思想的误解》一文,则全面解读了罗素关于中国文化、中国哲学及中国问题的观点是如何被当时及以后的中国知识界所误解的,认为我们对罗素的误解一直持续至今。在罗素访华后,曾有学者认为他的观点近乎"中体西用",袁文显然并不认可这一观点[2]。毫无疑问,以上几位学者关于罗素的研究,都能站在历史的高度,理性而全面地总结罗素思想的精髓,反思罗素的社会和文化观念与中国新文化思潮碰撞后的分歧与融合。这些反思,也从一个方面梳理和澄清了当年罗素访华所留下的一些史实,校正了我国学术界长期存在的一些关于罗素的误区,意义不可谓不深远。不过在笔者看来,关于罗素与中国,今天仍有一些问题值得再探讨。本文拟从以下几个方面进行一些尝试。

一、如何评价罗素访华之成功与失败

五四后的中国知识界,对西学的渴求如望春风;而如期而至的两次西方大学者的访华讲演,则给这样的期待贴上了美丽的标签。虽然杜威早在1919年4月30日就到达中国,与罗素的访华相差一年多,但他们离开北京居然同在1921年7月11日,让人不能不感叹历史的巧合所蕴含的某种寓意性。其实两人之访问中国,也都曾在中国知识界引发过剧烈的反响。杜威访华时,梁启超曾比之为东晋时期的鸠摩罗什之东来,是千年来中外文化交流史上的又一盛事,称"自杜威到中国讲演后,唯用主义或实验主义在我们教育界成为一种时髦学说,不能不说是很好的现象"[3]。杜威访华的成果是十分明显的,胡适说:"自从中国与西洋文化接触以来,没有一个外国学者在中国的影响有杜威先生那样大",并预言"在最近的将来几十年中,也未必有个别西洋学者在中国的影响可以比杜威先生还大的"[4]。杜威访华的影响由此可见一斑,

---

[1] 朱学勤:《让人为难的罗素——读〈罗素与中国——西方思想在中国的一次经历〉》,《读书》1996年第1期。
[2] 袁伟时:《中国人对罗素思想的误解》,《学术研究》1997年第11期。
[3] 梁启超:《饮冰室合集:文集之四十一》,中华书局,1936年,第3页。
[4] 葛懋春、李兴芝:《胡适哲学思想资料选》(上),华东师范大学出版社,1981年,第181页。

成功也毋庸置疑。究其原因,在于杜威的实用主义能迎合中国知识界五四后改造中国社会和文化的迫切需要,在于他的"教育即生活""学校即社会"以及民主教育、实业教育等观点在五四时的中国知识界里产生了强烈的共鸣。贺麟先生曾说过:"胡适之等所提倡的实验主义,此主义在西洋最初由詹姆士、杜威等为倡导人,在五四运动前后十年支配整个中国思想界。尤其是当时的青年思想,直接间接都受此思想的影响;而所谓新文化运动,更是这个思想的高潮。"[1]由于杜威在中国知识界的全面影响,当1920年3月杜威在其讲演《现代三个哲学家》中多次推崇罗素,称其为西洋三大哲学家之一,称其数理哲学深奥得连自己也不明白时,中国知识界对罗素的热烈期待也就可想而知了。甚至可以说,中国人当时对罗素的期待,远远超过了曾经对杜威的期待;而随之而来的失落,也大大超过了对杜威演说的不满。

总的说来,中国知识界在五四后的分化是明显的。当时,"问题与主义"之争已经开始;中国启蒙思想界关于中国前途的看法也随之发生了明显的变化。关注"问题"的以胡适为代表的自由知识界,希望从罗素身上看到他对实业教育等实际问题的看法;而主张以"主义"去解决中国问题的左翼知识界,则更多地希望在罗素身上找到对"社会主义"的共鸣。从某种意义上讲,他们可能都在有意无意中忘记或忽略了罗素作为一个哲学家的身份,忘记或忽略了罗素身上的西洋知识分子传统。自然,其结果也就一定完全出乎几乎所有人的意料。当罗素初临中国,谈及中国进入现代社会必须要在实业和教育等方面有一个全新的发展时,张东荪便不吝惜其赞美之辞。因为,这些主张正是自由知识分子们所希望从罗素那里听到的。1920年11月6日,他在上海《时事新报》上发表了一篇题为《大家须切记罗素先生给我们的忠告》的文章,把罗素说成是在中国实行社会主义的反对者。这篇文章不仅给他,也给罗素带来了一点麻烦。它似乎要向人们表明,罗素先前对俄国社会主义的赞扬是不准确的,罗素并不提倡中国走俄国式的道路。而那时的中国知识界,社会主义思潮正开始受到推崇。陈独秀据此特地给罗素写了一封公开信表示不满:"近来中国有些资本家的政党的机关报屡次称赞你主张中国第一宜讲教育,第二宜讲开发实业,不必提倡'社会主义',我们不知道这话真是你讲的,还是别人弄错了呢?我想这件事关系中国改造之方针,很重要,倘是别人弄

---

[1] 贺麟:《五十年来的中国哲学》,辽宁教育出版社,1989年,第63页。

错了,你最好是声明一下,免得贻误中国人,并免得进步的中国人对你失望。"[1]因为在陈独秀等左翼知识分子看来,主张基尔特社会主义的罗素是应该赞同俄式社会主义的,所以急于要他予以更正。

出乎张东荪意料的是,在罗素最后的告别演说《中国往自由之路》中,罗素对中国问题给出的答案却是:走国家社会主义之路,像俄国人做的那样![2]其实在中国知识分子最为关心的有关中国前途的问题上,罗素历来是小心翼翼的,很少直接回答或给予明确的答案;这与他作为一个严谨的科学哲学家的身份及心态都是极为吻合的。在很多场合下,他都会被问及同样的问题,但他总是以"对中国问题尚待观察和思考为由",予以婉拒。即使在北京的讲演《社会结构学》中,他也只是一般性地谈社会结构及变化的规律和理论,并不直接针对中国社会及中国问题。所以,当他在最后的讲演中明确建议中国当走国家社会主义的道路时,右翼知识界对他的强烈不满和极度失望也就在情理之中了!罗素离华半个月后,张东荪终于发表了一篇《后言》,抱怨罗素"有许多地方和他向来的主张相矛盾""自己的思想还未确定,如何能知道我们呢?"张东荪奚落罗素是说"梦话",并断言罗素"对于中国情形毫无所得"[3]。胡适则在《一个哲学家》中,用白话诗表达了对罗素主张的不以为然:"他看中了一条到自由的路,但他另给我们找一条路。这条路他自己并不赞成,但他说我们还不配到他的路上去。"[4]显然,罗素让自由知识界感到了极度的失望。

那么左翼知识分子对罗素又是怎样的态度呢?大家经常提到的一个例子是毛泽东。1920年10月罗素在长沙讲演的题目是《布尔什维克与世界政治》,这显然是当时已经接受了共产主义思想的毛泽东感兴趣的话题,据说毛泽东在罗素讲演时还担任大会的秘书工作,足见其热情之高。毛泽东对罗素关于布尔什维克及世界政治的观点作何评价,现在已没有太多的资料。唯一可以确定的是,之后他在给留法同学的信中对罗素的主张作了一个评价,认

---

[1]《陈独秀致罗素先生底信》,《新青年》第八卷第四号。
[2][英]罗素:《中国往自由之路》,转引自冯崇义:《罗素与中国——西方思想在中国的一次经历》,第167页。
[3] 张东荪:《后言》,《时事新报》1921年7月31日。
[4] 胡适:《胡适的日记》(上),中华书局,1985年,第140页。

为罗素的观点"理论上行得通,事实上做不到"[1]。这个评价具体指什么,现在学术界还有争议,但如果我们联系到罗素对俄国社会主义的批评,可以想见毛泽东的不满极有可能在于对罗素对俄式社会主义"极端权力"批评的不能认同。于是我们看到了这样的现象:罗素的主张,左翼的陈独秀、毛泽东等人表示不满,右翼的张东荪、胡适等人同样表示不满,远道而来的罗素在中国的境遇也就可想而知了。这样的尴尬是罗素不曾想到过的,与他初来时的期望反差太大,以致在访华的十个月里他曾多次给朋友写信,抱怨在华的种种不适。从1921年1月起,曾经自信满满的罗素就开始有了怨声:"当一切都变成了例行公事,中国的欢乐便消失了。"(1921年1月31日,罗素致柯莉)而此时距离他来到中国还不到四个月。与北京的学生们在一起,他感到对自己的哲学讲授毫无帮助,因为中国学生的基础知识太差,真正能领会其数理哲学的人实在少,与他们讨论高深的哲学实际上是徒劳无功的,有对牛弹琴的味道。让罗素感到意外的是,自己原本是应邀到中国来讲述哲学课程的,但似乎中国的听众们兴趣不在这里,"他们不要技术哲学,他们要的是关于社会改造的实际建议"。(罗素致柯莉,1920年10月18日)对于古老的中国,罗素的好感也在降低,他说:"中国非常压抑,它正在朽败腐烂,就像晚期的罗马帝国一样。"(罗素致柯莉,1920年12月15日)[2]所以,无论是从接受者的中国知识界的角度,还是从放送者的罗素的角度,这一次罗素与中国知识界的交流,都不能说是愉快和融洽的。我们通常所说的罗素访华的不成功,也完全基于这一事实。特别是与杜威在中国得到的喝彩与赞许以及产生的影响相比,罗素的访华实在是一次不成功的旅程。

二、罗素访华失败在何处

实际上,罗素的访华并不像人们以前所说的那样,属中国学界的一厢情愿,而应该看作罗素与中国学界双边意向的反映。也就是说,中国希望他能来华讲学,而罗素本人也乐于成行并抱极大的希望。从形式上看,向罗素发

---

[1] 毛泽东:《致肖旭东、蔡林彬并在法诸会友》,《新民学会文献汇编》,湖南人民出版社,1979年,第103页。
[2] 以上均转引自朱学勤《让人为难的罗素——读〈罗素与中国——西方思想在中国的一次经历〉》一文。

出邀请的是1920年9月新成立的由梁启超等人所发起的"讲学社",而实际参预此事的则是四家团体,即北京大学、尚志学会、新学会、中国公学。其实,如果细究杜威与罗素分别来华讲学的历程,也可以看到五四后中国知识界的某种派系之争和话语权之争。胡适对罗素的不以为然,除了在观点上完全反对罗素的"国家社会主义"外,也有罗素的邀请者为梁启超所代表的研究系这样的因素。在胡适看来,梁启超等人此举,完全是为了"提高其声望,以达成其政治目标"。所以他曾私下劝阻赵元任,让他不要为罗素在北京的讲演担任翻译;之后,他也曾对陈独秀谈及此事[1]。罗素离华后,他的《一个哲学家》则明显带着对罗素思想及主张的不理解乃至反感;这与胡适历来主张的"自由研究""实地求证"相去甚远。从这里我们似乎也可以看到,即使在胡适这样的学界精英身上,也难免中国知识分子的某种劣根性和意气用事。中国知识分子实在很难做到像罗素一样公正无私,尽管罗素离华时他们曾大张挞伐。当然还有一个更重要的原因,那就是他们对罗素哲学的误解或者不能理解。胡适是中国哲学史研究的第一人,其《中国哲学史大纲》在中国有首创之功。但他对哲学的理解是:"凡研究人生切要的问题,从根本上看想,要寻一个根本的解决,这种学问叫做哲学。"[2]而罗素哲学则以数学、物理学、生理学、心理学等自然科学为基础,以数理逻辑为分析方法,超越于现实生活之上作抽象的逻辑游戏,这与胡适的哲学观区别太大。或者可以说,开启现代哲学的罗素的数理逻辑和科学哲学,是胡适的传统哲学观所难以理解和接受的。

而罗素之来中国,则同样出于他自身思考的结果。他并不带西学东渐、以智化愚的想法,因为他的心目中,并不以中国文化和中华文明为落后者。"不要认为我们是高等文明的布道,更不要以中国人比我们低劣为理由而理直气壮地去剥削、压迫和敲诈中国人。"[3]而他对中国文化的一些由衷的赞美,也曾在五四后的与传统决裂的中国知识界引发了相当多的批判之声。这其中,不乏鲁迅和周作人这样的大家和智者。当然,这其中既有误读,更有不同角度看同一问题所不免产生的误差。基于对西方文明的绝望,对战争罪恶的痛斥,罗素执着地找寻着能化解西方文明困境的道路;而沿着这条路,他一如莱布尼茨和伏尔泰那样,把目光投向了东方。他说:"若不借鉴一向被我们

---

[1] 转引自冯崇义:《罗素与中国——西方思想在中国的一次经历》,第92页。
[2] 胡适:《中国哲学史大纲》,东方出版社,1996年,第3页。
[3] [英]罗素:《中国问题》,秦悦译,学林出版社,1996年,第5页。

轻视的东方智慧,我们的文明就没有指望了";而他的中国之行,则正是为了"去寻找新的希望"[1]。所以,从某种意义上讲,罗素对中国的期望,一点不弱于中国知识界对罗素的期望。不过遗憾的是,十个月的中国之行,中国失望了,罗素也失望了。虽然失望的程度,两者并不太一样。原因也很简单,两者对对方渴求的强度不一样。相比之下,中国知识界对罗素的渴望要强烈得多,他们希望能从西方的大哲那里得到解决自身问题的明确答案;而罗素所给的答案几乎让左右翼知识分子全部感到失望,所以中国知识界的失落比罗素在中国所感到的失落也同样要大得多。

  罗素对中国的失望,既有对中国现状的失望,也包括了对中国传统文化的某些要素的失望,不能一概而论。在回国后的1922年,罗素出版了《中国之问题》一书,对他的中国之行进行了全面的总结;他也因此被誉为中国问题专家。可能中国的知识分子们会对此嗤之以鼻,以为罗素对中国的实际情况其实并无深刻的了解。但如果我们仔细读一读《中国之问题》,我们会得到一个结论,那就是罗素对中国文化的理解,自有其公正之处,也有其独到之处,更有其精辟之处。在罗素看来,在诸多的古代文明中,"只有中国通过不断进化依然生存,中国文明是唯一从古代存留至今的文明";虽然缺乏现代工业和高度的物质文明,但罗素相信,"中国人如能对我们的文明扬善弃恶,再结合自身的传统文化,必将取得辉煌的成就"[2]。这样的判断,显然并不是讨好主人的无原则的溢美之词。他所告诫中国人不可采取的两个极端态度:全盘西化和盲目排外的保守主义,即使到今天也依然是我们面对外来文化所应该采取的正确姿态。而他所批判的中国人的"贪婪""怯懦"和"冷漠",不正直指中国国民性的要害吗?所以,罗素可能对他的中国之行充满失望,但从那以后他对中国的认识却因此而进了一步,想来这些收获是可以让他聊以自慰的。当然,罗素真正的目标,力图从中国文化中寻找医治西方文明疾病的良药,则彻底失败了,没能实现。这不禁让我们想到十八世纪初的德国哲学家莱布尼茨,他也曾试图在基督教与孔子儒学中建立一个普遍的能为东西方所共同接受的信仰。莱布尼茨没有成功,罗素从中国文明和智慧中寻找答案的努力也同样失败了。这是否预示着,所谓"他山之石可以攻玉",用外来文化的武器去解决本国文化的问题,功利色彩未免太重,不过是一条理想却难以走通的

---

[1] [英]罗素:《中国问题》,秦悦译,学林出版社,1996年,第10页。
[2] 同上书,第6页。

路？要解决本国文化的诸多弊端,是不是还必须得从本民族文化自身入手？所以从这个意义上看,对罗素访华也好,杜威访华也罢,都不宜作太高太主观的评价。何况现代文化的交流和传播方式,已经与一千多年前完全不同。个人在其中的作用,早已大大降低。杜威学说在中国的传播,更多地得力于胡适等人的努力,更多地与中国社会的需求联系在一起；与杜威本人是否来华讲学其实关系并不大。同样,罗素哲学及思想在中国一直影响甚微,与他的并不成功的中国之行也没有实质性的关系。五四后的中国知识界并不理解罗素哲学,而热衷于自由主义的中国精英们也不能接受罗素所主张的"国家社会主义"；无论是对中国文化,还是对中国问题,罗素的主张很难引起中国知识界的共鸣,这就是罗素访华后不容回避的一个可悲事实。而罗素所强调的中国急需"一打好人",虽然在一年多后的胡适等人的"好人政府"主张中曾有所回应,但由于它与中国的现实相差太远,对解决中国的实际问题也就没多大意义。所以我们似乎可以下这样的结论：罗素访华的失败,源于双方不切实际的想象与功利主义的期待！

三、关注张申府对罗素的理解

朱学勤在他的文章中,对罗素在中国之不被理解进行了深入的分析,认为无论是陈独秀还是胡适,五四后的左右翼知识分子在对待罗素的问题上,都带有明显的功利主义的色彩,因而很难真正接受罗素的思想,很难真正理解罗素对于中国的意义。这一见解无疑是深刻的。不过,朱文中有一个重要观点,以为只有像丁文江那样的学者,才真正理解了罗素及其意义,笔者对此不敢苟同。朱学勤认为："倘若实在要找出一个较能全面体现罗素精神的人——既不放弃知识关怀,又不因此而放弃社会责任,既履践社会责任,又不因此陷入革命狂热,可能还真不是那些一线领袖,而是像丁文江这样的二线人物。"[1] 其实,丁文江虽然在观点上较为中庸平和,但其实用主义的立场与胡适等人并无实质性的区别,很难谈得上对罗素的真正理解。在笔者看来,五四时期的中国知识界中,有一个人称得上是罗素在中国的知音,而他对罗素哲学思想的理解远远超过了同时代的中国人。这个人就是张崧年(申府)。

---

[1] 朱学勤:《让人为难的罗素——读〈罗素与中国——西方思想在中国的一次经历〉》,《读书》1996年第1期。

在九十年代中国学术界对罗素访华的诸多研究中,虽然大家都认可张崧年在介绍罗素著作时的重要贡献,但对他在罗素访华中所起的影响和作用评价都不太高,即使他曾被认为是"中国研究罗素学说最有成绩的人"[1]。这显然是不公正的,也没有充分认识到张崧年对于罗素与中国关系这一课题的意义。从1914年第一次接触到罗素的《我们的外界知识》开始,张崧年便对罗素数理哲学产生了浓厚的兴趣,并在1919—1920年不到14个月的时间里,翻译、注释并撰写了关于罗素的十多篇文章,堪称在中国翻译罗素的第一人。1920年10月12日,罗素到达上海,作为北京大学讲师和《新青年》编委的张崧年亲自到上海迎接;一个月后又在北京多次与罗素会谈。他对罗素的介绍和翻译,不仅为罗素在中国的影响作了铺垫,也得到了罗素的真心认可。虽然张崧年很快便去了法国,对罗素在中国的一系列活动并未参与,但他对罗素哲学及罗素价值的理解,实高于当时中国知识界的几乎所有的人。早在罗素尚未来华的1920年3月,他就曾在北京《晨报》发表文章,对杜威在其讲演中把罗素归为"精英主义哲学"表示了明确的反对,认为罗素哲学的实质是乐观主义的,而非如杜威所说的那样是悲观主义的[2]。当张东荪用实用主义来描述罗素的哲学实在论时,张崧年立即在报上撰文加以批驳,认为罗素的思想与杜威和柏格森完全不同,不能简单归入实用主义的行列[3]。这在当时对西方思潮尚不明就里的中国知识界,无疑是眼光独具的。张崧年认为:"是罗素把整个数理逻辑的体系置于稳固的理论基础之上,他的贡献是最大的。他花了巨大的精力透过类型理论、描述理论和逻辑关系重新建构了哲学。"[4]这样的认识,即使在今天,也可以看作对罗素哲学评价的不刊之论;而这样的评价出于一位中国学者之口,就更显难得了。张崧年一直以罗素专家自诩,到晚年尤甚,是有充分的道理的。

针对当时国人对罗素称赞中国文化的误解,张崧年就曾大胆地为罗素辩护。1920年10月,周作人在《罗素与国粹》一文中,就曾对罗素的中国文化观进行嘲讽。张崧年认为,罗素所推崇的,不过是中国美术中一些好的地方,不过希望中国人不要把它丢掉,岂可浑言之曰"保存国粹"?[5] 仅从这一点上

---

[1] 郭湛波:《近五十年中国思想史》,山东人民出版社,1997年,第163页。
[2] 张崧年:《给编者》,《晨报》1920年3月16日。
[3] 张崧年:《给编者》,《晨报》1920年10月30日。
[4] [美]舒衡哲:《张申府访谈录》,李绍明译,北京图书馆出版社,2001年,第153页。
[5] 张崧年:《国人对于罗素的误解》,《晨报》1920年10月20日。

看,他较之周作人,对罗素的理解实在要更深更准确。早在1919年,张崧年就在《新青年》上撰文,称罗素"是一位非常渊博的大哲学家,一位社会改革的导师,一位勇于为民请命的耿介之士"[1]。从那以后,张崧年对罗素一直给予了最高的评价,直到上世纪八十年代。他之所以推崇罗素,在他看来,"凡是一种新哲学,总是一种新方法的。罗素对于哲学最伟大创辟的成就贡献,也就在于他的新方法"[2]。而"一个大哲学必然知识渊博,必然有所开辟,必然深切关心人生问题,而且有一个新的高尚的人生观或人生理想。这三个条件,当然罗素无一不充分具备"[3]。嘤其鸣矣,求其友声。当罗素中国之行感到压抑和不被理解时,张崧年的这样的评价,大可抚慰他那颗孤寂的心灵。所以他才会在北京特别邀请张崧年会谈,并在回答张崧年有关哲学与自然科学关系的提问时明确告诉他说:"是的,哲学如你所说特别倚重生物学,但目前则更多倚重物理学。"[4]这分明是知音间的对话,是同道间的相互切磋和沟通。放眼中国知识界,至少在罗素访华时,能在这个层次上与他交流的也只有张崧年了。虽然两人从此再没有见面,但书信往来一直没有中断。1962年罗素九十诞辰时,还特别写信给张崧年,感谢他的问候与祝福,表示喜欢听到他的讯息。这说明,罗素也是把张崧年当作知音的。

其实,在数理逻辑及数理哲学方面,后来在成就上超越张崧年的应该说大有人在,如金岳霖。但张崧年作为最早的罗素专家,在罗素来华时,能跳出"激进"与"保守"的圈子,对罗素的哲学价值和成就进行中肯而准确的评价,较之丁文江,应该更有资格成为罗素在中国的知己。虽然后来张崧年并无系统的哲学著作,在成就上无法与梁漱溟等当年同学一比高下,但他的哲学构想仍是宏大而有启发性的。按照其弟弟、著名哲学家张岱年的说法,张崧年曾试图将马克思主义唯物辩证法与西方(罗素)分析哲学的逻辑分析方法结合起来,提出孔子与罗素的合一,希望能构建一种新的哲学——大客观。这一哲学构思无疑是极具眼光的。晚年的张崧年也曾谈及罗素哲学的缺陷,那就是"片面的实在论"。他说:"如果罗素有什么重大的缺点的话,那就是他不能从各个方面看一个事物。他的锋利有力的分析可以直抵现象的中心,但却

---

[1] 张崧年:《独立精神宣言·附记》,《新青年》第七卷第一号。
[2] 张崧年:《祝罗素七十》,《新华日报》1942年5月21日。
[3] [美]舒衡哲:《张申府访谈录》,李绍明译,第151页。
[4] 同上。

漏去了许多其他方面。"[1]仅从张崧年的这种哲学创造的勇气来说,他与罗素间的确心心相通,称得上是知音。所以,在研究罗素与中国的关系时,我们应该把更多的目光投向张崧年,这样才能尽可能多地避免实用主义和功利主义的局限,对罗素与中国的关系进行更准确的定位。

九十年弹指一瞬,"罗素与中国"这一曾经在中西文化交流史上留下浓墨重彩一笔的故事早已风流云散,但它留给我们的启迪还有很多很多,值得我们无尽的深思。在"罗素与中国"这一看似早已解决的研究课题中,我们依然可以看到无限的前景!

(原刊于《中国图书评论》2011年第3期)

---

[1] [美]舒衡哲:《张申府访谈录》,李绍明译,第171页。

金山想象与世界文学版图中的汉语族裔写作
——以严歌苓的《扶桑》和张翎的《金山》为例

孔书玉

一部票房大片《唐山大地震》令华裔加拿大作家张翎为中国文学评论家和读者所熟悉。虽然冯小刚的电影与张翎的原著《余震》几乎是两个时空两种态度的文本。用张翎自己的话说："一个是讲疼痛，一个是讲温暖。"一个是典型的现代主义命题，用心理分析的话语和意象，讲人性可怕的一面，讲童年创伤对一个人生活的影响，所以《余震》是让人不安的。而《唐山大地震》则更多借重前现代的感伤主义话语，是关于家庭伦理、社会变迁和大团圆的。文学与大众传媒这种不无反讽的改写与被改写的关系，在某种意义上，展现了当代汉语文学生产与消费的语境和意义呈现的困境，或多重时空错位。

张翎的另一部更为恢宏的作品《金山》则引发了一场涉及面甚广的争议。该书在大陆印行获奖不久，2010年11月新浪网上就有署名"长江"的文章指控《金山》"使用"多部（加拿大）英文小说"最精彩的构思和情节内容"，是"一种搅拌式抄袭的写作方式"。[1]对此，各大华文传媒争相炒作，海内外华人文学圈子也各立阵营，而更多的人则在观望、揣测。吊诡的是，论战中的绝大多数人并没有读过"被抄袭的"英文作品，而"被抄袭者"也因为他们大多数中文水平不够读懂《金山》，无法回应。这个反讽尴尬的境况随着《金山》英译本的

---

[1] 2011年11月16日，长江在网上发表了首篇文章《张翎〈金山〉等作品剽窃抄袭英文小说铁证如山》。作者指控："在她的一个作品中多处使用别人著作中最精彩的构思和情节内容，在她多个作品中出现的精彩构思和情节内容都能从别人的著作中找到出处，这正是张翎的写作方式：一种搅拌式抄袭的写作方式。"其后，网上和传统媒体又发布了多篇批评文章，代表性的有，成兴邦：《灵感与构思：〈金山〉涉嫌剽窃抄袭〈妾的儿女〉的线索》，见南方报网，http://opinion.nfdaily.cn/content/2010-12/27/content_18772179.htm；以及成兴邦：《关于〈金山〉涉嫌剽窃抄袭〈残月楼〉的线索》，见http://opinion.nfdaily.cn/content/2010-12/26/content_18764331.htm。

出版有了新的进展：三位华裔作家崔维新、李群英和余兆昌于 2011 年 10 月在加拿大以侵犯版权为由起诉企鹅出版社、张翎和英文译者 Nicky Harman，但他们的起诉能否成立还有待联邦法院裁决。

这里我引用这个尚待查证的文学诉讼并非想讨论海外文学的政治，这包括海外华人写作圈子的种种内讧，中国文人传统的相轻以及人性中的妒嫉，甚至近年来因华人英文写作和中国作家的国际市场引发的文化资源、文化资本的争夺。我是想以《金山》写作的合法性入手从另一个角度为当代汉语写作提出一个问题，即汉语作家如何介入族裔写作（ethnic writing/literature）。这里，我用族裔写作指代两个意思，一是从写作者的族裔身份和文化位置入手，指相对于主流社会和文化的少数民族（minority）边缘另类写作。该用法最初起源北美学术研究界的近几十年的少数族裔研究（ethnic studies），如亚美作家（Asian American writers）的写作。而我在这里用来指像严歌苓、张翎这类在海外从事汉语写作的作家，某种意义上，她们的作品相对中国文学主流或美国/加拿大文学主流都是边缘的"族裔"写作。我用族裔写作的另一个意思是从作品内容着眼，指专注于某个少数民族生存文化习俗的作品和写作实践，这个意思有的学者用人种志/民族志来表达。近年来西方学界不乏从这个角度来讨论中国电影，尤其对第五代导演作品的研究。而我在这里借用这个概念是想指出在文学写作中存在的一种类似的审美倾向和文化立场。

在本篇论文中，我将以严歌苓的长篇小说《扶桑》和张翎的近作《金山》为主要案例，讨论在文化全球化语境中海外汉语族裔写作问题，及其对当代世界文学的意义和影响。在当今世界文学普及和文化全球化的背景下，《扶桑》《金山》等作为小说一出现，它们在文学市场上就有了一种微妙的定位。前者九十年代中期先在台湾印刷发行并获重要奖项，同时期的大陆版本却影响不大。直至几年后英译本成为当地畅销小说，作者又裹挟海外获得的文化资产"衣锦回乡"，小说再次印行并畅销。而后者在大陆文学市场的推销一是借助"唐山大地震"的"余震"效应，二是借助作者张翎近年的声名鹊起——包括"抄袭案"负面新闻的轰动效应。国内几家出版社借助张翎今年年初获得第八届"华语文学传媒大奖"年度小说家奖的东风大卖其作品，而开始开拓中国文学的世界市场的国外出版商也积极参与。《金山》目前已被企鹅出版社翻译成英文（*Gold Mountain Blues*）。与此相应，两部小说在文学史上的定位也注定被放在一个双重的参照系中。也就是说，要正确评估《扶桑》《金山》的成就,不仅要把它放在百年现代中国文学谱系中,而且要比照二十世纪七十年代以来北美乃至世界范围内的族裔文学的创作。而我用族裔写作这个在中国文学研究领域尚有些含混模糊的理论框架和概念的意图,就是强调在一个国际化全球化的语境下,华裔作家的英文创作,海外汉语写作以及中国当代文学之间的某种接合与联系。

所以,在我进入对两部作品的分析之前,我先对北美族裔文学/写作中的金山想象作一个简单梳理,一方面可以更深入对族裔写作定义的理解,另一方面也为文章的主体提供一个有效的参照系。

一、族裔文学/写作和金山想象的缘起

在文学史上,一些虚构的人文地理和小说世界常常因为某些杰作而比现实和历史中的地方更为生动更为长久也更广为流传,比如波德莱尔的巴黎、乔伊斯的都柏林、福克纳的南方小镇,或者马尔克斯的马孔多。在中国,则有鲁迅的鲁镇、沈从文的湘西、莫言的高密东北乡和王安忆的上海。套用王德威在论述"故乡"在中国文学中的意义时所述,(它们)"不只是地理上的位置,更代表了作家(及未必与作家'谊属同乡'的读者)所向往的生活意义的源头,以及作品叙事力量的启动媒介"。[1]

与以上的文学重镇不同,金山(Gold Mountain)是一个仍在被文学作品不断界定的文学草莽之地,而且参与这一文学拓荒工程的作家人数不少。从用英语写作的华裔加美作家汤婷婷(Maxine Hong Kingston)、余兆昌(Pau Yee)到以汉语为主的海外华人作家严歌苓,从温哥华的崔维新(Wayson Choy)到加州的邝丽莎(Lisa See)、赵健秀(Frank Chin),近四十年来金山被历史叙述和文学想象逐渐填充丰富,成为一个跨文化的文学重镇。

虽然金山在众多书写中意义有所不同,表现形态也各异,但与很多其他文学建构一样,金山源于一段历史经验。十九世纪下半期和二十世纪上半叶中国人尤其南方的广东等地的贫困农民为追求富裕生活的梦想,来到北美淘金。这个淘金既是字面意义上的开采金矿,也是更抽象意义上的物质富裕的美国梦。金山可指当时华人最早抵达也最多聚集的加州和美加西海岸,也泛

---

[1] 王德威:《想象中国的方法:历史,小说,叙事》,生活・读书・新知三联书店,1998年,第225页。

指任何在大陆故乡之外的吸引一代又一代中国人背井离乡的海外发财之地。反讽的是,金山因此常常暗含一种贬义联想——这也是当年汤婷婷放弃用"金山勇士"作为其小说的英文标题的原因之一。"金山"的贬义不仅因为它与金钱或物质的过分联系,更是因为它所暗示的金山客们在梦想的实现过程中所付出的极大的代价——生理和心理、物质和精神双重错位(displacement)与疏离(alienation)。这与十九世纪以来两个有着悠久传统但又截然不同的文明碰撞产生的对立和误解有关,与北美各族裔的复杂关系和冲突以及长达百年的制度化的种族歧视有关。金山的重重语意含混就在关于金山的想象和叙述中得到展开。下面对英文族裔文学中金山的表述的简单梳理,目的不在于全面,而是试图通过几部坐标性质的作品,来看金山想象发展的轨迹和不同侧面。

华美文学(Chinese American Literature)及历史写作的集中出现应是在七十年代,其政治社会及文化背景是北美族裔意识的觉醒和人权运动的兴起。[1] 因此,华美文学及写作从产生之日起就有很强的政治性和历史意识。最早的华美文学选集是出现于1974年的《亚裔美国作家选集》(*Aiiieeeee: An Anthology of Asian American Writers*),该书的编者之一就是后来一直激进地提倡亚美文化的赵健秀。赵于1989年获奖(American Book Award)的短篇小说集《中国佬太平洋及夫里斯科有限公司》(*The Chinaman Pacific and Frisco P. R. Co.*)收录了八篇小说,从书名就可以看到华人移民的早期历史也就是华人参与建设太平洋铁路的历史对小说人物和主题的影响。其中有好几篇是从第二代、第三代的华人视角对父辈和唐人街文化的审视批判。他们看到的是封闭、隔绝、疾病和死亡气息,是华裔男性在种族歧视历史背景下的被阉割(去男性化)。他们没有可以认同的具有男性阳刚之气的父亲榜样可模仿。这些人物急于逃离这种令他们窒息的、静止不动的生活。美国学者黄秀玲(Sau-ling C. Wong)指出小说中流动性(mobility)的政治,它代表着在美国出生的第二代、第三代的华人拥有了祖辈父辈不曾想象的奢侈和权力。祖辈父辈修成的太平洋铁路也因此带上双重含混的意义和态度。一方面,铁路象征着现代性尤其是美国梦中对自由的向往和对西部的征服,它也成了第

---

[1] 早前也有几部华裔作家写的以唐人街为背景的英文小说,如《花鼓歌》(*Flower Drum Song*, C. Y Lee, 1957),《吃一碗茶》(*Eating a Bowl of Tea*, Louis H Chu, 1961),但或因反歧视的族裔意识不强,或因生产数量或影响有限,没有形成文学上的运动或趋势。

二代、第三代的华人认同美国文化表达流动性的一个途径；但另一方面，铁路的既定轨迹也限制着这种流动性，或者可以理解成既定的社会界限和文化偏见仍然影响着华裔美国人的象征。[1]

华美文学在八九十年代出现了几部相当有影响的作品，对亚裔文学成为今天世界文学中的重要组成部分和文化研究的显学起了重要的作用。主要人物及代表作有汤婷婷的《女战士》(*The Woman Warrior*，1976)、《金山勇士》(*China Men*，1980)及《孙行者》(*Tripmaster Monkey：His Fake Book*，1989)；谭恩美的《喜福会》(*The Joy Luck Club*，1989)、《灶君娘娘》(*The Kitchen Wife's God*，1991)、《百种神秘感觉》(*The Hundred Secret Sense*，1995)等。事实上，除了文学，描写华裔美国人经验的另一个重要文类是以回忆录和传记形式出现的历史类叙事，比如邝丽莎（Lisa See）的《金山》(*On Gold Mountain：The One Hundred Year Odyssey of My Chinese-American Family*，1995)，就是以其祖辈父辈在洛杉矶唐人街的家族生意为主线的一部美国华人史。

同期和稍后，在加拿大也出现相似的文学创作实践。1991年，由李孟平（Bennett Lee）和朱霭信（Jim-wong Chu）合编的《多嘴鸟》(*Many-Mouthed Birds：Contemporary Writing by Chinese Canadians*)是第一部加华英文文学选集。随后，较有影响的有李群英（Sky Lee）的《残月楼》(*Disappearing Moon Café*，1990)，崔维新的《玉牡丹》(*Jade Peony*，1995)，郑蔼龄（Denise Chong）的《妾的儿女》(*The Concubine's Children*，1994)。其中，郑蔼龄以家族谱系形式出现的《妾的儿女》最为畅销，这种家族史的历史意识和叙事形式也成了华美文学一个重要特点。

今天看来，过去二三十年的华美英文文学在以下几个方面开拓了世界文学的视野和形式：

首先，它对一段全球范围的现代性历史经验进行挖掘与表述，尤其是对现代社会文明发生遭遇碰撞时出现的文化差异以及种族歧视问题进行人性意义上的挖掘。因为其中的历史经验如此真切和个人化，也就导致很强烈的主观叙述特质。在这一方面，无论是纯虚构的小说还是以"写实"为本的历史叙述都表现得十分清楚。我们看到，很多关于早期移民的历史书写都是以家

---

[1] Sau-ling C. Wong, *Politics of Mobility in Reading Asian American Literature：From Necessity to Extravagance*, Princeton University Press, 1993.

族史的面目出现,而且集中在家庭成员的私人生活和亲密关系(intimacy)方面。在文学方面,汤婷婷的小说更是以强烈的主观叙事和情感色彩独树一帜,在回忆与虚构、现实与神话之间叙说。这种文类混杂的特质一方面表现了强烈的政治意识和历史材料在想象中的重要位置,比如很多作品中家族照片、书信、身份证件都是"历史的痕迹与证据"。在《女战士》一书中,有一整章完全是美国政府自1868到1978百余年间歧视华裔移民的法律条文的实录。这种文类混杂的特质另一方面也使叙事者可以以后辈身份挖掘在反思家族的历史给自己这一代生活观念、身份意识的影响,同时以个体化的人性刻画打破西方文化中对亚裔的原型以及异国情调化的歪曲。其意旨在于打破"客观历史"的幻影,指出族裔书写的人为性和建构性。

其次,这种历史经验的个人表述呈现在文学实绩上,除了大量"家族文学"的出现外,还体现在表现性别经验上有所突破。这一突破包括两个方面,一是比较明显地出现了大量的书写移民女性经验的作品。这一点可能与很大部分的作者都是女性,而且是六七十年代女权主义思潮影响下成长起来的女性有关。她们的写作,常常发掘母女的关系,女性在父权文化中的共同命运,以及华裔女性在艰难的环境中体现出来的创造力和生存勇气。她们的作品打破了好莱坞或者一些英文流行小说中东方女性"中国娃娃"或"日本艺妓"式的模式,凸现亚裔女性人性的力量。华裔文学另一个性别经验的建构就是描述在种族歧视的社会环境中,华裔男性中的那种"被阉割化"或说"去男性化"。汤婷婷的小说《金山勇士》中沉默的父亲、祖父和叔伯们虽然通过修铁路、开垦种植园以及从事无数普通的服务性工作成为美国社会的建设者,但在这个过程中他们的贡献并没有得到合理的补偿和承认,反而因为语言文化的障碍,他们的声音逐渐暗哑,他们在金山的遭遇就像在前现代的中国女性一样,被放逐到边缘和被压迫的地位。华裔男性所受的身心影响,甚至在下一代身上也留下阴影。这种性别认识,就从人性被损伤、摧残和扭曲的角度上,有力地控诉了制度化的种族歧视。

再次,虽然华美文学建立在一种很具体的历史经验和很强烈的政治意识上,但其中最优秀的作品,如汤婷婷的小说都会突破其特殊性,在更高的道德和艺术层次上体现文学的魅力和力量,并在两种文化和想象之上,建立一个第三类空间(The Third Space)。无论在字面还是象征的意义上,他们都可以被视为一种文化的"转译者",有研究者已经指出,"翻译是族裔转码

(transcode)的比喻"。[1] 真正的族裔文学并不是两种文化语言叠加起来的总和,而是产生了一种超越二元对立的新质。族裔文学中的故事讲述(storytelling)是一个重要的阐释也是创造的过程,是一个在不同的有对立关系的文化和意识形态之间商讨谈判(a process of negotiation and renegotiation)的过程。在这一过程中,"象征或类比"(metaphors or analogies)是一种重要的写作策略。汤婷婷的小说与一般的书写家族史的叙述之所以不同就在于她借助神话(myth/fantasy)的力量使其小说超越了不是华裔就是美国的二元界定,成为真正意义上的世界文学。[2] 的确,神话正是她小说叙事的一个重要策略。在《女战士》《金山勇士》和《孙行者》等小说中,汤大量采用中国文化中的神话、传说、民间故事中的人物、风俗、意象和象征符号,比如花木兰的故事、唐敖和女人国、民间的抓周、女性的裹脚习俗,因为这些文化碎片在她的人物生活体验和身份构建中起着重要作用。然而,这种作用不是一般狭隘意义上的怀乡情结和中国元素,而是作为现实生活和个人经验的对比与隐喻。在这些意象符号所积淀的历史与文化给小说以厚度和丰富性的同时,又因其对人类普遍经验的观照和概括,而获得叙事上的"象征与类比"的作用,成为一种主题呈现的有效手段。如有学者提到,《金山勇士》中开篇的唐敖在女人国的经历是取自晚清小说《镜花缘》的一段,但汤在此用它喻示华裔男性在金山"被女性化"的痛苦经历,同时也反过来以这种经历批判中国封建父权制对女性的摧残,以及种族歧视对人性的严重损害。[3] 神话的力量就在于它是从现实具体的历史经验中生成,但又远远超越某一特定的情境,具有人类普遍的价值、情感和真理性。

正是通过以上描述的英文华美文学/历史书写,金山作为一个主观化的政治寓言和具体的历史经验的想象之物进入世界文学,并被后来人一再想象书写。也由于这些作品,金山并不是一般广泛意义上的移民所去的新大陆,它有特定的历史所指和情感内容。因此,关于金山的想象就涉及了一个种族志书写的重要命题,即这个关于特定人种的历史是由谁书写,写给谁看,谁是其中被观看的客体。这个问题我们在以上华裔第二、三代以英文写

---

[1] Martha J. Cutter, *Lost and Found in Translation: Contemporary Ethnic American Writing and the Politics of Language Diversity*, University of North Carolina Press, 2005.

[2] E. D. Huntley, *Maxine Hong Kingston: A Critical Companion*, Greenwood Press, 2001, pp. 126-127.

[3] Ibid., pp. 121-123.

作的作家中已有个初步认识,下面我们转向移居海外的用中文写作的新移民作家。

二、跨界书写的东方主义奇观:严歌苓的《扶桑》

与以上所述的华美族裔文学遥相对应的是大陆八九十年代风起云涌的家族史/民族史写作和影像生产。尤以寻根文学和第五代导演及民俗电影为代表。莫言的《红高粱家族》、刘恒的《伏羲伏羲》、陈忠实的《白鹿原》突破几十年文学狭隘反映现实的状况,开创了把文学电影艺术之根探向民族、人种、文化和生存环境的新方向。这些作品本身很多也成了张艺谋和田壮壮等导演的灵感和素材。产生了一大批从《黄土地》到《菊豆》、从《盗马贼》到《炮打双灯》这样在国际影展上屡屡获奖的民俗电影。

二十年后回头再看,我们无疑可以看到,这种常常以家族史出现的周蕾所谓的"自我种族志"(auto ethnography)[1]小说和电影产生既来自于文学艺术发展的内部要求,也和其生产消费的外部环境有着密切关系。这种把写作对象放置到一个时代久远、边缘荒僻甚至是模糊的时空,去探讨人性、民族性和生存的基本困境,本身是对几十年来社会主义文学文化体制下写作和电影创作准则的一个反叛。这种寻根的意义就不止是小说电影中对民族之根的寻找,也是对文学电影之根的反思。这种"自我种族志"式写作虽然在文学中发轫,但八十年代文学艺术的普遍思潮和密切联系使其形态和影响在电影中得到最完美的表述和完成。《黄土地》的凌空出世,使这种思潮和表现形式迅速得到港台和国外艺术界和评论界的关注,更重要的是文化企业的资本和人力资源的注入。接着就是张艺谋、陈凯歌、田壮壮以及何平等一系列民俗电影向世界推出一个以传统的民俗的中国为核心影像的东方主义景观。

美国学者周蕾和她的著作《原始激情:视觉性、性欲、种族学和当代中国电影》对中国研究所做出的一个重要的贡献就是从以往研究关注中国电影所表现的文化内部的民族社会问题这个思路跳出来,把中国电影制作、观赏和

---

[1] Rey Chow, *Primitive Passion: Visuality, Sexuality, Ethnography, and Contemporary Chinese Cinema*, New York: Columbia University Press, 1995, pp. 180-181.

跨文化的人类学和种族学联系起来。[1] 她认为,中国当代小说和电影的这种种族志倾向和八十年代末九十年代初中国电影走向国际的现象之间是互为语境,互为依存的。准确说是中国作为一个东方的景观别具一格地呈现在各种国际影展、西方艺术影院,并赢得国外一小部分艺术电影影迷(学生、艺术家和文艺爱好者)的青睐。周蕾进一步指出这一文化现象的实质,"像种族学者一样,电影节观众希望获得对一个异己文化的深入知识和真实性,这是一种幻象,因为提供信息的本土人恰好也迫切地想提供能满足西方预期的证据",他们渴望拿出的产品是为外国人的"视觉盛宴"而"计划、包装、推销的"。黄土地、大红灯笼、喜庆、哭丧等民俗仪式,构成民俗电影"自我东方主义"的景观。在西方影评人和观众的注视下,这些曾经的日常生活的习俗细节被奇观化、种族志化,"在多个方面,这些电影可以说构成一种新的种族志……张艺谋电影中的民俗很多是想象出来的……事物人物和叙述并不在于自身,他们具有代表种族性的集体的幻觉的语意……这些种族细节(ethnic details)完成了张艺谋的中国神话建构"[2]。但是有意思的是,周在大胆采用心理分析、女性主义和后殖民主义等理论和策略来描述这种文化现象后,指出"自我东方主义"(Oriental's orientalism)也具有一种"挑战"的力量,具有一种"以毒攻毒"的抵制权力结构的批评可能。[3]

出版于九十年代中叶的《扶桑》的写作背景与以上对中国文学和电影的描述有异曲同工之处。1986年写作出名后又出国的严歌苓是受电影影响最大也是最早涉足电影的中国作家之一。同时她也是很少的几位接受过国外

---

[1] Rey Chow, *Primitive Passion: Visuality, Sexuality, Ethnography, and Contemporary Chinese Cinema*. 虽然尼克·布朗等学者批评周学术上的不严谨,认为"自我人种志"这个概念阻碍了人们对第五代电影的本来面貌进行清晰的批评性的理解。混淆了人类学研究中的"人种志电影"和中国八九十年代这些"显而易见的虚构性的故事片"(参见[美]尼克·布朗:《论西方的中国电影批评》,陈犀禾、刘宇清译,《当代电影》2005年第5期),但周对这些"民俗电影"的某些特性的一针见血的洞察和描述还是有一定道理的,而且为许多研究者比如张英进等接受引用。如张就在其《中国民族电影》(*Chinese National Cinema*)中指出,"在多数情况下,在中国人种志电影中,对乡土中国及其受苦受难的女性的描述从无意识层面触及到西方文化记忆的基础,并且在西方观众中产生一种神秘的、不可思议的情感……绝大多数的中国人种志电影再次证实了中国的强势图像,以及'中国'在西方被接受的意义"。鲁小鹏也论述了中国新电影"为了迎合国际想象(共同体),将影片的视觉效果异国情调化、色情化和政治化"。

[2] Rey Chow, *Primitive Passion: Visuality, Sexuality, Ethnography, and Contemporary Chinese Cinema*, pp. 143-145.

[3] Ibid., pp. 166-172.

专业写作训练的中国作家之一——她九十年代初在芝加哥哥伦比亚艺术学院攻读小说创作硕士学位。我称她的写作为跨界写作有两个含义，也与其作品生产语境相对应。一是指其创作中的电影艺术的影响及其作品与电影工业的关系。众所周知，严在国内的写作就从电影剧本创作开始——1980年就发表了电影文学剧本《心弦》，而且她与电影的渊源一直未断，并延伸到国外，到好莱坞。[1] 在好莱坞，她与电影的联系，不仅是她的作品被李安、陈冲改编成电影（《少女小渔》和《天浴》），严歌苓自己也身兼好莱坞编剧协会会员和奥斯卡最佳编剧奖评委。她这些年更是多次为国内国外的著名导演写剧本，改编剧本。从《梅兰芳》到《铁梨花》再到《金陵十三钗》，影视作品甚丰。跨界写作的第二个含义是指她的中文写作在海外尤其在台湾出版的背景。严歌苓出国后，有相当一段时间，其作品发表并赢得荣誉的基地是台湾报纸的文学副刊（包括台湾报纸的海外版），以及它们举办的各种文学奖项。严有意识地为这些报刊写作，而且很多作品在台湾结集出版，或在台湾屡次获奖。[2] 例如《扶桑》就是先在 1995 年获第十七届台湾联合报文学奖长篇小说首奖，后于 1998 年在大陆首印。除了台湾这个文学生产背景对她写作的潜在影响之外，严也是近几十年在海外获得名声的女性作家之一。她们的一个特点就是凭借天时地利，赢得一定的海外市场，包括英译本积累下的文化资本。这些年来，随着中国的崛起，国际世界对中国的关注和兴趣越来越大，这些作家也有意识培植发展这种跨界写作。《扶桑》的英译本 *Lost Daughter of Happiness* 于 2002 年出版，并获评 2002 年美国《洛杉矶时报》年度十大畅销书。而严更在 2006 年用英文写作并发表了第一部英文小说 *The Banquet Bug*（《赴宴者》）。

以上严歌苓写作《扶桑》的背景对理解该小说的叙事十分重要。事实上，小说一出版，评论家和读者就都感觉到这部小说的"与众不同"，不管是从赞誉还是批评的角度。我认为该小说最大的特点也可以说是作家有意为之的叙事策略就是东方主义奇观化。下面我主要从以下三方面剖析这一特征，并相应地对《扶桑》在族裔写作中的得失给予评估。一是题材的选择，二是叙事特点，三是叙述视点。

---

[1] 雅非：《在海外写作：作家严歌苓访谈录》，http://www.douban.com/group/topic/3157380/。
[2] 严自己承认"前期写《扶桑》是为了拿一些奖项，为了给学院派的评审人看"。Lisa：《记 5 月 14 日，单向街，严歌苓与金陵十三钗讲座沙龙》，见 http://www.douban.com/group/topic/19906780/。

虽然《扶桑》的语言和叙事很独特，它的题材，十九世纪七十年代旧金山的唐人街和当红名妓对二十世纪九十年代的中国文学也不可不谓新鲜，但如果了解我上一部分介绍的英文族裔文学的金山书写背景，尤其其中对女性命运的关注是如何对抗长期以来以好莱坞电影和流行文化中的东方主义，就会客观地评价它的原创性。事实上，细读小说之后我得到的很遗憾的结论是：拨开作者设置的重重现代叙事的烟幕，这是一部用汉语写就的"自我东方主义"的作品。

首先从细节构思和小说语言看。对于周蕾指出的张艺谋的电影世界里充满了各种各样丰富的"东方主义"细节，比如建筑、服饰、表情达意的方式等等，《扶桑》一书东方主义的实现也有借助于对这些细节的奇观化乃至神化。这种东方主义奇观首先表现在对唐人街尤其是妓院的描绘上。小说的一开篇就是扶桑的洗盆和她所在的笼格、她的"吃进十斤丝线"大袄和"残颓而俏丽"的小脚。随后又通过克里斯的偷窥和跟踪，我们看到了拍卖幼女、妓女带经接客、上街被围观以及种族骚乱中被群奸的种种"奇观"。除了对唐人街妓院的浓墨重彩的描写，令人印象深刻还有就是海港之嘴广场中国地痞为争夺扶桑引起的角斗，以及大勇最后受刑时与扶桑举行的"刑场上的婚礼"。从语言上看，严对这一切场面和细节的描绘也多采用电影语言，制造出典型的好莱坞奇观场景。看扶桑的出场：

> 这个款款从喃呢的竹床上站起，穿猩红大缎的就是你了……再稍抬高一点下颏，把你的嘴唇带到这点有限的光线里……这样就给我看清了你的整个脸蛋。没关系，你的嫌短嫌宽的脸型只会给人看成东方情调。你的每一个缺陷在你那时代的猎奇者眼里都是一个特色。[1]

尼克·布朗在解释张艺谋的电影时指出，"张艺谋正在出卖老祖宗之前精心保护的文化财富，即中国文化中的妇女；这种出卖是通过向外国人展览由巩俐扮演的越界的妇女形象而实现的"[2]。张艺谋"明目张胆地表现被性欲所裹挟的女性形象，女性的欲望将传统的克制的美德抛到一边。换句话说，这种对女性的展示，构成了富有的外国人对本土的女性形象进行窥淫的快乐。那就是说，张艺谋的这种展示是不圣洁的，他为了世界窥淫的眼睛，将

---

[1] 严歌苓：《扶桑》，中国华侨出版社，1996年，第1页。
[2] [美]尼克·布朗：《论西方的中国电影批评》，陈犀禾、刘宇清译，《当代电影》2005年第5期。

中国的女性妓女化了"。虽然创作者可以辩白说这种"有意识的展示"本身就是对抗"窥淫的眼睛"——这里表现为严的元叙事的手法,但叙述者立场上的两面性使我们不得不质疑其叙事道德(morality of narrating)。

"你想我为什么单单挑出你来写。你并不知道你被洋人史学家们记载下来,记载入一百六十部无人问津的圣弗朗西斯科华人的史书中。"

问题关键是,叙事者/潜在作者对这洋人写的史书持何种态度?她是否能用后现代主义的解构策略来颠覆这些叙述?答案是令人失望的。

准确地说,由于历史经验和由这些历史经验生出的政治意识的匮缺,严歌苓对她的主人公的生活、经历命运走向和情感发展脉络的把握是建立在"洋人史学家们"的"一百六十部无人问津的圣弗朗西斯科华人的史书"之上——这种叙述视点在开篇介绍扶桑的小脚时,叙事者以扶桑类比著名的"企街一百二十九号"以展览小脚而被载入旧金山华人史册的女人就已经设定。

同时,叙事者用对克里斯对扶桑的畸恋来解释故事动机。

> 我告诉你,正是这个少年对于你的这份天堂般的情分使我决定写你扶桑的故事。这情分在我的时代早已不存在。
>
> 在一百六十本圣弗朗西斯科的史志里,我拼命追寻克里斯和你这场情分的线索……除非有我这样能捕风捉影的人,能曲曲折折地追索出一个克里斯。[1]

小说结尾,作者/叙事者再次自述。

> 我告诉我的白人丈夫,我正在写有关你的事。他说太好了,这起码是我俩共同拥有的东西!这是我们俩共有的一段历史。这一百六十本书就是他到旧金山各个图书馆挖出来的。[2]

洋人史书留下的空白,就由"我"的对"普遍人性"的想象来填充,而这里的"我"只是一个洋人想象的空洞的"代言人",因为她不拥有与洋人对话所必须拥有的自己的经验与语言。

> 有时,虽然你就这样近的在我面前,我却疑惑你其实不是我了解的

---

[1] 严歌苓:《扶桑》,第64—65页。
[2] 同上书,第202页。

你;你那时代的服式、发型、首饰只是个假象,实质的你是很早很早以前的……不,比那还古老。实质的你属于人类的文明发育之前,概念形成之前的天真和自由的时代……因为每个男人在脱下所有衣服时,随你返归到了无概念的混沌和天真中去了。[1]

这段引文可以概括作者对女主人公的刻画方式及赋予她一种不可解释的神秘色彩,用美国《出版家周刊》(*Publisher's Weekly*)书评的话,就是人物缺少现实基础而失去可信性。[2] 严把她的人物从神女变成女神的过程正是通过种种叙事手段,包括书中另一个主要人物克里斯的终生迷恋和叙事者"我"的凝视来完成的。

后殖民研究中一个重要的议题就是对凝视/观看的权力关系以及由此揭示的权力的非对称性概念。用此理论框架看《扶桑》一书中的人物关系、叙述视点与叙事结构,我们又面临一个吊诡的困境:一方面,严采用了一个十足的东方主义的观看情境,书中扶桑的种种魅力展现,都是通过克里斯,一个十二岁的白人小嫖客的眼睛看到的。于是我们看到的是一个被恋爱中的人神化了的东方女神的形象。即使是在他偷窥这个妓女与其他无数男人的交易时,也看到了"那和谐是美丽的""那最低下的,最不受精神干涉的欢乐"甚至她被迫在经期工作这一残酷的现实,也被歌咏,"你让他明白你如此享受了受难,你再次升起,完整丰硕"。于是,这个男童,"梦想中的自己比他本身高大得多","那昏暗牢笼中囚着一位奇异的东方女子在等待他搭救"。

另一方面,以严歌苓的聪慧,她并不是没有对西方文化中的东方主义建构毫无意识,她甚至有意识地在本文叙事中对这种凝视/观看的权力关系和与此相关的"阐释结"进行一种"元叙事"或者说"解构"式的呈现。

这时你看着二十世纪末的我,我这个写书匠。你想知道是不是同一缘由使我也来到这个叫金山的异国码头。……你知道我也在拍卖你。[3]

作者在结尾处甚至仿效后现代文本为扶桑的暮年结局给出了多种"历史"版本,可是这种对叙事技巧的倚重恰恰暴露了其叙事道德的含混和历史经验的苍白。最后我们看到的竟然是好莱坞加中国文艺小说的结局,扶桑和

---

[1] 严歌苓:《扶桑》,第110页。
[2] http://www.bookbrowse.com/reviews/index.cfm?book_number=760。
[3] 严歌苓:《扶桑》,第2页。

克里斯各自为自己找到一段婚姻做掩护,好继续他们的那段咫尺天涯心有灵犀的爱情。

> 她和即将被处死的大勇结婚便是把自己永远地保护起来了……以免她再被爱情侵扰伤害……他五十年的美满婚姻和家庭也证实了扶桑的高明:婚姻的确把他保护起来了,一生没再受爱情的侵扰。[1]

这种超越历史种族文化的"普世"爱情,更多是作者一厢情愿的想象,缺乏现实的基础,尤其是十九世纪末二十世纪早期的历史现实。这种爱情神话在百老汇热卖的《西贡小姐》及其大大小小的好莱坞变种中早就被一再咏唱过,模仿过。从更广阔的文化传承上讲,它其实是在"重复与歌剧《蝴蝶夫人》从上个世纪早期就开始表现的主题相同的东方/西方二元对立的想象图景"[2]。这样看来,叙事者所声称的"所以我和我丈夫所拥有的历史绝不可能是共同的"只是一句无力的空言。

所以,遗憾的结论是,严歌苓小说中的这种凝视/观看情境的设置只限于一种叙事姿态,是被抽空了内部颠覆力量的"后现代"的姿态,她并没有借此制造一个更好的"反讽"的批评距离。严没有足够的历史经验和政治立场对这种东方主义和种族"奇观"进行颠覆,像汤婷婷通过小说达到的那样,而相反的却似乎深深自恋于这种东方主义的异国情调的再次言说,结果就是与克里斯殊途同归的视点,即本书的另一个重要叙事视点"我"——事实上她一而再再而三地让读者联想到她与作者严歌苓的经历与观点的相似——在很多方面认同并加强着与克里斯同样的东方主义视角,只是在"我"而言,这是一种"自我东方主义"。这也难怪在小说的结尾,"我"这样一个嫁给美国人的"第五代移民"作家的视点与七十五岁的汉学家克里斯"认识到的"合二为一了:

> 他想到扶桑就那样剪开了他和她,也剪开一切感情爱恋的牵累。或许扶桑从爱情中受的痛苦比肉体上的任何痛苦都深。……他也有一片无限的自由,那片自由中他和扶桑无时无刻进行他们那天堂的幽会。[3]

也许正是因为过分相信"跨国爱情"的力量并把它尊奉为叙事的全部与

---

[1] 严歌苓:《扶桑》,第201页。
[2] [美]尼克·布朗:《论西方的中国电影批评》,陈犀禾、刘宇清译,《当代电影》2005年第5期。
[3] 严歌苓:《扶桑》,第201页。

动力,《扶桑》对金山经验所蕴含的种种苦难、希望、歧视与抗争无法给予令人信服的有深度的表达,而这个本来很有挖掘潜力的族裔题材,却因为迎合潜在的大众读者(和学术评委),成了严歌苓勤奋多产的创作中一部令人遗憾的讨巧的作品。

三、金山想象中的文化转译:张翎的《金山》

作为中国历史现代化全球化过程的一个重要部分,中国人大规模留学移居海外从十九世纪中叶开始,经历了数个高潮。这个历史体验也被中国现代作家所记录,成为现代文学的一个重要主题。从郁达夫的《沉沦》、老舍的《二马》到白先勇的"纽约客"、聂华苓的《桑青与桃红》,从台湾的於梨华、陈若曦、张系国,到大陆的《北京人在纽约》《他乡明月》《我的财富在澳洲》,现代文学的主流对留学移民的经验表述在表现现代人的离散漂泊意识同时,也带有深重的海外淘金梦幻和民族主义情结,就是陈若曦所说的海外作家的乡土性。虽然拥有看世界的自由,但仍局限于"写中国、中国人、中国事"[1]。这种"中国情结"(Obsessed with China)与整个现代文学产生的环境和担负的社会责任有关。在这个意义上,海外以中国人为主体的中国文学的主流基本上是"乡土意识",对现代性的表现狭隘且甚少突破。多数中国作家的"离愁别绪"还是狭隘的寻根情结、乡土情结、"海外奋斗"也是琐屑的实际的"打工文学"和"成功故事"。[2] 只有少数作家,如聂华苓、马森、查建英、刘再复等,在一定程度上具备国际视野和世界情怀,把中国人的流动放到现代人类生存的普遍处境加以表现,并对根和乡土做出不同的解释。

中国现当代文学对金山/新大陆的想象与书写与上述海外华文文学总的走向有关。从整个文学史看,虽然当代海外中文写作一直热闹纷繁,对新大陆和海外华人生活也有一定的表现,但常常拘于表层的个人体验,带有很大的即时性,缺少积淀和反思,而且创作比较分散,这与海外作家常因生存压力和读者匮乏而放弃写作有关,以致无论个人还是创作群体常常缺少连续性,在文学史上分量并不很重。比如至今缺少一部真正以金山为背景的中国海

---

[1] Hsing-shen C. Gao, *Nativism Overseas: Contemporary Chinese Women Writers*, State University of New York Press, 1993.
[2] 对海外中国文学的发展综述,见 Shuyu Kong, "Diaspora Literature", *The Columbia Companion to Modern East Asian Literature*, Columbia University Press, 2003, pp. 546-553.

外移民的史诗性作品。这与本文第一部分简述的英文华美文学中对金山的构建不仅存在很大的距离,而且在关于身份认同、文化经验及表达的丰富性与想象力上也很少能与其对话。

正是这一背景下,我们才能理解为什么关于《金山》的争议实际上暴露了一个更本质的问题,即中国文学与华美文学在表现移民和文化冲突主题上的隔阂现象,我们也才能对张翎的《金山》所作的贡献有一客观评估。《金山》是张翎迄今为止最为宏大的写作计划,全文共八章,四十多万字。因为是一部关于百年华人移民的史诗性作品,该书不同于张先前的多数作品,是建立在对史实和某些华人移民的共同经验的知性了解和积累之上。据张翎自述,这部书酝酿二十余载,并经过多方面的实地考察和资料搜集。从书中附录的研究参考资料看,作者的确是花了一番功夫。对于该书的这一特点,尤其是涉及一些华工历史的公共史料和共同经验的参考引用方面,我认为并非坏事,更无可指责,除非指控者能找到落实到具体段落篇章上的抄袭实据。张的研究和考察帮助她突破个人经验,反映了海外中文作家超越"一己所限""现实所限"的努力,借助想象的力量在更广阔更丰富的历史文化视野下表现移民生活。然而史实的占有和堆积并不等同于一部好的文学作品,正确评价这一作品的成就,乃至这部作品是否存在抄袭,问题的关键不是某些历史,某类人物是否有人已/也写过,而是张的《金山》整体上是否对某些熟识共睹的历史素材给予艺术上的重新创造,并建立起她自己的小说世界。具体到这本书,就是张的小说对已经存在的金山想象,包括中英文写作,起到怎样的建设性甚至超越的作用。用这个标准来衡量,我认为《金山》对中国文学是有贡献的。《金山》小说借助两种文化两个文学传统,高屋建瓴地构建了一个完整的金山的想象,在填补了中国现代文学的一个空白的同时,也超越中西方流行文化(包括畅销小说)中的原型想象。更重要的是,它开拓了汉语族裔写作的多处前沿,并勾连起英文和中文的族裔写作实践。

《金山》对族裔写作的第一个突破就是把金山经验放到百年中国人现代化过程的中心,通过方家四代漂泊海外和留居中国的两种经验的交叉书写,而建构起金山这一既具体又抽象的现代中国的人文地理标志。在方家四代的百年历史中,金山既是帮助他们摆脱贫困动乱的梦想之地,也是使他们失去根柢被主流隔离的无底深渊;既是剥夺他们尊严与身份的异乡,也是他们建立新生活和认同的此岸;即是引向财富幸福的通道,也是阻隔家人团聚的重岭。张翎对金山的观照,因为广采博取——她一方面在广东开平实地考察体验，一方面在加拿大收集大量史料，而获得了一种双重的文化视点和丰富的情感内容。书中的金山经验既包括由方家男人、阿发、锦山、锦河在温哥华的做工，也包括由方家的留守妇女们、麦氏、六指、锦绣在开平碉楼的盼望，既有阿发、六指的坚持、隐忍和希望，也有锦山、延龄的迷惑、失落和反叛，既是猫眼一辈子活在两个社会边缘没有名分任人践踏的苦难身世，也是锦河曲曲折折穿越两种文化的千山万水最后成为华裔加拿大英雄的心路历程。在某种意义上，张翎借《金山》打通了两个文学世界，把此岸与彼岸的关系与体验融合成一个家族抑或种族的故事。张翎对两个世界的发掘都有与在她之前的写作不同的可圈可点之处。在用中文写金山，写二十世纪上半叶的唐人街生活的方方面面，张翎把史实和个体感受结合得很好，比如阿法在温哥华开洗衣店以及破产，其中与满清政府、辛亥革命以及当地反华暴乱的隐约联系，若有若无，没有中国作家写家与国关系时用力过猛的问题。再比如写锦河在白人家庭做男佣所受的文化冲击和性的诱惑，写在加拿大成长的第二代移民延龄的成长经验尤其与父母之间的冲突都在以往英文华美文学作品中常常出现，但张的小说因其史诗性又给出这些具体经验的历史向度，即与中国人现代化历程的总体联系。比较英文华美文学，她又能把"金山客"的中国部分写得具体而生动。比如写"金山客"的衣锦还乡，尤其是他们设计、建筑开平碉楼的情节，充分挖掘了现实主义小说中客体的精神及象征意义，开平碉楼象征着"金山客"们试图保护和供养家人的心情，以及他们的家属忍受的长期等待和恐惧。这个用来防土匪强盗的碉楼先被流荡的日兵，后被共产党支持的造反的农民侵入抢劫的情节又把现代中国人所承受的创伤与灾难形象地刻画出来，迄今还没有其他英文作品能出其右。

这两个世界又是由一封封语气措词都很恰当的方家家书串联起来，这些家书成为小说描绘中国移民经验的标志文献。它们一方面作为连接叙事空隙也是历史时间间隔的手段，另一方面，又赋予人物即那些在历史书中面目模糊的早期移民和他们的女人以情感和个性化的特点。虽然这一形式不能说很有原创性——很多华美女作家采用过这一形式，但张运用得很适当，赋予了这部立意甚高的种族小说以主观个体的声音。

《金山》的第二个突破就是把家族历史与种族历史有机融合，从一个新角度写出一部二十世纪的中国现代化史诗。上世纪末涌现出一大批以书写二十世纪中国的民族史为目标的中国文学作品，包括前面所论及的寻根文学和民俗电影作品，学者们甚至归之为一个流派，新历史小说，其特点就是用家族史写民族史,用魔幻现实主义代替社会写实主义传统。新历史小说主要都是以乡土中国为主体,如莫言的《红高粱家族》《丰乳肥臀》《生死疲劳》,陈忠实的《白鹿原》,刘恒的《苍河白日梦》,余华的《活着》《兄弟》等。在很多层面上,《金山》也与这种文学思潮异曲同工,其中的民族意识和历史线索是非常明显的,而用个人家族写时代民族的用意也是昭然若揭的。细心的读者可以看到,书中小至细节设计,如每一章节开头的年代地点的交代,引用的历史资料如报纸新闻,出现的公众人物李鸿章、梁启超、孙中山等,大到整体上的书中人物事件与历史事件的重合并行。主人公阿法在加拿大的经历就是早期所有移民劳工经验的缩影和集合:从修建太平洋铁路开始,到无偿被遣失业流落到温哥华岛,再到温哥华唐人街开洗衣行,到新西敏接手农庄,最后老年沦落以不景气的烧腊店维生。其间种种个人恩怨,生意起落都与当时加拿大的种族关系、歧视政策息息相关,也有中国社会变迁做遥远的历史背景。同样,十九世纪七十年代到二十一世纪的中国社会变迁也在广东开平和安乡自勉村阿法的老家得到具体的体现,更直接介入那些乡土人生。在这方面,张无疑是深受中国现当代文学的影响。"作家不仅担负着个人灵感的期许,作家也对自身族裔文化历史有些不可推卸的责任。"[1]

同时,对西方文化和英美文学(包括华美族裔文学)的熟习,又使张的作品立足在个人家庭,并以文学的构思和形象来传达历史感。张的《金山》虽然有种族史的意义,但从作品的品质和构造看,它是一部构思缜密,形象生动的文学创作。在这方面,我觉得《妾的儿女》——被指为《金山》抄袭的原本之一——与《金山》并不太具可比性。前者是以回忆录出现的历史类作品,作者不仅恪守真实,用纪实手法写自己的家族历史,而且常常直接用全知的权威的叙事,插入很多历史的交代。《金山》则很少直接交代历史,却专注于人物、故事的营造,并通过这种文学世界的建立,达到一种与历史叙述不同的人文经验的表述。书中的大量人物并不是简化的历史或意识形态的载体。相反,张充分利用长篇小说的优势,把人物性格发展和命运变迁放在大时代的框架中,又给予有条不紊的有心理深度的详细刻画,创造了很多栩栩如生、各有特征的人物,如顽固的麦氏,叛逆的延龄,隐忍大气的六指,由懦至勇的锦河,被金山击败的阿法、锦山,甚至次要人物猫眼、墨斗、阿元、区氏。他们的身心交瘁的劳累与孤独,以及他们为之坚持的梦想的最后破灭几乎都触手可及。

---

[1] 《〈金山〉作者反击"抄袭说":这是一起攻击事件》,《环球华报》2010年12月17日。

这里我想特别强调的是,与多数中外写"金山客"的作品不同,张选取了"一个戴眼镜的年轻人"作她主人公阿发的原型灵感,"除了坚忍、刚烈、忠义这些预定的人物特质之外,我决定剥除他的无知,赋予他知识,或者说,赋予他对知识的向往。一个在乱世中背井离乡的男人,当他用知识打开的眼睛来巡视故乡和他乡时,那会是一种何等的疮痍"。[1] 阿法和六指的知书达理包括含有传统中国人的对知识的尊重和对民族国家的关心,虽是理想化的处理,但是属合情合理,给了全书人物以灵魂。阿法给自己开的洗衣行以一个温文儒雅颇有出处的"竹喧"的名字可以说是神来之笔,既写出阿法在传统民间儒家道家教育中得到的那份文化感,却又点出其迂腐的理想与充满种族歧视为生存而挣扎的唐人街是如何格格不入。这个细节也为后来阿法去见正在访加的李鸿章和冲动地折卖了店铺支持梁启超变法行为都作了铺垫。与阿法所代表的附着儒教精神的早期移民人物相比,当代移民和留学生文学中那些虽受过高等教育却被北美的物质文明招降得一败涂地的王启明们可悲地代表了某种传统和精神的丧失。

《金山》的第三个突破就是对文化的转译与沟通的表现与诠释。这一点我在上面的论述中已经给出了很多具体实例。在文本层面,这还体现在书中极富原创性且饶有象征意味的艾米和欧阳这两个人物和他们的关系的设置。"公元 2004 年初夏,一个叫艾米·史密斯的加拿大女人在一个叫欧阳云安的政府官员陪同下,参拜了广东开平和安乡的方氏家族宗祠,发现族谱里关于方得法家族的记载……"[2] 虽然以往的华美文学不乏移民后代回乡探亲,完成母/父愿的情节——如《喜福会》《妾的儿女》,但常常只是结尾戛然而止的一笔,是第二、三代移民寻根经验的一种具体表现,并且鲜有与国内"史者"的互动的情节。《金山》中,艾米和欧阳是两个把故事贯穿起来,赋予其意义的关键人物,有叙事者的作用。我们看到,从引子中艾米和欧阳一出场开始,这两个有不同背景但又被一个共同任务牵到一起的人物就寓意深刻,将贯穿全书。各个时期主要人物的历史遗迹和谜团就由艾米和欧阳共同挖掘并加以诠释。艾米作为一个 ABC,一个回来寻根的华人后裔,她对祖先的语言和文化知识了解有限,所以她的寻根之旅必须有欧阳的陪伴和帮助才能完成。如果说艾米这个叙事者/人物作为在海外长大的第四代移民在先前的华美文

---

[1] 张翎:《金山》,北京十月文艺出版社,2009 年,"序"第 5 页。
[2] 同上书,第 388 页。

学中多有出现,那么欧阳这个中国地方史家却是张翎的独创。他是一个务实但又幽默,知识渊博却又善解人意的地方政府官员,也是对地方史感兴趣的民间学者,而且其家族与方家有着很深的渊源。与他那些教书先生的前辈一样,是他耐心不着痕迹地引导着"半唐番"艾米一步步接近和了解她的家族和历史。但同时,他也需要艾米的帮助来了解方家在大洋彼岸的历史,以便给他的地方史写作一个完整的叙述。"方家的历史,我还有一个大洞需要填补。作为方得法第四代唯一的后裔,我对你成人以后的故事所知甚少。你能帮我,把这个洞填补起来吗?"[1]而经过一点点的磨合,到书的结尾,他们已经成为默契的朋友,超越了各自开始时利用对方的实际打算而懂得了历史教给他们的真正的任务,即沟通两种文化而写出同一本历史的责任。

正是在这个意义上,张翎的《金山》似乎在提示我们,无论是英文还是汉语写就的族裔文学,它们对世界文学应做的贡献乃是一种沟通,一种通过文化的转译和商讨达到的与过去的沟通,与他者的沟通。

七十年代始的华美文学打破英美主流文学传统的霸权,展现了英文族裔文学沟通多种文化语言的可能性,从而为世界文学做出了贡献;[2]但用汉语写作的中国当代作家直至最近才跳出乡土国族的框架,对此努力有所回应。《扶桑》《金山》从不同角度提出了汉语族裔写作的政治和文化意义这一问题,并用亲身实践,给出各自初步的答案。

必须认识到,汉语族裔写作的成败与否固然与作家们对族裔经验的挖掘和反思有关,同时又与创作者和出版者们如何回应种种市场,官方或民间奖项的诱惑有关。以张翎为代表的汉语族裔写作也只能用文学实绩来证明她们有没有能力拓展中国文学的疆域,使身跨两种或多种文化的生活体验和文化视野的海外中文写作跻身世界文学的行列。这种可能性正是海外中文写作的价值所在。

(原刊于《华文文学》2012 年第 5 期)

---

[1] 张翎:《金山》,北京十月文艺出版社,2009 年,第 446 页。
[2] 参见 Martha J Cutter, *Lost and Found in Translation: Contemporary Ethnic American Writing and the Politics of Language Diversity*, University of North Carolina Press, 2005。

你我之间,永远都有说不完的故事
——詹姆斯与布伯对读

曹卫东

一

2016 年,恰逢大文豪亨利·詹姆斯逝世 100 周年。一个世纪过去了,詹姆斯的小说早已成为了世界文学中的经典,他本人也荣膺"现代小说之父"的桂冠。无论是兰登书屋(Random House)世纪百佳英文小说的榜单上,还是"美国文库"(Library of America)丛书的收录中,詹姆斯的小说都赫然在列,充分说明了其经久不衰的价值。国内读书界并不曾遗忘詹姆斯,其逝世百周年在网络上引起了很大反响,一时也发表了不少报道,既历数了其写作的伟大成就和影响,又带着读者一瞥英美批评界的经典及新锐研究,可谓是对这位大师的一份极好的文化致敬。不过,热闹之中也有冷静,有评论者指出,亨利·詹姆斯在中国实际上仍然是一位被"冷落"的世界级作家,其作品不是没有译介便是中译本绝版已久。这一评论的锋芒所指,主要是詹姆斯著名的晚期三部曲《鸽翼》《使节》《金碗》在国内读书界遇冷的状况。除了 1988 年《使节》由四川人民出版社印行了首部中译本并早已绝版之外[1],其余两部重要的晚期著作《鸽翼》和《金碗》目前皆无中译[2]。当然,考虑到这两部长篇小说皇皇几百页的篇幅及其微妙隽永、萦回往复的文学叙述风格,翻译的难度自不待言。但无论如何,此话可谓道出了国内学界解读詹姆斯的一个尴尬之处。

---

[1] [美]亨利·詹姆斯:《使节》,袁德成、敖凡、曾令富译,四川人民出版社,1988 年。
[2] Henry James, *The Wings of the Dove*, Oxford University Press, 1984; *The Golden Bowl*, Penguin Adult, 1985.

某种意义上,这种尴尬也不无其合理性。虽然,詹姆斯的晚期风格为其赢得了不朽的声誉,"最后三部曲"中的《鸽翼》与《金碗》也屡次被搬上银屏,赢得了阅读公众的喜爱,但事实上却并不怎么受批评家待见。利维斯(F. R. Leavis)在其名作《伟大的传统》中,直言《使节》是糟糕的小说,而更青睐诸如《黛西·米勒》《一位女士的画像》这样的长篇杰作以及那些精美的中短篇作品[1]。就此而言,利维斯在詹姆斯的早期作品和晚期作品之间,画下了一条泾渭分明的界限。利维斯认为,詹姆斯的早期作品主题明确,毫无暧昧之处,在文明冲突的大格局中探索人性道德,具有最可贵的"道德锋芒"。[2] 与此相应,"国际主题"是其作品最鲜明的特征。在一系列全方位的对照之中,欧洲人和美国人之间的龃龉尽显无疑;更进一步说,欧洲社会与美国社会,前者文化厚重,但道德堕落腐朽;后者虽天真有趣,但肤浅浮夸,皆非詹姆斯所寻求的理想社会。詹姆斯的笔触婉转萦回,却又力透纸背:一个保守又唯美的异乡人总在徘徊,为堕落的道德而哀歌,又为优雅美好的人性而赞叹。

欧洲文明与美国思想这一对立模式,成为解读詹姆斯的经典模式。在这幅文化意识形态图谱式解读的形成过程中,利维斯的影响力可谓发挥了核心作用。这种源于利维斯的解读模式,虽然多有偏颇,但毕竟有助于认识到詹姆斯作品的丰富内涵。不过,今天,如果我们更贴近文本,深入到小说叙事的内部层面,对詹姆斯的小说重新加以阐释的话,就会发现一个简单的事实,那就是詹姆斯的所有作品讲的都是爱的故事,而针对其作品的分析,还是要回到爱的概念上来。比如,其早中期的名作《黛西·米勒》《一位女士的画像》《阿斯彭文稿》等等,无不刻画了男女复杂的情感和婚姻的纠葛。再比如,在晚期三部曲中,《鸽翼》与《金碗》的叙事结构相仿,小说人物之间的关系也类似,而人物活动的背景,则都设定为个人私情与社会制度的冲突。

限于篇幅,我们这里就选择其晚期的《鸽翼》和《金碗》作为分析对象[3],以此管窥詹姆斯作品中的爱的概念。发生在一男两女之间的三角恋情构成了《鸽翼》的主要叙事线索。女主人公凯特·科瑞(Kate Cory)出生贫寒,寄居在她富有、势利的姨妈罗德夫人(Maud Lowder)家。她与英俊聪明的穷记者

---

[1] 请参见[英]利维斯:《伟大的传统》,袁伟译,生活·读书·新知三联书店,2009年,第210页。
[2] 同上书,第259页。
[3] 《鸽翼》《金碗》皆鸿篇巨制,对其精炼的概述请参阅 Eric Haralson & Kendall Johnson, *Critical Companion of Henry James: A Literary Reference to His Life and Work*, Facts on Files, 2009。

莫顿（Merton Densher）双双坠入爱河，却遭受家庭的阻扰无法结合。此时，一位年轻貌美且富有的美国小姐米莉（Milly Theale）来到伦敦，与凯特结为好友，并爱上了莫顿。当凯特知道米莉身患重症，并将不久于人世时，她怂恿莫顿诱惑米莉，缔结婚姻以获得遗产。莫顿因深爱凯特无法自拔，违心地实施这场阴谋，但情不自禁又爱上了米莉。而米莉则早已通过友人知悉凯特与莫顿的私情，她假装不知道这场阴谋，在莫顿的陪伴下于威尼斯死去，最后将一大笔遗产留给了莫顿。莫顿重返伦敦，向凯特提起两人结婚的条件，要求凯特同意他自愿放弃米莉留下的遗产。在充满反讽的结局中，两人最终分道扬镳。

《金碗》则刻画了更为复杂的两男两女之间的不伦之情。女主人公玛姬（Maggie Verver）是一位天真富有的美国小姐，她的父亲亚当（Adam Verver）则是著名的收藏家，父女情深甚笃。经朋友芬妮夫妇的介绍，玛姬与一位家道中落的罗马贵族阿姆雷格（Amerigo）结婚。玛姬并不知道这位英俊的夫婿曾与她的好友夏绿蒂（Charlotte Stant）在罗马有过一段刻骨铭心的旧情，而两人终因经济拮据而分手。夏绿蒂到访玛姬家，与阿姆雷格旧情复燃，却又嫁给了玛姬的父亲亚当。这对老夫少妻可谓各怀目的，亚当与夏绿蒂的结合，主要是为了让心爱的女儿安心过自己的生活，而夏绿蒂则希望留在阿姆雷格身边继续旧情。玛姬与父亲不喜交际，而夏绿蒂则趁机与阿姆雷格出双入对。玛姬意外地知晓两人的私情，她因此醒悟，决意挽救婚姻，并对其父亲隐瞒，而实际上亚当对此早有知觉，但为了保住爱女的婚姻，并未道破隐情。此时，阿姆雷格有所悔悟，表达了对玛姬的忠心，并与夏绿蒂断绝了私情。而夏绿蒂面对这种新的处境也心灰意冷，跟随亚当回了美国，帮助他经营收藏博物馆。玛姬通过这场婚姻危机，经历了成长，并领悟到如今这个看起来仍然其乐融融的家庭是她长达几个月努力经营的结果。

亨利·詹姆斯的小说对男女之间情感和婚姻关系的细腻刻画，表达了其独特的爱的概念。就爱作为文学及思想的一个永恒主题来说，不少大家都奉献了其独特的理解，例如托尔斯泰、茨威格等等。那么，贵为现代小说先驱的詹姆斯，其笔下爱的概念，和别人相比到底有什么不同之处呢？如果一言以蔽之，不妨说，詹姆斯的爱情小说，提出了一种关于成长小说的新范式，重新界定了爱在男女共同成长过程中的重要作用。

二

詹姆斯的小说何以是新型的成长小说？这与对詹姆斯小说成就的通常理解有不少距离。历来论者皆考镜源流，以詹姆斯小说为现代意识分析或心理分析的鼻祖。就切中意识问题的敏感和丰富而论，亨利·詹姆斯可谓当之无愧的先驱。在此向度上，无论是与其兄威廉·詹姆斯的思想关系，还是与当代意识哲学的各种亲和性，均有了不少研究成果。[1] 但是，人们往往忽略了詹姆斯的小说尤其关乎男女双方在爱中的共同成长。成长也意味着个体或者说主体的形成。正是在这个意义上，詹姆斯笔下对爱之关系的揭橥，与西方现代思想的另一个重要转向紧密相连。

从思想史来看，这一转向主要基于对笛卡尔以来的主体哲学的批判，力图将对人之本质的理解从"唯我论"的窠臼中解放出来，认为个体须在与"他者"的相遇相知中方始成就自身。关于他者及对话的主题层出不穷，构成了现代哲学的重要景观，其中马丁·布伯倡导的"我与你"的关系分析，堪称最杰出的代表之一，甚至有论者誉其为欧洲哲学的新发端。在其最重要的代表作《我与你》当中，马丁·布伯着重探讨了两类基本关系，"我—你"关系及"我—它"关系。[2] 这两种关系，刻画出了人面对世界的两种模式。所谓"经验世界屈从于原初词'我—它'。原初词'我—你'则创造出关系世界"。在布伯看来，人之"我"具有双重性，因而人作为"我"所步入的世界也具有双重性。人如何建构"我"，人如何成长为"我"，同时也决定了人与世界缔结的关系。布伯所谓的两种基本关系，实际上也是主体的两种成长模式。成长首先关切到主体如何形成，个体如何建构，同时，成长也意味着主体与主体之间交互关系、对话关系的形成。

就此而言，我们可以理解，为何布伯的对话哲学，往往又被冠以"关系"哲学的名称。布伯论述的重点，实际上放在"主体间性"问题上，尤其强调两个基本的维度，一是反对个体主义执迷自我的僵局，二是反对集体主义将个体物化的弊端。前者需要人际参与来疗治，后者则需一种健康的自我中心主义

---

[1] 请参见 Kristin Boudreau, *Henry James' Narrative Technique*, Palgrave Macmillan, 2010, 导言。
[2] [德]马丁·布伯：《我与你》，陈维纲译，商务印书馆，2015年，第8页。

来纠偏。这也意味着,在个体成长的过程中,人必须面临"我—它"和"我—你"之间的关系问题。在布伯看来,"我—它"关系强调的是经验与功用的主客关系。这种关系服务于人的认知,构筑了一种物化关系,其弊端在于阻扰人之精神生活的发展。与此相反,"我—你"关系则表达了人之精神生活的圆融无分:"精神不在'我'之中,它伫立'我'与'你'之间。"[1]人居于精神就意味着通过响应"你",将其全部存在投入关系中。

有了这个基本的分析格局,布伯在面对爱情现象时,也就能够以此两种模式来观照爱的关系。首先,从"我与它"的关系角度出发,"我"与"它"的截然分割,使得人将自己及他人的人生统统分成了"公""私"两大领域,名之曰"社会制度"与"个人情感"。[2]作为孤立之"它",社会制度毫无灵魂,仅仅是僵死的存在;而作为孤立之"我",个人情感则无所依凭,只是转瞬即逝的炽情。在布伯看来,两者常常相互侵犯,放荡不拘的情感往往冲击讲求实际、强调统一性的社会制度,但两者皆非真实的人生,于公于私,想仅凭自由情感而获得新生,都无异于痴人说梦。相反,在布伯看来,对爱之本真领悟恰恰必须着眼于"我"与"你"的关系:"仅当男女双方各自向对方敞开'你'之时,真正的婚姻始会产生,除此而外的任何东西都无法赋予婚姻以生命。'你'并非是双方中任何一方之'我','你'正是据此而玉成婚姻。这即是爱的形而上学,爱的灵魂学,而爱的挚情仅是它附带的产物。"[3]

此种真爱之领悟,包含了三个环节:第一,布伯所强调的精神也好,关系也好,对爱的本真领悟也好,都并不隅于原初词项"我"所指涉的自我意识或灵魂之中,而恰恰是强调"我与你"的这个"与"。这个"与"敞开了一种相互关系,在其中"我"与"你"方能不为因果律所束缚,自由相遇,无所滞阻。在此意义上,爱不是一种自我迷失,也不是一种自我狂热,而是一种相互参与,共同参与。第二,爱虽为一种相互参与,一种强调"与"之关系,但仍允许双方葆有一种健康的自我中心主义,或者说个体主义。"我与你"此项基本关系中的"我",并非"我—它"关系之中的作为具有自我意识的主体,而显示为人格。而人格的存在必须依赖与其他人格的相互关系,用布伯的话来说,"'我'与'你'相依共存,每个人皆可称述'你'而仍为'我'……"[4]反之,"我"与"你"的

---

[1] [德]马丁·布伯:《我与你》,陈维纲译,商务印书馆,2015年,第39页。
[2] 同上书,第42页。
[3] 同上书,第44页。
[4] 同上书,第62页。

分离则带来真爱关系的倾覆,此时,"你"就堕落为"它",落入对象性、功利性的深渊。例如,布伯针对风行一时的性学探讨,驳斥其将你我的融贯关系量化为利用对方来满足自身私欲的一种庸俗形式。第三,这种真爱关系不仅依赖于关系的构筑,也强调对彼此生活的分享与参与。正是这种分享,赋予了"我"或"你"的实在性。正如布伯所指出的,参与令"我"获得丰盈的实在,换言之,"人格把自身意识为参与存在,共同存在,也即是自我意识为在者"。[1]

我们姑且忽略布伯深厚的神学背景,仅就其对人际间的爱情现象的透析而言,布伯可谓精辟地揭示了一种新型的现代情感关系,而破除了以前对爱所做的情本体的理解。在传统的情本体理解中,爱是一出关于纯粹自我的事件,爱的挚情极易走向自我迷失,自我偏执。而布伯则更强调两个自由个体的彼此呼应。这种呼应表现为双方在所建立起来的爱的关系中共同成长,换言之,爱的真谛在于摆脱"我—它"关系的执拗,而走向"我—你"关系的融通。

三

与布伯对爱的分析一样,《鸽翼》与《金碗》可视为对一种现代情感关系的探讨。作为集大成的作品,《鸽翼》和《金碗》可谓汇集了詹姆斯小说种种经典的元素,从而形成了其独特的晚期风格。如果挑选四个关键词来概括这两部小说的模式,不妨说是:旧爱,新婚,阴谋,成长。贯穿在这四个词之间的,则是小说中人物追求爱的行动。如果借助布伯的术语,不妨说,詹姆斯小说笔下的爱情,其本质摇摆在"我—你"关系与"我—它"关系之间,而促成两者转换的,恰恰是"阴谋"。阴谋的揭示带来了真相,而真相要么带来分离,要么带来成长。总而言之,无论是《鸽翼》还是《金碗》中的主人公,都试图摆脱"我—它"关系,而强烈地追求"我—你"关系。

首先来看《鸽翼》。凯特与莫顿郎才女貌,彼此倾心,实为佳偶。但凯特寄人篱下,经济拮据,不得不服从其势利的姨妈罗德夫人。当莫顿为了争取这段感情,与罗德夫人会面时,身处金碧辉煌的华府中,他顿时意识到了他们之间社会地位的悬殊,也理解了罗德夫人想要凯特进入上流社会的意愿。可以说,在"旧爱"关系中,凯特与莫顿,都遭遇到了个人私情与社会制度的强烈冲突。

---

[1] [德]马丁·布伯:《我与你》,陈维纲译,第59页。

此时，富有的美国小姐米莉的出现，使得凯特和莫顿之间的关系更加扑朔迷离。从凯特这一方面来讲，她得知米莉身患罹疾之后，迅速地利用米莉对莫顿的好感，想要通过一场阴谋来实现自己与莫顿的爱情。尽管莫顿实际上一开始拒绝了凯特的要求，多次表达了犹疑和不解，但他出于对凯特的爱，最终卷入了和米莉的新恋情中。但是，在这一场"新婚"中，米莉可不是大众眼里的"傻白甜"。在小说中，凯特曾称米莉为"鸽子"，而米莉接受了这一称号。鸽子是深不可测的欲望的隐喻，暗指围绕着米莉的众多人物，都依据米莉来安排自己的生活和欲望。米莉在与凯特的交往之中，清楚地认识到人与人之间的功用关系。例如，她认识到，马克爵士对她穷追不舍，是因为她的富有和地位，适合做这类具有贵族头衔但却贫穷的欧洲人的妻子。而罗德夫人对她殷勤款待，是因为与她来往便于提升凯特的社交地位。最关键的是，她还得知了凯特与莫顿的旧情，并敏锐地意识到凯特的隐瞒，也无非是别有所图。

阴谋的交织，正是詹姆斯小说的一大特征：在这场爱的游戏中，几乎每一个人都心怀鬼胎。米莉的好朋友苏珊和凯特的姨妈罗德夫人，在得知米莉的病情和她对莫顿的好感之后，也策划了一个阴谋，要促成米莉和莫顿结婚。苏珊从米莉的医生那里得知，与莫顿的交往使得米莉非常开心，有助于病情延缓。而罗德夫人则希望莫顿能与米莉结合，从而达到她一心想要拆散莫顿与凯特的目的。正是在双重阴谋的推动下，这三位年轻人都先后去了威尼斯。在威尼斯，阴谋达到了高潮。莫顿对凯特提出了配合这场阴谋的两个条件：如果米莉主动提出和他结婚，他就如其所愿；如果凯特今晚与他共度一晚，他便留在威尼斯，并勾引米莉。凯特接受了这一要求，之后便离开了威尼斯。

这三位年轻人，实际上都在"我—它"关系中承受煎熬，在彼此之间产生的炽情的推动下，想要以利益交换来实现真正的爱情关系。换言之，在表面上勾心斗角的世俗追求下，真正的动力实际上是对"我—你"关系，对真爱的强烈寻求。莫顿陪伴米莉度过生命中最后的时光，也因此对米莉产生了感情。当米莉死后，他获得了巨额遗产并返还伦敦，对凯特提出了结婚条件，要求凯特无条件地同意他放弃这笔遗产。这一微妙的反讽，再好没有地说明，莫顿通过这场阴谋，清楚地认识到了真爱无法建立在"我—它"关系的基础上。这实际上也是米莉所认识到的，并最终厌弃了的人与人之间的功用关系。他所做的决定，实际上要摆脱的正是米莉的阴影。凯特最终认识到他们之间无法再回到认识米莉之前的状态了,她拒绝作出选择。这个认识带着残酷的爱情经验,重新塑造了凯特和莫顿的人格。男女主人公的这种共同成长,无疑具有一种反讽的道德色彩。

相比之下,《金碗》同样经历了四个阶段,只不过这次面临情感纠葛的是四位男女。阿姆雷格和夏绿蒂也是旧爱,因为经济原因而不得不分手。这场个人私情尽管撞上了社会制度的硬墙,但也从未了断:在阿姆雷格新婚前一天,夏绿蒂到访,表面上是为了参加好友玛姬的婚姻,实则却是对旧日情人阿姆雷格表白心迹。两人一起逛街,在一个古董商店遇上一只心仪的金碗。夏绿蒂最终无法负担要价,阿姆雷格则发现金碗上有一道裂缝,并不完美。这个颇具隐喻意味的相遇,以阿姆雷格劝告夏绿蒂必须结婚而告终。在谈及婚姻时,双方都讲求实际功用,考量对方的社会地位和经济能力,爱虽然炽热,但更多地是一种纯粹的自我中心主义。

阿姆雷格与玛姬的新婚,直接改变了玛姬父亲亚当的处境,这位富有的鳏夫开始面临一些拜金妇女的追求。来访的夏绿蒂以魅力征服了亚当,扮演了曾经玛姬在家庭中的角色。亚当爱上了夏绿蒂,并向她求婚,但这份感情中始终掺入了现实的考量。对于亚当来说,与夏绿蒂的结合不仅可以摆脱其余妇女的追求,也可以让玛姬放心地经营自己的婚姻。而对于夏绿蒂而言,与亚当的结合,是目前唯一能够长期留在阿姆雷格身边的办法。在亚当和夏绿蒂新婚之后,四个人的相处模式迅速发生了变化。喜爱待在家里的玛姬带着孩子重新回到了父亲家里,而阿姆雷格及夏绿蒂则成双成对地出入于各种社交场合,公开调情,暗中私通。实际上,真正被蒙在鼓里的人只有天真的玛姬。亚当不可能对自己妻子和女婿的所作所为毫无察觉,但为了玛姬的幸福,他也有所隐瞒。可以说,除了玛姬之外,其余三人都沉陷于一种"我—它"关系中。

不过,这场阴谋既始于那只金碗,也终结于那只金碗。玛姬为了父亲的生日,偶然路过古董店,买下了金碗。店主送货上门之时,认出了阿姆雷格与夏绿蒂陈列在家里的合影,使得玛姬坐实了对他们的怀疑,明白了他们之间的私情,看清了夏绿蒂与父亲结婚的阴谋。令人惊奇的是,全新的处境反而促使玛姬竭尽全力地要同时拯救自己和父亲的婚姻。她既没有责怪阿姆雷格,也未对夏绿蒂吐露半点消息。相反,她暗示性地与父亲交谈,试图说服亚当相信自己为了幸福婚姻而牺牲了他。正是这场谈话,使得亚当决定带着夏绿蒂回美国一同经营收藏博物馆。玛姬如愿以偿,同时,阿姆雷格也表明自己的立场,坚定地维护与玛姬的婚姻。夏绿蒂始感大势已去,无力回天,这段炽情无所依附,终化为乌有。

《金碗》所描写的这场爱与阴谋的交织不仅惊人,也令人困惑不解。例如,詹姆斯的密友华顿夫人就曾坦言,实在无法想象四个人在如此道德困境中不动声色地生活在一起。她批评詹姆斯剪去了人性的花边,把人物悬在空中。在传统的语境中,詹姆斯的做法不仅让人无法理解,反而有一种淡薄"道德锋芒"之嫌疑。但是,如果我们从"我—它"关系入手,就能够看清楚这种惨淡的关系局面,一方面是由于小说中的个体对象性、功利性的态度,造成了情感关系的断裂,"你"堕落为"它",只是个体为了实现自己私欲的工具和手段,最终爱情关系就变为了僵死的社会存在,产出的仅仅是压抑和绝望。另一方面,小说中的个体之间缺乏对话,缺乏对彼此生活的分享,导致了各自的爱不过是一种固执的自我中心主义。这种自我中心主义无视道德原则,也无视严重后果,根本上是一种爱的迷失。因此,《金碗》中阴谋的最终败露,带来了玛姬的迅速成长。正如小说中精彩的比喻所言,如果把婚姻比作一座金塔,玛姬一直在外面转圈,而从未有好奇心打开门进去打量一下婚姻的实质。当然,玛姬最终产生了这种好奇心,开启了自我反思和成长,培育出了带有纠偏性质的一种健康的个体主义,最后拯救了自己和父亲的婚姻,也结束了这种道德困境。

可以看到,不管《鸽翼》还是《金碗》,都刻画了两种爱的概念。第一种爱的概念是纯粹自我中心主义的,表现为一种自我迷失和自我狂热。这种爱没有参与性,没有对话,而始终将所爱的对象经验化、工具化。与这种爱的概念相应的,是主体在"我—它"关系下的建构。人际关系的危机,往往就源于此。相反,第二种爱的概念则是作为对话,作为情感分享,作为共同行动的爱。这种爱只会发生在你我之间,是相爱之人共同成长、共同铸就的家园。主体在"我—你"关系下的成长,正好相应于这种爱的概念。值得特别指出的是,爱要作为主体间的对话,其基础必须是道德。反观《鸽翼》和《金碗》,其令人惊骇之处就在于,詹姆斯刻画了一种共同欺骗,而这正是最不道德的行为。但是,恰恰在道德困境中,两种爱的概念才发生了转换。小说中男女主人公都意识到"我—它"关系下爱的孱弱无力,都强烈地追求"我—你"关系的真挚,追求真爱之三环节的实现,而这也正是詹姆斯晚期风格的道德意蕴之所在。

四

现在应该可以说,把亨利·詹姆斯的小说理解为一种成长小说,不失为一个合情合理、贴近小说本身的解读。詹姆斯无论早中晚期的作品,实际上都符合这一模式,只不过在晚期作品中,故事情节尤为复杂,此种特征更为突出。不仅如此,我们还必须进一步强调,詹姆斯之所以是现代小说的先驱,就在于他的小说实际上摆脱了传统的成长小说模式,是对西方成长小说的一次革新。

众所周知,成长小说(Bildungsroman)本来是德国文学的一个重要范畴,始于18世纪中后期的德国,勃兴于19世纪。经典的成长小说以歌德的《威廉·迈斯特的学习时代》[1]为代表。小说主要讲述了主人公威廉的成长故事,他从前期"戏剧使命"到后期"塔楼事业",获得了个性上的和谐发展,最终找到了自己在社会中的位置。但是,在歌德开创的成长小说范式中,我们可以看到,主人翁基本上是男性,而女性仅仅是作为促进男性自我主体建构的角色存在。或者说,在传统的成长小说模式中,女性的至高使命表现为一种对男性的先验引导。例如《浮士德》中,甘泪卿对浮士德的意义便是如此。歌德的名言"永恒的女性,引我们上升",可谓对此最好的总结。

例如,在《威廉·迈斯特的学习时代》中,威廉身边有众多的女性形象。在戏剧时期,他的初恋情人玛利亚娜,某种程度上象征了威廉对戏剧的痴迷。而在威廉成长的过程中,诸如菲莉涅、伯爵夫人、奥勒莉亚、特蕾萨等女性角色,都各具特点,或妩媚,或优雅,或高贵,或英勇,皆对威廉的成长起了衬托作用,最终引导威廉遇到象征塔楼时期的女性娜塔莉亚。某种意义上,这个在日常生活中陪伴威廉成长的女性集体,在小说中起到了过渡的作用。最终,只有男性获得了成长,而女性并不成长,而仅仅是作为某种类型化的存在。

如果说,经典的成长小说模式,往往忽略了男女的共同成长,女性要么作为日常生活中具有缺点的反思和陪衬对象,要么就被神圣化,那么,亨利·詹姆斯对成长小说的革新就在于,在他的笔下,男女总是共同成长。爱作为成长的动因,表现为一种共同成长的力量,促使男女双方摆脱"我—它"关系的世俗性和平庸性,走向"我与你"关系之中。这种成长的关键就在于建立起参

---

[1] 参见[德]歌德:《威廉·迈斯特的学习时代》,杨武能译,广西师范大学出版社,2003年。

与关系,分享关系,对话关系。在"我—它"关系的主体建构模式中,起支配作用的是利益关联,男女双方都处于一种彼此利用和共同欺骗的状态。能够促使人们走出这种道德困境的,只有通过爱的成长。亨利·詹姆斯的现代之处,就在于没有神圣化这种关系,没有塑造理想化的、作为引导者的男性或女性。相反,男女双方都在共同行动中参与到了彼此的生活变化中。

我们再看詹姆斯的作品,无论在《鸽翼》还是在《金碗》中,詹姆斯都细腻地刻画了互相欺骗的男女之间你来我往的对手戏。在《鸽翼》中,莫顿周旋于凯特和米莉两位女士所构筑的爱情阴谋之中,最终认识到了爱情的基础必须摆脱"我—它"关系的功利性,因而要求对财产权的放弃。这种观念上的求同和对话,构成了建立"我—你"关系的前提。当然,《鸽翼》的结局是分离的悲剧,因为凯特与莫顿都认识到,两人的爱情并没有真正以对彼此生活的参与和分享为基础,相反,这种爱情受困于个人私情与社会制度无法弥合的冲突。而《金碗》则更细致地刻画了玛姬的成长。用玛姬好友芬妮夫妇的话来说,玛姬会很快地经验和认清"邪恶"的性质,并取得最终的胜利。在得知阿姆雷格与夏绿蒂的私情之后,玛姬在三个家庭成员之间博弈,付出了巨大的努力,最终使得自己和父亲的婚姻驶向了某种妥协。这一结局的性质实际上比较暧昧,既不能说是悲剧,也无法断言其圆满,但把这个结局称之为对话和互动的结果,应该是合理的。

某种程度上,在《鸽翼》和《金碗》的结尾,詹姆斯都给予了小说中人物各自选择的机会,且并未盖棺定论,这一点意味深长。因为,詹姆斯所揭示的爱的行动,是作为对话的爱。这种爱要求双方个体考量自己的处境及道德语境,要求双方考量对方的处境,考量彼此之间的关系,这个过程也许是永远也无法完结的。无论是最终没有结合的凯特和莫顿,还是最终各自选择坚持婚姻的玛姬和阿姆雷格,亚当和夏绿蒂,他们的故事都没有完结,对话也将永远地进行下去。

(原刊于《北京师范大学学报》2017年第3期)

道、神理与时间[1]

史成芳

一、刘勰的"不朽"意念

《文心雕龙》全书五十篇最后一篇是《序志》。一般说来,正如纪晓岚所评:"此全书之总序。"[2]刘勰正是在此表明了他创作本书的意图:"夫文心者,言为文之用心也。"[3]所谓"文心",就是要阐释文章写作的"用心"。刘勰在《序志》中解释了他著作《文心雕龙》的动机和全书的结构体系。这一点已成为研究者的共识。

然而,虽然我们今天固然有理由将《文心雕龙》看作是一部"体大虑周"的文学理论著作,但是刘勰写作此书时却有着他自己的意愿:希望借此实现他的"不朽"理想。

在这短短的一篇序文中,反复多次出现了宇宙无穷和人生须臾的时间对立:

> 夫宇宙绵邈,黎献纷杂,拔萃出类,智术而已。岁月飘忽,性灵不居,腾声飞实,制作而已。
>
> 形同草木之脆,名逾金石之坚。
>
> 茫茫往代,既沈予闻,眇眇来世,倘尘彼观也。
>
> 生也有涯,无涯惟智。[4]

---

[1] 本文为史成芳的专著《诗学中的时间概念》(湖南教育出版社2001年版)中的一部分,该书在2002年获得第十三届"中国图书奖"。
[2] 〔清〕纪晓岚:《文心雕龙评》,清道光十三年广东芸香堂刊本。
[3] 〔梁〕刘勰:《文心雕龙·序志》,载于杨明照校注:《文心雕龙校注》,中华书局,1959年,第317页。
[4] 《文心雕龙·序志》,第317—318页。

另外，在《文心雕龙》全书别处，我们也能见到类似的句子：

> 百姓之群居，苦纷杂而莫显；君子之处世，疾名德之不章。惟英才特达，则炳曜垂文，腾其姓氏悬诸日月焉。[1]

> 嗟夫！身与时舛，志共道申。标心于万古之上，而送怀于千载之下。金石靡矣，声其销乎？[2]

> 百龄影徂，千载心在。[3]

> 一朝综文，千年凝锦。[4]

> 屈平联藻于日月，宋玉交彩于风云。[5]

庄子说："吾生也有涯，而知也无涯。以有涯随无涯，殆矣。"[6]刘勰"生也有涯，无涯惟智"一句本此。在宇宙时间对生命时间的强大压迫下，先哲们惟有寻求精神上的超越，以抗拒生命时间的流逝。庄子如此，儒家思想的创始者孔子亦如此。孔子经常探讨"不朽"问题，如《论语·卫灵公》："子曰：君子疾没世而名不称焉。"[7]刘勰"君子之处世，疾名德之不章"一句亦本此。此外孔子编纂的《左传》中也提出著名的"三不朽"："太上有立德，其次有立功，其次有立言。"[8]面对同样的问题，庄子和孔子走上了不同的道路。庄子试图通过自己"知性"的修炼，通过修身来达到对宇宙精神的体悟，超越自身生命的瞬间性，进入无穷。孔子则希望通过声名的永传后世而达成不朽，实现他的永恒理想。刘勰选择了孔子。在《序志》中，他叙述了自己两次"梦"：

> 予生七龄，乃梦彩云若锦，则攀而采之。齿在逾立，则尝夜梦执丹漆之礼器，随仲尼而南行。旦而寤，乃怡然而喜。大哉圣人之难见也，乃小子之垂梦欤！自人生以来，未有如夫子者也。[9]

似乎是一种神谕在引导着他，去完成攀采"彩云若锦"的梦想。被刘勰誉

---

[1]《文心雕龙·诸子》，第121页。
[2] 同上书，第123页。
[3]《文心雕龙·征圣·赞》，第10页。
[4]《文心雕龙·才略·赞》，第301页。
[5]《文心雕龙·时序》，第283页。
[6]《养生主》，载于〔清〕郭庆藩辑：《诸子集成·庄子集释》，上海书店，1986年，第54页。
[7]《论语·卫灵公》，载于〔清〕刘宝楠：《诸子集成·论语正义》，上海书店，1986年，第342页。
[8]《左传·襄公二十四年》，载于〔晋〕杜预注、〔唐〕孔颖达等正义：《春秋左传正义》，上海古籍出版社，1990年，第609页。
[9]《文心雕龙·序志》，第317页。

为"自人生以来,未有如夫子者也"的仲尼,也曾有过类似的梦:"子曰:久矣!吾不复梦见周公。"[1]《吕氏春秋·博志篇》说:"盖闻孔子墨翟昼日讽诵习业,夜亲见文王周公旦而问焉。"[2]可见孔子是经常梦见周公的。孔子"志于道,据于德,依于仁,游于艺"[3]而建立起自己的儒学思想体系。然而在这一体系的"道""德""仁""艺"四层次中,"艺"居于最低层。《论语注》曰:"道不可体,故志之而已;……德有成形,故可据;……仁者功施于人,故可倚;艺,六艺也,不足据依,故曰游。"[4]孔子"艺"的观念虽然不能等同于今天的艺术,但今天艺术的功用正在某种程度上叠合于孔子时期某些技艺的功能。游于艺,艺术只是"闲暇无事于之游"[5],孔子的"志"在于"道",即周公之道。"郁郁乎文哉,吾从周。"周公成文武之道,制礼作乐,"以化成天下"。这正代表着孔子的最高理想。孔子编《诗经》《春秋》,正是要昭示和阐发周公"制作"本义。孔子也终于通过自己的"制作"完成了他"志道"的理想,从而超越了时间"沈于所闻"[6]的巨大压力,跻身于"永恒者"的行列。

刘勰也希望走上他的精神导师孔子所走过的道路,通过对先世贤圣思想的诠释来建立起自己的"炳曜垂丈""悬诸日月"的事业来。然而,"敷赞圣旨,莫若注经,而马郑诸儒,弘之已精。就有深解,未足立家"[7]。汉代经师对儒家经典的诠释已臻精微,即便再有发明,亦难以超越他们,充其量不过成为诸多经师之一。因而对于实现刘勰的理想来说,实际上是此路不通。

虽然在孔子那里,"游于艺"的"艺"居于道、德、仁、艺之最下层次,但在刘勰看来,它"实经典枝条,五礼资之以成,六典因之致用"[8]。文章的功用在于它传播文明教化,圣人之道借它来表现和阐明,读者由此领悟圣人的思想。因此刘勰在《文心雕龙》第一篇《原道》开篇第一句便赋予它神圣地位:"文之为德也大矣,与天地并生者。"作者也由此找到一条"百龄影徂,千载心在"的"立言"之路。正是这一不朽意念驱使他创作《文心雕龙》。

---

[1] 《论语·述而》,第137页。
[2] 《吕氏春秋·博志》,载于〔东汉〕高诱注:《诸子集成·吕氏春秋》,上海书店,1986年,第314页。
[3] 《论语·述而》,第137页。
[4] 同上。
[5] 同上书,第138页。
[6] 《战国策·赵策》,载于诸祖耿撰:《战国策集注汇考》,江苏古籍出版社,1985年,第968页。
[7] 《文心雕龙·序志》,第317页。
[8] 同上。

二、道的涵义

刘勰《原道》篇中的"道",近世以来有关争论甚多。约而言之,当代批评界有如下几种说法:

1. "自然之道"说。代表人物为黄侃,范文澜亦持此说;
2. "易道"说。代表人物有杨明照、周汝昌等;
3. "儒家之道"说。持此说者甚众,上述"易道"说亦可归入此类;
4. "拼凑"说。代表人物为王元化;
5. "先验神理"说。代表人物为周振甫。

黄侃《文心雕龙札记》虽只薄薄的一小册,但却在近代"文心"之学的兴起上具有划时代的意义。其中不乏高明的意见,至今仍然启迪着今天的学习者和研究者。对于"原道"概念,黄侃是如此解释的:

> 案彦和之意,以为文章本由自然生,故篇中数言自然,一则曰:心生而言立,言立而文明,自然之道也。再则曰:夫岂外饰,盖自然尔。三则曰:谁其尸之,亦神理而已。寻绎其旨,甚为平易。盖人有思心,即有言语,既有言语,即有文章,言语以表思心,文章以代言语,惟圣人为能尽文之妙,所谓道者,如此而已。此与后世言文以载道者截然不同。[1]

按季刚先生所言"自然之道",实为天地万物的基本精神,它不同于"文以载道"之说的某一家之道。他认为彦和"道"的概念本祖于《韩非子·解老篇》中"道者,万物之所然也,万理之所稽也。理者,成物之文也;道者,万物之所以成也"[2]对道的解释。道是生成(becoming)万物的东西,"圣人得之以成文章",它是比文章通常所传达表现的"理"更为先验的东西。而后世常说的"文以载道"之"道",实则等同于"理"。混淆了二者的区别,使得后世"文章之事,愈瘠愈削,浸成为一种枯槁之形,而世之为文者,亦不复揅究学术,研寻真知,而惟此言之尚,然则阶之厉者,非文以载道之说而又谁乎?"[3]

季刚先生对"自然之道"所论极为精湛,尊崇自然确实是中国文学的最高

---

[1] 黄侃:《文心雕龙札记》,中华书局,1962 年,第 3 页。
[2] 《韩非子·解老篇》,载于〔清〕王先慎集解:《诸子集成·韩非子集解》,上海书店,1986 年,第 107 页。
[3] 《文心雕龙札记》,第 4 页。

原则。"惟圣人为能尽文之妙",所谓尽文之妙,就是自然而然,是一种自由的创作境界。如苏东坡所言:"吾文如万斛源泉,不择地而出。在平地滔滔汩汩,虽一日千里无难。及其与山石曲折,随物赋形,而不可知也。所可知者,常行于所当行,常止于所不可不止,如是而已矣。"[1]

然而刘勰不是司空图,他创作《文心雕龙》也并非要弘扬"自然"精神。正如有研究者已经指出,季刚"自然之道"说,其病在于割裂了刘勰《原道》篇同后文《宗经》《征圣》之间的关联。而这种关联,刘勰在《序志》中已经明言:"盖文心之作也,本乎道,师乎圣,体乎经,酌乎纬,变乎骚。文之枢纽,亦云极矣。"[2]范文澜注《文心雕龙》时似乎注意到了这一点:

> 按彦和于篇中屡言"心生而言立,言立而文明,自然之道也","夫岂外饰,盖自然尔","故知道沿圣以垂文,圣因文而明道"。综此以观,所谓道者,即自然之道,亦即《宗经》篇所谓恒久之至道。……彦和所称之道,自指圣贤之大道而言,故篇后承以《征圣》《宗经》二篇,义旨甚明,与空言文以载道者殊。[3]

范文澜这里的"自然之道"实际上是儒家之道,是"圣贤之大道"。因此他的理解不同于黄侃作为天地基本精神的自然之道。

对儒家之道的理解也各有不同的说法。如杨明照认为《原道》之道只是"易"道。他说:

> 文原于道的论点……是来源于《周易》。理由是:篇中除屡用《周易》的故实外,如"丽天之象","理地之形","高卑定位,两仪既生","观天文以极变,察人文以成化"之类,都是《周易》上面的说法,其他的经书是不经见的。[4]

周汝昌先生亦赞同"易道"说:

> 其实,刘勰所谓道,就是《易》道,更确切些说,就是魏晋以来,以王弼为代表的融会老、易而为一的易道。……其思想中的理想圣人,一方面

---

[1] 〔宋〕苏东坡:《文说》,载于陶秋英选编:《宋金元文论选》,人民文学出版社,1984年,第174页。
[2] 《文心雕龙·序志》,第318页。
[3] 范文澜:《文心雕龙注》,人民文学出版社,1958年,第3—4页。
[4] 杨明照:《从〈文心雕龙〉中〈原道〉〈序志〉两篇看刘勰的思想》,载于甫之、涂光社主编:《〈文心雕龙〉研究论文选1949—1982》,齐鲁书社,1987年,第75页。

是"法道",是"德合自然"(这是道家的),然而另一方面又并不废弃儒家名教,相反,而是以"自然为体,以名教为用"的。[1]

周汝昌先生所说的易道是"融会老、易而为一体的易道",持论似较公允。在刘勰所处的魏晋玄学时代,易、老、庄被称为"三玄",刘勰的宇宙构成模式中,易的成分确实居于极其重要的地位。在《原道》篇中刘勰反复引征了作儒家"群经之首"的《易》。然而在刘勰的时代,这似乎是一种普遍性的倾向。当时对文学本体论问题的探讨,似乎最后都要归结到《周易》上来,如,挚虞《文章流别论》:"文章者,所以宣上下之象,明人伦之序,穷理尽性,以究万物之宜者也。"[2]这里"宣上下之象""穷理尽性""以究万物之宜"分别出典于《易·系辞下》之"古者包牺氏之王天下也,仰则观象于天,俯则观法于地"[3],以及《系辞上》之"易与天地准,故能弥纶天地之道。仰以观于天文,俯以察于地理"[4];《说卦》之"穷理尽性,以至于命"[5];《系辞上》"象其物宜",孔颖达《正义》曰:"圣人又法象其物之所宜。若象阳物,宜于刚也;若象阴物,宜于柔也。是各象其物之所宜。"[6]挚虞将文章之象同易象联系在一起,从而为文章找到本体论的根据。昭明太子萧统在《文选序》中也说:"……逮乎伏羲氏之王天下也,始画八卦,造书契以代结绳之政,由是文籍生焉。《易》曰:'观乎天文,以察时变;观乎人文,以化成天下。'"[7]陆机《文赋》:"俯贻则于来叶,仰观象乎古人。济文武于将坠,宣风声于不泯。涂无远而不弥,理无微而不纶。配沾润于云雨,象变化乎鬼神。"[8]陆机描述文章的话语同样是人们常常用来描述伏牺氏画卦的话语。

然而同为持儒家之道说,也有不同于此的看法。如日本学者户田浩晓,一方面承认"对刘勰来说,作为'言文'根源的'人文',原本发端于太极,而《易》是推究太极之理的,故五经之中,《易》为大本,《诗》《书》《礼》《春秋》四者

---

[1] 《从〈文心雕龙〉中〈原道〉〈序志〉两篇看刘勰的思想》,第322页。
[2] 〔晋〕挚虞:《文章流别论》,载于郭绍虞主编:《中国历代文论选》,中华书局,1962年,第157页。
[3] 《周易·系辞下》,载于〔魏〕王弼等注、〔唐〕孔颖达等正义:《周易正义》,上海古籍出版社,1990年,第186页。
[4] 《周易·系辞上》,第149页。
[5] 《周易·说卦》,第185页。
[6] 《周易·系辞上》,第152页。
[7] 〔梁〕萧统:《文选序》,载于《中国历代文论选》,第289页。
[8] 〔晋〕陆机:《文赋》,载于《中国历代文论选》,第142页。

皆出于《易》"[1]；另一方面则又认为，"文为载道之器的思想，是一种认为用文章效用经世的功利主义文学观。刘勰是带有这种意味的功利主义的批评家"。[2] 户田浩晓作为论据的是《征圣》中下面一段：

> 夫子文章，可得而闻，则圣人之情，见乎文辞矣。先王圣化，布在方册；夫子风采，溢于格言。是以远称唐世，则焕乎为盛；近褒周代，则郁乎可从。此政化贵文之征也。郑伯入陈，以立辞为功；宋置折俎，以多文举礼。此事绩贵文之征也。褒美子产，则云"言以足志，文以足言"；泛论君子，则云"情欲信，辞欲巧"。此修身贵文之征也。[3]

用后世载道的思想来看，这一段文字中似乎确实包含有刘勰的"功利主义文学观"。然而刘勰的主旨是论文，且此篇文题为"征圣"。这一"征"字大含深意。《易》云："圣人有以见天下之赜，而拟诸其形容，象其物宜，是故谓之象。""……于是始作八卦，以通神明之德，以类万物之情。"[4] 圣人是以卦象传达世界原初意义的人。同样作为圣人的孔子，也是"有以见天下之赜，而拟诸其形容，象其物宜"，只不过他用来"通神明之德，以类万物之情"的"象"是文字而"书契"不是伏牺氏"八卦"，这些文字就是儒家经典。儒家经典由此成为后世文章的模范。"先王圣化，布在方册。"儒家的先王之道表现于儒家经典之中，只有征之于圣，才能从中体悟圣人之道，并进而体悟圣人立言之道，也就是文章之道。这或许是刘勰"征圣"的本义？推究太极之理的易道与"文为载道之器"的"效用经世的功利主义"的文章之道之间也许存在一个时间差。太极思想存在于《易经》与《易传》中，但文章"载道"的思想似乎较为晚出，甚至晚于刘勰本人的时代。

对"原道"的解释中另一代表是王元化。王元化的《文心雕龙创作论》对中国文学理论界曾经起到过启蒙作用。王氏对刘勰的"创作论"予以充分肯定，但却否定其本体论部分，称其"原道"是一种"拼凑"：

> 《原道篇》的理论骨干是以《系辞》为主，并杂取《文言》、《说卦》、《象辞》、《象辞》，以及《大戴礼记》等一些片断拼凑而成。不管刘勰采取了怎

---

[1] [日]户田浩晓：《文心雕龙研究》，曹旭译，上海古籍出版社，1992年，第45页。
[2] 《文心雕龙研究》，第46页。
[3] 《文心雕龙·征圣》，第9页。
[4] 《周易·系辞上》，第152页；《周易·系辞下》，第186页。

样混乱的形式,有一点很清楚,这就是他以为天地万物来自太极。《原道篇》所谓"人文之元,肇自太极",显然是从"太极生两仪"这一说法硬套出来的。这样,他就通过太极这一环节,使文学形成问题和《易传》旧有的宇宙起源假说勉强地结合在一起。《文心雕龙》一书的体例同样露出了这种拼凑的明显痕迹。[1]

……

《原道篇》所谓"道心唯微,神理设教",也同样是为了表明道心或神理的神秘性。不过,道心虽然是不可捉摸的,神理虽然是难以辨认的,但由于"元圣创典,素王述训,莫不原道心以敷章,研神理以设教",圣人用来实行教化的经典却容易理解。这样,他就作出了圣心是道的具现,经文是道文的具现的结论。于是,在他的文学起源中,作为"恒久之至道,不刊之鸿教"的儒家圣人经典,也就被装饰了神圣的光圈,成为凌驾一切的永恒真理了。

这种儒学唯心主义观点使刘勰的文学起源论采取了极其混乱而荒唐的形式,自然这也会对《文心雕龙》创作论发生一定影响。不过,总的说来,刘勰的文学创作论并不完全受到他的文学起源论先验结构的拘囿,其中时时闪露出卓识创建。[2]

用今天的眼光去看,刘勰的文学起源论似乎确实有些陈旧。一个时代奉为金科玉律的东西,在另一个时代沦为陈词滥调,甚至是必须打破的陈规。"时运交移,质文代变。古今情理,如可言乎!"[3]文学的观念确实是在变化,然而也许还是刘勰说得对,这种变化只不过是重"质"和重"文"的嬗递而已。今天人们看世界的方法完全不同于刘勰的时代,但如果将"文以载道"同"文艺为政治服务"联系在一起,谁又敢肯定其间一千多年的时间真的存在文学观念的进化?王元化对刘勰文艺起源论的批评无疑具有其时代意义,但如果从学术史的角度看,这种简单而粗暴地将其贴上"极其混乱而荒唐"的标签,无疑是割裂了刘勰同他的时代的联系。其实在刘勰的时代,相信宇宙万物起源于某种神秘的道,并非一家一派的观念,而是一种普遍的信仰。刘勰所遵

---

[1] 王元化:《刘勰的文学起源论与文学创作论》,《文心雕龙讲疏》,上海古籍出版社,1992年,第53页。
[2] 《刘勰的文学起源论与文学创作论》,第63页。
[3] 《文心雕龙·时序》,第283页。

从的儒家是如此,相信"道生一,一生二,二生三,三生万物"老庄道家如此,刘勰所潜心研究的佛教亦如此。刘勰曾精研佛理,他所著的《灭惑论》中说:"至道宗极,理归乎一;妙法真境,本故无二。"[1]在他看来,佛家的"妙法真境"同中国传统的"道""本故无二"。前面已经说过,在刘勰同时代,其他的诗学的形而上论者也同刘勰有着同样的宇宙观。由此,宇宙万物来源于道,这已成为上古中国人对世界的基本看法,刘勰的"拼凑",只不过是要从儒家经典中找到理据,为文学的起源找到一个"合法性"的说法而已。

在对刘勰"原道"说的众多诠释者中,周振甫的"先验神理说"似乎更有意味。周振甫说:"'……谁其尸之,亦神理而已。'这个'神理',是造成'河出图,洛出书'以及传达天命的玉版丹文的神秘力量,不再是客观规律了。"[2]"'心生而言立,言立而文明',这个心就是能够体认神理的圣人之心;这个文就是圣人的'道沿圣以垂文'的文。这个道就是先验的神理、人文之元……"[3]"因此,这个'道'也不是自然形成的客观规律,是'原道心以敷章,研神理而设教'的'道心''神理',而'道心''神理'是先天地而存在的,是先验的。"[4]

道即神理,为文以明道,"道沿圣以垂文,圣因文而明道",这就将道——圣——文联系在一起。下面的分析将把《原道》《征圣》《宗经》结合在一起进一步探讨刘勰的神理说。

三、神理说与神谕说

在《原道》开篇,刘勰首先描述了"自然之文":"日月叠璧,以垂丽天之象;山川焕绮,以铺理地之形。"[5]这自然之文,也就是道之文。然而只有人的出现,这道之文才有了读者,人因此成为自然的主体:"惟人参之,性灵所钟,是谓三才。为五行之秀,实天地之心。"[6]人成了自然的精神("天地之心"),由人的出现而产生语言,由语言而产生文学:"心生而言立,言立而文明,自然之道也。"

---

[1] [梁]刘勰:《灭惑论》,载于[梁]释僧祐:《弘明集(卷第八)》,中华书局,1936年,第7页。
[2] 周振甫:《文心雕龙注释》,人民文学出版社,1981年,第17页。
[3] 同上书,第18页。
[4] 同上书,第19页。
[5] 《文心雕龙·原道》,第1页。
[6] 同上。

在人以语言对"道之文"进行描述的时候，人文的历史也就开始了："人文之元，肇自太极。幽赞神明，易象惟先。庖牺画其始，仲尼翼其终。而乾坤两位，独制文言。言之文也，天地之心哉。"[1]人文之元，是来自太极，而太极，文明不能以后世道教的说法来参证。道教常常将太极理解为"元气"等，它是道教宇宙起源的第一推动，是宇宙的初始时间。而在此处，刘勰说得非常明白，它是"人文之元"。因此我们可以说，太极是"道之文"的最初象征，而后世圣人，为"幽赞神明"，创作了易象来诠释太极，儒家圣人"制作"的历史由此开始了。从道之文到天地之心的出现，到太极，再到儒家经典《文言》的出现，这一时间上的演进过程，等同于宇宙起源的过程。儒家圣人"莫不原道心以敷章，研神理而设教，……观天文以极变，察人文以成化"。而"道心唯微"，道心神奥莫测，惟有圣人能推究道心的本原，并以文字符号来诠释。"研神理而设教"，这里"神理"如何理解？它同"道心"关系若何？我们须结合全文来理解。《文心雕龙》全书多次出现"神理"这一概念：

> 谁其尸之？亦神理而已。
> 研神理而设教。
> 道心惟微，神理设教。[2]
> 经显，圣训也；纬隐，神教也。
> 圣训宜广，神教宜约；而今纬多于经，神理更繁，其伪二矣。[3]
> 赞曰：民生而志，歌咏所含。兴发皇世，风流二南。神理共契，政序相参。英华弥缛，万代永耽。[4]
> 五色杂而成黼黻，五音比而成韶夏，五情发而为辞章，神理之数也。[5]
> 造化赋形，肢体必双；神理为用，事不孤立。夫心生文辞，运裁百虑，高下相须，自然成对。[6]

上面七例援引自张少康先生所辑录[7]。周振甫先生提出先验神理说，但

---

[1]《文心雕龙·原道》，第1页。
[2] 同上书，第2页。
[3]《文心雕龙·正纬》，第20页。
[4]《文心雕龙·明诗》，第36页。
[5]《文心雕龙·情采》，第216页。
[6]《文心雕龙·丽辞》，第235页。
[7] 张少康：《文心雕龙新探》，齐鲁书社，1987年，第34—35页。

他并未对"神理"和"道"作出区分。张少康先生则直接肯定神理即道,他认为,上述七处"讲'神理',其基本含义都是相同的,都是指神明所启示予人类的客观规律,亦即是'道'"〔1〕。

如果单独看神理,其含义似乎与道相同。既然两个概念相同,作者又何以要在道以外另立一神理?我们将道同神理放在一起,就能发现其中微妙的差别。"道心惟微,神理设教。"道心是幽微神奥的,它何以能设教,何以向众生展露出来?圣人"研神理而设教"。惟圣人彻悟自然之道,并将其传达给众人。由于圣人的出现,"为五行之秀,实天地之心",纯粹的宇宙自然之道中加入了"心"的因素。这样,圣人便成为架通众人和道心之间的桥梁。圣人参悟道心,并通过"研神理以设教"来传达道心。我们再回到上面引征的七例,也同样能证明这一点。"谁其尸之?亦神理而已",这里神理所"尸"亦即所主宰的是河图、洛书、玉版、丹文,是人文的最初经典,而非"日月叠壁,以垂丽天之象;山川焕绮,以铺理地之形"那种自然之道的天文和地文;"而今纬多于经,神理更繁",刘勰认为,"纬隐,神教也"。纬书本应是隐喻和象征的,它对神理的显示应该是暗示性的,它不同于经书的明晰精确;如果纬书说理繁琐而无暗示性,只能证明它是伪书;"民生而志,歌咏所含。兴发皇世,风流二南。神理共契,政序相参",作为诗歌经典的《诗经》,同时也是儒家经典。三皇之世,民众的歌咏感兴,亦与神理相契合,表现为社会伦理秩序的完美形式。三皇时代是儒家的理想国,刘勰认为《诗经》体现了这一时代的基本精神,它契合于神理;"故立文之道,其理有三:一曰形文,五色是也;二曰声文,五音是也;三曰情文,五性是也。五色杂而成黼黻,五音比而成韶夏,五情发而为辞章,神理之数也"〔2〕,黼黻意指古代的礼服,五色杂而成礼服而非一般常服或时装,这"形文"必然同儒家礼教有关,因为它本身是"礼"的象征;"五音比而成韶夏"之韶夏,则是儒家理想的乐,孔子在《论语》中多次赞颂过韶乐:

子谓《韶》,尽美矣,又尽善也。〔3〕

子曰:行夏之时,承殷之辂,服周之冕,乐则韶舞,放郑声,远佞人〔4〕。

---

〔1〕 张少康:《文心雕龙新探》,齐鲁书社,1987年,第34—35页。
〔2〕 《文心雕龙·神采》,第216页。
〔3〕 《论语·八佾》,第73页。
〔4〕 《论语·卫灵公》,第339页。

> 子在齐闻韶,三月不知肉味,曰:"不图为乐之至于斯也。"〔1〕

韶、夏,分别作为舜乐和夏乐,作为过去时代乐之典范,在儒家学说创始者看来,其中包含着过去时间之成为理想时间的某种东西,孔子认为,它能对今天的社会秩序发生积极作用。它就是刘勰所说的"神理"。

作为"情文"的"五性之文"是诗歌:"五情发而为辞章",前面谈"诗言志"时已多所论述。这样,刘勰所说的形文、声文、情文实际上是对孔子"兴于诗,立于礼,成于乐"的阐发。"造化赋形,肢体必双;神理为用,事不孤立",在刘勰看来,作为修辞方法之一种的骈俪文学形式,也是"神理"的显现。

综上所述,我们可以看出,刘勰的文学本体论中,最高层次是"道",然而"道心惟微",道幽深而神奥,我们对道的理解只有以圣人为中介:"道沿圣以垂文",通过圣人的津梁,道显现在文中,这里道就是"神理",文即是儒家经典,"经也者,恒久之至道,不刊之鸿教也"。〔2〕

然而,在刘勰的道—圣—经—文这种共时性的深层结构中,实际上有着一种历时性的时间秩序。《宗经·赞》曰:"三极彝道,训深稽古。致化归一,分教斯五。性灵熔匠,文章奥府。渊哉铄乎,群言之祖。"〔3〕"三极彝训"就是本篇开头所说的"其书言经"。而"经也者,恒久之至道,不刊之鸿教也"。经本是言天、地、人"三极"之至道的,然而由于时间久远,经典也经历了一个分化演绎的过程,出现了"条流纷糅"的局面。黄侃说:

> "皇世三坟"至"大宝咸耀",此数语用伪孔《尚书序》义。彼文曰:春秋左氏传曰:楚左史倚相能读三坟五典八索九丘,即谓上世帝王遗书也,先君孔子生于周末,睹史籍之烦文,惧览者之不一,遂乃定礼乐,明旧章,删诗为三百篇,约为史记而修《春秋》,赞《易》道以黜八索,述职方以除九丘。〔4〕

诚如黄侃所言,刘勰是袭用孔安国的说法,因此认为孔子删《诗》、订《易》、修《春秋》,是为了回到"经"的纯正源头,回到"道深稽古"的"皇世三坟"时代。孔安国解释道:

---

〔1〕《论语·述而》,第141页。
〔2〕《文心雕龙·宗经》,第13页。
〔3〕同上书,第15页。
〔4〕《文心雕龙札记》,第13页。

  伏牺、神农、黄帝之书谓之《三坟》,言大道也;少昊、颛顼、高辛、唐、虞之书谓之《五典》,言常道也;八卦之说谓之《八索》,求其义也;九州之志谓之《九丘》,丘,聚也,言九州所有,土地所生,风气所宜,皆聚此书也。[1]

  刘勰既接受了上述说法,当亦不会不受孔安国对《三坟》《五典》《八索》《九丘》作如此解释的影响。在孔安国那里,从《三坟》《五典》到《八索》《九丘》,经历了一个从大道、常道、意义、风物的过程,这一过程是一个如庄子所说的"德之下衰"的过程。而惟圣人孔子出世,重新沿波讨源、除芜去杂,使经典重新奠定其"动性灵之奥区,极文章之骨髓"的本质。如黄侃所论:

  《汉书·儒林传序》:六艺者,王教之典籍,先王致至治之成法也。盖古之时,道术未裂,学皆在于王官;王泽既竭,学亦分散,其在于诗书礼乐者,惟宣尼能明之。宗经者,则古昔,称先王,而折衷于孔子也。夫六艺所载,政教学艺耳,文章之用,隆之至于能载政教学艺而止。挹其流者,必撢其原,揽其末者,必循其柢。此为文之宜宗经一矣。[2]

  "道术未裂"的上古时期,道和权力结合在一起,"学皆在于王官",道通过权力而表现在社会秩序上,所谓"王道",道既然是帝王之道,王就是道了。这种道和帝王权力完美结合的时代,就是儒家的理想时代。而"王泽既竭,学亦分散",纯正的大道演绎为六艺所体现的道,隐含于《诗》《书》《礼》《乐》之中,这就是刘勰取则于古昔、求导于先王的原由。

  刘勰"宗经"还有更深层次的意思。孔子时代,"道术已裂",而孔子重新使其回归到"皇世"的纯粹时代。然而,孔子之后,学术文化又面临着分化的局面:"……建言修辞,鲜克宗经。是以楚艳汉侈,流弊不还。"[3]刘勰自当效法他的精神导师孔子,"正末归本,不其懿欤!"[4]能够正本清源,重新回到孔子的经典,当然是一件流传万世的美德!

  因此刘勰之道虽然也可以说是天地自然的基本规律,但它完美地体现在

---

[1]《尚书序》,载于[汉]孔安国、[唐]孔颖达等正义:《尚书正义》,上海古籍出版社,1990年,第6—7页。
[2]《文心雕龙札记》,第13页。
[3]《文心雕龙·宗经》,第15页。
[4] 同上。

上古时代《三坟》《五典》的"至道"之中,时间的方向不是向上指向某个神秘的上帝或宇宙的中心,而是向过去指向人文发生的初始,在这一时间的源头,道同社会秩序完美地结合,并体现在当时的经典之中。"道沿圣以垂文",道通过圣人之心而显现于上古经典之中;"圣因文而明道",圣人又凭借文章经典而传达一种神理,宇宙的基本精神便隐含于这种神理之中。对于"文心",对于写作主体来说这又是一个可逆的过程:写作者应该超越时间对上古至道的湮没,体味圣人之道的"神理",从而直至"道心",要做到这一点,惟有"宗经","经也者,恒久之至道,不刊之鸿教也"。宗经就是要模拟上古理想时代的文章经典,那才是后世文章的完美典范。

这样,在刘勰的文学本体论中,时间的方向是向后指向过去,这一过去时间便是人文发生的源头,是理想时代的时间。道和理想的文章联系在一起,道的所在也就是绝对美的所在。时间的分裂方向就是庄子所说的"德之下衰"的方向。在绝对美和写作的表现之间有一个中介,那就是"圣人"之文,即儒家经典。写作的目的便是超越现在时间的雾障,在圣贤之文的引导下,回到过去,回归绝对美的时代:"是以远称唐世,则焕乎为盛;近褒周代,则郁哉可从。"[1]此二句分别出自《论语·泰伯》:"子曰:大哉尧之为君也!巍巍乎,唯天为大,唯尧则之。……焕乎,其有文章。"[2]以及《论语·八佾》:"子曰:周监于二代,郁郁乎文哉。吾从周。"[3]尧之所以"大哉",是因为他"能法天而行"[4],而"唯天为大",尧能读懂天的喻义,因而成为圣人,因而"焕乎,其有文章";周之所以"郁郁乎文哉",是因为"周监于二代",效法尧舜,因而周之文章振发,亦成为后世模范。

刘勰的诗学因此是"道"的诗学。然而他的"道"即"神理",其时间方向是指向过去。道的诗学也就是过去时间的诗学。柏拉图认为,人的认识是对灵魂的回忆。刘勰的原道、征圣、宗经也都是在一种意义上对过去时间的追忆,这种过去时间不是个体生命的时间,而是作为集体记忆的过去时间。

---

[1]《文心雕龙·征圣》,第9页。
[2]《论语·泰伯》,第166页。
[3]《论语·八佾》,第56页。
[4]《论语·泰伯》,第166页。

冈仓天心的中国之行与中国认识[*]

周 阅

冈仓天心(1863—1913),本名角藏,后更名觉三,是日本著名美术评论家、美术教育家和思想家,其一生恰好贯穿并且深刻嵌入了动荡的明治时代(1868—1912)。天心在美术领域建树颇丰,历任日本文部省图画教育调查会委员(1884年)、帝国博物馆美术部部长(1889年)、东京美术学校校长(1890年)、东京雕工总会副会长(1895年)、美国波士顿美术馆东方部部长(1904年)等职,创办了美术刊物《国华》(1889年)并创建了日本演艺协会(1889年)、日本青年绘画协会(1891年)、日本美术院(1898年)等。

1890年10月,天心以27岁的芳华之龄履任东京美术学校[1]校长。此前一个月,他已开始在东京美术学校讲授"日本美术史"及"泰西美术史"课程。这里涉及两个"第一":其一,东京美术学校是日本历史上第一所也是很长时间内唯一一所国立美术院校;其二,"日本美术史"与"泰西美术史"是日本历史上出现的第一个现代学科意义上的"美术史"课程。从1890至1893年,天心将作为普通科二年级"美术史"和专修科一年级"美学及美术史"这两个科目的集体研修课程的"日本美术史",以每周每门各两课时的频度连续讲授了三年。[2] 课程讲义《日本美术史》即是日本第一部现代意义上的美术史叙述。天心当年撰写的讲义底本早已散佚,如今所见全本,主要依照1922年日本美术院版的《天心全集》中所录《日本美术史》[3]及1944年创元社版《冈仓天心全集》中所录《日本美术史》,并在此基础上进一步综合其后发现的六

---

[*] 本文为北京语言大学梧桐创新平台项目资助(中央高校基本科研业务费专项资金)(16PT08)的阶段性成果。
[1] 东京美术学校1887年宣布成立,1889年1月正式招收第一届学生,为东京艺术大学前身。
[2] 详见「解题」,收入『岡倉天心全集』(第四卷),东京:平凡社,1980年,第524页。
[3] 日本美术院版《天心全集》中所收《日本美术史》,是依据该校昭和24年9月开始的一学年间,学生们所记录的23本笔记稍加修正而成。

种学生笔记整理而成。该书虽名曰"日本美术史",而且天心本人也强调其内容"以我邦为主,中国美术沿革只不过是为了说明我国美术史"[1],然而,其中涉及中国美术的篇幅却并不少。其后他所撰写的东京帝国大学讲义《泰东巧艺史》也仍然是一部"以中国美术为中心兼论日本的美术史"。[2]《日本美术史》当中的中国美术论,概其主旨,有三点值得注意:

第一,天心非常强调中国美术对日本的影响。如在"推古时代"一节,天心指出:"不得不说推古朝时期之美术乃受中国影响而成为佛教式的美术。"(「日」:20)在"平安时代"一节,天心以大量篇幅论述了中国的唐代美术,究其原因是"就唐朝文化之影响而言,谓平安时代受唐朝精神之支配亦无不可……故平安时代之唐朝文物,经七、八十年亦生日本化之势,虽非一味模仿唐朝,然唐之气脉尤贯穿于平安时代之文物美术矣"。(「日」:70)在"镰仓时代"一节,天心论及此期的日本美术具有刚健与优美两大性质,而"其第二性质,乃宋人之风渐次输入而成。"(「日」:97)在"足利时代"一节,天心又以雪舟等杨、雪村周继、周文等人为例,论述了他们与中国的关系:"概而言之,当时宋风盛行,一方面产生了因禅宗之输入而热爱淡泊的一派,其中有壮健的雪舟一系,又有柔软的周文风格之一派。"(「日」:121)在最后的"德川时代"一节,天心又梳理了狩野家绘画风格的各种元素,列举出的第一条就是"中国风格":"此期中国学兴起,中国风格大行其道。"(「日」:142)

不独在该讲义当中,天心在同一时期的其他论说中亦反复强调研究日本美术离不开中国,如发表在《国华》1890 年 8 月第 14 号上的《中国古代的美术》,其撰写时间恰值天心开讲日本美术史之际,作者在开篇即写道:"要探寻我国美术的渊源,不得不远溯至遥远的汉魏六朝。"然后他对此进行了阐发:"大概我国自上古以来所拥有的独特艺术,本就毋庸置疑;但假若参照自雄略朝以降,画工大多为归化人、雕刻工匠进入日本、做佛像的工人也成为进贡品等史实,就法隆寺内的诸多佛像来考察,那么就必须去追溯中国古代的创作体系。"[3]可以说,中国要素贯穿于天心的日本美术史叙述始末。

第二,尽管中国美术并非《日本美术史》的核心内容,但实际上天心已经勾勒出了最早的独立的中国美术史脉络,如该讲义的第二节"推古时代"共计

---

[1] 冈仓天心:「日本美術史」,收入『岡倉天心全集』(第四卷),第 8—9 页。后文出自同一著作的引文,将随文标出该著名称简称"日"和引文出处页码,不再另注。
[2] 佐藤道信『明治国家と近代美術美の政治学』,東京:吉川弘文館,1999 年,第 141—142 页。
[3] [日]冈仓天心:《中国的美术及其他》,蔡春华译,中华书局,2009 年,第 205 页。

25 页(据平凡社版全集),其中近 13 页是在叙述中国自黄帝至六朝的美术史;而在"平安时代"一节,天心还绘制了略图帮助读者以感性方式把握历史脉络:

值得注意的是,这里显然采用了中国与日本相互并置、两相对照的历史分期呈现方式。当代日本学者也读出了天心《日本美术史》中论及中国美术的分量,如金子敏也就将该书定性为"并列说明日本与中国美术的亚洲美术史"[1]。

第三,天心认为中国各地文化的诸多因子统一于唐朝:"中国六朝时的诸种分子统一于唐朝,复生出纯粹之中国,适逢这一机运,唐朝美术消化了西域式的文化,成为一种中国式的文化。"(「日」:75)换言之,吸纳了西域文化的唐朝美术再次代表了统一而纯粹的中国文化。

上述有关中国美术的观点呈现在天心总结日本美术史的专论当中,但其后未久,在该课程结束的同一年及至翌年,天心的中国认识出现了显著的变化:

首先,天心不再强调中国美术对日本的影响,转而强调"日本美术独立论"。1894 年 2 月 25 日,在"东邦协会与大日本教育会临时演讲会"上,天心发表了题为《中国的美术》的演说,他在发言中断言:"我感到安心的是,日本美术是独立的。我国美术绝不是中国美术的一个支脉。尽管日本美术对中国多有接受,但其出色之处较中国为多。即便受中国之影响,也借由对其施加变化而能够清晰地证明日本美术之独立。"[2]此处,天心虽无法否认中国的影响,但他从两个层面对这一影响进行了消解:第一,即使不得不承认中国的影响,日本自身也是优于中国的;第二,即使那些接受中国影响的部分,也是被日本改造过了的影响,借此反而能证明日本区别于中国的独立性。后来,在《探究中国美术的端绪》一文中,天心再次以宣言式的口吻写道:"我想向各位重申一遍我刚才说过的话:日本美术与中国有着巨大的差异,这绝不是件

---

[1] 金子敏也:『宗教としての芸術岡倉天心と明治近代化の光と影』,市川:つなん出版,2007 年,第 130 页。

[2] 岡倉天心:「支那の美術」,收入『岡倉天心全集』(第三卷),東京:平凡社,1979 年,第 208 页。后文出自同一著作的引文,将随文标出该著名称简称"支"和引文出处页码,不再另注。

耻辱的事。"[1]这些言论《日本美术史》中"当时中国美术之精华非日本所能企及"(「日」：15)一类观点相比，已可谓大相径庭。早先的《日本美术史》大谈中国美术之影响，不久之后面世的《中国的美术》却又力倡日本美术之独立，这一转变着实耐人寻味。

此外，天心没有沿着业已粗略勾勒出的中国美术史脉络进一步细化充实，而是提出了"在中国，无中国"的论断："我对中国的第一个感受，就是没有中国。说没有中国或许有些可笑，但换言之，即所谓中国的共性是难以把捉的。"(「支」：200)在"东邦协会与大日本教育会临时演讲会"上，他以自己的首次中国之行为依据，结合旅途中拍摄的幻灯片论述道："在所谓的山川风土、生活、语言、人种、政治上，属于中国的共性真的存在吗？想要抽取出这种共性是不可能的……不存在一以贯之的中国，所以说'中国无共性'。"[2]

这些言论实际上抹杀了天心自己曾勾画过的中国独立的美术史，解构了中国作为一个国家的独立性。整部《日本美术史》已成功地梳理出中国"黄帝→夏→殷→周→汉→六朝→唐→宋……"的历史脉络，然而在《中国的美术》一书中，天心却撇开自己曾经描画过的历史连续性，转而强调时代和区域的差异性："关于中国我们能说出'此为唐'、'此为汉'、'此为元明'等时代之差异，然倘若深究中国之性质，便在历史时代之外又生出地方之差别，要认识中国究竟为何，诚为难事矣。"(「支」：200)难言"中国究竟为何"这一观点不过是"无中国论"的变相表达。

再者，天心不再坚持唐朝"诞生出纯粹之中国"，也不再强调唐朝美术"构成一种中国式的文化"，而是提出了著名的"南北中国论"。1893年9月，天心用英文记录了如下文字："Is China one nation?"(中国是一个国家吗？)"N[orth] and S[outh] has great individuality."(南北差异甚巨。)比照几个月前还在课堂上传授的"纯粹的中国"(純粋の支那)和"一种中国式的文化"(一種の支那のもの)，这里的设问及自答——"中国是一个国家吗？""[中国]南北差异甚巨。"显然呈现出了巨大的反差。不仅如此，天心还进一步写道："China at Europe, north German, south French, Tatar Russia……"(若

---

[1] [日]冈仓天心：《中国的美术及其他》，第255页。
[2] 同上书，第241页。

置中国于欧洲,则北如德国,南如法国,蒙古如俄国……)〔1〕这里,天心将中国比附于欧洲,认为中国北方是德国,南方是法国,而鞑靼(蒙古地区)是俄国。他还在不同的文章中反复强调这一点,如在《关于中国的美术》中说,"盖考察之际,中国非单独之国而是一种欧罗巴。恰如欧洲由数类人种组成,中国亦由数类人种组成。为有地区特质之故,犹如欧洲未有包容全体之共性,中国亦难把握其共性"〔2〕;在《山笑录》中又重申:"中国真乃一种欧洲。欧洲没有全体之共性,若强言之,则只有基督教;中国亦无全体之共性,若要强求,大概仅有儒教而已。"〔3〕

值得注意的是,针对作为比附对象的欧洲,天心同样以"非统一性"进行了解构:"然而所谓欧美者究竟何在?欧美诸国制度沿革皆异,宗教与风俗并非一定,故甲国为是者而乙国为非,亦不无其例。若一概以欧罗巴论之,虽闻之堂皇,而实则并不存在所谓欧罗巴者。"〔4〕既然欧洲并不存在,那么与欧洲同样没有统一文化的中国也不存在,如此一来,就彻底地完成了对中国的消解。

天心曾专门撰文《中国南北的区别》(《国华》1894年3月第54号),把中国南北归纳为"河边文化"和"江边文化","河边"指黄河流域,而"江边"指长江流域:"黄河之边千里无垠……然扬子江边层峦危峰","河边树木稀少,江边葱翠欲滴。河边气候干燥,江边水汽丰沛。河边多旱,江边多雨。河边朔风裂肌,江边全无严冬","河江两边人民之容貌体格实有差异,却也相似","于政治变迁亦可窥此二分子之动摇","至于文化现象,江河亦大异其趣"(「支」:98—100)。上述言论从"地理气候""容貌体格""语言气质""政治变迁""文化现象"等几个方面强调中国南北差异。天心的"南北中国论"对后学也产生了不小的影响,如桑原骘藏(1871—1931)便受其启发,先后撰写了《晋室的南渡与南方的开发》(《艺文》1914年第10号)、《从历史上看南中国的开发》(《雄辩》1919年第10卷第5号)、《历史上所见之南北中国》(《白鸟博士还历纪念东洋史论丛》,1925年)等等。

---

〔1〕 详见冈仓天心:「支那旅行日誌(明治二十六年)」,收入『冈仓天心全集』(第五卷),東京:平凡社,1979年,第54—55頁。
〔2〕 冈倉天心:「支那美術ニ就テ」,收入『冈倉天心全集』(第五卷),第148頁。
〔3〕 冈倉覺三:「山笑錄」,長尾正憲、野本淳整理,載『五浦論叢:茨城大学五浦美術文化研究所紀要』1994年第2号,第32頁。
〔4〕 冈倉天心:「鑑画会に於て」,收入『冈倉天心全集』(第三卷),第174頁。

那么，为什么在如此短暂的时段内，天心的中国认识就发生了如此巨大的变化，甚至呈现出前后矛盾的观点呢？其中很重要的一个原因就是，他进行了为期近半年的中国旅行。1893年5月，天心结束了"日本美术史"课程，"7月1日，东京美术学校将包括横山秀麿（大观）在内的第一期八名毕业生送入了社会。天心作为美术政策的草创者，同时作为美术学校的校长无疑体会到了双重的满足"[1]，而后，天心踌躇满志地开启了第一次踏查中国的旅程。此次中国之行是奉日本宫内省管辖的帝国博物馆之命考察中国美术，旅途费用均由宫内省支付。1893年（明治二十六年）7月，天心从长崎出发，经釜山、仁川，从塘沽登岸，先后踏访了天津、北京、洛阳（龙门石窟）、西安、成都、重庆、汉口、上海等地，历经近半年，于当年12月返回日本神户。在此之前，天心的中国知识全部来源于典籍文献，而此次旅行一方面让天心感受到了中国的广袤，同时也使他获得了对中国美术的感性认识。天心将实地踏查中的所见所闻所感记录在《清国旅中杂记》《山笑录》《中国旅行日志（明治二十六年）》及《中国行杂缀》等著述中。

在中国旅行之前，天心曾奉文部省之命于1886年10月与他的老师费诺罗萨（Ernest F. Fenollosa，1853—1908）同行，赴欧美考察美术长达九个月。因此，对天心来说，首次中国之行便成为培养他横跨"西方"与"东方"文化视角的重要契机。中国之行使天心的书本知识得到了感性印证，但同时也在很大程度上修正了他之前的认识和观念。东京大学教授村田雄二郎就此指出："在冈仓天心自身的中国观构成上，这次旅行无疑地扮演了决定性的角色。"[2]

但是，造成天心的中国认识发生如此巨大转变的原因，并不仅仅是看到积贫积弱的中国现状那么简单，其背后还伴随着近代民族国家的确立以及"国家主义"萌芽等社会历史因素。

从世界范围的时代背景来看，天心的中国考察也是近代日本的中国踏查风潮中的一部分；而日本的中国踏查之风，又是在近代西方殖民主义风潮的刺激下形成的。十九世纪，欧美各国在亚洲的殖民活动逐步扩大。英国1824年开始侵略缅甸，1839年以后又连续三次对阿富汗发动侵略战争；1858年，

---

[1] 金子敏也『宗教としての芸術岡倉天心と明治近代化の光と影』，第147页。
[2] ［日］村田雄二郎：《冈仓天心的中国南北异同论》，《华东师范大学学报（哲学社会科学版）》2015年第4期，第13页。

英属东印度公司结束代管，正式把权力移交给维多利亚女王；1860年俄罗斯侵占中国东北滨海地区，建立港口城市符拉迪沃斯托克；美国于1853年以"黑船事件"结束了日本二百余年的"锁国"，又在1898年继西班牙之后统治菲律宾。与此相应，在十九世纪末、二十世纪初，西欧各国掀起了一波又一波世界范围的"边境探险"，其核心地带除了美洲腹地外，大体在所谓"西域"地区。俄、英、德、法名目各异的调查团和探险队络绎不绝地奔向西域。俄国人普尔热瓦尔斯基（Николáй Михáйлович Пржевáльский，1839—1888）从1870年开始直到离世，曾四次到中国西部探险。[1] 瑞典探险家斯文·赫定（Sven Hedin，1865—1952）自1895年始先后五次考察中国新疆及西藏地区，发现了楼兰古城。柯兹洛夫（Козлов）探险队于1908年在阿拉善沙漠发现了"死城哈拉浩特"，随后掠取了黑城的大量珍宝。奥尔登堡（Ольденбург，Сергей Фёдорович，1863—1934）于1909—1910年和1914—1915年两度率领俄国中亚考察队踏查中国新疆和敦煌，掠取了大量新疆文物和敦煌文献。在这样的世界局势下，日本也不甘落后。为了配合对外扩张的国家战略，日本假"学术考察"之名而进行的对华调查逐步展开并且日益活跃，在甲午和日俄两场战争之后尤甚。比如，最早对云冈石窟展开调查研究的就是日本东京帝国大学的建筑史家伊东忠太（1867—1954），他在1902年对湮没无闻的云冈石窟进行了考察，其调研结果被称为佛教美术史上的大发现。此外，京都西本愿寺法主大谷光瑞（1876—1948）从1902年起三次派遣中亚探险队的故事更是尽人皆知。天心在而立之年首度赴中国旅行，可以说既是个人意愿又是时代裹挟的结果。

从天心个人来看，他并不是一个单纯的美术鉴赏家或者唯艺术论的美术史家，而首先是一位明治时代的官僚。天心被称为"生于幕末的国际人"：他7岁就到美国人詹姆斯·鲍拉（James Ballagh）的私塾学习英语；后被寄养在长延寺跟随玄导和尚学习汉文，研修四书五经，其间英语学习仍未间断；12岁上下已经能作汉诗；14岁入女画家奥原晴湖门下学习南画；16岁师从加藤樱老学琴；17岁完成汉诗集《三匝堂诗草》，一路"从天才神童走向精英官僚"。[2]

---

[1] 普氏野马就是普尔热瓦尔斯基首先发现，并于1881年由俄国学者波利亚科夫正式以他的名字命名的。此外，普氏羚羊也是普尔热瓦尔斯基发现并以他的名字命名的。二者都是濒危保护动物。
[2] 详见ワタリウム美術館編集：『岡倉天心日本文化と世界戦略』，東京：平凡社，2005年，第50、56頁。

1880年(明治十三年),天心从东京大学文学部毕业,"文学部"虽然名为"文学",但该系学生在校期间修习的专业却是政治学、理财学(相当于现今的经济学)和哲学,与如今所理解的文学并无太多关涉。而天心毕业后也非常符合设置该专业的初衷,顺理成章地入职文部省,成为一名官僚。他的大学毕业论文最初是《国家论》,被妻子付之一炬后,仅用两周时间便以英文完成了《美术论》。虽然《国家论》原稿内容已经无从查考,但在如此短暂的时间内能够迅速写出《美术论》,这一点非常值得注意。实际上,天心眼中的"美术"从一开始就是近代国家的表征,他对美术的言说,从根本上讲是对民族国家的论述。已故日本美术史研究家刘晓路指出:"冈仓天心的美术史也是'以论代史',美术史只不过是其复兴日本美术、倡导日本美术中心论、日本美术优秀论的工具……正是由于这些理论,冈仓天心在今天日本的地位远远高出大村西崖。"[1]

1889年10月,天心与高桥健三共同策划创办了美术杂志《国华》,该刊持续出刊一百多年,至今仍是日本最权威的东洋古典美术研究刊物。天心在创刊号上发表《〈国华〉发刊词》,开宗明义地指出:"夫美术者,国家之精髓也。"在该发刊词的结尾,他更是踌躇满志地宣称:"盖《国华》欲保持日本美术之真相,希望日本美术据其特质而进化。将来之美术乃国民之美术。《国华》将以国民之姿不懈倡导守护本国美术之必要。"[2]由刊物的定名即可见天心将美术视为国粹的观念。日本当代著名的美术史家辻惟雄也认为,《国华》的"名字乍一看让人不禁联想起国粹主义",其"出版的目的是向西方展现其真正的价值";而这一目的与东京美术学校的专业设置理念是一致的,该校开始招生的时候不设西洋画科,在明治维新之后西风劲吹的年代可谓有意为之,"这说明天心等人为芬诺洛萨[费诺罗萨]所激发的民族主义理念,再次左右了政府的美术教育方针"[3]。与此相应,天心为东京美术学校亲自设计的校服也颇具意味。他根据圣德太子肖像画中所见奈良朝的官服设计了复古风的校服,由于太过另类,走上街头就会遭人侧目,所以当时的学生横山大观等人都羞于穿着。他自己穿的校长服也是亲手设计:头戴冠帽,身着"阙腋袍",足蹬

---

[1] 刘晓路:《日本的中国美术研究与大村西崖》,《美术观察》2001年第7期,第54页。
[2] 岡倉天心:「『国華』発刊ノ辞」,收入『岡倉天心全集』(第三卷),第42、48页。
[3] [日]辻惟雄:《图说日本美术史》,蔡敦达、邬利明译,生活·读书·新知三联书店,2016年,第319页。

"海豹靴"。[1] 所谓"阙腋袍"(けってきのほう),是旧时日本武官在宫廷节日(節会せちえ)或天皇行幸的仪仗中穿着的正式礼服。从特立独行的服装传递出来的正是"国粹主义"的信息。

天心在1890年提交给文部省的《说明东京美术学校》中,再度明确阐发了美术与国家的关系:"美术乃为表彰文化,发扬国家之光辉,使人民之心思趋于优美,为开明生活之要具矣。"[2]显然,天心是将美术作为建设近代国家的重要工具。即使在他因过于特立独行等原因被迫辞去东京美术学校校长职务后,重整旗鼓创立日本美术院并组织院展时,依然是"旨在创造新的日本画样式",其宏大目标就是要"画出不亚于西洋绘画规模的日本画"。[3]

实际上,日本明治时代从国家层面对"美术"及"美术史"的建构,是对内国家战略的重要内容。因此,作为高等美术教育机构的东京美术学校的建校以及用于初等和中等教育的图画教科书的编纂等,全部责任者均来自文部省。这种战略性政策具体表现为三个方面的"美术行政措施":一是作为殖产兴业的工艺美术品的振兴与输出;二是古代美术的保护;三是美术教育制度的确立。[4]天心参与了全部三个方面的工作,而且都担任了要职,因此可以说天心是日本近代"美术"这一国家制度的事实上的确立者。美术史研究专家、国际日本文化研究中心教授稻贺繁美指出:"从十九世纪后半期到二十世纪初叶,亚洲各民族,在西欧列强的帝国主义殖民地状况下,'发明'并重新设定与'西欧'对抗的、国民的或文化的自我同一性,甚或将其作为国家目标来追求。'东洋美术史'的架构,也是与这一运动一体化而浮出地表的一种理念或思考。"[5]因此,对天心美术史叙述的考察,应当置于近代日本的自我认识以及亚洲认识的历史场域之中。

必须注意的是,导致天心中国认识乃至亚洲认识发生变化的首次中国旅行,恰恰发生在甲午战争爆发前夕:"在近代日本形成'日本美术史'之时,作

---

[1] 参见ワタリウム美術館編集『岡倉天心日本文化と世界戦略』,第85頁。书中附有天心身着校长服的照片。
[2] 岡倉天心:「説明東京美術学校」,收入『岡倉天心全集』第三卷,第369—370頁。
[3] 辻惟雄:《图说日本美术史》,第319页。
[4] 相关内容参见佐藤道信『「日本美術」誕生近代日本の「ことば」と戦略』,第四章,東京:講談社,1996年,第124—149頁。
[5] 稲賀繁美:「理念としてのアジア——岡倉天心と東洋美術史の構想、そしてその顛末」,載『國文學』2000年第45卷8号,第11頁。

为其理念支柱的是以国家主义和天皇制为背景的皇国史观……这是因为由甲午战争胜利而成为'东洋盟主'的日本,构筑了从其自身立场出发、作为发扬国威重要一环的'东洋美术史'。"[1]在这样的整体历史语境中,天心的思想确实包含有国粹主义、亚洲主义的要素。他在中国旅行之后强调日本美术的独立,实际上就隐含着将中国他者化的动机,而这种动机正反映了日本明治时代的整体思想文化。日本之所以要"脱亚入欧",也是要将整个亚洲他者化,通过这一操作来主张日本及其文化的自主性。应该说,是天心的中国之行以及促成其中国之行的日本国家主义思想共同影响了他的中国认识,而这一新的中国认识又清晰地渗透在其美术论之中。此后,天心在其美术史的建构中致力于以日本取代中国成为亚洲的引领者。

整个明治时代,日本的现代化道路是以全盘西化为表征的,这个过程几乎影响了从法律、医学到文学、哲学等所有学问和艺术门类。创立于1887年的东京音乐学校可谓是一个典型的例子,该校作为日本第一所专业音乐学校,是日本现代音乐教育的肇始。在创办之时该校并不接纳东洋音乐,由此足见"西化"之一斑。然而,东京美术学校却是一个特例,尽管其他领域的日本"传统"在西化浪潮中纷纷遭到蔑视和排斥,但美术领域的"传统"却得到空前重视和大力弘扬。这当然与十九世纪后半期以浮世绘版画为代表的日本绘画在欧洲画坛——特别是印象派那里获得的青睐以及继此而风靡整个欧洲的日本艺术热颇有关联,也与费诺罗萨对日本传统美术的发现直接相关,但同时也与主创者天心的理念有非常密切的关系。天心将美术史作为手段与西方中心论相抗衡,他要借助美术史的叙述向世界展现以日本为核心的现代东方文化。正因为如此,他才把日本看作一座"美术馆",以汇聚并繁盛于日本的东方美术的共同成就,在世界地图上标的东方文化、标的日本。这一诉求也被当代日本学者柄谷行人留意到了,他在《民族与美学》中论述了美学与建构民族认同之间的关系,指出"冈仓将亚洲的历史理解成作为理念自我实现的美术的历史,在这个意义上是非常黑格尔式的"[2],黑格尔立足西方的"共同美学"来建构西方认同,而冈仓天心亦如是:

> 然而,重要的不是狭义的美术馆,此前我已经指出现代的"世界史"

---

[1] 佐藤道信:『明治国家と近代美術美の政治学』,第124—125页。
[2] [日]柄谷行人:《作为美术馆的历史——冈仓天心与费诺罗萨》,收入柄谷行人《民族与美学》,薛羽译,西北大学出版社,2016年,第107页。

本身就是美术馆这样一种装置。冈仓明确自觉的也在于此。他并不是狭隘的民族主义者。因为他经常将"东洋"置于视野之中。别的民族主义者强调日本的独特性，冈仓却坦率地承认日本的思想、宗教都依靠着亚洲大陆。[1]

恰如柄谷所言，天心并不是一个狭隘的国家主义者或民族主义者。清水多吉在其专著《冈仓天心：美与背叛》中也指出："虽然觉三也接近被称为国粹主义或国民主义的'日本'及'日本人'，但其国家情感并不是狭隘的国粹主义。相反，可以说是与泛东亚式的国际主义互不干涉的国民主义。"[2]天心在提出"南北中国论"时的那句"China is great when the 2 combines!"（南北联合的中国是伟大的！）亦可为证。[3] 东京大学教授林少阳认为，天心将日本置于东洋内部但同时又坚持由日本引领东洋："日本在与西方相遇的过程中也面临着自己面对西方文化时的文化认同问题，是该将日本放在'东洋'内部还是外部的问题。将自己放在'东洋'外部的是保守的神道国学派学者，反之，则是日本中国学（东洋史）、冈仓美术史。当然后者涉及作为新的强权处于上升阶段的日本希望成为'东洋'盟主的欲望问题。"[4]天心在《日本美术史》中对中国美术的叙述，一方面是通过溯源来发掘日本的传统，以抗衡西洋；另一方面也是借美术来树立日本民族自信和确立日本国家认同。

还有一点应当留意，随着天心在亚洲内部的日本与中国、日本与印度以及超越亚洲的东方与西方之间的往返游走，他思想中的国粹主义和亚洲主义因子也在不断地消长变化。首次中国旅行之后，天心于1901年12月至1902年10月，受日本内务省之命前往印度考察了一年。此次的印度之行使他在日本和中国之外看到了更加开阔的亚洲，说"印度与中国与日本的美术有着不可分离的关系"，同时这次印度之行也启发了他架构"东洋美术史"的新手段："随着对此类事物的逐步思考，我们获得了研究中国以及东洋古典美术的崭新立脚点。我尤其感到，亚细亚的古代美术恰如一幅织物，这幅织物中的日本是以中国为经、以印度为纬编织而成的。"[5]这里可以清晰地看到两点，一

---

[1] [日]柄谷行人：《作为美术馆的历史——冈仓天心与费诺罗萨》，第110页。
[2] 清水多吉：『岡倉天心美と裏切り』，東京：中央公論新社，2013年，第126—127页。
[3] 岡倉天心：「支那旅行日誌（明治二十六年）」，第55页。
[4] 林少阳：《明治日本美术史的起点与欧洲印度学的关系——冈仓天心的美术史与明治印度学及东洋史学的关系》，《东北亚外语研究》2016年第2期，第37页。
[5] 详见岡倉天心：「印度美術談」，收入『岡倉天心全集』（第三卷），第262—263页。

是天心的"东洋美术"的范围已经超出了由中国、朝鲜和日本构成的"东亚"，而将南亚的印度也涵括其中了；二是天心将印度与中国一道作为日本美术之经纬，以此为基础展开其东洋美术史的叙述。正是在此次印度之行期间，天心用英文写作了《东洋的理想》，开篇一句即著名的"Asia is one"（亚洲一体）。此时，天心已经十分自觉地认为，对美术的言说以及美术史的建构在本质上可以成为一种国家政治。因此，与其说天心在美术中看到了东洋的一体(oneness)，"或者更应该说是他发明了一种'东洋'"[1]。这样，他便可以借用这一"东洋"中的印度，在"东洋"内部，通过在美术史叙述中强调印度而将中国的核心位置相对化，借此打破日本一千多年来的围绕中国展开的历史叙述；而在"东洋"之外，又通过强调印度来为抵抗欧洲中心主义助力，贡献于日本近代民族国家的建构。[2]

　　竹内好鲜明地指出了天心的复杂性："天心是难以定论的思想家，而且，在某种意义上他又是危险的。所谓难以定论，是由于他的思想内含着拒绝定型化的因素，所谓危险，是缘于他带有不断释放放射能的性质。"[3]正因如此，天心在战争期间才会被"日本浪漫派"所利用，被挖掘成为他们的某种思想资源，而天心将日本视为美术馆的思考也被以盟主自居的"大东亚共荣圈"的意识形态所征用。天心正是这样一位复杂而又多变的美术史家和思想家。他的中国认识和亚洲认识，不只是在首次中国之行时有所变化，在此后多次踏访中国[4]以及赴美任职的过程中，都有着不断的自我修正，而其自我修正也都离不开近代以来动荡的历史文化语境——日本在亚洲乃至世界格局当中的角力。

（原刊于《外国文学评论》2019 年第 1 期）

---

[1]　柄谷行人：《作为美术馆的历史——冈仓天心与费诺罗萨》，第 107 页。
[2]　参见林少阳：《明治日本美术史的起点与欧洲印度学的关系——冈仓天心的美术史与明治印度学及东洋史学的关系》，第 30 页。
[3]　竹内好「岡倉天心」，收入『日本とアジア』，ちくま学芸文庫，1993 年，第 396 页。
[4]　天心一生五次到过中国，前四次为旅行，最后一次是路过。第二次是 1906 年 10 月至 1907 年 2 月，以波士顿美术馆中国、日本部顾问的身份帮助搜集、购买中国艺术品，写有《支那旅行日志（明治 39—40 年）》，途中曾与大谷探险队成员会面。第三次是 1908 年 6 月至 7 月，在视察欧洲回国途中顺路踏访了沈阳、天津、北京。第四次是 1912 年 5 月至 6 月，帮助波士顿美术馆购买中国古代美术品，留下了《九州·支那旅行日志（明治 45 年）》《中日艺术品新藏品展》(Exhibition of Recent Acquisitions in Chinese and Japanese Arts) 等著述。第五次是 1912 年 8 月从日本前往印度途经上海和香港。

重估钱穆的新保守主义价值

马向阳

回望二十世纪,钱穆的学术事业像是一座高标卓立的"孤峰"现象。在过去百年来中国近代学术的延续和变迁潮流中,"变"与"不变"、"激进"与"保守"、"新"与"旧"的争论,成为若干关键历史时期的重要路标;而钱穆的学术志业,既代表着一座不为时俗所动、守旧又不忘求变的思想孤峰,又像是变革大潮中的一股安静回转的深沉潜流,自成其独特源流之体系,为后人理解 20 世纪中国学术思想演变的复杂性提供了一种不同的视角。

很长一段时间以来,钱穆的学术思想都被冠以"保守主义"。这样的一种学术标签,固然离不开五四时期特定的时代氛围,尤其值得注意的是,早在 1919 年之前,青年钱穆"已逐月看《新青年》杂志,新思想新潮流纷至涌来。而余决心重温旧书,乃不为时代潮流挟卷而去"[1],钱穆独特的学术追求更是他本人在学术价值和路径取向上的一种主动选择。百年之后,我们重估新文化运动的遗产,反而会更加清晰地发现,钱穆所坚守的"保守主义"有着更为复杂、斑驳、多变的时代底色,这种底色不仅仅是一边"新青年"、一边"温旧书"的新旧并陈,更有"除旧开新"[2]、"若守旧而实求新"[3]、"于旧机构中发现新生命"[4]的钱氏学术特色。特定历史时期中西思想激荡交变在钱穆学术思想中的表现,并非意味着落后、保守、恋旧的"保守主义"四个字所能概括,笔者在没有找到更好的表述之际,姑且用"新保守主义"一词描述钱穆学术思想中"新旧交融、刨旧为新"的复杂面貌,接下来,我试图以钱穆学术生涯的两个不同时期的一些典型面貌特征分别加以论述。

---

[1] 钱穆:《八十忆双亲师友杂忆》,生活·读书·新知三联书店,2008 年,第 93 页。
[2] 钱穆:《国史大纲》,商务印书馆,2009 年,第 889 页。
[3] 钱穆:《国史新论》,九州出版社,2019 年,第 5 页。
[4] 钱穆:《政学私言》,商务印书馆,1945 年,第 9 页。

一、何谓"新保守主义"？

保守主义(Conservatism)是一个舶来品，西方学界一般将之追溯到十八世纪英国著名学者柏克(Edmund Burk)批评反思法国大革命所开创的那一脉政治思想。按照学者钱满素的说法，保守主义一般包含以下几个显著特征：首先是守旧，尊重历史传统；其次是倾向于已被证实的事物，不相信未被证实的抽象理念；其三，保守并不意味着思想僵化，或者反对变化，保守主义所反对的是突变；第四，保守主义者一般主张对人性保持警惕，强调个人责任、家庭意义、社会整合和谐，重视公民权利(私人财产)，反对大政府模式和政府干预。[1]

诚然，保守主义被移植到中国之后，尤其从政治领域转移到文化领域之后，被赋予了特别的语境和色彩。这其中，最大的文化误读是首先对之进行了道德判断，尤其在二十世纪上半期中国社会思潮迎来剧变的这一特殊时期，按照钱穆学生余英时的说法，这一时期激进主义成为时代思想之主流，大多数知识分子在采取了"激进"的价值取向之后，对于另一端的"传统"则施以一种凌厉无前的道德谴责，从此"保守"和"激进"的关系成为"恶"与"善"或"黑暗"与"光明"等之类不能并存的关系。这样的文化误读，完全忽视了西方政治学领域保守派、自由派、激进派三大派别之间相互依存、相激相荡、不加道德褒贬等基本含义。

基于知人论世的判断不难发现，虽然钱穆的治学方向和当时学界的主流相背离，但是仅仅用"保守派"或者"保守主义"来形容钱穆的学术思想，并非公允之论。如果将近代学术史中的"保守主义"放在时代语境中加以考察，当年恐怕找不出一个严格意义上的"保守主义者"，因为当时激进主义和保守主义所不同之处，并非变与不变的对立关系，而仅仅在于"变"多少、怎样"变"以及"变"的速度而已。因此接近全变、速变、暴变一端的，成了所谓的"激进派"，而接受渐变、缓变的一端，则成了"保守派"。

关于钱穆学术思想的保守主义，国内已有学者徐国利、成雷鸣[2]分别从

---

[1] 钱满素：《美国自由主义的历史变迁》，生活·读书·新知三联书店，2006年，第197、199页。
[2] 分别见于徐国利：《中国现代文化保守主义史家对传统史学的新书写——以钱穆前期的传统中国史学研究为例》，《河北学刊》2014年第4期；成雷鸣：《"后五四时代"背景中钱穆文化保守主义思想研究》，山东大学硕士论文，2012年5月。

史学书写和思想内涵等方面加以考察研究,这些研究都沿用了保守主义的描述对于钱穆的学术思想进行粗线条、概念化的阐发,而忽略了这一标签下钱穆学术体系中除旧开新、推陈出新、温故知新等细微而复杂的学术探索路径和脉络。也有学者瞿骏、张晓唯[1]分别从青年钱穆的求学路径和学术交往人际网络探究钱穆学术与新文化运动外离内合的内在勾连关系。

笔者认为,如果沿用中国近代思想史中"激进主义"和"保守主义"的分析框架,钱穆作为一个非典型的"保守主义"者,其"新保守主义"姿态恰恰表现为他是一个"保守主义"阵容中孤独的"离经叛道者"——早年废今文、古文之辨反击康有为托古改制,中年发愤著通史与"革新派""科学派"分道扬镳,1949年离家去国在香港创办新亚书院之时,小心翼翼地与"新儒家"划清界限,钱穆独特的学术价值取向和路径,更像是一个激进派中的保守者,或者是保守主义中的激进派。钱穆毕生的学术实践都在破除门户之见,力图从"守旧"中"维新",去解决那个"东西文化孰得孰失、孰优孰劣"的维系一生的"大问题"上。

如果用"新保守主义"来概括钱穆的学术思想,笔者认为,这种"新"至少表现在以下三个层面:首先,从学术宗旨上而言,钱穆一生推崇守旧为开新、守旧只是一种基本的策略或者路径,其学术探索的本质仍是以开新为目的的研究志趣;其次,从学术的研究方法上来说,钱穆的学术体系都是建立在以新学(包括其所代表的西方文化)为参照、以旧学为素材的方法论之上,他的"史学殊无新旧"论和代表作品《国史大纲》就是最好的注脚;最后,钱穆的人生实践都融合在新学、旧学这两条河流中,他一方面恪守经世致用、知行合一的儒学传统,另一方面他又远离政治,兀兀穷年著书育人,以1700万言的著述阐释他萦萦于怀的那个中西文化比较的时代"大问题"——以钱穆的知识结构而论,也许他关于西方文化的诸多论述中确有可以商榷之处,但如此用心如一、归宗于中西文化之辨的学术志业,即便在钱穆的同时代学人中,也并不多见。

以下,我试以钱穆学术生涯中两个不同的阶段来论述其"新保守主义"的种种复杂面貌。一般来说,钱穆的学术事业可以分为两个时期:以1949年钱

---

[1] 分别见于瞿骏:《觅路的小镇青年——钱穆与五四运动再探》,《近代史研究》2019年第2期;瞿骏:《钱穆与〈学灯〉》,《读书》2018年第10期;张晓唯:《钱穆的"胡适情结"》,《读书》2009年第8期。

穆离开大陆为界线，1949 年之前，钱穆以《国史大纲》奠定了他在近代史学界的独特学术地位，在这一过程中，钱穆也完成了从 20 世纪 30 年代的考据派学者向现代史学家的学术转型；1949 年之后，随着时代环境和个人遭遇的大变迁，钱穆转向了中西文化的比较研究，钱穆在这一时期的学术成就远远无法与其盛年相比，一些代表性的学术著作如《朱子新学案》和《庄子纂笺》，试图重建现代儒学，但都未能超越其之前的学术思想高度。在这前后两个阶段，钱穆的治学方向有所变化，但其采取的新保守主义立场一直未变，贯穿其学术生涯的始终。

二、从小镇青年到史学名家：生命史观的发现和建立

考察钱穆学术思想中的"新保守主义"，不能不忽略新文化思想对于青年钱穆的影响，以及青年钱穆关于新旧文化的冲突思考如何决定了他后来独特的学术取向。1921 年，26 岁的钱穆精心研读阐发法国哲学家柏格森的生命思想，1939 年，中年钱穆在国家存亡考验之危急时刻通过史学代表作《国史大纲》首次申张其"生命史观"，这其间的曲折幽微之关联及思想变化，也是研究钱穆史学思想之"延续—变迁"的一个绝佳案例。

从现有的研究来看，国内的一些学者已经注意到钱穆史学中"生命史观"的重要性[1]，但诚如学者瞿骏所言，目前钱穆研究常偏重于"义理阐释"和"史学论述"，而少见重新做史料检讨的钱穆"生命史重建"。[2] 许多研究都未能注意到"小镇青年钱穆"到"史学名家钱穆"之间所曾经经历的曲折变化和关联性，更忽略了钱穆新保守主义学术思想中的复杂性、前后变化和内在矛盾。

按照学者瞿骏的考证，从 1921 年钱穆首次在上海《时事新报》副刊《学灯》上发表第一篇文章《意志自由与责任》之后，钱穆就一发不可收，这是青年钱穆第一次投稿给报刊[3]，而且陆续发表在《时事新报》这样的新式报刊上的文章有 20 篇之多。此时的钱穆，虽然只是江南小镇上的一名小学教员，但已经是深度卷入新文化的时代潮流之中，他"遍读严（复）译各书"，《新青年》《东方杂志》《时事新报》以及胡适的作品都是他平时接触西方文化的重要渠道，这

---

[1] 王晓毅：《钱穆先生文化生命史观的意义——兼论史学的困境与出路》，《史学理论研究》1996 年第 1 期。
[2] 瞿骏：《钱穆与〈学灯〉》。
[3] 钱穆：《八十忆双亲师友杂忆》，生活·读书·新知三联书店，2008 年，第 116 页。

其中他尤其精研过张东荪翻译的柏格森《创化论》，对罗素、杜威的各种文集也下过功夫。根据瞿骏的考证，钱穆当时在《学灯》副刊上发表了20篇文章，其中就有三篇涉及柏格森的哲学思想，分别是《柏格森沙中插指之喻》《读张译"创化论"的我见》和《王船山学说》，而同一时期《学灯》主编李石岑也在这一刊物上发表了《罗素与柏格森》《柏格森与倭铿》等文章与之相呼应。[1] 柏格森思想在当时的热度，以及对青年钱穆影响之巨，由此窥见一斑。

青年钱穆在经历新文化运动中的深度卷入之后，1930年代成为其学术思想逐步形成的成熟时期，表面上钱穆貌似站在胡适、傅斯年等新文化主流人物的对立面，但这只是学术路径和取向上的差异，新文化的思想萌芽，最终在中年钱穆的发愤之作《国史大纲》中结出新的果实。

钱穆在《国史大纲》中倡导"生命史观"，并非无源之水，而是自有其来路。一方面，钱穆在经历了1920年代以来的新文化、整理国故、新主义三波浪潮之后，愈加确认了自己"从旧根柢上生新芽开花结果"的治学路径[2]，另一方面，他并不排斥新的西方文化和思潮的影响。正是在这一融合新旧的基础之上，他在《国史大纲》的历史书写中化用并创新了他早年接受的柏格森的生命哲学理论。

纵观钱穆的"生命史观"和柏格森的生命哲学，至少可以看到三方面显著的思想关联。首先是对待科学主义的态度。柏格森认为科学面对的是理性的部分世界，而无法解释生命之流。这一思想在钱穆的史学观中，化为了当时反对傅斯年等人主张科学主义的"新史学"之最佳思想武器，在钱穆看来，"历史智识"与作为冰冷、科学的"历史材料"不同，前者是变化的、不断被赋予时代精神的判断和情感之所在。在钱穆看来，一个民族国家的国民，对于本国历史的"认识"和"情感"几乎是先验主义的，和科学主义无关。当然，钱穆这里反对的并非科学，而是傅斯年等新派史学人物只强调冷冰冰史料的绝对科学主义，这便是钱穆史学观中"温情与敬意"论的最初出发点。[3]

其次是对于传统的态度。柏格森对于时间和空间的绵延理论，几乎和钱穆关于历史文化延续和变迁的理论惊人地契合。在柏格森看来，时间的本质和自我意识正是在过去、现在和未来的结合之中，昨天之"我"和今日的"我"

---

[1] 瞿骏对于青年钱穆思想来源的研究，分别见于两篇文章。瞿骏：《觅路的小镇青年——钱穆与五四运动再探》；瞿骏：《钱穆与〈学灯〉》。
[2] 钱穆：《中等学校的国文教授》，《师范教育》1923年第3期，第16页。
[3] 钱穆：《国史大纲》引论，《国史大纲》，商务印书馆，2009年，第1—2页。

更是难以完全分割。在钱穆的史学观念中，便是他最为倚重的文化历史"生命论"：

"文化与历史之特征，曰'连绵'，曰'持续'，惟其连绵与持续，故以形成个性而见为不可移易。惟其有个性而不可移易，故亦谓之有生命，有精神。一民族文化与历史之生命与精神，皆由其民族所处特殊之环境，所遭特殊之问题，所用特殊之努力，所得特殊之成绩，而成一种特殊之机构。一民族所自有之政治制度，亦包融于民族之全部文化机构中而自有其历史性。所谓'历史性'者，正谓其依事实上问题之继续而演进。问题则依地域、人事种种事迹情况而各异。一民族政治制度之真革新，在能就其自有问题得新处决，辟新路径。不管自身问题，强效他人创制，冒昧推行，此乃一种'假革命'，以与自己历史文化生命无关，终不可失。"[1]

在钱穆看来，历史文化的精神就像个体生命一样，具有一种内生的、自发的、与某些独特传统与生俱来的生命意志和个性。钱穆在1948年太湖隐居时写就的一篇叫做《历史与神》的短文中谈及柏格森的生命观，并由此引申出他对于历史的看法。他认为，历史只是一种人的记忆，这种记忆必须要经历"人生刻刻翻新"，才能得到创造性的转化，并且从中获得新的精神力量和情感体验。从物质到精神，从历史记忆到生命体验，都必须要经过这样的"认识——体验——创造"的过程，这样的"生生不已"，才能在"昨日之我"（"已死之我"）和"今日之我"（"新生之我"）中实现生命力之转化和创造。钱穆这样写道："误解历史的，昧却历史中之神性，妄认鬼相为历史，以为凡属过去者尽为历史。这譬犹普通人误解人生，妄认为凡属过去者全是我。其实我是生生不已的，事已过去而不复生生不息的只是鬼，只是已死之我。已死之我早已不是我，只是物质之化。自然之运，只有在过去中保留着不过去的，依然现在，能有作用，而还将侵入未来的，那才是我，始成为历史，始是神。历史和我和神，皆非先在，皆有待于今日之继续创造与新生。"[2]

钱穆将历史生命来譬喻个体生命，将柏格森的生命哲学引入历史学中，认为历史中的"神性时刻"，就像历史生命、历史精神一样，需要经历从理性体认、情感体验到创造转化的几个必然阶段，这一识见不仅表现出了钱穆对于中国历史和文化的自信态度和饱满情感，在当年更是一种振聋发聩，甚至有

---

[1] 钱穆：《国史大纲》，商务印书馆，2009年，第911—912页。
[2] 钱穆：《湖上闲思录》，生活·读书·新知三联书店，2009年，第103—104页。

人会感到刺耳的历史绵延——创造——更生理论。其耐人寻味之处在于,这种关于历史文化传统的"延续—变迁"理论,我们今天从西方很多历史和文化学者那里都能找到回响[1],而不失为一种常识之论,考虑到在上世纪30世纪年代中国知识界以激进主义占据主流的大背景下,钱穆关于文化历史传统的慷慨发声在当年依旧是边缘余音,以致于《国史大纲》"引论"中大有钱穆本人自1931年任教北大以来郁郁不得其志、一吐块垒为快的愤懑表达。

最后才是对于生命意志力的赞美。钱穆在《国史大纲》结尾部分关于其"历史文化生命"的表达,正是其史学观念中最富华彩的宣言。考虑到《国史大纲》脱胎于抗战空前危难、民族前途未卜这一特殊时刻,钱穆在关于中国通史的时代书写中巧妙化用了柏格森的生命冲动和生命意志的赞美,用一个人的个体生命来譬喻民族国家的全体"生命",将一个民族传统的"历史文化生命"赋予其时代色彩的新生命之转化和更新,这样的一种对旧历史的"重新书写",为时人尤其是青年人注入了一种活生生的、积极有为的"时代精神"[2],所谓"一棒一条痕,一捆一掌血",而钱穆最终将一个民族国家的文化力量视为其生命力的灵魂所在,"人类苟负有一种文化演进之使命,则必抟成一民族焉,创建一国家焉,夫而后其背后之文化,始得有所凭依而发扬光大。若其所负文化演进之使命既中辍,则国家可以消失,民族可以离散。故非国家、民族不永命之可虑,而其民族、国家所由产生之'文化'已衰息断绝,而其国家之生命犹得长存者"。[3]

钱穆深信,中国历史中记录的绵延数千年的文化记忆,自有其真精神、真生命和神性之所在,只要经历新的阐发、体验和创造转化,就能赋予其生生不息、常变常新的全新时代精神和生命力。这样充满情感张力的一段文字风格,即便放在当年的《新青年》杂志上也非常贴合,青年钱穆当年埋下的新文化萌芽,在经历20多年的孕育之后开花结果,其思想脉络不能不说和胡适、陈独秀、鲁迅、周作人等新文化主流人物也有诸多暗通款曲之处,这其间区别的

---

[1] "延续——变迁"理论为英国著名左翼文化学者雷蒙德·威廉斯(Raymond Williams)所提出,见其代表作品《文化与社会:1780年至1950年英国文化观念之发展》,彭淮栋译,台湾联经出版事业公司,1985年;《漫长的革命》,倪伟译,上海人民出版社,2013年。

[2] 这一"时代精神"和德国哲学传统尤其是黑格尔所强调的"时代精神"(Zeitgeist)有很多相似之处,泛指一个国家或者一个群体内在一定的时代环境中的文化、学术、科学、精神和政治方面的总趋势以及一个时代的氛围、道德、社会环境方向以及思潮。

[3] 钱穆:"引论",《国史大纲》,第31—32页。

细微之处,即在于文化演进的路径和方法,是"速变"还是"慢变","全变"还是"更生",而在这种选择面前,钱穆的新保守主义姿态显得格外瞩目。

《国史大纲》问世,也标志着钱穆的身份从一个"小镇青年"向"史学名家"的蜕变,也是其学术地位从边缘到中心的艰难突围过程。以当时学界的情势而论,中年钱穆似乎已经在"主流"历史学家中站稳了脚跟,但是从少年时代"亡国亡种"的隐痛中一路走来,钱穆一直是个学界"异类",至此其独特的学术追求和成就得到了前所未有的注目和重视,学界同人也看到了钱穆本人同样经历了一种"自我更生"的知识分子形象——他不仅是一个温良恭让、恪守儒家传统的旧式文人,也有持金刚怒目、情感贲张的五四以来思想界主流学者同样精神之另一面。其中,《国史大纲》"引论"是一份钱穆和"传统派""革新派"以及"科学派"决裂的宣言书,也是钱穆史学理论及其实现成熟的一个重要标志。从小镇青年钱穆到史学名家钱穆的转变中,其"新保守主义"的学术面貌一脉相承,这其中既有自新文化运动延续以来的种种影响力和迷思,也有钱穆个人和时代种种因缘交错的奇妙机遇和转折,为我们理解这一代学人思想的复杂性、变化和内在冲突提供了一个有待进一步深入研究和考察的时代窗口。

三、中西文化"盗火者":钱穆身上的三种张力

1949年,钱穆离家去国,在香港创办新亚书院,这一时期无疑是他的人生和学问双双进入转折的阶段。根据钱穆本人的自述,这一转折始于1940年代,即1941年"在成都始写《中国文化史导论》一书,此为余对自己学问有意开新之发端",钱穆从史学向文化研究领域的转移;更与个人际遇和时代剧变相关。1948年钱穆隐居太湖撰写《湖上闲思录》和《庄子纂笺》开始,一边在观察时局之变,一边也为自己的生活和学术找寻新路。[1]

这一艰难选择也和钱穆的个性和学术追求密切相关。钱穆在《国史大纲》"引论"一文中对傅斯年"科学派"的公开批评,使其在抗战胜利后未能继续受聘北大,面对国共纷争的困局,他退居太湖选择了隐居。1949年他更既没有选择留在大陆,也没有去台湾,只身赴香港,为自己能有教书继续问学传道的机会而创办一所大学,选择最孤独、艰难的"第三条道路",这种个性和风

---

〔1〕 钱穆:《湖上闲思录》,第144—145页。

格正和钱穆学术追求的"新保守主义"旨向一脉相承。

钱穆在政治上的保守态度和他在文化研究中相对激进的风格,形成了一种鲜明的对比。对于钱穆而言,选择从事中西文化研究并非坦途。他长于"旧学",虽学过英语,但西学知识确实绝大多数是从阅读中文报刊和翻译书籍得来,年轻时未曾负笈留洋,这些独特的个人经历都会直接影响到他的治学风格,以致于很难被"归类"到某一个门户流派中,他关于中西文化研究的一些文章也显得立论"大胆",而论证过程却有简化和疏阔之危险。钱穆1942年在《思想与时代》月刊两期连载《中国民族之文字与文学》一文,受到梁实秋的关注,梁实秋在1942年年底的《中央周刊》连续两期发表了题为《略论中西文学之比较——质钱穆先生》的长篇批评文章,文章中两次提到钱穆关于中西文学比较的论断都"很大胆",并一一加以驳斥。[1] 梁实秋在批评文章的最后特别提出,比较文学开新知旧学融通风气之先,非常必要,但是要警惕两种倾向:一是文化比较研究不能只是去"比较优劣",二是指出新文化运动的成绩和缺点有目共睹,钱穆为中国古文高唱赞歌,贬低白话文,实在"无重翻旧案之必要"。[2]

今天来看,梁实秋对于钱穆的批评非常中肯。文中两人争论的具体问题姑且不论,钱穆一生着力于中西文化研究,与少年时期体操老师钱伯圭的教诲有关,也是青年钱穆深度卷入新文化运动的持久回响:"东西文化孰得孰失,孰优孰劣,此一问题困住近一百年来之全中国人,余一生亦被困在此一问题内。"[3] 但中西文化比较研究范围之大,要求研究者通晓两者不同文化的难度之高,意味着比较研究的风险也陡增。梁实秋在批评文章中特别提到比较文学中值得鼓励的"影响研究"(如佛教对中国文学的影响),但是另外一种"平行研究"(两个国家间缺乏事实联系的文化比较研究)的确是一条研究者主观倾向容易先入为主的畏途,钱穆先生的中西文化研究都偏重在平行研究,这种"立论大胆"而论证不免有简化疏阔有时也在所难免。

钱穆并非不知这是一条畏途,但心有系念,依旧勉力为之。按照余英时

---

[1] 梁实秋批评钱穆的这两个论断分别是:"西方文学以地方性见长,而中国文学以世界性见长";"西洋文学之取材,常落偏胜,中国文学之取材,常贵通方"。今天来看,这样的判断的确立论"大胆",而显得难以自圆其说。文章见王金玲:《新发现的梁实秋与钱穆论争的佚文》,《新文学史料》2020年第1期。
[2] 王金玲:《新发现的梁实秋与钱穆论争的佚文》,《新文学史料》2020年第1期。
[3] 钱穆:《八十忆双亲师友杂忆》,第46页。

的说法,其导师钱穆后一学术阶段的最大成就是《庄子纂笺》和《朱子新学案》等著述,这些作品依旧以融化中西古今、为中国文学招魂、实现儒学现代化为最终旨归。[1] 尤其值得特别注意的是,钱穆对于中国传统文化的研究,是在西方文化的烛照之下进行的,也许他某种程度上有意谋抹去了烛照中的暗影,这一点在钱穆身上的一个显著表征就是,他的学术志业生涯中始终充满着三种张力:第一种张力来自中国近代学术思想史中特有的时代背景——中西文化"孰优孰劣"的张力;第二种张力和第一种紧密相关,就是儒学从传统向现代化进行创造性转化过程中"孰得孰失"的新旧之争;第三种张力和钱穆充满传奇的个人际遇相维系,从一个只有高中学历的小镇青年,经历新文化运动激荡之后又坚持治旧学,到30年代执教中国最著名的高等学府,钱穆学术活动中"边缘—中心"的张力贯穿始终,这种落差极大的个人际遇和学术上高标独立的风格追求,也正是钱穆"新保守主义"中最富个性化的底色:一生跨越中西文化,就像在一条湍急河流上同时驾驭两条不同的船只,其内在的冲突矛盾、变化和复杂性,的确张力感十足。

有学者将钱穆和同时代学人胡适进行过比较研究,观照钱穆学术活动中"边缘——中心"这种张力关系的变化。胡适比钱穆年长三岁,成名也早,1929年怀有"胡适情结"的乡村青年教师钱穆第一次有机缘见到胡适,便迫不及待地向胡适抛出"僻题",对方竟无以作答;1930年代两人在北大开始学术交游,后来又走向殊途;晚年两人同样困守台湾,私人关系也未获和解,这其中固然有学者个性和学术旨趣的差异,两人学术路径和取向的差别同样折射出五四同时期学人独特又复杂的精神面貌,特别是彼此在不同时期的学术地位表现出的显著张力,两人的相互影响、维系和变化值得玩味。钱穆论及清代两位著名学术人物戴震和章学诚的关系时指出,这两位同时期著名学者之间的关系,彼此影响又每一处"针锋相对",本质上也是相互成就对方,这似乎又是夫子自况,完全可以拿来譬喻胡适和钱穆之间紧张的张力关系——一个热心政治,晚年落寞而以治《水经注》排遣心绪;另一个则一生远离政治,晚年同样不免"失望"[2]而转向了程朱理学。两人的学术地位后来也发生了戏剧化的反转,1950年代的胡适在学术上老调重弹而显"江郎才尽";钱穆却是著

---

[1] 余英时:《一生为故国招魂》,载《现代学人与学术》,广西师范大学出版社,2011年,第50—51页。
[2] 同上文,第51页。

作等身,且得享高寿,学术生命和个人生命并行递进。两人关系中的殊途同归、种种差异和相互影响,包括终其一生的"针锋相对",可以帮助我们更好地理解钱穆新保守主义中的时代底色。[1] 与胡适相比,传统旧学赋予了钱穆更加坚韧一致的人格力量,胡适等留洋派当年对于旧学的眼光是外向的和批判的,总免不了隔膜和否定倾向,而钱穆代表的保守派们总喜欢以一种内向的、同情的态度看待旧学,有时也避免不了溢美和保护倾向。严耕望所说的钱穆以儒学为一种人生实践,以及钱穆先生主张的"学问与德性实为一事"[2],都是这种新保守主义的一种注脚:同情始于体认,体认强化感情,感情体验反过来又催生精神上的"新生",钱穆始终秉持的以内生的视角看待文化和历史传统的演变,其中的新旧之辨、中西之辨、门户之辨,事实上都是"你中有我,我中有你",是一个充满复杂、多变和矛盾性的过程。后来者在进行细致甄别的同时,更能看到文化演变中生生不息的冲突变化和这种矛盾冲突的相生相成。

四、余论

回顾上世纪钱穆和同时期学人的学术思想,确有重估其各自源流和学术网络之间相互影响的必要。仔细考察关于中国现代学术史上"激进"和"保守"的划分及其流变,可以发现,对传统持否定立场的激进主义一直占据主流,而文化保守主义则始终没有影响力并在学术地位上受到了贬抑。从戊戌的维新主义,到"五四"时代的自由主义,再到后来的社会主义,中国的文化传统常常被视为"现代化"的最大敌人,而且在处理"传统"和"现代"关系时,常常忽略文化演变中特有的"延续—变迁"规律,将新旧之辨看成像是"黑夜与白昼"的分别。学界的这种传统思维延续至今,也阻碍了我们对于中国现代学术历史演进过程的正确认识和学术传统的传承发扬。

近年来,钱穆作品在大陆的连续再版,也从另一个侧面印证了重估钱穆史学的价值和现实意义。以知网的搜索为例,从 2004 年开始,以钱穆为篇名的研究论文数量一直保持在每年三十篇左右(2016 年最高,为 49 篇)。重估钱穆的"新保守主义价值",并非为钱穆及其学术地位翻案,而是要细致考辨钱穆这一代学人在新文化运动激荡变局中的"变"与"不变",尤其是从学术史

---

[1] 张晓唯:《钱穆的"胡适情结"》,《读书》2009 年第 8 期。
[2] 李敖:《我结识了钱穆》,《全国新书目》,2018 年第 4 期。

料的发掘和整理开始,注意到前辈学人中学术思想的前后变化、内在矛盾和复杂性——在一个激进的大时代变局的背景下,就像本文关于钱穆"新保守主义"思想的分析所透视的那样,考察这一代学人学术思想脉络流变这种幽微深致,可以帮助我们"知人论世",更好地理解时代文化变迁和学人思想变迁的相互影响和作用,也可以由此帮助我们应对今天所面对的种种文化变化和更生之难题,钱穆强调融合会通的研究方法有旧儒学传统的特点,今天照搬也许不合时宜,而在儒学现代化的过程中,科学和民主这样的基因更难从旧儒学传统中找到土壤。

值钱穆先生逝世三十周年之际,全球化运动和思想激荡正进入一个新的时期。经济贸易的全球一体化与地缘政治的新保守主义逆流共生,文明冲突伴随世界主义共生,且愈演愈烈。文化/文明的演进和更生本来就是一条生生不已的巨大河流,在近现代思想传统的演变中,钱穆学术及其代表的新保守主义,今天来看依旧有着值得投以"温情与敬意"的生命力,尤其是他当年对民族历史文化传统采取的那种内生的独特视角,以及亦旧亦新、除旧开新的学术探索精神,也值得作"同情的理解",并且提醒后人,学术薪火和生命意志一样呼唤传承更新,钱穆当年探索中西、新旧文化的落脚处和未竟事业,某种意义上,也正是今天我们破解时代困局的出发点和珍贵遗产。

(原刊于《中国政治学》2021年第2期)

低语境交流：文学叙事交流新论

申洁玲

叙事学理论深受普通语言学影响，把叙事交流当做日常交际来看待，认为作者-文本-读者之间的交流与日常交际基本一致。20世纪70年代以来自西摩·查特曼(Seymour Chatman)以降的研究者受此影响，既开拓了叙事交流研究的新领域，又因其局限而遭遇瓶颈。一个学科在其发展的初期，借鉴邻近理论、通过"他者"的洞见来寻求新路径是通常的发展模式，但在发展成熟之后却有必要回望来时路，祛除邻近理论所带来的盲点，才能获得新的突破。当代叙事学似乎正处于这样一个节点。本文试图回归叙事交流的书面交流属性，来进行一些反思和探讨。

一、作为日常交际的叙事交流研究

从20世纪中期以来，不少研究者都试图建立文学交流的模式。早期的理论资源来自语言学。1956年，语言学家与文学理论家罗曼·雅柯布森(R. Jakobson)在美国语言学年会上从功能的角度提出了言语交际模式。言语交际中的三个核心要素是：说话者(addresser)、信息(message)和受话者(addressee)。要想使交际运行起来，还需要一个所指的语境(context)，"该语境可以为受话者所把握，它或者是语言的，或者是可以语言化的"。此外，还需要说话者与受话者之间完全或者部分共享的代码"code"及"接触"(contact)，"接触是说话者和受话者之间的一条物理通道和心理联系，它使双方能够进入并且保持交际状态"[1]。其言语交际模式图如下：

---

[1] [美]罗曼·雅柯布森：《语言学的元语言问题》，《雅柯布森文集》，钱军选编译注，商务印书馆，2012年，第57页。

```
                       语境（指称功能）
                       内容（诗歌功能）
说话人（表情功能）------------ 受话人（呼吁功能）
                       接触（寒暄功能）
                       代码（元语功能）
```

雅柯布森试图用这一模式图将日常言语交际和诗歌交流（文学交流）都概括进去。对他来说，日常言语交际和文学交流作为交际过程并没有什么区别，二者的主要区别在于代码的指向。前者的代码（能指）指向所指（referent），后者的代码是指向能指本身（即信息本身）。他说："倾向于语篇（message）的集合，为语篇而将语篇作为中心，这就是语言的诗歌（poetic）功能……诗歌功能不是语言艺术（verbal art）的唯一功能，而只是语言艺术占主导地位的决定性功能。"[1]

雅柯布森的言语交际模式图有两个要点：一是从代码阐释的走向（指称功能与诗歌功能）来区分日常交际与文学交流，看到了日常交际和文学交流的这一本质区别。可惜后来者往往忽略了这一点。二是从交际过程这一角度，认为文学交流过程与日常交际过程并无本质区别，它们都是指信息从编码者（说话人）到解码者（受话人）这一过程。这一观点被后来者继承、发扬，甚至掩盖了第一点，导致一种将文学交流几乎等同于日常交际的趋势。

就在雅柯布森提出言语交际模式的这一时期，美国学者韦恩·C. 布思（Wayne C. Booth）教授发现他的学生作为读者（解码者）存在一个问题：他们在阅读《麦田守望者》时看不到作者塞林格对主人公霍尔登·考尔菲尔德的批评，竟至于完全认同主人公。在他看来，这显然是叙事交流的失败。再加上对小说"客观性""伦理效果"等的担忧，1961年，布思在《小说修辞学》中提出了"隐含作者"这一概念，即"隐含作者"是作者的投射，是作者的"第二自我"，"不管一位作者怎样试图一贯真诚，他的不同作品都将含有不同的替身，即不同的思想规范组成的理想"[2]。布思意在使读者（解码者）藉此而关注作者写作时的状态（包括思想、价值规范），但是这个概念诞生之后便开启了歧义纷呈的旅程。一般来说，修辞学派继承了布思的定义，认同隐含作者源自真实作者，我们称之为"修辞学派的隐含作者"；认知学派则从读者出发，认为隐含作者源自读者建构，是读者在阅读中根据全部文本元素建构出来的一个

---

[1] [美]罗曼·雅柯布森：《语言学的元语言问题》，《雅柯布森文集》，钱军选编译注，第61页。
[2] [美]W·C. 布思：《小说修辞学》，华明、胡晓苏、周宪译，北京大学出版社，1987年版，第81页。

形象,是读者的想象,我们称之为"认知学派的隐含作者"。

认知叙事学的重要代表、美国学者西摩·查特曼认为"隐含作者"是"读者从叙事当中重构出来的。……隐含作者建立了叙事的准则"[1]。"隐含作者的对应物是隐含读者(implied reader)——不是坐在房间里读书的、有血有肉的你或我,而是由叙事本身所预设的受众。"[2]也就是说,隐含作者与隐含读者,和文本的叙述者与受述者一样,都是内在于叙事文本的,构成文本内的叙事交流。而"叙述者既可以把他自己同隐含作者结合,也可以不这样做"[3];受述者的情况与叙述者类似,因为他可能与人物结合,如康拉德小说《吉姆爷》中听马洛船长讲故事的人,也可能完全不被公开提及(尽管是可感的)。所以叙述者和受述者在叙述文本中是可选(可不选)的,查特曼就用括号把他们括起来。而真实作者和真实读者外在于文本,但"在最终实践意义上也为交流所必需"[4]。1978年,西摩·查特曼在其叙事学专著《故事和话语——小说和电影的叙事结构》中,提出了一个"叙事—交流情境示意图"[5]:

如果把"叙事文本"理解为"内容"或"代码"的话,这个图在结构上非常接近雅柯布森的言语交际模式图。它基本代表了主流的叙事交流观,即以文本为中心,强调文本内部的叙事交流,而把真实作者和真实读者排除在文本之外。

里蒙-凯南(Rimon-Kenan)也倾向于从认知角度界定隐含作者,她说:"如果隐含的作者只是一个构想物……那么让他在交际场合担任信息发出者(addresser)的角色似乎就矛盾了。"[6]因此隐含作者不可能是叙述交际场合的真正参与者。隐含读者这一概念也有同样的矛盾。因此她建议把这二者都排除在交际场合的描述之外。而查特曼打括号、认为只是一个"可选"项的

---

[1] [美]西摩·查特曼:《故事与话语》,徐强译,中国人民大学出版社,2013年,第132页。
[2] 同上书,第134页。
[3] 同上书,第135页。
[4] 同上书,第136页。
[5] 同上书,第135页。
[6] [以色列]里蒙-凯南:《叙事虚构作品》,姚锦清译,上海三联书店,1989年,第158页。

叙述者和受述者,里蒙-凯南认为应该作为必要的构成要素,纳入叙述交流过程,因为"一个故事里总有个讲故事的人"[1],而受述者的情况也与此相同。根据她的文字描述,她的叙事交流图可以勾勒如下:

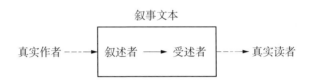

她所关注的是文本内的叙述者与受述者之间的交流。

中国学者申丹教授和王丽亚教授认为应该回到布思提出"隐含作者"这一概念的初衷:"布思眼中的隐含作者(即作者的第二自我)就是以特定面貌写作的作者本人"[2],即布思的隐含作者是处于某种特定的写作状态中的真实作者。比如,正在写作《面朝大海,春暖花开》的温暖阳光的海子才是这篇诗作的隐含作者,他不同于正在写作《春天,十个海子》的倾心死亡的海子,也不同于日常生活中在讲台上授课的查海生。处于某种写作状态中的作者是作家的"第二自我",但也是一个有血有肉的现实存在。因此,隐含作者不应该被封闭在文本之中。她们将查特曼的叙事情境交流图做了修改,如下图:

叙事文本
真实作者————→隐含作者→(叙述者)→(受述者)→隐含读者→真实读者

在这个图中,隐含作者既属于文本之内又属于文本之外,因为"隐含作者既涉及编码又涉及解码的双重性质"[3]。同时,隐含读者与真实读者之间也变为了实线连接。两位学者从修辞学派的角度,认为隐含读者"就是隐含作者心目中的理想读者,或者说是文本预设的读者,这是一种跟隐含作者保持完全一致、完全能理解作品的理想化的阅读位置"[4],真实读者可以把自己摆在隐含读者的位置上(实际上可能会产生各种距离),也可以采取"抵抗阅读"的策略,处于与隐含读者相反的位置。所以,隐含读者与真实读者是相通的。

与前面的学者用流程图来建构叙事交流图不同,德国学者曼弗雷德·雅

---

[1] [以色列]里蒙-凯南:《叙事虚构作品》,姚锦清译,上海三联书店,1989年,第159页。
[2] 申丹、王丽亚:《西方叙事学:经典与后经典》,北京大学出版社,2010年,第73页。
[3] 同上书,第75页。
[4] 同上书,第77页。

恩(Manfred Jahn)则将叙事交流分为几个层次,如下图[1]：

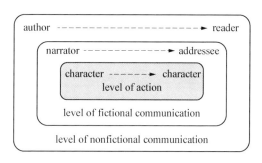

第一个层次的交流发生在作者和真实读者之间,这是非虚构层次的交流;第二次层次的交流发生在叙述者与叙述接受者之间,这是介于真实与虚构之间的一个层次,雅恩称之为"虚构协调和话语层"(level of fictional mediation and discourse);第三个层次发生在虚构世界的人物和人物之间,雅恩称之为"行动层"(level of action),因为人物之间的交流其实可以视为一种讲述行动。雅恩的第二个叙事交流层次基本对应查特曼的"叙事文本"内的交流,而第三个层次则属于故事范畴,属于"叙事文本"之内但未被查特曼体现出来。显然,这是一个静态横切面图。

我国学者谭君强先生提出,应该将叙事文本的整个交流过程看作是一个双向交流的动态过程,才能更有益于对叙事文本的分析与对作品的理解[2]。他在这里一语道破了叙事交流研究的一个预设：叙事交流是双向的。确实,当我们使用"narrative communication"或者"叙事交流"一词,就隐含着认为叙事交流是双向的意思。这也与日常交际的双向模式对我们的影响相关。但是,叙事交流作为书面交流,双向交流往往是难以实现的。我们看到,所有这些模式都使用单向的箭头表示交流的方向,要加一个反向的箭头并不容易,因为现有交流格局缺乏这个途径。比如说,读者的阅读认知如何反馈到作者那里去？虽然这在某些条件下可以实现的,如读者回信、作者的读者见面会等情形,但是在大多数的情况下这是很难实现的,尤其是在作者佚名或者作者离

---

[1] Manfred Jahn, "Narratology 2.1: A Guide to the Theory of Narrative", https://www.researchgate.net/publication/344239602_Narratology_21_A_Guide_to_the_Theory_of_Narrative,最后浏览日期：2020年12月15日。http://www.entelechyjournal.com/httpdocs/narratologyjahn.htm, 12 Nov. 2016.

[2] 谭君强：《再论叙事文本的叙事交流模式》,《河南师范大学学报(哲学社会科学版)》2012年第6期,第177页。

世的情形下。在这里,我们就发现了叙事交流作为书面交流和日常言语交际的差异:日常交际是双方同时在场的,是即时反馈的双向交流,而叙事交流的基本形态是单向的,难以实现双向交流的。叙事交流有点类似一封没有回信地址的信,读者收到了信却无法回信,作者发出了信却无从收回信。

正如前面所说,已有叙事交流模式皆脱胎于日常言语交际模式,实际上都是叙事交流情境的横切面图,这在曼弗雷德·雅恩的叙事交流图中表现得最为典型。横切面图的一个特点是忽略时间,仅作共时的呈现;另一个特点是忽视语境,假定双方共享语境而不必探讨之。对于日常交际来说,共时共享语境是不言而喻的前提;用日常交际模式来处理叙事交流,时间与语境就难免成了盲点,但对叙事交流来说,时间与语境却是非常重要的因素。

二、叙事交流:以文本与读者为支点的低语境交流

在日常言语交际中,交流者处在同一时间场景中,虽然交际也必然延续一段时间,但时间延续并不导致交流中某一方(信息发出者或信息接受者)的退出或加入。而在文学交流(尤其是书面文本的交流)中,时间的延续则导致交流要素的变化。首先,随着时间流逝,作者会离去,文本在时间中旅行,读者也许出现也许不出现。所以,查特曼叙事交流情境示意图中的诸要素很难同时出现,真正同时出现的只有文本与读者。写作一结束,作者也就完成使命消失了。所以,在实际情形中,叙事交流基本是在读者和文学文本之间进行,作者是缺席的。考虑到叙事交流的历时形态和语境状况,与日常交际相比,叙事交流具有如下特点。

(一) 延时性

叙事交流的延时性首先体现在交流基本是在作者离场之后进行的,是在读者和文本(语篇)之间进行的。在此不妨回顾巴特在文章《作者的死亡》中的著名论断:作者已死。在巴特看来,作为信息的文本一旦给出,"作者"也就离开了。文本就仿佛是一个多种文化的编织物(符号织物),编织的轨迹最终在读者这里汇聚,所以阅读即写作[1]。在这个意义上,1967年,巴特指出:

---

[1] [法]罗兰·巴特:《作者的死亡》,《罗兰·巴特随笔选》,怀宇译,百花文艺出版社2005年版,第301页。

作者已死,而读者诞生了！我们可以借用巴特的话说,阅读即交流,而"作者之死"则宣告了叙事交流中作者的离场是难以避免的。

叙事交流的延时性还体现为文本是交流中一个预先的存在,在交流中有其独立性和完整性,读者一次或者分几次读完文本,不会从根本上影响交流性质。即使设定一个作者、读者共同在场的交流场景,文本也仍然是一个预先的存在,它一方面是信息本身,另一方面又是双方谈论的对象,延时性表现得比较隐蔽。这仍然和日常交际中发话者、信息、受话者共时共处的状态很不一样。

在叙事交流的三要素中,作者离场,文本先在,读者是最后才出现的。时间既分割三者,又连接三者,延时性是叙事交流最基本的特征。

(二) 单向性

延时性又带来叙事交流的单向性。在叙事交流中,因为作者离场,读者实际上无法将信息反馈回去,作者也无从接收读者的信息。读者与作者的所谓"交流"其实只是一种阅读效果,只在读者的想象中存在。因此,叙事交流不可与日常言语交际中的双向交流同日而语。虽然同时代的读者与作者可以通过信件等形式实现交流,例如列夫·托尔斯泰的很多读者给他写信,请他用通俗明白的文字说明《克鲁采奏鸣曲》这篇小说的用意,托尔斯泰就在小说再版时写了篇很长的跋来回应;虽然互联网环境下社交软件能够方便地支持当代作者与当代读者的交流,但是与实际阅读量相比,这样的"交流"概率还是非常小,不足以在基本面上改变叙事交流的单向性。叙事交流是从作者到文本再到读者的单向传播,读者的阅读理解基本不能反馈给作者,这是叙事交流的方向特征。

(三) 语境的差异性

如前所述,对叙事交流做横切面图处理不仅忽视了时间,还忽视了语境。所谓语境(context),原意是指上下文,现在发展为一个几乎包罗万象的概念,与言语交际相关的一切都可以囊括进去,乃至言语/语篇或符码本身。为了更好地阐释叙事交流的语境特点,本文暂时将语篇(文本)剥离出语境,而将与叙事交流相关的语境分为作者情境语境(context of the author's situation)、作者文化语境(context of the author's culture)、读者情境语境

(context of the reader's situation)、读者文化语境(context of the reader's culture)[1]。作者情境语境指与作者写作直接相关的具体环境(包括内心世界),读者情境语境指与读者阅读直接相关的具体环境(包括内心世界),作者文化语境或读者文化语境指作者或读者的文化背景。作者与读者的情境语境之间,以及作者与读者的文化语境之间必然存在或大或小的差异。

产生语境差异的原因一是延时,二是空间地域差异,通常这两个原因同时存在,如18世纪英国小说家丹尼尔·笛福的小说《鲁滨孙漂流记》在21世纪被中国读者阅读。时间差异和空间地域差异都可能对语境差异产生主导性影响。当时空差异一旦涉及不同的传播符号,则可能导致叙事交流的中断,此时需要增加一个中间环节:翻译(包括古今翻译和语种翻译)。翻译所带来的信息变形是一个极为复杂的问题,非本文所能探讨,在此只能忽略。语境对于信息解码的重要性,已经是学界共识,不必赘述。简而言之,语境的变化必然带来信息解码的差异,从而影响叙事交流。

(四)书面化

延时、单向的叙事交流之所以能够在语境差异的情形下还能实现,根本的条件是信息本身的稳态,而这又是由小说文本的书面化保证的。而且,作者的"创作-叙述"行为对信息本身的塑形具有重要的作用,因为书面文本并非口语的直接固化。美国学者沃尔特·翁(Walter J. Ong, 1912—2003)在其著作《口语文化与书面文化》[2]中比较细致地探讨了口语文化与书面文化在思维表达、意识重构、故事情节和人物塑造等方面的不同。小说文本作为典型的书面形态信息,具有与口语信息非常不一样的特征。首先,它来自一个较长时间的叙述行为,具有连贯性,具有相当的篇幅长度,内容完整,能够自成起讫;相比较而言,口语信息是简短的、碎片化的,其意义更依赖语境。其次,小说叙述已经形成基本固定的叙事模式,方便于读者阅读。对小说叙事模式的最细致的划分,大约也就十来种。概括地说,就是由相对固定的叙述者进行叙述,在语气、视角、人物关系、情节和价值规范等方面都保持一定程

---

[1] 这一区分借用了英国人类学家马林洛夫斯基(Malinowski)的语境区分。马林洛夫斯基在20世纪二三十年代研究土著人的言语交际时提出了"情境语境"(context of situation)和"文化语境"(context of culture)这一对概念,前者指与言语交际活动直接相关的客观环境,后者指言语交际活动参加者的文化背景。参见朱永生:《语境动态研究》,北京大学出版社,2006年,第7页。

[2] [美]沃尔特·翁:《口语文化与书面文化:语词的技术化》,何道宽译,北京大学出版社,2008年。

度的连贯性。这些叙事模式书面化特征最鲜明的,是第一人称人物叙述的模式(即作者"装扮"为人物进行叙述),它适合阅读而不适合在日常交际运用。一个人日常很少采用他人身份说话,即使讲,也是很短暂的摹仿。再次,就是书面形式本身带来稳定性。总之,叙述的连贯性、内容的完整性、结构的有机性、风格的一致性,叙事方式的模式化,以及书面形式本身,构成了小说叙事交流书面化的特征。叙事交流的书面化特征保证了叙事交流在延时、单向和交流语境具有差异的情况下仍然能够实现。

叙事交流的延时性、单向性、语境差异性和书面化等四个特征既相对独立,又互相关联,最终又可以归结为低语境性。由于叙事交流的延时性和单向性,作者与读者能够共享的语境在一般情况下只能是作者文化语境与读者文化语境的最大公约数。作者情境语境虽然在一些情况下能够部分地转化为作者文化语境的一部分传达给读者,但却远远不能与在场交际相比。所以,与双方共享在场语境的日常言语交际相比,日常言语交际显然是高语境交流,而叙事交流则是低语境交流;同时,叙事交流的书面化又为低语境交流提供基本保障,使之具有实现的基础。

美国人类学家爱德华·霍尔(Edward T. Hall)曾经谈到高语境交流与低语境交流的区别,他说:"所谓高语境交流或者高语境讯息指的是:大多数信息或存在于物质环境中,或内化在人的身上;需要经过编码的、显性的、传输出来的信息却非常少。低语境交流正与之相反,就是说,大量信息编入了显性的代码之中。"[1]正如霍尔所说,在低语境交流中,语境本身能传递的信息非常少。语境越低,代码本身(文本)就越重要。在低语境的叙事交流中,文本本身提供的信息(information)越清晰越完整,文本就越容易被理解;文本本身提供的信息越隐晦越不完整,文本就越容易被误解。在叙事交流中,由于延时导致的作者缺席,代码(文本)实际上又成为作者的替代物,当读者在阅读中遇到问题,基本不是通过询问作者而是通过"重读"文本来协助解决。如果说,日常交际的两个支点是信息发出者和接受者的话,那么,叙事交流则是以文本和读者为支点的低语境交流。

---

[1] [美]爱德华·霍尔:《超越文化》,何道宽译,北京大学出版社,2013年,第82页。

三、低语境叙事交流的模式及其特点

下面尝试建立一个能体现延时性、单向性、语境差异性和书面化特征的低语境叙事交流示意图,并进行简单的说明。

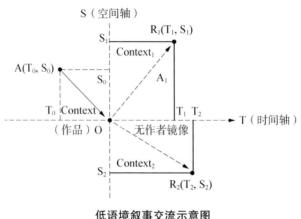

低语境叙事交流示意图

以作品字母 O 为原点设立一个坐标轴,横轴 T 为时间轴,纵轴 S 为空间轴(无方向),设作者(Author)在第二象限(或第三象限),作者的位置表示为 $A(T_0,S_0)$。设 A 到原点的矩形 $\square AS_0OT_0$ 为作者 A 的情境语境,设矩形 $\square AS_0OT_0$ 之外的第二象限为作者 A 的文化语境。用虚线表示 AT_0、AS_0 是因为作者的情境语境与作者的文化语境之间没有截然相隔,作品完成后,作者(尤其是"伟大作者"即能对后世产生较大影响的作家)的情境语境有可能部分地化为文化语境的一部分,随着时间推移而流向读者所在的第一和第四象限,成为读者情境语境的一部分内容。

读者(Reader)在第一象限和第四象限。读者的位置表示为 $R_1(T_1,S_1)$,$R_2(T_2,S_2)$,$R_3(T_3,S_3)$……矩形 $\square R_1T_1OS_1$ 表示读者 R_1 的情境语境 $Context_1$,矩形 $\square R_2S_2OT_2$ 表示读者 R_2 的情境语境 $Context_2$,依次类推。矩形向西向南辐射的区域,则为读者的文化语境。时间轴和空间轴采用虚线,表示读者的文化语境延伸向过去的时空。而未来时间及空间尚不能对读者的语境产生作用,故矩形相关线条使用实线。

A_1 为作者 A 在第一象限的镜像。所谓作者镜像,指的是包括但不限于与作品 O 有关的作者信息(如作者情境、思想规范、价值制度、生平经历、作品评价,等等)随时间流逝而形成的作者文化形象。A_1 的位置不固定,A_1 所代表的作者镜像本身也是变动不居的。如果读者(如 R_1)能够获得作者的相关信息,则该读者能够获得作者镜像 A_1,则作者镜像能够成为读者情境语境的一部分而对叙事交流发生影响;如果读者(如 R_2)不能获得作者的相关信息,或者作者佚名、失传,那么读者不能获得作者镜像,则无作者镜像对叙事交流发生影响。同样,在叙事交流过程中,设定作品是作者意图的表达(作品是作者说的"话",应当被视为作者意图的表达),故箭头 AO 为实线;由于叙事交流的延时性、单向性、作者语境与读者语境的差异性,则作品与读者的相遇难免会有意图或信息的变形和损耗,故作品 O 到 R 系列的箭头为虚线。叙事交流主要在 O→R 之间展开,作者以作者镜像或作品的方式参与其间,但实体作者缺席叙事交流。

这个看起来不够简洁的叙事交流图,通过时间轴和空间轴明确了叙事交流和日常交际的差异,说明叙事交流是作者不在场的低语境交流。那么,这种低语境交流又是如何实现的呢?作者、文本以及读者在这种低语境交流中处于什么状况?

首先,书面文本在交流中具有双重属性。 如前所述,语境越低,交流就越依赖符码(文本)本身。而小说文本之所以能够被依赖,缘于符码本身具有"语境"属性[1]。文本既是符码(信息),又是"语境",即文本为自己提供理解符码的语境。符码(文本)本身可以被视为语境的一部分,或者说,文本(符码)与语境是互相建构的关系。与日常交际中简短、碎片化的言语相比,较长篇幅的连续符码(文本)在建构语境方面更有优势,更遑论长篇小说。就此而论,小说文本是"高自语境文本"(high self-dependent context text)[2]。陈望道先生在《修辞学发凡》中将"情境"(语境)划分为"六何":何故、何事、何人、何地、何时、何如[3]。小说正是通过较长篇幅的连续符码(文本)回答"六何",自我建构了一个相对完整的理解情境,从而使叙事交流得以进行。不过,小

---

[1] 前面为了论述的方便暂时将"文本"剥离出"语境"概念,此处需要将"文本"放回"语境"概念。
[2] 本文提出的"高自语境文本"(high self-dependent context text)这一概念,是指就自我建构理解语境而言,小说文本在书面表达中处于一个比较高的语境阶梯上。一切的符码都不同程度地自我建构理解语境。就文类而言,小说的"自语境"比诗歌高。小说基本上能够依赖"自语境"而流传,而诗歌往往需要阐释来辅助,如《诗经》的流传就始终与《诗经》阐释相伴随。
[3] 陈望道:《修辞学发凡》,上海教育出版社,2001 年,第 8 页。

说中"六何"各要素的配合往往轻重不一,使其建构的"自语境"也处于不同的语境阶梯(context scale)[1]之上。如中国传统的白话小说,往往将"六何"都解释得很充分,就使读者容易进行叙事交流;而现代小说,通常并不回答全部六个问题,就使读者难免感到交流困难。例如,阿兰·罗伯-格里耶的小说《嫉妒》,对"何故"与"何人"避而不谈,会给叙事交流带来一定的障碍,但问题解决后也能形成叙事交流的独特效果。侦探小说一般会将"何故"尽量秘而不宣以保持悬念,言情小说一般会努力渲染"何如"以感动读者,等等。"六何"的不同配置带来不同特点的文本语境,帮助或"阻碍"读者进行叙事交流。总之,小说文本的"高自语境文本"属性,在相当程度上弥补了叙事交流整体上的低语境性。

其次,作者在叙事交流中缺乏动态控制的能力。"作者"是叙事学长期未能解决的一个问题,叙事学也因为忽视作者而受到诟病。从叙事交流的延时性可以看到,实体的作者完成作品之后,就远离了作品。但如果作者不湮没无闻的话,他/她也能作为作者镜像 A_1,在读者的码头靠岸,对阅读产生影响。但是,叙事交流的单向性取消了作者二次/多次控制信息的可能性。作者语境与读者语境的差异性更可能带来歧义纷呈的解读。总之,延时性、单向性和语境的差异性都无情地削弱了作者对叙事交流的掌控,作者只能通过文本形态而存在。把作者当做日常交际中的发话者,赋予作者像日常交际中的发话者一样的权威,是非常不合适的。如果说日常交际中的发话者是强信息源的话(可以多次"说话",并且动态地调控语境,使之适合自己的意图),那么叙事交流中的作者其实是弱信息源,因为他/她通常只能通过文本说"一次"话,对交流语境缺乏动态控制的能力。只有那些"伟大作者"(如列夫·托尔斯泰和鲁迅)能够以"作者镜像"的方式成为读者情境语境的一部分,从而较多地参与叙事交流过程。但是,这种参与同发话者对日常交际信息的直接控制还是不一样的,发话者能控制日常交际信息使之具有确定一致的意义,而参与叙事交流的"托尔斯泰"或"鲁迅"却对读者的不同理解难以作为。

再次,修辞学派的"隐含作者"概念缺乏可行性,宜以"融合作者"取而代之。虽然"隐含作者"这个概念是布思提出的,但是由于叙事交流的延时性和单向性,把"隐含作者"仅仅定义为特定写作状态中的作者缺乏可操作性。因

---

[1] 语境阶梯指语境的高(high)、中(middle)、低(low)不同程度,此处仅指语境的高低程度不同,不做确定的区分。参见[美]爱德华·霍尔:《超越文化》,何道宽译,第82页。

为很难确定布思意义上的那个作为信息发布者的"隐含作者"究竟是一个什么形象。因为这需要回到作家论研究的思路，用作家传记、用实证文献，乃至通过直接询问（当代）作家才有可能确定。这对于实证资料丰富的"伟大作家"来说，也许可以实现；但对于众多平凡乃至佚名的作者来说，则不适用。事实上，布思晚年在《隐含作者的复活：为何要操心?》中为自己的概念辩护时，分析了诗人罗伯特·弗罗斯特的诗《一段聊天的时间》的"隐含作者"，他认为这首诗的"隐含作者"与弗罗斯特的传记中所揭示的狭隘、残忍、装扮为乡村农民的传主大相径庭，也与他自己读大学听讲座时所见到的故作姿态的弗罗斯特不一样。诗篇的隐含作者"他虽然热爱农活，却更为重视友好交谈，但他最为重视的是写出一首完美的诗歌；就我所知，他多年没碰锄头了"[1]。不过，这样一个与生活中的弗罗斯特截然不同的"隐含作者"是如何确立的呢？布思在此之前详细分析了诗意和韵脚。应该说，这个"隐含作者"主要来自文本建构（当然不完全是，见后面说明）。事实上，任何人都很难完全抛弃读者身份来谈论某一作品的"隐含作者"。所以，文本赞同读者认知的角度。而且，读者的建构，并非仅仅基于读者的文化语境和情境语境，它也是建立在全部文本元素基础上的，如果我们能够把全部文本元素理解为真实作者的修辞呈现和意图表达，那么，与其说这是读者建构的"隐含作者"，不如说这是读者建构的"融合作者"(Fusion author)。"融合作者"有三个维度：作者、文本和读者。"融合"意味着三个维度之间的调适、修改和容纳，意味着读者去倾心感知文本和作者，并在这个过程中不断调整自己，最后融合成一个新的形象——"融合作者"。一方面，读者建构的"融合作者"必须以文本为依据，必须能解释文本现象，文本是检验融合作者的标准。另一方面，肯定文本也就是肯定真实作者对"融合作者"的贡献。作者的"创作-叙述行为"决定文本面貌，文本是作者的书面化存在，故事和话语的各要素皆是出于作者的安排。同时，读者的主观性和能动性是建构"融合作者"不可或缺的因素。

最后，读者建构的"融合作者"是叙事交流的重要成果。 通常情况下，读者通过文本去想象"作者"，或者同时通过获得的作者镜像（如 A_1）去体认"作者"。所以，"融合作者"的构成，有两种情况。一、在读者无法获得作者镜像的情况下，"融合作者"就是基于自身语境（包括文化语境和情境语境）的读者

---

[1] ［美］W. C. 布思：《隐含作者的复活：为何要操心?》，申丹译，《当代叙事理论指南》，James Phelan & Peter J. Rabinowitz 主编，北京大学出版社，2007年，第70页。

根据全部文本元素建构出来的；比如，一般认为《古诗十九首》是文人作品，但作者失传，现代读者就只能在自身语境基础上根据文本元素来建构这些诗篇的融合作者。二、当读者能够获得作者镜像时，"融合作者"就是由全部文本元素和作者镜像在读者语境基础上经过整合而构成的一个形象，但这个"融合作者"也仍然是读者建构的产物。比如，假定读者 R_1 读鲁迅小说《孔乙己》之前，已经通过各种途径读了鲁迅的其他作品、鲁迅传记、他人的鲁迅回忆录或鲁迅研究著作、鲁迅《孔乙己》的故事原型介绍及写作经过，乃至看了鲁迅纪录片（或者所有这些资料中的一部分），等等，他就能获得一个"鲁迅镜像"。那么，当 R_1 真的读到《孔乙己》时，"鲁迅镜像"就和会《孔乙己》的文本元素进行整合，共同形成一个《孔乙己》的"融合作者"。由于读者语境的差异，每个读者所获得的鲁迅镜像都不一样，同一读者不同时期获得的鲁迅镜像也可能不一样。作为一个读者，余华曾经说，在他真正读鲁迅小说之前，他认为鲁迅是一个"糟糕的作家""政治的产物"，这是一个令他讨厌的作者镜像。而 1996 年他"真正"读到《孔乙己》时，他震撼了，他感到"这是一位伟大的作家"。这个判断就是作者镜像和本文元素博弈的结果。当然，余华作出"这是一位伟大的作家"的判断时，他作为一个读者的情境语境和文化语境也是重要的背景：此时他 36 岁，属于"成熟并且敏感的读者"[1]，不再是"文革"期间那个被迫读鲁迅作品读到厌恶的少年；他此时所处的 1996 年距离"文革"结束已 20 年，中国的意识形态、经济结构和社会文化氛围都在走向开放。诚如巴特所描述过的，这一切都在彼时彼刻的读者余华身上汇聚了，共同构成了《孔乙己》—余华之间的叙事交流。就布思所描绘的《一段聊天的时间》的"融合作者"形象而言，"多年没碰锄头"则是来自传记的"作者镜像"；热爱农活、重视交谈、重视诗歌这些特征源自布思对该诗的文本元素的把握，而其中对诗意的领会、认同以及对诗艺的敏感与读者布思的个人情境语境和文化语境相关。这个"融合作者"的形象，是布思叙事交流的成果。

需要强调的是，虽然"融合作者"是读者建构的，但是读者会在想像中赋予其"真实作者"的地位，视之为信息发出方，并把自己的文本解读等同于"融合作者/真实作者"的意图。读者的这种行为——我称为读者的"赋意行为"——即赋予"融合作者"真实作者的地位及创作意图。读者通过赋意行为

---

[1] 余华：《鲁迅是我这辈子唯一讨厌过的作家》，凤凰副刊·凤凰读书，http://book.ifeng.com/a/20150829/17199_0.shtml，最后浏览日期：2020 年 12 月 15 日。

有两个收获：一是把作为叙事交流成果的"融合作者"从叙事交流进程的末端放置到叙事交流的信息发出方位置，形成与作者"双向交流"的幻觉；二是为读者自己的阅读阐释谋求合法性、正确性和权威性。

综上所述，我们需要充分认识时间和语境对叙事交流的重要性。如果说，"有一千个读者就有一千个哈姆莱特"是叙事交流中可能产生的情况的话，那这种情况在日常交际中很少发生，因为日常交际的共时在场语境及交流的双向性会最大程度地限制歧义的产生，以保证日常交流的有效性。而叙事交流的延时性、单向性、语境的差异性和书面化特征以及由此形成的低语境性，带来的是叙事交流的丰富性。读者在叙事交流中建构基于作者、文本和读者自身的"融合作者"并视之为信息发出方以确认自身阅读的合法性。事实上，时间和语境不仅关系到叙事交流的三要素，还关系到文本阐释走向及不可靠叙述等诸多相关问题，是一个值得深入的领域。

（原刊于《外国文学研究》2018年第1期。修改后收录于本书）

门,迷悟,方(反)向感
——张爱玲的文字影像世界

宋伟杰

> 现实这样东西是没有系统的,像七八个话匣子同时开唱,各唱各的,打成一片混沌。在那不可解的喧嚣中偶然也有清澄的,使人心酸眼亮的一刹那,听得出音乐的调子,但立刻又被重重黑暗上拥来,淹没了那点了解。
> ——张爱玲,《烬余录》[1]

> 门坎和与其相邻的阶梯、穿堂、走廊等时空体,还有相继而来的大街和广场时空体,是情节出现的主要场所,是危机、堕落、复活、更新、彻悟、左右人整个一生的决定等等事件发生的场所。
> ——巴赫金,《小说的时间形式和时空体形式》[2]

"门",是张爱玲小说中反复出现、具有启示意义的时空体形式。《封锁》中的铁门、电车门,《倾城之恋》里面的白公馆门、旅馆门、门槛,《红玫瑰与白玫瑰》中的浴室门、玻璃门、公寓房门、客室门,《色,戒》中珠宝店橱窗夹嵌的玻璃门,《小团圆》里面的玻璃门、浴室门、古建筑门、栅栏门,站着一尺来高木雕的鸟的门框、铁门、石门、纸门……"门"既区分"内"与"外",也作为门内、门外的间隙,连通"内""外"两个世界。

---

[1] 张爱玲:《烬余录》,初载于1944年2月上海《天地》第5期,收录《华丽缘》,台北皇冠文化出版有限公司,2010年,第64页。此版本为《张爱玲典藏》第11卷,《散文集一·一九五四〇年代》。

[2] [俄]巴赫金:《小说的时间形式和时空体形式》,白春仁、晓河译,《巴赫金全集》第3卷,河北教育出版社,1998年,第450页。

张爱玲曾借用 Samuel Goldwyn 的"include me out"(把我包括在外),[1]定位她本人在文学史中的位置与归属:是例内,也是例外;既包括,也排除。阿甘本(Giorgio Agamben)则提请我们注意,"例外"是"包括式的排除","例内"是"排除式的包括"。[2] 此一"包括在外"以及"排除在内"的位置,恰可与"门""门坎"的临界状态、中间性(in-betweenness)相呼应。特纳(Victor Turner)在其《仪式过程:结构与反结构》一书,尤其是"阈限与交融"(Liminality and Communitas)一章,指出了"阈限"这一门槛状态,即个人、社会从一种状态向另一种状态过渡、转换期间的边缘、暧昧、模糊等特征。[3] 热奈特(Gérard Genette)借用米勒(J. Hillis Miller)对"para"(准,类,近似)的界定——近而且远,类似也不同,内在也外在,是边界线、门槛、边缘而又不止于此——从而发展出"准文本"(paratext)这一概念,认为"准文本"是"诠释的门槛",并将"门槛"理解为边界模糊、难以定义、内外相连的区域,不仅仅关乎转折、过渡(transition),更是协商、交易(transaction)的场所。[4] 巴赫金在研究小说的时间形式与时空体形式时,曾钩沉小说叙事中的核心空间场景——门槛、城堡、沙龙、街道、广场等,并指出"像门坎这样渗透着强烈的感情和价值意味的时空体……它也可以同相会相结合,不过能成为它最重要的补充的,是危机和生活转折的时空体。'门坎'一词本身在实际语言中,就获得了隐喻意义(与实际意义同时),并同下列因素结合在一起:生活的骤变、危机、改变生活的决定(或犹豫不决、害怕越过门坎)……是危机、堕落、复活、更新、彻悟、左右人整个一生的决定等等事件发生的场所"。[5]

《封锁》(1943)开篇的"铁门",即凸显了战乱封锁之际的上海市民失去方向感,在铁栅栏门两侧,也在街道左右,无序冲撞、惊恐互看的画面。商店"沙

---

[1] 张爱玲:《把我包括在外》,初载于1979年2月26日《联合报》副刊,收录《惘然记》,台北皇冠文化出版有限公司,2010年,第123—124页。此版本为《张爱玲典藏》第12卷,《散文集二·一九五〇~八〇年代》。

[2] Agamben, G., *Homo Sacer: Sovereign Power and Bare Life*, trans. Daniel Heller-Roazen, Stanford, CA: Stanford University Press, 1998, p. 21.

[3] Turner, V., *The Ritual Process: Structure and Anti-Structure*, New Brunswick, NJ: Transaction Publishers, 1969(1997), pp. 94-130.

[4] Genette, G., *Paratexts: Thresholds of Interpretation*, Cambridge University Press, 1997, pp. 1-2. 热奈特所援引的米勒的论述,见于 J. Hillis Miller, "The Critic as Host", in ed. Harold Bloom, *Deconstruction and Criticism*, New York: Seabury Press, 1979.

[5] 巴赫金:《小说的时间形式和时空体形式》,第450页。

啦啦拉上"的"铁门",托老带小的太太们欲进门而被拒,而"铁门里的人和铁门外的人眼睁睁对看着,互相惧怕着"。[1] 沦陷的孤岛紧闭的铁门,更确切地说,是铁条拉门,仿佛封锁之际危险与安全之间的"阈限"与"阀门",其"物性"或作为物的特征,虽然冰冷、坚硬,却并非铁板一块,而是纵横交错,遍布孔洞与开口,既隔离又联系着铁门两侧失控的人群。在张爱玲笔下,战乱上海发狂的路人,尤其是普通的女性(女太太们),在铁栅栏门两侧的对望中,共享着危机、恐惧、无奈与挣扎。

对照之下,电车车门之内的乘客却相当镇静;车门之外的街道上,一个外乡乞丐在战时上海的祈求与慨叹"可怜啊可怜!一个人啊没钱!",被张爱玲写出了时间感,从刹那到悠久:是长时段历史中反复回响的贫穷、困顿、哀叹与颠沛流离,"从一个世纪唱到下一个世纪",[2] 却仍不失响亮与勇敢,与封锁之际市民的混乱、惊恐大相径庭。乞丐的口音触动了同样来自山东的电车司机,他靠在电车门上,在电车门内随声应和。这是通过"门"而"包括在外"的一处例证:电车司机靠着车门,用慨叹与跟唱,将同是天涯沦落人的同乡、战时上海的客居者"包括"进来而又在车门"之外"。也正是因为"门"的异常紧闭,电车,一个沪上日常的交通工具,突变为张爱玲《封锁》中主要的"行动场所"与造梦空间,打开并展示了吴翠远与吕宗桢生活世界与情感生活的沉闷与渴望,日常的危机与若有若无的转机,瞬时的欲望,不近情理的绮梦,以及情感期待的错位。

《倾城之恋》(1943)(许鞍华,电影改编版,1984)里面的白公馆门,则凸现了白流苏在门内既彻悟又迷茫的反观自省:自鸣钟机括的失灵,脱离纸面的漂浮文字,世俗时间与神灵时间的混淆,以及白流苏失重般的漂浮感:"流苏觉得自己就是对联上的一个字,虚飘飘的,不落实地。"[3] 范柳原与白流苏的调情、算计、追逐闪躲的游戏,通过叙事发展中的一个重要的道具旅馆门,以及门的半开半掩,显影了二人情感的进展:旅馆房门打开,流苏笔直走向窗口看海景,柳原说话的声音就在流苏耳根子底下,并让流苏"不觉震了一震";[4]

---

[1] 张爱玲:《封锁》,初载于1943年11月上海《天地》第2期,收入《倾城之恋:短篇小说集一·一九四三年》,台北皇冠文化出版有限公司,2010年,第164页。此版本为《张爱玲典藏》第1卷。
[2] 张爱玲:《封锁》,第165页。
[3] 张爱玲:《倾城之恋》,初载于1943年9月、10月上海《杂志》第11卷第6期、第12卷第1期,收入《倾城之恋》,台北皇冠文化出版有限公司,2010年,第184页。
[4] 张爱玲:《倾城之恋》,第193页。

而房门没有关严，柳原说到流苏的善于低头，"无用的女人是最最厉害的女人"，说自己就住在隔壁，让流苏"又震了一震"。[1] 作为物件与物像的"门"，以及门的半虚半掩，成为流苏一震、再震、刹那启悟的关键场景。

结尾处的门槛，是流苏和柳原送别萨黑夷妮之时所占据的空间位置，也是二人情感确认的见证。"流苏站在门槛上"，[2] 柳原在门槛之内，立在流苏身后，二人手掌相抵，谈婚论嫁，而流苏无言以对，低头垂泪。此处的门槛，成为巴赫金所说的"复活、更新、彻悟、左右人整个一生决定的场所"。可是张爱玲又不忘加上她风格化的、自反的、模棱两可的慨叹："但是在这不可理喻的世界里，谁知道什么是因，什么是果？"[3] 悲欢离合，福祸生死，说不清，道不明，谁又能辨识出生活的方向？

《红玫瑰与白玫瑰》(1944)(关锦鹏，电影改编版，1994)中的浴室门(从巴黎到上海)、玻璃门(参差映衬王娇蕊与孟烟鹂)、公寓房门(与穿堂、门洞子相连)、客室门，以及门与灯的譬喻，同样联系着性别、权力、情感、家庭生活的危机与转机。

张爱玲这样描写巴黎浴室门的场景：妓女把一只手高高撑在浴室门上，不放心、下意识地闻着她自己的气味，歪着头向佟振保笑——香臭混杂的气味，单手撑门的姿态，衰变成透明玻璃球的蓝眼睛，性别倒错的脸，让作为恩客的振保在羞愤交加中，感官世界"不对到恐怖的程度"。[4] 神经大受震动的振保痛下决心，"要创造一个'对'的世界，随身带着。在那袖珍世界里，他是绝对的主人"。[5] 张爱玲微妙的文学表述，关锦鹏电影改编版丰富的视觉语言，都在这"浴室门"处，描画出振保快感与耻感的混合，以及通篇试图确立绝对的主—奴关系却屡战屡败的事迹。在娇蕊上海公寓的浴室门外抱着毛巾

---

[1] 张爱玲：《倾城之恋》，第193页。流苏的一"震"再"震"，不妨视为"情"与"礼"骤然冲撞，"情"不期然僭越、突破"礼"的束缚与规训时所表露的症候。乐黛云指出，"礼"对"情"的压制，导致了中国文化中一种独特的现象，"一方面是将'情'抬高到一切行为之源的高度，另一方面又把'情'压制到几乎被一切社会伦理道德窒息的最底层"，而"情"在中国传统小说当中，难以突破"虚幻化""距离化""道德驯化""功利化"的模式，参见《情"在中国》，《文艺争鸣》2005年第4期，第60页。
[2] 张爱玲：《倾城之恋》，第219页。
[3] 同上书，第220页。
[4] 张爱玲：《红玫瑰与白玫瑰》，初载于1944年5—7月上海《杂志》第13卷第2—4期，收入《红玫瑰与白玫瑰：短篇小说集二·一九四四～四五年》，台北皇冠文化出版有限公司，2010年，第133页。此版本为《张爱玲典藏》第2卷。
[5] 张爱玲：《红玫瑰与白玫瑰》，第133页。

的振保,面对浴室门内满地滚的、散乱的头发,情不自禁看到"牵牵绊绊的"、淆乱的、烦恼的欲望。这散乱的头发是真发,也是假发;是欲望,也是欲望对象,却已经失去生命,成为脱落的、被遗弃的,却也是难以忘记、心烦意乱之物。

红玫瑰的公寓房门,也"渗透着强烈的情感和价值意味"。虚掩的起坐间房门,见出振保的进、退、躲闪和窥视。娇蕊服饰"那过分刺眼的色调是使人看久了要患色盲症的",[1]而红玫瑰的公寓房门,以及相邻的幽暗的穿堂,[2]使得振保情愫渐生,在打开公寓房门,捻开电灯,照亮黑暗的甬道之时,领悟到"这穿堂在暗黄的灯照里很像一节火车,从异乡开到异乡。火车上的女人是萍水相逢的,但是个可亲的女人"。[3]从门、穿堂、灯光、红玫瑰的举止行迹,振保心领神会从异乡到异乡旅行的感觉、萍水相逢的幻觉,以及与娇蕊逐渐亲近、亲密的情感。

另一个与"门"有关的核心物像玻璃门,仿佛构成审视她人、也反观自己的一面镜子。早在《第一炉香》中,张爱玲便让上海女子葛薇龙在华洋夹杂、新旧并置的香港殖民地,在姑母家位于山头华贵住宅区的白房子里面,借走廊上的"玻璃门"审视自己矛盾的形象:"在玻璃门里瞥见她自己的影子——她自身也是殖民地所特有的东方色彩的一部分","非驴非马"般杂糅着满清末年赛金花般的模样,以及新学堂女学生身着现代制服的着装;"对着玻璃门扯扯衣襟,理理头发",葛薇龙挑剔地端详着自己"温柔敦厚的古中国情调"式的、过时的粉嫩的"平淡而美丽的小凸脸",却也欣幸地觉察到因为身处粤东佳丽橄榄色的皮肤当中,自己珍稀的白净反而转获新宠——"物以希为贵,倾倒于她的白的,大不乏人",以及"如果湘粤一带深目削颊的美人是糖醋排骨,上海女人就是粉蒸肉,……薇龙端相着自己,这句'非礼之言'蓦地兜上心来。她把眉毛一皱,掉过身子去,将背倚在玻璃门上"。[4]林幸谦认为张爱玲"既把薇龙的欲望话语置于帝国兴亡史及香港殖民地的时空脉络之中,又赋予其自身的无可理喻性。……叙事者巧妙地通过玻璃门,介绍了她的身份与模样,既让读者看到薇龙是怎样的女子,也让她的自我意识亮相",以及背倚玻

---

[1] 张爱玲:《红玫瑰与白玫瑰》,第143页。
[2] 同上书,第142页。
[3] 同上书,第148页。
[4] 张爱玲:《第一炉香》,初载于1943年5—7月上海《紫罗兰》第2—4期,收入《倾城之恋:短篇小说集一·一九四三年》,台北皇冠文化出版有限公司,2010年,第7—8页。

璃门"暗示了后来重复出现的她的自省和警觉"。[1]《红玫瑰与白玫瑰》则以玻璃门作衬,从振保的视角审视她人:将红玫瑰、白玫瑰加以参差的对照。对红玫瑰,振保"立在玻璃门口,久久看着她,他眼睛里生出泪珠来,因为他和她到底是在一处了,两个人,也有身体,也有心"。[2] 振保长久的凝视,生泪的眼睛,又是迷乱的启悟。相形之下,玻璃门边的白玫瑰孟烟鹂(谐音,梦魇里),却是笼统的白,中间总像是隔了一层白的膜(白色的隔膜)。

恰恰是在自家客室门,振保发现烟鹂与癞头裁缝的私情,并在进入家门前后,发生着奇特的预感:"一直包围在回忆的淡淡的哀愁里,十年前的事又重新活了过来。他向客室里走,心里继续怦怦跳,有一种奇异的命里注定的感觉"。[3] 白天,大敞着门的客室,无线电里有理、专断的男子的声音,使得振保"站在门洞子里,一下子像是噎住了气"。[4] 而在雨天之中恍惚走出家门,糊里糊涂坐上黄包车,发现奸情之后失控的、无法抑制的感觉的错乱,见于振保透过半开的浴室门,审视灯下的烟鹂时产生的错觉:黄色的灯光,污秽、蓊郁的人气。

张爱玲用关于门的迷悟,写出烟鹂在外遇现形之后的窥视、担心和松懈,以及更为重要的,振保的醒悟、猜忌和自我疑惑:

> 像两扇紧闭的白门,两边阴阴点着灯,在旷野的夜晚,拼命地拍门,断定了门背后发生了谋杀案。然而把门打开了走进去,没有谋杀案,连房屋都没有,只看见稀星下的一片荒烟蔓草——那真是可怕的。[5]

"紧闭的白门"、"旷野的夜晚",打开门后出乎意料的虚无,"稀星下""荒烟蔓草"……这是典型的张看世界所呈现的情感图景:荒凉、孤独、空虚、迷茫。《红玫瑰与白玫瑰》最后段落振保的失控发作与重新自控,同样围绕"门"的时空体展开:振保砸碎台灯、热水瓶,将台灯的铁座子连着电线掷向烟鹂,将烟鹂关在门外,把自己关在门内。在善恶之间挣扎,在惩罚与宽恕之间摇摆。

此处的"门"连接门内(振保)、门外(烟鹂)两个家庭空间,既关乎转折、过

---

[1] 林幸谦:《张爱玲:文学·电影·舞台》,香港牛津大学出版社,2017年,第248页。
[2] 张爱玲:《红玫瑰与白玫瑰》,第150页。
[3] 同上书,第171页。
[4] 同上书,第172页。
[5] 同上书,第174页。也请参见林幸谦:《荒野中的女体:张爱玲女性主义批评I》,广西师范大学出版社,2003年。

渡,也联系着协商、交易。换言之,此处的"门"是关于"包括在外"与"排除在内"的另一个范例。振保将烟鹂打败,先是排除在房门之外,随后却只能宣称不彻底的得意与胜利,因为振保半夜被蚊子咬醒,打开台灯,看到"地板正中躺着烟鹂一双绣花鞋,微带八字式,一只前些,一只后些",让振保领悟到,这散乱的绣花鞋,"像有一个不敢现形的鬼怯怯向他走过来,央求着",[1]而烟鹂凭借遗留在门内的鞋子,再一次进入振保的情感与生活世界,虽被"排除"而仍旧"在内"。振保进一步的启悟(也是让步),见于张爱玲如下的描述:"振保坐在床沿上,看了许久。再躺下的时候,他叹了口气,觉得他旧日的善良的空气一点一点偷着走近,包围了他。无数的烦忧与责任与蚊子一同嗡嗡飞绕,叮他,吮吸他。"[2]第二天一觉醒来,幡然醒悟,"振保改过自新,又变了个好人",[3]但这也不是对白玫瑰彻底的宽恕,而是将烟鹂"包括"而"在外"。

《色,戒》(1978)(李安,电影改编版,2007)中类似的辨识、启悟与迷失,见于珠宝店橱窗夹嵌的"玻璃门",生死决断错愕、恍惚于一瞬。也正是在"玻璃门"这里,我们可以发现张爱玲与李安的不同。张爱玲小说里面,"玻璃门"在王佳芝背后,而且那"玻璃门"与橱窗张力满涨,仿佛随时可以崩裂爆破。李安的《色,戒》里面,"玻璃门"不在身后,而在眼前,佳芝通过"玻璃门"望出去,再从"玻璃门"走出去,看见暗杀的失败,以及街道上的封锁、戒严、危险与宿命。而且电影改编本一开始还将王佳芝从"玻璃门"看出的目光,从门外的上海街景,引申、连接、闪回到王佳芝战时香港的求学经验、情色教育、间谍培训以及家庭创伤记忆。李安电影中三场不同凡响的情欲戏的第一场,王佳芝与易先生初次幽会,房间桌案积尘,通向阳台的"玻璃门"半开半合。[4]佳芝在关门之际,突然在"玻璃门"上看到易先生阴冷端坐、不动声色凝视的身影,大

---

[1] 张爱玲:《红玫瑰与白玫瑰》,第177页。
[2] 同上。
[3] 同上。关于烟鹂占据浴室,关门自审,以及便秘与中国现代性的讨论,参见 Rey Chow, "Seminal Dispersal, Fecal Retention, and Related Narrative Matters: Eileen Chang's Tale of Roses in the Problematic of Modern Writing", *Differences: A Journal of Feminist Cultural Studies* 11, 2 (1999): 153-176。
[4] 关于张爱玲作品中"阳台"的寓意,参见吴晓东:《"阳台":张爱玲小说中的空间意义生产》,收录李欧梵、夏志清、刘绍铭、陈建华等著,陈子善编:《重读张爱玲》,上海书店,2008年,第28—64页;以及黄心村(Nicole Huang)所论述的张爱玲的"黄昏的阳台"与"阈限空间"想象,参见其 *Women, War, Domesticity: Shanghai Literature and Popular Culture of the 1940s*, Brill, 2005, pp. 132-135。

惊失色。电影结尾,易先生冲出"玻璃门"后,王佳芝迷悟的目光,也射向眼前的"玻璃门"以及门外即将封锁的街道。

具体说来,在张爱玲的小说里面,"玻璃门"、门两侧的橱窗,都位于王佳芝身后;佳芝听出去,"只隐隐听见市声"。[1] 而脑后寒风飕飕的感觉、门窗随时可以爆破的错觉,凸显了佳芝似梦似醒的觉悟与迷失,一种精神分裂式的迷悟——半个她身陷梦境、不祥的预感,另半个她似乎清醒,恍惚知道不过是个梦。

"门"在身后的描写,让笔者想起《金锁记》(1943)里面的房门,曹七巧"睁着眼直勾勾朝前望着,耳朵上的实心小金坠子像两只铜钉把她钉在门上——玻璃匣子里蝴蝶的标本,鲜艳而凄怆"。[2] 门,仿佛是用来固定蝴蝶标本的玻璃匣子,而七巧/蝴蝶则失去鲜活的生命,变成干枯的标本,保留蝴蝶的形状,从人变成物,失去生的气息,失去观看的能力,成为被查考、观看的物体和对象。

"在这幽暗的阳台上,背后明亮的橱窗与玻璃门是银幕,在放映一张黑白动作片。"[3] 在此处的迷悟中,王佳芝将自身的命运与困境投影为平面银幕上的黑白电影,是惊险的刺杀动作,是流血与刑讯的暴力场景,是童年记忆/梦魇的重现,是与生俱来的恐惧和躲避。王佳芝时间感的错乱,也发生在珠宝店"玻璃门"内,不知时间长短、天明天暗;隔着"玻璃门",外面的街道、行人可望而不可即,"只有她一个人心慌意乱关在外面"。[4]

张爱玲笔下王佳芝的女人心,仍旧是"半明半昧"的迷悟:"她不信"自己"有点爱上了老易","但是也无法斩钉截铁地说不是"。只不过导向迷悟的刹那光影如此强烈:"只有现在,紧张得拉长到永恒的这一刹那间",而且时空感也发生突变:"这室内小阳台上一灯荧然,映衬着楼下门窗上一片白色的天

---

[1] 张爱玲:《色,戒》,初载于1978年1月台北《皇冠》第12卷第2期,收录《色,戒:短篇小说集三·一九四七年以后》,台北皇冠文化出版有限公司,2010年,第202页。此版本为《张爱玲典藏》第3卷。

[2] 张爱玲:《金锁记》,初载于1943年11月、12月上海《杂志》第12卷第2期、第3期,收录《倾城之恋:短篇小说集一·一九四三年》,第249页。

[3] 张爱玲:《色,戒》,第202页。

[4] 同上书,第207页。赵毅衡指出,让·瓦尔(Jean Wahl)最早把超越(transcendence)分为"向上超越"(trans-ascendance)与"向下超越"(trans-descendence),参见其《符号学》,台北新锐文创2012年版,第449页;许纪霖曾以汪精卫为例,讨论"任性"牺牲的个案与复杂涵义,参见许纪霖:《虚无时代的"任性牺牲"》,《读书》2015年第3期,第65—76页。

光"。那情感也是暧昧矛盾的:"脸上的微笑有点悲哀"。[1]

这是门内的迷悟,方向感的迷失,刺杀使命在刹那间的遗忘:"此刻的微笑也丝毫不带讽刺性,不过有点悲哀。他的侧影迎着台灯,目光下视,睫毛像米色的蛾翅,歇落在瘦瘦的面颊上,在她看来是一种温柔怜惜的神气。……这个人是真爱我的,她突然想,心下轰然一声,若有所失。"[2]张爱玲还说,"他们是原始的猎人与猎物的关系,虎与伥的关系,最终极的占有。她这才生是他的人,死是他的鬼"。[3] 这是张爱玲笔下易先生情感世界的图像,他对她的猜测,从易先生的视角道来,果敢决绝;但笔者以为,王佳芝爆破般的情感涌流与冲动,其实没有这么决然果断,因为王佳芝更多的是犹豫、迟疑、冲动、悔恨和无奈,李安的电影改编版,恰好细腻地铺陈了王佳芝刹那间启悟之后愈演愈烈的迷茫、神伤、香消玉殒。电影结尾处,易先生将易太太阻挡在王佳芝昔日居室的房门之外,将易太太打发到楼下,自己则在离开房门之际,转身回望,灯光下易先生头部的阴影,投射、叠加到被他坐皱的床单,李安的演绎也凸显了易先生暧昧的感伤与留恋。戴锦华从个人与历史、身体与国族、文化政治实践等视角,论及李安电影改编版结尾处所暴露的暧昧:"李安将张爱玲的故事托举到人性抚慰的'高度':个人,是历史人质。审判历史,同时赦免个人。但赦免了'个人'的历史,是一具空壳? 一处悬浮舞台? 或者,只是一张轻薄的景片? 当身体,或身体所铭写的微观政治将故事——一个血雨腥风的大时代的故事,李安所谓的'非常勇敢、爱国,具有男子气概'的女人的故事,'大历史背景下她个人的行为——好比一小滴水落下,却掀起巨大的波浪'的故事,带离历史与现实的政治角力场,成就的却是别一份文化政治的实践。尽管这一文化政治定位或许只是某种政治潜意识的显影或源自一份商业敏感。"[4]

张小虹借助德勒兹与瓜塔里的"生成流变"观念,认为李安《色│戒》中那

---

[1] 张爱玲:《色,戒》,第205页。参见李海燕对《色,戒》"偶然超越"(contingent transcendence)问题的讨论,Haiyan Lee, "Enemy under My Skin: Eileen Chang's 'Lust, Caution' and the Politics of Transcendence", *PMLA* 125,3 (May, 2010),640–656。

[2] 张爱玲:《色,戒》,第205页。

[3] 同上书,第210页。

[4] 戴锦华:《时尚·焦点·身份——〈色·戒〉的文本内外》,《艺术评论》2007年第12期,第5—12页,尤其是第7页;另请参见彭小妍:《女人作为隐喻:《色│戒》的历史建构与解构》,《戏剧研究》(台湾)第2期(2008),第209—236页。

一竖垂直线不只是一种界线、隔离、围墙，反而是一种"介面"，在标示出"差异"的同时，也同时暗含了"相似"，而且是在一种流动生成的动态之中，辩证地生产出新的差异与相似。[1]

在我看来，这色、戒之间的垂直线，恰可点出"色"与"戒"既"包括在外"，又"排除在内"的区隔与关联。也许正是张爱玲所理解的"门"的中间性，或是巴赫金、热奈特、米勒、特纳等学者论及的"门槛"，以及相关的危机、恐惧、犹疑、冲动——方向感的辨识与错认，启悟与迷失的同体。俯视"色""戒"之间的那条垂直线，它仿佛是三元之门被压缩、平面化到二维空间的"门"的图影。而门的平面化缩影，让我们想起张爱玲回应傅雷对《倾城之恋》的批判时掷地有声的自辩："浮雕也是一种艺术。"[2]当生命、个体、存在与虚无被挤压到同一个平面，如同没有深度的浮雕，或者失去向上的升华、向下的沉沦，而被束缚在同一个层面时，张爱玲的小说艺术所提供的，正是无方向感的方向感，是方向感的错乱，是旁观、陌路甚至逆向而行，它与左/右、精英/通俗、启蒙/颓废的向度相悖，构成一种特立独行的、反方向的方向感，一如她在《传奇》的插画中所描绘的，调转头颅、抽象回望、仅留轮廓不留眉眼的观察，这是从一扇窗、一道门（出口/入口）试图回到前现代却不得而入。这不是本雅明历史天使所背对的风暴，在张爱玲眼里，历史的风暴也许尚未成形，张氏所见所感，是变动时代的逼迫、重负，以及人物定位的尴尬。

"门"与迷悟，是张爱玲反复重写的时空体及其情感寄托。王德威指出，对于张爱玲来说，重写既是祛魅的仪式，也是难以摆脱的诅咒，"重复不只是有样学样而已。化一为二，对照参差，重复的机制一旦启动，即已撼动自命惟我独尊的真实或真理。重复阻挠了目的论式的动线流程，也埋下事物时续延

---

[1] 参见林文淇等：《关于〈色｜戒〉的六个新观点：国际学术研讨会特别报导》，http://www.funscreen.com.tw/headline.asp?H_No=208，最后浏览日期：2016 年 6 月 18 日；Peng Hsiao-yen and Whitney Crothers Dilley eds., *From Eileen Chang to Ang Lee: Lust/Caution*, Routledge, 2014；以及 Gina Marchetti, "Eileen Chang and Ang Lee at the Movies: The Cinematic Politics of *Lust, Caution*", in Kam Louie, ed., *Eileen Chang: Romancing Languages, Cultures, and Genres*, Hong Kong University Press, 2012, pp. 131-154。

[2] 参见李欧梵的专论，Leo Ou-fan Lee, "Eileen Chang: Romances in a Fallen City", in *Shanghai Modern: The Flowering of a New Urban Culture in China, 1930-1945*, Cambridge, MA: Harvard University Press, 1999, pp. 267-303。中文译本参见李欧梵：《上海摩登：一种新都市文化在中国 1930—1945》，毛尖译，北京大学出版社，2001 年，第 283—317 页。

异播散的可能"。[1] 张爱玲"回旋"和"衍生"的小说叙事,借助对"门"的边界、跨界、越界的重复描述(一种典型的张看),"门"的开启、关闭、半开半掩,以及"门"与男女人物之间的时空定位、移位、错位等叙事安排,书写了笔下人物在日常生活的小世界与战时漂泊离散的大世界中的"迷悟"(启悟与迷惑,"心里半明半昧"),以及方向感或反向感的辨识与体认。

(论文原题《门,迷悟,张爱玲》,原刊于《中国现代文学研究丛刊》2017年第5期。此处略作修改)

---

[1] 王德威:《张爱玲再生缘——重复、回旋与衍生的美学》,收入《后遗民写作:时间与记忆的政治学》,台北:麦田出版股份有限公司,2007年,第161—179页,尤其是第167—168页。

The Xikun Experiment: Imitation and the Making of the New Poetic Style in the Early Northern Song

Yugen Wang

Scholars of Song literature do not usually agree regarding the true beginnings of Song poetry or what led to a style that reads and feels so differently than that of the Tang masters. Contributors to the recent *Cambridge History of Chinese Literature*, for example, considered the entire Five Dynasties period and the first six decades of the Northern Song as lingering ramifications of the old cultural regime of the Tang rather than staging grounds for the new style of the Song. [1] Despite debates over what gives Song literature its "characteristic stamp" or what a "distinctly 'Song' identity" is, [2] most scholars seem to concur that the generation of Ouyang Xiu 欧阳修 (1007 – 1072) of the mid-eleventh century played a pivotal role in shaping that new style, if not single-handedly defined it. [3] As Ronald Egan argues, Ouyang Xiu's intellectual versatility and diverse accomplishments in the various genres of writing were a key factor that elevated Song literature to the esteemed parity with the Tang and to eternal excellence. [4] These

---

[1] Stephen Owen, ed., *The Cambridge History of Chinese Literature*, Volume 1, Cambridge: Cambridge University Press, 2010, pp. 286 – 380.
[2] Ibid., pp. 286,384.
[3] The debate is about not the pivotal importance of Ouyang Xiu but rather the relative contributions of later generations of writers, for example, how the technical acumen and emphasis on book learning of the Jiangxi school further strengthened the tendency and secured the legacy of Song poetry.
[4] See Ronald C. Egan, *The Literary Works of Ou-yang Hsiu* (1007 – 72), Cambridge: Cambridge University Press, 1984.

broad historical approaches rightly position early Song literature in the larger literary historical framework defined by the Tang on the one end and by later developments of the Song on the other. They, however, do not fully explain the internal rhetorical and aesthetic mechanisms of change that had been slowly and steadily developing since the Late Tang. It is to those rhetorical and aesthetic mechanisms that this article turns. I argue that among the various searches for poetic models in the first half century or so after the founding of the Northern Song—most notably the Bai Juyi style (*Bai ti* 白体), the Late Tang style (*Wantang ti* 晚唐体), and the Xikun style (*Xikun ti* 西昆体)[1]— the rise to national prominence of the Xikun poets at the beginning of the eleventh century was the most important event that provided a necessary foundation for the rise of both the Ouyang Xiu generation in midcentury and the Jiangxi school of the late Northern Song. Although the differences are many between the ornately decorative, thematically limited, and closed style of Xikun poetry and the genial, spontaneous style of Ouyang Xiu, and between the disparate, fragmented thematic choices of the Xikun poets and the determined and consistent technical focus of the Jiangxi school, we see in Xikun poetry a burgeoning interest in creating an internally logical world and a tendency toward a more immersive mode of composition that would become a defining feature for both the Ouyang Xiu generation and the Jiangxi school.

Xikun poetry burst onto the national literary and cultural scene of early eleventh-century Northern Song metropolitan capital Kaifeng under special circumstances. The school was named after the *Xikun chouchang ji* 西昆酬唱集 (A Collection of Occasional and Exchange Poetry from the Xikun Group), an anthology of 250 poems by seventeen authors who were charged

---

[1] For an excellent comprehensive discussion of these different styles in the early Northern Song, see Zhang Ming 张鸣, "Cong Bai ti dao Xikun ti: Jian kao Yang Yi changdao Xikun ti shifeng de dongji" 从白体到西昆体：兼考杨亿倡导西昆体诗风的动机 (From the Bai Juyi Style to the Xikun Style: Concurrently on Yang Yi's Motives for Promoting the Xikun Style of Poetry), *Guoxue yanjiu* 国学研究 (Chinese Studies), Vol. 3, Beijing: People's Literature Publishing House, 2010, pp. 205 – 234.

with compiling a 1,000 *juan* compendium of exemplary deeds of past emperors and ministers. Started in 1005, the project took eight years to complete and was named *Cefu yuangui* 册府元龟 (Grand Models from the Storehouse of Literature) when the final product was presented to the throne in 1013. The turn of the eleventh century was an important moment for the Song Empire. It had been two decades since the last independent kingdom was brought into the fold of the newly established empire in 979, and the longtime problem with the Khitans in the northern borders was finally showing signs of a permanent solution through a treaty signed at the end of 1004, a development that was to be criticized by later generations for its appeasement intentions but nevertheless laid the foundation for over a century of peace and favorable internal development that helped usher in one of the most prosperous periods in Chinese history.[1] The decision to compile the *Cefu yuangui* in 1005 under Zhenzong 真宗 (r. 997-1022) gave a new impetus to the large-scale cultural reconstruction projects, in the aftermath of the Late Tang and Five Dynasties' devastation, carried out under Taizu 太祖 (r. 960-976) and Taizong 太宗 (r. 976-997), which saw the completion of the 500 *juan Taiping guangji* 太平广记 (An Extended Record of the Taiping Era) in 978, the 1,000 *juan Taiping yulan* 太平御览 (An Imperial Reader of the Taiping Era) in 983, and the 1,000 *juan Wenyuan yinghua* 文苑英华 (Finest Blossoms in the Garden of Literature) in 987.[2] In naming the work *yuangui* 元龟, "Grand Turtle," invoking the auspicious animal employed in ancient divinatory rituals by the sage rulers, Zhenzong and his ministers surely hoped it would bring good luck and prosperity to the newly unified and secured empire.

A by-product of *Cefu yuangui*, the *Xikunchouchang ji* was anthologized in 1008, three years into the larger project and six years before

---

[1] See Denis Twitchett and Paul Jakov Smith, eds., *The Cambridge History of China*, Vol. 5, Part 1, Cambridge: Cambridge University Press, 2009, pp. 206-278.

[2] For a summary of these projects, see John W. Chaffee and Denis Twitchett, eds., *The Cambridge History of China*, Volume 5, Part 2, Cambridge: Cambridge University Press, 2015, pp. 670-674.

its completion. The seventeen authors whose poems were included in the anthology were of different political camps and ideologically diverse.[1] They were bound by the shared mission of searching through mountains of books and documents to find appropriate historical lessons for the emperor and the new political regime. The sequestered and shielded space of the Imperial Library (*cefu* 册府 [repository of documents]), where the scholars and editors worked together, certainly helped create a sense of community for such a collective endeavor.[2] The anthology gained an instant independent existence upon its publication, defining the values and styles of literary writing for almost three decades until the coming of age, in the 1030s and 1040s, of the more rebelliously minded younger generation of Ouyang Xiu, and even then it continued to exert a strong, although less conspicuous, influence on the literary habits and practices of the new generation.[3] It is beyond the scope of this article to fully situate the rise and influence of Xikun poetry in the broader literary historical and intellectual context of the early eleventh century. My goal is more modest and technical: I explore some of the key literary and rhetorical strategies Xikun poets employed in their imitation and exploitation of the Late Tang poet Li Shangyin 李商隐 (812 – 859), their primary source of inspiration and ultimate poetic nemesis — how their ornately crafted and heavily decorated poems modeled on the latter show signs of change that pointed in the

---

[1] Starting from the wrong assumption that Yang Yi 杨亿 (974 – 1020) in his preface to the anthology does not include himself as part of the "fifteen people" who contributed poems, some scholars have tried, unsuccessfully, to look for and identify the mysterious "eighteenth author." For a brief account, see Zhang Minghua 张明华, *Xikun ti yanjiu* 西昆体研究 (A Study of the Xikun Style), Beijing: People's Literature Publishing House, 2010, pp. 13 – 17.

[2] Yang Yi in his preface to the anthology and in the first long poem marking the launching of the project vividly describes this joyous atmosphere of collaborative effort. See Wang Zhongluo 王仲荦, *Xikun chouchang ji zhu* 西昆酬唱集注 (Collection of Exchanged Poems of the Xikun School, Annotated), Beijing: Zhonghua Book Company, 1980, pp. 1 – 3.

[3] Ouyang Xiu's retrospective account of the triumph of the new style of writing over the popular Xikun style, for example, can be taken as evidence of the latter's continued influence into the 1060s and 1070s. For Ouyang's criticism and the rationale behind it, see Ronald C. Egan, *The Literary Works of Ou-yang Hsiu*, pp. 78 – 84.

direction of important future development. Through closely comparing the new rhetorical strategies of the Xikun poets against those used by Li Shangyin, I aim to demonstrate how these technical choices and poetic strategies made sense in their own world of creation and how their imitation actually helped advance positive developments in the future.

Although my main focus is how in their imitations of Li Shangyin the Xikun poets made conscious rhetorical and aesthetic choices of their own, my analysis is also informed by what may be called the post-Xikun retrospective perspective some recent scholars have started to promote in discussing the role of the school in Northern Song literary history. [1] This retrospective perspective is useful because in elevating Li Shangyin to the worshipping altar, the Xikun poets not only willingly allowed themselves to be awed by Li's beautiful poetic creations but also, in so doing, helped solidify and advance the idea of poetic crafting as an explicit, self-conscious, describable, and controllable technique. This interest in perfecting the form and taking control of the poetic compositional process would be permanently deposited in the mindset of later generations of writers, primarily the Jiangxi school of the late Northern Song, but also other groups and schools in both the Northern and the Southern Song that were less conspicuously interested in poetic method and technique. Without the Xikun school's intense imitation of Li Shangyin and their relentless push for technical perfection and formal consistency, the poetic thoughts and practices of the Jiangxi school, for example, would not only lack historical depth but also be deprived of theoretical sophistication. Admittedly, most later Song styles were generally, and rightly, perceived as a reaction against the Xikun model. A point can be made, however, that the reaction was largely against the school's excessive attention to the ornate aesthetics they had inherited from Li Shangyin, not the dedicated, immersive mode of writing they had

---

[1] For example, Zhang Minghua in his recent comprehensive study of the Xikun school considers it "a new product nurtured by the high culture of the Northern Song" (北宋盛世滋养出的新文学). See Zhang Minghua, *Xikun ti yanjiu*, pp. 180–232.

furthered in their own practices. It is in this steady pursuit of internal formal and logical consistency that the Xikun school provided a blueprint for all later developments.

The Xikun Triumvirate and Yang Yi's Central Role

The 250 poems in the *Xikun chouchang ji* are grouped under seventy titles. Of the seventeen contributors to the anthology, the triumvirate of Yang Yi 杨亿 (974–1020), Liu Yun 刘筠 (971–1031), and Qian Weiyan 钱惟演 (977–1034) formed an undisputed inner core, together responsible for 202 of the 250 poems, a whopping 81 percent.[1] Of the three, Yang Yi and Liu Yun further distinguished themselves not only by contributing relatively more poems (75 by Yang and 73 by Liu as compared to 54 by Qian) but also by the quality of their compositions, giving the popular epithet "Yang and Liu" 杨刘 in contemporary references to the group. As I describe in the following discussions, Yang Yi and Liu Yun were also the two primary initiators of these poetic sequences in the sense that they originated a title by composing the first poem in it, while Qian's poems were overwhelmingly matching pieces in response to the works of others.

Between Yang Yi and Liu Yun, the former undoubtedly played a more important role in the formation of the anthology. He contributed in 65 of the 70 titled sequences in the anthology, which correspond to 61 presumed occasions of composition.[2] Of these 61 presumed occasions of composition, 42 are initiated by Yang Yi judging by that his poems were listed as the first compositions under the titles, or approximately 69 percent. Yang's central role becomes more obvious if we compare him with

---

[1] All statistics in this article are mine unless otherwise indicated.

[2] The discrepancy between the number of titled sequences and the number of presumed occasions of composition is caused by the few cases where poems presumably composed on the same occasion are divided and grouped under multiple titles according to the forms in which they were written. For example, the four sequences of poems on the lotus blossom, discussed in the next section, were obviously products of the same gathering.

Liu Yun, the second most prolific contributor to the anthology. Liu Yun had only 2 fewer poems than Yang (73 versus 75) and contributed in only 8 fewer sequences (57 versus 65), but only 13 of the 57 sequences in which he participated, about 23 percent, were initiated by him.

It was fitting that Yang Yi was the mastermind, leader, and originator behind the *Xikun chouchang ji* and, for that matter, the Xikun movement in general, because as the most talented writer and poet of his time, he almost single-handedly created the Li Shangyin obsession and through the *Xikun chouchang ji* gave that obsession a permanent material and textual expression, creating a national phenomenon.[1] The centrality of his contribution can also be inferred from the fact that he wrote the brief but elegantly crafted parallel-prose preface to the anthology that recounts the circumstances and occasion of the anthology's formation[2] and from his pivotal role in the larger *Cefu yuangui* project. Discussing the latter, authors of his official biography in the *Songshi* 宋史 (The History of Song) unhesitatingly stated: "The organization and order of the entries were all determined by Yang Yi. The court decreed that the individual pieces composed by others be used only after Yang's revision and approval" (其序次体制,皆亿所定;群僚分撰篇序,诏经亿窜定方用之).[3]

Given Yang Yi's key role and because the goal of this article is not to provide a comprehensive study of Xikun poetry but to illustrate the incipient tendencies in it, in the following sections I use some of Yang Yi's and, to a lesser extent, Liu Yun's most famous poems as examples to show the persistent efforts and conscious aesthetic choices they as a group made to advance their cause. I bring poems by other authors into the discussion only

---

[1] Yang Yi's obsession with Li Shangyin outside of the *Xikun chouchang ji* is well documented in literary historical sources. For a brief account, see Duan Liping 段莉萍, *Houqi Xikun pai yanjiu* 后期西昆派研究 (Studies on the Later Xikun School), Chengdu: Bashu shushe, 2009, pp. 66–68; Stephen Owen, *The Late Tang: Chinese Poetry of the Mid-Ninth Century (827–860)*, Cambridge, MA: Harvard University Asia Center, 2006, pp. 336–338.

[2] Wang Zhongluo, *Xikun chouchang ji zhu*, pp. 1–3.

[3] Tuotuo 脱脱 et al., eds., *Songshi* 宋史 (The History of Song), Beijing: Zhonghua Book Company, 1977, p. 10082. All translations are my own, except as noted.

when necessary.

The seventy-five Yang Yi poems in the *Xikun chouchang ji* cover a wide range of topics, the majority of which derive directly or indirectly from the works of Li Shangyin. Despite the derivative nature of his subject matter and topics, Yang Yi's imagination is informed by a quite different set of aesthetic principles, and he carries out the acts of composition from a position that is much more materially grounded and more internally consistent in terms of time, space, and causality. The two sets of poems I analyze, from the two most common poetic genres in medieval poetry, and in the Xikun anthology as well — "Poems on History" (*yongshi shi* 咏史诗) and "Poems on Things" (*yongwu shi* 咏物诗) — are good examples to see how in copying Li Shangyin's diverse words and images, in borrowing his difficult allusions and unusual metaphors, Yang Yi and Liu Yun made a series of conscious aesthetic decisions to bring Li Shangyin's allusions and poetic habits under a new, more immersive field of poetic signification.

Moral Indignation versus Aesthetic Contemplation: Yang Yi's "Southern Dynasties"

The *Xikun chouchang ji* opens with a poem of thirty rhymed couplets by Yang Yi titled "Shouzhao xiushu shuhuai ganshi sanshi yun" 受诏修书述怀感事三十韵 (Receiving the Imperial Order to Compile the Book, Expressing My Feelings and Commenting on Things, Thirty Rhymed Couplets) expressing his feelings and thoughts upon receiving the imperial charge of compiling the *Cefuyuangui*. [1] The content of the poem follows the descriptive title rather closely. The first half recounts the occasion of *shouzhao xiushu* 受诏修书 (receiving the imperial order to compile the book), giving ample space to the joyous atmosphere of happy, enthusiastic scholars working collectively in the intimate space of the Imperial Library, marked by such words as *huanyu* 欢娱 (happy and merry), *qia* 洽

---

[1] Wang Zhongluo, *Xikun chouchang ji zhu*, pp. 1–8.

(congenial), and *xi* 喜 (joyous).[1] The second half turns to the more introspective mode of *shuhuai ganshi* 述怀感事 (expressing my feelings and commenting on things), focusing on reflection and internal thought marked by such verbs as *fu* 抚 (to contemplate), *yi* 忆 (to reminisce), and *nian* 念 (to recollect).[2] The poem ends with the conventional wish of returning to the fields and living a life of retreat and natural harmony. The celebratory tone and sense of shared mission and collective endeavor are a continuation of the humble enjoyment and pleasure expressed in his preface to the anthology.

The real beginning of the *Xikun chouchang ji* is a sequence of four poems immediately following the opening set,[3] under the title "Nanchao" 南朝 (Southern Dynasties) (#3-6). The sequence is initiated by Yang Yi, with Qian Weiyan, Liu Yun, and Li Zong'e 李宗谔 (964 – 1012) each, in that order, contributing a matching piece. I start with Yang Yi's originating poem.

Southern Dynasties (#3) 南朝[4]

On the fifth watch, at Duanmen Gate, the drips of the water clocks became sparse, 五鼓端门漏滴稀

2 in the lingering echoes of the "night sticks,"[5] feathered canopies fluttered in the air. 夜签声断翠华飞

---

[1] For example, lines 29 ("Yayin huanyu qia" 雅饮欢娱洽) and 32 ("Zhongri xi qunju" 终日喜群居).

[2] Lines 33 ("Fuji can mingyu" 抚己惭鸣玉), 34 ("Guitian yi hechu" 归田忆荷锄), 52 ("Xiti nian guiyu" 夕惕念归欤), respectively.

[3] There are two poems under the first title: Yang Yi's original (#1) and a matching piece by Liu Yun (#2). The numbers in parentheses give the order of the poem in the anthology.

[4] Wang Zhongluo, *Xikun chouchang ji zhu*, pp. 14 – 15.

[5] Starting with Chen Shizu 陈世祖 (r. 559 – 566), night watchers were required to throw watch sticks onto the stone steps of the palace where the emperor slept as an added measure to keep him alert of the passing time even in sleep.

	To the tunes of the crowing roosters, the imperial entourage crossed the Locks,[1] under a brightly lit morning sky,	繁星晓埭闻鸡度
4	in the drizzling rain of spring, the pheasant hunting party returned.[2]	细雨春场射雉归
	Golden lotuses arose as Lady Pan tried her steps,[3] waves splashing on her stockings;	步试金莲波溅袜
6	jade trees turned into new songs,[4] tears soaking their clothes.	歌翻玉树涕沾衣
	Dragon-embracing kingly vapors ended after three hundred years,	龙盘王气终三百
8	the limpid waves were still there, quietly facing the empty doors.	犹得澄澜对敞扉

The historical reflection on the moral lapses of the Southern dynasties started before the period ended in 589, when the last southern dynasty of Chen was conquered by the new northern power of Sui. The criticism was carried on in earnest in the Early Tang as part of its large-scale political

---

[1] This refers to Cockcrow Locks 鸡鸣埭, connecting Xuanwu Lake 玄武湖 with Qinhuai River 秦淮河. According to legend, the roosters had just started to crow when the imperial party of Qi Wudi's 齐武帝 (r. 482–493) hunting excursions reached these locks.
[2] This refers to Qi Wudi and Qi Donghunhou's 齐东昏侯 (r. 498–501) notoriously extravagant pheasant hunting parties. The latter, according to the *Nan Qi shu* 南齐书 (The History of Southern Qi), set up 296 pheasant hunting venues in the surrounding areas of Jiankang (quoted in Wang Zhongluo, *Xikun chouchang ji zhu*, 15).
[3] According to legend, Donghunhou, the last ruler of Southern Qi, had golden lotuses fashioned and laid out on the ground to create the illusory image of lotus flowers arising underneath her steps when his beloved consort Pan 潘妃 walked upon them.
[4] Jade trees (*yushu* 玉树) were figures for the beautiful consorts of Chen Houzhu 陈后主 (r. 582–589), the last ruler of Chen, which appear in the title of a sensuous song devoted to them.

legitimation and cultural reconstruction process.[1] In poetry this living tradition acquired a new momentum in the Late Tang as the intellectual culture turned more inwardly to reminiscence and introspection. The basic evaluative framework of the Early Tang remained: the decadence and negligence of the emperors and ministers were still the main target in the poetic representations of Southern dynasties history. The mode of representation, however, changed: Southern dynasty debaucheries and extravagances were being refashioned and reimagined through the creation of a few highlighted images and moments from the reigns of a few bad and, often, last emperors. The focused treatment received by Donghunhou 东昏侯 (r. 498 – 501), the short-lived last emperor of the Southern Qi, and Chen Houzhu 陈后主 (r. 582 – 589), the last emperor of Chen, in Yang Yi's poem not surprisingly is inherited from Li Shangyin, a major force in shaping the new mode of sharp contrasts, highlighted representation, or "moments of seductive excess"[2] in Late Tang poetry. Since Yang Yi's poem is explicitly modeled on one by Li Shangyin with the same title, we will use the latter as a frame of reference for discussing the differences between Yang Yi's and Li Shangyin's poems.

There are three poems in extant Li Shangyin poetry that directly bear on the topic, all in the seven-syllable line. One is a quatrain titled "Yongshi" 咏史 (On History) ("The North Lake and South Locks were overflowing with water" 北湖南埭水漫漫).[3] The other two belong to a series titled "Nanchao" 南朝 (Southern Dynasties), composed of a quatrain ("Ground

---

[1] David McMullen, for example, sees a collective emphasis on the crucial role imperial conduct plays, maintaining political stability with many history projects under the first two emperors of the Tang. See David McMullen, *State and Scholars in T'ang China*, Cambridge: Cambridge University Press, 1988, pp. 165 – 170.

[2] Stephen Owen, *The Late Tang*, p. 417.

[3] Liu Xuekai 刘学锴 and Yu Shucheng 余恕诚, *Li Shangyin shige jijie* 李商隐诗歌集解 (Li Shangyin's Poems, Collected and Explicated), revised edition, Beijing: Zhonghua Book Company, 2004, p. 1539.

fortifications were extensive, heavenly barriers were long" 地险悠悠天险长)[1] and a full regulated verse ("On Xuanwu Lake the dripping of the jade water clock hurried on" 玄武湖中玉漏催). What I focus on here is the last one, the seven-syllable regulated verse.

	Southern Dynasties	南朝[2]
	On Xuanwu Lake the dripping of the jade water clock hurried on,	玄武湖中玉漏催
2	at the mouth of Cockcrow Locks embroidered jackets returned.[3]	鸡鸣埭口绣襦回
	Who claims that the "alabaster trees,"[4] seen every morning at dawn,	谁言琼树朝朝见
4	were no match for the golden lotuses that came with every step?	不及金莲步步来
	From the camp of the enemy army[5] chips of wood came drifting,	敌国军营漂木柿
6	the spirit temple of former reigns locked in soot from smoke.	前朝神庙锁烟煤

---

[1] Liu Xuekai 刘学锴 and Yu Shucheng 余恕诚, *Li Shangyin shige jijie* 李商隐诗歌集解 (Li Shangyin's Poems, Collected and Explicated), revised edition, Beijing: Zhonghua Book Company, 2004, p. 1523.

[2] Ibid., 1525. English translation of the poem is by Stephen Owen with minor modifications noted below. Stephen Owen, *The Late Tang*, p. 418.

[3] Owen takes *hui* 回 as the return of the historical phenomenon: "On Xuanwu Lake the dripping of the jade water clock hurried on, /at the mouth of Cockcrow Locks embroidered jackets return" (*The Late Tang*, p. 418). In translating *hui* in the past tense here, I am following the alternate interpretation of the Qing scholar Shen Deqian 沈德潜 (1673 – 1769), who takes the returning jackets as indicating a party that had lasted the whole night: "Chen Houzhu's debaucheries lasted from day to night" 后主游幸无明无夜. Quoted in Liu Xuekai and Yu Shucheng, *Li Shangyin shige jijie*, p. 1528. The reasoning for my choice is discussed below.

[4] "Alabaster trees" (*qiongshu* 琼树) is a variation of the "jade trees" (*yushu* 玉树) in Yang Yi's poem.

[5] This refers to the invading armies of the Sui down the Yangzi River.

| The "scholars"[1] that filled the palace were all lotus of color,[2] | 满宫学士皆莲色 |
| 8 in those years Director Jiang[3] only wasted his talents.[4] | 江令当年只费才 |

As Liu Xuekai 刘学锴 and Yu Shucheng 余恕诚 show at great length in their collected commentary on the poem, a lot of ink was spilled by Qing dynasty scholars debating if the poem is about the Southern dynasties in general (*gai shuo Nan chao* 概说南朝) or exclusively on the dynasty of Chen (*zhuan yong Chen shi* 专咏陈事).[5] Liu and Yu agree with the majority opinion that the poem is centered on the events of Chen while taking the entire Southern dynasties period as an implied target of criticism. Starting with the popular contemporary notion of "artistic synthesis" (*yishu gaikuo* 艺术概括),[6] they argue that the historical events of Chen have in the poem been transformed into an artistic image, which as such has the power of at once giving the particular historical events of Chen vivid description while using them as a trope for the whole Southern dynasties period. Liu and Yu's modern interpretation, by emphasizing the artistic representative nature of the specific images in the poem, helps bring readers beyond the traditional historical-referentiality framework of interpretation employed by Li Shangyin's Qing dynasty commentators. I would add that, although Li shows much more self-awareness than his predecessors in his use of poetic images and historical allusions, the notion of poetry as a form of artistic representation is not yet internal to his works. His poems are motivated by essentially the same mode of allegorical representation as that of his

---

[1] Chen Houzhu appointed palace ladies as academicians or "scholars" (*xueshi* 学士).
[2] Owen adopts the variant reading of *yan se* 颜色 (fair of face).
[3] Jiang Zong 江总 (519 – 594) was a talented poet and director of the Imperial Secretariat (*Shangshu ling* 尚书令) for Chen Houzhu.
[4] Talents wasted in writing songs for the palace ladies.
[5] See Liu Xuekai and Yu Shucheng, *Li Shangyin shige jijie*, pp. 1528 – 1532.
[6] Ibid., p. 1532.

predecessors in that images and objects are treated as disparate entities taken out of their contexts of historical and material existence. The intensity of debates about such issues among Qing scholars indicates a substantial step in the direction, but the venerated principle of artistic representation implied in Liu and Yu's analysis did not fully materialize until the modern era.

The subtle changes Yang Yi's "Southern Dynasties" reveals show both the gradualness of long-term historical change and its irrevocability. The poem opens with a scene that has the striking visual cohesiveness of a scene in a modern film. In the quiet predawn moments of intensifying darkness, a small convoy of imperial carriages quietly flew out of the palace gates. But it is as if we cannot hear the sound of the hooves of the galloping horses, our senses being dominated instead by the exuberance of the colors that decorate the imperial carriages, which dim even the stars in the brightly lit morning sky. This is a scene of an early morning outing that is bereft of all its historical particularity or material referents, an example of what Liu Xuekai and Yu Shucheng call "artistic synthesis" in discussing the Li Shangyin poem. The difference is that while in Li Shangyin's "Southern Dynasties" we see dramatic representations of a few highlighted historical moments, in Yang Yi these historical moments are being aestheticized, existing in a coherent visual field that is lacking in Li Shangyin's poem.

The tendency of stripping historical references of their material particularity, transforming them into a highly contemplative, visually coherent scene of poetic signification is continued in the remaining three couplets of the poem. The first line of the second couplet gives us the illusion of a narrative continuity carried over from the opening couplet, in that the party crossing Cockcrow Locks in line 3 can be read as the same imperial party filing out of the palace in line 2. The illusion of narrative continuity, however, is shattered in the second line of the couplet: the spring drizzles that accompany the return of the pheasant hunting party obviously assumes a very different temporal framework than that indicated by the star-lit morning sky. The disparate historical events from different periods are in Yang Yi's poem synthesized into a timeless aesthetic construction, creating a general image of "Southern Dynasties," with the poet's allegiance being given not to the accuracy of the historical representation but to the visual and aesthetic consistency or plausibility of that representation.

By contrasting the trying steps of Qi Donghunhou's palace ladies with the jade trees of Chen Houzhu's newly composed songs, the third couplet reaffirms Yang's commitment to creating artistically and aesthetically coherent scenes rather than historically accurate narratives. The scenes are created utilizing the same set of historical allusions in Li Shangyin's poem, but Yang Yi does something that changes the underlying framework of signification: he adds a layer of emotional and aesthetic complexity to Li Shangyin's rather straightforward, urgent moral evaluation and, as a result, changes the field of meaning. The grafting of "waves splashing on her stockings" (*bo jian wa* 波濺袜) to the conventional image of lotuses arising from the footsteps of dancing ladies (*bu shi jin lian* 步试金莲), and of "tears soaking their clothes" (*lei zhan yi* 泪沾衣) to jade trees being turned into new songs (*ge fan yu shu* 歌翻玉树), not only increases the density of information and solidifies the grammatical structure but also transforms the general modality of the poem from moral indictment to aesthetic contemplation.

The transformation can be seen especially tellingly in the superimposition of the images of golden lotuses upon splashing waves. The phrase *bo jian wa* is based on a line in Cao Zhi's 曹植 (192 – 232) famous "Luo shen fu" 洛神赋 (Rhapsody on the Luo River Goddess): "Her light steps riding on the waves, /dust accumulates on her silk stockings" (陵波微步,罗袜生尘),[1] which describes the featherly steps of the goddesses over the water, so lightly that their silk gauze stockings never have to contact the water, hence the accumulation of dust. By allowing the waves to splash on the stockings, Yang Yi performs a characteristic poetic and ideological act of

---

[1] Cao Zhi, "Luo shen fu," in Zhao Youwen 赵幼文, *Cao Zhi ji jiaozhu* 曹植集校注 (Collected Works of Cao Zhi, Annotated), Beijing: Renmin wenxue chubanshe, 1998, p. 284.

subversion: he dashes the barriers that separate the goddesses from the human realm and brings them into meaningful, productive contact with the material and physical world of humans and, in the process, changes the conventional dynamics of interaction. In the original legend, Donghunhou of Southern Qi asks golden lotuses to be laid out on the dancing floor to give the illusion of lotuses arising from the footsteps of Lady Pan as she steps on them. In Yang Yi's poem, the field of signification does not end with the illusion of rising lotus blossoms. It is being extended and brought to a new sphere of existence where the presumed presence of water and waves in the original scene of indoor merrymaking is taken literally. The scene changes unnoticeably to outdoors and merges with the river setting of Cao Zhi's rhapsody, creating a continuum of virtual reality that is governed not by historical accuracy but by aesthetic coherence.

This is the same process we have seen in the second couplet, where the scene of ferry crossing under the brightly lit morning sky morphs unnoticeably into that of the return of the pheasant hunting parties in spring drizzles. The integration of disparate, fragmented images and historical allusions into a single unified space of poetic signification is what makes Yang Yi's poem stand out against his model of imitation. The high-octane moral indignation in Li Shangyin's poem is tamed, and the bubbles and cracks in the structure and among the parts are squeezed out and consolidated, creating a more densely arranged, aesthetically consistent and thematically complex new construction. Unlike Li Shangyin, who hurries to moral judgment almost from the first couplet, moving rapidly from one set of contrasts to another, Yang Yi proceeds slowly and gradually. The scene of the imperial carriages starting before dawn under a well-lit morning sky is an artistically created moment that has its own internal logic and consistency, supported by an underlying narrative with full context, foreground, background, and visual and spatial depth. The disparate individual images have been integrated into a scene and a narrative, an account and story that can be visually reconstructed in the reader's mind, with all the borrowed parts and fragments being fully present in the temporal and spatial structure of the poem itself, not external to it.

Furthermore, the visual and aesthetic coherency of Yang Yi's poem implies a different image of the poet, transformed from a subdued existence behind angry questioning and urgent historical evaluation to a much calmer persona, a poet in a deep mode of contemplation who is in control of the poetic process, including raw materials, parts, and modes of representation. Although Yang Yi's poem contains many of the same components as Li Shangyin's poem, these components are integrated into a unified field of aesthetic signification, under the contemplative gaze of the poet who is pulling all the strings behind the scene and making his quiet but strong presence felt by the reader. Yang Yi withholds moral evaluation, if any, until the second half of the poem, using the first half instead to establish the visual and aesthetic clarity of the narrative. What temporally anchors Yang Yi's aesthetic contemplation is not, as in Li Shangyin's poem, the past point of "those years" (*dang nian* 当年) in Chen Houzhu's reign, looked at retrospectively from Li Shangyin's Late Tang vantage point, but the current moment in the poet's historical presence.

The moral motive is arguably still there in Yang Yi's poem. However, he is much less interested in blaming the decline and faded glories of the Southern dynasties on the debauchery and indulgence of the major human protagonists in history, and more in reimagining those historical moments and understanding change as part of the inevitable process of time and human existence. This more sympathetic reading of history and less judgmental attitude toward historical events and figures is buttressed in turn by an emergent new aesthetic that places a lot of emphasis on reimagining and rationalizing the historical narrative by supplying minute details that are absent in the original historical references. The first four lines of Yang's poem present a scene of striking narrative and aesthetic unity, with the inherent traditional moral evaluation being relegated to beneath the narrative, its place being taken by the beauty of the newly imagined poetic moment and the reluctant acceptance of its inevitability. The negative semantics associated with the historical crossing of the Cockcrow Locks is accordingly dispelled and replaced in the second couplet with a series of highly aestheticized images that denote romance and quietude: *fan* 繁 (luxuriant, brightly lit), *xi* 细 (fine, drizzling), *chun* 春 (spring), *xiao* 晓 (early morning), *xing* 星 (stars), and *yu* 雨 (rain).

The added images of splashing waves and streaming tears in the third couplet have the same effect of romanticizing and cleansing the historical references of their negative associations with decadence, excess, and negligence. This is especially so in the closing couplet, which represents a radical revision of the strong accusatory tone in Li Shangyin's poem. The intense emotion and moral judgments of Li's poem are transformed into a calm acceptance of historical and material inevitability. The kingly vapors will inevitably "end" (*zhong* 终), but the world and human history continue. The coiling dragons and crashing waves that accompanied and served as symbols for the glory of human history are still available for the taking; the energy, movement, and activism associated with them, however, are all stilled. The seething waves that once floated invading enemy warships are pacified, purified, and transformed into *cheng lan* 澄澜 (limpid waves), a highly aestheticized poetic entity that will remain a constant element of the aesthetic constitution of the new Song and post-Song poetry. The struggles and pains associated with the rise and fall of human dynasties are replaced by the constant, calm presence of nature. In Li Shangyin's "Southern Dynasties," the ending is left open, both structurally and intellectually, entertaining a range of possibilities. In Yang Yi's poem, that space is closed and the sense of uncertainty is replaced by that of conclusion, clarity, and acceptance. While self-consciously striving for certainty, Yang finds in nature, the ultimate, unchanging, eternal presence wherein lies the basis for all historical reflection, memory, order, and meaning. Nature for Yang Yi is no longer a tool for inspiring emotions and morality but a real, material existence that has to be "faced" (*dui* 对) and made sense of in the present moment.

Cohesion and Order out of Borrowed Material and Borrowed Identities: Liu Yun's "Lotus Blossom"

Yang Yi's use of borrowed material from Li Shangyin to tell his story is representative of the general Xikun mode of composition. The genre of "Poems on History," in which both Li Shangyin and Yang Yi's "Southern Dynasties" are written, is a good example to show how the new aesthetic vision takes shape in the process. In this section, I use another set of poems from the "Poems on Things" genre to show a similar process at work. The following is the poem on the lotus blossom by Liu Yun.

	Lotus Blossom (#79)	荷花[1]
	Water country opened its exquisite banquet,	水国开良宴
2	the red cloud studded sky was saturated in the evening glow.	霞天湛晚晖
	Riding the waves, Lady Fufei descended;[2]	凌波宓妃至
4	rowing her boat, No Worry returned.[3]	荡桨莫愁归
	The rouge was thin: do not try "crying face";[4]	妆浅休啼脸
6	the scent was pure: ready to smoke my clothes.	香清愿袭衣

---

[1] Wang Zhongluo, *Xikun chouchang ji zhu*, pp. 123–124.
[2] According to ancient myth, Lady Fufei 宓妃, daughter of the legendary ruler Fuxi 宓牺, became the goddess of the Luo River after being drowned there.
[3] According to the "Yinyue zhi" 音乐志 (Treatise on Music) in the *Jiu Tang shu* 旧唐书 (Old Tang History), No Worry (Mo Chou 莫愁) was a girl from Stone City 石城 who was good at songs, one of which says: "At what place does No Worry reside? /To the west of Stone City. //Rowing a skull of two oars, /the boatman sends her over in a hurry" 莫愁在何处,莫愁石城西。艇子打两桨,催送莫愁来 (quoted in Wang Zhongluo, *Xikun chouchang ji zhu*, p. 124).
[4] "Crying face" (*ti lian* 啼脸) was a fashionable style of face makeup in the Han dynasty that mimicked the traces of tears streaming down the face.

| The music on the playing zithers is to be enjoyed at this moment,[1] | 实时闻鼓瑟 |

8   wait until another day to ask about the loom-supporting rock.[2]   他日问支机

    Riders on embroidery-covered horses gracefully passed by,   绣骑翩翩过

10   preciously treasured fowls flew in pairs.   珍禽两两飞

    Hold fast to Jiaofu's pendants,   牢收交甫佩

12   do not let the heart's wishes go unfulfilled.   莫遣此心违

Liu Yun's original poem (#79) is matched by Yang Yi, Qian Weiyan, and Ding Wei 丁谓 (966–1037), respectively (#80–82). The four poets obviously felt no satisfaction, and each composed another one following the exact form and rhyme pattern of the first set (#83–86). Still not satisfied, they changed the original five-syllable paired couplets (*wuyan pailü* 七言排律) form to seven-syllable regulated verse (*qiyan lüshi* 七言律诗) and added three poems (#87–89).[3] Still unsatisfied, their lingering thoughts and feelings are given expression in another set of four poems, this time in the still shorter form of the seven-syllable quatrain (*qiyan jueju* 七言绝句) (#90–93), which finally brings this extended adventure into water country and its romantic lore to an end.[4] Liu Yun is the initiator throughout the entire process, each time followed immediately by Yang Yi.

The first impression of reading Liu Yun's poem is its multiplicity of

---

[1] Zither playing (*gu se* 鼓瑟) was traditionally associated with the spirits of the Xiang River 湘灵. According to one interpretation, they were the reincarnations of the two drowned wives of Shun 舜.

[2] According to legend, a man set out to look for the source of the Yellow River and unknowingly met Weaver Girl on the banks of the Milky Way, who gave him a piece of the rock that supported her weaving machine.

[3] Ding Wei did not participate in this round.

[4] These fifteen poems on the lotus blossom by four authors, grouped under four separate titles, are the most extended exploration of a topic in the *Xikun chouchang ji*.

invoked stories, locales, legends, and protagonists. The poem moves in quick succession from one story and location to another, from Fufei the fabled goddess on the Luo River to No Worry on the Yangtze River, from the Xiang River spirits in Hunan to Weaver Girl in the Milky Way, and ends with Zheng Jiaofu 郑交甫 meeting with the goddesses on the banks of the Han River in Hubei. These legends and characters should have been easily comprehensible to Liu Yun's fellow Xikun poets and their extended early Northern Song general readership. Other than the Zheng Jiaofu story, these are indeed household names not obscure even to modern readers of classical poetry. The poem as a whole, however, cries for interpretation. Unlike Yang Yi's "Southern Dynasties," we need a key to enter Liu Yun's hermetic world. This is not a question of allusions on the line and couplet level. It is a more general question concerning the modes of thinking and of poetic representation.

We may look for that key by moving forward to later periods. The exquisitely crafted works by the Southern Song lyricists Jiang Kui 姜夔 (ca. 1155 – ca. 1221) and Wu Wenying 吴文英 (ca. 1200 – ca. 1260), for example, give the same otherworldly feel of aesthetic intricacy and inscrutableness. [1] Jiang Kui's acclaimed twin song lyrics on plum blossoms composed in 1191 provide a pertinent case for comparison. The first poem in the set, "An xiang" 暗香 (Hidden Fragrance), opens with a memorable stanza that does not directly describe the flower but intends to evoke the memory of romance associated with it, things that happen *beside* it: "The moonlight of yesteryear, /how many times did you shine upon me/playing

---

[1] For Jiang Kui, see Shuen-fu Lin, *The Transformation of the Chinese Lyrical Tradition: Chiang K'uei and Southern Sung Tz'u Poetry*, Princeton: Princeton University Press, 1978. For Wu Wenying, see Grace S. Fong, *Wu Wenying and the Art of Southern Song Ci Poetry*, Princeton: Princeton University Press, 1987. Shuen-fu Lin's masterful elucidation of Jiang Kui's expertise in what he calls the "morphology of feeling" (p. 94) especially inspired the current discussion.

the flute beside the plum trees" (旧时月色,算几番照我,梅边吹笛).[1] The elusive fragrance of the plum blossom is represented through the creation of a romantic scene (*changjing* 场景) and narrative (*xushi* 叙事) in the human world that endows the flower's delicate and ephemeral quality with materiality.

This style of shaping the reader's aesthetic experience of an amorphous entity, such as the fragrance or shadow of plum blossoms, through a spatially constructed scene and temporally unfolded narrative was long in the making, but the Late Tang and the Song played a pivotal role in its maturation. Although works by future poets such as Jiang Kui in the Southern Song are definitely helpful in our appreciation of this style of poetry in general, the most relevant reference for reading Liu Yun's poem is without doubt still his immediate Late Tang model of Li Shangyin, who was a major force in shaping Jiang Kui's and Wu Wenying's style of song lyric compositions.

Peonies	牡丹[2]
Brocade curtains just rolled up, the Lady of Wei;[3]	锦帏初卷卫夫人

---

[1] Jiang Kui 姜夔, *Baishi shici ji* 白石诗词集 (Collected Poems of Baishi [Jiang Kui]), Hong Kong: The Commercial Press, 1961, p. 127; Liu Sifen 刘斯奋, *Jiang Kui Zhang Yan cixuan* 姜夔张炎词选 (Selected Poems of Jiang Kui and Zhang Yan), Hong Kong: SDX Joint Publishing Company, 1982, p. 60. Zhang Yan 张炎 (1248 – ca. 1320) piled praises on the quality and originality of the two plum lyrics, considering them "totally unprecedented, unparalleled, innovative, and matchless" 前无古人,后无来者,自立新意,真成绝唱 (quoted in Liu Sifen, *Jiang Kui Zhang Yan cixuan*, p. 60). For a translation and discussion of "Hidden Fragrance," see Shuen-fu Lin, *The Transformation of the Chinese Lyrical Tradition*, pp. 137 – 141.

[2] Liu Xuekai and Yu Shucheng, *Li Shangyin shige jijie*, p. 1724. English translation of the poem is by Stephen Owen with one minor modification noted below. Stephen Owen, *The Late Tang*, pp. 453 – 454.

[3] Lady of Wei (Nanzi 南子) was the notoriously beautiful wife of Duke Ling of Wei 卫灵公. When Confucius visited Wei and had an audience with her, she received him properly from behind a curtain.

2	embroidered blankets still piled in heaps, Lord E of Yue.[1]	绣被犹堆越鄂君
	Dangling hands send flying wildly pendants of carved jade;	垂手乱翻雕玉佩
4	bending waists compete to set dancing saffron skirts.	折腰争舞郁金裙
	Wax candles of Shi Chong's home, never once trimmed;[2]	石家蜡烛何曾剪
6	incense burners of Director Xun, aroma to anticipate.[3]	荀令香炉可待熏
	I am he to whom in a dream was given the brush of many colors,[4]	我是梦中传彩笔
8	and who wishes to write on the flower leaves[5] to send to "clouds of dawn."[6]	欲书花叶寄朝云

Like Liu Yun's "Lotus Blossom," Li Shangyin's famous poem on the peonies also expects the reader to break through a heavily encoded surface to get to the message. It likewise invokes and moves quickly through a series of borrowed tales, anecdotes, analogies, and metaphors that do not seem to

---

[1] When Lord E of Yue was out boating, his boatman sang him a song expressing his love for him, whereupon "Lord E raised his long sleeves, walked over, embraced him, and covered him with an embroidered blanket" 于是鄂君乃揄修袂, 行而拥之, 举绣被而覆之 (quoted in Liu Xuekai and Yu Shucheng, *Li Shangyin shige jijie*, p. 1725).

[2] Shi Chong 石崇 is said to have used wax candles in place of firewood to show off his wealth.

[3] Legend has it that Xun Yu 荀彧 was so obsessed with using fragrance that whenever he visited someone's house, the spot where he sat would remain fragrant for three days.

[4] According to an account in the *Nan shi* 南史 (The History of the Southern Dynasties), the poet Jiang Yan 江淹 once dreamt of a man asking him to return his "brush of many colors" (*wuse bi* 五色笔). Thereafter the quality of his poems dropped dramatically.

[5] Owen adopts the variant reading of *hua pian* 花片, "flower petals."

[6] "Clouds of dawn" (*zhao yun* 朝云) was the morning incarnation of the goddess at Wu Mountain who visited King Xiang of Chu in his dreams.

have any internal order or coherence. Lady Wei's prudence in reportedly meeting with Confucius behind a curtain is in Li's poem undone by having the curtain rolled up, revealing her stunning beauty, while on the other hand the embroidered blankets on the handsome body of Lord E of Yue's oarsman are still there covering him. The images of wildly dancing pendants and skirts, dangling hands, and bending waists in the second couplet do not bring much clarity to the situation, with the source of the force that drives the wild motions not being revealed. Clarification does not come in the third couplet, either. Shi Chong's 石崇 (249 - 300) notorious extravagance of using wax candles as firewood leads us in the second line of the couplet to Xun Yu's 荀彧 (163 - 212) reputed obsession with fragrant scent. Revelation comes only in the last couplet, where we see the poet claim himself to have been given the legendary "brush of many colors" (*cai bi* 彩笔) that once belonged to the Southern dynasties poet Jiang Yan 江淹 (444 - 505) and to desire to write a poem on the "flower leaves" (*hua ye* 花叶) and send it to "clouds of dawn" (*zhao yun* 朝云), the elusive goddess at Gaotang 高唐 that inspires King Xiang of Chu's 楚襄王 erotic dreams. What changes the interpretive framework and provides order and meaning to the poem is the realization that all the references and invoked tales of female virtue and beauty, homoerotic desire, and extravagant obsession are employed to describe the beauty of the peonies — the buds when they first open (l. 1), the calyxes that enclose the buds (l. 2), the branches swaying in the wind (ll. 3 - 4), and the peonies' extravagant colors and intense fragrance (ll. 5 - 6).

Using human events to describe objects in the physical world was not new to Li Shangyin, and it became a trademark technique of his poetic art. Liu Yun's "Lotus Blossom" follows this Li Shangyin tradition conscientiously. The twelve lines of the poem do not explicitly describe the lotus flower, but every line is unmistakably about it, its unadulterated, ethereal purity, a trait that plays a disproportionately important role in shaping the literary and poetic imagination of traditional Chinese poets. What Liu Yun does differently, and masterfully, is to situate the aquatic plant in its natural environment, in the pervasive, commanding presence of water, which not only gives life to the plant but also defines the essence of its floral beauty.

The first couplet that opens the poem sets the physical environment and everything that follows in motion: "Water country opened its exquisite banquet, /the red cloud studded sky was saturated in the evening glow" (水国开良宴,霞天湛晚晖). As Wang Zhongluo 王仲荦 (1913 – 1986) notes, the phrase shui guo 水国 (water country) is borrowed from the "Qiu lian fu" 秋莲赋 (Rhapsody on Autumn Lotus) by the early Tang poet Song Zhiwen 宋之问 (ca. 656 – ca. 712): "Already possessing fragrance in Cyperus City, /always without attachment at Water Country" (既有芳兮莎城,长无依兮水国).[1] Liu Yun's couplet is animated by the same notion of the lotus plant's relationship of nonattachment with its surroundings, wuyi 无依 (without attachment), but situates that quality in a much more materially imagined environment, a large expanse of water basked in the evening glow of the colorful cloud studded sky. This sense of physicality is solidified by the human activity that is occurring in earnest across the space, liang yan 良宴 (exquisite banquet). Furthermore, the color-saturated evening sky extends a two-dimensionally imagined locality into a three-dimensional space, providing an appropriate physical setting for the expansive imagination that is to unfold in the rest of the poem. More details about the physical setting are added as we proceed along with the poem — the embankment in the distance as implied by the passing riders (l. 9), the flying birds that fill the aerial section of the space above the waters (l. 10), all the way up to the Milky Way (l. 8).

Liu Yun's innovativeness does not stop here. The invoked stories of Lady Fufei, No Worry, Xiang River spirits, Weaver Girl, and images of the paired birds and passing riders — especially Zheng Jiaofu's fleeting

---

[1] Song Zhiwen, "Qiu lian fu," in Tao Min 陶敏 and Yi Shuqiong 易淑琼, Shen Quanqi Song Zhiwen ji jiaozhu 沈佺期宋之问集校注 (Collected Works of Shen Quanqi and Song Zhiwen, Annotated), Beijing: Zhonghua Book Company, 2001, p. 632.

encounter with the Han River goddesses — all point to the theme of romantic love, which endows the water theme with another dimension of allegorical meaning. This technique is also borrowed from Li Shangyin, but Liu Yun brings a level of centrality to it. While love is only suggested at the end of Li Shangyin's "Peonies," through the evocation of King Xiang of Chu's erotic dreams in Gaotang, it becomes a central thread in Liu Yun's "Lotus Blossom," informing all the borrowed tales and stories.

The love theme provides a unified narrative for the diverse set of individual stories. Liu Yun further strengthens that unity by changing the modality and meaning of the stories. All the tales and stories of romance and erotic encounter in the sources suggest unfulfilled or doomed love. Although Liu Yun follows the sources rather closely in the first half of the poem, in the second half both the tone and the message subtly change. The images of embroidered riders elegantly moving through the scene and of paired birds in flight above the waters lure the reader into an alternate narrative of fulfillment. This slowly developing alternate narrative culminates in the Zheng Jiaofu legend — "Hold fast to Jiaofu's pendants, /do not let the heart's wishes go unfulfilled"（牢收交甫佩，莫遣此心违）. The pendants Zheng Jiaofu receives from the Han River goddesses in the original story are soon to be lost beyond retrieval.[1] Liu Yun, however, tells us that it is the only material evidence of the encounter, the only object that the human lovers in the doomed relationship can hold onto. This alternate ending is skillfully anticipated in lines 7 - 8: "The music on the playing zithers is to be enjoyed at this moment, /wait until another day to ask about the loom-supporting rock"（实时闻鼓瑟，他日问支机）. To appreciate the full meaning of the situation, we are told to seize "this moment" (*ji shi* 实时) and defer

---

[1] According to the *Hanshi neizhuan* 韩诗内传 (Inner Commentary on the Book of Songs by Master Han), Zheng Jiaofu met two girls while strolling on the Han River and asked for their pendants. The girls gave him the pendants, and he put them inside his coat and left. "After ten steps, he reached inside and tried to retrieve them, but nothing was there. He looked back at the two girls, no traces of them, either" 十步循探之，即亡矣。回顾二女，亦即亡矣 (quoted in Wang Zhongluo, *Xikun chouchang ji zhu*, p. 124).

everything else to the future, *ta ri* 他日 (another day).

Thematic Consolidation and Progression within the Sequence: Yang Yi's Matching Piece to Liu Yun's "Lotus Blossom"

In Li Shangyin's "Peonies," the borrowed materials are allowed to do their job by themselves. The poet functions primarily as a summoner of allusions and past stories, whose presence is felt only at the end of the poem. With the inherited magical brush for poetry, the poet *desires* (*yu* 欲) to inscribe the flower leaves and send them to the goddesses of Gaotang. He is not said to be actually performing the task, with the outcome of his desire hanging in suspense. Li Shangyin's talent resides in the vivid images, striking metaphors, and intense emotionality that together demonstrate the extent of his imagination and his mastery of the art.

Liu Yun's "Lotus Blossom" is different. The poet still operates from behind the scenes but shows much more subjectivity and intentionality, as a thinking and feeling person facing a physical object positioned in a materially reconstructable world. The observations and messages are delivered in words that suggest strong volition and action: *xiu* 休 (do not, l. 5), *mo* 莫 (do not, l. 12), *yuan* 愿 (I wish, l. 6), *wen* 闻 (to hear, l. 7), *wen* 问 (to ask, l. 8), *shou* 收 (to hold, l. 11). The poet commands the content of his poem as well as the mode of poetic signification, methodically presenting the various elements and components and putting them in spots he wants them to be. In short, the poet exerts confident control, creating a new world out of borrowed stories *and* observable reality.

Yang Yi's matching piece to Liu Yun's poem inherits all these rhetorical operations but brings the thematic integration to yet another level of unity and sophistication. The internal thematic and conceptual development within the matched poems between Yang Yi and Liu Yun provides us with yet another opportunity to observe how their conscious effort of imitating Li Shangyin brings about substantive changes in both style and meaning.

Lotus Blossom (#80)	荷花 [1]
On the distant banks, the fine mist of dusk was closing in,	绝岸疏烟合
2 over the winding pond, the rays of the evening sun shone serenely.	回塘夕照和
The water deities were still playing on their zithers, [2]	水仙犹度曲
4 the river goddesses were silently withdrawing their waves. [3]	川后自收波
In the Milky Way, the bridge had already been formed by the magpies, [4]	银汉桥横鹊
6 on wild ginger marshlands, [5] waves splashed on silk gauze stockings. [6]	蘅皋袜溅罗
The jade goblets, receiving dew, became heavy;	玉杯承露重
8 from the jewel decorated fans, abundant wind arose.	钿扇起风多

---

[1] Wang Zhongluo, *Xikun chouchang ji zhu*, pp. 124–125.

[2] There is a triple play on the Chinese word *shui xian* 水仙 here: flower (*shui xian hua* 水仙花), deity (*shui zhong xian zi* 水中仙子), and the name of a musical melody (*shui xian cao* 水仙操).

[3] This is modified from a line in Cao Zhi's "Luo shen fu": "Thereupon the masters of winds withdrew their gusts, and the river goddesses stilled their waves" 于是屏翳收风,川后静波 (Zhao Youwen, *Cao Zhi ji jiaozhu*, p. 284).

[4] Magpies form a bridge across the Heavenly River or Milky Way on the seventh night of the seventh lunar month every year for the otherwise separated Weaver Girl and Cowherd Boy to meet.

[5] "Wild ginger marshlands" (*heng gao* 蘅皋) is the place in the "Rhapsody on Luo River Goddess" where Cao Zhi after a long day's journey rests his horses and encounters the goddess.

[6] Here the meaning of *wa jian luo* 袜溅罗 (lit., "stockings splashing on silk gauze") is unclear. The unique phrasing might have been influenced by the rhyme pattern. I took liberty in basing my interpretation on the traditional image of water (*shui* 水) splashing on (*jian* 溅) the goddesses' silk stockings (*luo wa* 罗袜).

	Fragrant isles of emerald feathers were not far off,[1]	翠羽芳洲近
10	riders on blue silk covered horses were galloping by.	青丝快骑过
	From Stone City no autumn message had arrived,	石城秋信断
12	scratching my head, how to deal with this sorrow?	搔首奈愁何

Yang Yi's matching piece consolidates and advances several themes and tendencies in Liu Yun's original poem. Most important of these is that the aspect of temporality acquires a more prominent presence in Yang's poem. This is illustrated at two levels.

Internally, there is an observable progression of time through the first eight lines of the poem: from the gathering "fine mist" (*shu yan* 疏烟) and shining "rays of the evening sun" (*xi zhao* 夕照) in the first couplet, to the river goddesses "withdrawing their waves" (*shou bo* 收波) in the second couplet, to the completion of the magpie bridge in the Milky Way in the third couplet, to the jade goblets receiving dew and fans generating wind in the fourth couplet.

Externally, it points to a temporal spot in the progression of the evening that is conspicuously later in time than that of Liu Yun's poem. Liu Yun's poem is set in the moments before darkness takes over: as the "red-cloud studded sky" (*xia tian* 霞天) conscientiously emits (*zhan* 湛) the last rays of its "evening glow" (*wan hui* 晚晖), everything under its watch is intensifying their efforts to fully demonstrate their presence. Liu uses a profusion of action and activity verbs to describe the joyous celebration of the glorious moment: *kai* 开 (to open), *zhan* 湛 (to manifest), *ling* 凌 (to ride on), *dang* 荡 (to rock), *gu* 鼓 (to drum), *wen* 问 (to ask), *guo* 过 (to pass), *fei* 飞 (to fly), *shou* 收 (to hold). Yang Yi's matching piece is

---

[1] "Fragrant isles of emerald feathers" (*cuiyu fangzhou* 翠羽芳洲) comes from Cao Zhi's "Rhapsody on Luo River Goddess" where the deities are seen "now picking up bright pearls, now plucking emerald feathers" 或采明珠, 或拾翠羽 (Zhao Youwen, *Cao Zhi ji jiaozhu*, p. 284).

set in a time that comes ostensibly after that moment and focuses on the quieting down of the activities while darkness gathers its force. Instead of intensifying its activities, the day is now closing in (*he* 合), with the noise and excitement of the earlier moment giving way to a sense of serenity (*he* 和), as darkness starts to shroud everything in sight.

Even the embroidered riders passing through the scene, a conspicuously shared component of the two poems, are in Yang's matching piece hustling toward their destination, as if being urged on by the descending darkness. The word depicting the motion is changed accordingly from the unhurried *pian pian* 翩翩 (gracefully) in Liu Yun's poem ("Riders on embroidery-covered horses gracefully passed by" 绣骑翩翩过) to *kuai* 快 (literally, fast) in Yang Yi's matching piece ("Riders on blue silk covered horses were galloping by" 青丝快骑过), indicating the quickening pace of the descent of the night.

Conclusion: Xikun as Poetic Experiment

Above I analyzed three poems by Yang Yi and Liu Yun from the two most commonly employed genres in the *Xikun chouchang ji*: a *yongshi* poem by Yang Yi titled "Southern Dynasties," a *yongwu* poem by Liu Yun titled "Lotus Blossom," and Yang Yi's matching piece to the latter. I used two frameworks of comparison in my analysis. The first, and major, comparative framework is with the Late Tang poet Li Shangyin, to show the substantive changes and poetic innovation of Yang and Liu's imitations. I showed that, while Yang Yi and Liu Yun adopted Li Shangyin's general mode of figurative representation and inherited his repertoire of images, allusions, and habits of composition, their new poems were animated by a different vision of poetry and situated in a more materially grounded and realistically conceived world, with the borrowed components being reinvigorated in a more internally consistent aesthetic field of signification. At a lesser level, I also compared Yang Yi's matching piece to Liu Yun's "Lotus Blossom" with Liu's original and tried to show that the matching process itself was a factor in advancing the new Xikun aesthetic.

Although my findings are based on a very small sample from the Xikun corpus, I feel that the poetic and rhetorical operations seen in these specimens can be used to describe the Xikun group as a whole. This is not only because of Yang Yi's and Liu Yun's central place in the group and in the creation of the Xikun anthology but also, more important, because the *yongshi* and *yongwu* are the two most important genres in which Li Shangyin composed some of his most famous poems and on which the Xikun poets spent a considerably large portion of their imitative and creative energy.

It is less clear, however, how and to what extent this increased thematic and aesthetic consistency in Xikun poetry contributed to the development of the new poetic styles of the middle and late Northern Song. More specifically, how did the Xikun experimentation influence the formation of the poetic styles of Ouyang Xiu and the Jiangxi school? Although this is beyond the scope of this article and is left for another occasion, a few words of explanation might be in order.

The Xikun poets grew up venerating Li Shangyin, and they in their turn had been venerated before the Ouyang Xiu generation came of age. In both cases, the late-coming younger writers were at once in awe of and desperate to emulate their respected predecessors. Despite the imitative nature and heavy allusiveness of their works, the Xikun poets reopened the door to the notion of perfection in poetic craftsmanship and the importance of strenuous effort in achieving it. In this sense, the desire to hold firmly onto something that is ungraspable, as in Liu Yun's "Lotus Blossom," is emblematic of the larger cultural process and general mentality developing during the entire eleventh century. I call the Xikun movement an experiment partly because their infatuation with the ornate and sometimes flamboyant poetry of Li Shangyin showed an activist, sometimes adventurous spirit that was a far cry from the convention-bound, cautious intellectual culture of the first half century of the Northern Song in which earlier attempts were rooted. In discussing Yang Yi's choice of using Li Shangyin as his model, rather than following the practices of his late tenth-century predecessors, Stephen Owen rightly calls Yang's effort a "radical act," in that he "recovered a largely forgotten Tang poet and used him as a model from the past to do something new."[1] We agree that the Xikun experiment did not lead directly to the new style of the middle and late Northern Song. They, however, cleared the path toward that possibility.

(This article was originally published in the *Journal of Chinese Literature and Culture* 中国文学与文化, Volume 5, Issue 1, April 2018, pp. 95 – 118. It is republished here by permission of the copyright holder, Duke University Press.)

---

[1] Stephen Owen, *Cambridge History of Chinese Literature*, p. 372.

《红楼梦》"远嫁悲情"的跨文化省思

张洪波

《红楼梦》贾府四姊妹中,作者着墨最多、形象最为出彩的,是三姑娘探春。"俊眼修眉,顾盼神飞"的她,一出场便以文彩精华、清新脱俗的形象于诸姐妹中脱颖而出;在《红楼梦》万马齐喑、江河日下的"末世"氛围中,"敏探春兴利除宿弊"一回,是难得的一抹振奋人心的亮色,脂批赞探春"看得透、拿得定、说得出、办得来,是有才干者,故赠以'敏'字"[1]。才干超群、不同凡响的探春,将来的命运走向如何?小说第五回中,预示探春命运的判词册页是这样描绘的:

> ……两人放风筝,一片大海,一只大船,船中有一女子掩面泣涕之状。也有四句写云:
> 才自精明志自高,生于末世运偏消。
> 清明涕送江边望,千里东风一梦遥。

从中可知,才华超群、志向高远的探春,在黑暗腐朽的封建末世毫无用武之地,只能于凄婉的清明时节,与亲人泣别,登舟远嫁,如断线风筝一般,去往远隔数千里、音讯难通的海外他乡。

此外,小说第六十三回"寿怡红群芳开夜宴"中,探春所抽花名签为"日边红杏倚云栽"之"瑶池仙品",注明"必得贵婿",同样具有强烈的命运暗示意味,以"瑶池"之远,"倚云"之高,及众人随口而生"难道你也是王妃不成"之玩笑语,又一次预埋下探春远嫁为王妃的命运线索。

总之,《红楼梦》前八十回雪芹原著为探春日后的命运走向给出了如上耐人寻味的暗示性线索,描绘出"远嫁为妃"的大致轮廓,但尚未来得及具体铺写、细致展开,这就为小说后四十回续书及《红楼梦》研究者留下了待完成的

---

[1] 戚序本第五十六回回末总评。

命题,打开了想象与探佚的空间——探春因何远嫁、何年远嫁、嫁至何处、嫁与何人?这一系列引人遐思的远嫁探佚细节,久为红学界所热议,众说纷纭,异彩纷呈[1]。其中笔者发现,红学界在"探春远嫁"话题领域所存在的最为关键和根本的分歧,其实不在有关远嫁之"因何、何年、何地、何人"等诸多细节方面的差异,而在探春远嫁以后的生活遭际是"幸福"还是"薄命"这样两种截然对立的基础性判断上。

程高本后四十回续书中,写探春由贾政做主,嫁给镇海总制周琼之子,虽相隔遥遥,但是门当户对,才貌相配,不失为一桩好亲事[2],后来探春回贾府省亲,"众人远远接着,见探春出挑得比先前更好了,服采鲜明"[3],表明探春远嫁之后生活幸福,且能荣归故里;1920年发表的佩之《红楼梦新评》亦认为:"探春在三春之中,最精细,最能干,最有思想。从前的人,都以他的远嫁为福薄。其实他是诸人中,结果最好的一个"[4];王昆仑在《政治风度的探春》(1944年发表于《现代妇女》杂志)中认为探春远嫁海疆为妃,"比起元春、迎春、惜春以及湘云、宝钗等,作者还是给探春以较好的结局"[5];其后胡成仁在《论探春——大观园中的女政客》(1947)一文中,更进一步指出"只有她,具政治家风度的探春,她幸福的远嫁,……是'哭'与'悲'下的一颗明星,是曹雪芹希望的路"[6]。

1980年,梁归智发表颇有影响的论文《探春的结局——海外王妃》,对《红楼梦》作品文本中与探春相关的线索进行了细致系统的梳理考论,最后指出"探春的结局应该是嫁到中国以外的海岛小国去作王妃","这正反映了曹雪芹对那个时代的中国社会彻底的绝望。可是他又不能毫无希望,于是幻想出

---

[1] 参阅郑琦、王人恩:《20世纪探春形象研究述评》,《牡丹江师范学院学报》(哲社版)2017年第3期,第91—99页。
[2] 曹雪芹:《红楼梦》第九十九回,人民文学出版社,2008年。贾政看了镇海总制为儿子求婚的书信,心想:"儿女姻缘,果然有一定的。旧年因见他就了京职,又是同乡的人,素来相好,又见那孩子长得好,在席间原提起这件事。因未说定,也没有与她们说起。后来他调了海疆,大家也不说了。不料我今升任至此,他写书来问。我看起来门户却也相当,与探春倒也相配。"可见这不失为一门好亲事。
[3] 曹雪芹著:《红楼梦》第一百十八回。
[4] 原文载于1920年上海《小说月报》第11卷第6、7号,转引自《红楼梦研究稀见资料汇编》(上册),第58页。
[5] 王昆仑:《红楼梦人物论》,北京出版社,2004年,第80页。
[6] 胡成仁:《论探春——大观园中的女政客》,原载于上海《大公报》1947年5月14、16日,转引自《红楼梦研究稀见资料汇编》(下册),第1147页。

了一个海外的'桃花源',把探春打发去了"。[1]

以上观点都认为,探春远嫁后的生活寄托着某种希望之光、包含着获得幸福的可能性;但与此同时,则有更多红学家对类似于后四十回续书中这种较为幸运的远嫁方案表示不满,如俞平伯即直接指出"这样的写法,并没有什么薄命可言"[2];张庆善认为,探春嫁往海外"桃花源"的结局未免"太过幸运了",有违"薄命"之原意设定,他推测探春即使远嫁后得贵婿、作王妃,但"生活肯定好不了",一定会突遭变故而"落魄","最终还是逃脱不掉'薄命'的结局"[3]。许多学者皆认为探春的结局绝不会是"得以新生",而应符合"薄命"之设定,至于"薄命"之具体情形,则说法不一,或是夫家突遭巨变,或是遭遇"海盗",或是自寻短见,或是婚姻不幸、夫妻反目,或是非议获罪,或是惨遭流放……总之,探春在远嫁之后不久应即香消命殒,再也没能回到故土。[4]

探春远嫁后命运走向的悲喜祸福为何如此耐人寻味? 笔者认为,这是因为《红楼梦》作品精微复杂的文本本身所含蕴的错综交叠的情感肌理与思想质地,为悲喜两端之判断皆提供了线索与依据。下面,本文拟将两个方面的文本线索逐一梳理展开,再就其中的意义冲突与思想分歧进行综合辨析与整体省思。

探春远嫁后的"薄命"之说,在《红楼梦》中的确拥有强大的文本依据与逻辑合理性。

首先,预示探春终身命运的判词册页,本就属于小说第五回太虚幻境"薄命司"中"金陵十二钗正册"的一部分,同时亦与《红楼梦》"千红一哭(窟)""万艳同悲(杯)"的整体悲剧性氛围协调一致,而贾府四姊妹"元""迎""探""惜"之名字,也已暗喻其"原应叹息"的整体悲剧命运;

其次,小说前八十回预示探春远嫁命运的具体文字描写之中,的确处处流露出一种真切而深浓的"远嫁悲情":

(1) 探春判词头两句"才自精明志自高,生于末世运偏消",极精炼地概括了探春才高志远而生不逢时之运势,发"末世衰运"之悲叹;而后两句"清明涕送江边望,千里东风一梦遥",显然是依依泣别,一去不返,音讯渺茫,其意境

---

[1] 梁归智:《石头记探佚》,山西人民出版社,1983年,第15—28页。
[2] 俞平伯:《红楼梦研究》,上海古籍出版社,2015年,第109页。
[3] 张庆善:《探春远嫁蠡测》,《红楼梦学刊》1984年第二辑,第251—259页。
[4] 参阅郑琦、王人恩:《20世纪探春形象研究述评》,《牡丹江师范学院学报》(哲社版)2017年第3期,第91—99页。

无限凄婉而惆怅;

(2)与判词相呼应的《红楼梦曲·分骨肉》一支,进一步如泣如诉地抒发了因遥遥远嫁("一帆风雨路三千")、骨肉分离、背井离乡("把骨肉家园齐来抛闪")而强忍悲戚、强自宽解的牵挂与不舍("恐哭损残年,告爹娘,休把儿悬念。自古穷通皆有定,离合岂无缘"),以及天各一方的无奈与悲凉("从今分两地、各自保平安。奴去也,莫牵连");

(3)小说中还巧借风筝、柳絮意象,处处点染和强化探春远嫁之离愁与感伤:第五回判词册页中的两人放风筝之图景,已暗喻"高飞远别、骨肉分离";第二十二回探春所制风筝灯谜,词曰"阶下儿童仰面时,清明妆点最堪宜。游丝一断浑无力,莫向东风怨别离",再次预示其清明时节的远嫁,一如"断线风筝"般漂浮无根,充满着离愁别恨;第七十回中写姐妹们一起于春日放风筝,独有探春的凤凰风筝与不知谁家另一凤凰风筝及"喜"字风筝绞在一处,"谁知线都断了,那三个风筝飘飘摇摇都去了",又一次以"断线风筝"意象之重叠及"凤凰"细节之增补,更强烈地暗喻探春远嫁为妃,飘摇海外的命运;不仅如此,第七十回中另写探春吟咏柳絮所作的半阕《南柯子》词"空挂纤纤缕,徒垂络络丝,也难绾系也难羁,一任东西南北各分离",以缠绵凄恻、离散飘零的"柳絮"意象,从另一侧面渲染强化了无限的远嫁悲情。

不过,仔细辨析起来,以上所述探春远嫁之悲情文字,其中仅有判词头两句"才自精明志自高,生于末世运偏消",是针对探春本人而发的怀才不遇的"末世衰运"之叹,感慨她才高志远,却生逢"末世",全无用武之地,只能无奈地远嫁他乡;而其他文字部分,几乎皆聚焦于抒发因遥遥远嫁而生的"离乡去国""骨肉分离"之悲。

此种"离乡去国""骨肉分离"的悲情抒写中,渗透着中国历代和亲文学的深远影响。在中国和亲文学史中,"昭君出塞"的文学母题影响最为深广,《红楼梦》第六十四回林黛玉所作《明妃》诗"绝艳惊人出汉宫,红颜薄命古今同",便是对"昭君怨"悲情主题的直接承继。"红颜薄命古今同"之浩叹,使人很自然地将"探春远嫁"之悲情与"昭君出塞"之悲怨联系起来等同看待,因而远嫁"薄命"之说,在"昭君怨"悠久深浓的抒情传统意境之中,颇显得顺理成章。

然而,从汉代到清代,世易时移,贾探春之远嫁,距昭君出塞时的历史语境已发生了极大的变迁——此时封建传统文化已经走到了山穷水尽的"末世";而曾被视为"蛮夷""化外"的"远方异域",至《红楼梦》作者所处之18世纪,已于日新月异的变革中不断发展强大;中西巨变、古今巨变的时代风雷,正隐隐酝酿于天际。探春逢此中西古今动荡巨变之时远嫁至异域,或许不只是无奈的分离,而可能遭遇新生的契机?

通观《红楼梦》中表达远嫁悲情的文字,除初发"末世"之叹、继而大抒"远离"之悲外,并未出现有关探春远嫁之后是否"薄命而亡"的直接或间接的暗示;而与此同时,作品中却另借"花名签"及"凤凰风筝"两处,一再预示探春将远嫁为"王妃"——这表明探春远嫁之后拥有较高身份地位,这将为她在夫家的生存提供有利条件;以王妃身份远嫁之后,既然是"从今分两地,各自保平安",那么,以探春本人阔朗的胸襟,不凡的见识,超群的才干,她此后的生活,未必没有"保平安"、获幸福的可能——"幸福远嫁"之说,便由此而生。

的确,当我们把目光聚焦于探春本人——《红楼梦》作者以珍惜、激赏的笔墨精心描绘出的这朵"才自精明志自高"的"带刺的玫瑰"——就不难发现,"远嫁平安幸福"之可能,是由于这位见识过人、才干超群的"三姑娘"以坚毅明敏、奋发有为、勇于改革开拓的性情底色,为把握自己的未来提供了强有力的背书。

探春是贾府中的庶出小姐,虽有母如赵姨娘之阴微鄙贱,有弟如贾环之猥琐卑劣,她却活出了自己的高贵、独立和精彩,从未屈服于不公正的身份和命运;她心胸阔朗,格调高雅,律己甚严,为人极有分寸;在贾府整个暗浊、腐朽、没落的末世氛围之中,她兴利除弊、除旧布新的改革,她痛陈家族之弊的诤言,她对抄检侮辱的奋起反击,成了振奋人心的唯一"亮色"。多愁善感、顾影自怜、凄凄惨惨戚戚、"游丝一断浑无力"的弱女子形象,显然不符合探春本人的性格主调。探春自尊自强,精明果断,有胆有识,敢做敢当,有男子气概,更有强者气质。她的身上,寄托着《红楼梦》的希望之光——脂砚斋曾感叹:"使此人不远去,将来事败,诸子孙不致流散也,悲哉伤哉!"[1]

分析至此,不难发现,《红楼梦》作品所描写的现实生活中积极有为的"探"春,与远嫁预言中多愁善感的"叹"春,二者之间存在着巨大的反差;而进一步辨析起来,这种巨大反差不仅体现在形象气质方面,更体现在价值观念的矛盾冲突中:

其一,现实中的探春,对大家族内"自杀自灭""骨肉相残"的丑恶现实其实充满了厌恶和不满。小说第七十一回中她曾感慨:"我们这样人家人多,外

---

[1]《红楼梦》第二十二回脂批。

头看着我们不知千金万金小姐,何等快乐,殊不知我们这里说不出来的烦难,更利害";第七十五回抄检大观园之时,她更沉痛而悲愤地说:"可知这样大族人家,若从外头杀来,一时是杀不死的,这是古人曾说的'百足之虫,死而不僵',必须先从家里自杀自灭起来,才能一败涂地!""咱们倒是一家子亲骨肉呢,一个个不像乌眼鸡,恨不得你吃了我,我吃了你!"——由此看来,对家族亲人之间"窝里斗"的丑恶现实与冷漠亲情有着如此深刻洞察的探春,理性、清醒而果决的探春,远嫁之时对于"骨肉分离",真有可能产生那么强烈而缠绵的依恋、不舍和牵连吗?

其二,现实中的探春才高志远,抱负不凡,却深受"男尊女卑""嫡尊庶卑"等封建文化观念的压抑和束缚,深受"老鸹窝"里赵姨娘和贾环的折磨和拖累,第五十五回"辱亲女愚妾争闲气"的尴尬屈辱情境中,她不禁流着泪说:"我但凡是个男人,可以出得去,我必早走了,立一番事业,那时自有我一番道理。偏我是女孩儿家,一句多话也没有我乱说的。"——由此看来,深感怀才不遇,行动处处掣肘,在家族礼教束缚中永无用武之地的探春,一旦远嫁为妃,终于能够"出得去"了,此时她是渴望远走高飞、大展拳脚去"立一番事业",还只是一味涕泪涟涟、不忍离开这如此压抑束缚着她的"家园"呢?当然,实事求是地说,当探春远嫁时真正面临"把骨肉家园齐来抛闪"的那一刻,其心中也会油然而生离情别绪,也难免会有"掩面泣涕"之时,此乃人之常情;但当久已渴望的摆脱束缚、远走高飞、施展抱负的"远嫁"契机终于到来,探春心中除一时的离愁之外,是否会有更多"走向新天地"的释然、欣喜与期待?若本地之"末世"既已如此衰朽至极,而不可能挽狂澜于既倒,那么,当探春走出这一"铁屋",摆脱封建文化"男尊女卑""嫡尊庶卑"的沉重束缚,远嫁他乡,得以"走异路,逃异地,去寻求别样的人们"(鲁迅语),那么充满希望的新生活、新世界的到来,岂非更在情理之中?

行文至此,不妨进一步追问:前文中因探春遥遥远嫁而生的"离乡去国""骨肉分离"之悲情,究竟主要是"谁"之悲情? 是探春个人之悲情,还是父母、亲人、家族痛失好女儿之悲情? 或更是《红楼梦》作者本人将家国痛失英才之悲情,转嫁为探春之"离恨"? (一如历代由男子代作悲音的闺怨体诗歌?)——其中,恐怕真正发自探春个人的悲情有限,而发自家国与作者的悲情却无尽吧!

曾有研究者指出:"在探春的身上,深深地凝聚着曹雪芹既绝望又希望、既决绝又不舍的思想感情。"[1]《红楼梦》表面上描写的是每个人物的各人命运,实则是对整个民族文化命运的暗喻。探春远嫁之后,其命运走向如何思考和判断的问题,所牵涉的不仅仅是其个人命运之悲喜祸福的问题,更是民族文化之命运前景如何的大判断。

曹雪芹《红楼梦》以"红颜薄命""万艳同悲"的整体性悲剧氛围,揭示、批判和控诉了扼杀一切美好青春生命的封建文化之没落、黑暗、腐朽和绝望。小说结尾处描写宝玉最终"出家",是以全书主人公决绝抛弃骨肉家园的断舍离姿态,明确表达了小说作者本人厌恶、批判、弃绝这腐朽压抑的封建贵族文化的立场——质言之,《红楼梦》已清晰表达出对"本地生活"之批判与绝望;但遗憾的是,《红楼梦》对探春"远嫁悲情"的抒写,却又透露出作者曹雪芹潜意识中"安土重迁"的文化保守观念的强大思维惯性,它使作者尚未能完全摆脱固有的"家园依恋"与"骨肉分离"悲情;贾宝玉的出家、绝望与"梦醒之后无路可走"的迷茫,与作者曹雪芹之"家园依恋"情结互为表里——因为"安土重迁""家园依恋"情结的另一面即表现为"变迁恐惧"和"远方畏途"心理——虽然本土已是"末世",而希望却仍无可能出现在远方——贾宝玉和曹雪芹之所以看不到出路,是因为他们下意识中拒绝和排斥了"远方"——此"远方"已被先天标注为"蛮夷之地","化外之民",何足以道!在对远方异域、陌生他者的贬抑、排斥与无知的背后,潜藏着悠久而顽固的"华夏中心"与"夷夏大防"之文化观念所造成的文化自大与文化自闭的保守落后心理。

红楼群钗之中,当属曾随父亲远游四方的薛宝琴见识最广,小说第五十二回中,宝琴描绘她曾见过一位"外国美人"——

> 我八岁时节,跟我父亲到西海沿子上买洋货,谁知有个真真国的女孩子,才十五岁,那脸面就和那西洋画上的美人一样,也披着黄头发,打着联垂,满头戴的都是珊瑚、猫儿眼、祖母绿这些宝石,身上穿著金丝织的锁子甲、洋锦袄袖;带着倭刀,也是镶金嵌宝的,实在画儿上的也没她好看。有人说她通中国的诗书,会讲"五经",能作诗填词,因此我父亲央烦了一位通事官,烦她写了一张字,就写的是她作的诗。……记得是一首五言律,外国的女子,也就难为她了。

据宝琴的转述,那位真真国美女所作五言律诗如下:

---

[1] 梁归智:《石头记探佚》,山西人民出版社,1983年,第28页。

> 昨夜朱楼梦,今宵水国吟。
> 岛云蒸大海,岚气接丛林。
> 月本无今古,情缘自浅深。
> 汉南春历历,焉得不关心。

这便是《红楼梦》中唯一的远方异域想象——外国美女"通中国的诗书,会讲'五经',能作诗填词",她创作的五言律诗"竟比我们中国人还强"——这种"率土之滨,莫非'诗人'"的天真美好幻想,折射出的是《红楼梦》作者潜意识中"中央大国"的文化自大心理与封闭保守的文化向心思维,它牢牢限制和束缚了清代文学天才曹雪芹对于"远方"和"异域"的认知和想象。

事实上,早在曹雪芹写作《红楼梦》的时代之前,"远方异域"的文化使者便已抵达中国本土——早在明代,西洋传教士就已陆续进入中国,1607 年,利玛窦就与徐光启合作翻译出版了《几何原本》等科学著作——可惜明清统治者及绝大部分国民,包括《红楼梦》作者和他的小说人物,在取用西洋的精致"器物"之时,却选择性地无视和忽略了西洋文化中的其他一切。有研究指出:

> 在清前中期的显贵之家,"洋货"已和中国传统的绸缎同样具有了"家常应用之物"的地位,……而在(《红楼梦》中)连女孩子们都具有高度文化修养的"诗礼簪缨之族",科学方面的外来词一个也不曾出现,书中所描绘的清朝显贵阶层,还依然沉浸在传统文化、仕途经济之中,做官的做官,作诗的作诗,在享用着西方先进物质文明所带来的奢侈品时,并无一人去关心西方科学技术的高度发达已怎样威胁着这个"天朝大国"。
>
> ……我们可以清楚地看到,(《红楼梦》)那个时代的贵族从中外经济文化交流中接受了什么,拒绝或忽视了什么。这种拒绝或忽视,可以帮助我们了解那个时代贵族阶层耽于享乐的时代风尚,并从一个侧面窥见百年后中国被迫进入痛苦的现代史的症结所在。[1]

在对"海疆"之外的"远方"与"异域"的认知和想象上,《红楼梦》的天才作者曹雪芹及其续作者们仍未能摆脱时代文化之局限,未能走出"华夏中心"的桎梏,认真面对并主动走向"远方"。

不过,《红楼梦》在探春精彩人格形象塑造中所寄托的希望之光,以及探

---

[1] 石晓玲:《〈红楼梦〉中的外来词与外来文化》,《北方民族大学学报》(哲社版)2014 年第 3 期,第 82 页。

春"远嫁为妃"的想象,仍不失为曹雪芹于《红楼梦》整体悲剧氛围笼罩下网开一面的神来之笔。有关探春远嫁之后"悲喜难料""祸福未定"的开放性结局,隐含着作者对于家族与民族之未来命运走向的有限而可贵的探索——在判定红楼诸钗命运之时,选择让拥有独立精彩之个性、勇于创新之魄力与精敏强干之能力的探春走向陌生的远方,这足以令当时乃至今日的读者,心怀"反抗绝望"的信心与力量,来展望未来的曙光。

探春身上不仅寄寓着贾府的希望,更寄寓着民族的希望。她的精敏果断,奋发有为,在某种意义上代表了民族传统文化中积极昂扬的生命活力;对她能否走出"铁屋"、走向远方、"别求新声于异邦"、去开拓和创建更美好生活的追问,与对民族传统文化能否激扬其生命活力、能否更新认识框架、能否重新认知远方异域等系列命题的省思和追问,互为表里,相辅相成。

在跨文化的当代语境下,对探春之远嫁进行开放性、创新性的省思,或许可为我们走出红楼,走向远方,走向世界;同时亦走出传统,走向现代,打开一种富于启示意义的新思路。

(原刊于《跨文化对话》第 39 辑,商务印书馆,2018 年)

莱辛如何思考文明冲突问题?
——《智者纳坦》中的指环寓言再释

张 辉

一、进来吧,这里也有诸神在

读过莱辛(1729—1781)的人,应该不会忘记《智者纳坦》开篇的那段题记:

Introite, nam et heic Dii sunt!
进来吧,这里也有诸神在![1]

这句话中的复数概念——"诸神"或"众神"(Dii),格外值得重视。它与《智者纳坦》的主题直接相关:神与神之间的共在而又冲突。而诸神的冲突,乃是文明冲突的最高形式,也是思想冲突的根本动因之一。

对于此,从汤因比、雅斯贝尔斯、施本格勒到亨廷顿……都有过一系列论述。莱辛的不同在于,作为戏剧家,他对这一关键问题的思考和回答是文学性的,是通过故事和寓言展现的。或如《莱辛全集》"编者手记"所说,通过这最后一部戏剧,莱辛将"早期作品的种种思想冲动集中在诗学的象征之内,并摆脱了他理论文章中推理论争的束缚"。[2] 甚至通过此,建立了一个与"现实世界"形成对照的"自然的世界"。[3]

---

[1] 这句话,莱辛归于古罗马作家格里乌斯(Aulus Gellius,约公元130年生)名下,但格里乌斯的《夜谈录》(Noctes Atticae)中,此话却是赫拉克利特说的。这段开篇的拉丁文引文,目前《智者纳坦》的两个中译本,分别译为:"进来吧,因为我们这里也有诸神!"([德]莱辛:《莱辛剧作七种》,李健鸣译,华夏出版社,2007年,第387页);"进来吧,因为这里也有众神!"([德]莱辛:《智者纳坦(研究版)》,朱雁冰译,华夏出版社,2011年,第12页)。本文《智者纳坦》引文,均主要依据上述两个译本。
[2] [德]莱辛:《智者纳坦(研究版)》,朱雁冰译,华夏出版社,2011年,第160页。
[3] 同上书,第163页。

阿伦特说过,故事总是永远大于概念、范畴,也即永远大于逻辑性和理论性判断。那么,莱辛的故事,对我们有什么超逾寻常的启示?他的"大于"既有理论思辨的价值在哪里?

与其说莱辛用《智者纳坦》直接给出了人们期待的唯一答案,不如说他给出了"思想的酵素"(*Fermenta cognitionis*)(参看《汉堡剧评》第95篇),[1]启发我们进一步追问与思考。这其中会有新的感悟,或也会有新的困惑。

二、《智者纳坦》的圈层结构

我们这里集中讨论《智者纳坦》第三幕,尤其是其中的第4—7场,也即"指环寓言"直接呈现的部分,以及与之最紧密相关的前三场。莱辛至少用三场戏,直接为指环寓言的呈现铺垫。就全剧来看,第三幕位于整个五幕剧的中间位置,第四—七场则处于整个第三幕十场戏的中间位置,很显然,这乃是全剧的核心之核心,重中之重。正确理解第三幕,全剧的精妙之处与思想内涵或也就能自然凸显。

值得注意的是,尽管这部戏以《智者纳坦》命名,但能见度最高的故事内容却并不是主要围绕主人公纳坦展开的——至少,初看起来,故事主干,叙述的是萨拉丁一家的事情。不仅纳坦的故事被包裹在萨拉丁的家庭故事之中,而且我们要讨论的指环寓言,也被这个家庭故事所包裹。

仅从表层情节看,这是一个多少带有喜剧意味的爱情故事。亲生的哥哥与妹妹,因为不知道彼此的血缘关系而相爱,又因为最终了解了彼此的血缘关系而无法成就爱情。这对兄妹,在剧中分别被称为圣殿骑士和莱夏,而实际上,他们应该分别叫洛伊·封·菲尔耐克(Leu von Filnek)和布兰达·封·菲尔耐克(Blanda von Filnek)。他们的母亲是地地道道的德国人,来自施陶芬家族(Stauffen);他们的父亲也有个标标准准的德国名字——沃尔夫·封·菲尔耐克(Wolf von Filnek),但他却并不是真正的德国人,而是来自苏丹家族的穆斯林,真实的名字是阿萨德(Assad)。他的哥哥正是苏丹萨拉丁本人。一个穆斯林与基督徒结婚,并且生了一男一女两个孩子(第二幕第七场,

---

[1] 一译"知识的酵母"——"我没有义务把我提出的全部难题加以澄清。我的思想可能没有多少联系,甚至可能是互相矛盾的;只供读者在这些思想里,发现自己进行思考的材料。我只想在这里散播一些'知识的酵母'。"见[德]莱辛:《汉堡剧评》,张黎译,上海译文出版社,1998年。

第五幕第八场也即终场)。但宗教战争,将他们一家分离。莱夏也即布兰达被犹太富商纳坦收养,而洛伊则成为基督教教团的圣殿骑士,并在一次大火中救了布兰达——自己的亲生妹妹。随着家庭关系真相大白,在戏剧的最后,一家人拥抱在一起,完成了所谓的"纲领性结局姿态"——大团圆。

但这只是故事的一种讲法,简单讲法。换句话说,只是圈层故事的其中一层,中间层。

正像有研究者所指出的那样,这样讲这个故事,多少忽视了整部戏的核心人物纳坦[1]。我们不应该忘记,这部戏的名称就是《智者纳坦》。而纳坦,在希伯来原文中,乃是"赐予者""上帝赐予"的意思。这个命名,已包含了莱辛的倾向性判断。

在一个大众社会普遍对犹太人充满偏见的时代,写一部关于犹太人的戏,已是一种不小的挑战,何况还要称赞这个犹太人,一个富商,为智者?莱辛在年轻的时候(1749年,20岁时)已经写过一部独幕喜剧《犹太人》,时隔30年再来重写犹太人的故事,不可能只是心血来潮。即使我们知道这个主人公的模特儿就是莱辛的好友门德尔松,也依然不能完全解释这一谜团。

纳坦当然不是什么局外人,更不可能是整个戏可有可无的角色。尽管他与萨拉丁家族没有任何血缘关系,但包裹萨拉丁的家庭故事的一大一小两个事件,却都与他紧密相关。甚至可以说,他是这两个事件的主角。正是在这个意义上,他是《智者纳坦》全剧的核心人物,代表了莱辛在《智者纳坦》中对文明冲突问题的基本判断和独特思考。

所谓大事件,与莱辛为整个戏所设定的时间和地点均有关。地点是——而且必须是耶路撒冷。这是全剧所涉及的诸神冲突的最主要"战场",是三大宗教的圣城,也是角逐之地。而时间,则在12世纪,也即是在第三次十字军东征期间。不用说,这个时间设定,意味着整个大环境中,充满着杀戮、鲜血、死亡,苦难与邪恶,争斗与冲突是其主基调,休养生息、太平无事,只是短暂而偶然的低概率现实。即使有什么国泰民安、家庭幸福的宝贵时光,这种宝贵的现实,也是被浓重的战争与苦难氛围所大规模地笼罩着的。与萨拉丁家的故事相对照,纳坦一家的故事,就是在这样的氛围中发生的。

全剧是从一场大火开始的,即使发生了所谓的奇迹,莱夏被圣殿骑士从

---

[1] Garland, H. B. Lessing: The Founder of Modern German Literature, Toronto: Macmillan and Company Limited, 1962, p. 177.

大火中救了出来,但大火已经发生。而这并不是孤立事件,不是唯一的一场大火。后来,在第四幕中,纳坦还特别回忆了另一场大火。那是一场更加令纳坦刻骨铭心的大火。在加特,"基督徒杀害了所有的犹太人,包括妇女和儿童"。在这些人中,有纳坦的妻子和七个,是的,是七个,前途无量的儿子。当时,他们正在纳坦的兄弟家避难,却"全部都被大火活活烧死"(第四幕第七场,第660—666行)[1]。

事实上,不仅犹太人与基督徒之间发生了惨绝人寰的灭绝性事件。圣殿骑士也差一点被萨拉丁处死,他没有死的原因,仅仅是因为这位年轻人长得像苏丹的弟弟阿萨德(参看第三幕第八场)[2]。当然,他也确实是阿萨德的儿子,是苏丹的侄子。

而与我们要讨论的中心事件——指环寓言具有内在联系的是,纳坦之所以不得不讲述指环寓言,也与战争有潜在联系。戏里说得很清楚,萨拉丁设计出"对付这个纳坦的计谋"(第二幕第三场,第558行)[3],的确是与"日益临近的战争"脱不了干系的(第三幕第七场,第356行)[4]。对此,萨拉丁没有明说,但纳坦却是挑明了的。我们应该清楚地记得,当萨拉丁听完指环寓言故事,在叹服纳坦的聪明机智的同时,做的第一件最为实际的事情,不是别的,是向纳坦借钱。他最最担心的,也是纳坦会把钱借给自己的敌人——基督徒圣殿骑士。以这样的方式结束全剧的这个中心性情节,绝非莱辛的闲笔而已。

如果我们考虑到《莱辛全集》的编者提示,莱辛或许正是将故事时间,设定在狮心王查理(1157—1199)与萨拉丁签订停战协议(1192年9月20日)和萨拉丁早亡(1193年3月4日)这两个事件之间,这甚至更增强了纳坦上面那段战争即将临近的预言的真实性。这更表明,停战,不过是暂时的权宜之计。对此,我们甚至会想,纳坦是否也有几分不义,他是在发战争财?但也许,莱辛是为了以此强调纳坦作为一个现实世界中的人的无奈,以及战争的不可避免,和平的难以预期?这需要我们深长思之。

如果说上面这些与战争、民族矛盾和宗教仇恨相关的事件,是《智者纳坦》故事发生的大背景,所有这些也构成了关系国家民族生死存亡的大事件,那么,与这个大事件形成对照的,则是一个小事件,似乎很小的事件。这个小

---

[1] [德]莱辛:《智者纳坦(研究版)》,朱雁冰译,第118页。
[2] 同上书,第87页。
[3] 同上书,第55页。
[4] 同上书,第86页。

事件就是，萨拉丁要逼迫，注意，是逼迫，纳坦在三大宗教之间做出选择，选出：哪一个是真正的宗教。对于萨拉丁而言，"只能有一个真正的宗教"（第三幕第5场）[1]。

如果画一张图表，我们就可以知道，莱辛的故事，并不像我们所粗枝大叶理解的那么简单。萨拉丁家族的大团圆故事，的确是能见度最高的，也的确是整个戏的故事主干，但是，这个大团圆故事却是被两个重要的不和谐因素包围着的。

形象地说，这是个三层套圈结构。中间圈是萨拉丁家族的故事，内圈是处于整个戏剧中心位置的指环寓言，外圈则是由纳坦家族所代表的十字军东征（1187—1192）的时代氛围。从这个意义上说，处于第二圈的萨拉丁家族终于和谐美满的结局，是被两个并不完满甚至也无法最终完满的圈所包裹着的。这两个不完满的圈的外圈，是严酷的日益临近的战争现实，是给人带来恐惧的苦难的现实世界，是活生生的历史。其内圈，则是需要在理论和思辨的意义上思考和回答的异常困难的问题——我们将如何理解和看待文明冲突的事实，如何寻求我们的解决之道？

莱辛或许没有我们想象的那么乐观，至少不是我们想象的那么天真。我们读一下康德写于1795年的《永久和平论》，这个感受也许更加强烈[2]。莱辛对十字军东征的历史应该很熟悉，1751年甚至翻译过伏尔泰的《十字军东征史》。尽管他以萨拉丁家族的故事告诉我们，首先做一个人，比做基督徒、犹太教徒或穆斯林更为重要。他甚至喜剧性地借西妲的话讥讽过，当人们"关心的只是名字，名字"，宗教的名字，而不关心实质时的可笑乃至可悲（第二幕第一场）[3]。但他却无法回避最直接的现实。人总是最少怀疑"自己人的忠诚和信仰"[4]（第三幕第七场），总是人人都更容易自认为自己是智者，而不是他人，甚至也不是纳坦（第三幕第五场）。更无法回避的是，仇视、冲突、战争从来都没有停止过，而由诸神的冲突导致的仇视、冲突和战争，乃是最激烈、最残酷，也是最没有人道的。

要使萨拉丁一家的偶然现实成为整个人类的普遍现实，是可能的吗？在现实上如何可能，在理论上又如何可能？莱辛实际上没有给出答案，或许他

---

[1] ［德］莱辛：《智者纳坦（研究版）》，朱雁冰译，第79页。
[2] ［德］康德：《历史理性批判文集》，何兆武译，商务印书馆，1990年，第97—144页。
[3] ［德］莱辛：《智者纳坦（研究版）》，朱雁冰译，第46页。
[4] 同上书，第83页。

也无法给出唯一正确的答案,但他以自己的故事,以他的戏剧逻辑,提出了这个尖锐的问题,我们至今依然必须面对的问题。这也是在莱辛晚年作品中一再复现的主题。《恩斯特与法尔克》通过讨论共济会思考"超越民族偏见"的可能[1],《论人类的教育》则设定了一个"新的永恒福音的时代"[2],把最终的解决方案抛给了未来。

在这里,如果说莱辛也提出了什么选择的可能的话,那么,阿伦特所说的莱辛的"总结陈词",恰是我们进一步进入他的思想世界的一把钥匙:

让每个人说出他所认为的真理;
并让真理归于上帝!

三、指环寓言的来源与重写

我们现在就来看看全剧的中心事件,处于内圈层的"指环寓言"。目前知道的这个寓言的第一个版本,在莱辛写作《智者纳坦》时期所在的沃尔芬比特伯爵图书馆里还能找到。出自约成书于 1300 年代的《罗马传奇》(*Gesta Romanorum*)一书,该图书馆收藏的是 1489 年出版的德文编译本。故事如下:

> 一个皇帝有三个儿子,在他将死之时,他将遗产给长子,将财宝给次子,而将一枚珍贵的指环给了第三个儿子,这和前两个人的全部财产同样珍贵。他也给前两个儿子每人一个珍贵的指环,可不如第三个儿子的那么珍贵。三个指环都是一种式样,可并不是同样的品质。父亲死后,长子说:我有我父亲的珍贵指环。次子说:我也有。第三个儿子说:你们得到的指环不是最好的,此外,长兄还得到了财宝,次兄得到了遗产([译按]原文如此,整个故事系用中古德语写成,行文粗疏)。只有我得到了珍贵的指环,这是最好的。
>
> 亲爱的人们,你们注意到,基督就是这个有三个儿子的国王([译按]原文如此,前面称皇帝)。三个儿子就是犹太教徒、萨拉逊人([译按]即伊斯兰教徒)和基督徒。他给犹太人应许之地,给萨拉逊人——他们是

---

[1] [德]莱辛:《论人类的教育——莱辛政治哲学文选》,朱雁冰译,华夏出版社,2008 年,第 160 页。
[2] 同上书,第 126 页。

异教徒——财宝。可是,他给基督徒的却是珍贵的、超过这个世界上一切财富的指环,这就是基督教信仰。当时他亲自为他们创建了基督教。他又说出预言:我要你们相信我,这话以撒([译按]亚伯拉罕之子,其人其事见《创世记》24—27章)在基督教[产生]之前就说过,他用一顶永恒光荣的花冠美饰我,如同美饰新娘。[1]

与这个故事可以对读的另一个版本(1879年在莱比锡出版)中,指环依然具有宗教隐喻的特征。多少有些意外的是,这段故事是一位拉比对犹太逸闻的转述,凸显的却还是基督教信仰的重要位置:基督徒拥有的是最珍贵的指环。不过,这个故事中,故事主人公则已经不是皇帝(或国王)和他的儿子,皇帝变成了骑士。其中还增加了一些明显来自《马可福音》(9:23)《路加福音》(17:6)和《希伯来书》(11:6)的内容。

真正与上述两个版本形成对照的,是大家熟悉的薄伽丘《十日谈》中的第三个故事。故事的梗概是"犹太人麦启士德用一个三指环故事避开萨拉丁给他造成的一场巨大危险"。

在这里,萨拉丁成为引发整个故事的动因。他原是一个无足轻重的小人物,但因为万夫不当之勇,而当上了巴比伦的苏丹。整体而言,萨拉丁的形象是比较负面的,正是他设计了一个无比困难的问题,试图难倒犹太富商麦启士德。而他的目的其实非常简单,就是从麦启士德那里弄到钱,为连年的战争补充经费,也或许还要为新的战争做好物质准备。

他想出了一个逼麦启士德就范的主意,他要问对方一个无论如何回答都会得罪人的问题:

> 我的朋友,我听许多人说你富有智慧,特别在奉神的事情上很有见地。现在,我很想听听你的看法,你认为在犹太教、伊斯兰教、天主教这三者之中,到底哪一种才真是正宗呢?[2]

这是一个莱辛在《智者纳坦》中,也由萨拉丁提出的问题:三大宗教中,哪一个是最正宗的?这也是引发所有宗教冲突和文明冲突的关键问题。谁是唯一正确的?谁具有取代另外任何不同宗教乃至思想的权威性和正义性?

与《十日谈》一样,莱辛也是让纳坦通过讲故事,来避开危险的——用《智

---

[1] [德]莱辛:《智者纳坦(研究版)》,朱雁冰译,第164页。
[2] 同上书,第166页。

者纳坦》里的说法就是:"童话!它可以救我!童话可不单单是用来哄孩子的。"(第三幕第六场)[1]

事实上,无论对于麦启士德,还是对于纳坦,甚至对于莱辛而言,要回答上面的问题,都正如要鉴别三枚指环究竟哪一枚是真的一样,是难以完成的任务。麦启士德的小故事,是以下面这段话结尾的:

> 所以,陛下,我说,天父赐给三种民族的三种信仰也跟这情形一样。你问我哪一种才算正宗,每个民族都相信他们拥有继承权,拥有他们的真正律法和戒条,目的在遵守它们。但是,谁真的拥有它们,就像那三只指环一样是一个悬而未决的问题。[2]

之所以要用讲故事来回答问题,这与其说是试图回答问题,不如说是悬置了问题。与其说是试图给出答案,不如说是用更加委婉的方式,对问题本身提出了质疑和反思。这在《十日谈》中也许还不特别明显,在莱辛对《十日谈》的重写中,则几乎是一个最鲜明的特征。莱辛的审慎和尖锐,在这里同时呈现。

我们来集中看第三幕第七场。这是指环寓言这段中心情节的高潮,是第四至七场的顶点,也在很大程度上是全剧的高潮之高潮。

第七场一开头,尽管萨拉丁非常急迫地想知道纳坦的答案,或者说想更快地看他的笑话,但是莱辛却并没有让纳坦直截了当地回答问题。莱辛似乎更加关心的,是纳坦言说的对象、条件和方式。

这是通过纳坦与萨拉丁之间的多重对照来实现的。首先,萨拉丁期望这是一次私人谈话(设定的情形是"这里没有人听我们讲话"),但莱辛却"但愿全世界都在听我们讲话"。其次,萨拉丁期望纳坦"绝不讳言真理!为了真理而付出一切:躯体和生命!家产和热血!",而纳坦则冷冷地回答说"如果有此必要而又有益的话"。言下之意无非是,我没这么"直男",没有这么傻,我要讲言说的艺术,生存的艺术,在该保护自己的时候,就应该保护自己。第三,萨拉丁期望纳坦把他需要他讲的故事"讲得漂亮",纳坦对此完全不以为然,而且回答得很干脆:"这恰恰不是我的强项。"[3]

不难看出,两个人对于讨论"什么是正宗宗教"这个问题,态度是有巨大反差的。至少,一个是急迫的,一个是缓慢的;一个是期望对方毫无顾忌、奋

---

[1] [德]莱辛:《智者纳坦(研究版)》,朱雁冰译,第80页。
[2] 同上书,第167页。
[3] 同上书,第80—81页。

不顾身的，一个是冷静而审慎的；一个是希望听到漂亮的陈述甚至花言巧语的，一个则是想以自己的方式"坦诚进言"的。当然，是自己的方式，而不是任何别人强制、恩准或者暗示的方式。

莱辛事实上不仅在第七场一开场，有意延宕了回答萨拉丁提问的时间。如果我们将第三幕特别是其四至七场作为一个小整体来看的话，也不难发现，莱辛不仅希望我们关注纳坦的言说内容，即他将会说什么，而且也希望我们关注纳坦如何说，对谁说。后者对前者而言，不仅并非无关紧要，而且甚至至关重要。从这方面看，莱辛对薄伽丘的重写，乃是一种改写。

正是在这样的上下文中，我们可以将下列这些细节联系起来看。第四场的结尾，当纳坦"大概来了"[1]，试图偷听谈话的、萨拉丁的妹妹西姐，在哥哥的劝告下离开了；而第五场的结尾，当萨拉丁答应给纳坦一些时间思考时，他却有一段多少有些蹊跷的旁白："西姐在偷听吗？我要悄悄听一下她的意见，我这样做合不合适。"[2]完全可以看出，萨拉丁前后是一致的，他的确希望把这次谈话当成一次完完全全的私人谈话，即使自己的妹妹也不能参加。

纳坦就不同了。他是矛盾的。一方面，如前所说，他期望全世界都听到他对萨拉丁所说的一切；另一方面，早在第六场一开头，刚一见到萨拉丁时，纳坦就对老百姓持怀疑态度。甚至怀疑，人们是出于讥讽才称呼他为"智者"，而且往往会为了自己的一己利益而将精明与智慧混为一谈。

或许正是为了更深入地呈现纳坦的矛盾，莱辛才专门安排了第六场这特殊的一场。这一场仿佛大风雨之前的短暂安谧，是思考时分，也是积蓄力量的时分。他既调整了故事发展的节奏，也让我们将注意力集中到最关键的问题上来。整个一场都是纳坦自己一个人的独白。

概括说来，这段独白，主要讲的是两个相互关联的问题，也就是前面讨论的真理"是什么"又"如何说"的问题。第一个问题，与真理的性质有关；第二个问题，涉及怎样以正确的方式言说真理，站在什么样的思想立场上言说真理。

对萨拉丁而言，他对真理的要求，其实跟对金钱的要求一样，需要的是"现货"。这当然是个比喻，更明白一点说，就是一定要给出唯一正确的排他的答案：究竟哪一个宗教是真正的宗教。不仅如此，萨拉丁甚至还期望真理不是"古钱币"而是"新钱币"，即可以直接对现实的生活有用，可以适合自己

---

[1] [德]莱辛：《智者纳坦（研究版）》，朱雁冰译，第77页。
[2] 同上书，第79页。

国家、民族和自己宗教的切实利益,可以证明自身立场的正确性。

纳坦对萨拉丁的这种要求,是怀疑而有所批判的。整个独白的第二部分,纳坦就是在探究超出自身的宗教立场和民族身份思考并言说真理的可能性。对纳坦而言,这也就意味着首先不作为一个"地地道道的犹太人",而是首先作为一个"人",来思考三大宗教的可能性。这无疑是危险的,至少是容易引起"老百姓"的众怒的。因为,这很可能意味着对自身血统、传统、习俗乃至民族和宗教立场的背叛。弄不好,会被诅咒为自己民族的叛徒,自己宗教信仰的叛徒。是卖国贼或犹太人的败类。

正因为此,纳坦才说,"我一定得谨慎行事";才会重复对自己发问:"怎么办呢? 这该怎么办呢?"[1]从根本上说,这不是基于对苏丹萨拉丁的恐惧,在第五场一开场,纳坦开口第一句话,就下了"害怕应留给你的敌人"[2]这个判断。他不会为此而害怕。他之所以如此审慎,更多的还是担心背离自己的犹太人身份,更多的还是担心自己是否能真正有能力和智慧从人之为人的立场出发正确发言。这是纳坦最大的难题,这也是任何必然拥有具体而特别的思想和价值立场,以及可见的国家与宗教身份,却被要求对普遍性问题发言的人所必然面对的难题。

也许,我们可以将之命名为"纳坦难题"。这远不是一个已然解决的难题,而是需要我们始终审慎面对的难题。

纳坦自己选择了用童话或寓言来面对这种二难困境。他的指环寓言,与《十日谈》有更多的联系,而与前两则完全站在基督教或单一宗教立场上的护教意图大相径庭。

莱辛将纳坦讲述的寓言,分成了三个部分。第一部分,用"你想必容许我对你讲个小故事"[3]引导,基本内容与《十日谈》第三个故事的寓言部分有相当多的重合。不过,他强调了"这指环有一种神奇的力量,能让每个戴着它的人取悦神与人"(同上),而《十日谈》等前三个版本,则更多强调了指环的珍贵,以及与家族继承权的联系。

第二部分,更像是一段插入。为了显示段落感,在插入部分之前,纳坦说了句"我讲完了"[4]。但他实际上没有完。这一部分中,他演绎并扩展了《十

---

[1] [德]莱辛:《智者纳坦(研究版)》,朱雁冰译,第80页。
[2] 同上书,第77页。
[3] 同上书,第81页。
[4] 同上书,第82页。

日谈》中麦启士德所讲故事的结尾部分,下了一个结论:"真正的指环无从验证——差不过和我们现在一样——就像真正的信仰同样无法得到证明。"在说这句话的时候,莱辛告诉我们,纳坦"为等待苏丹回答而终止片刻"[1]。果然,苏丹并不想到此结束。他立刻问:"什么?难道这就是你对我的问题的回答?"[2]看来,这个苏丹比前述的皇帝和骑士更难说服,或者,他所想知道的问题,比另两位的更困难。

更重要的是,萨拉丁并不认为三种宗教有什么难以区分的,仅仅从衣着和饮食上,就可以分别得很清楚。这就像犹太教有逾越节,伊斯兰教有拉马丹(斋月),而基督教有复活节一样容易区分。

纳坦当然也不否认这种区分的可能性。但他依然认为,那只是表面的、皮相的不同,从根基上却无法区分。原因很简单,人们总是根据自己的先辈留下的传统生活,总是无法超越先辈的骨血和爱所规定的一切。也就是说,我们只能从这些出发,来认识自己,同时也认识他人。

纳坦说出了萨拉丁所完全认同的事实,萨拉丁本身就是这么想的。因此他禁不住自己对自己说(旁白):"真主明鉴!这个人说得有道理,我只得默不作声。"[3]莱辛这里写得很准确传神,萨拉丁果然在发誓时,是根据他的习惯和信仰来说话的,他说的是"真主明鉴!",我们谁又不是这样从自身出发的呢?

正因为此,莱辛通过纳坦告诉我们:我们之所以无法真正在不同宗教之间做出谁真谁假的区分,并不是因为我们看不到外在的明显差异,要弄清楚这些,几乎任何人都能做到。我们无法真正做出区分的原因,其实是我们只能仅依照我们自己、从我们自己出发去看所有的一切。

莱辛在这里所作的最明显改写在于,将无法区分真正指环或真正宗教的原因,由外在转向了内在。人自身特别是人的习俗和惯性,而不是客观外物,成为无法做出正确判断的最根本的原因。这种对自我的反思,多少具有了苏格拉底哲学的意味。这是第二部分。

第三部分以"让我们回到我们的指环故事"[4]再次开始。这是前面故事的延续,但更是发展。这里不仅多出了法官这个人物,而且增加了前面几则故事完全没有出现的极其重要的内容:真正指环的失落。而这两者是紧密联

---

[1] [德]莱辛:《智者纳坦(研究版)》,朱雁冰译,第82页。
[2] 同上。
[3] 同上书,第83页。
[4] 同上。

系在一起的。

这名法官,并不是通常的法官,他并不对案子马上做出孰是孰非的判断,而是要把最终的裁定权利让渡给未来"比我更富智慧的人"[1]。因为,正是这位法官在宣告,三个儿子的"三个指环全都不是真指环。真指环想必早已遗失"(同上),是"为了隐瞒、为了补偿丢失的指环,父亲才让人做了三枚替代指环"。这里的父亲,当然无法与基督联系在一起,但这里的指环,却寓意了新的现实:实体宗教的有效性与合理性自己不再自明,至少遭到了激烈的怀疑。不是说,这是完全值得肯定的倾向,但这是必须"完全接受的现状"[2]。

可是,我们大概不应该以相对主义乃至虚无主义的后现代姿态,去接受这个也许一直延续到我们自己时代的现状。在纳坦的故事中,他恰恰需要三个儿子,也许还有他们一代又一代传人,"确信自己的指环是真的"。"每个人都应当争先显示自己指环上宝石的力量!都应当用温良的情操,用真诚平和的心,用善行,用全心全意献身于神的精神促成宝石的力量迸发出来。"[3]

莱辛在这里通过对指环寓言的改写,既让我们看到了真指环已经遗失的残酷而可悲的历史事实,却也激励我们相信爱的力量,行动的力量。他是直面现实的,但他更是面向未来的。他也许不会简单肯定或否定早在《智者纳坦》第一幕第一场就多次强调的"奇迹",但是却无疑完全不赞同将奇迹寄托在"空想"之中——这也是他在第一幕中就点出的主题。"奇迹"和"空想"是整个戏一开篇就一再重复的关键词。

在这里,在指环寓言的核心情节中,莱辛又一次复现这个主题。

我们应该还记得莱辛整个戏由三个相互关联的故事组成的圈层结构。在这里,我们也许可以说,正因为,有外圈层的严酷现实的存在,讲述中间层的团圆故事,深入思考内圈层"莱辛难题"才是迫切而有可能的。宗教的冲突,文明的冲突应该有它的对照性存在,正像莱辛在《智者纳坦》的预告中所说,"现实世界",必须有"自然的世界"作为对照性存在一样。

也许,这是我们再次回到整部戏开头的时候。在第一幕第二场结束的时候,莱辛有点突如其来,甚至有点让人吃惊地让纳坦说了一段话。纳坦要我们知道,一切好与坏的区分,高与低的区分,是与非的区分——文明的优与劣

---

[1] [德]莱辛:《智者纳坦(研究版)》,朱雁冰译,第84页。
[2] 同上。
[3] 同上书,第85页。

的区分,正宗与否的区分,事实上完全并不取决于人们"虔诚的狂热",而最终取决于是否敢于并善于采取"善的行动"——

> 你明白虔诚的狂热
> 比善的行动更加容易;
> 明白怠惰者喜欢虔诚的狂热吗?
> 他这可仅仅是为了——
> 不去做善的行动——尽管他这时
> 还没有清晰地意识到这个意图。[1]

怠惰者是如此,我们呢? 我们必须自问。

(原刊于《中国比较文学》2021 年第 1 期)

---

[1] [德]莱辛:《智者纳坦(研究版)》,朱雁冰译,第 26—27 页。

埋葬的法权与战争法序言

格劳秀斯《论战争法权与和平法权》第 2 卷第 19 章文史讲疏[1]

林国华

> 活着的人知道必死,死了的人毫无所知,
> 也不再得赏赐,他们的名无人记念。
> 他们的爱,他们的恨,他们的嫉妒,早都消灭了。
> 在日光之下所行的一切事上,他们永不再有份。
> 　　　　　　　　　《传道书》9:5—6

三世纪罗马修辞学家埃里安(Claudius Aelianus)所著《杂史》中有记载,亚历山大在巴比伦驾崩以后,手下众将军便忙着瓜分天下,置其遗体于不顾。埃里安忍不住叹道:把死者掩埋起来,本是自然的律令,更是连最卑微的穷人都要得享的权利,堂堂帝王竟被暴尸野外,真是人性的耻辱。[2] 埃里安借亚历山大的母亲奥林匹亚斯(Olympias)之口说:墓地是所有人平等分有的最后一块土地。[3]

安葬死者被格劳秀斯列为一项古老的万民法权(*jus gentium*)。在《论战争法权与和平法权》中,他用一个章节篇幅讨论这个问题。[4] 罗马史家戴奥·克里索斯托姆(Dio Chrysostom)在一部名为《风俗论》(*De consuetudine*)

---

[1] 本文采用的格劳秀斯《论战争法权与和平法权》的版本是 *The Rights of War and Peace*, in three volumes, edited on the basis of MDCCXXXVIII English translation with Jean Barbeyrac's Notes, and with an new Introduction by Richard Tuck, Liberty Fund, 2005。(本文简称 *JBP*)
[2] *Varia historia*, 12.64.
[3] *Varia historia*, 13.30.
[4] Grotius, *JBP*, 2.19.

的演讲辞中,曾经把葬礼视为一项有别于成文法的非成文风习,列在"使节权"之后,格劳秀斯接纳了戴奥的处理顺序,在讨论使节问题之后,提出安葬的论题。这一章由 19 个小节组成。在中间部分的第 10 小节,格劳秀斯援引了一组古代文献,共 7 段[1],中间一段出自维吉尔《埃涅阿斯纪》:"*Nullum cum victis certamenet aethere cassis*"——"不可与战败者与亡者征战"。[2] 死亡似乎是战争的边界和终点,因此安葬有理由被视为最后一项战争法权。格劳秀斯把这个论题分解为五个子论题逐一梳理:第一,安葬在万民法权中的位置;第二,这一风习的源头;第三,这项权利适用于敌人;第四,关于它是否适用于罪大恶极者的分析;第五,它是否适用于自杀者的分析。本文研究范围只限于前三个子论题。

一、埋葬权在万民法权中的位置

格劳秀斯对这个问题辨析的开篇由对十四位权威作家的引述构成,他们涵盖了希腊、罗马、犹太、教父、罗马法等传统,涉及悲剧作家、史家、诗人、演说家、神学家、法学家等,时段跨度从公元前五世纪到公元十世纪。[3] 这是格劳秀斯常用的论证方法:当论证一项被他认定为共同适用于天下万民的公理之际,他就毫不犹疑地动用其惊人的博学储备和记忆力,打破古今、民族、教派、学统以及书写类型之间的巨大隔阂,所有文献与学说被重新编排列队,抹掉各自特殊的身世、学统和忠诚对象,共同为一个崭新的理论贡献自己的论证力量。——"共同性",是格劳秀斯最基本的关键词,也是追踪其思想路径的主要线索。值得注意的是,在被格劳秀斯援引的十四位权威中间,两位犹太作家(Philo 和 Josephus)与一位基督教圣徒(Isidore of Pelusium)则认为安

---

[1] 分别是索福克勒斯的《埃阿斯》、欧里庇得斯的《安提戈涅》和《乞援女》、维吉尔的《埃涅阿斯纪》、被归在西塞罗名下的《修辞学》、斯塔提乌斯(Statius)的拉丁史诗《忒拜战记》(*Thebaid*),以及四世纪北非基督教主教欧普塔图斯(Saint Optatus)的《驳多纳图教义》。

[2] Virgil, *Aeneid*, 11.104.

[3] 这十四位权威是:Dio Chrysostom(二世纪希腊史家、哲学家)、Seneca the Elder(罗马文人、政治家)、Philo(希腊化时代犹太哲学家、史家)、Josephus(一世纪犹太史家)、Claudius Aelianus(三世纪罗马修辞学家)、Euripides(古希腊悲剧作家)、Aristides(五世纪雅典政治家)、Lucanus(一世纪罗马诗人)、Statius(一世纪罗马诗人)、Tacitus(一世纪罗马史家、政治家)、Lysias the Orator(前四世纪希腊演说家)、Claudian(四世纪拉丁诗人)、Isidore of Pelusium(五世纪沙漠教父)、Leo VI the Wise(十世纪拜占庭帝国皇帝、神学家、法学家)。

葬死者不仅仅属于万民法权，更是一项自然法权。众所周知，犹太律法传统以神圣实在法为权威，而基督徒则更加看重恩典的意义，对他们而言，自然法权传统似乎不具备实质性的论证资质。据说整部《圣经》中没有一次提到自然法权，对自然法权的援用似乎自然地属于希腊—罗马传统。格劳秀斯让三位犹太—基督教传统中的权威从自然法权角度提出佐证，也是上述他惯用的论辩技巧的变种，他甚至援引古希腊作家为福音书提供论证。在格劳秀斯对人类世界的"共同性"的研究视野中，所有特殊性藩篱都被有意识地摧毁。那么，安葬不仅仅属于万民法权，甚至在自然法权领域，它也有一席之地。这意味着，这种风习之被人类世界共同遵守，有着更加确凿无疑的基础和保证，因为万民法权属于"意愿法则"（volitional laws），它随着时代和地域的流转而缓慢变迁，而自然法权却是恒定不变的。[1]

　　安葬死者属于万民法权，但是其根基的一部分似乎延展到了自然律令的领域，其共同性不容置疑。卢卡努斯（Lucanus）称之为人人皆有资质享有的仪式。[2] 罗马皇帝提比略处决了谢亚努斯叛党后，令其暴尸不葬，塔西佗在《年鉴》中评论道，谢亚努斯固然奸恶，但不被安葬却违背了人类自然常情。[3] 克瑞翁（Creon）的故事令人难忘，他拒绝埋葬波吕涅刻斯（Polynices）的遗体，激起安提戈涅的反叛，索福克勒斯在以此为题材的悲剧《安提戈涅》中，几乎把安葬权提升到神法的高度。克瑞翁的做法也受到欧里庇得斯的质疑，在《乞援人》中，亡者母亲组成的合唱队把坟墓称作人间的共同铁律。[4] 同样，拉丁史诗作家斯塔提乌斯（Statius）在记述这段悲剧时，称葬礼是大地的律法，是普世遵行的约定，凡违反者都应遭到正义的报复。[5] 格劳秀斯援引的最后三位权威针对这项人类共同律法的违背者宣布了审判词：克劳狄安说，阻碍安葬权的人其实剥夺了自己的人性；[6] 拜占庭皇帝利奥六世说，他辱没了自

---

[1] 事实上，万民法权和自然法权两者并没有被鸿沟相隔离而不可逾越，而是互有深广交集，因为被列入万民法权范围中的很多惯例习俗都以自然理性为基础。参见 Grotius, *JBP*, 2.12.26, 3.7.5.2。

[2] Lucanus, *Phasalia*, 7.799.

[3] 塔西佗：《年鉴》, 6.19.3—4。

[4] 欧里庇得斯：《乞援人》，第378行。

[5] Statius, *Thebaid*, 12.642.

[6] Claudian, *De bello gildonico*, 395.

己的人性；[1]沙漠圣徒依西多里则说，这是对神圣事物的亵渎。[2]

万民法权适用于各文明民族（civilized nations），它除了与自然法有着深远交集之外，还往往被追溯到神法的根基。[3] 前引欧里庇得斯《乞援人》中，安葬权就被称为神灵掌管的律法（nomondaimonon）。[4] 索福克勒斯则径直称之为神法或者天条（theonnomous）。安提戈涅对克瑞翁的应答是古今法学家必引的珍贵文献：

> 向我宣布这律令的不是宙斯，这也并非正义女神为人间所定之法度，她和冥间的神灵栖居一处。我不认为一个凡人的命令会如此强大，竟然能废除这永恒不变、不着文字的天条，它的生命不限于今日或昨日，而是垂诸永久，它何时起源，并无人知晓。我不会因为害怕必死之人的傲慢而违背这天条。[5]

在格劳秀斯看来，安提戈涅提出的其涵义不无晦涩的"天条"其实正是他提出的万民法，尤其是与自然法和神法有着共同交集的那部分万民法，它曾经被亚里士多德、菲洛和卢梭称为一座穹顶端的拱心石，它与阿奎那的"永恒法"非常相似，苏亚雷斯——最后的经院神学家——曾经撰写"风习论"给以长篇辨析，它尤其为格劳秀斯贡献了关于人类共同本性的基础论证。安提戈涅的这八行自辩诗文被格劳秀斯全部引述，可见其重要意义。这段诗文之后，格劳秀斯再次援引了多达十九节权威文献，以支持他在安提戈涅的天条中所发现的万民法真理。论证的重点集中在把安葬死者视为一种人道行为。拉丁教父拉克坦提乌斯被首先引用：安葬死者是最后也是最大的虔敬之为。[6] 塞涅卡说，这是人道和同情。[7] 菲洛说，这是对人类本性的悲悯。[8] 瓦勒里乌斯（Valerius Maximus）说，这是人道和礼仪之举。[9] 卡皮托里努斯（Capitolinus）在《安东尼乌斯帝本纪》中，提到皇帝动用国库为穷人安置葬礼，

---

[1]《新律》，第53款。
[2]《书信集》，第491封。
[3] Grotius, JBP, 2.19.1.2.
[4] 欧里庇得斯：《乞援人》，第563行。
[5] 索福克勒斯：《安提戈涅》，第450—457行。
[6] Lactantius, Divine Institutes, 6.12.
[7] 塞涅卡：《论恩惠》，第5卷第20章。
[8] 参见菲洛的《论约瑟》。
[9] 瓦勒里乌斯：《箴言嘉行录》，第5卷第1章。

并以仁慈称之。[1] 普鲁登提乌斯(Prudentius)则说,这是宽容大度。[2] 除了神学家、诗人、史家以及道德学家的证词,格劳秀斯没有忘记引证来自罗马法方面的重要证言。例如,乌尔比安(Ulpianus)认为,安葬死者,其动机之一就是对人性的考量,对仁慈、虔敬与仁爱指令的遵从。[3] 莫德斯提努斯(Modestinus)在论及死者的后代违反死者要求抛尸入海的遗嘱并将之埋葬的案例时说,这行为是对凡人必死之共同本性的记取。[4] 浓墨重彩过后,格劳秀斯又一次回到忒拜国王克瑞翁的案例,这是他在这一章第七次提到克瑞翁。这一次,格劳秀斯引用了斯塔提乌斯的拉丁史诗《忒拜战记》里的一句判词:"*Bello cogendus et armis in mores hominemque Creon.*"[5]——必须用战争和武力把克瑞翁强行押解到人性和万民遵行的风习面前。这段拉丁诗文堪称"正义战争"理念最纯正的古典例证。之后,格劳秀斯很自然地提到了拉克坦提乌斯的一段话,他将安葬视为人道行为之后,更进一步将之认定为正义之举:

> 有什么比出于人道的理由去安葬死去的陌生人更能界定正义的内容呢?这比我们出于私爱的理由去安葬我们的亲人具有更加确定的正义性。我们这么做,不是为了那个不再有知觉的亡者,而是为了上帝,在他的临在下,正义之举是最佳的奉献。[6]

二、埋葬权的起源与理由:老普林尼的古代世界

关于埋葬风习的起源及其解释,是格劳秀斯的第二个问题。这一风习与土地息息相关。格劳秀斯辗转从斯托贝乌斯(Stobaeus)的《牧歌集》中引用了希腊悲剧诗人摩斯基昂(Moschion)的几行残诗,说明埋葬是文明对野蛮的替代:"律法指令,将亡者存放在墓中,躲避生者的眼睛,以免再激起对野蛮盛宴

---

[1] 卡皮托里努斯:《安东尼乌斯帝本纪》,第14卷。
[2] Prudentius, *Hymns*, 10.5.61.
[3] *Digests*, 11.7.14.7.
[4] *Digests*, 28.8.27.
[5] Statius, *Thebeid*, 12.165-166.
[6] Lactantius, *Divine Institutes*, 6.12.31. 在另一个地方,拉克坦提乌斯说,弃尸荒野是对人类共同感觉的冒犯,也是对上帝的冒犯,两者应该协同合作,惩治冒犯者。Lactantius, *Divine Institutes*, 6.12.27.

那阴暗的回忆。"[1]这里的"野蛮盛宴"说的是在世界之初的巨人时代,死者被同类吞食的野蛮风习,后来被埋葬替代。关于埋葬的起源的第二个说法就是还债。人的身体来自土地,死后必须还给土地。这种思想遍及各族,正如格劳秀斯提示的,这不仅是上帝向亚当颁布的神律,也是被希腊和拉丁诸作家一致认肯的万民风习。格劳秀斯在这一节似乎非常适时地提到了伊壁鸠鲁主义者卢克莱修,他曾经说过,土地是众生拥挤不堪的坟墓。[2]西塞罗更是直率地把亡者的遗体当做一堆土,因此,"土必须回到土中去"。[3]这句话其实是西塞罗对欧里庇得斯的一部悲剧残篇(Hypsipyle)的引用和背书,它和亚当在《创世纪》里接受的神律并无二致:"你本是尘土,仍要归于尘土。"[4]回归尘土固然避免了阴暗的"野蛮盛宴",但或许并不是最能给人安慰的好归宿,毋宁说它确证了凡人更加阴暗的自然命运,一种深深地被土地禁锢的命运。老普林尼曾经用温情的修辞描述过这种封闭性:土地首先接纳了我们的降生,继而抚育了我们的生命,最后,当我们被整个世界抛弃的时候,它最后一次接纳了我们,把我们埋在它温柔的怀里。[5]在普林尼的思想世界里,灵魂及其上升的轨迹似乎并不存在,凡人的生前与死后,都被尘封在土地中,一切都是土地性的。[6]

"你本是尘土,仍要归于尘土"这句《创世记》诗文在《传道书》中被重述,但是,不同的是,《传道书》这句话后面另有一句《创世记》里没有的话:"谁知道人的灵是往上升,兽的魂是下入地呢?"[7]格劳秀斯引述的正是这句话。和这句引述并列的则是欧里庇得斯的几行诗,其中既提到了亡者的身体,也提到了亡者的灵魂:"请允许那战死的人儿觅到一处安静的坟墓吧:万物从哪里来,终要回到哪里去。轻盈纯净的灵魂将跃升至天空,而那部分必朽的则回到下面大地母亲那里。"[8]——希伯来《传道书》与希腊悲剧在这里似乎暗示着同一种可能:灵魂与身体的分离,以及灵魂脱离土地的封锁,向上飞升。这

---

[1] Stobaeus, *Eclogues*, 11.
[2] 卢克莱修:《物性论》,第6卷,第1260行。
[3] Cicero, *Tusculanae disputationes*, 3.25.
[4] 《创世记》,3:19。
[5] 老普林尼:《自然史》,2.63。
[6] 在《自然史》第7卷第55节,老普林尼明确地把地狱与灵魂在来世的生命斥为荒诞的童言。
[7] 《传道书》,3:21。
[8] 欧里庇得斯:《乞援人》,第531行。

对老普林尼交织着温情与暗淡的古代思想似乎构成一种紧张。在紧接下来的一段文字里,格劳秀斯马上讨论了复活的主题,可谓再自然不过了。——把死去的人保存在土里是为了等待复活。格劳秀斯为这种观念举出了两项略显怪异的文献佐证,一个来自古代哲人德谟克利特,一个则是秉有精深的异教学养的基督教诗人普鲁登提乌斯(Prudentius)。格劳秀斯的举证方式值得深究:关于德谟克利特,格劳秀斯并没有直接引证,而是通过老普林尼的论述间接引证,这位罗马政要与博物学家不仅记录了德谟克利特的复活观念,而且评论道:德谟克利特关于人死复生的无聊预言只不过是荒诞的儿戏,他自己死后就从来没有再重返这个世界。[1]——格劳秀斯的真正意图也许并不是援引德谟克利特的复活理论,而是通过老普林尼的评论无声地将其否定。[2] 至于基督教的复活理念,格劳秀斯引证的是四世纪基督教诗人普鲁登提乌斯的《历书诗集》(Cathmerion)中的几行诗文:"如果安眠其中的人已经死去,那奢华的陵寝、庄严的大墓有什么意义呢?"显然,这句诗文所传达的意思并不明确,既可以理解成对复活的确信,但也完全可以往相反的方向解读。更重要的是,就对复活理念的证明而言,普鲁登提乌斯并不是一个最佳的参考权威。——通过对德谟克利特和普鲁登提乌斯关于复活思想的微妙引用,格劳秀斯似乎最终否定了复活思想,我们因此又回到了老普林尼暗淡的古代世界里:不管生前还是死后,土地是凡人唯一的归宿。

三、埋葬权的起源与理由:"安提戈涅问题"

在上述老普林尼式的前提下,格劳秀斯回到了问题的起点,针对埋葬的起源给出了最后一次解答。他说,埋葬死去的人,与渺茫难稽的来世复活思想没有关系,这种风习之源头乃在于对凡人高贵品质的确认:人是最高贵的活物,因此,暴尸野外,任由飞鸟野兽吞食是非常不适合的。安葬——被土地封闭,在老普林尼看来确证了凡人的卑微,但是在格劳秀斯看来,它确证的恰恰是人生的高贵。这样来看,格劳秀斯的论证思路逐渐变得清晰了:首先他

---

[1] 老普林尼:《自然史》,第7卷第55节。
[2] 事实上,格劳秀斯并没有引述老普林尼的评论文字,他似乎希望细心的读者按图索骥,自己去追踪他未言明的意图。格劳秀斯的沉默可能是有意识的隐晦论证,不过他悄悄留下了线索:用一个古代自然哲人的语录证明复活的理念,这是一种非常规的,甚至是有意失败的证明,有心的读者不难警觉到这一有趣的关节。

委婉地否弃了复活的理念——那只不过是虚幻的荣光,接着回到老普林尼的古代视野,在那里,凡人的卑微处境得到确认,最后,他从中发现了高贵,这种高贵与天国灵魂的荣耀没有关联,它来自土地,与被封存在土地深处、悄悄腐烂的身体共在。[1]

与此相对,暴尸荒野则意味着对亡者原初的高贵人性的剥夺,是一种道德上的耻辱,人们往往利用它充当律法意义上的惩罚。维吉尔写有诗文描写这种耻辱的被罚状态:"可耻地倒在地上,没有坟墓,远离母亲和家园,向野兽猛禽裸露着,抑或被抛尸大海,成为水怪的美餐。"[2]格劳秀斯在此恰到好处地提示了先知亚希雅(Ahijah)对以色列王耶罗波安(Jeroboam)后裔的惩罚性的预言:"我必使灾祸临到耶罗波安家……凡属耶罗波安的人,死在城中的,必被狗吃;死在田野的,必被空中的鸟吃。"[3]埃吉斯托斯(Aegysthus)这个弑君、篡位与通奸恶人的下场也没有错过格劳秀斯的视野:"他的尸体不会被撒土埋葬,而是躺在远离城邦的荒郊旷野里,让野狗和猛禽吞噬,阿开奥斯的妇女们不会哀悼他,因为此人罪大恶极。"[4]在这之后,格劳秀斯继续提到了希腊联军将领埃阿斯(Ajax)的遗体处理争议。墨涅拉奥斯禁止埋葬的军令同样意在表明对埃阿斯的惩罚:"任何凡人都没有权力埋葬这具尸体,它将作为翱翔猛禽的饲料被抛到海湾的黄沙滩上。"[5]至于克瑞翁(Creon)针对叛国者波吕涅刻斯的处置,其羞辱与惩罚的意图就更加明确了。("至于那惨死的波吕涅刻斯,人们都在传说克瑞翁已经向全城颁令,他别想得到哀悼和坟墓,他将暴尸野外,任何人不得为他哭泣。"[6])然而,在上述格劳秀斯所列举的所有案例中,暴尸荒野的惩罚行动都在不同程度上被节制和缓和。——耶罗波安的儿子暴死之后,以色列人"将他埋葬,为他哀哭"。埃吉斯托斯遗骸

---

[1] 格劳秀斯这番论证进路似乎遥遥呼应着这荷马《伊利亚特》这部以"安葬"一词收场的史诗:从赫克托耳作为神的子嗣永生不死,到他作为必死的凡人在入土之际获得特罗亚妇人的哀悼和泪水,当虚幻的荣耀褪去,卑微而真实的高贵便浮现出来了。

[2] 维吉尔:《埃涅阿斯记》,10:775以下。比较《以赛亚书》14:18—22:"列国的君王俱各在自己的阴宅的荣耀中安睡,惟独你被抛弃,不得入你的坟墓……"

[3] 《列王记上》,14:10—11。

[4] 荷马:《奥德赛》3:258—261。

[5] 索福克勒斯:《埃阿斯》,第1063—1066行。在古希腊悲剧作家中,对埋葬主题展开神学、道德与政治议论的,最执着且深邃者非索福克勒斯莫属,《埃阿斯》与《安提戈涅》是其两部典范,前者的立意尤其恢弘,几乎触及了古希腊政治与道德世界的所有核心理念。

[6] 索福克勒斯:《安提戈涅》,第31—36行。

后来被俄瑞斯忒斯（Orestes）收殓入土。埃阿斯的遗体得益于奥德修斯的斡旋也终于得到埋葬。至于波吕涅刻斯的遗体，则由安提戈涅埋葬了两次。针对俄瑞斯忒斯、奥德修斯和安提戈涅，格劳秀斯给出了简短但令人难忘的好评：俄瑞斯特斯是"敬畏神的"；奥德修斯是"审慎德性的先驱典范"；而对于安提戈涅，格劳秀斯干脆引述索福克勒斯的原话予以赞扬："她不会让她惨死的兄长暴尸荒野、任鸟兽侵凌。"[1]

凡人是最高贵的活物，当他活着的时候，可能杀父、弑君、通奸、篡位，可能被惩罚，可能被羞辱，可能终其一生都处在非人的污秽与卑贱中，但是，在最后时刻，人之为人的高贵品质将通过埋葬而得到确认。——埋葬掩盖了某种东西，但同时，它也是在展示某种更加珍贵的东西。[2] 安提戈涅对波吕涅刻斯身体的守护是对人的高贵品质的守护，她隐隐约约感觉到了某种紧迫的义务感，某种超越血亲友爱的律令，她称之为"天条"或者"神的律法（theon nomous）"。安提戈涅始终没有清晰地表述过这条律令，因为它是"不着文字"的，对于其来源、意图，安提戈涅始终没有明确的解释，在城邦律法的守护者——国王克瑞翁面前，她始终是个失语的弱女子，这和高傲的希伯来先知令君王颤栗心惊的意象完全不同。安提戈涅与克瑞翁的冲突是先知与王权的较量中以先知落败而剧终的典例。安提戈涅是一个失败的先知，她的失败并不在于她提出的是一条不具约束力的律法，而是她缺乏一种明晰的神学，一种能够取代以宙斯为核心的奥林匹亚神圣秩序的新神学。——安提戈涅的神学缺失或许正是希腊智慧的先天不足的写照。安提戈涅象征着希腊智慧的"阿克琉斯之踵"。她在守护波吕涅刻斯的遗体之际所表现出来的孱弱，暗示了希腊智慧没有足够的力量去面对死亡这个已经越出自然界限的重大问题。——这就是安提戈涅的"悲剧过失"（harmatia），或者说是她的"欠缺""原罪"。索福克勒斯这部伟大悲剧的所有悲伤情愫都来自这项被安提戈涅

---

[1] Grotius，*JBP*，2.19.2.4，note 12. 这个长篇注释由七段古代文本构成，最后一段是亚米阿努斯（Ammianus Marcellinus）记述的皇帝尤里安的事迹："尤里安害怕猛禽啄食双方战死者的身体，遂下令将它们无区别地埋入地下。"（《罗马史》，第8卷开篇）

[2] 在为罗马青年罗修斯（Roscius）弑父案发表的著名辩护辞中（*Pro Roscius Amerino*，26），西塞罗针对罪大恶极者的遗体提出了一种更加"自然主义"的司法解释："根据我们祖先的判断，将这些恶棍的尸体暴露给野兽是不适当的，因为这会激使它们更趋凶残；赤裸裸地抛入河里也不适当，因为会污染河水，而水本是用来洁净别的脏物的。我们的祖先就是这样小心地避免罪犯的尸体触到人类共用的东西。"——古代罗马人把罪犯的尸体缝在密不透风的皮革袋子里，抛入大海。

无辜背负的"原罪"。[1]

  我们不能确定格劳秀斯在引述《安提戈涅》之际是否意识到了上述问题。格劳秀斯是一个喜于用典但疏于阐释的作者。他常常把时隔千载、流散在各族各派的文献置放在一起，它们既可以彼此独立地旁证同一个观点，也可以经过读者的悉心推敲而互相勾连，形成一个精致连贯的理路蹊径，提示着格劳秀斯有意无意布置在字里行间的另一番意图。在结束对安提戈涅等一系列古代异教文本的引证后，格劳秀斯笔锋突转，提到了大写的"神"。[2]——对埋葬的论证思路终于走出了希腊智慧的边界，进入犹太—基督教神学与道德的领地。格劳秀斯首先提到了犹太先知，他们受神差遣，向作恶的君王发出预警，威胁他们死后将陈尸街头，狗来舔他们的血。可以看到，安提戈涅与克瑞翁分别对应着犹太先知书中的先知与君王，但是，这两对角色的权力与仇怨关系被彻底颠转互换：先知占据着克瑞翁的高位，剥夺了君王的埋葬权，而君王在先知面前，则犹如安提戈涅在克瑞翁面前一样无能为力。我们在这里遇到了一个与忒拜城的古代秩序完全不同的世界。先知对暴君的神罚似乎是替安提戈涅复了仇，但是，这并非她的真正愿望所在。安提戈涅对暴尸荒野的惩罚行为本身是无条件排斥的，她未完成的任务是守护埋葬的权利并为其找到理由，埋葬权的理由构成了她的神学的根本，凭借这种神学，人性的光辉和高贵才得以证成。——如果有复仇的话，这种神学才是安提戈涅的复仇，它不仅与克瑞翁的城邦律法为敌，也很有可能并不认同犹太先知的可怕神罚。格劳秀斯对此似乎早有预判：在犹太先知向君王传达可怕预言的用典之后，他引述了基督教拉丁教父拉克坦提乌斯（Lactantius）的一句话："我们不能忍受神的形象暴尸荒野，沦为鸟兽的猎物。"[3]"神的形象"最早出现在圣经《创世记》开篇。——"神说：'我们要照着我们的形象（imaginem），按照我们的样式（similitudinem）造人，使他们管理海里的鱼、空中的鸟、地上的牲畜和全地，并地上爬行的一切昆虫。'"[4]这是对人性之光辉与荣耀的最高表述，它在人的卑微自然和遥远的神圣领域之间建立了一条清晰的纽带，这正是安提戈涅苦苦寻觅的埋葬兄长的理由，也是她有所直觉但无力表述的神学原理，

---

[1] 在此意义上，比较一番安提戈涅难以言述的神学与忒拜先知忒瑞西阿斯的神学，将是非常有启发性的。

[2] Grotius, *JBP*, 2.19.2.4, 紧接着维吉尔诗文之后。

[3] Lactantius, *Divine Institutes*, 6.12.30.

[4] 《创世记》,1：26。

它超越了忒瑞西阿斯——奥林波斯神祇的秩序,正像安提戈涅自己洞见到的,它的源头在时间之外,它突破了自然的法度,它是永恒的。在拉克坦提乌斯之后,格劳秀斯没有忘记追加圣·安布罗斯(St. Ambrose)的断语:"守护同伴的遗体不被鸟兽侵凌,没有比这更卓越的善的义务了。"[1]这或许是对忒拜城那个正义女子最公正的判决书。——古希腊城邦世界里的一桩悲剧纠葛在基督教神学审判台前结案。为安提戈涅复仇平反的不是令暴君陈尸荒野的犹太先知,而是格劳秀斯援引的基督教教父。

四、人类的共同性

从老普林尼土地封存身体的思想,经过安提戈涅的神法困境,最后到圣经中"神的形象",格劳秀斯针对埋葬权的来源与理由的论证终告完成。古代异教道德、犹太律法与基督教教父学说参与了这项论证,贡献了各自能够贡献的重要元素。自然理性、律法命令与古老的习俗在一个新的思考进路上实现了和解,这种珍贵的和解安提戈涅曾经梦寐以求而终不得。在这项论证的最后,格劳秀斯追加了两位权威,索帕特尔(Sopater of Apamea)和尼撒的格里高利(Gregory Nyssen),分别来自新柏拉图主义传统和教父传统。"亡者的遗体终归要分解腐朽,如果任其赤裸暴露,则沦为耻辱,招致谴责,因此,自然创立了埋葬亡者的体面制度,向亡者致敬,荣耀亡者,这是人性的义务,诸神的律令,为万民奉持服膺。凡人死后,其自然本性的秘密不应该向他人暴露,这也是符合理性的法则。埋葬亡者的古老风习正是由此溯源,因为既然亡者被安置在地下,那么他的身体的腐烂与消亡就不会被生者看见。"[2]"我们之所以埋葬亡者,是为了人类自然的耻辱不至于裸露在白日之下。"[3]——死亡意味着人类自然的腐烂与消亡,更意味着神的形象的腐烂与消亡;对自然、对神,都是无法和解的冒犯、不可补偿的伤害和羞辱,它揭示了自然的不可靠以及神圣创造行动的失败,这是人类自然的最终秘密。新柏拉图主义哲人与东方教父的教诲在人类最后一个问题上天衣无缝地联接在一起了。格劳秀斯也许有意让两个人担任古代异教与犹太基督教的代言,他们的措辞都是结论

---

[1] Grotius, *JBP*, 2.19.2.4.
[2] 索帕特尔:《论辩集》(*Controversae*),转引自 Grotius, *JBP*, 2.19.2.5。
[3] 尼撒的格里高利:《致勒托瓦书信》,转引 Grotius, *JBP*, 2.19.2.5。

性的,而且都毫无犹豫地提到了"自然"。[1] 尤其引人遐思的是,这两个人生活在同一个世代,来自同一个地区,并同时供职于君士坦丁大帝开创的基督教帝国。

格劳秀斯为这组论证提供的最后一个脚注是阿加狄亚(Agathias Scholasticus)[2]的一句话:"遮蔽和隐藏从妇人分娩的痛苦中诞生的东西是人类古老的风习。"格劳秀斯的点评极具启示意义:"因此,可以看到,根据自然的法则,人类在诞生与死亡的时刻是何等地接近于虚无。犹太博士提示过,所有人,不管富贵还是卑贱,当其出生与死亡之际,都需用相同的方式予以包裹。"[3]在这里,我们遇到了对人类共同性的最彻底的揭示和论证:在出生与死亡之际,尤其是在死亡之际,人类处于最彻底的自然状态,只有在这个时刻,人类才获得了最纯粹的共同性。维柯(Giambattista Vico)的文字游戏极其精致地印证了这一点:土(*humus*)——埋葬(*humare*)——必须埋葬(*humandus*)——人(*humanus*)。[4] 人类不是因为生命,而是由于死亡,最终联结在了一起。维吉尔对此有深刻的洞见,在刻画阿刻隆河畔等待超度的亡魂时,他说:

> 整群的亡魂像潮水一样涌向河滩,有做母亲的,有身强力壮的男子,有壮心未已但已丧失了生命的英雄,有男童,有尚未婚配的少女,还有先于父母而死的青年,其数目之多恰似树林里随着秋天的初寒而飘落的树叶,又像岁寒时节的鸟群从远洋飞集到旱陆,它们飞渡大海,降落到风和日丽的大地。这些亡灵到了河滩就停下来,纷纷请求先渡过阿刻隆河,他们痴情地把两臂伸向彼岸。[5]

对这段诗文的最佳解释者非《论世界帝国》(*De Monarchia*, 1312)的作者但丁

---

[1] 在安提戈涅那里,一种清晰的"自然"理念仍然是避而未明的,对"自然"的探究充满道德冒险,而关于"自然法则"的教诲无异于异端邪说。

[2] 查士丁尼时代小亚细亚的诗人、史家,以希腊文著两卷《历史》,贡献了查士丁尼关闭雅典学园一事的最权威记述,也是伊斯兰大史家 al-Tabari 关于前伊斯兰时代的伊朗方面的主要参考权威,2007年法文本以《查士丁尼时代的历史、战争与不幸》(*Histoires, Guerres et malheurs du temps sous Justinien*)为标题出版。

[3] Grotius, *JBP*, 2.19.2.5,注释17。

[4] 维柯:《新科学》(*Principi di Scienza d'intorno alla Commune Natura delle Nationi*, 1725/1744),第12节。

[5] 维吉尔:《埃涅阿斯记》,6.305—315,杨周翰译,人民文学出版社,1984。

莫属：

> 如同秋天的树叶一片一片落下，直到树枝看见自己的衣服都落在地上一样，亚当的有罪孽的苗裔一见[卡隆]招手，就一个一个从岸上跳上船去，好像驯鸟听到呼唤就飞过来似的。他们就这样渡过水波昏暗的阿刻隆河，还没有在对岸下船，这边就又有一群新来的鬼魂集合……凡在上帝震怒中死去的人，都从各国来到这里集合；他们急于渡河，因为神的正义律法(*divina giustizia*)鞭策他们，使恐惧化为爱欲(*disio*)。[1]

毋庸置疑，但丁在此提出的是一个微妙的帝国隐喻：万民与各自所属的习俗告别，重新定居在"上帝国"的普世法则下。"亚当的苗裔"与"卡隆"[2]两个分属圣经传统与古代异教传统的意象叠加在一起，——"耶路撒冷"与"雅典"达成和解，这是但丁的基督教帝国对维吉尔的罗马帝国的重要修改，也是但丁新帝国的最基本的定义元素。[3]

五、敌意的终止

格劳秀斯通过澄清"埋葬"的源头与理由去论证人类的共同性时，心中所寄望的正是新的帝国秩序的诞生。作为《论战争法权与和平法权》的作者，他很清楚，"战争法"不是别的，正是帝国的统治技艺，而人类的共同性则是这门技艺的哲学基础。因此，对埋葬权的研究并非简单地对单个战争法规的研究，事实上，它在《论战争法权与和平法权》的整体论证进路中处于中枢位置。这部巨著的高潮章节是第2卷第20章，"论惩罚"，也是全书篇幅最长的章节。[4]"惩罚"乃法律的根本精神和意图，[5]"战争法"也不例外，因此，第20章"论惩罚"可以说是整部作品的浓缩版，之前和之后的所有其他章节均以第

---

[1] 但丁：《神曲·地狱篇》，3.112—126，田德望译，人民文学出版社，2004。

[2] 维吉尔关于"卡隆"(Charon)的刻画，参《埃涅阿斯纪》，6.384—416。

[3] 比较《以赛亚书》66：18；《启示录》5：9；帕斯卡《思想录》11.713。尤其参考《歌罗西书》3：2—11。关于"耶路撒冷"与"雅典"的古老世仇与敌意，笔者的"古代诗与奥古斯丁"提供了一份简单的个案研究，参拙著《在灵泊深处：西洋古典文史发微》，第29—50页，北京大学出版社，2014年。

[4] 第20章"论惩罚"篇幅长达100页，如果算上第21章"论惩罚的转移"，则达到了150页的篇幅，而本书章节的平均长度保持在数十页，最短章节只有3页。

[5] 参柏拉图：《法律篇》，第9卷开篇(853b—854a)。

20章为中心而展开,其中第19章选择"埋葬权"为主题,证成了人类的共同性,为新秩序中新法度奠定了理论基础,完全可以作为第20章的准备。换言之,如果第20章"论惩罚"是战争法的法律正文的话,那么第19章则相当于法律正文的"序言"部分。依据立法惯例,"序言"意在铺垫理论基础、提供立法依据,最具哲思品质,这正是第19章显示给我们的品质。

共同性意味着敌意的终止。——这是格劳秀斯在解决了"安提戈涅问题"之后,提出的最后一项命题。事实上,有了上述几项分论题的铺垫,这个命题已经不证自明了,因此,格劳秀斯在最后这个命题上没有花费更多的笔墨,而是开宗明义地说,埋葬是一种"向善的义务","与其说它针对的是单个的亡者,不如说它针对的是人类全体、自然人性的整全",因此,"无论是私敌还是公敌,都不应该拒绝他们'对坟墓的权利'。"[1] 在此之后,格劳秀斯从十位古代权威文献中挑选了十句话,将其编织成一份雄辩的陈述,针对上述命题给出进一步解释。其中,格劳秀斯再次提到安提戈涅,不过这次不是索福克勒斯的安提戈涅,而是欧里庇得斯残篇中的安提戈涅。——"死亡终结了凡人们的争斗,毕竟,除了死亡,你还能指望更大的复仇么?"与索福克勒斯不同,欧里庇得斯的《安提戈涅》以大团圆收尾,化悲为喜,与格劳秀斯关于和解的原旨似有呼应。索福克勒斯的《埃阿斯》也被适时地引用。在所有古希腊文献中,最深刻地阐释了古代世界关于埋葬与敌意终结等命题的精神的,可能就是这部《埃阿斯》:——"不要伤害亡者。"克瑞翁的悲剧根源正在于此,他向亡者重启战争法,正如先知忒瑞斯阿斯所说,他触怒了神。维吉尔的罗马史诗《埃涅阿斯纪》第11卷以死亡与埋葬开篇,格劳修斯恰到好处地选取了伟大的注疏家塞尔维乌斯(Servius)的精炼点评:"坟墓乃人类的权益。"同一卷中的一句话颇有点睛之笔的效果:"不可与战败者与亡者征战"(*nullum cum victis certamen et aethere cassis*)。[2] "战败者"(*victis*)回应着第6卷第853行的"臣服者"(*subiectis*),他们与亡者一道,将从残酷的战争法中得到豁免,并被安顿在和平的风习中(*pacique…morem*)。[3]

格劳秀斯引述的十位古代权威中,前九位来自古代希腊与罗马异教世界,最后一个位置则留给了四世纪北非基督教主教圣欧普塔图斯(Saint

---

[1] Grotius, *JBP*, 2.19.2.6.

[2] Virgil, *Aeneid*, 11.104。"亡者"译*aethere cassis*,字面意思是"被剥夺了阳界的人""失去世界的人"。

[3] Ibid., 6:852。维吉尔把"战败者"与"亡者"("失去世界的人")相提并论,意蕴可谓幽秘隽永。

Optatus):"当敌人活着的时候,你的激情固然难以平复,但是当他死去,你的激情也要跟着死去,因为你曾经与其争斗的人现在已经归于沉寂了。"格劳秀斯引述这段话,是为了附和前面一句出自罗马史诗作家斯塔提乌斯(Statius)《忒拜战记》(Thebaid)的一句引文:"仇怨与愤恨被死亡消泯。"[1]

六、结语:永不消泯的敌意

"仇怨与愤恨被死亡消泯。"——这是格劳秀斯的十八世纪英译者呈献给我们的表述:"But Wrath and Hate by Death are done away"。斯塔提乌斯的原文则是这样措辞的:"*odia et tristesmorsobruitiras*"。[2] 精确的译文是"阴郁的死亡把仇怨与愤恨深埋在地下"。换言之,敌意只是被深埋,却并没有消泯。这句话给人的遐想空间是无穷无尽的。斯塔提乌斯的精神导师维吉尔也触到了同样的洞见:迦太基女王狄多(Dido)的恨意并没有随着她的死而消泯,而是深藏在冥间的一处叫做"哀伤原野"的丛林深处。[3] 维吉尔史诗以埃涅阿斯与图尔努斯的决斗以及后者的死亡而告终,史诗最后一句无疑与狄多情节具有同样的暗示:"*Vitaque cum gemitu fugit indignata sub umbras.*"——"随着一声呻吟,他的生命带着恨意,沉入黑暗的冥间。"[4]

只有等到古代世界被犹太—基督教世界取代之后,深埋在地下的亡魂才将被唤醒,古老的敌意将集结在"黑暗王国"的麾下[5],获得新的生命与使命,"世界史"(Weltgeschichte)将以"世界法庭"(Weltgericht)的形态转换到"救赎史"的新轨道上,战争将被除却恶名,与神圣正义联接,曾经笼罩在忒拜城阴郁的敌意将向整个世界弥漫开去……在这个视野里,安提戈涅和克瑞翁都

---

[1] Grotius, *JBP*, 2.19.2.6,结尾处。
[2] Statius, *Thebaid*, 12.573.
[3] "[T]alibus Aeneas ardentem et torva tuentem/lenibat dictis animum lacrimasque ciebat. /illa solo fixos oculos aversa tenebat/nec magis incepto vultum sermone movetur/quam si dura silex aut stet Marpesia cautes. /tandem corripuit sese atque inimica refugit/in nemus umbriferum." Virgil, *Aeneid*, 6.467-473。埃涅阿斯离弃迦太基女王,致后者自焚,后在冥间的"哀伤原野"(*lugentis campi*)遇到狄多亡魂,遂有一番倾诉,向狄多解释自己如何受神意驱使,远赴海外为特洛伊子民建立新城。上面这段文字讲的是狄多的反应:她背对罗马国父,胸怀怒火,神情冷漠,之后愤然离去,怀着"敌意"遁入丛林中,自始至终不发一语。
[4] Virgil, *Aeneid*, 12.952.
[5] 此处的"黑暗王国"与霍布斯笔下的"黑暗王国"有直接的精神渊源,非常遗憾的是,霍布斯把它严重污名化了。

将获得新的意义。——安提戈涅守护的不再仅仅是波吕涅刻斯的身体,而是一种仍然隐蔽在地下的奇思异想,克瑞翁向亡者开启战争法权,则是因为他或许感受到了某种黑暗势力的逼近。这两个人的战争维系了某种原始的、神圣的敌意,这种近乎神话原型意义上的敌意,[1]或许正是支配其后的"世界史—救赎史"进程的根本动力。在这个意义上,安提戈涅和克瑞翁的战争或许暗合了某种冥冥神意,因而都是可辩护的。——这一点,或许连他们自己都不知道。这并不奇怪,正如在古代异教微弱的自然光照中,[2]许多真理都仍然蔽而不明。

(原刊于《比较文学与世界文学》2015年总第8期)

---

[1] 在很大程度上,可以说"敌意"是犹太基督教传统的根本精神元素,它所支配的不仅仅是基督教历史神学,更是古代世界之后的普遍人类史(universal histories)。参见《帖撒罗尼迦后书》2:3—10。在一个恰当的思路中系统整理阐释这方面的原始文献及其对近代世界的支配无疑是非常有趣的。比较奥古斯丁:《上帝之城》7.1 与 Maimonides, *The Commandments*, Vol. 2: *Negative Commandments*, 59, translated by Charles B. Chavel, The Soncino Press, 1967。

[2] 古代异教智慧的微光,被但丁刻画为地狱外围灵泊中的一堆篝火。参见《神曲·地狱篇》,4.65。

"Will You Ignore My Sex?": Emily Dickinson's 1862 Letters to T. W. Higginson Revisited

BAIHUA WANG[1]

"Will you ignore my sex?" is not a quotation from Dickinson herself but an implied message which I hear in her 1862 letters to Thomas Wentworth Higginson.[2] I put it in quotation marks to imitate her own heartfelt pleading in order to alert readers to hear it as well. This essay argues that Dickinson intended to draw Higginson's attention to how she was "trying to think" (in Jed Deppman's words) through her poetry. Gilbert and Gubar argued that "when poetry by women has been praised it has usually been praised for being 'feminine'" (543). Dickinson was not isolated from this feminine culture, but she was more interested in writing a fundamentally philosophical kind of poetry, which was scarcely tried by women poets in her

---

[1] This essay was published in *The Emily Dickinson Journal* 29.2, Johns Hopkins University Press, 2020, pp. 91 – 122. It is not only a translation but also a rewriting of the Chinese version which was originally published in Chen Rongnv ed. *Contemporary Comparative Literature* Vol. IV, Huaxia Publishing House, 2019, pp. 87 – 125. I would like to express my gratitude to Dr. Xiaohong Fan (Department of English at University of Science and Technology of China) for translating the first Chinese version into English. Based on this translation, Eliza Richards provided many detailed and insightful comments which greatly inspired me to reconsider my points and search for more materials to support them. She is the most responsible editor I have ever met. I thank her from the deepest of my heart. I also would like to thank Ryan Cull for his additional comments. However, all the remaining deficiencies are my own.

[2] Dickinson sent at least six letters to Higginson (L260, L261, L265, L268, L271, L274) in 1862. They are dated either by their postmarks on the envelopes or by Higginson's memory reported in his essays. My essay focuses on these first letters because I think they most intensively reveal her concerns on gender issue and her strategies in dealing with it.

time. [1] In order to push back against assumptions Higginson may have had about female artistry and particularly women poets, Dickinson created a genderless or gender-blurring identity in her first letters to him. [2] She consistently separated signs of sexual identification from her poetry, conveying a message to her recipient: "As a true poet, I am neither man nor woman." In her poetry, as she argued, she is "a supposed person" of no sex. [3]

In order to separate her gender identity from her work today, a woman writer can assume a gender-neutral position, but in thenineteenth century, when serious literature by men was generally regarded as universal, a woman writer aspiring to universal standards of greatness would need to confront a dilemma: that the masculine is neutral while the feminine is female. This kind of dilemma is vividly demonstrated by the conventional use of words like "he" and "man" to represent, first of all, a man, but then also, a human being in a language dominated by men. [4] Therefore, to a

---

[1] As Jed Deppman has demonstrated, Dickinson often took thought as a theme. He has convincingly showed "how dominant she found the category of thought, how committed she was to certain projects of thinking, and why she needed lyric poetry to address them" (50). More and more scholars have recognized the cognitive power of her poetry; as Harold Bloom put it, "One has to read Dickinson prepared to struggle with her cognitive originality. The reward is unique, for Dickinson educates us to think more subtly, and with more awareness of how hard it is to break with conventions of response that have been deeply instilled into us" (94).

[2] In modern usage, gender is often intended "to emphasize the social and cultural, as opposed to the biological, distinctions between the sexes" (OED). However, in my essay, I sometimes use both "sex" and "gender" without differentiating them from each other. This is not because I think they are interchangeable, but because "sex" in the nineteenth century usually carried social and cultural meanings similar to those that "gender" does today. It is not appropriate to use "gender" when Dickinson (and other people in the nineteenth century) used "sex" (which combines biological and social meanings). For that same reason, I use "sex" in the title of my essay as well.

[3] In her fourth letter to Higginson, she writes: "When I state myself, as the Representative of the Verse — it does not mean — me — but a supposed person." (L268)

[4] As Dale Spender's study demonstrates, "Male, as the dominant group, have produced language, thought and reality" (143). Spender also adds, "Through the use of *he/man* women cannot take their existence for granted; they must constantly seek confirmation that they are included in the *human* species" (157).

female writer in the nineteenth century, genderlessness or gender neutrality cannot be achieved simply by assuming no gender (via a persona or imagining a genderless creature, for example) but by using the male gender to replace the female gender, as in the male spider-poets which Dickinson depicts in Fr513, Fr1163, Fr1373. Thus, gender-blurring and masculine role-play should also be regarded as parts of Dickinson's strategies of genderlessness. As contemporary American female poet Annie Finch argues: "By having a strong male side, Dickinson in effect degendered herself. She removed herself from the small corner allotted to women's poetry" (29).

It is generally accepted that Dickinson "definitely posed" in her letters to Higginson. [1] The game of hide-and-seek or masking-and-unveiling played in her letters, "the charade of domination, obedience, disobedience, and submission," has been explored by poet-scholar Susan Howe (133). My research focuses on Dickinson's persona of a genderless or gender-neutral poet in this play. I read Dickinson's enclosure of her name in a smaller envelope as a mini-drama that echoes the dramatic process of a woman writer's anonymous publication (often in male pseudonym) at the time in which her gender identity was first hidden, obscured, and deferred in its presentation. Following the plausible psychological logic of her gender-blurring play, which she staged for Higginson, and which can be divided into five acts, my essay is divided into five parts with a Prelude and Epilogue.

Prelude

On April 15, 1862, at the age of 31, Emily Dickinson sent a letter, along with four of her poems, to T. W. Higginson, who was an editor of *The Atlantic Monthly*, a literary leader, a social activist, and also a stranger to

---

[1] This is a quotation from Austin Dickinson cited by Mabel Loomis Todd in her journal (Sewall 227).

her. This was a short note with no greetings, no courtesies, and no self-introductions:

> Mr. Higginson,
>
> Are you too deeply occupied to say if my Verse is alive?
>
> The Mind is so near itself — it cannot see, distinctly — and I have none to ask —
>
> Should you think it breathed — and had you the leisure to tell me, I should feel quick gratitude —
>
> If I make the mistake — that you dared to tell me — would give me sincerer honor — toward you —
>
> I enclose my name — asking you, if you please — Sir — to tell me what is true?
>
> That you will not betray me — it is needless to ask — since Honor is it's own pawn — (L260)

There was no signature where it was supposed to be, as her letter said, "I enclose my name." In fact, she penciled her name (or, at least, part of it) on a card and put it in a smaller envelope inside the envelope. [1]

Like most of her poems, Emily Dickinson's first letter to T. W. Higginson was delicately riddled, abrupt, pressing, condensed, leaping,

---

[1] Higginson says "The name was Emily Dickinson" in his article "Emily Dickinson's Letters," published in October 1891 in *The Atlantic Monthly* (3). I simply don't know if the hard copy of the signature in the smaller envelope survives or not. Thomas Johnson and Theodora Ward did not make it clear if they saw it, and if the name was actually "Emily Dickinson" or not (403). Therefore, I have to rely on Higginson's memory. However, Cristanne Miller points out that the name was probably "E. Dickinson" instead of "Emily Dickinson." Here is her argument in brief in her emails to me: "[S]tudents at Mount Holyoke Seminary tended to sign their essays with first initial and last name (e.g., E. Dickinson) so this may also have been a presentation mode she learned to think of as professional while she was there at school." (Email sent to Baihua Wang in 10 Nov. 2019). She also argues that: "It is my conviction that we have absolutely no record of ED writing out her full name 'Emily Dickinson' in one place—that is, we have plenty of 'Emily's and plenty of 'Dickinson's but not the two together, which suggests that Higginson's memory is wrong"(Email sent to Baihua Wang in 19 Nov. 2019). Needless to say, E. Dickinson is more ambiguous in terms of sexual identity than Emily Dickinson, but in either case, the dramatic game of hide-and-seek was there for Higginson to ponder.

and full of short lines. The most mysterious riddle was the letter itself and its strange signature. Did the riddle hide "what is true"? Could the recipient get the clue?

What is the significance of Dickinson's sudden decision to write to a literary leader at such a crucial time in her poetry-writing career? This question has always been a hot topic in Dickinson studies; it almost becomes the key to deciphering the riddle of her life and creativity. Interpretations are already countless; however, with the help of some recent comprehensive studies of the gender culture of nineteenth-century America and a revisiting of Dickinson's 1862 letters to Higginson, we can hear a question emerging from between the lines more and more clearly: "Will you ignore my sex?" Dickinson seemed to be asking Higginson (and future readers) to think of her as a poet rather than a poetess. This implicit plea reveals the most profound anxiety and coping strategy of a female poet about gender identity, which is also the answer to "what is true" that neither her contemporary nor future readers would be able to ignore.

Act I: "A Young Contributor"?

Dickinson declared in her second letter, "I made no verse — but one or two — until this winter —", indicating her status as a novice (L261). However, this is not "what is true." On the contrary, there's plenty of evidence suggesting that in the spring of 1862, Dickinson, who had been groping her way through poetry for nearly a decade, was then in her prime. The sudden act of sending letters to a literary leader, however, in her mind, might be a new stage in poetry writing or at least a new gesture of determination. Could this be an important step, or a test, for her to get closer to the mainstream as a poet? Perhaps it seemed to Dickinson that pretending to be a novice and asking for advice would make it easier for a literary leader to feel comfortable. As many scholars have pointed out, Dickinson's posture as a novice was probably a response to "Letter to a Young Contributor," which Higginson had just published in *The Atlantic*

Monthly. In her letters, she quoted and echoed some of the ideas and phrasing of the article in a very handy way. Moreover, in her second letter she wrote, "I read your Chapters in the Atlantic — and experienced honor for you —" (L261).

This open letter offered concrete and meticulous advice for literary novices. Higginson mentioned the accumulation of passion and the mysterious power of words and urged young authors to strive for perfection in language: "as if your life depended on it ... clothe and reclothe your grand conception twenty times, until you find some phrase that with its grandeur shall be lucid also" ("Letter to a Young Contributor" 404). He advocated a concise style of writing and especially praised the fluency of women's letters: "roll your thought into one good English word ... How few men in all the pride of culture can emulate the easy grace of a bright woman's letter!" Higginson assured the contributors that they were eager to discover genius and novelties. He suggested: "Have faith enough in your own individuality to keep it resolutely down for a year or two" ("Letter to a Young Contributor" 405). Finally, he advised ambitious writers not to rush into publication, let alone be drawn to the ephemeral press, because "a book is the only immortality" ("Letter to a Young Contributor" 410).

Among the nearly 10,000 words of the open letter, it is hard to tell which part particularly caught Dickinson's attention and inspired her to send him the letter. Higginson encourages young writers to adhere to their own individuality in writing instead of following literary fashions. Dickinson, who believes in self-reliance, must have been excited to read suggestions like this. Judging by the way Dickinson wrote, it can be inferred that her suppressed passion was ready to erupt at any time with the intensity of a volcano, and she had achieved high proficiency after years of adhering to her individuality, boldly experimenting and meticulously crafting words and syntax. The mysterious power of words described by Higginson fitted well with her pursuit of refinement and condensation. Was this a sign or a prototype of "genius"? Was her unique poetic style, which she had explored alone and gradually matured, an "individuality" worth pursuing and adhering to? Was it the time to publish when her volcanic passion had propelled her down this path of poetry, when, in Higginson's words, "the majesty of the art you seek to practice" might be her only hope of immortality? She did not seem to be absolutely certain ("Letter to a Young Contributor" 403). [1]

Considering Dickinson's devotion to poetry and her passion for immortality, it is surprising that she actually resisted publication at several critical moments of her life, especially when she initially approached Higginson. "I smile when you suggest that I delay 'to publish' — that being foreign to my thought, as Firmament to Fin —" became an immortal riddle left by Dickinson (L265). Did the "young contributor" feel so frustrated by the suggestion of "delay[ing] 'to publish'" that, after some adjustment, she began to adopt a posture of loftiness and defensiveness? Was she strongly aware (somewhat disappointedly) that her poetry could not find a true reader at that time? Was she then determined to hold on to her poetic experimentation and individuality by distancing herself from mainstream literature deliberately? Was she coming to believe that her readers might be in the future and that her ultimate goal was "immortality" rather than publication and fame in this world? Did she herself decide to take a circuitous route to publication (such as through her letters and her own manuscript books later known as fascicles)? Had she long been forced to accept an extremely conservative notion of gender, reinforced by her father, that ladies from elite families had nothing to do with public fame? Did her stance reflect the elites' contempt for the commercialization of literature, including the exposure of female writers' privacy by commercial publication? [2]

---

[1] Fifteen years later, Dickinson quoted this sentence in her letter to Higginson: "Such being the majesty of the art you seek to practice, you can at least take time and deliberation before dishonoring it"(L488).

[2] About the possible connection between the publishing context of women's literature in Dickinson's time and Dickinson's rejection of publication, see recent research by Elizabeth A. Petrino, especially chapter two.

All of these speculations have been explored by Dickinson scholars. Despite the inconclusiveness, each clue brings us closer to Dickinson's riddle and expands the boundary of exploration. For Dickinson in April 1862, however, all these speculations about publication might have been nowhere near the truth, had she not been a potential contributor whom Higginson's letter intends to address.

It was not hard for her to ascertain from Higginson's previous articles that this literary leader always stood up for women's rights. About two years prior to "Letter to a Young Contributor," he had written "Ought Women to Learn the Alphabet?" in *The Atlantic Monthly*, indignant over women's unequal rights in education: If women's achievements were not equal to men's, that's because "the whole pathway of education has been obstructed for her" (142–143). The remark Dickinson made in her second letter to Higginson, "I went to school — but in your manner of the phrase — had no education," might imply that she had read Higginson's article on women's education (L261).

Higginson predicted in this essay that "there can be no question that the present epoch is initiating an empire of the higher reason, of arts, affections, aspirations; and for that epoch the genius of woman has been reserved" ("Ought Women" 146). Had the "genius" later hailed as the greatest of nineteenth-century American women poets, ever dreamed of the "empire of the higher reason" predicted by Higginson? Would she have been pleased if Higginson had particular concerns or expectations for women among the "young contributors"? How would she respond to this extraordinary kindness?

Yet there is no indication of Dickinson's interest in women's rights activism or in Higginson's political activities. On this issue, Habegger's view is quite illuminating, reminding us of some of the cornerstones in Dickinson's life:

> Dickinson had had enough for one lifetime of "classes" and "circles." Nothing would interest her less than political reform or social activism. Her work in

life would be toattempt and achieve an unprecedented imaginative freedom while dwelling in what looks like privileged captivity. (Habegger 211)

It seems that in her letters to Higginson, she was reluctant to draw her recipient's attention to her female identity, mostly erasing it as she signed her second and third letters to him with "Your friend, E Dickinson," her fourth and fifth letters with "Your scholar," and the sixth letter with "Your friend, E. Dickinson —" again. [1]

It is worth noting that Higginson began "Letter to a Young Contributor" with a special greeting to female readers: "My dear young gentleman or young lady, — for many are the Cecil Dreemes [2] of literature who superscribe their offered manuscripts with very masculine names in very feminine handwriting" (401). Was the female poet inspired by the author's coy greetings to the ladies? Higginson and his readers certainly knew very well that women writers on both sides of the Atlantic mostly published under pseudonyms, often male or neutral names; therefore the easy way in which he referred to this practice in his greetings sounded natural at the time. [3] Might Dickinson be alert to this tacit recognition of the gender-blurring signature?

---

[1] In her later letters to Higginson, she signed "E. Dickinson" or simply "Dickinson" and "Your scholar" or "Your pupil." She even signed her first 1863 letter to him "Your Gnome," hiding behind a genderless dramatic persona (L280). We don't know what "Gnome" refers to in this context, whether maxim or a mythical creature who lived in the earth (or maybe both). As Johnson and Ward put it, "One conjectures that perhaps he had earlier commented on the gnomic quality of her verses" (L280).

[2] *Cecil Dreeme* is a novel written by Theodore Winthrop (1828 – 1861) and published posthumously in 1861. Since the novel addresses themes of gender and sexuality, it might have attracted Dickinson's interest. More exploration should be done on this topic.

[3] Floral names were common too, especially in the context of celebrity culture and the popular market of "the Poetess" and "salon poetry." While most of the floral names are feminine and conventional, they could be unorthodox and dramatic too, as in Elizabeth Oakes Smith's case. Smith "planted a signature seed in her popular early poem 'The Acorn,' which tells the story of a 'monarch' oak tree from its tiny beginnings." Later she adopted the double name, "Oakes Smith," a combination of a male ancestor's family name and her married name. "She also gave one of her sons the name 'Appleton,' designating him fruit from a woman's sinless Tree of Knowledge" (Richards 152).

Act II: "I enclose my name —"

How different it would have been if Dickinson had written a formal letter like an ordinary novice! It is easy to imagine that such a letter would receive no particular attention from the recipient other than a polite and secure reply. Dickinson, however, did not allow the recipient to shuffle her off carelessly. As she put in her second letter, "I was sure you would not reject a confiding question —" (L261). There is an aggressive undertone hidden in her phrasing, with its stream of urgent and breathless questions, which would have made any recipient feel that the mysterious author was highly nervous and seemed to be hiding "what is true."[1]

An obvious fact was that the un-ignorable writer not only revealed no personal information in the letter but even tried to hide his/her name, showing the writer's wish to conceal his/her real identity as much as possible. Another question arises: what would have happened if the name "Emily Dickinson" had been signed customarily at the end of the letter though other parts remained the same? In other words, since Dickinson was not a celebrity but an anonymous author and a complete stranger to Higginson, what difference would it make whether she signed or not? Or what additional information would be revealed if she signed her name at the end of the letter?

The only message the name would reveal was that it had been written by a woman, for "Emily" was undoubtedly a woman's name. Because there wasn't a gender-marked signature, at least when reading this bizarre and urgent letter and the "quaint" poems attached to it, the recipient did not yet

---

[1] Cristanne Miller believes that it was because Dickinson's letters were highly metaphorical, confiding and imperious that Higginson inferred that their author had no professional ambition, such as seeking publication (*Reading in Time* 184).

know it was from a woman. [1] Of course, it depends on whether he opened the tiny envelope enclosing her name before or after he read the letter, but in any case, he could not see the signature on the same sheet of paper when he read the letter. Dickinson probably thought about those possibilities when she enclosed her signature in a separate envelope; otherwise she would not have made this deliberate effort.

We wonder if this signature reminded him of what he said about women's pen names in the beginning of his "Letter to a Young Contributor." When Higginson eventually opened the folded letter sheet and the signature in the smaller envelope and the enclosed poems, one by one, and put all of them together, he was expected to ponder this game of hide-and-seek: what does this mean?

Dickinson's strange signature is like an intentional action or a posture made on a theatre stage, waiting for the audience to recognize and perceive its full meaning. On the one hand, with this complicated and pretentious posture, she was deliberately manipulating Higginson's psychological response to her letters. On the other hand, her staging could be interpreted as a kind of psychological defense against a strange reader. What truth does this strange form of signature try to tell? Tracing this question back to British and American publishing culture in the mid-nineteenth century, the answer becomes evident; it was one that Emily Dickinson herself had learnt long before.

By 1862, the representative works of the Brontë sisters, Elizabeth Barrett Browning, and George Eliot had been published in succession. Dickinson was exposed to the stories of how they dealt with the controversy surrounding their authorship as female writers. In the cases of Charlotte Brontë and George Eliot, Dickinson probably learned from how they were read and judged before and after their sexual identities were revealed.

---

[1] To describe the initial impression left by Dickinson's poems, Higginson used a lot of adjectives in various memoirs, but the word "quaint" (strange; peculiar; curious; unusual) appeared most frequently.

Dickinson had always been an enthusiastic reader of these British women writers, and her great interest in the biographies of the Brontë sisters and Eliot shows her greedy curiosity about their writing and publishing stories as well as their personal lives. [1]

In late 1849, when Dickinson was 18 years old, her father's legal partner Elbridge G. Bowdoin lent her a copy of *Jane Eyre*. It is well known that Dickinson was greatly influenced by this novel, "her first major woman's text" (Habegger 226). The novel was published in 1847 under a pseudonym, as were almost all the other books by the Brontë sisters. In 1850, Charlotte Brontë's explanation for their use of pseudonyms was revealed to readers in her biographical account, which was published as a preface to the 1850 edition of "Wuthering Heights" and "Agnes Grey":

> Averse to personal publicity, we veiled our own names under those of Currer, Ellis, and Acton Bell; the ambiguous choice being dictated by a sort of conscientious scruple at assuming Christian names, positively masculine, while we did not like to declare ourselves women, because without at the time suspecting that our mode of writing and thinking was not what is called "feminine," — we had a vague impression that authoresses are liable to belooked on with prejudice. (Gaskell 228)

In contradiction to Dickinson's own appreciation of the novel around 1850 (L28), *Jane Eyre* "had been heatedly condemned by various defenders of right thinking" (Habegger 225). One of the critics asserted that "Jane's moral strength was that 'of a mere heathen mind which is a law unto itself'" (qtd. in Habegger 225). Charlotte Brontë had to confront sexually biased criticism. In a personal letter to her reader and friend W. S. Williams on August 16, 1849, she quotes a review published in *The North British Review* that asserted, "if 'Jane Eyre' be the production of a woman — she must be a woman unsexed." And in the *Economist*, a literary critic "praised the book if written by a man — and pronounced it 'odious' if the work of a

---

[1] Her interests are clearly documented in her letters to friends like Mrs. Holland (L742, L822) and Thomas Niles (L813, L813a, L814).

woman." To those who judged her work on the ground of sexual identity, Charlotte Brontë confided to her friend in this letter, she wanted to write directly in protest: "To you I am neither man nor woman — I come before you as an author only — it is the sole standard by which you have a right to judge me — the sole ground on which I accept your judgement" (Smith 235). In her preface to the second edition of *The Tenant of Wildfell Hall*, Anne Brontë also warned her readers to separate her sex from her work: "I am satisfied that if the book is a good one, it is so whatever the sex of the author may be" (qtd. in Showalter 96).

The Brontës' protest could not stop all the sexually biased criticism, and actually none of their powerful declarations was publicized when Dickinson read their works around 1850. According to Habegger, it was in 1851 that the mystery was solved for American readers that the author of "this unfeminine and incendiary novel" was Charlotte Brontë (Habegger 226). Dickinson probably learned more about the Brontës' publication stories as late as 1857 when Elizabeth Gaskell published *The Life of Charlotte Bronte*, a book Dickinson owned (Finnerty 110).

In her elegy to Charlotte Brontë written in 1855, Dickinson described Brontë's male pseudonym Currer Bell as "caged" and referred to her respectfully by her actual surname only. Her sense of the constriction of a female writer's name and identity would be reinforced when she made up her mind to become a great writer around 1858 - 1862. Pàraic Finnerty convincingly relates Dickinson's reference to Brontë in this poem with her own signatures in her letters to Higginson, though he does not make any comments about the signature in her first letter to Higginson (114). Dickinson's experiments with signatures and thereby identities were not unusual among female writers in the time, but the ways she deployed her signatures were even more dramatic and frequent than those of Mary Ann Evans (George Eliot), the other major female writer who published under a male pseudonym (Heginbotham 23).

By the year 1862, Emily Dickinson probably had learned much more from what happened to George Eliot than Eliot had from Brontë. As

Showalter observes, "George Eliot had seen what had happened to Charlotte Brontë, and was prepared," but when *Adam Bede* was published in 1859 under a pseudonym, "Furor about the sex of the author characterized the publication of *Adam Bede*" (Showalter 91,94). An unsigned review in The *Saturday Review* later confessed, "Now that we are wise after the event, we can detect many subtle signs of female authorship in *Adam Bede*; but at the time it was generally accepted as the work of a man. To speak the simple truth, without affectation or politeness, it was thought to be too good for a woman's story" (qtd. in Carroll 114).

Again, we don't have substantial records for Dickinson's response to the disclosures of George Eliot's identity, but some of her letters and poems show that she was probably inspired by her, especially after her identity was publicized. For example, in August 1859, the *Republican* disclosed that George Eliot, the author of *Adam Bede*, was in fact a Miss Marian Evans of Coventry, England. About two months later, Emily Dickinson had a conversation with her cousin Louisa Norcross, confessing her poetic ambition: "you and I in the dining-room decided to be distinguished. It's a great thing to be 'great'" (L199). The conversation was recalled by Dickinson in her letter to Louisa. [1]

Dickinson had aspired to become a writer as early as in Spring 1850. In her letter to Jane Humphrey, she almost revealed her literary ambition and her excitement about her recent writing and publication which she described with metaphors such as "beautiful tempters" and "gold thread" in her weaving work (L35; Habegger 237). In 1850, when Dickinson was 19 years old, on Valentine's Day, she composed her first known poem. It was a valentine poem sent to Elbridge G. Bowdoin, the man who lent her a copy of *Jane Eyre* about a year earlier. Meanwhile, she published a valentine letter (her first publication and the only prose she published during her lifetime).

---

[1] The letter was misdated by editors and later corrected by Alfred Habegger in *My Wars are Laid Away in Books* (388). In that letter she also talked about Fanny Kemble's public reading of Shakespeare's plays.

Two years later, again, on Valentine's Day, she published her first poem, another valentine poem. Examining this occasion in greater detail will provide insight to Dickinson's subsequent disapproval of the "female writer" label and her own coping strategies.

Dickinson's valentine letter was anonymously published in the February 1850 issue of *The Indicator*, the monthly literary journal of Amherst College. It is worth noting that most of the articles published in this issue were related to women: the first one praised French female writer Madame de Staël; the second discussed why there were "no female Hamlets" by viewing women in Shakespeare's works as those who "trust[ed] at once and entirely" and never deliberated on fundamental issues; the third defended the unidentified authors of *Jane Eyre* and *Shirley*, assuming them to be men (Habegger 236 – 237). These events and discourses recorded by a local literary journal might be a challenging call for Dickinson to step into the literary world.

Dickinson's valentine letter was printed in the "Editors' Corner," whereby appending the Latin abbreviation Q. E. D. , the editor revealed that the author was a woman with the initials E. D. [1] This absurd and humorous essay did not talk about love at all. The implied author of the letter was a woman, imagining herself as a man. The speaker requested an independent meeting with a man to exchange thoughts on life and society, as men who appreciated and trusted each other always did. Later, the gender roles get reversed and even transformed:

> Sir, I desire an interview; meet me at sunrise, or sunset, or the new moon — the place is immaterial. ...
>
> And not to *see* merely, but a chat, sir, or a tete-a-tete, a confab, a mingling of opposite minds is what I propose to have. I feel sir that we shall agree. We will be David and Jonathan, or Damon and Pythias. ...

---

[1] Q. E. D. usually stands for Latin words "Quod erat Demonstrandum," meaning "this is the evidence" or "this has been proved." Q. E. D. can also be understood as "This is Emily Dickinson."

> Our friendship sir, shall endure till sun and moon shall wane no more.... I am Judith the heroine of the Apocrypha, and you the orator of Ephesus.
>
> That's what they call a metaphor in our country. Don't be afraid of it, sir, it won't bite. (L34)

Although this letter was full of nonsense and intended to show humorous wit and free style, there were two main concerns that cannot be ignored: thoughts (or thinking) and gender. Conventionally, a valentine letter is about love between a man and a woman, but Dickinson's letter replaced courtship with friendship and an exchange of affection with an exchange of ideas. It is not hard to infer from this comic parody that, on the one hand, Dickinson was eager to communicate on equal terms with a male peer; in her words she sought, "a mingling of opposite minds." On the other hand, in real life, her true gender identity was likely to become a problem too prominent to avoid in this kind of communication. To get out of this trouble, she found that "metaphor" (in her words) or parody might be the best way, with comedy serving as a stage where metaphors could be used freely, such as in her use of "Judith the heroine" (the one female role she takes), who overcame a man by beheading Holofernes in the deuterocanonical Book of Judith. And Valentine's Day happened to be such a convenient stage or outlet of her suppressed desire.

On Valentine's Day in 1852, Dickinson wrote a 68-line poem "Sic transit gloria mundi" (Fr2), and the poem was published in the local newspaper the *Springfield Daily Republican* in February the same year. This was the first poem Emily Dickinson ever published. One manuscript of the poem was sent to William Howland, a male assistant at Amherst College. According to the editor's preface to this poem, it was sent as "a valentine" to "a gentleman friend of ours" (Franklin, *Variorum* 53). A teasing work with a subversion of gender, it assumed the voice of a man saying goodbye to another man.

As Habegger puts it, each of Dickinson's exuberant works in the early

1850s was "a comic tour de force that seemed to leave the author's real feelings out of the question.... Dickinson was finding an outlet, a voice, for her wildness" (Habegger 232 - 233, 236). Since these works were written when she made her first appearance on the literary stage, their significance should not be underestimated. It was in the early 1850s, in the context of the controversy around a female writer's publication, that Dickinson began to learn how to counter or ward off gender troubles and anxieties by tactfully playing a protagonist who neither understood nor approved of gender etiquette in these comic writings. About 10 years later, Dickinson must have become more aware of the powerful forces of social convention, understanding that she did not have to cry out against them, but rather quietly resist or seize the opportunity to control them, like "A still — Volcano —" with "A quiet — Earthquake style — / Too subtle to suspect" (Fr517) or like a grass-covered volcano, "A meditative spot — / An acre for a Bird to choose" (Fr1743). In 1862, Dickinson's poems and letters, though often disguised by humility and shyness, were skillfully woven with metaphors and dramatic techniques to manipulate various orthodox norms, especially those of gender.

Perhaps the main reason for her reluctance in disclosing her name was that she did not want Higginson to immediately identify her as a woman and therefore read her poetry with prejudice against her sex (including well-meaning gender-specific attention). From this point of view, the envelope concealed not so much an obscured name, but rather a distinct sex label. More importantly, the act of enclosing her name (or, at least, part of it) in a smaller envelope was like directing a mini-drama in which the real sexual identity emerged gradually after hiding, evading, or delaying. This mini-drama was like a parody of the dramatic process of female authors' anonymous publication she had been witnessing: female poet Emily anonymously posted her poems (a kind of publication), hiding her sexual identity. Higginson read them, got an objective first impression, made a fair judgment ("what is true"), and then later discovered her sex. Even if by chance he opened the smaller envelope before he read the unsigned letter, he had to reattach the name to the letter after he completed his reading of the two, and in doing so he was forced to evaluate the significance of this mini-drama.

This dramatic game of hide-and-seek with all the evasive and metaphorical language in her letter seemed to remind the recipient: "Please read my poetry no matter who I am." Or, "First of all, please read my poems and ignore the rest." That is the most important message! Each sentence in the letter pointed to the poems rather than the author, which forced the recipient to confront the poems directly. As she asked in her letter, was her verse "alive" or "breathing"? That, after all, was "what is true," what she wanted to know — a matter of life and death.

Act III: "If my Verse is alive"

About this question — "Are you too deeply occupied to say if my verse is alive?"—Jed Deppman offers a very enlightening thought:

> Dickinson's alive-or-dead question for Higginson thus draws attention to a depth of thought that might easily be missed when a professional critic encounters the work of a new poet.... When the mind encounters itself, readsits own writing, or thinks about its own thinking, it is so self-obtruding thatit casts a shadow on its own light. This is the main reason Dickinson wrote to Higginson, and her next three questions, asking whether he thought the verse "breathed," whether she had made "the mistake," and whether he would tell her "what is true," all follow from the same epistemological predicament. (Deppman 58)

Inspired by Deppman, we might change our way of thinking: the reason for Dickinson's sending letters and poems to Higginson was not so much because she, as a novice, was eager to consult him about publication, but rather to invite an exploring mind to think with her through her poetry, exchanging ideas on thinking itself, including its uncertainty, crisis, and predicament. In her second letter, Dickinson mentioned: "I had a terror — since September — I could tell to none — and so I sing, as the Boy does by the Burying Ground — because I am afraid —" (L261).

In her 1862 letters to Higginson, we hear again the two key concerns of her 1850 Valentine letter: thinking and gender, with a similar cry and plea, but with a marked change in phrasing and tone. The small volcanoes — her passions and desires — that spewed recklessly in all directions had converged into a central one and began adapting to repression, ready to accept "captivity" in disguise. Like the volcanic magma buried deep in the earth, Dickinson's craving for thinking was accumulating with enhanced depth and difficulty. At the same time, she quietly concealed another concern: "gender." Instead of posing as a man inviting a man with a blatant subversion of gendered norms as she had done in her valentine, she erased her gender and suggested that her correspondent ignore it too. As she put it, it is a supposed person, here, a capitalized and thereby a universal "Boy" (a poet or a would — be poet), not a specific woman; a Boy who had a terror and had to sing with "his" verse, wanting another person (say, Higginson) to hear it. One of the poems (Fr304) she enclosed in her first letter had a bewildered "School Boy" who was chasing a masculine bee who makes "steadfast honey," a metaphor for "The Heaven we chase."

From this perspective, a hidden rhetorical strategy suddenly becomes apparent in revisiting the sentence about the signature in the first letter: "I enclose my name — asking you, if you please — Sir — to tell me what is true?" (L260). By setting "I enclose my name" as a prerequisite for "asking you … to tell me what is true," Dickinson seemed worried that if the recipient knew she was a woman, because of all kinds of sexual conventions and prejudices he might have acquired unconsciously from his time, he would not dare to tell "what is true."[1] Judging from her previous sentence in the same letter ("If I make the mistake — that you dared to tell me — would give me sincerer honor — toward you —"), it can be seen that she was pleading and reminding him "to ignore my identity for now, then,

---

[1] Given what she recorded in her fifth letter to Higginson, "All men say 'What' to me," Dickinson's precaution was not groundless.

please tell me the truth."

Compared with what Charlotte and Anne Brontë declared to their readers, Dickinson's warning is very ambiguous and implicit: it is covered with a voice of plea. Her envelope, "discrete and alluring, was a strategy, a plea, a gambit" (Wineapple 5). She was playing a game of hide-and-seek in which she hid her identity in order to manipulate it, though fundamentally speaking, it was still derived from an identity anxiety. As a whole, this is a strategy to manipulate a reader's way of reading, his emotional experience, and rational judgment.

This little dramatic technique seemed to have worked. Thirty years later, Higginson recalled his psychological experience of receiving Dickinson's first letter, which seemed to have partially met her expectation. [1] The first thing Higginson noticed about the envelope was the postmark and handwriting. Unlike the feminine handwriting he had described in "Letter to a Young Contributor," Dickinson's handwriting was quite unusual, even mysterious, but it did not seem to have made him aware of any gender characteristics. Higginson wrote: "The letter was postmarked 'Amherst,' and it was in a handwriting so peculiar that it seemed as if the writer might have taken her first lessons by studying the famous fossil bird-tracks in the museum of that college town" ("Emily Dickinson's Letters" 4). It seemed that her handwriting not only evoked the recipient's poetic and mysterious imagination, but also delayed the appearance of gender. Had Dickinson anticipated that reaction when she wrote? [2]

After describing the distinctive punctuation and capitalization that were ubiquitous in Dickinson's letters and poems, Higginson emphasized:

---

[1] Due to the absence of Higginson's letters, we can only speculate. Fortunately, clues can be found in Higginson's "Emily Dickinson's Letters," written in October 1891, which traced some of the details in their correspondence and his initial impressions. Of course, after a lapse of 30 years, his memory was inevitably mixed with current thoughts, which might not be an accurate description of the scene at that time.

[2] Higginson does say "her" in this retrospective article, because by then both he and his readers knew who he was talking about.

But the most curious thing about the letter was the total absence of a signature. It proved, however, that she had written her name on a card, and put it under the shelter of a small envelope inclosed in the larger; and even this name was written—as if the shy writer wished to recede as far as possible from view—in pencil, not in ink ("Emily Dickinson's Letters" 4).

Finally, he introduced the characteristics of the four poems that Dickinson sent along with the letter and summarized his overall impressions and comments. Higginson fully noticed that the purpose of Dickinson's hide-and-seek was for herself "to recede as far as possible from view." Thus, in his recollections, he first shelved all his knowledge of Dickinson and then detailed his original impressions of her letters and poems, a sequence that replicated his first mental activities and drew readers to the fact that Dickinson's "quaint" letters did affect the psychology of reading.

In Higginson's lines, there was no mention of Dickinson's wariness about exposing her female identity, which may serve as proof of Dickinson's subtle tactics. "Shyness" was Higginson's word to explain the tension of the writer, through which some truths were captured, and more truths were obscured. It was the "shyness" that made the recipient lose his psychological precaution and fall easily into the author's control. Higginson's curiosity was totally aroused by this mysterious correspondent. He recalled that he had thought of getting information about Dickinson from her uncle, whom he happened to meet after receiving her first letter, but unfortunately failed ("Emily Dickinson's Letters" 5).

This little drama and the game of hide-and-seek continued in the letters that follow. In his reply, conjured from Dickinson's second letter, Higginson seemed to have asked for personal information about her, including her age, family members, educational background, readings and so on. However, Emily's answer was so evasive that certain substantial information was still avoided in highly metaphorical language. About her age, for example, Dickinson answered: "You asked how old I was? I made no verse — but one or two — until this winter — Sir —" (L261). In replacing her own age with her poetry's, once again, she tried to reorient Higginson from her person to her writing, though she did not tell the true age of her writing.

It was only with hindsight that Higginson began to realize that there were tactics contained in her "naive skill," and it seems that he had not particularly understood the reason for these tactics.[1] His curiosity about her person was even more triggered. In the third letter, in accordance with customs at that time, he hoped to get a picture of her. She replied that she had no photos but offered a self-portrait in words as a compensation, providing an impressionist-style sketch in which almost all specific descriptions of her appearance were shunned, as were any obvious gender characteristics: "I had no portrait, now, but am small, like the Wren, and my Hair is bold, like the Chestnut Bur — and my eyes, like the Sherry in the Glass, that the Guest leaves — Would this do just as well?" (L268). However, in the tension between "small" and "bold," there is hidden a serious force that cannot be underestimated.

With the rise of Feminism and Deconstructionism in the 1970s and 1980s, Adrienne Rich and Susan Howe, two American female poets, first observed Dickinson's manipulation of metaphor and gender. According to Rich, "What this one had to do was retranslate her own unorthodox, subversive, sometimes volcanic propensities into a dialect called metaphor: her native language" (Rich 102). Susan Howe is also keen to point out: "The game of hide-and-seek, the charade of domination, obedience, disobedience, and submission—continued for as long as they corresponded" (Howe 133). During their correspondence, Dickinson was enjoying the "brilliant masking and unveiling, her joy in the drama of pleading" (Howe 27). Role reversing might have been a natural survival skill for a female poet, a skill that Dickinson had largely mastered in the early 1850s but was

---

[1] Thirty years later he added a comment: "on some questions, part of which she evaded, as will be seen, with a naive skill such as the most experienced and worldly coquette might envy" ("Emily Dickinson's Letters" 5).

then too young to conceal.

While learning to hide, she was almost inevitably forced to employ a humble, timid posture (even if only superficially or temporarily). Along the way, she occasionally adopted a little-girl strategy. She used the phrase "when a little girl" twice when she talks about her personal experiences to Higginson. These are the only two, exceptional cases when she directly referred to her real sexual identity in her 1862 letters to him, but they are too metaphorical to provide any specific information about herself as a girl or woman. In both occurrences, the "little girl" posture is used as a groundwork for a reversal in the role-play. The first occurrence is about her tutor (L261). The second is more ambiguous, and more interesting in terms of her gender-blurring strategy:

> When much in the Woods as a little Girl, I was told that the Snake would bite me, that I might pick a poisonous flower, or Goblins kidnap me, but I went along and met no one but Angels, who were far shyer of me, than I could be of them, so I haven't that confidence in fraud which many exercise. (L271)

It seems that she is recounting a personal story, but the message serves as a coded warning to Higginson: don't trick me like an adult tends to trick a little girl. I was not afraid of Snakes and Goblins then, and I am definitely not afraid of them now. I was not an angel-like little girl, and I am definitely not an angel-like woman either. Tell me the truth, like a man does to a man!

In the same way, Dickinson ended her third letter by asking the recipient to be her "Preceptor," punctuating a humorous and humble comedy with a silent, harmless, mouse-like, genderless creature, as the protagonist:

> Would you have time to be the "friend" you should think I need? I have alittle shape — it would not crowd your Desk — nor make much Racket as the Mouse, that dents your Galleries —
>
> If I might bring you what I do — not so frequent to trouble you — and

> ask youif I told it clear — 'twould be control, to me —
> The Sailor cannot see the North — but knows the Needle can —
> The "hand you stretch me in the Dark," I put mine in, and turn away —
> .... But, will you be my Preceptor, Mr. Higginson?
>
> > Your friend
> > E Dickinson —
> > (L265)

Yet a tension was accumulating beneath the gesture of humility, which could be identified between the "Sailor" and the "Needle," and between the "Preceptor" and the "Friend," indicating the possibility of a reversal of power in the relationship at any moment. After all, it is the sailor, not the needle, who is sailing. The needle serves the sailor. What is a "Preceptor"? What kind of "Preceptor" did she need? Dickinson had written a powerful sentence earlier in the letter: "My dying Tutor told me that he would like to live till I had been a poet." (L265) The "Tutor" Dickinson refers to here is probably Benjamin Franklin Newton, who she referred to several times in her letter to Higginson. As she put it in her second letter, it is this "Tutor" who "taught me Immortality" (L261). As Habegger points out, what Newton said alludes to Simon's words in the gospel of Luke, who believes he will not die before seeing the Messiah, and when he finally sees the infant Jesus, he says "Lord, now let thy servant depart in peace" (Habegger 221). In revisiting the sentence with Dickinson's request in mind, Higginson must have felt what a serious and glorious duty he would undertake as a "Preceptor" of the poet and what a noble or immortal position it would be to acquire, accordingly!

Between the early 1850s and the 1862 letters to Higginson, Dickinson left behind three mysterious letters (L187, L233, and L248) addressed to an unidentified "Master" who some scholars have long suspected not to be a real person but a fictional character. In any case, the "Master" was the incarnation of an authoritative male (father, husband, Preceptor). To eliminate that role or that power relation, Dickinson's strategy was to be a humble "daisy" (L233, L248) and a weak "little girl" (L248) performing a "drama of pleading" (Howe 27), and somehow, in an off-guard moment, to shake him, overthrow him, and leave him at a loss. These three "Master Letters" provide an important reference for the 1862 letters to Higginson. Metaphors and dramatic devices abundantly used in the "Master Letters" are similar to those sent to Higginson in 1862. Compared with the passion, pain, and despair revealed in the "Master letters," her letters to Higginson which focused on poetry and thinking were more self-possessed and more covert in using dramatic techniques. On the other hand, she deployed them with more gender-blurring skills, such as replacing the "little girl" and "daisy" with the "School Boy" and "sailor" and some other gender-neutral images.

Her enigmatic letters and poems left Higginson rummaging again and again without knowing how to reply. Like a magnet drawing needles, her various forms of evasion kept the "Preceptor" longing to meet the "student" in the hope of gaining a sense of presence in her world. The roles had been quietly reversed. In one of his letters in 1869, he wrote:

> Sometimes I take out your letters & verses, dear friend, and when I feel their strange power, it is not strange that I find it hard to write & that long months pass. I have the greatest desire to see you, always feeling that perhaps if I could once take you by the hand I might be something to you; but till then you only enshroud yourself in this fiery mist & I cannot reach you, but only rejoice in the rare sparkles of light. (L330a)

As a "nobody" with a most obscure gender identity and with her own "strange power" and "rare sparkles of light" in her writing alone, Dickinson successfully made an energetic and powerful man, who was an idealistic activist and a literary leader, not only desire to see her but become eager to get close to her and hold her hand. One day, he did become "something," only for this mysterious woman — to live until she "had been a poet."

Act IV: "I am in danger — Sir —"

If in the 1850 valentine letter and the 1862 letters to Higginson,

Dickinson was always seeking for a competing (sometime opposing) mind to think with her, then it's worth noting that in the later letters, she did not talk about her thinking directly but consistently drew the recipient's attention to how she was "trying to think" through her poetry.

Perhaps, as she suggested in her second letter (L261), there were things "unconveyed" that she would have liked the recipient to know how hard she tried to "cut and contrive[d] a decent clothing" for her thoughts, in the words of Higginson's "Letter to a Young Contributor." However, Higginson didn't seem to fully understand the connection between her poetry and the depth and crisis of her thoughts. Rather, he criticized her poetry with conventional norms, which probably made her feel shocked, disappointed, confused, and even pained: didn't he see the unique thoughts in the unique "Melody"? Higginson's third letter, which must have given her more encouragement, seemed to have restored her confidence. So, in her reply on June 7 (L265), after expressing gratitude, she confessed her shock. She responded to the criticism neither superciliously nor obsequiously: "You think my gait 'spasmodic' — I am in danger — Sir — / You think me 'uncontrolled' — I have no Tribunal"(L265). In her opinion, a person "in danger" with a "spasmodic gait" could not adopt a balanced meter and rhythm. Therefore, even if she later asked the recipient to be her preceptor, she almost completely ignored his advice on her verse.

Four poems were sent with Dickinson's first letter: "Safe in their Alabaster Chambers —" (Fr124), "The nearest Dream recedes — unrealized —" (Fr304), "We play at Paste —" (Fr282), and "I'll tell you how the Sun rose —" (Fr204). Three of them took a child's perspective. Though common in female poetry in the time, the innocence and childlike play in Dickinson's poems indicate existential thinking; they use "playful imagery to present cosmic or existential settings and questions.... Beneath these poems' thematic youthfulness and placid surfaces, however, the gears of thoughtful metaphors and complex lyric effects are grinding" (Deppman 58). The themes and styles of these poems had least in common with the domestic ones that female poets of the time were skilled at. And in all four poems, there was no specific reference to the author at all; personal pronouns such as "we" and "School Boy" are of universal significance. So, after including in her second letter to Higginson a poem with "I" as the speaker (Fr325), she reminded him in her fourth letter: "When I state myself, as the Representative of the Verse — it does not mean — me — but a supposed person." (L268)

The most difficult thing for Higginson to accept was probably the form of "The nearest Dream recedes — unrealized —" (Fr304). The poem recreates the dream of heaven as a bee that a boy chases, a fantasy. Now the bee has flown away, taking away the rare honey as if it were a heavenly dream, leaving nothing but a sense of loss. Like most of Dickinson's poems, it was unconventional, but not obscure, with clear metaphors. Though his earlier memories were inevitably influenced by his long-term and repeated reading of her poems in large quantity, Higginson's lasting shock and confusion in reading the four poems for the first time were vividly depicted to his readers in 1891:

> The impression of a wholly new and original poetic genius was as distinct on my mind at the first reading of these four poems as it is now, after thirty years of further knowledge; and with it came the problem never yet solved, what place ought to be assigned in literature to what is so remarkable, yet so elusive of criticism. The bee himself did not evade the schoolboy more than she evaded me; and even at this day I still stand somewhat bewildered, like the boy. ("Emily Dickinson's Letters" 5)

As many scholars have pointed out, unfortunately, Higginson, who was extremely radical in politics, proved to be not as exploring, doubting, and experimental in poetic thinking as Dickinson, and he was especially more conservative in poetic forms. It was probably not the "depth of thought" in the poem that confused Higginson, but its disjointed form, with, as he put it, an "uncontrolled" structure and a "spasmodic gait." The act of sending out unconventional poems in the very first letter showed that, apparently, Dickinson either overestimated the tolerance of her "Preceptor" for poetic experimentation or challenged a mainstream literary leader on purpose. The act of writing to a stranger, confiding her crisis in thinking is, after all, a bold experimentation in itself. I surmise she had been eager to invite a competing yet opposing mind to engage with her, as she said in her first valentine letter many years ago: "a mingling of opposite minds is what I propose to have." (L34)

Higginson soon noticed that though Dickinson repeatedly asked the "Preceptor" to point out her mistakes and faults, she did not want to accept the "surgery" suggested by him (L261). It appeared that in their correspondence, he asked her why she had admitted only minor violations but not the serious ones. However, thirty years later, recalling this matter, Higginson had to admit that she had her own understanding and persistence in poetic art, and, above all, her own standard for formal details, which was "wayward" but not arbitrary. He wrote in his memoir that it was her "defiance of form, never through carelessness, and never precisely from whim, which so marked her. The slightest change ... would have given her a rhyme for this last line; but no; she was intent upon her thought, and it would not have satisfied her to make the change" ("Emily Dickinson's Letters" 7). Higginson's observations were further confirmed in the poet's third letter:

> I had no Monarch in my life, and cannot rulemyself, and when I try to organize — my little Force explodes — and leaves me bare andcharred —
> I think you called me "Wayward." Will you help me improve?"
> I suppose the pride that stops the Breath, in the Core of Woods, is not of Ourself —
> You say I confess the little mistake, and omit the large — Because I can see Orthography — but the Ignorance out of sight — is my Preceptor's charge — (L271)

The preceptor's "Needle" was gradually drawn to the "sailor" by "the pride that stops the breath." He was showing more tolerance and sympathy for her "wayward" form of her verse, more concern about the explosion in her thoughts, and more appreciation of the "Force" in her poetry. Thirty years later, Higginson finally found a suitable phrase for it: "Poetry of the Portfolio," which was not for publication. He regarded Dickinson's freedom to disregard all norms as a privilege, and meanwhile, defended her from certain judgement over the "mistakes" in her forms.

In his "Preface to Poems by Emily Dickinson," Higginson completely recognized the strength and depth of thought Dickinson's poetry conveyed and also tried to draw readers' attention to them, asking them to ignore the "seemingly wayward" grammar and forms:

> In many cases these verses will seem to the reader like poetry torn up by the roots, with rain and dew and earth still clinging to them, giving a freshness and a fragrance not otherwise to be conveyed ... But the main quality of these poems is that of extraordinary grasp and insight, uttered with an uneven vigor sometimes exasperating, seemingly wayward, but really unsought and inevitable. After all, when a thought takes one's breath away, a lesson on grammar seems an impertinence. ("Preface to Poems by Emily Dickinson" 43)

In an earlier introductory essay, Higginson said something similar, "When a thought takes one's breath away, who cares to count the syllables?" ("An Open Portfolio" 38). How earnestly he wished readers not to be "exasperate [ed]" by its "wayward[ness]," nor to repeat "a lesson on grammar" he wanted to teach to her thirty years ago, but to focus their attention on the "main quality of these poems," the insight and thought. The sentence he used seemed to remotely echo what Dickinson said about "the pride that stops the breath" as well as her questions to him in her first letter: "Should you think it breathed —?" And the word "impertinence" seemed like a belated apology to her.

The request that Higginson made to readers in the 1890s could be traced back to what Dickinson expected in her 1862 letters to him which could be summarized as "trying to think" through her poetry. In other words, she expected her recipient to tell her if the thoughts in her poetry could "take one's breath away" instead of fitting into any conventional norms associated with the female poetry in her time. Higginson's retrospective view sheds a new light on Dickinson's mini-drama and the question of "what is true." It took him 30 years to find out "what is true," though not the whole truth (there are so many inexplicable riddles in her letters); he later enthusiastically shared it with his contemporary readers.

Act V: "Myself the only Kangaroo among the Beauty"

The reason why Higginson repeatedly wrote articles in the 1890s imploring readers to tolerate Dickinson's "wayward[ness]" was that he knew how the public would share his own initial reaction, which, in Habegger's words, "embodies the sympathetic bafflement and even dismay of more sophisticated readers" (Habegger 458). Even though the poems in the 1890s collections were greatly polished by the two editors, critics were appalled by Dickinson's "startling disregard of poetic laws." In the eyes of "her own countrymen," as Franklin put it, "here was genius dressed in rags," and "their mixed response, seldom judged her tenderly" (Franklin 26 – 27).

Dickinson may have anticipated this reception. In a letter to Higginson from July 1862, she wrote:

> Will you tell me my fault, frankly as to yourself.... Perhaps you smile at me. I could not stop for that — My Business is Circumference — An ignorance, not of Customs, but if caught with the Dawn — or the Sunset see me — Myself the only Kangaroo among the Beauty, Sir ... (L268)

The Beauty here refers to the sunset and the dawn: they might "see" her and then she would be the kangaroo in comparison, but the metaphorical meaning is not so clear. She probably imagined a hypothetical public perspective, and the word "Kangaroo" could be seen as a gesture of modesty. Her poetry might be seen by the public (and the "Preceptor" who was familiar with public taste) as not only (in Higginson's word) "wayward," but also (in her own words) alien like a "Kangaroo," which is ridiculous, and even ugly, grotesque and clumsy, "among the Beauty." Nevertheless, what if she had a "Business" of her own, devoted to exploring the limits of human knowledge (in her word, "Circumference") and thereby didn't care about public taste and wasn't interested in fashion at all?[1]

Cristanne Miller argues that Dickinson was influenced in her formative years by a literary trend in the 1840s and 50s marked by "widespread poetic experimentation: with nontraditional subjects; the use of colloquial language to present philosophical, social, and political concerns; and poetic form" (Miller 119). However, from the outbreak of the Civil War, while Dickinson's art was ripening, through the 1890s, public tastes changed. Dickinson (now that she was indifferent about publication) continued her experimentation and exploration, with no response to the turn of literary fashion.[2] Dickinson probably conveyed an aloof attitude by calling herself "the only Kangaroo among the Beauty": even if ugly, quaint, and clumsy, I am happy to be "myself," unique!

What or who does "the Beauty" refer to? Among other things, it might refer to the Beauty especially appreciated by the "customs" (in her words), and the general public, which could bring fame as well as commercial success. In "Civilization — spurns — the Leopard!" (Fr276) written in early 1862, Dickinson identified a leopard from Asia with her own customs and nature, spurned by civilization:

  Tawny — her Customs —
  She was Conscious —

---

[1] Circumference, one of the key words in her poetry, occurs in seventeen poems. What Dickinson's "circumference" signifies has been a matter of much discussion, but the limit (the outer circle) of human knowledge is one of the basic meanings in her usage of the word.

[2] As St. Armand put it, "It was the *Atlantic Monthly* under the editorship of James Russell Lowell and James T. Fields that shaped her preferences and tempted her ambition, not the later disciples and promoters of the so-called realistic school" (187). Dickinson's incompatibility with the current customs and fashions from the 1860s on might help to explain why Higginson felt in 1890s that her poetry was "elusive of criticism" and "what place ought to be assigned in literature" ("Emily Dickinson's Letters" 5).

> Spotted — her Dun Gown —
> This was the Leopard's nature — Signor —
> Need — a keeper — frown?

This poem articulates an incompatibility similar to that of "the Kangaroo among the Beauty," but the leopard is talking back to a male interlocutor, "Signor."[1] Both the leopard and kangaroo are telling the same truth: If she were a foreigner born in a remote land, how could she possibly imitate the posture and tone of "the Beauty" in the land of civilization?! However, compared to the defiant female leopard, the kangaroo not only "tell[s] it slant" but tells it with an obscure gender (Fr1263). Furthermore, with an obscure referent, the word "Beauty," used after the word "kangaroo," an ugly beast, usually carries some implication of femininity. Is it possible that she is identifying herself with either a genderless alien or a male beast among beautiful ladies?

Nevertheless, in her next letter to Higginson (L271), she sent "I cannot dance opon my Toes —" (Fr381). The sexual identity of the ballet dancer on the stage was implied by the gendered word "Prima" as well as by the description of the appearance of the dancer, such as the "Gown of Gauze," "Eider Balls," and so on:

> I cannot dance opon my Toes —
> No Man instructed me —
> But oftentimes, among my mind,
> A Glee possesseth me,
>
> That had I Ballet knowledge —
> Would put itself abroad
> In Pirouette to blanch a Troupe —
> Or lay a Prima, mad,

To hypothetically identify herself as an imagined female dancer (a poet)

---

[1] "Signor" is an Italian word, a counterpart to a married gentleman in English.

without a male instructor to teach "Ballet knowledge" probably was a reply to Higginson's doubt about her knowledge in his previous letter:

> You say "Beyond your knowledge." You would not jest with me, because I believe you — but Preceptor — you cannot mean it? All men say "What" to me, but I thought it a fashion — (L271)

Probably she abruptly complained that men around her failed to understand what she said because she was shocked and hurt about what Higginson had just written to her (he probably failed to understand what she said as well), which proved Higginson was, after all, no different from other men.

Perhaps a clue to "the only Kangaroo among the Beauty" and the opera stage in this poem can be found in Higginson's "Ought Women to Learn the Alphabet?", in which he depicts the opera stage where a great woman could finally shine brilliantly and earn praise from men for her career, even more than the fairest lady of the ball-room could earn for her beauty:

> First give woman, if you dare, the alphabet, then summon her to her career; and though men, ignorant and prejudiced, may oppose its beginnings, there is no danger but they will at last fling around her conquering footsteps more lavish praises than ever greeted the opera's idol, — more perfumed flowers than ever wooed, with intoxicating fragrance, the fairest butterfly of the ball-room. (150)

The gender implications of "the Beauty" seemed to remind her reader of the gender identity that Dickinson had been trying to hide and downplay. Here again, in the Ballet dancer and the "Kangaroo among the Beauty," we hear the request, "Will you ignore my sex"? She wanted to tell him she has her own vocation and stage and will outlive the beauties as Higginson had predicted in his essay.

If she chose to fight alone in the dark, keeping her poetry from being recognized or attributed to any popular taste, genre, or group, then she wanted least to be categorized according to female poets' practices limited by various customary norms and entangled by various gender prejudices. In Dickinson's association with Higginson, her request that he ignore her gender was especially highlighted by her neglect and avoidance of the rising American female writers of her time. Though Higginson mentioned or recommended certain female writers to her from time to time in their correspondence, hoping to attract her attention or approval, her expression of interest in them was no more than slight. [1] It seems as if Dickinson did not want him (a leading figure of mainstream literature) to think that she was interested in them, nor to see her as one of them.

However, in Dickinson's letters to other relatives and friends (especially female ones), it is not difficult to see that she was often attracted by the works of her contemporary female writers, mostly British and American, and did not show any tendency to avoid discussing them with other people. In fact, with the recovery of nineteenth-century American female writers' archives, more and more scholars have found that Dickinson's poetry gained nutrition and inspiration from popular female contemporaries and shared with them many common themes and expressions, especially before 1862. [2] With plenty of sentimental and daily domestic themes in her nearly 1800 poems, she seemed to have benefited no less from female literature than male literature at that time. The influence of Harriet E. Prescott Spofford is one prominent example. Words and images (such as "bold" hair "like the Chestnut Bur," eyes "like the Sherry in the glass, that the Guest leaves") in her self-portrait for Higginson (L268) can be found in one of Spofford's works published in the *Atlantic Monthly* not long before (Cody 37 – 38). [3] Perhaps sensing this influence, Higginson asked the mysterious female poet if she had ever read Spofford. But Dickinson answered: "I read Miss Prescott's "Circumstance," but it

---

[1] It is well known that she gradually became friends with Helen Hunt Jackson due to Higginson's reintroduction, but that did not happen until 1866. For a recent and extensive survey on the plausible psychological dynamics related to the two women's friendship, see Pollak (*Our Emily Dickinsons* 22 – 70).

[2] See for example St. Armand 1984, Ostriker 1986, Dobson 1989, Bennett 1990, Walker 1993, Petrino 1999, and Loeffelholz 2004.

[3] David Cody points out that those words also appeared in some other female writer's works published in *Atlantic Monthly* around 1860.

followed me, in the Dark — so I avoided her —" (L261). Though to Susan Dickinson, she expressed extreme admiration for Spofford (Habegger 457).

Therefore, it is particularly intriguing that in her dealings with Higginson, especially in her earlier letters, Dickinson downplayed her association with female traditions to intentionally distance herself from the identity of a "female poet." Especially in her communications with Higginson, she needed the recipient's interest in her "thoughts," as can be seen from the 1862 letters. As manifested by her aggressive and powerful language in both her poetry and letters, Dickinson's special interests in the psychological level, persistent searching for the essence of existence, and her "epistemological predicament" (in Deppman's words) distinguished her from many other contemporary female poets. Compared with these fundamental inquiries, domestic and sentimental concerns normally assigned to or reserved for women seemed too trivial, superficial, and external. Though total dismissal was unnecessary, at least they went second in rank.

In the second letter, in answering Higginson's enquiry about her companion, Dickinson concealed her long-term association with the circle of female friends around her. By telling Higginson "My Mother does not care for thought" in this letter, did she imply that women, whom she had little in common with, were not worth mentioning because of their general indifference to thinking?[1] What is particularly intriguing is that she even said nothing to Higginson about her intellectual communications with her sister-in-law, Susan Dickinson. According to extant letters from Dickinson, by the end of 1861, she had sent as many as 60 – 70 poems to Susan. It is particularly noteworthy that not long before that, sometime between December 1861 and January 1862, they discussed one of Emily's poems through correspondence: "Safe in their Alabaster Chambers —" (Fr124), which was sent by Susan to their mutual close friend Samuel Bowles, editor-

---

[1] In his letter to his wife written the evening after he met Dickinson at her home, Higginson attached nine quotations by her, the first one is: "Women talk; men are silent; that is why I dread women." (L342a)

in-chief of the *Springfield Republican*, and was then published. A month later, with three others, this poem was sent to Higginson by Dickinson herself. What she sent to him was not the version Susan preferred, suggesting that she may not have taken Susan as her competent reader or collaborator. [1] In any case, she was hiding from Higginson "what is true" about her female circle of friends.

Various evidence shows that she intentionally or unintentionally downplayed, denied, or rejected her affiliations with female identity, so that her "Preceptor" would not think of her as a female poet in the first place. She wanted him to see and appreciate more of her maverick and unconventional nature, her special business, her joy and danger. Apparently, when she wrote to Higginson in 1862, she had identified herself as "the only Kangaroo among the Beauty," for this increasingly powerful poet silently regarded herself as a poet rather than a female poet. This may explain once again when she sent her first letter, how eager she was to hide her name, the indication of her gender identity. Perhaps she was already wary of the prejudices, restrictions, and judgments imposed on female poets by conventional norms, especially the popular tendency at that time to judge female writers by their lives, and therefore adopted a precautionary strategy.

Starting in the early 1850s, the first summit of Dickinson's creative energy was deeply related to gender anxiety, threats, and prospects. The targets of her valentine letter and poem, and later, her "preceptor" Higginson, were all men older than her. They represented father and brother, as well as the dominant positions and authority naturally assumed by men in a patriarchal society. While she was seeking intellectual stimulation from those men, she had to face the threat of domination.

Shortly after Dickinson proclaimed her indifference to publication to

---

[1] Keller argues "that in Sue's presence Emily Dickinson would stoop to writing what Sue could read, even if insensitively, but when out from under her sometimes domineering eye she could rise to a taller, tougher stature — and to far better verse" (Keller 193). However, this is a matter of much discussion, for a detailed exploration on this issue, see Habegger (437 - 441).

Higginson, she wrote a number of declarations of artistic independence. In "I would not paint — a picture —" (Fr348) the speaker expressed a preference for being the passive recipient of art rather than the artist. [1] But by the end of the poem, the "I" seems to have suddenly obtained a "License to revere." The declaration of a strong independent artist finally erupts "With Bolts — of Melody!" [2] As Pollak argues, "Dickinson almost internalizes the stunning masculine license she associates with natural and erotic violence and with the bruising impact of an alien language" (*Anxiety of Gender* 250). It seems that she had successfully domesticated the masculine power by internalizing it in her creativity. This is a triumphant position. Later in "My Life had stood — a Loaded Gun —" (Fr764), she explored a kind of mutual domestic relationship of a master and a gun. Though this poem is famous for resisting any reduction to a single and definitive meaning, it is obvious that both the master and the gun-speaker are masculine powers. It seems that her vocation as an independent poet could be achieved through masculinity only, no matter whether it is personified through two roles or one. In the spring of 1863, in "The Spider holds a Silver Ball" (Fr513), the poet sketched a self-portrait of a male spider dancing to himself in the dark night, claiming independence. [3] Were these poetic declarations Dickinson's self-defense, consolation, or encouragement?

Epilogue

In November 1862, their correspondence came to a temporary end when

---

[1] According to Franklin, this poem was either written or transcribed in fascicle in the summer of 1862. If the date is reliable, the poet had just made the statement about publication to Higginson.

[2] See interpretations by Lianggong Luo and Eliza Richards (Baihua Wang and Martha Nell Smith, editors 4 – 5).

[3] When she articulated her ambition, persistence, confidence, and exhilaration as a poet since 1862, Dickinson often played a male or neutral role. See Fr446, Fr533, Fr665, Fr930, Fr1163, Fr1373, and Fr1408.

Higginson went off to war. The ship of their friendship (the "sailor" is Dickinson, the "needle" is Higginson, as she put it) entered a smooth course. She would continue her own silent and "gallanter" fighting "within the bosom" as an artist while Higginson and other men were fighting "aloud" as generals and soldiers for their country. [1] It was about this time when Dickinson wrote "I died for Beauty — but was scarce" (Fr448) in her twenty-first fascicle. [2]

What did Beauty and Truth, a tradition constructed by men, mean to a female poet? [3] Was she unsexing herself purposefully in her identification with "Bretheren" and "Kinsmen," who were supposed to be male and therefore neutral? (Rich 102). Had she made the voice she wanted? There are no simple answers to this series of questions. The poet seems to rehearse a posthumous drama: though life can pass away, tombstones can be covered with moss, and poems can stay "like little genderless tombstones, little tombstone-shaped icons carved indelibly on paper, so incised and long-lasting" (Finch 28).

This indestructible tombstone, the poem, gives immortality to the "I," the first-person speaker, the poet, who "died for beauty," and also to the neighboring brother who died for truth. If "I" refers to the poet-speaker Dickinson and the other brother refers to Higginson, the posthumous drama of the poem becomes prophetically illuminating. Benefiting from the strong tradition of "Beauty and Truth" established by male poets, and from his brotherhood with Dickinson disguised as a male or genderless poet, Mr. Higginson, the brave social activist and experienced literary leader, became an immortal reader of him/her and helped to usher in a new generation of

---

[1] In poem Fr138, she declares, "To fight aloud, is very brave — / But gallanter, I know / Who charge within the bosom" (F138).

[2] About the date of the poem, see Ralph Franklin's variorum edition of Emily Dickinson's poems (Volume 1,470).

[3] The brotherhood of "Beauty and truth" becomes well known from John Keats' "Ode on a Grecian Urn" (1819), which concludes: "Beauty is truth, truth beauty, — that is all / Ye know on earth, and all ye need to know." Dickinson knew and loved Keats' poems.

readers for her poetry.

Dickinson tried to complicate her association with womanhood, and her stance of "withdrawing from the small corner assigned to female poetry" was reflected in her later poetics and writings in various ways. Perhaps because of this, when the once active American female writers of the nineteenth century were forgotten one by one, Dickinson, who chose seclusion and declined to publish, survived and even (for a long time) became the only remembered female poet of the nineteenth century, firmly occupying a place in the history of literature. However, when later female poets tried to find "a literature of their own" (in Showalter's words) in Dickinson's creativity and accomplishments, they were surprised and also inspired to find that Dickinson's strength and creativity was partly achieved by an aloof distance from this tradition. [1] Dickinson's metaphorical and dramatic approach to dealing with gender problems, as well as her gender-blurring strategy, causes more complexity and also opens more possibilities between her legacy and the construction of female literary history. Following Dickinson's "circumference," these reflections will constantly break through boundaries and expand into the unknown.

Works Cited

The following abbreviations are used to refer to the writings of Emily Dickinson:

Fr *The Poems of Emily Dickinson: Variorum Edition.* Edited by R. W. Franklin. 3 vols. Harvard UP, 1998. Citation by poem number.

L *The Letters of Emily Dickinson.* Edited by Thomas H. Johnson and Theodora Ward. 3 vols. Harvard UP, 1958. Citation by letter number.

Bennett, Paula. *Emily Dickinson: Woman Poet.* U. of Iowa P, 1990.

Bloom, Harold. *How to Read and Why.* Simon and Schuster, 2000.

---

[1] For a recent exploration on Dickinson's legacy for "their own literature," see Pollak, *Our Emily Dickinsons: American Women Poets and the Intimacies of Difference.*

Carrol, David. *George Eliot: The Critical Heritage*. Routledge, 1971.

Cody, David. "'When one's soul is at a white heat': Dickinson and the Azarian School." *The Emily Dickinson Journal*, vol. 19, no. 1, 2010, pp. 30–59.

Deppman, Jed. *Trying to Think with Emily Dickinson*. U of Massachusetts P, 2008.

Dobson, Joanne A. *Dickinson and the Strategies of Reticence: The Woman Writer in Nineteenth-Century America*. Indiana UP, 1989.

Finch, Annie. "My Father Dickinson: On Poetic Influence." *The Emily Dickinson Journal*, vol. 17, no. 2, 2008, pp. 24–38.

Finnerty, Pàraic. "Transatlantic Women Writers." *Emily Dickinson in Context*, edited by Eliza Richards, Cambridge UP, 2013, pp. 109–118.

Franklin, Ralph. *The Editing of Emily Dickinson*. U of Wisconsin P, 1967.

Franklin, Ralph, editor. *The Poems of Emily Dickinson: Variorum Edition*. The Belknap Press of Harvard University Press, 1998.

Habegger, Alfred. *My Wars Are Laid Away in Books: The Life of Emily Dickinson*. Random House, 2001.

Higginson, Thomas Wentworth. "An Open Portfolio." *Emily Dickinson: Critical Assessments* (4 volumes), edited by Graham Clarke, Mountfield, East Essex, UK: Helm Information Ltd., 2002. Volume 2, pp. 35–41.

——. "Preface to Poems by Emily Dickinson." *Emily Dickinson: Critical Assessments* (4 volumes), edited by Graham Clarke, Mountfield, East Essex, UK: Helm Information Ltd., 2002. Volume 2, 42–43.

——. "Emily Dickinson's Letters." *Emily Dickinson: Critical Assessments Emily Dickinson: Critical Assessments* (4 volumes), edited by Graham Clarke, Mountfield, East Essex, UK: Helm Information Ltd., 2002. Volume 2, 3–20.

——. "Letter to a Young Contributor." *The Atlantic Monthly*, vol. 9, issue 54, 1862, pp. 401–411.

——. "Ought Women to Learn the Alphabet?" *The Atlantic Monthly*, vol. 3, issue 16, 1859, pp. 137–150.

Gaskell, Elizabeth. *The Life of Charlotte Bronte*. Oxford UP, 1996.

Gilbert, Sandra M. and Susan Gubar. *Madwoman in the Attic*. Yale UP, 1979.

Heginbotham, Elanor Elson. "'What do I think of glory —': Dickinson's Eliot and Middlemarch." *Emily Dickinson Journal*, vol. 21, no. 2, 2012, pp. 20–36.

Howe, Susan. *My Emily Dickinson*. North Atlantic Books, 1985.

Keller, Karl. *The Only Kangaroo among the Beauty: Emily Dickinson and America*. Johns Hopkins UP, 1979.

Loeffelholz, Mary. *From School to Salon: Reading Nineteenth-Century American Women's Poetry*. Princeton UP, 2004.

Miller, Cristanne. "Immediate U.S. Literary Predecessors." *Emily Dickinson in Context*, edited by Eliza Richards, Cambridge UP, 2013, pp. 119–129.

——. *Reading in Time: Emily Dickinson in the Nineteenth Century*. U of Massachusetts P, 2012.

Ostriker, Alicia. *Stealing the Language: The Emergence of Women's Poetry in America*. Beacon, 1986.

Petrino, Elizabeth A. *Emily Dickinson and Her Contemporaries: Women's Verse in America, 1820–1885*. UP of New England, 1999.

Pollak, Vivian. *Dickinson: The Anxiety of Gender*. Cornell UP, 1984.

——. *Our Emily Dickinsons: American Women Poets and the Intimacies of Difference*. U of Pennsylvania P, 2017.

Rich, Adrienne. "Vesuvius at Home: The Power of Emily Dickinson." *Shakespeare's Sisters: Feminist Essays on Women Poets*, edited by Sandra Gilbert and Susan Gubar, Indiana UP, 1979, pp. 99–121.

Richards, Eliza. *Gender and the Poetics of Reception in Poe's Circle*. Cambridge UP, 2004.

Sewall, Richard. *The Life of Emily Dickinson*. Harvard UP, 1974.

Showalter, Elaine. *A Literature of Their Own: British Women Novelists from Brontë to Lessing*. Princeton UP, 1977.

Smith, Margaret, editor. *The Letters of Charlotte Bronte: Volume II: 1848-1851*. Oxford: Clarendon Press, 2000.

Spender, Dale. *Man Made Language*. Second Edition. Routledge & Kegan Paul, 1985.

St. Armand, Barton Levi. *Emily Dickinson and Her Culture: The Soul's Society*. Cambridge UP, 1984.

Walker, Cheryl. "Teaching Dickinson as a Gen(i)us: Emily Among the Women." *The Emily Dickinson Journal*, vol. 2, no. 2, 1993, pp. 172-180.

Wang, Baihua & Martha Nell Smith. *I Dwell in Possibility: Collaborative Critical Chinese Translations of Emily Dickinson's Poems*. Chengdu, China: Sichuan Literature and Art Publishing House, 2017.

Wineapple, Brenda. *White Heat: The Friendship of Emily Dickinson and Thomas Wentworth Higginson*. Knopf, 2008.

汉字思维与汉字文学

——比较文学研究与文化语言学研究之间的增值性交集

杨乃乔

比较文学作为一门国际学术研究的学科得以成立的属性即在于两个跨界：语言的跨界与学科的跨界。不同于国族文学（national literature）研究的是，比较文学研究者是交集于两种及两种以上的不同语系之间，以从事文学、文化及相关理论的研究，因此他们必然是本土文学与异质文学的互看者与对话者，而文学恰恰是由语言的书写形式——文字构成叙事的审美意象表达式，所以地道的比较文学研究者以本土的语言及其思维观念来透视异质语言书写的文学现象时，他们第一时间所无可回避的就是语言问题，说到底，也就是文字的问题。无论如何，不同的语言必然铸就其不同文字书写的思维观念，也正是不同文字书写的思维观念在跨界中构成了比较文学研究最为敏感的关键点。而学科的跨界又在于比较文学研究与相关学科之间所构成的增值性交集，也正是如此，比较文学研究者可以在信息的增值性交集中收获来自相关学科领域的他者启示。我们在这里所提称的跨界学科即是文化语言学。

就近几年文化语言学的进一步研究与思考来看，《汉字文化新视角丛书·总序》是一篇重要的文章（以下简称《总序》），[1]《总序》的两位作者申小龙与孟华就文化语言学的当下研究所提出的几个重要观点，如汉字思维、汉字的组义功能、汉字精神、汉字文化、去汉字化与再汉字化等，一直在推动着我思考比较文学及其研究者的语言身份及文字思维观念等相关问题。

汉语在书写的形态上是由语素文字（logogram）构成的符号系统，我们完全可以把由语素文字书写的文学现象定义为汉字文学，因为人类早期使用的

---

[1] "汉字文化新视角丛书"由申小龙主编，共六种，山东教育出版社2014年出版。

另外两种语素文字(西亚的楔形文字与北非的圣书字)已经废止使用,汉字是现下全世界惟一使用的语素文字;因此在文化的思维观念上,汉字文学一定不同于由音素文字(phonemic language)与音节文字(syllabic language)所书写的两种文学现象。的确不同于国族文学研究,语言身份(language identity)决定了比较文学研究者的立场及其思维观念,[1]按照国际语言学界对人类操用的文字所给出的上述三种圈定(语素文字、音素文字与音节文字),我们至少可以把西方比较文学研究者定义为是操用音素文字从事国际文学研究的比较文学研究者,而把汉语语境下的中国比较文学研究者定义为是操用语素文字从事国际文学研究的学者。

无论雅克·德里达(Jacques Derrida)是怎样以解构主义的策略来颠覆由音素文字书写的在场形而上学(metaphysics of presence),西方比较文学研究者依然是遮蔽在从亚里士多德(Aristotle)到索绪尔(Ferdinand de Saussure)以来的语音中心主义(phonocentrism)的语言学论域下,操用音素文字书写自己的学术研究。以下两句经典性表达是不可以被我们忘却的。在古希腊时期,亚里士多德在《解释篇》坚持认为:"spoken words are the symbols of metal experience and written words are the symbols of spoken words."[2](口语是心灵经验的符号,文字是口语的符号。)而两千年后,索绪尔(Ferdinand de Saussure)依然接续认为:"Language and writing are two distinct systems of signs; the second exists for the sole purpose of representing the first."[3](语言和文字是两种不同的符号系统,后者存在的惟一理由是在于表现前者。)的确,就西方印欧语系的音素文字来判断,书写的字母只是对语音声波的连续带(continuum)的记录,而不是一种直接参与思维的表达方式,也因此音素文字的字母延缓与遮蔽了声音(speaking)表达意义的鲜活在场性。这就是雅克·德里达所宣称的拼音文字的暴虐性。

那么,汉字的语言学意义呢?

---

[1] 按,以往比较文学研究界总是强调比较文学研究者的文化身份(culture identity)问题,严格地讲,这个概念的外延还是太大且模糊了一些,对一位比较文学研究者及其思维形态的界定应该追问到语言身份。

[2] Aristotle, *The Categories; On Interpretation*, ed. & trans. Harold P. Cooke, Cambridge: Harvard University Press, 1996, 16a.

[3] Ferdinand de Saussure, *Course in General Linguistics*, trans. Wade Baskin, ed. Perry Meisel & Haun Saussy, New York: Columbia University Press, 2011, p.23.

《总序》这篇文章集约地归总了主编及其他五位学者就"汉字文化"讨论所提出的几个重要观点,其中论述了汉字在写意与构形两个层面上直接参与了意义的生成,明确地提出汉字是一种思维方式,并且具有文化元编码(original encoding of culture)的性质,而不是一种纯然的记录语音的符号,因此《总序》认为:"汉字是汉民族思维和交际最重要的书面符号系统。"[1]文化语言学研究者就这一观点的设立给出了大量的汉字分析例证。可以说,关于这个观点的论述对于从事比较文学研究的学者而言,应该是一种来自学科跨界的启示。我们不妨沿着文化语言学研究者的这一思路接续思考下去。

申小龙与孟华在《总序》中论述道:"汉字成为一种文化又因为汉字构形体现了汉民族的文化心理,其结构规则其至带有文化元编码性质,这种元编码成为中国人各种文化行为的精神理据。汉字在表意的过程中,自觉地对事象进行分析,根据事象的特点和意义要素的组合,设计汉字的结构。每一个字的构形,都是造字者看待事象的一种样式,或者说是造字者对事象内在逻辑的一种理解,而这种样式的理解,基本上是以二合为基础的。"[2]我们注意到,文化语言研究者在这里组义且操用了"事象"这样一个汉字术语。的确,在西方的语言学和符号学的论域那里,拼音文字往往成为技术分析上的纯语言学的符号,从美国实用主义哲学家C. S. 皮尔斯(C. S. Piercs)到查尔斯·莫里斯(Charles Morris)所构建的符号学体系,从罗曼·雅各布逊(Roman Jakobson)到罗兰·巴特(Roland Barthes)所构建的符号学体系,我们不难时时看到西方学者对拼音文字进行纯语言学技术性分析的踪迹,字母——"alphabet"真的成为他们思想之手构建代码(code)、编码(encoding)与解码(decoding)系统所把玩的纯然符号了,其缺少直接参与文化生产的内在机制:即文字——字母的文化元编码性质。[3]需要强调的是,关于这里的"文化生产",我们也可以替换性地使用另外一个同义性的表达术语,即"意义发生"。然而,汉字本身就是文化,并且具有参与文化生产和意义发生的元编码性质。

文化语言学研究者的集体思考就是从"汉字何以成为一种文化"的设问而展开的。

---

[1] 申小龙、孟华:《汉字文化丛新视角丛书·总序》,见申小龙:《汉字思维》,山东教育出版社,2014年,第5页。
[2] 同上书,第2页。
[3] 按:我认为"文化元编码"应该翻译为"original encoding of culture",而不能够被翻译为"meta-encoding of culture"。

我们把这一设问与思考带入具有国际性视域的比较文学研究场域中来，问题就更为有趣且复杂起来了。从上个世纪90年代以来，全球化扩展为一种世界景观，中国本土的文学研究者开始有意识地彰显"汉语文学"这个概念，以强调中国文学及其研究在国际学界的语言特征、民族特征与区域特征等。而现在感觉到"汉语文学"这个概念的外延还是较大了一些，我们应该贴着由汉字书写与编码的民族文化地面走，因为那是由文字记忆的历史，把这个概念再具体地落实且定位到"汉字文学"上来。的确，"汉字文学"是现下全球化时代比较文学研究者所不可小觑的一个重要概念了。

　　从甲骨文以降的可进入阅读且提取意义的中国历史，应该可以被定义为一部由汉字书写且记忆的文化符号体系。问题在于，在西方高校的东亚系、汉学系、历史系与比较文学系，对于那些从事中国学研究的西方汉学家或比较文学研究者来说，他们在本土的语言心理上习惯于由终极语音——逻各斯（logos）操控的语言思维及其音素文字的书写，[1]他们如何能够在自己的中国学术研究中，使自己的思维观念紧贴着由汉字书写与编码的民族文化地面阅读与行走，如何能够准确地走进由汉字思维观念书写与编码的汉字历史和汉字文学中，如何能够通畅地与本然持有汉字思维观念的中国本土书写者与中国本土学者进行沟通和对话？说到底，即西方汉学家及比较文学研究者是否能够真正地拥有汉字思维观念及走进由汉字书写的中国文化传统？

　　Stephen Owen是美国哈佛大学的著名比较文学研究者及汉学家。坊间传闻，14岁那年，Stephen Owen在美国马里兰州的巴尔的摩（Baltimore）市立图书馆，偶读了李贺的诗《苏小小墓》："幽兰露，如啼眼。无物结同心，烟花不堪剪。草如茵，松如盖，风为裳，水为珮。油壁车，夕相待。冷翠烛，劳光彩。西陵下，风吹雨。"[2]据说中唐诗鬼李贺的汉诗意象，启示且诱惑着Stephen Owen无悔地投诸一生沉醉于中国古典诗歌的研究。我不知道14岁的Stephen Owen阅读的是汉字编码的《苏小小墓》，还是英文作为本土译入语文

---

[1] 按：严格地讲，德里达对印欧语系下语音中心主义的论证仅是理论上的假设，当然他对语音中心主义及其在场形而上学的解构在理论上也是自恰的，但是从语用上来说，这种理论的假设与自恰既是无效的，也是无意义的，因为对于拼音语言的日常用语使用者——大众，他们作为天然的反智者主义者（anti-intellectualism），完全不理解也不需要理解德里达等所建构与解构的语音中心论，那只是智者哲人的智力游戏。并且德里达本人也是操用着假设在语音中心主义本体观下的拼音语言，以音素文字的书写给出自己的思考及完成他的解构策略。这是一个悖论。

[2]〔唐〕李贺：《苏小小墓》，见《全唐诗》（上册），上海古籍出版社据康熙扬州诗局本剪贴缩印，1986年，第974页。

字编码的《苏小小墓》。其实,确定是由什么文字编码的《苏小小墓》,这一点是非常重要的。

文化语言学研究者持有一个重要的语言学立场,认为作为表意的汉字符号系统处在语言与图像交集的枢纽位置,汉字具有图像符号的视觉思维功能,并且还有强大的组义功能。的确,关于汉字的视觉思维功能与组义功能,本土的汉语学者从《苏小小墓》一诗的汉字思维、汉字组义及编码意象中,一眼即可以获取诗鬼李贺的审美图像感知。毋庸置疑,《苏小小墓》的审美意象都沉淀及铺染在李贺此诗操用的汉字及其构形与组义的视觉思维上。可以说,英译、法译或德译的《苏小小墓》,以拼音文字的书写对汉字《苏小小墓》进行了去汉字化的编码,完全解构了原诗由汉字组义的视觉思维的审美意象,那是异质语言操用者使用音素文字在创造性翻译中重写(rewriting)的另外一首诗。

在《闭幕陈词:语言学与诗学》("Closing Statement:Linguistics and Poetics")一文中,罗曼·雅各布逊有一个总体的观点,即认为诗的语言是以自我为价值(self-evaluable)的,其特征就是诗性。不错,罗曼·雅各布逊的这一诗学观点是用音素文字书写的,但其陈述的是普世理论,因此在理论的效用性上,可以推及汉字诗学。什么是诗之语言的自我价值? 举例而言,也就是说,汉字符号系统发展至唐代,在汉语历时性发展的深层结构中,形成了规约那个时代诗人以汉字赋诗编码的文化习俗规则,这种规则是约定俗成的,是强制性的,所以也构成了唐诗之语言的自我价值,即唐诗之语言的自我审美价值。说到底,那就是唐诗的诗性。因此唐诗就是唐诗,而不是宋诗,也更不是清诗。这一切是由一个时代诗之语言的自我审美价值为限的。

准确地讲,《闭幕陈词:语言学与诗学》是一篇讨论符号学与语言学的重量级文章,是罗曼·雅各布逊1958年在美国印第安纳大学召开的语言学学术会议上宣读的会议论文。在这里,我们不妨把其中一个立场援引出来分享学界:"在讨论诗学功能之前,我们必须在语言的其他功能中为之定位。这些功能的提纲需要一个简明的概览,涵括任何语言事件和任何言语交流行为的组成因素。发信者(addresser)发送一条讯息(message)给收信者(addressee)。为了有效运行,该讯息需要一个收信者可以掌握的相关语境(context)(对另一方而言的'所指物[referent]',某种程度上是模棱两可的、术语命名的),或是言语的,或是可以言语化的;一种发信者与收信者(换言之,对于讯息的编码者和解码者)完全或至少部分共有的代码(code);以及最后,一个媒介

（contact），一条发信者与收信者之间的物理渠道和心理联系，使他们双方都能进入并停留在交流中。"[1]我们不妨把罗曼·雅各布逊的符号学与语言学理论带入以丰富我们的思考，同时也以我们的思考丰富罗曼·雅各布逊的符号学与语言学理论。

那么，我们想设问的是，围绕着《苏小小墓》这首汉字诗，中唐的汉语诗人李贺是信息的发送者（addresser），而当下的美国汉学家 Stephen Owen 是信息的接受者（addressee），他们两者之间是否处在相关共同语境（context）及共有代码下，就共同的讯息（massage）而接触（contact），是否使用的是双方通用或部分通用的代码（code）在对话？Stephen Owen 是否能够真正地走进汉字文化习俗的语用规则中，成为操用汉字思维的汉诗解码者？[2] 他又有怎样的充分理由去解码汉字编码者组义且营造在汉字诗中的唐代诗歌意境？

说到底，汉字思维应该成为现下中国比较文学研究者及西方的汉学家或西方的比较文学研究者所关注的前沿学术问题了。当然，从汉字思维来解码中国古典汉诗，也应该为本土的中国古典文学研究者所关注。准确地讲，即使是在中国古代文化传统上，一个时代也有着一个时代的汉字思维观念及其特性，有着书写于一个时代汉字思维观念下不同的文学现象，并且在历时性上也会呈现出同源文字之文学的审美差异性。如对于现下的中国古典文学研究者来说，无论如何，他们依然是操用着现代汉语以现代汉字思维观念研究中国古典文学的研究者。

学界以往喜欢操用这两个表达："汉语思维"或"英语思维"。就"汉语思维"而言，实质上，我们应该把这一表达具体地改写到"汉字思维"这个概念上来，因为，"汉语"这个术语在理论上还蕴涵着形、音、义三个等级序列（hierarchy）的划分，是一个较为宽泛的概念，而"英语思维"则应该具体地落实到"语音思维"这个概念上来。文化语言学研究者给我们的启示是重要的。

非常有趣的是，西方汉家似乎已经意识到这一点，他们也在努力使自己的汉语操用尽可能贴近汉字思维的地面行走。如我们从 Stephen Owen 为自己所取用的汉字姓名——"宇文所安"，就可以强烈地感受到这一点。

"宇文"是鲜卑族其中一支以汉字书写姓氏的复姓，在字源的文化逻辑

---

[1] ［俄］罗曼·雅各布逊：《闭幕陈词：语言学与诗学》，刘琳娟译，见杨乃乔主编：《比较诗学读本（西方卷）》，首都师范大学出版社，2014 年，第 33 页。
[2] 按：并且这里的"汉字思维"是指由唐代文化风俗规约的汉字思维观念，对于当下的中国本土唐诗研究者是否能够准确地进入由唐代文化风俗规约的那个时代的汉字思维，这也是一个问题。

上,我们可以把"宇文"的源起追溯至魏晋北方鲜卑族太祖宇文普回那里。《周书·帝纪第一·文帝上》载:"太祖文皇帝姓宇文氏,讳泰,字黑獭,代武川人也。其先出自炎帝神农氏,为黄帝所灭,子孙遁居朔野。有葛乌菟者,雄武多算略,鲜卑慕之,奉以为主,遂总十二部落,世为大人。其后曰普回,因狩得玉玺三纽,有文曰皇帝玺,普回心异之,以为天授。其俗谓'天'曰'宇',谓'君'曰'文',因号宇文国,并以为氏焉。"[1] 这里的"其俗"是指鲜卑族的文化习俗(至少是指宇文鲜卑),鲜卑人称"天"为"宇",称"君"为"文";正如文化语言学研究者所讨论的一个重要的观点,汉字有着极强的组意功能,因此,"宇文"在汉字字面的组义中又有"天子"之意,其承载着这一族人所崇尚的至高无上的君主文化精神。"宇"与"文"是两个汉字,这一支鲜卑族人组合"宇文"为其姓氏,"其俗"中已渗透着"宇"与"文"在组义上所生成的元编码的汉字文化精神了。

当然,无论后世史家怎样认为此说实为附会,但这毕竟是宇文鲜卑族之姓氏文化的图腾,并且作为口传的鲜卑族文化习俗融入了汉字书写的历史。族裔血脉单纯的"宇文"姓氏最初以汉字书写,最终又融入了汉族的姓氏。

问题在于,至今语言学界无法求证鲜卑语是采用怎样的本族文字来进行书写与记录的,学界至今没有采集到鲜卑族及其后裔所存留下的由本族文字书写的任何文化踪迹,如铭文、石刻、典籍与铜钱等等。当然,鲜卑中还有不同的部族,除去宇文鲜卑之外,还有慕容鲜卑,拓跋鲜卑,段部鲜卑,乞伏鲜卑与秃发鲜卑等,他们又是否拥有统一的文字呢?其不得而知。[2] 其实对于一位比较文学研究者所必须拥有的语言跨界之敏感来说,我们应该提及的是,宇文鲜卑族的姓氏无论如何是由汉字书写的符号,那么,"宇文"这两个汉字符号对宇文鲜卑要表达的意义之出场,是以语音相近而转写的符号,还是以语义相近而翻译的符号,这一点是值得思考的。无论怎样,从五胡乱华的大汉民族几近亡种灭族,到北魏孝文帝改革的鲜卑汉化,民族冲突与融合的最

---

[1] 〔唐〕令狐德棻主编:《周书》,见《二十五史》(第3册),上海古籍出版社、上海书店,1986年,据乾隆四年武英殿本影印,第2582页。

[2] 按:至今为止,学界没有发现遗存下来的由鲜卑语书写的典籍,但是在《后汉书》《晋书》《北史》《魏书》《周书》《北齐书》《南史》《宋书》《南齐书》《梁书》《陈书》及《隋书》中均著录了由鲜卑语翻译及其书写的多种相关汉语典籍。如《隋书·志第二十七·经籍一(经)》载:"又云魏氏迁洛,未达华语,孝文帝命侯伏侯可悉陵,以夷言译《孝经》之旨,教于国人,谓之《国语孝经》。"(〔唐〕魏征等撰:《隋书》,见《二十五史》(第5册),上海古籍出版社、上海书店,1986年,据乾隆四年武英殿本影印,第3366页。)其中著录的还有《鲜卑语》五卷,《鲜卑语》十卷,《鲜卑号令》一卷周武帝撰。

终结却是加速了少数民族（minority）文化及其语言、书写的汉字化。

我们在这里主要还是讨论汉字思维及比较文学研究的相关问题，无意深化地追问鲜卑如何汉化等历史现象。Stephen Owen 以"宇文"为其汉姓，这自然有他的讲究，同时，以"所安"为其汉名，这自然也有他的讲究。从 Stephen Owen 给他自己所取用的汉字姓名可以见出他本人沉淀的汉字学养。让我们再来释义"所安"这个书写符号承载的汉字精神与汉字文化。

"所安"这个符号典出于《论语·为政》："子曰：视其所以，观其所由，察其所安；人焉廋哉？人焉廋哉？"《论语注疏》中魏晋玄学家何晏的集解在此释义言："以，用也，言视其所行用。由，经也，言观其所经从。孔曰：'廋，匿也。言观人终始，安所匿其情。'"[1]很有趣，何晏的集解恰恰没有具体地诠释"所安"，其实也不需要诠释，因为"所安"指涉的"结果所处"的意义，在孔子此句表达的逻辑中，从"所以"到"所由"可以一贯地理解与解释而下，"所以""所由"与"所安"在这段汉字编码的程序中有着一个整体意义的逻辑序列。《论语注疏》中宋代经学家邢昺的正义在此释义言："此章言知人之法也。'视其所以'者，以，用也；言视其所以行用。'观其所由'者，由，经也；言观其所经从。'察其所安'者，言察其所安处也。'人焉廋哉？人焉廋哉？'者，廋，匿也；焉，安也。言知人之法，但观察其终始，则人安所隐匿其情哉？再言之者，深明情不可隐也。"[2]孔子在这里陈述的是从"所以""所由"到"所安"的一个完整的线性编码逻辑，其呈现出对人进行透彻观察的方法，如邢昺所言："知人之法"。为什么说孔子在这里的陈述是一个完整的线性编码逻辑，因为没有"所以"与"所由"为前提，就没有作为结果的"所安"。

在从方法、路径到结果的逻辑上，孔子的陈述隐喻了一种对人的心理与行为进行观察且一切"无可隐匿"的"事象"，而孔子在陈述中诲人不倦的哲理性意义又全部是在汉字及汉字组义的"事象"思维结构中出场的。

精彩之处在于，美国汉学家与比较文学研究者 Stephen Owen 操用汉字思维，把"宇文"与"所安"这两组符号再度给予编码与组义，重构一组汉字思维的视觉意象，并以此作为他的汉字姓名——"宇文所安"。因此，"宇文所安"即是 Stephen Owen 使用汉字的构型与组义诠释"事象"的一种符号样式，

---

[1]〔魏〕何晏集解，〔宋〕邢昺疏：《论语注疏》，见《十三经注疏》（下册），中华书局，1980 年影印世界书局阮元校刻本，第 2462 页。

[2] 同上。

也是对这一"事象"内在逻辑的理解与解释。再三强调,"所安"仅是孔子此句之完整表达中的一个组义符号而已,把"所安"从此句中单独地提取出来,其意义显得较为孤立,是指"所处"及"结果"的意思。

Stephen Owen 认为自己所从事的是汉学研究,汉学研究在美国乃至整体西方学界实属少数族——"minority",[1]无法进入西方学界的主流,而宇文鲜卑在族裔身份上也恰属于少数民族,因此 Stephen Owen 在汉字文化的典故上使用"宇文",以其隐喻地指称自己的少数族汉学研究者身份。并且"宇文"又是汉字书写的复姓,在汉字书写的百家姓中也属于少数的姓氏。Stephen Owen 在汉字文化的典故中,准确且能够含意深刻地使用这一汉字复姓,可以呈现出一位西方汉学家及比较文学研究者应有的把握汉字精神、走进汉字文化与使用汉字思维的学养。而"所安"有"所处"之义,如《论语注疏》中邢昺的正义所释义:"'察其所安'者,言察其所安处也。"因此,"宇文"与"所安"这两组汉字重新编码且组义后,在"事象"诠释之意义出场的视觉思维上,被 Stephen Owen 以汉字思维重组了崭新的隐喻性意义:即少数族学者宇文以汉学研究为所安身立命之处。因此,"宇文所安"正是在这样的汉字思维及其组义功能中成为西方汉学家及比较文学研究者斯蒂芬·欧文的汉字姓名,并且隐喻地表达着相关的汉字精神与汉字文化。从这一意义层面上看视,"宇文所安"这个汉字姓名起得有些谦卑了。

以下就让我们使用"宇文所安"这个汉字姓名称呼美国汉学家及比较文学研究者"Stephen Owen"了。思考到这里,我们突然发现,把"Stephen Owen"以汉字音译为"斯蒂芬·欧文",这个汉语译入语的姓名似乎是没有什么文化内涵,其较之于"宇文所安"的汉字精神及其文化的承载量全然相形见绌了。也就是说,"斯蒂芬·欧文"似乎既没有什么文化也没有什么精神,当然,这一观点仅是我们从某一面向而展开立论的。文化语言学研究者认为任何外来词(包括名字),一旦用汉字书写,哪怕是用汉字记音,记音的汉字在某种逻辑组合中也会体现一定的意义;并且汉语中的同音字很多,选择哪一个汉字也一定反映了特定的意义指向,如我们在下面讨论西方汉学家"史景迁"的"史"就印证了这一点。

需要说明的是,我们在这里不是专门为美国汉学家及比较文学研究者宇

---

[1] 按:"minority"相对于斯蒂芬·欧文言指自己在美国及西方学界的研究状态来说,这里只能翻译为"少数族",而不能翻译为少数民族。

文所安的汉字姓名进行学津讨原,而是在讨论汉字思维、汉字的组义功能及其汉字精神与文化的问题,以及讨论比较文学研究对文化语言学研究所提出的相关观点可汲取的启示性与借鉴性。

操用音素文字的西方汉学家不借助于翻译或回避翻译,能够直接地走进汉字思维,准确地了理解汉字的构形,恰切地操用汉字思维观念及汉字的组义功能,使自己的英文姓名汉字化,为自己起一个承载着汉字精神与汉字文化的汉字姓名,并且学有所获地从事汉学研究,这不是一件容易的事。

我们把这里的讨论转向比较文学研究,从事中国文学研究的西方汉学家就是西方的比较文学研究者。那么对中国的比较文学研究者而言,我们也应该要求自己能够准确地走进西方的语音思维中,切近地触摸音素文字书写与编码的西方文化精神及其文化气象。特别是对于中国本土的外国文学研究者或世界文学研究者来说,他们绝对不应该囿限于汉字语境下,仅仅依凭阅读翻译为汉字文本的西方文学作品及西方文学理论,操用汉字思维观念来理解与解释作为异质拼音语言的作家作品,并且最终把自己圈定在汉字化的外国文学研究或世界文学研究领域中,隔靴搔痒地与西方学界接轨。的确,正如《总序》反复在强调写意的汉字与写音的字母之间有着重要的文化差异性:"不断有学者强调写意的汉字与写音的字母之间的文化差异,认为汉字是独立于汉语的符号系统,要求对汉语、汉字文化特性重新评估,提出艺术、文学创作的'字思维'或汉字书写原则,而中西文化的差异在于'写'和'说'、'字'和'词'。"[1]

其实在语言的形态及其本质上,真正了解了西方拼音语言的语音思维及其音素文字,真正了解了汉语的汉字思维及其语素文字,对上述我们所提及的操用汉字思维观念来理解与解释西方拼音语言的作家作品,在阅读与批评上会提取一种非常隔膜与奇怪的感觉。当然,反过来对西方汉学家如此研究中国文学,我们也会遭遇类似的感觉。

国族文学一旦由经翻译跨出本土语境,被推置于国际出版界与国际学界的平台上,国族文学将由于翻译的文字转码,不可遏制地走向比较文学。客观地讲,无论是文学创作,或是文学翻译,还是文学研究,其在语言上跨界之后,一切问题均复杂且艰难了起来。说到底,这还是语言及其文字因翻译而产生的差异性思维观念问题。

---

[1] 申小龙、孟华:《汉字文化新视角丛书·总序》,见申小龙等:《汉字思维》,第6页。

还是让我们的思考回到西方的汉学家及比较文学研究者那里去。西方一些优秀的汉学家及比较文学研究者给自己取一个汉字姓名时，往往非常苛求贴着汉字思维观念的地面行走，以便使用自己的汉字姓名承载着丰盛的汉字精神、汉字文化及其汉字用典的隐喻等。当然，这也是西方优秀汉学家为自己身份用汉字取名的国际性标签，同时，也象征着他们执著追寻的汉学学养所在。孟华在《汉字主导的文化符号谱系》一书曾讨论了一个重要的观念，认为汉字是中国文化的根元素："汉字：中国文化的根元素。根元素，指一个文化符号系统中起主导作用的符号单位，它的性质决定了该符号系统的性质，根元素的性质描写清楚了，整个中国文化符号系统的性质也就搞清楚了，一部汉民族思想文化史，就是文化符号的演变史。"[1]汉字是中国文化的根元素，这不是没有道理的；的确，汉学学养更重在汉字学养。

坊间也都是知道，耶鲁大学历史系的汉学家 Jonathan D. Spence 为自己所取的汉字姓名为"史景迁"。汉字"史"与英语字母"Spence"有部分语音的谐音成分，"史"又是百家姓中的汉姓，同时又可以隐喻太史公司马迁的史家身份，当然还可以隐喻 Jonathan D. Spence 从事中国历史研究的史学家身份，因此"史景迁"这个汉字姓名的组义即是：西方汉学家——史学家史景迁景仰太史公司马迁。汉语学界往往认为史景迁这个汉字的姓名所取，是巧用汉字——语素文字与英语——音素文字的谐音，即是以语音相近而转写的符号，这不完全正解；真正的理解者不难发现，其中同时还兼有以汉字思维而达向求取一种汉字文化精神的内在动力。如果把"Jonathan D. Spence"以汉字音译为"乔纳森·斯宾塞"，这个汉字姓名也是没有任何文化内涵的。普林斯顿大学东亚系的 Martin Kern 教授拒绝从孤立地角度研究中国，主张把中国文学置放在世界文学的格局中给予敞开性思考。在文学的本质上，中国文学也正是以汉字思维及其审美气象独立于世界文学格局，所以汉字思维、汉字的组义功能、汉字精神与汉字文化对于西方的比较文学研究者及汉学家来说，是几个重要的关键词。我们在此也建议 Martin Kern 教授，不妨为自己起一个具有地道汉字思维的中国姓名，因为把"Martin Kern"音译为"柯马丁"，这实在是没有任何汉字精神与汉字文化内涵。

较之于宇文所安，史景迁的汉字姓名一眼看上去也是比较谦卑的。问题是，我们不知道宇文所安是否在汉字的字源上了解到"宇文"与"所安"这两组

---

[1] 孟华："导论"，《汉字主导的文化符号谱系》，山东教育出版社，2014年，第2页。

汉字符号的编码与组义,其深层还可以提取一种更为深刻的汉字文化精神。

据上述我们所引《周书·帝纪第一·文帝上》载,"宇文"有"天子"之义,鲜卑人把"宇"与"文"进行编码与组义时,是把这两个汉字书写符号的文化精神整合在一起,从而形成对另外一个"事象"进行意义的出场。因此,"宇文所安"也可以被理解与解释为"天子所安","宇文所安"最终在孔子陈述的整体语境下作为"知人之法",可以被理解与解释为"天子察人而知其所安"或"天子察人而无可隐匿"了。当然,需要说明的是,这个意义一定不是美国汉学家与比较文学研究者 Stephen Owen 为自己所取汉字姓名"宇文所安"的原初构想,我们只是在强调汉字思维及其组义功能时所把玩的一个汉字编码游戏而已。倘若是这样,"宇文所安"这个汉字姓名可是起得有点大了,我们但愿宇文所安也能够了解他的汉字姓名还可以提取这样一层意思,并且在扩展性上有着充分且地道的汉字思维。

比较文学研究者在与文化语言学研究者对话时,可以感受到学科在跨界中所产生的交集性启示,文化语言研究者在当下所讨论的相关问题,对比较文学研究者来说的确很重要,把"汉字思维"及其相关学理性观念带入到比较文学研究领域中来,让汉字文学与外域的异质语言文学在不同的思维观念上所呈现的审美特性更加凸显了出来。可以说,《总序》中有一句表达也非常值得中西比较文学研究者与西方汉学家所注意:"汉字作为一种文化,在汉民族独特的文学样式中得到了淋漓尽致的体现。在这里,与其说是汉字记录了汉文学,毋宁说是汉字创造了汉文学的样式。"[1]的确,我们阅读的是汉字文学、汉字历史与汉字哲学,在汉字文史哲的历史现象背后沉淀的是受控于汉字书写的思维观念及其文化精神。在这里,我们想设问的是,西方汉学家及比较文学研究者就中国文学、历史与哲学的研究,往往会在某一点或某一专门的领域中,可以钻研得非常深刻且准确,甚至是中国本土学者也无法企及的;但是,在由汉字书写与编码的整体中国文史哲学术传统语境下,他们是否可以全面地持有汉字思维观念,否能贴着地面全面地行走在汉字思维及其编码的整体文化历史语境中,这无疑是一种挑战。

我们注意到,无论是宇文所安、史景迁还是柯马丁,他们虽然都能够在一定程度上阅读汉字文献,但依然主要是使用音素文字书写他们关于汉学研究的论文与著作,并且是操用英语在哈佛大学、耶鲁大学与普林斯顿大学讲授

---

[1] 申小龙、孟华:《汉字文化新视角丛书·总序》,见申小龙等:《汉字思维》,第4页。

中国文学与中国历史的。这是非常有意思的,他们是跨界于两种语言文字思维观念之间的解码者、编码者或转码者。一如我们在上述所设问的那样,他们交集在英汉两种文字书写与编码的文学和历史之间,能否在共同的语境下就共同的信息而接触,又能否使用双方通用或部分通用的代码完成对话且达向理解,这的确是一个问题。

我们在从事中国经学诠释学与西方诠释学的比较研究时,曾注意到这样一部读本,美国康涅狄格学院历史系汉学家 Sara A. Queen(桂思卓)教授,曾用英文撰写了一部关于董仲舒春秋诠释学研究的专著 *From Chronicle to Canon: The Hermeneutics of the Spring and Autumn, according to Tung Chung-shu*(《从编年史到经典:董仲舒的春秋诠释学》),这部读本于1996年在剑桥大学出版社出版,中国学者朱腾又把这部读本翻译为汉语,2010年在中国政法大学出版社出版。

Sara A. Queen 作为一位西方汉学家能够在一定的程度上走进汉字思维,对汉字文献进行阅读。但是,Sara A. Queen 对相关董仲舒及其春秋诠释学的汉字文献进行阅读时,她的学术研究观念及思考一定同时融合着汉字思维与英文思维,因为她的母语毕竟是英文。这位西方汉学家再操用音素文字的书写——英文,把自己对董仲舒及其春秋诠释学的思考在编码中书写为一部英文研究著作,这里的编码与书写也是这位西方汉学家操用英文思维把汉字思维及其汉字文献负载的汉字文化精神等元素转码为英文读本,这里的转码与编码其实就是一个名副其实的"去汉字化"过程,因为汉字思维的编码性质被音素文字颠覆了,不要说其中的汉字文化的元编码性质了。我们再说得透彻一些,这是一个"以英文思维去汉字思维"的过程。然后,中国学者朱腾再把这部由英文书写的研究著作在转码和编码中翻译为汉字读本,这其实又是一个"再汉字化"的过程,即音素文字的编码性质又被汉字思维颠覆了。我们再说得透彻一些,这也是一个"从英文思维到再汉字思维"的过程。罗曼·雅各布逊在讨论语言学与符号学的现象时,其关涉到翻译及编码、解码与转码的问题,这不是没有道理的。问题在于,西方汉学家与比较文学研究者关于中国文史哲研究的读本,在从汉字思维转码与编码为英文思维的过程中,其中一定存在着由两种语言文字思维观念的差异性与融合性而带来的误读、合法性误读、创造性诠释与过度性诠释等;不要说中国学者在回译中把他们的研究著作再从英文思维的读本转码与编码为汉字思维的读本了。我们在《比较文学概论》中讨论"他者视域与第三种诗学"这个命题时,把这种现象称之为"比较诗学研究中的他者、他者视域、视域融合、交集理论、重构、'to make something new'及第三种诗学的问题"。[1] 这也就是我们所说的比较文学研究与汉学研究的第三种文化立场及第三种文化精神的问题。

多年来,刘东一直在关注西方汉学的研究,他提出西方汉学不是对中国文化的简单复制:"虽然汉学分明是在讨论着中国问题,却仍然属于西学的一个分支,贯注的是西方世界对中国的视角,凝聚了西方学者对于中国的思考,而不是对中国文化的简单复制。"[2] 我想刘东的这一观点是有道理的,并且他还认为:"非常宝贵的是,正是由这种思考所产生的异质性,才构成了不同文化间取长补短、发展进步的动力。反过来说,要是所有汉学家对中国文化的观点与认知都变得与中国人如出一辙,我们反而就失去了反观中国问题的参照系。正因此,我一直都在主动追求并组织引进这种知识上的异质性,尽管外国汉学家们也经常以不靠谱的'乱弹琴',惹得我勃然大怒或哈哈大笑。"[3] 的确如此,在西方汉学家与比较文学研究者操用拼音语言书写的关于汉字文化及其文史哲研究的著作中,经常出现不靠谱的"乱弹琴",对于中国本土学者来说,无论是大怒或是大笑,怒笑之后也就罢了;如果较真地给西方汉学家与比较文学研究者操用拼音语言书写的关于汉字文化及其文史哲研究的著作找点错,那就有点没意思了,再如果较真地给他们的回译为汉字的著作找点错,那就很没意思了。不要说从"去汉字化"到"再汉字化"是两种文字在截然不同思维观念中解码、转码与编码,作为语素文字书写的汉字思维与作为音素文字书写的拼音思维,两者秉有完全不同的思维观念及承载着截然不同的文化精神,双方是不可通约的。其实中国本土的西学研究者跨界研究西方文史哲的相关问题未尝也不是如此。

孙康宜、宇文所安主编的 Cambridge History of Chinese Literature,是美国汉学家及比较文学研究者操用音素文字——英文——书写与编码的中国文学史,这个国际明星学者阵容的书写与编码过程是一个去汉字化的过程,这部中国文学史的英文读本其缺少汉字思维的观念是显而易见的,且与中国文学史的汉字读本有着显而易见的不可通约性(incommensurability)。

---

[1] 按:关于他者视域、第三种诗学与第三种文化立场的论述见杨乃乔主编:《比较文学概论》(第四版),北京大学出版社,2014年,第426—445页。

[2] 周飞亚采访整理:《刘东:汉学不是中国文化的简单复制》,见《人民日报》,2014年4月10日副刊第24版。

[3] 同上。

非常有趣的是，越是西方学界的国际明星学者操用英文来书写与编码中国文学史，在语言文化观念的本质上，他们对由汉字书写与记忆的中国文学史所给出的破坏性与颠覆性越大。因为他们有足够的傲慢与偏见在英文中国文学史的书写与编码中守护他们的文化身份，这也正是他们的主体性所在。

尽管这部英文读本被翻译为汉字编码的《剑桥中国文学史》，客观地讲，汉字在历史的本体上铸就的那部本然的中国文学史及其元编码意义的汉字思维观念在回译中被进一步解构与颠覆了，尽管这是一个再汉字化的过程，《剑桥中国文学史》在翻译的汉字书写中不可遏制地流露出拼音文字思维的踪迹，并且非常强势。汉字铸就的文明还是需要汉字来书写与编码。因此，无论是英文的 Cambridge History of Chinese Literature 还是汉译的《剑桥中国文学史》，这两部读均是处在中西语言交集之间的解构主义读本。当然在这里，我们不是在否定这部由英汉两种文字编码的中国文学史及其学术价值，我们想说的是，两种文字思维观念交集在一起，这恰恰为第三种学术立场与第三种文化精神提供了敞开的空间，这也正是比较文学研究与汉学研究的姿态。从比较文学研究与汉学研究的视域来看，解构主义（deconstructionism）读本的《剑桥中国文学史》较之于原教旨主义（fundamentalism）读本的《中国文学史》也有其自身的视域与趣味，并且有着更多的具有争议性的文化增值性。

写到这里，我想提及的是，从"去汉字化"到"再汉字化"，这两组概念对比较文学研究、翻译研究及汉学研究有着丰富且可操用的学理性内涵。这两组概念是我的阅读在学科跨界之后，从文化语言学研究者那里所提取与借用的。[1] 非常恰如其分的是，文化语言学研究者曾这样申明自己的学术立场："文化语言学把语言学看作是一种人学，把汉语言文字看作汉文化存在和建构的基本条件。"[2] 的确，强调把汉字及其思维观念看作汉文化存在和建构的基本条件，这无疑让西方的汉学家及中西的比较文学研究者都同时谨慎了起来。拼音语言的形态及其拼音书写仅是对声音的记录，使西方语言学更长于

---

[1] 按：关于"去汉字化"与"再汉字化"这两个术语的使用，文化语言学研究者把"五四"以来的新文化运动归结为"去汉字化运动"，对从那个年代以来的汉语研究的西方科学主义立场进行了批评，并且认为在20世纪八九十年代崛起的文化语言学是"再汉化字"思潮的先声。我在这里是转用文化语言学研究者所使用的这两个术语，给予理论内涵上的丰富与重构，并带入比较文学研究领域中对其进行学理意义的扩大性使用。

[2] 申小龙、孟华：《汉字文化新视角丛书·总序》，见申小龙等：《汉字思维》，第6页。

语言的符号技术性分析,因为拼音文字没有直接参与意义及其文明的生成,而汉字及其写意与构型为作一种思维观念参与了意义及文化的生成;在这个意义上,我们应该把受西方语言学理论及其技术性分析的汉语研究导向文化语言学研究。文化语言学研究是一方敞开的思想论域,比较文学研究与汉学研究可以在这一论域中获取因交集而产生的增值性思考。

最后我想言说的是,罗曼·雅各布逊的《闭幕陈词:语言学与诗学》是从事比较文学及比较诗学研究者之必读文章,在这里,我愿意援引这篇文章的最后一节以作为自己的闭幕陈词:"本次会议清楚地展示出,语言学家和文学史家都规避诗歌的结构问题的时代已经确凿地一去不复返了。事实上,如霍兰德(Hollander)所指出的:'没有理由把文学从整体语言学中分离出去。'如果有一些批评家依然质疑语言学家是否有能力涵盖诗学领域,我个人认为,某些视界狭窄的语学家在诗学方面的能力不足被错认为了语言学科学本身的不足。然而,我们在座的诸君,毫无疑问地认识到了,一位语言学家对语言的诗学功能充耳不闻,一位文学研究者对语言学的问题漠不关心,以及对语言学方法毫不熟悉,就等于公然落伍于时代。"[1]

我想,这也是比较文学与语言学、文化语言学在跨界中所形成的学术伦理。

(原刊于《文艺理论研究》2015年第3期)

---

[1] [俄]罗曼·雅各布逊:《闭幕陈辞:语言学与诗学》,刘琳娟译,见杨乃乔主编:《比较诗学读本(西方卷)》,第33页。

古希腊悲剧的跨文化戏剧实践

陈戎女

戏剧,不仅是一种剧场表演艺术,也是人类文化重要的交流形式。西方最早的古希腊戏剧诞生时,先是酒神宗教祭仪的一部分,慢慢发展成城邦民主制重要的剧场政治,以及对不同地域的文化冲突的认识。比如欧里庇得斯的《酒神的伴侣》中,来自东方/小亚细亚的酒神狄俄尼索斯遭遇西方/雅典文化的代表彭透斯,这可能是展示东西方文化最早相遇与冲突的一例。[1] 而迟至20世纪后半叶出现的"跨文化戏剧",本来是西方戏剧进行实验戏剧的一种尝试,而由于迥异于西方戏剧系统的东方戏剧艺术的引入,跨文化戏剧以历史上前所未见的新面目实现了从西方到东方,从内容到形式的跨越与交织。

几十年来,跨文化戏剧业已积累起丰富的理论和舞台实践。中国戏剧界一直也在试图融入这个国际潮流,于融通中外戏剧文化中着眼于凸显中国特色,以中国传统戏曲形式改编和搬演古希腊悲剧,就是其中非常华彩的一章。本文首先试图勾勒出跨文化戏剧的海外视野和国际大背景,然后详尽地梳理古希腊悲剧在中国被戏曲改编及舞台演出的历史。就笔者所寓目,这段历史一直被忽视,未见过深入研究。[2] 与国内关于古希腊戏剧文学的研究相比,希腊戏剧在中国舞台演出的研究实在过于薄弱。本文的核心任务是还原和厚描以中国传统戏曲改编和搬演古希腊悲剧的历史,尤其重点还原纷繁庞杂且至今仍处于(演出)动态的舞台演出史(区别于静态的文学剧本)。最后我们将超越历史书记员和档案保管员的眼光,评价传统戏曲改编和演出外国经

---

[1] [古希腊]欧里庇得斯:《酒神的伴侣》,载《欧里庇得斯悲剧六种·罗念生全集》第三卷,罗念生译,上海人民出版社,2007年,第357页。
[2] Rongnu Chen, "Reception of Greek Tragedy in Chinese Literature and Performance", *Encyclopedia of Greek Tragedy*, Vol II, Hanna M. Roisman ed., Chichester: Wiley-Blackwell, 2014, pp. 1062 – 1065.

典剧目的价值和意义。

一、海外视野：跨文化戏剧的理论与实践

自20世纪60年代以来，一些欧美著名导演，如波兰的格洛夫斯基、意大利的尤金尼奥·巴尔巴、英国的彼得·布鲁克、美国的理查·谢克纳，在东方艺术的影响下进行了一系列戏剧实验，跨文化戏剧实践应运而生，[1]80年代后逐渐成为国际戏剧理论界关注的热点。然而，国外学者对"跨文化戏剧"（intercultural theater）这个术语及其内涵的理解一直有分歧。

如果着重于该术语的前一个词"跨文化"，戏剧及其表演会被视为一种文化跨越现象。如法国学者帕维斯（Patrice Pavis）在其跨文化戏剧理论的奠基之作《处在文化交叉路口的戏剧》中建立了精细完备的跨文化模式：文化"沙漏"理论，戏剧的跨文化模式形似沙漏，从最上端的"源文化"开始，文化因子途经层层筛选，最终到达为接受者主导的"目标文化"。在此过程中，"源文化"与"目标文化"分工明确但又充满张力，构筑了十一道跨文化戏剧的必经途径。[2]而若是着眼于"跨文化戏剧"的后一个词，就出现了戏剧drama和剧场theater的分野。为什么这个术语没有使用intercultural drama，而使用了intercultural theater（又译为"跨文化剧场"）？drama一词来自希腊语dran"做"，戏剧的情节成为摹仿的对象与核心，以戏剧文本和剧作家为中心；theater本意就是"剧场"，故而"跨文化戏剧/剧场"更多意味着如德国戏剧学家雷曼所瞩目的新型剧场理念，舞台时空、表演本身如何被观看感觉思考，尽管雷曼使用了听起来更拗口的"后戏剧剧场"（Postdramatisches Theater）一词。[3]

德国当代戏剧理论家费舍尔-李希特（Erika Fischer-Lichte）则在不同时期提出了对跨文化戏剧的反思。在上世纪90年代，针对跨文化戏剧她提出了"戏剧通用语"（Universalsprache des Theaters）的概念，"每种文化都可以从自己的戏剧传统出发，发展出一种自己的'戏剧通用语'，它能够在其他

---

[1] 孙惠柱：《谁的蝴蝶夫人》，商务印书馆，2006年，第13—14页。
[2] Patrice Pavis, *Theatre at the Crossroads of Culture*, Trans. Loren Kruger, London and New York: Routledge, 1992, p. 4.
[3] [德]汉斯-蒂斯·雷曼：《后戏剧剧场》（修订版），李亦男译，北京大学出版社，2016年，第31页以下。

所有文化中被接受和理解。在这种情况下,跨文化戏剧可以被仅仅看作是一种过渡现象"。[1]进入新世纪以后,她又指出跨文化戏剧隐含了自我与他者这种殖民主义二元论的残留,多用于指非西方的传统戏剧形式改编西方戏剧文本,无法反映全球化时代多样化的戏剧文化交流,因此她建议以"表演文化交叉"来描述21世纪的跨文化戏剧。[2]印度裔流亡学者拉斯顿·巴鲁卡(Rustom Bharucha)则尖锐批评跨文化戏剧交流中权力和资源的不对等,直指"跨文化戏剧"不过是一种野蛮的文化掠夺和殖民主义的复苏。[3]

西方的戏剧研究者对于何谓"跨文化戏剧"说法不一。帕维斯的主张明显带有结构主义的特点,文化成为非常稳定的体系,戏剧的跨文化就像是沙漏单向的静态流动,缺乏对跨越的动态理解。费舍尔-李希特前期主要是从舞台表演研究角度总结出"戏剧通用语"的概念,后期却和巴鲁卡一样,受后殖民思潮的影响对跨文化戏剧中的殖民心态和权力倾斜提出批评。更不用说很多西方学者完全是从欧美传统"之内"与"之外"理解戏剧文化的跨越。尽管对何谓"跨文化戏剧"见仁见智,它或被视作戏剧研究方法论,或是一种戏剧类型,或是一种戏剧美学,甚或是带有殖民意识形态的戏剧观等不一而足,然而,跨文化戏剧作为一个观察和研究当代戏剧和文化现象的视角,仍具有重要的理论和现实意义。[4]

在国际戏剧界,跨文化戏剧的舞台演出近二十年来成为一种潮流。彼得·布鲁克、姆努什金、巴尔巴、谢克纳等人借助印度或日本戏剧传统改编西方剧目创造的舞台文本,均是自觉融合了多种表演文化传统的杂糅戏剧,即跨文化戏剧的舞台实践。整体上国际上的跨文化戏剧是一种独立于主流之外的实验戏剧或"后文化戏剧"。首先,我们可以看到非西方人的改编,如日本著名导演铃木忠志将日本能剧传统与古希腊悲剧的任意组合改编而成的

---

[1] Erika Fischer-Lichte, *Das eigene und das fremde Theater*, Tübingen und Basel: Francke Verlag, 1999, p.120.
[2] 李希特、何成洲:《"跨文化戏剧"的理论问题——与艾莉卡·费舍尔-李希特的访谈》,载何成洲主编:《全球化与跨文化戏剧》,南京大学出版社,2012年,第147页。
[3] Rustom Bharucha, *Theatre and the World: Performance and the Politics of Culture*, London and New York: Routledge, 1993, p.14.
[4] 何成洲主编:《全球化与跨文化戏剧》,"前言",第4页。

《酒神·狄俄尼索斯》《特洛伊妇女》《厄勒克特拉》,[1]尼日利亚的诺贝尔文学奖得主索因卡(Wole Soyinka)将尼日利亚殖民历史文化传统与欧洲冲突结合改编的希腊悲剧《酒神的女祭司们》。西方人的改编的剧目和演出相对则更多更丰富,如英国导演彼得·布鲁克排演的印度经典《摩诃婆罗多》、莎剧《暴风雨》等,阿丽安娜·姆努什金(Ariane Mnouchkine)排演的"莎士比亚系列"和希腊悲剧《俄瑞斯忒亚》,美国导演谢克纳以"环境戏剧"思路排演的布莱希特剧《大胆妈妈和她的孩子们》、契诃夫剧《樱桃园》、希腊剧《奥瑞斯提亚》、莎剧《哈姆雷特》。美国导演彼得·塞拉斯(Peter Sellars)将当代生活与希腊古典题材进行创新排演的《埃阿斯》(1983)、《波斯人》(1993)被冠以"后现代戏剧"之名。[2]

跨文化戏剧多种多样的国际舞台实践说明不同文化背景的导演在如何"跨越"上各有奇思妙想,总体而言,西方导演改编取用东方戏剧因素多为浅尝辄止的点缀,而东方导演则较多使用传统戏剧艺术或本土化主题与西方经典剧目做一定程度的结合。国内外学术界对跨文化戏剧在双语/多语、跨文化改编、传统/古典文学文化的现代转型、全球演出市场、流行文化等诸多方面的尝试和创新,多给出了积极的评价。

二、传统戏曲改编与搬演:古希腊悲剧在中国

从1909年在上海新舞台上演冯子和改编的京剧《二十世纪新茶花》开始,以中国戏曲改编外国经典文学的舞台实践已有超过一百年的历史。[3] 30年代到50年代,涌现出很多地方戏曲(如沪剧)改编演出的莎剧等经典剧目。60年代,受只许演出中国革命现代样板戏的政治方针的影响,戏曲改编活动停滞不前。改革开放三十年以来,外国戏剧和文学经典在中国的改编和演出进

---

[1] 2015年10—11月北京古北水镇长城剧场上演了铃木忠志70年代以来一直在演出的能剧改编希腊悲剧的经典之作《酒神·狄俄尼索斯》。媒体见面会推出的是"当古希腊戏剧遇到中国长城剧场",说明对"长城剧场"的刻意选择,与此剧的服装设计、多国语言同台表演、音乐运用一样,"没有一样是无意义的,而是都富有明确的文化意味"。参见李熟了:《铃木忠志的〈酒神〉好在哪里》,《北京青年报》,2015年11月11日。值得注意的是此剧的演出涵容了日(能剧)、西(希腊主题)、中(古代剧场)三种文化要素,说明跨文化戏剧发展至今可以实现多文化的交织。铃木忠志的戏已获得了欧洲戏剧界的认可,甚至被雷曼纳入了"后戏剧剧场"的名单。参见汉斯-蒂斯·雷曼:《后戏剧剧场》(修订版),李亦男译,第13页。

[2] [德]汉斯-蒂斯·雷曼:《后戏剧剧场》,第17页。

[3] 朱雪峰:《〈等待戈多〉与中国戏曲》,见何成洲主编:《全球化与跨文化戏剧》,第61页。

入一个高潮,其中最突出的现象就是用中国传统戏曲改编和搬演外国剧目,所谓"洋剧中演"。据不完全统计,从1980年至今,以中国戏曲改编外国戏剧的剧目超过50多部,[1]涉及的中国戏曲形式包括京剧、[2]昆曲、越剧、川剧、河北梆子、评剧、曲剧和黄梅戏等。

80年代以来,中国舞台上被改编和被讨论较多的是莎士比亚、易卜生、奥尼尔的戏剧,希腊戏剧的改编并不算多。单以数量论,莎剧、奥尼尔戏剧是在中国舞台上被传统戏曲改编最多的外国剧目,总量在10部以上,位列跨文化戏曲改编剧的第一军团。而戏曲版的古希腊戏剧被改编上演不超过10部,大约处在此类改编剧的第二军团,即1部到10部的规模。古希腊戏剧当然是西方戏剧的经典和瑰宝,中国戏剧界对其的改编不及一些近现代剧目,原因大概有两个:一是古希腊戏剧本身十分遥远,理解、改编、化用都有难度;二是自晚清民初以来中国接受外国文学的影响就倾向于"薄古厚今",西方现代剧比古代剧更多译介和引入中国是不争的事实。虽说如此,古希腊戏剧是西方戏剧最原初的经典,连当代西方导演们也需要不时回到这个原点,吸取他们想要的东西。中国也的确有一些有见识的导演擅长以戏曲改编古希腊戏剧。但可惜的是,这些跨文化戏剧实践只有单部剧零散的剧评,既没有系统的剧目及演出历史梳理,亦无详尽的戏剧改编和舞台分析,遑论对这段历史之价值和意义的评价了。

截止到2016年,就目前披阅到的资料来看,中国传统戏曲改编古希腊悲剧并且搬演的剧种有河北梆子、京剧和评剧,分别有两部河北梆子《美狄亚》和《忒拜城》,三部京剧《巴凯》《王者俄狄》《明月与子翰》,一部评剧《城邦恩仇》。[3] 限于篇幅,本文以河北梆子《美狄亚》和京剧《王者俄狄》为例展开

---

[1] 朱恒夫:《中西方戏剧理论与实践的碰撞与融汇——论中国戏曲对西方戏剧剧目的改编》,《戏曲研究》2010年第1期,第30页。

[2] 仅京剧一个剧种,包括台港和中外合作在内,百余年来"跨文化京剧"已有52部剧作。参郑传寅、曾果果:《"跨文化京剧"的历程与困境》,《东南大学学报》2012年第6期,第81页。

[3] 此处的统计没有包括台湾地区希腊戏剧的跨文化改编,因台湾地区小剧场、实践剧场的跨文化戏剧活动非常活跃,需另文撰述。可参见段馨君:《凝视台湾当代剧场——女性剧场、跨文化剧场与表演工作坊》,Airiti Press Inc.,2010年。另外,郭启宏曾在2005年从《安提戈涅》改编高甲戏剧本《安蒂公主》(郭启宏:《安蒂公主》,载《郭启宏文集·戏剧编》卷五,文化艺术出版社,2006年,第545—548页),有零散资料称2005年此高甲戏上演,然而由于高甲戏分布于闽南语系地区,是地域性极强、有特定受众面的地方戏,目前暂未搜寻到任何演出方面的相关资料,故暂不列入改编上演的剧种。

分析。

(一)《美狄亚》以情动人:传统戏的"创编"

中央戏剧学院的罗锦鳞导演在上世纪 80 至 90 年代多次执导过话剧版古希腊戏剧,如《俄狄浦斯王》《特洛亚妇女》《安提戈涅》,受到国外同行的启发他开始考虑用传统戏曲的形式进行改编。河北梆子这个剧种具有三四百年历史,其唱腔的艺术特色是高亢有力、豪放激越、荡气回肠,很适合改编严肃悲壮的希腊悲剧。[1] 更为重要的是,河北梆子海纳百川,对新鲜事物的包容性很强,[2] 这样几个要素的存在与发现解决了以传统戏曲演绎一部西方经典悲剧的难题。1989 年由罗锦鳞执导、姬君超编剧和作曲的河北梆子戏《美狄亚》在石家庄首演,1991 年赴希腊访问演出,此后多轮海外巡演均获得了极大的成功。

在改编方面,五幕梆子戏《美狄亚》增加了有助于观众理解的戏剧情节,在欧里庇得斯的原剧情节"离家""情变""杀子"这三场戏之外增加了两场戏"取宝定情""复仇煮羊",基本还原了美狄亚与伊阿宋完整的神话叙事。前两场戏武戏和特技的呈现较多,后三场戏凸显伊阿宋变心"情变"引起的戏剧冲突,美狄亚剧烈起伏的心理感受以及最后"杀子"复仇的凌厉决绝,唱腔悲壮动人。古希腊戏剧中的歌队是其特色所在。梆子戏《美狄亚》却创新了歌队的多种功能,歌队由六到八名女演员组成,穿同样的服装,动作整一,在全剧中有十六个唱段,她们时而站立歌唱帮腔,时而充当道具和布景。[3] 站立帮腔时她们或发表意见,或抒发情感,充当道具和布景时她们可以化身为宫女,搭建起煮羊的圣锅,甚至用水袖模拟出火焰。此戏的歌队"既保留了歌队在古希腊悲剧中的原始作用,又从视听艺术角度充分发挥了歌队的多功能作用。她们在剧情内跳进跳出,灵活多样,成为《美狄亚》演出中最大的特色之一,也是不可或缺的有机组成部分"。[4]

---

[1] 朱恒夫:《中西方戏剧理论与实践的碰撞与融汇——论中国戏曲对西方戏剧剧目的改编》,第 35—36 页。
[2] 罗锦鳞、陈戎女:《中国舞台上的古希腊戏剧——罗锦鳞访谈录》,《比较文学与世界文学》第九期,北京大学出版社,2016 年,第 5 页。
[3] 罗锦鳞:《用中国传统戏曲表演古希腊悲剧》,《大舞台》1995 年第 4 期,第 48 页。
[4] 罗锦鳞、陈戎女:《中国舞台上的古希腊戏剧——罗锦鳞访谈录》,第 5 页。

梆子戏《美狄亚》的演出史较为复杂，一共出现五版，[1]这说明早期的跨越类戏剧改编和演出处于摸索探究状态。五版的导演罗锦鳞与编剧、作曲姬君超未变，但演出剧团以及演员历经多变。1989年第一版由河北省河北梆子剧团排演，1995年第二版由河北梆子青年剧团演出（国外演出最多的一版）。两版相同之处是均由青年演员彭蕙蘅出演美狄亚，不同的是承演剧团和伊阿宋饰演者有变，第一版的伊阿宋由著名梆子名角裴艳玲扮演，第二版、第三版换为男演员，扮演者分别是田春鸟、陈宝成。此戏的声乐很美，同传统梆子腔有所区别，突破了传统戏曲一板一眼的呆板样式。1989版《美狄亚》在希腊演出后甚至曾被冠之以"中国第一歌剧"的美誉，创造性的舞台思维使得两种颇具反差的文化品格有机交融。[2]

2002年第四版由北京市河北梆子剧团演出，转为京味儿梆子，美狄亚由梆子戏名角刘玉玲饰演。第四版《美狄亚》取用了与前两版相同的改编剧本，但罗锦鳞的导演构思和演出样式不一样。前三版河北梆子剧团的演出，比较多依循话剧的演技，不受戏曲程式的束缚，显得古拙质直；第四版北京梆子剧团的《美狄亚》风格更加民族化，演出更加戏曲化，资金充足（北京市十多万大笔资金的投入），演员身上的手绣古装使得舞台流光溢彩，[3]在海外演出时令国外的观众啧啧称奇，取得了更佳的舞台效果。第四版《美狄亚》的演出成功使得剧评人直呼，河北梆子改编希腊戏剧是继中国戏曲演出莎士比亚戏剧后的又一个新突破（刘厚生）。[4]

第五版是北京市河北梆子剧团2019年10月在北京长安大戏院和丰台园博园森林剧场的两场演出，由罗锦鳞任导演，王山林任执行导演，姬君超改编并作曲。2019版的演出，是梆子戏《美狄亚》离开舞台16年以后的再次亮相，这版演出第一次将美狄亚、伊阿宋由不同年龄段的演员分段饰演，美狄亚由青年演员魏立珍和中年演员王洪玲饰演，伊阿宋则分别是董志伟和王英会扮

---

[1] 陈秀娟：《〈美狄亚〉：中西戏剧融合的成功探索》，《文艺报》2019年11月11日第4版。2019年北京市河北梆子剧团演出《美狄亚》时，罗锦鳞导演和宣传册页均说明，《美狄亚》一共有五版演出。
[2] 孙志英：《试论河北梆子〈美狄亚〉的舞台思维》，《大舞台》1995年第3期，第29页。
[3] 朱行言：《从希腊祭坛飞向神州舞台的〈美狄亚〉》，《中国戏曲学院学报》2003年第2期，第53页。
[4] 他山整理：《〈美狄亚〉演出成功与艺术价值——北京河北梆子剧团〈美狄亚〉研讨会综述》，《中国戏曲学院学报》2003年第1期，第76页。

演。这版演出唱的部分十分精彩,梅花奖和白玉兰奖获得者王洪玲是戏中唱功最为突出的演员,她的唱腔嘹亮清越,直抵人心,表现的情感层次丰富,十分感人。"梅花奖"获得者王英会的唱功也十分了得,尤其是当上新郎后的伊阿宋搂抱两个孩儿的一段,将迷恋王权的父亲对孩子的情感唱出来了,伊阿宋的形象更立体了。2019 版《美狄亚》演的部分还需要打磨(比如饰演爱神厄洛斯的演员武功精湛,但腾跃中头套飞出),可能因为排练时间紧张,还有不少地方不太精致。

总体上,前后多版演出中,演出场次最多的两位女主演彭蕙蘅、刘玉玲的表演值得研究。她们二位的舞台演出各有不同侧重,彭蕙蘅由于年轻矫捷,武功底子厚实,偏重于表现美狄亚性格中的凌厉凄美和强烈的复仇主义;年龄偏大的刘玉玲则扬长避短,从"情"字上下功夫,诠释了美狄亚既是钟情的天使,又是被无情厄运摧残与扭曲的悲剧性格。戏剧行家赞赏刘玉玲在"情变""杀子"两场戏中刻画人物性格的深厚功力,以及创新性地把河南豫剧、川剧板腔和西方歌剧中的咏叹调糅入梆子声腔中对传统梆子唱腔框架的突破。[1] 两位女主演的表演各有千秋,但以情动人却是梆子戏《美狄亚》的最大特色。她们二人因为成功饰演美狄亚而斩获戏曲界的最高荣誉"梅花奖":年轻的彭蕙蘅在 1995 年获得第十三届"梅花奖",到达了演艺生涯的巅峰,数年后主演刘玉玲则因美狄亚一角获得"二度梅"。

对梆子戏塑造的中国"美狄亚",剧评界褒贬不一,质疑者称此戏将古希腊神性的美狄亚女性形象"中国化"、柔弱化,一变而为中国戏曲中司空见惯的忍辱负重的女性,是一种"中庸而调和"的改编。[2] 赞美者却说《美狄亚》摆脱了中国传统伦理道德的拘囿,并没有一意迎合中国观众的欣赏心理、思维定势,美狄亚的性格发展具有连续性、一致性,凸现了戏曲程式化规定下的"以情取胜",把演员的表演置于中心地位,缺憾在于前三场戏过于忙碌、紧张,叙述夺戏,事件掩情。[3] 中国"美狄亚"显然不同于原作中的美狄亚,而且必须立于传统戏的"创编"来理解她。此戏的主要冲突是伊阿宋追逐权势,抛弃曾经共难的发妻而引起,熟悉陈世美的中国观众很容易认同剧情。然而美狄亚又不是任何一个中国传统戏曲中的女性,她非但不忍辱负重,而且挑战

---

[1] 朱行言:《从希腊祭坛飞向神州舞台的〈美狄亚〉》,第 54 页。
[2] 蔡忆:《浅谈河北梆子〈美狄亚〉改编的得与失》,《大舞台》1996 年第 3 期,第 69 页。
[3] 孙志英:《试论河北梆子〈美狄亚〉的舞台思维》,第 30—31 页。

男权极限：杀子断后。因而，这出梆子戏一方面一定要让美狄亚杀子合理化，故而一再突出伊阿宋对王权的执念（为此不惜把他追求的格劳刻公主从面容到行为丑角化），另一方面中国美狄亚从方方面面被立体地塑造，这其中突出的是一个"情"字。无论是她的青春烂漫情动于衷（第一幕），还是她的机巧迭出化解危难（第一、二幕），无论是她一片痴情却遭到背叛（第三、四幕），还是她渐生杀机杀子惩夫却又万般不忍（第五幕），观众时时刻刻能感觉到美狄亚层次丰富的喜怒哀乐。梆子戏中的美狄亚能够打动中外观众，是因为导、编、演中各种戏曲构思和手段的恰当运用，使得她可感可叹可赞，即便她最终有杀子这样疯狂的行为，却是可以理解的。

经过多版的历练和国内外观众长期的接受过程，《美狄亚》逐渐被打磨成河北梆子戏的一出经典剧目。从舞台演出史历时观之，十几年间，《美狄亚》的演出从省属剧团到首都的地方戏剧团的层层跟进，首先说明此剧的跨文化改编和搬演是成功的，受到了国内外观众的认可。比如此剧的多种版本先后参加在欧洲诸国、拉丁美洲和亚洲的各种戏剧节和巡回演出，累计高达200多场，罗锦鳞曾提到过1991—1993年此戏在欧洲巡回演出时国外观众对此剧的高度认可，哥伦比亚甚至出现此戏戏迷。[1] 而前四版的两位美狄亚的饰演者都因此角获得中国表演最高奖梅花奖，足以证明国内戏剧界尽管有一些不一致的意见，但对于美狄亚这一洋角色的中国化、本土化诠释仍然给予了极高的肯定。其次，此剧的演出历史轨迹也说明国内戏剧界逐渐接受了以传统戏曲改编国外戏剧经典的"创编"模式：既非完全照搬原作，亦非内化成彻头彻尾中国戏曲。罗锦鳞对自己四次排演古希腊戏剧，特别是1989年创排河北梆子戏《美狄亚》的执导理念和执导过程有过总结，他称戏曲改编的形式是"中国戏曲的传统与古希腊悲剧的传统有机地融合"，舞台效果达到了"你中有我，我中有你"。[2] 中国的梆子戏与希腊悲剧的结合，典范性地演绎了跨文化戏剧的舞台美学和文化交融。故而，基本可以断定，河北梆子《美狄亚》是80年代以来古希腊悲剧在中国改编的代表作，是梆子戏外国改编剧的成功之作。

---

[1] 罗锦鳞：《用中国传统戏曲表演古希腊悲剧》，第48页。
[2] 同上文，第49页。

(二) 京剧:《王者俄狄》的本土化

希腊悲剧与中国国粹京剧的杂糅,从 20 世纪末到 21 世纪初,在国内出现了一北一南两部以不同观念进行实验性演出的悲剧,《巴凯》(1996)和《王者俄狄》(2008)。实验京剧《巴凯》由"慧根颇深、悟性极高"的美籍华裔导演陈士争执导。《巴凯》是陈士争导演的早期作品,改编自欧里庇得斯的名剧《酒神的伴侣》(音译为《巴凯》),由中国京剧院与纽约希腊话剧团合作,1996 年在北京首演。此戏借用了西方/古希腊经典的题材,形式上汲纳了众多的京剧元素,但主要表演形式和框架均是古希腊悲剧式的。《巴凯》是中美合作的戏剧,舞台表演背后的戏剧制作观念和政治议程(agenda)也引起了国内外评论家的关注。深谙戏剧操作观念背后的权力之争的西方剧评家甚至严厉指控,剧中西方文化凌驾于中国文化之上实有文化帝国主义之嫌。[1] 结合东西方戏剧形式的创新表演,有时要付出相当大的代价。

陈士争版《巴凯》之后,另一出新编神话京剧《王者俄狄》2008 年由上海戏剧学院与浙江省京剧团联合创排上演。首演是 2008 年 7 月在杭州的小剧场版,正式的剧场版在 2008 年 9 月西班牙的"2008 年巴塞罗那国际戏剧学院戏剧节"演出。[2] 此剧由长期致力于东西方文化交流的孙惠柱担任编剧和策划(编剧还有于[东]田),卢昂和翁国生执导,翁国生同时是俄狄的饰演者。此剧改编自索福克勒斯的经典名作《俄狄浦斯王》,基本剧情和戏剧冲突维持不变,但是戏剧构思和舞台演出的本土化程度很高,创设了很多适合中国戏曲搬演的手段,是真正意义上的京剧演出。剧本改编中已经将人物和地点尽力做了中国化处理:"俄狄"之名截自俄狄浦斯(正如《忒拜城》中安蒂之名截自安提戈涅),也是戏中唯一一个有自己名字的人物,其他希腊故事中的复杂人名,如俄狄浦斯的父亲拉伊俄斯、母亲伊俄卡斯忒,均简化为老王、王后这样只表示身份的称呼。故事发生的两个城邦,忒拜城和科任托斯,改编为两个"谜一样的国度"梯国和柯(兰)国。

据目前收集到的资料,《王者俄狄》有多个不同时长的演出版本。最初的版本是一个小制作的实验小剧场版本,八个演员出演,演出时间仅 45 分钟。

---

[1] Erika Fischer-Lichte, "Beijing Opera Dismembered: Peter Steadman and Chen Shi-zheng's The Bacchae in Beijing (1996)", *Dionysus Resurrected: Performances of Euripides' The Bacchae in a Globalizing World*, Chichester: John Wiley & Sons, Ltd., 2014.

[2] 《实验京剧〈王者俄狄〉创演年谱》,载于潇霖主编:《中国京剧和古希腊悲剧的联姻:实验京剧〈王者俄狄〉创作演出集》,浙江人民出版社,2015 年,第 276 页。

经过改编扩写,2010年此剧演出了两个长版:第一个是长达3个多小时的"农村版",这是为了到农村演出扩大了故事容量的版本,加入了便于农村观众理解的少年俄狄离家出走,遭遇丐帮义结金兰,途中与斯芬克斯怪兽相斗,解救梯国人民以及俄狄自盲双目后与狮身人面兽拼死搏斗等热闹好看的场面武戏。[1] 2010年11月在杭州剧院上演的近两个小时的剧场版比"农村版"短小,却是比2008年的小剧场版本更为完整的大剧场版本[2],多达九场戏:"王子""丐帮""老王""殿试""变故""求仙""解密""真相""哭命"。大剧场版的《王者俄狄》与梆子戏《美狄亚》的戏脉构思一样,完整讲述主人公故事的来龙去脉:俄狄乃年轻的柯国王子,去梯国途中无意杀死生父,又杀死魔兽完成娶母的动作,三年后瘟疫爆发,一心为民着想的俄狄王在先知面前立誓彻查三年前的"血疑",通过柯国乳娘和梯国卫兵这两个关键人物,揭开的却是他自己不祥的身世和命运,剧末他自薹双目,完成自我惩罚。

然而,最终由浙江音像出版社发行的实验京剧《王者俄狄》DVD版本是75分钟不短不长的演出版,直接从瘟疫后俄狄"求仙"开始剧情,反倒与索福克勒斯的原著情节更为接近(以下的分析基于此演出版本)。

作为京剧,《王者俄狄》的人物设置、"场面调度"(Mise-en-scene)尽可能地吸纳了京剧的东方元素,依据京剧的戏曲行当演出,这与只是运用一些京剧元素的陈士争版《巴凯》有根本的不同。《王者俄狄》中的俄狄一角被设定为一位年轻英俊的国王,他在梯国为王三年,没有与王后生育子嗣,因为编剧孙惠柱想要表现一位理想主义的少年天子,一个在名誉上"大义灭己"的英雄。[3] 戏中运用了京剧的四种行当"箭衣武小生""短打武生""官生""落魄穷生"呈现不同时期的俄狄,俄狄"趟马""甩发"等特技游刃有余的运用展现出京剧精湛的舞台表现力。王后惊觉俄狄身份之后,哀婉凄恻的情绪、"反二黄"以及"流水快板"等板腔体唱段与京剧"青衣"行当、水袖表演完美结合,丝丝入扣,感人至深。[4] 新编的人物中,原剧中的忒拜盲先知特瑞西阿斯一角

---

[1] 翁国生:《〈王者俄狄〉遭遇农村宗祠"滑铁卢"——记〈王者俄狄〉温州乐清黄氏宗祠的一场难忘演出》,潇霖主编:《中国京剧和古希腊悲剧的联姻:实验京剧〈王者俄狄〉创作演出集》,第230页。
[2] 赵忱:《那是王者应该有的风范》,《中国文化报》,2010年11月11日第005版。
[3] 孙惠柱:《决心与命运的搏斗》,载潇霖主编:《中国京剧和古希腊悲剧的联姻:实验京剧〈王者俄狄〉创作演出集》,第65—67页。
[4] 翁国生:《京剧与古希腊悲剧的联姻——浅论新编京剧〈王者俄狄〉的创作》,载孙惠柱、费春放编著:《心比天高:中国戏曲演绎西方经典》,文化艺术出版社,2012年,第133页。

很有创意地演变成三位穿着道士服,跳着"云帚舞蹈"的"武丑"角色神算子、神珠子、神灵子,他们的语言自带喜剧性的调侃,与其丑角脸谱相得益彰,恰与俄狄正义、肃穆、忧国忧民的君王角色设定形成强烈反差。三位道士"先知"贯穿整出剧的始终,他们预言了俄狄的神秘命运,又见证了俄狄最终的自盲双目。这出戏的舞台空灵简洁,仅有一个巨大狰狞的青铜图腾背景,象征着命运的神秘。[1] 道具仅仅出现过一个金灿灿的王座,再无其他。

此剧最为高潮、也是最具有舞台表现力的场景出现在剧末处俄狄自盲时,他在三位先知面前,以急速的蹉步(时而加入甩发),挥舞三米长的水袖跳的"刺目舞"。此时俄狄明了自己杀父娶母的真相,震惊之下悲痛欲绝的激越情感以极夸张、又控制到位的舞蹈动作予以表现,充分展示了俄狄作为君王自我惩罚以救万民于水火之中的高贵品格。而三位先知分别以丑角舞蹈与之两两呼应,以喜衬悲,愈显其悲。"刺目舞"在京剧和跨文化戏剧中都是独特的表演,男性耍超长水袖,水袖不是白色而是渐变血红色,水袖与"甩发"结合,至今堪称独一无二。[2] "刺目舞"一气呵成,美轮美奂,成为这出新编京剧的经典场景,给观众留下了无法磨灭的深刻印象,[3] 被誉为京剧技巧与激情完美结合(谢克纳语)。

与中西混搭、更显西化的《巴凯》相比,《王者俄狄》的本土化程度很高。后者相较前者更为成功的演出,除了"努力延续古希腊原作的悲剧性"之外,更应归功于整出戏基本按照京剧框架(行当、唱腔和动作)进行,虽然在其中插入了新式音乐、画外音和现代音效声光,不过是辅助手段而已。新编的剧目,传统的京剧形式,华美精致的戏服,紧扣心弦的戏剧冲突,设计和表演到位的身段舞蹈,这出新编实验京剧在中外观众中赢得了广泛的接受和赞美,甚至有听不懂唱词的外国观众看得潸然泪下。至 2015 年,该剧在海内外已演出 130 多场,中国国剧与西方名剧的强强联合,的确拉近了西方与东方的距离。[4] 2013 年 10 月《王者俄狄》作为中国唯一受邀的戏剧参加了在东京举行的第 20 届中韩日戏剧节的演出。翁国生扮演的俄狄王刺瞎双目的水袖表

---

[1] 翁国生:《京剧与古希腊悲剧的联姻——浅论新编京剧〈王者俄狄〉的创作》,第 133—134 页。

[2] 刘璐:《西戏中演——用戏曲搭建跨文化沟通的桥梁》,国际文化出版公司,2013 年,第 95—96 页。

[3] 美成:《耳目之娱,心灵之撼——解读实验京剧〈王者俄狄〉》,《上海戏剧》2009 年第 2 期,第 18—19 页。

[4] 翁国生:《京剧与古希腊悲剧的联姻——浅论新编京剧〈王者俄狄〉的创作》,第 131 页。

演震撼了全场,《王者俄狄》的跨文化戏剧探索也再度受到肯定:"实验京剧《王者俄狄》的创演,带给了京剧更多的艺术实验的可能性,带给了中国观众深入了解古希腊悲剧的一条捷径,也带给了东西方戏剧一次极富历史意义的有效融合。"[1]

三、中国戏曲舞台上的古希腊悲剧:价值、意义、问题

(一) 国际和国内舞台演出的价值与意义

从20世纪80年代末至今,在近三十年的时段里,不同导演的戏曲版古希腊悲剧在国内外频繁上演,既塑造出一段独特的古希腊悲剧被中国戏曲改编与搬演的历史,也构建出丰富的跨文化戏剧舞台实践的内涵。

具体来说,罗锦鳞、陈士争、孙惠柱三位具有代表性的导演或编剧体现了各自不同的舞台搬演理念和中西戏剧传统。罗锦鳞执导过多部古希腊戏剧,贯穿其导演生涯始终,这其中有家学渊源的原因。其父亲罗念生是国内的泰斗级古希腊专家,生前皓首穷经从事古希腊文学哲学的译研事业,罗锦鳞将古希腊戏剧搬上中国舞台,是对父业的另一种形式的自觉接续。[2]况且,罗锦鳞受教和执教于中国戏剧的最高学府中央戏剧学院,他的导演作品暗伏着新中国的导演教育对国际戏剧界的跨文化戏剧理念的思考和回应:坚决地立足于中国的新老戏剧/戏曲传统,不太采纳西方的戏剧模式(尤其是种种先锋、实验的形式),但又一步一个脚印地在实践着戏剧舞台表现上的突破和创新。陈士争导演早年在湖南受过传统戏曲的熏染(湖南花鼓戏和京剧),又是最早走出国门学习和接受了西方戏剧观念的国际人之一,如西方学者所说,"他会讲中美两国戏剧舞台上的语言,他是把两个世界联合在一起的关键人物"。[3]陈士争的戏剧、歌剧、电影作品既选取了中国传统的标志性符号(昆曲、京剧),也不拒绝新鲜的现代元素(如动漫),以较为西化的戏剧观念打破了层层因袭的中国传统戏曲。孙惠柱与陈士争一样在美国接受了西方戏剧的教育,但细分之下方向不同。一方面他接受了授业导师理查·谢克纳的

---

[1] 张枚:《〈王者·俄狄〉震撼日本》,《中国文化报》2013年11月7日第5版。
[2] 刘心化:《罗氏三代的希腊文化之缘》,《戏剧之家》2000年第6期,第40页。
[3] [美]彼得·斯坦德曼:《〈巴凯〉——演出的意义》,第25页。

"人类表演学"的理论主张,并且做了某种中国化的尝试,如他提出的"社会表演学"、国际戏剧期刊《戏剧评论》(TDR)的中国化,另一方面孙惠柱编剧或策划的"西剧中演",如京剧《王者俄狄》、越剧《心比天高》等,重点偏向于"中演",即尽量恪守中国传统戏曲的演出程式,不采用或有限度地采用某些现代戏剧的方式(戏歌、画外音等),表现出对戏曲形式的自觉意识和高度认可。罗锦鳞、陈士争、孙惠柱三位是用戏曲形式改编和搬演希腊悲剧的代表性人物,他们跨越中外戏剧传统的过程,既有各自家庭和教育的个人因素的影响,也受到国际跨文化戏剧潮流的冲击,故而舞台理念不尽相同,甚至相互抵牾。

若从更为广阔的国际背景来考察罗锦鳞、陈士争、孙惠柱的跨文化戏剧实践,实非孤例,应该放置到近年来风起云涌的跨文化戏剧国际潮流的坐标中,放置到蓬勃兴起的各类国际戏剧节演出中,在全球戏剧实践的地图绘制中给它们准确地定位。而且,中国戏曲舞台上的古希腊悲剧不只在国际舞台上点亮了中国式风景,这些实践对于国内戏曲界而言,开创了新剧目,内拓出新的戏剧空间。

毋庸赘言古希腊戏剧一直属于西方文学或世界文学中的经典剧目。以当今世界多元文化的价值诉求,世界经典剧目的常演常新,向来是多元文化接通和交流的一个接口。"如果我们能设想出一种多元文化和多元价值的普遍性经典,那它的基本典籍不会是一种圣典,如《圣经》《古兰经》或东方经典,而是在世界各种环境中以各种语言被阅读和表演的莎士比亚戏剧。"[1] 近几十年间古希腊戏剧在世界范围内被大范围地改编、移植、创排和演出,也与此理同符合契,而中国的古希腊戏剧实践,是这个国际潮流的一个侧面。

有意思的是,作为跨文化戏剧,这些中国传统戏曲版的古希腊戏剧几乎无一例外,最初主要是为国外的戏剧节量身定做。《美狄亚》《忒拜城》是为了参加国际古希腊戏剧节而排演,虽然首演是在国内。《王者俄狄》的完整首演即是西班牙巴塞罗那的国际戏剧学院戏剧节。《城邦恩仇》虽然在北京首演,却是为了参加希腊埃斯库罗斯艺术节而创排的剧目,此艺术节在2015年希腊经济危机打击下是硕果仅存的戏剧节。二战以后,世界各地的国际戏剧节纷纷涌现,如有七十年历史的阿维尼翁戏剧节、爱丁堡戏剧节、维也纳戏剧节,稍年轻的柏林戏剧节、日本利贺戏剧节等,到21世纪各种戏剧节更是日趋多元化。国际戏剧节本身既是一个多元戏剧文化展示的窗口,又是跨文化戏剧

---

[1] [美]哈罗德·布鲁姆:《西方正典》,江宁康译,译林出版社,2005年,第27页。

的催化剂,已然成为当下风起云涌的中国各类戏剧节效仿的戏剧展示—交流模式,如乌镇戏剧节、天津曹禺国际戏剧节。在各种国际戏剧节亮相的中国戏曲版古希腊悲剧契合了多元的戏剧文化舞台的需求,中国传统戏曲在与国外戏剧同行的交流中展示了或阳春白雪般高雅、或源自底层接地气的中国民族戏曲文化的精髓与细节,它们与同样采用中国或东方传统戏曲元素,但戏剧理念、演绎方式大异其趣的国外演剧(多为西方导演执导)形成呼应和对话,达致跨文化戏剧背后凸显的跨文化交流的目的。

反向来看,"洋剧中演"于中国传统戏曲极为有益。外国经典剧目的改编为传统戏曲注入了新鲜血液,开拓出一批新剧目。在编剧、导演和演员们的跨文化戏剧实践之前,我们无法想象观看希腊戏剧内容的河北梆子、京剧和评剧。而耐人寻味的是,这些新编剧也赢得了很多国内热爱传统戏曲的观众的认可。百年来,中国戏曲舞台上的外国经典剧改编层出不穷,究其原因是中国传统戏曲内在发展的需求所致,传统戏曲在剧目、内容、主题、结构、人物、歌队等方面,可以直接或间接地借鉴国外的戏剧作品。传统戏曲在当下逐渐失去市场和观众的时候,这种借鉴不只是丰富了地方戏的内容,而是由生存所需推动,内拓出重要的发展方向,甚至成为文化部门的决策层考虑地方剧团发展前景的选择之一。[1]

综合而言,跨文化戏剧在国内外舞台演出的意义在于其演出和受众的双向性。其舞台演出既是"你来",是把西方戏剧经典请进来,又是"我往",中国戏曲借此走出国门,走向世界。受众的双向性体现在,中国戏曲老观众看到的是传统戏曲形式的新剧目,而国外观众看到的是熟悉内容的新舞台形式,故而,对中外观众,跨文化戏剧皆是既熟悉又陌生的观戏体验。

(二)损害抑或增益:跨越类戏剧/戏曲的价值、意义、问题

跨越类戏剧如何实现有价值的跨越,如何融通中外,一直是一个复杂难断的问题。中国传统戏曲与希腊悲剧的杂糅反映出戏剧(尤其是传统戏剧/戏曲)复杂的跨文化性。对跨文化戏剧的文化跨越,其意义和价值该如何评判向来是一个难题。跨文化戏剧在中国的改编和上演,在接受和评价方面标

---

[1] 据罗锦鳞导演所述,以前北京市文化局领导曾经给北京市梆子剧团下过一个四条腿儿走路的指示,除去其他剧团均有的三条腿儿(指传统戏、现代戏和送戏上门三种形式)之外,梆子团的第四条腿指的是改编古希腊戏剧。罗锦鳞、陈戎女:《中国舞台上的古希腊戏剧——罗锦鳞访谈录》,第11页。

准不一,同一出剧有人称赞是带来惊喜感的中西合璧,有人则批评痛斥为中不像中、西不像西,"不伦不类、非驴非马",甚至"携洋自重",缺乏文化自信。[1] 究竟应该以西方或中国的戏剧传统观念去看待跨文化戏剧,还是要打破不论是西方还是中国既有的观念框架,代之以真正意义上的"跨文化"(intercultural)戏剧的观念? 这还是一个悬而未决、有待未来的问题。在跨文化戏剧的理论探讨和戏剧实践中,不管是尤金尼奥·巴尔巴探索的跨文化的"欧亚戏剧",李希特"再戏剧化""戏剧通用语符号体系"(der neue Kode einer Universalsprache des Theaters)的说法[2],还是彼得·布鲁克力图弥合欧洲文化的"第三种文化"[3],抑或理查德·谢克纳转向泛戏剧和表演研究的人类表演学,以及何成洲提出的具有革新性、能动性的演出和文化"事件",一切都还是开放的未定之论。

古希腊悲剧的跨文化戏曲表演同样难以评价,由于其不中不西的跨越特性,它虽有传统戏曲的外表,却不是纯粹的传统戏曲,它讲述的是改头换面的异域故事,却又不同于原汁原味的原作本身。于是,它在两个方向上遭到质疑,传统戏曲界会质疑这些戏不依循传统,损害了戏曲本身,而研究古希腊戏剧的人则提出,这样的改编会不会歪曲了希腊剧作者的精微义理原意,损害了希腊戏剧本身。这种来自两方面的"损害"说(或歪曲说、形似神不似等说法),让跨越类戏剧/戏曲生存在夹缝中,左右受敌。

然而,如若回顾中外跨文化戏剧的历史,我们也可以提出"增益"说:跨越类改编戏剧存在的意义,恰恰是从两个方向实质性地增益了戏剧的发展。戏剧/戏曲不同于其他文学类型之处,其生命力来自不断地上演,只存在于纸本上而无法演出的戏剧不是活的戏剧。莎剧面世四百年的历史长河中,世界各地搬演的戏剧形式千奇百怪、千殊万类,试想莎剧是否会畏惧哪一种舞台实验损害了自己,还是各种舞台形式更加丰富了莎剧?[4] 更何况已经有两年四百年历史的古希腊戏剧! 一部文学经典原作会不会受到戏仿、改写、续写、反

---

[1] 王煜:《京剧无需挟"新"自重》,《人民日报》2012年4月6日第24版。
[2] Erika Fischer-Lichte, *Das eigene und das fremde Theater*, p. 185.
[3] Peter Brook, "The Culture of Links", *The Intercultural Performance Reader*, ed. by Patrice Pavis, London and New York: Routledge, 1996, p. 65.
[4] 莎剧的中国化也是一直被探讨的话题,如京剧莎剧《王子复仇记》,到底是"使得原剧[《哈姆雷特》]丰富深刻的内涵精神变得狭窄与浅显",还是我们把"莎味"当成含金量提出了过高要求,有失公允呢? 参见宫宝荣:《从〈哈姆雷特〉到〈王子复仇记〉——一则跨文化戏剧的案例》,《戏剧艺术》2012年第2期,第73页。

写的损害，会不会受到各种外语翻译中丢失原词、原意、神韵的损害，端赖于我们如何看待这些文本形式和语言形式的改变，是视其为损害，还是原作获得另一种形式的生命，得到增益。对传统戏曲，跨文化戏剧塑造出它们原不曾有过的戏曲形象，扩充了传统戏曲的表演题材和表现空间，增富了传统戏曲对外交流的手段；对希腊原剧，中国戏曲改编的立意本就不在于紧贴原作重复原作，而是给予原作新的理解维度，新的展开方式，新的舞台经验。对于两千多年前已经在舞台上演出过的希腊戏剧而言，融入东方戏曲的舞台演出绝对不会是损害，而是实实在在的获益。

但是，这个获益的过程绝不是两种戏剧传统的简单叠加，实际上，希腊戏剧和中国戏曲分属截然不同的戏剧表演体系：希腊戏剧或大而言之西方话剧的舞台传统重戏剧冲突和反思精神，而中国戏曲重演员的表演，一旦以戏曲作为舞台演出形式，问题随之产生。京剧《王者俄狄》的导演兼主演翁国生说过这样一段话："以表演为主体的局面形成之后，也造成了其内在文本和思想性的削弱。技巧沦为了纯粹的技巧，表演与戏剧精神形成了极不相称的关系。"[1]这段坦诚的认知，应该是戏曲形式的跨文化搬演碰到的终极问题，也可能是轻思想、重表演的跨文化戏曲的通病。《王者俄狄》尝试解决的手段是将表演与戏剧精神做有机结合，并试图将当代审美情趣与古典戏曲的美学精神相互映照。问题解决的程度，则视两种戏剧传统有机结合和相互映照的程度。

对中国戏曲/戏剧而言，要避免的是将脸谱、装扮和戏服作为浓缩性符号，当成向世界展示的简捷手段。深度的文化跨越要求更为复杂、更加融通的手段，要求更多中外戏剧的共鸣共振。对于跨文化戏剧而言，不能再像西方戏剧在20世纪初学习中国戏曲那样，只拿去一些戏服和脸谱异域情调化，却忽视中国戏曲套路等复杂的戏剧传统，[2]因为任何化简、还原到符号的做法都是将中外丰富多彩的戏剧传统归约和浓缩为某个简单的能指，导致国外观众以为中国的优秀戏曲只《牡丹亭》一剧，代表中国的音乐只《茉莉花》一曲。

以中国传统戏曲演绎古希腊戏剧或西方经典，还存在类似简单符号展示，表演与思想性不协调，中外戏剧共振不足的缺陷。但是任何跨文化戏剧

---

[1] 翁国生：《京剧与古希腊悲剧的联姻——浅论新编京剧〈王者俄狄〉的创作》，第133页。
[2] 李希特：《探寻与构建一种异质剧场——论欧洲对中国戏剧的接受史》，载何成洲主编：《全球化与跨文化戏剧》，第3页。

实践都需要不断尝试,塑造一条独特的、非中非西又兼融中外的戏剧新传统。就此而言,中国戏曲舞台上的古希腊戏剧跨文化实践业已为研究者从跨文化演剧形式、传统与现代的并置与杂糅、中外导演不同的跨文化执导理念、中外受众的分析等方面提供了可堪借鉴、可资研究的丰厚资源。

(原刊于《中国文化研究》2018 年第 2 期)

"Sharawadgi"词源考证与浪漫主义东方起源探微

张旭春

一

17世纪英国著名政治家、散文家和文艺批评家坦普尔爵士(Sir. William Temple)于1685年写下了一篇非常有趣的文章:《论伊壁鸠鲁的花园;或关于造园的艺术》("Upon the Garden of Epicurus; or of Gardening")。在该文中,坦普尔特地提到了中国造园艺术:"我所谈到的最漂亮的花园,指的仅仅是那些形态规整的花园。但是,就我所知,可能还有另外一种形态完全不规整的花园——这些花园之美远胜任何其他种类的花园。然而它们的美却来自对园址中自然(景物)的独特安排,或者源自园艺设计中某种瑰奇的想象和判断:杂乱漫芜变成了风姿绰约,总体印象非常和谐可人。我曾经在某些地方看到过这种园子,但更多是听到其他一些曾经在中国居住过的人士们的谈论。中国人的思想之广阔就如他们辽阔的国家一样,丝毫不逊色于我们欧洲人。对于欧洲人而言,花园之美主要来自于建筑物和植物安排的比例、对称与规整。我们的小径和树木都以一一对称的,而且距离精确的相等。但是中国人却鄙视这样安排植物的方式,他们会说,即使一个能够数数到一百的小男孩,也能够以他自己喜欢的长度和宽度、将林荫道的树木排成直线。但是中国人将他们丰富的想象力用于园艺设计,以至于他们能够将园子建造得目不暇接、美不胜收,但你却看不出任何人工雕琢、刻意布局的痕迹。对于这种美,尽管我们还没有一个明确的观念,但是中国人却有一个专门词汇来表达这种美感:每当他们一眼看见此种美并被其触动的时候,他们就说Sharawadgi很好,很让人喜爱,或者诸如此类的其他赞叹之语。任何看过印度长袍或最精美的屏风或瓷器上的图案的人,都会体味到此种无序之美。"[1]

继坦普尔之后,艾迪生(Joseph Addison)也间接提到"Sharawadgi"这个词。1712年6月25日,艾迪生在《旁观者》(*The Spectator*)上发表了一篇谈论园林的文章,其中有一段是这样的:"介绍中国(园林)的作者告诉我们,那个国家的居民嘲笑我们欧洲人以规范和直线来排列园林植物的方式,因为他们认为任何人都能够以等距方式排列林木,并把林木修剪得整齐划一。中国人所展示的那种园艺天才的本质就是隐藏造园的人工技艺(the Art)。他们的语言中似乎有一个专门的词(a Word),用以表达那种独特的园林美感——那是一种你一眼看去,立刻令人心旷神怡,但你又说不出此种愉悦感道理何在。"[2]

18世纪英国新古典主义批评家兼诗人蒲伯(Alexander Pope)在1713年9月29日给《卫报》的一封题为《谈花园》的信中明确提到了坦普尔。[3] 1725年8月12日写给罗伯特·底格比(Robert Digby)的信里,蒲伯直接提到"Sharawadgi"这个词:"对于巴比伦空中花园、居鲁士的天堂以及中国的Sharawaggi,我所知甚少或一无所知。"[4]话虽如此,他却明确表示鄙视那种讲究规范对称的古典主义园林,而且身体力行地倡导师法自然的造园艺术,比如他自己的特威克南别墅,就呈现出典型的"Sharawadgi"(或Sharawaggi)风格——不规范、非对称的园艺之美[5]。蒲伯在诗歌创作方面竭力倡导规整的英雄双韵体,但在造园艺术上却追求错落起伏的品达风格,这个矛盾可能涉及重新评价新古典主义与浪漫主义的关系问题,值得学界深究。

历史学家、作家、辉格党政治家、哥特艺术的狂热爱好者、第四代牛津伯爵沃尔普尔(Horace Walpole)也至少两次直接提到"Sharawadgi"这个词。在1750年写给其朋友的一封信中,他说:"对于Sharawadgi,或一种体现在屋舍

---

[1] William Temple, "Upon the Garden of Epicurus; or of Gardening in the Year of 1685", in Sir. William Temple Baronet, *Miscellanea*, *The Second Part*, *in Four Essays*, London: 1696, pp. 131-132. 该书无出版社信息.

[2] Henry Morley (ed.), *The Spectator*, Vol. 2. London: George Routledge and Sons Limited, 1891, pp. 616-617.

[3] Pat Rogers (ed.), *Alexander Pope: The Major Works*, Oxford: Oxford University Press, 2006, p. 64.

[4] George Sherburn (ed.), *The Correspondence of Alexander Pope*, Vol. II, Oxford: The Clarendon Press, 1956, p. 314.

[5] 参见范存忠:《中国文化在启蒙时期的英国》,上海外语教学出版社,1996年,第83—86页。

建筑和花园设计中的中国式的非对称美感,我由衷地喜爱。"但是到了18世纪80年代,出于辉格党和托利党的党派政治之争,沃尔普尔又对"Sharawadgi"提出了批评,说"具有奇幻色彩的Sharawadgi"与(古典主义)"规整的形式"一样,都是不自然的。[1]

继坦普尔和艾迪生之后,蒲伯、沃尔普尔,尤其是钱伯斯(William Chambers)等人也大力推崇中国的造园艺术,以至于在18世纪启蒙时代的英国兴起了一股模仿中国花园的造园热潮——这种园林艺术中的中国风与中国哲学、文学以及伦理政治学一起构成了启蒙时代的所谓"中国风"(Chinoiserie)。[2] 而且,英国的这种模仿中国园林的造园艺术也传到了法国,并在一定程度上影响到了法国的园林设计——法国人把此种中国风味的园林建筑称之为"英中花园"(Le jardin Anglo-Chinois)。[3]

二

那么,坦普尔率先提到的这个怪诞的英文词"Sharawadgi",到底是什么意思呢?《牛津英语词典》并没有对该词的内涵进行权威性的解释,而仅只引录了前人使用该词的八个来源,包括坦普尔、艾迪生、蒲伯和沃尔普尔等。[4]

为了弄清楚这个词的来源,洛夫乔伊求教于中国学者张沅长(Y. Z. Chang)[5]。后者将这个词有可能对应的中文发音进行了研究,并将其研究成果《Sharawadgi疏解》("A Note on Sharawadgi")一文发表在《现代语言诠释》(Modern Language Notes)杂志1930年第4期上。该文是笔者目前所掌握的材料中关于"Sharawadgi"最早的词源学考证研究。张沅长主张将

---

[1] Cf. Arthur O. Lovejoy, "The Chinese Origin of a Romanticism", in Arthur O. Lovejoy, ed., *Essays in the History of Ideas*, Baltimore: The Johns Hopkins University Press, 1948, pp. 120,134.
[2] 当时模仿中国园林的著名园林设计师有肯特(William Kent)、布里奇曼(Charles Bridgeman)、"能人"布朗(Lancelot "Capability" Brown)以及钱伯斯等。
[3] Hugh Honour, *Chinoiserie: The Vision of Catha*, London: John Murray, 1961, pp. 143-174.
[4] Oxford English Dictionary, http://www.oed.com/view/Entry/177520?redirectedFrom=sharawadgi#eid. Accessed 19 Aug. 2020.
[5] 张沅长,上海人,1905年生,罗家伦之妻张维桢之弟,复旦大学毕业,后留学美国。曾任武汉大学英语系教授、中央大学英语系主任。1949年后赴台,历任辅仁大学教授、淡江大学英语系主任。

"Sharawadgi"分成四个音节"Sha-ra-wa-dgi",最后两个音节所对应的汉语应该是"瑰琦"或"瑰奇",读作"kwai-chi"。但是"瑰琦"或"瑰奇"在中文中却经常被错念成"wai-dgi",即"伟奇"。但不管是"瑰琦""瑰奇"还是"伟奇",其意思都是"印象深刻的和令人惊讶的"(impressive and surprising)。至于"sha-ra",张沅长认为最佳的解释应该是"洒落",念作"sa-lo"或"sa-ro",是"秩序和规范的反义词,表示的是'不经意的、或错落有致的优雅'(careless grace, or unorderly grace)";同时"sha-ra"对应的也可能是"杂乱",念作"tsa-luan"。但是张沅长更倾向于"洒落"和"瑰奇"的组合,因为这两个词语组合在中国文学传统中有悠久的渊源:"根据《辞源》,'洒落'最先被江淹(921年)使用;'瑰奇'最早见于宋玉(公元前233年);左思(400年)也使用过'瑰奇'。此后这两个词语组合就频繁出现。"[1]根据以上考证,张沅长得出结论说,"Sharawadgi"所对应的中文读音应该是"sa-ro-wai-dgi",因此,"'洒落瑰奇'似乎是最佳选项"。[2]

继张沅长之后,钱锺书也认为"Sharawadgi"源自汉语。在写于1935—1937年间的牛津硕士论文《十七和十八世纪英语文献里的中国》(*China in the English Literature of the Seventeenth and the Eighteenth Centuries*)一文中的第一部分"十七世纪英国文献里的中国"中,钱锺书花了不算少的篇幅讨论坦普尔与中国文化的关系,这当然绕不开对"Sharawadgi"的词源讨论。钱锺书认为,"shara"所对应的应该是"san lan(散乱)",或"su lo(疏落)";而"wadgi"所对应的则应该是"wai chi"(位置)。"简言之",钱锺书说,"Sharawadgi"这个词的意思就是"恰因凌乱反而显得意趣雅致、气韵生动的留白空间(space tastefully enlivened by disorder)。在造园艺术上,此种'甜美的疏忽'……或'甜美的无序'……体现为娇媚的装点(feminine toilet)。那些陈腐的批评术语——如'美妙的杂乱'(beau désordre)和'浪漫的无序'(romantische verwirrung),都不足以充分表述此种中国造园艺术所独有的隐藏技法的技法,因为那些术语都不蕴含留白疏空之寓意"。"留白疏空"是笔者自己对钱先生原文"empty space"的意译,这是否符合钱

---

[1] 根据1915年商务印书馆出版的《辞源》巳集170页、午集42页,江淹有"高志洒落,逸气寂寥"之句(《齐司徒右长史檀超墓铭》);宋玉有"夫圣人瑰意琦行,超然独处"之句(《对楚王问》);左思有"雕题之士,镂身之卒……相兴味潜险,搜瑰奇"之句(《吴都赋》)。

[2] Y. Z. Chang, "A Note on Sharawadgi", *Modern Language Notes*, 45(Apr., 1930), pp. 223 - 224.

锺书原意，笔者实在没有把握。当然，钱锺书自己对"Sharawadgi"的"疏落/散乱—位置"的词源解释好像也不是很有把握，所以最后无可奈何地戏语道："就让那些纯粹主义者们去忍受 Sharawadgi 这个读起来费劲又难听的怪词吧！"[1]

1949 年，西方学者 N. 佩夫斯纳和 S. 朗在《建筑评论》上发布了一篇文章，也认为"Sharawadgi"应该是来自汉语。他们列出了坦普尔获得该词的五种可能性来源。第一，根据坦普尔留下的著述可以看出，他对汉语有着浓厚兴趣，比如在《论英雄美德》("Of Heroic Virtue")一文中就有一段话谈到他对汉语知识的了解，因此这个词有可能是他直接从某本汉语辞典或书籍中得来的。第二，坦普尔也有可能求教于他身边某些对中国兴趣浓厚而且多少懂得一点汉语的朋友，从而得到了这个词——这些人包括建筑师约翰·韦布（John Webb）、罗伯特·胡克（Robert Hooke）等。第三，早在坦普尔写作《伊壁鸠鲁的花园》之前，许多欧洲传教士、外交公使和旅行家等撰写了大量有关中国造园艺术的报道文章或著作，如利玛窦（Matteo Ricci）、卜弥格（Alvare de Semedo）、白乃心（Jean Grueber）等人，尤其是荷兰使臣和旅行家约翰·纽霍夫（John Nieuhoff，荷兰文拼写作 Johan Nieuhof）对"Houchenfu"（疑似"杭州府"）著名的"Lake Sikin"（疑似"西湖"）的描述最为动人。或许，这个词来自这些人的著述。第四，佩夫斯纳和朗猜测，或许坦普尔是直接从某个中国人那里了解到"Sharawadgi"这个词的。那么，当时有没有中国人到过欧洲或英国、而且跟坦普尔接触过？答案是肯定的。1684 年，比利时传教士柏应理（Philippe Couplet）从中国回欧洲，随行的就有一位名叫 Xin-fo-Cum 的中国人。根据佩夫斯纳和朗提供的信息，Xin-fo-Cum 见过法国国王路易十四和教皇；1687 年，Xin-fo-Cum 到了英国，受到英国国王詹姆斯二世的接见（佩夫斯纳和朗的文章中还附有一张 Xin-fo-Cum 肖像画）。此人在伦敦和牛津逗留过一段时间，留下了一些用拉丁文写的、与海德博士（Dr. Hyde）之间的通信。佩夫斯纳和朗推断，坦普尔《伊壁鸠鲁的花园》一文中出现的"Sharawadgi"一词极有可能与此人有关系：虽然《伊壁鸠鲁的花园》成文于 1685 年，而 Xin-fo-Cum 是 1687 年才到英

---

[1] Ch'ien Chung-Shu, "China in the English Literature of the Seventeenth Century", in Adrian Hsia, ed., *The Vision of China in the English Literature of the Seventeenth and Eighteen Centuries*, Hong Kong: the Chinese University Press, 1998, pp. 52-53.

国,但由于《伊壁鸠鲁的花园》正式出版于 1690 年,这就意味着不排除在 1685 年至 1690 年间,坦普尔从 Xin-fo-Cum 那里听到这个词之后,在正式出版该文之前对文章进行了修改。最后,如果上述理由都不成立,那么第五种可能性则是,坦普尔目睹了当时流传于欧洲的各种中国瓷器、刺绣、折扇上的中国山水画:那些画面上的园林山水所蕴含的美感与欧洲园林是如此的不同,必定极大地震撼了对中国文化本来就具有浓厚兴趣的坦普尔,因此他有可请教一些懂得中文的学者,再加上自己的想象,杜撰出了"Sharawadgi 这个词"[1]。

佩夫斯纳和朗所提出的上述五点都是推断,但并非站不住脚,尤其是他们提到的那个名为 Xin-fo-Cum 的中国人,值得我们高度关注。近年来,经过方豪、黄谷、潘吉星、史景迁等中外学者对沈福宗的生平事迹尤其欧洲之行的详细考证,一个曾经淹没在历史中的重要人物的形象逐渐变得清晰起来。原来,此人的中文名字叫沈福宗(教名为 Michael Alphonsius Shen Fu-Tsung),是中国天主教发展史以及近现代中西文化交流史上一个极其重要的人物。根据学者们的考证,沈福宗大约于顺治十四年(1657)出生于江苏省江宁府(今南京),读书后没有参加科举活动,后结识了柏应理,并从其学习拉丁文。康熙二十年(1681),柏应理奉召向罗马教廷陈述康熙皇帝对"仪礼问题"(Question des rites)的立场。原定同行的有包括沈福宗和吴历(吴历是清初山水画家六大家之一)在内的五人,但当他们在澳门等候出发期间,五十岁的吴历因体弱多病放弃了这次欧洲之行,最终随柏应理赴欧洲的只有沈福宗一人。在柏应理的引领下,沈福宗一路游历了荷兰、意大利、法国和英国等欧洲六国,觐见了罗马教皇英诺森十一世、法国国王路易十四,并于 1685 年(而非佩夫斯纳和朗所说的 1687 年)受到詹姆斯二世的接见。詹姆斯二世非常兴奋,命令宫廷画家纳尔勒(Sir Godfrey Kneller)画下了该幅名为《中国皈依者》(*The Chinese Convert*)的肖像画,悬挂于自己的卧室之中(该画至今收藏在温莎城堡内)。沈福宗后来的确也造访了牛津大学,并帮助牛津大学伯德伦图书馆(Bodleian Library)整理了中国图书目录。在那里,他解结识了东方学家

---

[1] Nikolaus Pevsner and S. Lang, "A Note on Sharawadgi", in Nikolaus Pevsner, *Art, Architecture and Design*, Vol. I, London: Thames and Hudson, 1968, pp. 104 – 106.

海德博士,并教授后者汉语。[1]

根据上述学者目前已经发掘出来的史料来看,沈福宗的欧陆之行在当时欧洲上流社会和知识界轰动一时。沈福宗也利用自己通晓拉丁语的优势,不遗余力地向欧洲知识界介绍传播中国文化。虽然从目前的史料中我们还没有看到"Sharawadgi"这个词与沈福宗的关联,但是也不能排除这种可能性。此外,本来要与柏应理和沈福宗同行的著名山水画家吴历的角色应该引起我们的重视。这一点本文后面要进行讨论。

张沅长、钱锺书、佩夫斯纳和朗之后,中国建筑学界的学者们仍然在继续讨论"Sharawadgi"的中文词源。有人说它对应的是"斜入歪及",有的认为它对应的是"千变万化"或"诗情画意",有的则干脆将其讽刺性地翻译为"傻啦瓜叽"。[2] 显然,至今为止,在中国学术界,对其汉语词源的研究没有得出一个令人信服的结论。

三

那么,有没有可能该词出于某种非中文语源?这个可能性是存在的。

事实上,早在1931年,也就是张沅长先生的文章发表仅一年后,一个名为盖滕比(E. V. Gatenby)的西方学者在日本的《英文学研究》(*The English Society of Japan*)杂志上发表了《日语对英语的影响》一文。在该文中,盖滕比指出,"Sharawadgi""这个词很有可能来源于日语中的'soro-waji'(揃ハジ),意即'使……不规整',是动词 sorou 的(否定)变体"。[3]

继盖滕比之后,坚持认为"Sharawadgi"源于日语"soro-waji"(揃ハジ)的

---

[1] 参见方豪:《中国天主教人物清代篇》,台北明文书局,1986年,第200页;黄谷编译:《清初旅欧先行者——沈福宗》,载《紫禁城》1992年第5期;潘吉星:《沈福宗在17世纪欧洲的学术活动》,载《北京教育学院学报》2007年第3期;Jonathan Spence: "When Minds Met: China and the West in the 17th Century", National Endowment for the Humanities, http://www.neh.gov/about/awards/jefferson-lecture/jonathan-spence-lecture. Accessed 21 Aug. 2016。

[2] 参见赵辰:《立面的误会:建筑·理论·历史》,生活·读书·新知三联书店,2007年,第138—141页。

[3] E. V. Gatenby, "The Influence of Japanese on English", *The English Society of Japan*, 1931, 11(4), p. 518.

还有布鲁纽斯等学者。[1]但是日本学者岛田孝右（Takau Shimada）却认为，包括盖滕比在内的几位西方学者的考证是错误的，因为他们不了解日本人的造园艺术：日本造园艺术并不刻意追求不对称、不规范，而是讲究顺其自然、顺应自然、与自然融为一体。因此，"Sharawadgi"的日语来源可能是"sawaraji"（触ハジ）或"sawarazu"（触ハズ）。"sawaraji"（触ハジ）是动词"sawaru"（触ル）的否定形式，意思是"不触摸""顺其自然"。岛田孝右告诉我们，"sawaraji"（触ハジ）是一个古词，但"sawaru"（触ル）至今仍然在使用。他推断，"Sharawadgi"应该是来自"sawaraji"（触ハジ）或"sawarazu"（触ハズ），而非"sorowaji"（揃ハジ）。坦普尔可能将"sawaraji"（触ハジ）误听成了"Sharawadgi"。当然，岛田孝右也承认，他并没有确凿的证据来证明这一推测。[2]

　　岛田孝右的这篇文章有几点问题值得进一步商榷。首先，既然日本造园艺术的精髓是顺其自然、顺应自然，而非刻意追求不规整、不对称，那么，这两个词就与坦普尔和艾迪生认为"Sharawadgi"的本质（不规整、不对称）不符合，反而"soro-waji"（揃ハジ）更符合坦普尔和艾迪生的原意。显然，在岛田孝右看来，日本的园林艺术和中国造园艺术是不完全相同的：日本人追求的是按照自然原貌彻底地顺应自然；而中国园林那种人为的、刻意的散乱、不规范、不对称并非模仿自然，而是对自然的雕饰和改造。他援引了坦普尔同时代曾经到过中国的两位英国造园名家勒-孔蒂（Le Comte）和钱伯斯的言论来证明中国园艺"不是对自然的模仿"来证明这一点。[3]那么，这个词为什么不是来自中文而是日语的"sawaraji"（触ハジ）或"sawarazu"（触ハズ）呢？

　　1998年，爱尔兰日本学者穆雷（Ciaran Murray）发表了一篇文章《Sharawadgi尘埃落定》。在该文中，穆雷认可盖滕比的观点。穆雷提出的证据是17世纪日本专门为荷兰人商人开辟的贸易区：出岛。这座人工岛形似折扇，内部布局极不规整。穆雷指出，虽然在17世纪时"soro-waji"（揃ハジ）这个词在标准日语中已经被弃用，但在南方、尤其是出岛这个荷兰商人聚居的地方，该词却仍然被使用，并被用来描绘出岛的建筑布局。因此，穆雷推

---

[1] Teddy Brunius, "The Uses of Works of Art", *Journal of Aesthetics & Art Criticism*, 1963, 22(2), p. 128.

[2] Takau Shimada, "Is Sharawadgi Derived from the Japanese Word sorowaji?", *The Review of English Studies*, 1997, 48(191), pp. 351–52.

[3] Ibid., p. 351.

断，该词及其所负载的"使……不规整"之义被荷兰商人带到荷兰，而曾任英国驻荷兰外交官的坦普尔爵士很可能从其荷兰朋友那里听说到这个词，但由于发音不准确，被误拼为"Sharawadgi"。[1]

2014年，科威特尔特（WybeKuitert）在《日本评论》（*Japan Review*）杂志上发表了一篇题为《日本艺术、美学与一种欧洲话语：揭秘Sharawadgi》的长文，对该词的日语来源提出了新的观点，认为该词来源于江户时代的日语词："shara'aji"（洒落味）。

科威特尔特指出，日语中的"shara"来源于中文的"洒落"。在江户时代之前，该词的意思有：1.秋叶漫天飘零；2.洒脱从容的姿容风度。这些意思都来自中文：日本学者诸桥辙次援引潘岳的《秋兴赋》"庭树槭以洒落兮，劲风戾而吹帷"和元明善的《谒先主庙》"君臣洒落知无恨，庸蜀崎岖亦可怜"来证明日语"shara"所含上述意义的中国渊源。在日本文学中"shara"又逐渐被用来指一种挥洒自如但又不逾矩的诗歌风格。[2]

然而，到了江户时代，随着世俗文化的兴起，"shara"所包含的上述高雅意义逐渐被文学创作中的机趣（witticism）和字谜（wordplay）所取代：一个具有shara的文本一定充满字谜、画谜（rebuses）、谜语、机锋、双关语、换音—回文词（anagrams）和多重隐秘的幽默寓意。在后来，"shara"所对应的假名しゃら或しやら及其机趣、字谜等意义逐渐进入日常言谈会话中，并成为江户时代大众消费文化的时尚风气：演员和艺妓能否被热捧，就在于其言谈、服饰甚至发型是否具有"shara"——机趣/机锋。

1657年3月的明历大火烧毁了大量奢华昂贵的和服，和服产业遭到重创。为了避免和服市场崩溃，江户幕府严禁和服制造用料的奢华，并规定了和服上限价格。于是，和服制造商就只有在装饰设计上做文章：为了节省染料，和服图案广泛采用字谜、画谜，这一方面使得和服图案设计不再追求对称，从而在布面上出现大量留白，另一方面又因为字谜画谜而显得妙趣横生。不仅和服设计，"shara"风格也广泛体现在其他工艺美术品的设计之中，如大量出口到荷兰的漆器。

总之，作为一种时尚，"shara"在江户时代的日本城市俗文化中非常流行，

---

[1] Ciaran Murray, "Sharawadgi Resolved", *The Garden History Society*, 1998, 26(2), pp. 208-213.

[2] Wybe Kuitert, "Japanese Art, Aesthetics, and a European Discourse: Unraveling Sharawadgi", *Japan Review*, 2014(27), p. 82.

并深刻影响到17世纪后半叶的工艺美术设计。后来这个词的发音逐渐变为"share"。所以"shara'aji"就是现代日语中的"share'aji",可以分别用假名、中文或两者的混合来表示：しやれあじ,しやれ味,洒落味。

也就是说,坦普尔所说的"sharawadgi"其实就是日本江户时代的"shara'aji"工艺美术风格。科威特尔特猜测,坦普尔很有可能是他在海牙当外交官的时候,从他的荷兰朋友、外交官兼诗人休金斯（Constantijin Huygens）那里听到的。休金斯是东方艺术的强烈爱好者,他的朋友圈子里有好几个人曾经在江户时代的日本长期居住过,这些人多为从事漆器进口贸易的商人斯佩克斯（Jacob Specx）、卡隆（François Caron）、范·霍根霍克（Ernst van Hogenhoek）等。科威特尔特甚至大胆地认为,17世纪荷兰风景画的兴起源自于江户时代日本的"shara'aji"审美风格的影响。[1]

科威特尔特这篇长文对日本江户时代"shara'aji"风格的考证细致周到,对坦普尔在海牙有可能接触到这个词的渠道的相关史料挖掘也值得高度重视,但是笔者认为,他仍然没有能够令人信服地解决"Sharawadgi"的来源问题。首先,坦普尔原文主要谈论的是造园艺术,而科威特尔特的文章中并没有任何一条材料涉及日本的花园设计,虽然和服、漆器上的花纹图案有一些风景画,但那毕竟不能代表日本的造园艺术。其次,坦普尔的海牙朋友圈里虽然的确有不少通晓日本文化的荷兰人,但科威特尔特也并没有在这些人所留下的日记、通信或传记中找到任何谈论"shara'aji"的信息,当然也更没有坦普尔是在什么情况下、从哪个荷兰人那里听说到"shara'aji"这个词的信息。再次,坦普尔的原文中明确说过,他是从一些曾经在中国居住过的人士——而非曾经在日本居住过的朋友——那里,了解到"Sharawadgi"这个词,而在这个问题上,坦普尔完全没有必要撒谎。总之,与上文中那几位自言之凿凿地认为"Sharawadgi"源自日语的学者一样,科威特尔特的论点也是建立在猜测推断之上,他所提供的那些繁琐庞杂的史料并不能构成"Sharawadgi尘埃落定"的铁证。

总之,认为Sharawadgi词源于日本的学者的问题在于他们对张沅长和钱锺书的质疑一样——都是从发音的相似来进行的猜测推断。既然是猜测推断,无论多么丰富的旁证史料都不足以解决问题。

---

[1] Wybe Kuitert, "Japanese Art, Aesthetics, and a European Discourse: Unraveling Sharawadgi", *Japan Review*, 2014(27), pp. 77-101.

四

然而，科威特尔特一带而过的另一个观点却引起了笔者的重视："shara"这个日文词本身就是来自中文的"洒落"，这与张沅长认为"shara"可能是"洒落"的中文对应词不谋而合，那么坦普尔对这个词的接触是否可能直接来自中文而非经过日语的转述？更何况，坦普尔也明确说他接触这个词的来源是曾经居住在中国的人。毕竟，江户时代的"洒落味"所蕴含的那些由字谜、画谜、双关语、回文—回音词等体现的奇怪时尚，与坦普尔在《伊壁鸠鲁的花园》一文中所提到的不规范、不对称的无序之美，内涵是完全不同的。

于是，我们有理由从"洒落"入手将线索的追寻重新回到"Sharawadgi"的中国词源上来，沈福宗的欧洲之行进值得高度关注。

正如我们在上文中所说，虽然从目前的史料中我们还没有找到这个词与沈福宗的关联，这种可能性不能够排除：沈福宗的学术修养应该是比较深厚的，其艺术修养则不得而知，但是值得注意的是那位著名山水画家吴历。

吴历（1632—1718），清代著名画家，江苏常熟人，与王时敏、王鉴、王翚、王原祁并称山水画"清初六家"，早年多与耶稣会士传教士往来。1681年，吴历决意随柏应理神父赴罗马觐见教皇，原欲经澳门乘荷兰船赴欧洲，已至澳门，却因体弱多病未能成行，遂留居澳门五个多月。1682年在澳门加入耶稣会，受洗名为西满·沙勿略，并遵习俗取葡式名雅古纳。吴历1681年（旅居澳门候船赴欧洲期间）前和稍后的山水画代表作有《山水卷》（1672）、《兴福庵感旧图卷》（1674）、《仿倪秋亭晚趣》（1673）、《山水册》（1674）、《松壑鸣琴》（1675）、《少陵诗意图》（1675）、《雨散烟峦图》（1676）、《湖天春色图》（1675）、《枯木逢春》（1674）、《湖山春晓图》（1681）、《梅雨新晴》（1681）、《夏日山居图》（1683）、《临巨然山水》（1683）、《仿唐解元溪山小隐图》（1686）、《仿燕龙图冬晴钓艇图》（1688）。这些作品大致代表了吴历受西方绘画影响之前的中国传统书画风格。那么这种风格的精髓是什么？我们应该怎样来描述诠释这种风格？通过对中国传统书画理论的检视，我们发现，中国山水画和书法艺术有两个核心观念：其一的两个是意境的"洒落"感，其二是布局的"位置"感。

关于意境的"洒落"，最早见于北宋韩拙《山水纯全集》著名的"八格"说："凡画有八格：石老而润，水净而明，山要崔巍，泉宜洒落，云烟出没，野径迂回,松偃龙蛇,竹藏风雨也。"[1]清代王概在《芥子园画传》说:"元以前多不用款,或隐之石隙,恐书不精,有伤画局耳,至倪云林字法遒逸,或诗尾用跋,或跋后系诗,文衡山行款清整,沈石田笔法洒落,徐文长诗歌奇横,陈白阳题志精卓,每侵画位,翻多奇趣。"[2]清代周星莲在《临池管见》说:"古人作书,于联络处见章法;于洒落处见意境。"[3]

关于布局的"位置"感,最早见于南朝齐谢赫《古画品录》所举"六法":"气韵生动、骨法用笔、应物象形、随类赋采、经营位置、转移摹写。"[4]清代王昱《东庄论画》谓:"作画先定位置。何谓位置?阴阳、向背、纵横、起伏、开合、回报、勾托、过接、映带,须跌宕欹侧,舒卷自如。"[5]

以上材料说明,"洒落"和"位置"这两个概念在中国历代书论画论中占有非常重要的地位。对于这两个关键词,书画修养精湛的吴历必定了然于胸。虽然我们目前还没有在吴历的《墨井诗钞》《三巴集》《桃溪集》和《墨井画跋》等文集中找到关于"洒落"和"位置"的具体论述,但上述吴历的山水画和书法作品却应当是"洒落"之意境和空间布局之"位置"感的典型体现。我们基本可以断定:"洒落—位置"这个审美原则是吴历书画创作以及书画理论的核心。

蛰居澳门五个多月中,作为书画家的吴历不可能不对柏应理和沈福宗等人谈论中国书画艺术,而计划到欧洲传播中国文化的沈福宗也不可能不向吴历讨教中国古典艺术方面的知识。或许,"洒落"和"位置"这两个词就是在那个时候被沈福宗和柏应理所知晓的。坦普尔爵士听来这两个词,并把它们合并起来,臆造出"Sharawadgi"这个具有浓郁"中国风"的怪诞英文词。

当然,由于确凿证据的缺乏,这一观点也带有很大的猜测成分,仍然没有最终令人信服地回答"Sharawadgi"的词源问题。然而,笔者认为,"Sharawadgi词源考"这个课题如果仅仅局限于该词的词源考证,其学术价值仅限于考据学意义,那样的饾饤之学反而遮蔽了"Sharawadgi"公案背后所隐藏的更为宏大的文化史意义,这就是"Sharawadgi"美学观念的传播与18世纪欧洲新古典主义的衰落以及浪漫主义的兴起之间的关系问题。

正如拉夫乔伊在《浪漫主义的中国起源》一文中所指出的那样,以

---

[1] 韩拙:《韩氏山水纯全集》,中华书局,1985年,第9页。
[2] 王概编绘:《芥子园画传——山水》,湖北美术出版社,2013年,第9页。
[3] 周星莲:《临池管见》,载王伯敏等主编:《书学集成(清)》,河北美术出版社,2002年,第541页。
[4] 谢赫、姚最撰、王伯敏标点注释:《古画品录·续画品录》,人民美术出版社,1959年,第1页。
[5] 王昱:《东庄论画》,载郁剑华:《中国画论类编》,人民美术出版社,1986年,第188页。

"Sharawadgi"美学为代表的中国审美趣味对于当时主宰欧洲的启蒙理性产生了巨大的冲击。他指出,"中国的园林设计师的目的"并非模仿自然,"而是创作园林抒情诗(horticultural lyric poems),他们利用杂树、灌木、山石、水流和人工制品等,创造出一幅幅令人眼花缭乱的景致,其隐含的真正目的是表达和激发设计师和观赏者内心各种不同的心绪和情感。就此而言,他(按:指钱伯斯)开启了下一个世纪明显体现在文学和音乐中的浪漫主义运动。"总之,作为一个美学概念的"Sharawadgi"及其所刮起的"中国风",在一定程度上对18世纪的新古典主义产生了"反拨作用",尽管这种反动最早出现于园林和建筑领域,但后来却不可遏制地延伸到文学等领域,从而引发了英国浪漫主义文化运动。[1]

或许是在拉夫乔伊的启发之下,通过考证"Sharawadgi"的日语词源,穆雷教授也提出了"(英国)浪漫主义的日本起源"这个学说。在发表于2001年的《浪漫主义的日本起源》一文中,穆雷教授认为,坦普尔对伊壁鸠鲁式花园那种不规范之美的追求隐含的是对柏拉图式几何形花园的否定。而这种由"Sharawadgi"所象征的伊壁鸠鲁花园美学观念背后更是隐藏着"自然等于自由"这一政治哲学思想。该思想被艾迪生表述得特别充分。艾迪生曾经游历欧洲大陆,他把圣马力诺共和国美丽的自然风光和政治自由联系起来,前者与凡尔赛宫严谨的几何规范所代表的政治专制形成了鲜明对比(类似的思想出现在浪漫主义诗人华兹华斯的《序曲》中)。穆雷甚至认为,艾迪生在1712年6月25日《旁观者》上发表的那篇文章应该被视为浪漫主义运动的最早宣言。在那篇文章中我们可以明显看出,艾迪生心目中的"Sharawadgi"花园有三个标准:第一,不囿于直线规矩的秀丽景色;第二,毫无遮挡一览无余的广阔视野;第三,因景色的山重水复、变化多端而在观赏者心目中激发起的审美好奇心和心旷神怡的自由想象(毋庸置疑,这三个特色的确是中国古典园林以及古典山水画的精髓)。艾迪生的观点被柏克(Edmund Burke)进一步发挥,修正为"秀美"和"崇高"两种美学范畴,而华兹华斯的《序曲》几乎可以看作是柏克-崇高美学理论的文学实践。[2]

---

[1] Arthur O. Lovejoy, "The Chinese Origin of a Romanticism", in Arthur O. Lovejoy, ed., *Essays in the History of Ideas*, p. 134.

[2] Ciaran Murray, "A Japanese Source of Romanticism", *The Wordsworth Circle*, 2001, 32(2), pp. 106–108.

五

综上所述,"Sharawadgi"究竟源于中文还是来自日语,对于这个课题而言不太重要,我们更应该把注意力集中在"Sharawadgi"作为一种东方美学观念对英国新古典主义衰落和浪漫主义兴起所产生的重要推动作用上。这个历史个案说明,文艺复兴以来的西方现代性历史与来自东方的思想观念之间一直存在着紧密的纠结关系——东方思想"已经深入到西方的(现代性)文化和思想生活之中。在西方(现代性)思想史发展过程中,东方的影响具有极其重大的意义,完全不容忽视"[1]。Sharawadgi 词源考的文化学意义即在于此。

(原刊于《文艺研究》2017 年第 11 期)

---

[1] J. J. Clarke, *Oriental Enlightenment: The Encounter Between Asian and Western Thought*, London and New York: Routledge, 1997, p. 5.

美文自古如名马:中西速度美学引论

龚 刚

意大利当代小说家卡尔维诺向新千年文学推荐了六种价值,第二种为"迅速"。卡尔维诺对这一文学价值的推崇与19世纪英国批评家马修·阿诺德对荷马史诗的评价遥相呼应。钱锺书则以西方音乐术语"速度"评价苏东坡的赋,他认为,历代批评家们"忽略了苏东坡的赋与其他文体作品的区别,亦即是速度上的差异。苏东坡的一贯风格是'迅急',正如阿诺德对荷马的评价,但在他的赋中,他却放缓了速度,让人感觉到他似乎在玩赏着每一个字眼"。[1]

钱锺书以西方音乐术语"速度"(tempo)评价苏东坡的赋,并指出苏东坡的赋与其它文体作品在文风上的根本区别就是由荷马式的"迅急"变为"舒缓",可以说是打通了文学与音乐的界限,又包含着中西文学的比较,确实颇有新意,笔者在《浅述钱锺书对苏东坡赋的英文评论》一文(《中国比较文学》2010年第3期)中对此已有阐发。本文拟结合英国维多利亚时期的诗人兼批评家马修·阿诺德(Matthew Arnold)对荷马史诗的评论、荷马史诗英译者纽曼(Francis W. Newman)对阿诺德的回应、意大利当代小说家卡尔维诺(Italo Calvino)的以马喻文等诗学思想,进一步探讨钱锺书的苏东坡诗文"速度"说所彰显的"文字艺术的快与慢"问题。

一、荷马的"迅急"

1860年11月至12月,阿诺德在剑桥大学作了三场关于荷马史诗各英译本得失的讲座,三篇讲演稿汇集为《论荷马史诗的翻译》("On Translating

---

[1] 钱锺书:"Forward to the Prose-poetry of Su Tung-P'o",《钱锺书英文文集》,外语教学与研究出版社,2005年,第50页。

Homer")一文，后来成为西方文学批评及译介学名作。阿诺德在文章总结了荷马史诗的四个特点，分别为"迅急"（eminently rapid），"运思与表达的爽利（eminently plain and direct both in the evolution of his thought and in the expression of it）"，"思想本身的爽利"（eminently plain and direct in the substance of his thought），还有"高贵"（eminently noble）。阿诺德认为，和他同时代的赖特先生（Mr. Wright）及英国早期浪漫主义先驱诗人威廉·考珀（William Cowper）的荷马英译本，都未能表现出"迅急"这一特点。[1]

阿诺德进而指出，考珀的弥尔顿式的精致风格迥异于荷马史诗行云流水般的迅捷，这令他的译文与荷马原文之间隔着一层迷雾（"between Cowper and Homer there is interposed the mist of Cowper's elaborate Miltonic manner, entirely alien to the flowing rapidity of Homer"）[2]；弥尔顿的无韵诗（亦称素体诗，不押韵，每行五音步）格律精严，迥异于荷马史诗的迅急（"Homer is eminently rapid, and to this rapidity the elaborate movement of Miltonic blankverse is alien."）[3]。阿诺德还特意引用了考珀本人关于荷马与弥尔顿行文风格之别的论述：

> 弥尔顿与荷马的行文风格的区别在于，任何一个熟知这两位作家的人在阅读其中任何一位的作品时都会深刻感受到两者的不同；这位英国诗人与古希腊诗人在中断（breaks）与停顿（pauses）的处理方面截然不同。[4]

阿诺德阐发考珀的观点说，弥尔顿、但丁的倒装句法（inversion）、蕴藉风格（pregnant conciseness）与荷马的直捷（directness）、流畅（flowingness）恰异其趣。在荷马史诗中，无论是最简单的叙事还是最深邃的抒情，均体现出直捷流畅的风格。[2:12]阿诺德随后笔锋一转，批评考珀的英译本常常背离了荷马的风格，他还精心选取了考珀所译《伊利亚特》第八卷、第十九卷中的两个段落作为例证：

---

[1] Matthew Arnold, *On Translating Homer*, Oxford: A Printed Version of the Series of Public Lectures at Oxford, 1861, pp. 9 – 10.
[2] Ibid., p. 11.
[3] Ibid.
[4] Ibid.

就像这样,特洛伊人点起繁星般的营火,
在伊利昂城前,珊索斯的激流和海船间。[1]

So numerous seem'd those fires the banks between
Of Xanthus, blazing, and the fleet of Greece
In prospect all of Troy;[2]

不是因为我们腿慢,也不是因为漫不经心,
才使特洛伊人抢得铠甲,从帕特罗克洛斯的肩头;
是一位无敌的神祇,长发秀美的莱托的儿子,
将他杀死在前排的战勇里,让赫克托耳获得光荣。[3]

For not through sloth or tardiness on us
Aught chargeable, have Ilium's sons thine arms
Stript from Patroclus' shoulders; but a God
Matchless in battle, offspring of bright-hair'd
Latona, him contending in the van
Slew, for the glory of the chief of Troy.[4]

阿诺德认为,第一个段落中出现的"blazing"(熊熊燃烧)一词歪曲了荷马的风格,在原文中,荷马只是朴素地描述了特洛伊人在伊利昂城外点起营火。[5] 第二个段落内容相对复杂,这段话描述阿基里斯谴责他的战马将帕特罗克洛斯遗弃在战场后,他的战马所作的答复。阿诺德认为,考珀译文中的第一个倒装句("have Ilium's sonsthine arms stript from Patroclus' shoulders")带给读者不同于荷马的节奏感,第二个倒装句("a God him contending inthe van Slew")带给人的这种印象比前者强烈十倍。[6] 当读者在阅读荷马史诗原文的时候,感到顺畅流利、毫无阻滞,可是在读考珀的译文时,却被打断了两次。荷马史诗中的简单段落与精心锤炼的段落,都是一样

---

[1] [希]荷马:《伊利亚特》,陈中梅译,花城出版社,1994年,第190页。
[2] Matthew Arnold, *On Translating Homer*, p. 12.
[3] [希]荷马:《伊利亚特》,陈中梅译,第470页。
[4] Matthew Arnold, *On Translating Homer*, p. 13.
[5] Ibid., pp. 12-13.
[6] Ibid.

的行文朴素(simplicity)而迅捷(rapidity)。[1]

阿诺德随后着眼于荷马史诗翻译中的韵脚(rhyme)问题,对蒲伯、查普曼的译本与原著的风格差异进行了解析。他认为,蒲伯所译的《伊利亚特》比考珀的译本更接近原著风格,因为前者的节奏更快。然而,蒲伯的节奏仍然不同于荷马。[2] 究其因,在于韵脚的运用。阿诺德认为,"韵脚的运用会不可避免地将原文中独立的句子改造为对偶句,从而改变原文的节奏。"(rhyme inevitably tends to pair lines which inthe original are independent, and thus the movementof the poem is changed.)他选取了查普曼所译《伊利亚特》第十二卷中萨耳裴冬(Sarpedon)对格劳科斯(Glaucus)所说的一段话作为例证:

> 我的朋友啊,要是你我能从这场战斗中生还,
> 得以长生不死,拒老抗衰,与天地同存,
> 我就再也不会站在前排里战斗,
> 也不会再要你冲向战场,人们争得荣誉的地方。
> 但现在,死的精灵正挨站在我们身边,数千阴影,谁也逃身不得,(以下略)[3]

> O friend, if keeping back
> Would keep back age from us, and death, and that we might not wrack
> In this life's human sea at all, but that deferring now
> We shunn'd death ever, — nor would I half this vain valour show,
> Nor glorify a folly so, to wish thee to advance;
> But since we must go, though not here, and that besides the chance
> Propos'd now, there are infinite fates, &c.[4]

阿诺德认为,查普曼由于押韵的需要(以第五行最后一字"advance"与第六行最后一字"chance"相押),改造了荷马的句式,从而"彻底改变和破坏了原文段落的节奏"("entirely changesand spoils the movement of the passage")。[5] 为了清楚显示译文效果和原文效果的差别,阿诺德还从希腊文原文直译相关段落如下:

---

[1] Matthew Arnold, *On Translating Homer*, p. 13.
[2] Ibid. , p. 14.
[3] [希]荷马:《伊利亚特》,陈中梅译,第284页。
[4] Matthew Arnold, *On Translating Homer*, p. 15.
[5] Ibid.

> 我就再也不会站在前排里战斗，
> 也不会再要你冲向光荣的战场：
>
> Neither would I myself go forth to fight with the foremost,
> Nor would I urge thee on to enter the glorious battle:[1]

对比查普曼的意译与阿诺德的直译可以看到，荷马的行文直截了当，不像查普曼的译文那样曲折。阿诺德分析此句的上下文关系说，荷马在此句后稍作停顿（也就是在句末加上冒号），随后从语态和文意上作出"转折"（an opposedmovement）[2]：

> 但是——上千个死的精灵正挨站在我们身边，
>
> But — for a thousand fates of death stand close to us always —[3]

阿诺德认为，荷马在构造这一诗行的时候，希望以"最快的速度"（the most marked rapidity）摆脱前面的诗行，但查普曼为了押韵，却把前后诗行紧密结合起来。当人们读到查普曼译文中的"chance"一词时，会不由自主地将它与上文的"advance"一词相对照，并随之将阅读视线拉回到以"advance"结尾的前一诗行。这不是荷马的节奏。"按照荷马的节奏，读者应该将前面的诗句抛诸脑后，毫不停歇地往下阅读。"[4]

押韵诚然可以通过强化句子间的对偶关系以彰显彼此间的相对"独立"（separation），整饬的对偶也确实富有上佳的修辞效果，这正是蒲伯译文的特点，却完全背离了荷马的风格。蒲伯的译文未能表现出荷马的直截了当，这正是他的失败之处。荷马习惯于以由此及彼的移动（moving away）令句子与句子分离，蒲伯却喜欢以对偶（antithesis）显示句子间的相对独立。阿诺德自信地宣称，他所引用的查普曼的译文，就是最好例证。[5]

---

[1] Matthew Arnold, *On Translating Homer*, p. 15.
[2] Ibid.
[3] Ibid., p. 16.
[4] Ibid.
[5] Ibid.

二、苏东坡的"速度"

钱锺书在评论苏东坡的文学风格时,参照了阿诺德对荷马诗风的评价。在他看来,苏东坡诗文的总体风格是荷马史诗般的"迅急",只是在赋这一体上,放缓了速度。换句话说,苏东坡的一般诗文有如急管繁弦,其赋作则有如轻柔慢板。

根据上文所述,荷马史诗般的"迅急",是一种直截了当、顺畅流利、促使读者不停往下阅读的文风,既不像弥尔顿、但丁的诗作那样由于喜用倒装句法而使行文曲折,也不会像查普曼那样由于押韵的需要而强化句子间的对偶关系,进而迟滞了行文的速度。

钱锺书认为,在苏东坡的笔下,赋这一文体获得了自由,整齐一律的正步操练变成了闲庭信步,有时甚至是天马行空。如果说庾信向人们展示了如何在词赋的严苛对偶格式下体现出婉转优美的话,苏东坡则成功地柔化和融解了这种僵硬的骈偶形式,磨光了其棱角,使生硬的对偶调和无间。[1] 按照阿诺德对行文速度的评判标准,苏东坡突破僵硬骈偶形式,犹如天马行空般自如挥洒的赋作,应属"迅急"文风。钱锺书却认为,苏东坡的赋作节奏"舒缓",有如慢板。

为什么两者会在文风判断上出现这种认知上的差异呢?

笔者以为,这是由于他们的关注点不同。钱锺书以《前赤壁赋》为例指出,苏东坡在"苏子问客曰'何为其然也?'"以下段落,有意采用了"慢镜头"般的舒缓节奏。[2] 这就是说,"何为其然也?"之前的段落行文速度较快,此后的段落行文速度较慢,有如"慢镜头"。

兹将前后段落照录如下:

> 于是饮酒乐甚,扣舷而歌之。歌曰:"桂棹兮兰桨,击空明兮溯流光。渺渺兮予怀,望美人兮天一方。"客有吹洞箫者,倚歌而和之,其声呜呜然:如怨、如慕、如泣、如诉;余音袅袅,不绝如缕。舞幽壑之潜蛟,泣孤舟

---

[1] 钱锺书:"Forward to the Prose-poetry of Su Tung-P'o",《钱锺书英文文集》,外语教学与研究出版社,2005年,第49页。

[2] 同上书,第50页。

之嫠妇。"[1]

　　客曰:"月明星稀,乌鹊南飞",此非曹孟德之诗乎?西望夏口,东望武昌,山川相缪,郁乎苍苍,此非孟德之困于周郎者乎?方其破荆州,下江陵,顺流而东也,舳舻千里,旌旗蔽空,酾酒临江,横槊赋诗,固一世之雄也,而今安在哉!况吾与子,渔樵于江渚之上,侣鱼虾而友麋鹿;驾一叶之扁舟,举匏樽以相属;寄蜉蝣于天地,渺沧海之一粟。哀吾生之须臾,羡长江之无穷;挟飞仙以遨游,抱明月而长终。知不可乎骤得,托遗响于悲风。"[2]

如果以阿诺德的眼光来看,这两个段落与查普曼的译笔相似,其中固然有散句,但对偶、押韵的运用都很明显,因此同属曲折迟缓文风。钱锺书却认为前一个段落行文速度较快。照钱锺书的思路来推断,这两个段落的文风之所以会出现转变,关键在于在疑问句的运用。首先,作为前后过渡的"何为其然也?"是一般疑问句,此后紧接"此非曹孟德之诗乎?""此非孟德之困于周郎者乎?"两个反问句。这三个接连出现的疑问句,显然有一种逐步将读者引入思考状态的效果,行文速度也随之放缓。换言之,诗文中的疑问句有助于减慢行文速度。这和阿诺德看问题的角度不同,在阿诺德看来,会减缓行文速度的是押韵、对偶、倒装等修辞手法。

笔者以为,钱锺书和阿诺德对影响行文速度的因素的看法,对于科学地分析文学作品的节奏、风格,具有重要的启示意义和参考价值,但也不能一概而论,还要看具体情况。事实上,押韵、对偶、倒装及疑问句的运用不一定会减缓文势,除倒装句之外,押韵、对偶和疑问句的运用有时还有助于加快行文速度。屈原《天问》自"遂古之初,谁传道之?上下未形,何由考之?"始,至"吾告堵敖以不长。何试上自予,忠名弥彰?"终,全诗近四百句,几乎全由疑问句构成,共对宇宙演化、社会历史、家国命运提出一百七十多个问题。句式以四言为主,间杂以三、五、六、七、八言,大体上四句一节,每节一韵,且"何""胡""焉""几""谁""孰""安"等疑问词交替变化。诵读此诗,固然处处引人深思,但从总体行文风格来看,却是整饬中见变化,端凝中显雄放,势如潮涌,几不可遏。

　　再看苏东坡的两首诗作:

---

[1] 王水照选注:《苏轼选集》,上海古籍出版社,1999年,第382页。
[2] 同上书,第382—383页。

六月二十七日望湖楼醉书（其一）
黑云翻墨未遮山，
白雨跳珠乱入船。
卷地风来忽吹散，
望湖楼下水如天。[1]

百步洪（其一）
长洪斗落生跳波，轻舟南下如投梭。
水师绝叫凫雁起，乱石一线争磋磨。
有如兔走鹰隼落，骏马下注千丈坡。
断弦离柱箭脱手，飞电过隙珠翻荷。
四山眩转风掠耳，但见流沫生千涡。
崄中得乐虽一快，何意水伯夸秋河。
我生乘化日夜逝，坐觉一念逾新罗。
纷纷争夺醉梦里，岂信荆棘埋铜驼。
觉来俯仰失千劫，回视此水殊委蛇。
君看岸边苍石上，古来篙眼如蜂窠。
但应此心无所住，造物虽驶如吾何。
回船上马各归去，多言譊譊师所呵。[2]

这两首诗的运思和行文速度都相当快捷，颇具代表性地体现了苏东坡的"迅急"文风。第一首诗为七言律绝，首句用邻韵，采"孤雁入群"格，第三句末字采"仄平仄"格，首二句相对偶，末字皆平声，亦为变格，可见作者写作此诗时的意兴盎然、豪放不羁，不愧是文豪"醉书"。全诗以寥寥四行诗句传神再现了杭州西湖在暴雨前（"黑云翻墨"）、暴雨中（"白雨跳珠"）、暴雨后（"望湖楼下水如天"）的景象，涵盖全面，层次丰富，却又衔接紧密，转换迅捷，给人以痛快淋漓、豁然开朗之感。韵脚的呼应（"山"，十五删；"船""天"，一先），对偶的运用（"黑云翻墨未遮山，白雨跳珠乱入船"），并未稍减行文快捷。

第二首诗为七言古风，用"五哥"韵，除"蛇"字借邻韵（六麻）外，大体一韵到底。全诗表现徐州百步洪水势湍急、行船险峻景象，并由此感悟光阴易逝，

---

[1] 王水照选注：《苏轼选集》，上海古籍出版社，1999年，第50页。
[2] 同上书，第113页。

人生匆匆，唯有心无所住，心无挂碍，才能在岁月变迁中保持超然淡定心境。全诗由写景而入禅悟，文势超逸，一气呵成，读来极为畅快。清代学者汪师韩评论此诗说："用譬喻入文，是轼所长。此篇摹写急浪轻舟，奇势迭出，笔力破余地，亦真是险中得乐也。后幅养其气以安舒，犹时见警策，收煞得住。"[1]纪晓岚评点说："语皆奇逸，亦有滩起涡旋之势。"[2]汪、纪二位的评语均突出了苏诗的"势"。"势"这个概念，既是中国古代哲学中的重要范畴，也是中国古典诗学中的重要范畴。孙子说，"激水之疾，至于漂石者，势也"[3]，又说，"木石之性：安则静，危则动，方则止，圆则行。……转圆石于千仞之山者，势也。"[4]可见，在孙子看来，"势"是一种不断蓄积和增强的力量。唐释皎然论文章之"势"说，"高手述作，如登荆、巫，觌三湘、鄢、郢山川之盛，萦回盘礴，千变万态（文体开阖作用之势）。或极天高峙，崒焉不群，气胜势飞，合杳相属（奇势在工）；或修江耿耿，万里无波，欻出高深重复之状（奇势互发）。古今逸格，皆造其妙矣"。[5]释皎然的这一"明势"之论区分了文章之"势"的三种表现形式，一是"萦回盘礴，千变万态"，一是"气胜势飞，合杳相属"，一是"万里无波，奇势雅发"。《百步洪》第一首可以说是兼有前二者，既有"萦回盘礴"之奔放多变，又有"合杳相属"之峻拔高远。此诗前幅"摹写急浪轻舟、奇势迭出"，正是它的奔放多变处，读者从中可以感受到不断蓄积和增强的表现力与感染力；后幅"养其气以安舒，犹时见警策"，则是它的峻拔高远处，读者从中可以感受到由前幅的"萦回盘礴"之势转化而来的"气胜势飞"的笔力与"崒焉不群"的反思力。

与《百步洪》第一首相比，《六月二十七日望湖楼醉书》第一首虽篇幅短小，却同样体现出苏东坡擅长蓄"势"、造"势"的艺术特点。"望湖楼下水如天"之开悟，正是由前文峻急之势导出，因而给人以豁然开朗之感。钱锺书认为苏东坡的赋以外的诗文具有荷马史诗式的"迅急"文风，向之论者又尊其为豪放派词宗。笔者以为，"迅急"也好，"豪放"也罢，均和苏东坡擅长蓄"势"、造"势"的艺术特点不可分割。蓄"势"、造"势"之法有多种，从《百步洪》第一首、《六月二十七日望湖楼醉书》第一首两首诗作来看，迅捷的场景转换与磅

---

[1] 王水照选注：《苏轼选集》，上海古籍出版社，1999年，第115页。
[2] 同上。
[3] 杨丙安：《十一家注孙子校理》，中华书局，1999年，第90页。
[4] 同上书，第99页。
[5] 李壮鹰：《诗式校注》，人民文学出版社，2003年，第11页。

礴的博喻排比是蓄"势"、造"势"的有效手段。

钱锺书在评论苏东坡诗歌艺术时指出,苏东坡"在风格上的大特色是比喻的丰富、新鲜和贴切,而且在他的诗里还看得到宋代讲究散文的人所谓'博喻'或者西洋人所称道的沙士比亚式的比喻,一连串把五花八门的形象来表达一件事物的一个方面或一种状态。这种描写和衬托的方法彷佛是采用了旧小说里讲的'车轮战法',连一接二的搞得那件事物应接不暇,本相毕现,降伏在诗人的笔下。在中国散文家里,苏轼所喜欢的庄周和韩愈就都用这个手法;……在中国诗歌里,《诗经》每每有这种写法,像'国风'的《柏舟》连用镜、石、席三个形象来跟心情参照,'小雅'的《斯干》连说'如跂斯翼,如矢斯棘,如鸟斯革,如翚斯飞'来形容建筑物线条的整齐挺耸。但是我们试看苏轼的《百步洪》第一首里写水波冲泻的一段:'有如兔走鹰隼落,骏马下注千丈坡,断弦离柱箭脱手,飞电过隙珠翻荷',四句里七种形象,错综利落,衬得《诗经》和韩愈的例子都呆板滞钝了。其他像《石鼓歌》里用六种形象来讲'时得一二遗八九',《读孟郊诗》第一首里用四种形象来讲'佳处时一遭',都是例证"。[1] 钱锺书总结说,"上古理论家早已著重诗歌语言的形象化,很注意比喻;在这一点上,苏轼充分满足了他们的要求。"[2]

钱锺书可能是第一个运用"博喻"这个概念总结苏东坡诗歌艺术特点,并以此解说《百步洪》第一首之艺术手法的诗评家(宋洪迈、清查慎行、赵翼等人分别以"韩苏两公为文章,用譬喻处,重复联贯,至有七八转者""联用比拟,局阵开拓,古未有此法,自先生创之""形容水流迅驶,连用七喻,实古所未有"评价《百步洪》第一首广取譬的修辞特点,均未借用始见于宋人文评的"博喻"之名[3]),也是第一个将"博喻"法与"沙(莎)士比亚式的比喻"相类比的中国古典文学研究者,他的"车轮战法"之喻,及对《百步洪》第一首里写水波冲泻一段所作点评("四句里七种形象,错综利落"),都很精到。不过,他只注意到了"博喻"手法对于"诗歌语言的形象化"的强化作用,却没有提到"博喻"手法对语势和行文速度的影响。笔者以为,"博喻"法通常是"比喻"与"排比"这两种修辞手法的结合,钱锺书所引《诗经》"小雅"里的《斯干》及《百步洪》第一首中的相关段落,都是明证。"排比"法以若干意义相关、结构语气相近的语句排

---

[1] 钱锺书:《宋诗选注》,人民文学出版社,1982年,第71—73页。
[2] 同上书,第73页。
[3] 王水照选注:《苏轼选集》,第113—114页。

列一起,有助增强语势和节奏感。"博喻"法"一连串把五花八门的形象来表达一件事物的一个方面或一种状态",思维跳跃与转换的速度本就迅捷,再以"排比"法相辅翼,更可加快行文速度。

诗中的"博喻"法还能借助押韵、对偶,进一步加强宋洪迈所谓"重复联贯"之势。如《百步洪》第一首中的四句七喻:

> 有如兔走鹰隼落,骏马下注千丈坡。
> 断弦离柱箭脱手,飞电过隙珠翻荷。

此四句诗,"坡""荷"同韵,末二句对仗工整。按照阿诺德的看法,押韵和对偶的运用会减缓行文速度,并使文风曲折迟缓。但从苏东坡诗中的这个片段来看,押韵、对偶并没有减缓行文速度,而是强化了行文的"重复联贯"之势,所以更见其"迅急"。从总体来看,全诗循古风,一韵到底,气盛韵谐,亦无凝滞之感。

钱锺书评价上引诗句说,"四句里七种形象,错综利落,衬得《诗经》和韩愈的例子都呆板滞钝了"。(见前文)笔者以为,苏东坡诗中对"博喻"法的灵活运用,和他在赋作中"成功柔化僵硬的骈偶形式,使生硬的对偶调和无间"(亦为钱锺书语,见前文),有异曲同工之妙。事实上,押韵、对偶、博喻、迭问(笔者以为,屈原《天问》式的层层设问法,可称之为"迭问"法)等修辞手法均有其通则、成例可循,但运用之妙,腾挪之巧,就端看作者的笔力、才气与变通了。苏东坡笔力雄肆,才气四溢,又擅长灵活机变,所以能"出新意于法度之中"(苏轼《书吴道子画后》):当其采"博喻"法摹写急浪轻舟之时,能"错综利落",变化多端,而不显"呆板滞钝",胜过《诗经》和韩愈成例,正可与屈原式的"迭问"相辉映;当其循押韵、对偶成规而为七绝、古风、词赋之际,又能笔势飞扬,圆转自如,韵脚、骈偶等"羁绊",不但无阻天马行空之势,反为之平添姿采。这就是大文豪的大手笔!阿诺德所谓"迅急",可喻其奔放雄肆,钱锺书所谓"舒缓",可喻其优游不迫,诚可谓收放疾徐,操控有度,运用之妙,存乎一心。

三、美文自古如名马

前文指出,阿诺德总结了荷马史诗的四个特点,前三点分别为"迅急""运思与表达的爽利""思想本身的爽利";阿诺德同时认为,弥尔顿、但丁的倒装句法、蕴藉风格与荷马的直捷、畅达恰异其趣,在荷马史诗中,无论是最简单的叙事还是最深邃的抒情,均体现出直捷流畅的风格,无论是简单段落还是精心锤炼的段落,都是一样的行文朴素而迅捷。[1]

阿诺德的上述观点是其文学"速度"说之要义。探讨文学的"速度",也就是探讨文字艺术的快与慢。叙事也好,抒情也好,都有快慢疾徐的讲究,何时当快,何时当慢,快慢如何协调,都需斟酌考量;如果把握不好行文的快慢,难免会在节奏或章法上出现呆板、单调、收放无序、结构紊乱等弊病。证之音乐,也有"速度"上的讲究。孙梅《四六丛话》曰:"左(思)陆(机)以下,渐趋整炼,齐、梁而降,益事妍华,古赋一变而为骈赋。江(淹)鲍(照)虎步于前,金声玉润;徐(陵)、庾(信)鸿骞于后,绣错绮文,固非古音之洋洋,亦未如律体之靡靡也。"[2]其所谓"洋洋""靡靡",实以吾国之传统乐理以论赋韵。在古琴演奏中,也有"骤急""清徐"之别,正如西洋音乐中有急板、快板、行板、柔板之分。钱锺书在评价苏东坡赋的节奏时,径自借用了西方音乐术语"速度"(tempo)。"tempo"一词为意大利文,原意为"时间",复数形式为"tempi",乃常用音乐术语。音乐中的急板、快板、行板、柔板,即是速度上的区分。[3]

阿诺德在总结荷马史诗特点时所谓"迅急",即是一种急板式的行文风格。综合阿诺德的观点,荷马史诗的"迅急"取决于三个要素:其一,与弥尔顿、但丁相异的"直捷""流畅";其二,"运思与表达的爽利";其三,"思想本身的爽利"。这三个要素分别指向言说方式,思与言的关系,以至思维方式,可以说是层层深入,直抵本源。

《伊利亚特》英译者纽曼(Francis W. Newman)在回应阿诺德批评的专书《荷马史诗翻译的理论与实践:驳马修·阿诺德》(Homeric Translation in theory and practice: A Reply to Matthew Arnold) 中,虽然对阿诺德以"流畅"(flowing)评价荷马史诗的行文风格表面上予以肯定,但却语带揶揄地作了补充说明,并为自己的译文巧加辩护,煞是有趣。试译如下:

> 但我愿意礼尚往来地恭维阿诺德先生,不惜得罪其他批评家。他确实知道流畅与平滑的区别,而他们不知道。山洪奔腾而下,固然流畅,却不免汹涌恣肆;这就是荷马。法国朗格多克省运河上的"海神台阶"(指

---

[1] Matthew Arnold, *On Translating Homer*, p. 13.
[2] [清]孙梅:《四六丛话》,商务印书馆,1937年,第61页。
[3] 龚刚:《浅述钱锺书对苏东坡赋的英文评论》,《中国比较文学》2010年第3期,第59—60页。

入海口的多级水闸——译者注)是平滑的,却并不流畅:你无法连贯地逐级而下。如果将蒲伯的平滑归于此类,似乎是非常不公平的;但我常常觉得,这种责难也不算太严厉。为了押韵,蒲伯不得不频繁更换主格,因此,荷马史诗中那些被亚里斯多德称为"绵延相属"(long-linked)的段落,在蒲伯笔下就变得诘曲支离。此外,我们所用的语言(指英语——译者注)缺乏展现流畅风格的良好结构。有一项法则不为希腊人所知,即演说中自然分割句子的方式,必须和诗歌的音乐性划分相吻合。对一个审慎而忠实的译者来说,要在一首长诗的翻译中始终遵循这一法则,实属不易。本人在这个方面也不算很成功。但是,当批评者在评价我的译文"不够流畅"之前,请他估算一下那些确实存在缺陷的例证所占的比例,并指明它们是否出现在重要的段落。[1]

纽曼的这一段自辩性文字有以下三个要点,一是"流畅"文风与"平滑"文风的区别,二是蒲伯译文不如荷马原文"流畅"的主客观原因,三是自然分割句子的方式与诗歌的音乐性划分之间的互动性。

纽曼认为,荷马史诗具有"山洪奔腾而下"般的"流畅",蒲伯的译文则有如"海神台阶",表面"平滑",实则障碍重重,缺乏荷马史诗的连贯文气与"汹涌恣肆"的气势。蒲伯的译文与荷马原文之所以会有这种风格上的差异,是因为蒲伯出于押韵的考虑,割裂了荷马史诗中的长句,从而令"流畅"的文风变为欠缺内在连贯性的"平滑"文风。这是蒲伯译文不如荷马原文"流畅"的主观原因。从客观的语言结构上来看,古希腊文比英文更宜于组织起连绵不断的长句,这就令荷马史诗的英译者在试图忠实再现盲诗人荷马所特有的迅急爽利的思维与表达风格时,遇到了难以逾越的语法障碍。按照阿诺德的看法,荷马不但思维清晰明快,而且还能将其同步转换为清晰明快的文学语言("eminently plain and direct both in the evolution of his thought and in the expression of it"[2]),这固然是因为荷马拥有出色的表达天赋,另一方面也确乎和他赖以思考与言说的语言结构有着密切的关联性。

思维方式、表达方式与语言结构的关系,是分析哲学(analytic philosophy)与人类语言学(anthropological linguistics)中的核心问题。奥地

---

[1] Francis W. Newman, *Homeric Translation: In Theory and Practice*, London: John Edward Taylor, 1861, pp. 83-84.
[2] Matthew Arnold, *On Translating Homer*, p. 9.

利哲学家维特根斯坦(Ludwig Wittgenstein)认为,我们所掌握的词汇不但限定了我们对经验的传达,也限定了我们对经验的认知,所以他说,"我的语言的界限就是我的世界的界限"[1]。美国语言学家萨皮尔(Edward Sapir)和沃夫(Benjamin Lee Whorf)则通过跨语言的研究发现,是语言上的差异造成了思维上的差异。萨皮尔断言,我们现在所看到的、所听到的和所经历过的,主要都来自于我们社会的语言习惯。沃夫进一步指出,我们对世界的印象是通过我们大脑来组织的,主要是通过我们大脑中的语言系统来组织的。简言之,这两位语言学家都认为语言决定我们的思维方式。这个假设称为萨皮尔沃夫假设(Sapir-Whorf hypothesis),也称为语言决定论(linguistic determinism)或语言相对论(linguistic relativity)。该假设的一些证据来自颜色命名领域。世界上的各种语言在所使用的基本色的术语数上有很大的差别,例如,英语中,基本色的术语有11个(黑、白、红、黄、绿、蓝、褐、紫、粉红、橙和灰),而另一些语言,如巴布亚新几内亚的达尼人所说的语言中,只有两个基本色术语,简单地在黑白(或明暗)之间作出区分。因而,沃夫认为讲英语的人与达尼人对颜色的认知和思维是不同的。沃夫还认为,侯琵族(Hopi)的语言中动词没有过去时,因此侯琵族人思考和追忆往事不是件容易的事。[2]

萨皮尔、沃夫的学术发现极具启示性,却也有其偏颇处,如动词过去时与回忆的关系。和侯琵族语一样,汉语中也没有动词的过去时形式,但丰富的时间副词与时态助词的搭配使用足以灵活地表现各种时间阶段。"斜阳草树,寻常巷陌,人道寄奴曾住",是辛弃疾《永遇乐·京口北固亭怀古》中的名句。句中淡淡着一"曾"字,即把读者的思绪推到了悠远的过去。

综括而言,纽曼为自己的《伊利亚特》英译本所作的自辩虽然是对阿诺德的反驳,语气中透着揶揄与嘲讽,但对看清阿诺德文学"速度"说的内涵与实质,却不无裨益。从阿诺德对荷马史诗"迅急"文风所持的赞赏态度来看,他和百余年后的意大利小说家卡尔维诺一样,都将"迅速"看成值得推荐的文学价值。区别在于,阿诺德只是从批评荷马史诗的诸英译本未能精确传达原文风格的角度,着重肯定了荷马所特有的迅急爽利的思维与表达风格,而卡尔

---

[1] L. J. J. Wittgenstein, *Tractatus Logico-Philosophicus*, NY: Barnes and Noble Publishing Inc., 2003, p. 119.
[2] B. L. Whorf, *The Relation of Habitual Thought and Behavior to Languag*, J. B. Carroll (ed.) *Language, Thought, and Reality: Selected Writings of Benjamin Lee Whorf*, Cambridge. MA: MIT P, 1956, pp. 134-159.

维诺则是以一部西方文学史为背景,把"速度"上升到了核心文学范畴的高度,并以"马"这个意象作为思维迅速的象征:

> 作为速度,甚至是思维速度象征的马,贯穿着全部的文学历史,预告了我们现代技术观点的全部问题。[1]

卡尔维诺的灵感来自文艺复兴时期意大利文豪薄伽丘的一篇短篇小说,这篇小说中的一个有趣片段生动揭示了叙事艺术与骑术的相通性:

> "奥莱塔太太,您和我骑在一匹马上要走挺长一段路呢,我给您说一个世上最好的故事吧。您愿意吗?"那太太回答道:"劳驾请您说给我听吧真是再好不过啦。"骑士老爷大概说故事的本事比剑术也好不了多少,一得应允便开口讲起来,那故事的确也真好。但是,由于他时时把一个词重复三四次或者五六次,不断地从头说起,夹杂着"这句话我没有说对",人名张冠李戴,把故事说得一团糟。而且他的语气十分平淡呆板,和情景、和人物性格也绝不合拍。奥莱塔太太听着他的话,好多次全身出汗,心直往下沉,好像大病骤来,快要死了;最后,她实在再也受不了这种折磨,心想这位老爷已经把他自己说得糊涂不堪,便客气打趣他说:"老爷呀,您这匹马虽是小步跑,可是用劲太大,所以还是请您让我下马步行吧。"[2]

奥莱塔太太的外交辞令真是太妙了,她没有正面批评"骑士老爷"拙劣的叙事技巧,而是旁敲侧击、声东击西,以坐马不适为由请求下马步行,不伤和气地打断了"骑士老爷"的"世上最好的故事";她对"小步跑"与"用劲太大"之间的戏剧性矛盾的揭示,又令读者在嘲笑"骑士老爷"之余,直观地感悟到讲故事和骑马一样,不能一味用蛮力,要根据具体情况,该用劲的时候用劲,该放手的时候放手,这样才能保持协调性和良好的节奏感,也才会给人舒展自如之感。

王安石写过一首咏马的古风,其中有这样两句:"骅骝亦骏物,卓荦地上游。怒行追疾风,忽忽跨九州。"[3]这两句诗分别状写名马骅骝的优游之态与怒行之疾,颇见风范。为文之道亦如名马之行,可以速则速,可以久则久,优

---

[1] [意]卡尔维诺:《未来千年文学备忘录》,杨德友译,辽宁教育出版社,1997年,第28页。
[2] 同上书,第27—28页。
[3] [宋]王安石:《荆公诗注补笺》,李壁注,李之亮补笺,巴蜀书社,2002年,第155页。

游无碍怒行,怒行何妨优游? 如果能够深谙此理并运用如神,那就进于妙道了。

乱曰:美文自古如名马,不许伧夫乱着鞭。

(原刊于《中国比较文学》2012年第2期)

"意识到"、自发性与关联思维
——试论葛瑞汉的汉学方法论

刘耘华

葛瑞汉(A. C. Graham,1919—1991)是一位在中西学界均到得较大认可的汉学家,做到这一点很不容易。究其缘由,主要是因为他用西方的语言和概念来表述古代中国思想,既能够说到点子上,同时又对中西学者都富有启发性。他的汉学研究方法论也很有特点,但是中西学界却很少给予关注。鉴于此,笔者不揣谫陋,试先做一粗浅阐述并以此求教于学界贤达。

一、"意识到"与"自发性"

葛瑞汉以汉学家的身份闻名于世,他作为哲学家的另一面则常常被人忽视了。事实上,他的《价值的难题》(1961)、《理性与自发性》(1985)、《理性中的非理性》(1992)等论著表明他具有深厚的西方哲学素养。笔者以为,他在思辨领域的探索与其在汉学领域的垦拓并非彼此并立而互不相干,恰恰相反,后者及其方法论深深奠基于他在思辨领域的认知、特别是他关于事实与价值之关系的深刻思考。

事实与价值的关系是西方哲学史上最重要的问题之一。葛瑞汉指出,在对某一事件或某个人进行"价值"评判之时,"事实"一向被赋予优先的地位。人们坚信,事实是客观的、坚固的(solid),而"价值"是主观的、流动的(fluid),为了做出"公正"评判,人们应该诉求建立在"客观事实"基础之上的"科学规律",而非求助于某些美学经典或"价值"准则。不过,由于事实上人类往往迷惑于自身的迟钝、偏见或一厢情愿,"面对事实"(to face facts)常常流于片面。行为选择的问题也是如此。"我"作为一个行为的"主体"(agent),在做出目标选择或给予价值评判之前,怎能从"我"与他人或事件的相互关系中完全脱身抽身、纯粹以客观的立场来评判与"我"密切相关的人和事物呢？"我"怎能不去事先了解"为何""如何""是否"等之类的主观问题呢？葛瑞汉认为，一旦忽视这些问题，这便是一种"道德虚无主义"(ethical nihilism)。[1]

那么，什么才是行为选择或价值评判的首要原则呢？葛氏认为，"上帝""(康德的)先验绝对命令"，以及人类生理进化或心理事实，等等，这些曾经被选择作为首要原则且绝对不沾染个人倾向(inclination)的假定，已经先后都失效了，与此相应，"价值无根基"(values ungrounded)的观念，被现代社会广为接受，而古典时代所设定的各种单一、恒定不变而又普遍适用的原则(如柏拉图的"理式"，基督教的"上帝"，康德的"先天原理"等)均失去了信用根基。经过长期的思索，葛氏对这一难题提出了自己的答案：他认为，"意识到"(Beaware)可以作为行为选择与价值评判的"首要原则"(first principle)。[2] 众所周知，特别是自笛卡儿以来，"意识"在西方认识论与道德实践论中的性质与功用已得到广泛讨论，可谓硕果累累，又异见纷呈。那么，相比之下葛瑞汉所反复致意的"意识到"究竟有何独到之处呢？大致说来，可将其归纳为五点[3]：

其一，作为名词的"意识"(awareness)并无抽象不变的涵义，对葛氏而言，它是对于"随物而婉转"(as the fluctuating disposition to take the look and feel of things)[4]的"认知过程"的表述，其内涵是可变的，其边界是流动起伏性的；

其二，被"意识到"的事物、观点(viewpoints)或倾向(inclinations)，与要求对之做出评判的事物、观点或倾向之间具有"相关性"，因而其间构成了一定程度上的(即并非线性、单一、直接决定的)因果关系；

其三，"面对事实"的现实状态，实际上已包含于"意识到"之中了。只有"被意识到"了、并且成为"相关性"因素，"事实"才会对"如何"选择产生效用；

其四，事实以及科学的手段(means)，只有被纳入由各种"相关性"构成的事态整体之中并成为其中的相关因素，才能促使"主体"的理性得到不断的增进(increasing)或修正(modifying)；

最后，也是最重要的一点，"意识"的主体并非行为选择或价值评判的最

---

[1] A. C. Graham, *Reason and Spontaneity*, London and Dublin: Curzon Press Ltd, 1985, pp. 1-2.
[2] Ibid., pp. 1-15.
[3] Ibid., pp. 5-6.
[4] Ibid., p. 37.

终决定因素,换言之,行为的目标选择或最后的评判是在被意识到的各种相关因素及其倾向所形成的整体动态平衡状态下的一种自发性(spontaneous)选择,主体自身一并在此整体之中接受自发性(spontaneity)的调节。葛瑞汉说:"若以权衡(weighing)来譬喻,在手段选择中主体可谓权衡轻重的人(weigher),但是在目标选择中主体只是轻重权衡本身的一个助力。"[1] "weighing"是葛瑞汉用来翻译儒家"权"概念的词汇,"weigher"作为主体,因此便有选择方法、权衡轻重之义,但"weigher"并非可以置身于事物整体之外、起着主宰掌控作用的一个超然因素(正如西方古典哲学曾经赋予"主体"的位置与功能),相反,在葛氏看来"他"只是从属于"整体"的一个构成性要素,其中,真正起着权衡调节作用的是作为"权衡本身"的"自发性"(涵义后详)。这种自发性的"平衡",使得各种观点与倾向的起伏变化是自然地彼此协调的。

葛氏认为,借助"意识到"的原则以及宇宙世界的"自发性"机制(一切事物、倾向乃至世界本身,皆可视为有机整体并具有自发调节的功能),一方面可以克服主体与客体之间机械论的对峙关系,另一方面也为弥合"休谟难题"(即"事实"是由"is"或"is not"连接起来的,"价值"是由"ought"或"ought not"连接起来的,两者完全不同,由前者不能直接"推出"后者[2],换言之,长于认知"事实"的"理性",并非触发、引导或决定道德行为的直接动机[3])提供了能够自圆其说的解决方案。

葛瑞汉把他关于"意识到"与"自发性"的思考进一步应用于中国思想文化的研究之中,其汉学方法论的关键也在于此。但是,其《理性与自发性》虽以"自发性"为题,全书却始终未赋予其明确定义,这是因为,它是对于世界之"流动性"的动态回应,本来就无法给予科学式的精准界定。不过,通观葛氏相关论述,其蕴含仍然能够得到清楚的领会。我们先引述一下他关于行为选择的基本程式:

> 意识到所有与问题相关联的时间、空间与个人的观点(viewpoint)之后(这等于说,我确实发现我自己能够自动自发地被引向某一方向或其他方向采取行动),我发现自己被引向 X;若忽视某一观点,我发现自己被引向 Y;

---

[1] A. C. Graham, *Reason and Spontaneity*, London and Dublin: Curzon Press Ltd, 1985, p. 6.
[2] David Hume, *A Treatise of Human Nature*, Oxford: Clarendon Press, 1978, pp. 469-470.
[3] Ibid., pp. 413-418. 按:在休谟这里,"理性"主要是指"工具理性"。

> 我将让自己被引向何方?
> 意识到(所有观点均与此问题相关联);
> 我自己因此就会自动自发地被引向 X。[1]

这就是葛氏在其重要汉学论著中反复操演、应用的"准三段论"(quasi-syllogism)。其中,经由"意识到"而臻达之"自发性"境界,其实吊诡地含有"无意识的"(未意识到的)或"超意识的"蕴涵。通过"意识到"所有在事实、感觉、情感与问题(issue)相关联的观点和视角,人的行为选择(内蕴着道德评判)就能够是自动、自发的或者说"无意识的"或"超意识的",那么,事实、价值、理性抑或情感等,在此都只能是在整体平衡调节下的相关因素,事实与价值、理性与非理性之间的悖立,就不再是行为选择中的主要问题了。在这一情形下,"休谟难题"也就不是必须予以解决的伦理学前提了。这就是"自发性"的核心蕴含。葛氏认为,激发行动的动机"首先必须是自发的,而非科学或哲学研究的知识建构",而借助"自发性"和"意识到",伦理学的建构就可以解除"事实证据"的负担(the burden of proof)[2],换言之,在"意识到"之后,我们知道了"什么是"(what is),同时也就会明白"什么应该是"(what should be)。[3]

二、自发性与关联思维:葛瑞汉之汉学方法论的逻辑展开

在葛瑞汉看来,"自发性"正是先秦主要思想派别的共通之处。圣人的"意识"与"道"合一,既是"Be aware"的最高典范,也是人间"最聪慧的智者"(the wisest men),处世接物皆能自然、自动、自发,"善"于是成为圣人之"自发

---

[1] A. C. Graham, *Reason and Spontaneity*, London and Dublin: Curzon Press Ltd, 1985, p. 16; A. C. Graham, *Disputers of the Tao: Philosophical Argument in Ancient China*, La Salle, Illinois: Open Court Publishing, 1989, pp. 29, 383. 按:这段引文,笔者根据收录于《论道者》之中的论文《中国道德哲学的准三段论划分》做了一些综合与补充。在堪称葛氏一生之曲终奏雅的《论道者》一书中,这个三段论也多次被提到。需要指明的一点是,中译本在翻译时未能表达出行为或方向选择中"我"所处的被动境况。"我"或"意识"之被动性的一面,表明本文所谓"行为选择"很少西方语境中主动性的"我"在做出"选择"之时常常遭遇到的天命、自由与责任之类的蕴涵。中译本的翻译,详见[英]葛瑞汉:《论道者:中国古代哲学论辩》,张海晏译,中国社会科学出版社,2003年,第38,442页。
[2] A. C. Graham, *Reason and Spontaneity*, pp. 16, 62-77.
[3] A. C. Graham, *Disputers of the Tao: Philosophical Argument in Ancient China*, p. 350.

性的偏爱"(spontaneously preferred)——一种摆脱了工具理性或主观动机的"自然选择"。[1] 不过,各家派别在"自发性"之具体呈现的方式上仍有不小差别,简言之:道家之"自然""无为"的典范,如《老子》的"圣人"、《庄子》的"至人""真人""神人",均主张虚静恬淡(反理性主义、去主体性)以应物,排斥任何机心与算计,"自发性"的特征最为醒豁;[2] 儒家在这一方面的蕴含,与道家相比有很大不同,譬如,儒家所效仿的目标并非天地自然,而是圣人境界;儒家的"自发性"是基于人际礼仪实践所形成的客观化语境,跟老庄基于天道的自发性也不一样。不过,从主体角度来看,儒道之间也不乏密合之处,如孔子的"无言"和"从心所欲而不逾矩",孟子的"至诚"之道,《中庸》的"不勉而中,不思而得",荀子的"以类行杂""若合符节"[3],等等,在葛氏看来都是"圣人"通过主体修为,把习俗与礼仪内化为个人的生命与精神进而达到的"自发性"境界;在这一境界中,个人的生命实现了"完美的礼仪化"(the perfect ritualisation of life):一方面,他的身心与群体、宇宙融为一体,另一方面又毋需认知("不思")与表达("无言"),便可使其行为实践无往而不得其伦理之"宜"(这里同样具有"去主体性"的意涵)。这种"向善的力量",并非来自超验外在的"精神领域",而是来自一种"内在于人际礼仪化关系的自发性"(inherentin the spontaneity of ritualised relations between persons)[4],它是"自然、自动"乃至于"价值中立的"(value free),而非"强迫性的"[5]。

至于其他先秦诸子,即便是重视逻辑分析的后墨(later Mohists)与强调方法手段(法术)的法家,其所推崇的圣人也有此类"明示"(illumination),换言之,即使经过(逻辑分析或方法手段上的)"权衡""算计"或"选择","道"(the Way)也都是"在最充分的意识之中所偏爱的道路"。[6]

---

[1] A. C. Graham, *Disputers of the Tao: Philosophical Argument in Ancient China*, p.110.
[2] 葛氏基于博士学位论文(《二程的哲学》,1953年)修改出版的《中国的两位哲学家》(1957年初版)开始用"spontaneity"来翻译"自然",直到《论道者》仍然如此。在其晚期著作中,"无为"(do nothing)也用"spontaneity"来表述;当"自然""无为"起形容词的作用时,则相应地采用"spontaneous"一词。
[3] "以类行杂,以一行万。始则终,终则始,若环之无端也。"(《荀子·王制篇》)"法先王,统礼义,一制度,以浅持博,以古持今,以一持万,苟仁义之类也,虽在鸟兽之中,若别白黑。倚物怪变,所未尝闻也,所未尝见也,卒然起一方,则举统类而应之,无所儗怍,张法而度之,则晻然若合符节,是大儒者也。"(《荀子·儒效篇》)
[4] A. C. Graham, *Disputers of the Tao: Philosophical Argument in Ancient China*, pp.18,25.
[5] Ibid., pp.25,302.
[6] Ibid., pp.303,384-385.

那么,自发性与关联思维有何关系呢? 葛氏认为,在先秦思想文化当中,自发性作为"意识到"之事物整体的自然倾向,其所权衡调节的各种构成性因素,就是通过关联思维(correlative thinking)来发生相互关系的,因而本质上是一种类比推理。圣人通过命名(naming)来进行辨别、分类和固定,进而确立万物之间的同异关系——宇宙和社会共同体中,每一个人和每一件事物都被归属于优势者 A 或劣势者 B 中的一个名称(如天地、君臣、父子,等等)并拥有自身的位置,在具有正确名称的位置("正名")之上,人们便可处于"完美的意识"(perfect awareness)之中并对事物做出合乎"自发倾向的行动"(spontaneously incline to do)。[1] 在先秦诸家中,只有道家反对这种"名分意识",但是,包括道家在内的各家各派都一致的一点是,中国的圣人是根据"同异"(analogue and differentia)而非"种差"(genus and differentia)关系来对事物做出界定和认知。前者必然导致类比阐发(analogical illustrations)[2],这也造成了古代中国以同异类推的关联思维为主导来建构自己的文化体系。

葛瑞汉认为,这一思维特征首先体现在关联宇宙论(correlative cosmology)的建构上。这种"世界观"认为,在构成宇宙整体的万物之间,彼此都是相关性的。欧美学界一般认为,葛兰言(Marcel Granet,1884—1940)是首位指出古代中国的"世界观"是"关联宇宙论"以及它在中国文化中具有主导性影响的学者。在《中国人的思维》(*La pensée chinoise*,1934 年初版)一书第三部分关于中国的"世界体系"之"微观世界"(社会结构)部分,他集中地讨论了此一问题。笔者曾将其观点概述为如下三方面:其一,"类比"是万物相互"关联"以及人类扩充认知的主要方式;其二,两极性的"对照"(antithése,如阴与阳、左与右)是事物相互关联的基本形态,但是两者并非西方式的绝对对立(opposition),而是彼此"对比"(contrastes)和"对待";其三,相互关联的事物之相互对比、补充或转化需要在整体的秩序和范畴之中才能实现,后者之最常常的象征符号是"道"。[3] 这些看法,在欧美汉学界造成了经久不衰的影响。就葛瑞汉而论,他一方面认为葛兰言的上述见解是"没法超越的"(unsurpassed),另一方面又指出,葛兰言把"关联宇宙论"作为中国思想之基

---

[1] A. C. Graham, *Disputers of the Tao: Philosophical Argument in Ancient China*, p. 384.
[2] Ibid., p. 81.
[3] 刘耘华:《一个汉学概念的跨国因缘——"关联思维"的思想来源及生成语境初探》,《社会科学》2018 年第 5 期,第 179—180 页。

本特点的做法有点"言过其实"[1],因为:

一、古典时代(先秦时期)的哲学家根本就不关心"宇宙问题"(关注这一问题的,主要是术士、占卜者、乐师或工匠手艺人等);

二、直到古典时代末期(公元前二三世纪),关联宇宙论才算正式在文人著述(主要是《吕氏春秋》《淮南子》以及更迟的《春秋繁露》)中登场亮相;

三、西汉中期"独尊儒术"之后,关联宇宙论伴随着《周易》进入经学正统,但是它并非始终都处于儒家思想的中心,例如,在唐宋时代它便处于儒学系统中的边缘地带;

四、受时代观念的制约,葛兰言将关联思维与以几何证明为根本标志的科学思维对立起来,并以为自17世纪以来逻辑论证与实验精神相结合催生了现代科学思维之后,后者便一劳永逸地(once and for all)摆脱了关联思维,使人类文明进入到新的阶段。在这一方面,葛瑞汉不仅接受赖尔(Gilbert Ryle)和库恩(Thomas Kuhn)的启发,认为科学与逻辑思维的概念其实植根于习惯与习俗,后者又往往凝结于文化、语言与隐喻系统之中,从而与关联思维密不可分;同时,他还以荣格(Carl Jung)为例,指出关联思维并不随着科学思维居于现代思想文化系统中的主导地位而永久退出,而是以神秘主义(occultist)的方式不断地回归于现实的生活。[2]

若仅就古代中国关联宇宙论的研究而言,亨德森的《中国宇宙论的发展与衰落》(*The Development and Decline of Chinese Cosmology*,1984)才堪称专论和杰作。事实上,葛瑞汉上述关于关联宇宙论的看法与此书基本一致。亨德森对葛兰言所云古代中国借助"类比"使万物(既包括天体、农事、节庆、习俗等,也包括其所内含的时空、内外、古今、然否等各种关系)相互"关联"并扩充认知范围的做法及其相关文献,进行了相当彻底的发掘和阐发,并对一些权威论断也做出了补充性的、乃至矫正性的新解。譬如,涂尔干(Émile Durkheim)和毛斯(Marcel Mauss)曾指出,中国文化以"数"来对区域、季节、万物以及动物进行分类,但与古希腊、印度、澳洲土著以及祖尼

---

[1] 实际上,葛兰言之后不少汉学家,如李约瑟、艾伯华(Wolfram Eberhard)、鲍威里(Paul Wheatley)、亨德森(John B. Henderson)等等,都认可葛兰言的这一观点。笔者拟对此另文专论,此不详述。

[2] A. C. Graham, *Yin-Yang and the Nature of Correlative Thinking*, Singapore: Institute of East Asian Philosophies, National University of Singapore, Occasional Paper and Monograph Series No. 6,1986, pp. 1–3,8,15.

(Zuñi)等早期文明一样,都源于占卜、神话、巫术或宗教(均以魔幻类比为基础),因而仍然只是一种非逻辑、非科学的"原始分类"(primitive classification),而与西方文化逐渐从多神转向独一神不同(相应地,西方文化的分类系统具有一个最高的统一体),中国的关联宇宙论缺乏一个对所有因素都重要的社会性关联物,如此一来便使其分类系统缺少一个起着统摄作用的纵贯性存在物;[1]或者按照卡西勒(Ernst Cassirer)的说法,中国的分类系统达到了"神话思想"的最高阶段,但是未能实现向"科学思维"的突破。[2]亨德森则认为,自古典时代晚期以来,"气"(a subtle and pervasive pnuema)正是这样一种中介性的关联基础,它不仅使天人万物(包括心理与精神层面)之间形成系统性的相互感应(systematic correspondences and interaction),而且也是宇宙万物得以统一的纽带。[3]亨德森认识到"气"在关联宇宙之中同时兼具构成性和调节性的功能,这实属不易,但也必须指出,"气"在我国的分类系统中的确并不具备纵贯统一的逻辑功能,即,不像"存在"(on/onta/Being/being)那样,在古希腊以来西方的分类系统中起着统摄性的作用。

那么,葛瑞汉在关联宇宙论的阐发方面又有何独特贡献呢?最重要的一点是,他首次借用雅克布森(Roman Jakobson)的结构语言学理念来诠释中国的关联宇宙论。雅克布森在《语言之两翼》("Two Aspects of Language")一文中,把失语症的原因归结为"相似性失序"(Similarity Disorder)或"相邻性失序"(Contiguity Disorder)。他认为,语言之所以能够使人们产生沟通交流,是因为人们所使用的"字词"或"符号"蕴含了相互作用而又缺一不可的双重关系:一方面,它与一个语言系统中其他字词或符号具有"相似性"或"对立性",形成了所谓"聚合关系"(paradigms);另一方面,它受到语境(context)的约束,与其他字词或符号组合成句子,形成了所谓相邻性的"句法关系"(syntagms)。前者是彼此替换性的,后者是相互组合性的;前者是隐喻式(metaphoric)关系,后者是转喻式(metonymic)关系。倘若丧失了在相似性或

---

[1] Émile Durkheim and Marcel Mauss, *Primitive Classification*, Translated from the French and edited with an Introduction by Rodney Needham, London: Taylor & Francis e-Library, 2009, pp. 40 - 49.

[2] Ernst Cassirer, *The Philosophy of Symbolic Forms*, Vol. 2, Translated by Ralph Manheim, New Haven: Yale University Press, 1955, p. 87.

[3] John B. Henderson, *The Development and Decline of Chinese Cosmology*, New York: Columbia University Press, 1984, pp. 1 - 2, 26 - 29.

对立性中选择与替换的能力，或者，丧失了组合成句的能力，那就会产生失语症。[1]

葛瑞汉认为，古代中国关联宇宙论的运行机制完全可以用上述语言的二重关系来阐发，换言之，"作为一种首要的社会制度，语言充分地展示了其自身的结构，而关联思维则完美地体现了这一结构"[2]。具体来说：第一步是坚信各种"二元对子"（binary oppositions）处于中国文化的中心位置（centrality），而"阴阳"作为"终极性的对子"（ultimately binary），居于中心之中，可谓中国思想文化之最深层的"结构"或"先决前提"（preconception）；

第二步是指出，处于中心地带的各种对子（pairs）正是以相似或对立的方式凝结而成，如天地、春秋、夏冬、昼夜、大国小国、重轻、动静、信（伸）屈、予受、主臣、男女、父子、善恶、贵贱、长幼，等等，它们遍布于文化系统的枢纽关键之处，同时成为决定字词"组合"的思想语境和先决前提（在西方思想文化的背后，同样存在着一个起先决作用的对立链，但是相比之下中国更倾向于对子之间的互补，而西方更重视二者之间的冲突）。这些聚合性的"对子"，甚至被推扩至天（宏观宇宙，macrocosm）与人（微观宇宙，microcosm）之间，进而建构起一个天人合一的关联整体；

第三步是进一步讨论"四"系列与"五"系列的"聚合"与"组合"关联。在这两种情况下，从聚合体向组合体的转化机制显得更加隐晦而复杂，但是葛氏坚持认为，"二元对子"特别是以阴阳二气为纽带而形成的聚合与组合关系仍然被包含在"四"系列与"五"系列之中（如东方/木、西方/金、南方/火、北方/水，再如金克木、木克土、土克水等各种"二元"关系），成为"四"与"五"之间建立起相互关联又可无尽推扩的基础（引而伸之，它也是"六"系列、"八"系列和"九"系列的推扩基础）；

第四步是得出对（特别是自春秋战国至秦汉之交）中国思想文化主要特征的认知结论：经过上述聚合体向组合体的复杂转化而建构起来的天人合一的关联宇宙，其内部关系是"自发性的"。在关联宇宙所蕴含的各种事实与价值、情感与理性、普遍与相对以及内外古今的"对子"之间，形成了自动的彼此呼应关系（从乾坤天地、君臣父子，到五行与五常、五脏与五性等之间的无数

---

[1] Roman Jakobson, "Two Aspects of Language", in *Selected Writings*, Vol. 2, The Hague in the Netherlands: Mouton & CO., 1971, pp. 239–59.
[2] A. C. Graham, *Disputers of the Tao: Philosophical Argument in Ancient China*, p. 350.

匹配性对应)。这些关系,主要是经由关联思维的牵合而奠定下来的(其中,虽然也有一些因果思维的内涵,但其位置与功能是次要的和从属性的)。葛瑞汉借用安乐哲(Roger T. Ames)、郝大维(David L. Hall)的表述,把这种宇宙称之为"美学的秩序"(aesthetic order)[1]。这是一种贯穿于中国思想世界之中的主导性的秩序,与此相应,因果思维及其相应的"逻辑或理性秩序",则一直受到中国主流思想的排斥。葛氏认为,中国文化的有机体,吸收了儒家的道德观、法家的南面术、阴阳家的宇宙论、道家及特定阶段之佛家的神秘论,却惟独拒绝了诡辩论者、墨家以及只在七世纪短暂流行过的佛教因明论。一句话:因果逻辑(理性论证)在中国遭受了与在西方完全不同的、一直被冷落轻视的命运。[2]

三、葛氏汉学方法论的学界反响与评价

《论道者》(*Disputers of the Tao*: *Philosophical Argument in Ancient China*)在1989年问世之后,葛瑞汉的学生、时任《东西方哲学》主编的安乐哲于1990年夏天邀请史华慈(Benjamin Schwartz)、席文(Nathan Sivin)、罗思文(Henry Rosement, Jr.)举办了一个特别的专题讨论会来评议此著。会上他们商定,在1991年4月召开的美国亚洲研究学会年会上开辟一个专题来继续讨论并邀请葛氏本人出席。这个计划终究未能落实,因为葛瑞汉身体状态不佳,于1991年3月就去世了。安乐哲只好把上述三人的书评,连同葛氏的回应,一并刊登在《东西方哲学》1992年第1期(总第42期)上。

史华慈的书评篇幅较长,对葛氏之学术贡献的评价甚高。[3] 不过,该文的主要内容是就两个关键问题表达对葛氏的批评性商榷:一是他不认可葛氏基于中西语言的结构差异所造成的"文化区隔状态"(culture-boundedness)而否认异质文化之间翻译、诠释和比较的有效性(validity)以及文化普遍主义(可公度性)的可能性。一方面,他承认"文化区隔状态"是客观存在的,另一方面他又坚持认为,在敏锐地意识到文化差异的前提下人们能够对人类普遍

---

[1] A. C. Graham, *Disputers of the Tao*: *Philosophical Argument in Ancient China*, p. 30.
[2] Ibid., pp. 6-7.
[3] Schwartz Benjamin, "A Review of *Disputers of the Tao*: *Philosophic Argument in Ancient China*", *Philosophy East and West* 42, No. 1, Jan 1,1992, pp. 3-15. 按:下面所引述的史华慈观点,均出自本文,不另出注。

关切的问题做出跨文化的比较和诠释。倘若完全遵循解构论者的抽象理念，那就没必要越过文化边界去寻索什么结论性的认知，而这样一来不就与葛氏自己所做的工作刚好相互龃龉吗？

二是他不认可葛氏对"礼"的诠释。史华慈认为，葛氏对《论语》以及"礼"的阅读，总体而言受制于芬格莱特（Herbert Fingarette）的《孔子：即凡而圣》（Confucius: The Secular as Sacred, 1972）。芬格莱特采纳英国分析哲学家奥斯汀（J. L. Austin）的"完成行为式表述"（performative utterance）理论来解释儒家的"礼"，认为后者与前者一样，需要一个特定（尤其是社会习俗的）语境，行为或表述的意义才会明朗下来。不同的是，葛氏把这种语境支配的意义表述现象扩充为礼仪实践之"自发性"的意义显现机制。在史华慈看来，后者至少忽视了三方面的因素：其一，"礼"（观念与规范）与"仪"（实践行为）并不总是一回事，例如，当"天下无道"之时，两者是彼此脱节的；其二，礼仪本身并非一种"完成行为式表述"（语言现象），毋宁说，它只是对行为模式（pattern of behavior）的描述；其三，礼仪实践的意义显现不总是自动自发性的，例如，当礼仪实践者丧失了"德"的内在"潜能"（potency），礼的"神圣性"就很难在"礼仪关系"中显露出来。这说明，意义的显现不能忽视"主体性"的维度。总之，史华慈认为，葛氏的汉学方法论犯了"过度"应用"语言学决定论"以及"过度"使用"自发性"的毛病。

作为科学史名家，席文则把回应的焦点集中在以下两点：其一，他认为，古典时代晚期哲人体系中的"关联宇宙论"借自于术士、占卜者、乐师或工匠手艺人是证据不足的看法；其二，中西（希腊）哲人讨论"道"的方式，根本的差异不是"理性证明"（rational demonstration）之有无，而是前者侧重文字表述，后者则惯于口头论辩（oral debate）[1]，而衡断论辩胜负之标准，前者交付于统治者，后者则付诸于公共言述空间。论及"理性"与"科学"的关系，席文更欣赏史华慈的看法，即反对把"科学"只与西方"理性"相对接，因为，一来"理性证明"的方式多种多样，"科学"的表现形式多种多样，亚里士多德或欧几里得的方式并非唯一的标准，二来也不是只有西方的理性才能够"认识"世界。关联宇宙论者能够找到合适的技术将人事与自然链接在一起，进而为实践活

---

[1] 美国学者洛伊德甚至认为，口头论辩是"做"哲学的唯一的方式，而"碰巧"它居于希腊传统的中心。希腊古典时期的所有学派都不过是"正方与反方的论辩联合体"。详见 G. E. R. Lloyd, *The Revolutions of Wisdom: Studies in the Claims and Practice of Ancient Creek Science*, Berkeley, Los Angeles and London: University of California Press, 1987, pp. 83 - 102, 149。

动(包括认识活动)奠定基础,只不过他们不把知识的改进和精神能力的提升并将其运用于"征服"与"控制"自然作为自己的首要目标。[1]

与上述批评性回应不同,罗思文承认自己的学术立场与葛氏相近。他指出,葛瑞汉的整个学术生涯围绕两个基本问题展开:一是如何确立跨文化的翻译与诠释的合法性(validity),另一个即如何破解事实与价值之间的鸿沟。他认为,"准三段论"可谓航行于葛氏学术世界的指南针,循此便可找出其学术难题的答卷。例如,在论及"理性"之于事实与价值的功能位置时,葛氏既不赞同康德的"理性是(激情的)主人"(Reason as Master),同时也反对休谟的"理性是(激情的)奴隶"(Reason as Slave),而主张"理性是(激情的)向导"(Reason as Guide),因为,理性作为"主动者"(agent),一方面的确具有合目的、有选择地行动之能力,而另一方面理性在做出选择之前,却早已处于心理、生理与环境等方面的事实倾向(inclinations)构成的情境之中,决不能做出完全自主的决断,因此,"价值"是基于各种倾向之间的平衡性而自发性地衍生出来的,在这一价值生成的过程中,理性可起到顺水推舟式的导向性作用。葛氏的"准三段论",实即对此一事实与价值之情势的描述。再如在讨论跨文化的翻译与诠释之合法性时,葛氏认可芬格莱特等人的意见,认为西方关于"事实与价值""是与应该""理性与感性""精神与肉身(mind/body)"或"精神与心灵(mind/heart)"等各种"二分法(dichonomies)"不能适用于对以儒道释为代表的中国文化的翻译和诠释。[2] 这样一来,对于这一难题的破解,只能另辟蹊径,葛氏自己所找到的通向"真正中国"的独特道路,就是"准三段论"。

不过,不管是批评还是赞许,上述汉学家都高度认可葛氏的崇高地位和独到贡献。根据笔者所掌握的文献,尽管在局部与细节方面存在不少歧见,但是葛瑞汉的汉学立场与观点仍然是目前欧美汉学界的主流。限于篇幅,笔者无法全面梳理葛氏在欧美学界所激发出来的反响与回应,这里仅就其汉学方法论做一简要评价。

首先,葛氏的英语论著是为欧美读者撰写的。其目的主要是,一方面帮助欧美读者深入了解古代中国的思想文化,另一方面借助中国文化这一"他者"来反观自身,并进一步探索淤积于西方历史传统深处之症结与困境的化

---

[1] Nathan Sivin, "Ruminations on the Tao and Its Disputers", *Philosophy East and West* 42, no. 1, Jan 1,1992, pp. 21 - 29.

[2] Henry Rosement, Jr., "Remarks on the Quasi-Syllogism", *Philosophy East and West* 42, no. 1, Jan 1,1992, pp. 31 - 35.

解之道,具体说来,要解决包括"事实"与"价值"在内的各种"二分法"(如理性与非理性、论证与叙述、神圣与世俗、科学与情感,等等)及其运作机制的偏枯与不足。这一工作,正如他自己反复指明的,从尼采开始就不断有人做过尝试性的探索,且成果丰硕,[1]但是借中国思想来继续开掘这一论域,葛氏所提交的答卷称得上独辟蹊径、别有洞天。

其次,对我国学界而言,葛氏的上述探索也具有较大的学术意义。择要而言:他用西方的概念来表述并诠释中国的思想文化,对我们具有一定的启发性。例如,他以"自发性"来阐发儒、道、墨的思想品格,一方面贡献了他自己的"准三段论"诠释模式,另一方面更开发并拓宽了认识旧问题的新空间与新视角,如借助"自发性"和"关联思维"的概念,我们可以吸取自亚里士多德以来直至莱布尼茨、德国浪漫派、尼采、柏格森、海德格尔等人的"有机体"思想,可以吸取康德的艺术"自治"(autonomy)的理论,可以吸取新实用主义的语境论等各种思想资源,来重新反观古代中国思想传统中相应的问题,对旧问题做出新的、更全面、更深入的探讨和发掘,进一步补充和丰富我国思想文化传统的意义世界。

再次,葛氏汉学成果蕴含了独特的比较研究方法资源。如前所述,尽管葛氏否定普遍主义的跨文化诠释,但是他运用西方的概念和方法来表述(翻译)和阐发古代中国思想文化,本身就是一种比较,特别是他借助结构语言学的方法所建立的关联思维模式,隐含了深刻的中西对比与相互反衬的内涵。通过这些彼此对照和反衬,自我与他者便可以获得互相反观、重新认识自身的效果。同时,差异性的对比与反照本身,也在建构中西思想互通的关联之桥。

最后,若要说葛氏的汉学方法论有何缺憾,首先自然就是以西方概念来表述中国文化,不可避免地会有一些方圆凿枘之处。不久前笔者在访谈安乐哲教授的时候,也问过这一问题。他指出,葛氏受结构主义语言学的影响,认为在中国文化深处也存在着不变的"结构"(如阴-阳、五行的相生相克关系),这是一种误读。因为,中国的思想文化重视万物的生成变化与通变过程,不主张其中有静态不变的"结构"。[2]这种误读和隔涩,在其他概念的运用上也

---

[1] A. C. Graham, "Response to Benjamin Schwartz' Review of *Disputers of the Tao*", *Philosophy East and West* 42, No. 1, Jan 1, 1992, pp. 17–19.

[2] Roger Ames and NI Linna, "Appreciating the Chinese Difference: An Interview with Roger T. Ames",刊于《国际比较文学(中英文)》2019年第3期,第554、564—565页。

有或隐或显的表现。此外,葛氏跟很多欧美汉学家一样,都是根据自身的需要来选择和评判中国的文化,例如,其所特别标举的中国文化的"关联思维",是一种非因果性、非必然性、强调整体内各因素之共时感应与彼此互动的类推性思维。他认为,用它可以化解"二分法"思维在西方社会的机械运用所造成的理性与感性、主观与客观、事实与价值等之间不可调和的冲突。应该说,中国文化对于现代西方因"科学过度"而形成的"人情偏枯"现象具有纠偏补弊的功效,葛瑞汉等汉学家的立场当然无可厚非。但是,另一方面,"关联思维的长期流行,使我国社会诸领域之运作方式往往人情过度而'科学不足',其负面效果是显而易见的。……由此可见,汉学论著其实蕴含着与我们不一样的、常常是彼此错位的问题意识,解决问题的方案和内容也就必然差别甚远。这意味着什么呢?意味着我们阅读这类汉学论著之时,应该保持一份清醒、一份警觉,在借此来培植文化自信的同时,也不要落入为中国古代文化高唱赞歌者所不经意造成的陷阱"[1],换言之,面对西方的冲击,我们也应该根据自身的需要决断从中汲取什么来丰富、扩展、强健我们自己的文化。窃以为,当下最为紧迫的一件事情是,要大力引入客观导向的科学求真精神,用它来矫正传统中国"关联思维过度"所造成的"人情过度"的心理文化偏向。

(原刊于《浙江学刊》2020 年第 6 期)

---

[1] 刘耘华:《中国绘画的跨文化观看——以弗朗索瓦·朱利安的中国画论研究为个案》,《文艺理论研究》2020 年第 2 期,第 44 页。

洛克的"白板"与现代人的"自然权利"

张　沛

> Yea, from the table of my memory
> I'll wipe away all trivial fond records,
> All saws of books, all forms, all pressures past,
> That youth and observation copied there;
> And thy commandment all alone shall live
> Within the book and volume of my brain,
> Unmixed with baser matter.
>
> （Hamlet, I. v. 103-109）

　　据说洛克匿名发表上下两篇《政府论》（1690）后，对自己的作者身份一直讳莫如深，甚至当他的知交好友蒂勒尔（James Tyrrell）在信中委婉其辞地谈到这一点时，他的反应居然是大为恼火，"几乎断送了他们毕生的友情"。[1]另一方面，洛克也是《人类理解论》的作者，此书与《政府论》同一年出版，而且是公开署名——尽管作者在献辞中自谦"我并不以为只要在书首署上任何一个大名，就能把书中的错误遮掩了"。[2] 种种迹象表明，"大概是所有伟大哲学家中最缺少一致性的"洛克始终希望并且有意引导读者分别看待这两部作品和它们的作者。[3] 这样一来，我们就发现了两个洛克，或者说洛克的两种身份：《政府论》的匿名作者洛克和《人类理解论》的署名作者洛克。前一个洛克或"第一洛克"是政治哲人，即如列奥·施特劳斯所见："在《政府论》中，洛克更多地是一个英国人而非一个哲学家，他的发言针对的不是哲学家而是英

---

[1]　[英]彼得·拉斯莱特：《洛克〈政府论〉导论》，冯克利译，生活·读书·新知三联书店，2007年，第8、103页。
[2]　[英]洛克：《人类理解论》，关文运译，商务印书馆，2015年，"献辞"第7页。
[3]　[英]拉斯莱特：《洛克〈政府论〉导论》，第106—107页。

国人。"[1]后一个洛克或"第二洛克"是现代哲人,确切说是经验主义认识论哲学家——即如洛克本人自述《人类理解论》写作目标时所说:此书旨在"探讨人类知识的起源、可信度(certainty)和范围,以及信仰、意见和同意的各种根据和程度";它原为自己和"少数几个朋友"而写,但是使用了"历史的和浅显的方法",以便广大"和我一样[粗疏]的"读者能够理解和接受。[2] 这意味着《人类理解论》是一本半显白的著作:它本为少数同仁而写,因此具有内传的品质;但它同时面向"和我一样的"——其实是和"我"(洛克—哲人)"不一样的"——大众,因此又是一部显白之书,其中不乏面具、神话和修辞的"木马"——"白板"说即是一例。按英国历史学者、《洛克〈政府论〉导论》一书的作者拉斯莱特认为,洛克的《政府论》或政治哲学和他的《人类理解论》或认识论哲学并无实质性联系:一方面《政府论》"不是《人类理解论》中的一般哲学相政治领域的扩展",另一方面"洛克的知识论对政治和政治思想有着相当重大的意义,而且其作用独立于《政府论两篇》的影响",因此"把他的著作视为一个深思熟虑、恪守通则的统一整体,其核心是一种具有普适性、作为其建筑框架的哲学,是没有意义的"。[3] 权威学者的意见自然值得重视,但是重新审视和理解——"理解总是不同地理解"[4]——洛克的"白板"说之后,我们或许会得出不同的结论:作为前者的补充,而非证伪或颠覆。

一

洛克的《人类理解论》分为四卷:第 1 卷为总论,凡 4 章;第 2 卷论观念,凡 33 章;第 3 章论语言,凡 11 章;第 4 章论知识,凡 21 章。洛克分别在第 1

---

[1] [德]列奥·施特劳斯:《自然权利与历史》,彭刚译,生活·读书·新知三联书店,2003 年,第 225—226 页。施特劳斯所说的"英国人"意指政治人(第二个"英国人")或政治哲人(第一个"英国人")。拉斯莱特也有类似的提法:在他看来,《政府论》的作者是作为政治理论家的洛克,而《人类理解论》的作者是哲学家洛克([英]拉斯莱特:《洛克〈政府论〉导论》,冯克利译,第 102 页)。其实这两种说法都未见公允,详见下文。
[2] [英]洛克:《人类理解论》,关文运译,"致读者"第 15 页、第 13—14 页。译文根据原文略有修改。
[3] [英]拉斯莱特:《洛克〈政府论〉导论》,冯克利译,第 106、108、112 页。拉斯莱特甚至认为这也是洛克本人的想法:"洛克可能不愿意让人知道创作《人类理解论》的人也是写作《政府论两篇》的人,因为他十分清楚,使两本书中的学说相互一致并非易事。"(同上书,第 85—86 页)
[4] [德]伽达默尔:《致达梅尔的信》,《德法之争:伽达默尔与德里达的对话》,孙周兴、孙善春编译,同济大学出版社,2004 年,第 78 页。

卷第3章第22段和第2卷第1章第2段谈到"白板"("white paper",即拉丁语"*tabula rasa*"的英文对译),均指人的心灵(mind)而言;其中第二例(2.1.2)直接用以反驳前人的"天赋观念"说,从而主题再现了总论第2章"人心中没有天赋的原则"第1段开宗明义的批判:

> 由我们获得知识的方式来看,足以证明知识不是天赋的——据一些人的确定意见说:理解中有一些天赋的原则(innate principles)、原始的意念(primary notions,κοίναι ἐννοίαι)和标记(characters),就好像刻印在人心上一样。这些意念是心灵初存在时就禀赋了,带到世界上来的。(1.2.1)

> 一切观念都是由感觉或反省来的——我们可以假定人心如白板似的,没有一切标记,没有一切观念(ideas)。那么它如何会又有了那些观念呢?人的匆促而无限的想象(fancy)既然能在人心上描绘出几乎无限的花样来,则人心究竟如何能得到那么多的材料(materials)呢?它在理性和知识方面所有的一些材料,都是从哪里来的呢?我可以一句话答复说,它们都是从经验(experience)来的,我们的一切知识都是建立在经验上的,而且最后是导源于经验的。(2.1.2)[1]

洛克所说的"一些人"首先指向笛卡尔。[2] 笛卡尔以"*cogito ergo sum*"为哲学第一原理,宣称"我是一个本体,它的全部本质或本性只是思想";这个"我—思"又称"理性灵魂",它来自"完满的是者"也就是神。[3] 笛卡尔强调这是人类固有的"内在观念""自明的知识"或"清楚明白的知觉",又称"良知"(*bona mens*)或"通感"(*sensus communis*),它是"直觉"(*intuitio*)的对象,并将通过"马特西斯"(*Mathesis*)也就是数学—演绎法达致真知。[4] 此即笛卡尔"天赋观念"学说的主要内容。笛卡尔的哲学意在为今人张目——如其所说,"我们这个时代人才辈出,俊杰如云,不亚于以往任何时代","以往把我们束缚于夫子之言的誓言现在已经解除"[5],但是他的"天赋观念"说其实借重

---

[1] [英]洛克:《人类理解论》,关文运译,第6、73—74页。译文根据原文略有修改。

[2] 参见[英]以赛亚·伯林:《启蒙的时代:十八世纪哲学家》,孙尚扬、杨深译,译林出版社,第29页。

[3] [法]笛卡尔:《谈谈方法》,王太庆译,商务印书馆,2006年,第27—28、46页。

[4] [法]笛卡尔:《探求真理的指导原则》,管震湖译,商务印书馆,2013年,第2、5、11—12、13、21、63页。参见笛卡尔:《第一哲学沉思集》"第三个沉思"和"第四个沉思"。

[5] [法]笛卡尔:《谈谈方法》,王太庆译,第6页;《探求真理的指导原则》,管震湖译,第6页。

并（至少在洛克看来）赓扬了古人的权威：柏拉图的"理念"（εἶδος / ἰδέα）、亚里士多德的"努斯"（νοῦς）、廊下派和伊壁鸠鲁—卢克莱修一脉的"先见"（πρόληψις）[1]即为其异教先导，此后基督教神学信仰主张的神圣理性—记忆、内在之光—对上帝的知识等则更加确证了"天赋观念"的"自然正当"。

在笛卡尔及其支持者看来，正是"天赋观念"这一具有神圣起源的原始心灵驱动程序使人类的认识和理解——正确的认识和理解——成为可能（甚至是必然）。但在洛克看来，人的心灵更像一部裸机，或者说它的"自然状态"是"白板"——有待经验开发—书写的"白板"，而非"好象刻印在人心上一样"的能动"我思"。洛克在此启用了古老的"心灵—蜡板"隐喻，但是"旧瓶装新酒"，为其注入了不同的、甚至是颠覆性的精神内涵。

古人的"心灵—蜡板"隐喻具有双重涵义：心灵像蜡（κηρός, wax）或/和心灵像书板。古代书板（πίναξ, tabula）大多为木制（间或使用象牙），中间凹槽部分覆以蜂蜡，用铁笔（stylus）在上刻写文字（因此又称蜡板），可反复涂抹使用。荷马在《伊利亚特》第 6 卷讲述柏勒罗丰（Bellerophon）的故事时首次（也是唯一一次）谈到了蜡板（169—170）："他在摺叠的蜡板πίνακι上写上致命的话语，叫他把蜡板交给岳父，使他送命。"[2]所谓"（书）写"（γράψας），其实是"刻（写）"。后人使用"心灵—蜡板"隐喻，意在强调心灵具有"刻写"或铭记（包括其反面，即遗忘）的功能。柏拉图更喜欢用"灵魂—蜡印"这个比喻，如他笔下的"苏格拉底"所说：

> 请你设想一下，我们的灵魂中有一块蜡（κήρινον ἐκμαγεῖον）……这块蜡是缪斯之母记忆女神的礼物，每当我们希望记住一个我们看见、听到或想到的东西，我们就把这块蜡放在各个感觉和各个观念下面并给它们钤盖印章，就像我们用指环印钤章一样。只要其中的图像还在，我们就记得并且认识其中所印的东西；而一旦某个东西被抹去或者印不上去，我们就遗忘和不认识了。（《泰阿泰德》191c—e）[3]

亚里士多德也用"灵魂—蜡印"隐喻来解释灵魂接受外界影响形成感觉的原理和机制：如其所说，"感觉"是灵魂除去可感觉物的"物质"而接受其

---

[1] Cf. Diogenes Laertes: *Lives of Eminent Philosophers*, 7.1; Cicero: *De Natura Deorum*, I. 16.
[2] ［古希腊］荷马：《伊利亚特》，罗念生、王焕生译，人民文学出版社，2008 年，第 137 页。
[3] ［古希腊］柏拉图：《泰阿泰德》，詹文杰译，商务印书馆，2015 年，第 106 页。参见 194c—195a，同书第 112 页。译文根据原文略有修改。

"形式","恰如蜡块接受指环图章的印文"(《灵魂论》2.12.424a)。[1] 不难看出,洛克正是在古典"心灵—蜡板(块)"隐喻的基础上提出了他的"白板"理论。

然而,这是一个经过"所有哲学家中最为周密审慎的人"[2]改写和重装系统的"白板",或可称为现代—经验主义的"心灵写板"。首先,洛克的"白板"是一块被动的"心灵写板"。按古人以心灵(νοῦς)或灵魂(ψυχή)为能动的认识主体,即便这种"能动"的建构(理性认识)以"被动"的接受(感性认识)为前提或基础。如亚里士多德认为能力(δύναμις)分为主动和被动两种(《形而上学》5.12.1019a)[3],灵魂接受外来影响时是被动的,而它因此形成感觉时则是主动的;换言之,"心灵"(νοῦς)兼有被动"发生"(γίνεσθαι)或适应以及主动"制作"(ποιεῖν)或建构两种功能,前者是后者的基础,但心灵的主要功能在于后者,因为主动(τὸ ποιοῦν)总是优于被动(τοῦ πάσχοντος),就像本原(ἀρχή)总是优于物质(ὕλης)一样(3.5.430a)。[4] 事实上这也正是柏拉图的观点,如他笔下的"苏格拉底"声称人的"灵魂"仿佛是一本"书"(在这个新的比喻中,"纸"——大概率是莎草纸——代替了"蜂蜡",而"白板"变成了"白纸"),"记忆联合知觉,再加上随之而来的感受,好像在我们的灵魂中写字(γράφειν)"——

> 如果这一感受写下的是真实的东西,那真意见和真声明就会产生于我们的内心。然而,当我们心中的这个抄写员(γραμματεύς)写下的是虚假的东西,那就会产生与真意见和真声明背道而驰的东西。(《菲丽布》38d—39a)[5]

这里提到的心灵中的"抄写员"(γραμματεύς)或灵魂写手是谁呢？它就是亚里士多德所说的"主动心灵"。就此而论,"白板"并不完全空白,而是具有一个内置的"神经中枢"或"中央处理器",心灵通过它加工处理外来感觉印象而形成(用亚里士多德的话说就是"制作")了意见和知识。

---

[1] [古希腊]亚里士多德:《灵魂论及其它》,吴寿彭译,商务印书馆,2016年,第131页。
[2] [法]孔狄亚克:《人类知识起源论》,洪洁求、洪丕柱译,商务印书馆,2016年,第139页。
[3] [古希腊]亚里士多德:《形而上学》,吴寿彭译,商务印书馆,2014年,第113页。
[4] [古希腊]亚里士多德:《灵魂论》,《灵魂论及其它》,第157—158页。
[5] [古希腊]柏拉图:《菲丽布译注》,张波波译注,华夏出版社,2013年,第89页。

从波爱修斯（Boethius）到阿奎那的中世纪人继续使用了这一古典认识论隐喻[1]，但将其归因于"上帝之爱"[2]。笛卡尔的"我思"或"天赋观念"与之一脉相承，如他在《探求真理的指导原则》一书中解释心灵的"通感"作用时所说：

> 通感还起封印的作用，就像打在蜡上一样，对幻想或想象形成形象，或者说观念，也就是来自外在感觉的那种无形体的纯粹形象或观念（ideas）。
>
> 这种认识力或者死滞，或者活跃，有时模仿封印，有时模仿蜡……这同一种力量，依功用之不同，或称纯悟性（intellectus purus），或称想象，或称记忆，或称感觉，但是恰当的称呼是心灵（ingenium）。[3]

现在洛克取消了心灵的主动功能和"天赋观念"，使之成为一个看似纯然被动的心灵接受—显示器，即真正的认知"白板"（tabula rasa：erased tablet）。他强调人类的一切知识均由"观念"构成，而"观念"或是心灵对外界事物的直接"感受"（sensation），或是心灵通过自我反思而形成的内在"知觉"（perception），二者构成了知识的两大来源；换言之"我们所有的观念"——作为知识的"材料"或内容——"都是由此两条途径之一所印入的（imprinted），只是人的理解或可以把它们组合扩充，弄出无限的花样来罢了"[4]。另一方面，"观念"又分为"简单观念"和"复杂观念"。"简单观念"又分为四类：它或来自一种感官，如"橙红"（色觉）、"洪亮"（听觉）、"苦涩"（味觉或嗅觉）、"坚

---

[1] 例如号称最后一位古代哲人和中世纪第一位经院哲学家的波爱修斯在《哲学的慰藉》第5卷第4—5章援引古代廊下派哲人的观点——"呈现给我们思想的感觉与想象，都是从外部对象中获取它们的印象，如同古时习俗中在蜡板（aequore paginae）上用快笔（celeri stilo）书写，而那空白的蜡板原本未留任何印记"而后指出："心灵在感知这些有形物体时，并不是从被动反应中来获取印象，而是依靠它自身的力量对这种被动反应本身做出判断。"（波爱修斯：《神学论文集哲学的慰藉》，荣震华译，商务印书馆，2012年，第206、207—208页。）而中世纪最后一位集大成的经院哲学大师阿奎那在反驳阿维洛伊主义者时亦如是谈到心灵的"白板"（他首先引证了亚里士多德的观点，然后指出）："处于潜在状态下的可能理智是先于学习或发现的，就像一块上面什么也没有写的板子一样，但是在学习或发现之后，它就由于科学习性而出于现实状态之中了"（[意]托马斯·阿奎那：《论独一理智》，段德智译，商务印书馆，2015年，第57—58页）。

[2] 参见[古罗马]奥古斯丁：《忏悔录》，周士良译，商务印书馆，2016年，第10卷第7—25节，第204—232页。

[3] [法]笛卡尔：《探求真理的指导原则》，管震湖译，原则12，第64、65页。译文根据拉丁文版原文略有修改，参见 https://la.wikisource.org/wiki/Regulae_ad_directionem_ingenii。

[4] [英]洛克：《人类理解论》，关文运译，第74—76页。

硬"(触觉);或来自两种以上感官,如"空间""广袤""形象""静止""运动";或是通过反思,如"知觉"和"意欲";或是通过反思和感觉,如"快乐"或"痛苦""能力""存在""单位""连续"。[1]"复杂观念"则是心灵对"简单观念"进行"来料加工"(借用洛克在《政府论》下篇"论财产"一章中的说法,即个体—主体的"劳动")的产物,如其所说:

> 心灵在接受简单观念时完全是被动的,但它发挥自身的能动作用(acts of its own)将简单观念作为材料和基础而构成了其他观念。[2]

这些"其他观念"即"复杂观念"又可分为三类:情态、实体和关系;对此洛克分别有详细的解释,此不具论。

洛克的说法似乎不错,但是存在一个问题:如果说一切知识都来自"经验"或"观念",而"观念"——至少是一部分观念,如"复杂观念"——又是心灵自身"能动作用"(具体说来就是"扩大""组合"和"抽象"简单观念[3])的产物,那么很明显:第一,心灵并非"从来无一物"的"白板",而是潜在地具有某种"天赋观念"或先验的认识能力;其次,这一先验能力(它本身也是一种知识,即先验知识)及其运算规则或工作原理[4]的来源和有效性均无法得到合理自洽的解释。[5]洛克坚持认为"所谓知识就是人心对两个观念的契合或矛盾产生的一种知觉(perception)","我们的知识不能超出我们对那种契合或相违的知觉之外"[6];在他后来的批评者看来,这将导致"一种荒谬的二元论"(以赛亚·柏林)[7]和

---

[1] [英]洛克:《人类理解论》,关文运译,第92—104页。
[2] 同上书,第139页。译文根据原文有所修改。
[3] 同上书,第88页。
[4] 比较笛卡尔的"马特西斯":不同于洛克所说的心灵对观念的"扩大、组合和抽象","马特西斯"因为有"天赋观念"的预设支持而能自圆其说。
[5] 参见莱布尼茨对洛克经验主义的批评:"必然真理的原始证明只来自理智,而别的真理则来自经验或感觉的观察。我们的心灵能够认识两种真理,但它是前一种真理的源泉;而对于一个普遍的真理,不论我们能有关于它的多少特殊经验,如果不是靠理性认识了它的必然性,靠归纳是永远也不会得到对它的确实保证的。"([德]莱布尼茨:《人类理智新论》1.1,陈修斋译,商务印书馆,2016年,第50—51页)
[6] [英]洛克:《人类理解论》,关文运译,第555、570页。
[7] [英]以赛亚·伯林:《启蒙的时代:十八世纪哲学家》,孙尚扬、杨深译,第77页。伯林认为它"比笛卡尔的二元论更难立稳脚跟",因为"后者至少假设他具有一种先天的方法,可以用来突破我们虚幻的感觉材料而达到洞察实在"(同上书,第77页),而洛克恰恰首先否定了这一假设。

经验主义的"形而上学"(黑格尔)〔1〕,或如罗素所说:

> 他称之为感觉的某种精神现象在本身以外具有原因,而这种原因至少在一定程度上和在某些方面与其结果——感觉是相像的。但是按照经验主义的原则来讲,这点怎么可能知道呢？我们经验到了感觉,但没经验到感觉的原因;即使我们的感觉是自发产生的,我们的经验也会完全一样。相信感觉具有原因,更甚的是相信感觉和它的原因相似,这种信念倘若要主张,就必须在和经验完全不相干的基础上去主张。(《西方哲学史》3卷第13章"洛克的认识论")〔2〕

面对这些质疑,洛克将如何作答呢？

二

很有可能,洛克会笑而不答。毕竟,他早在《人类理解论》"赠读者"的前言中就已经声明,"我们所处的这个时代,不是最无学问的",这个时代已经

---

〔1〕 黑格尔在讲解亚里士多德的"灵魂—蜡印"隐喻时已就洛克"白板"说的错误(虽然他在此没有点名)进行了批判([德]黑格尔:《哲学史讲演录》第2卷,贺麟、王太庆等译,商务印书馆,2014年,第362—363、369—370页),后来在专章讨论洛克哲学时正式指出:"洛克完全不把自在自为的真理放在眼里",他的哲学"可以说是一种形而上学",甚至是"最浅薄、最错误的思想"([德]黑格尔:《哲学史讲演录》第4卷,贺麟、王太庆译,第154、170、152页)。我们看到,这种"形而上学"或可称为"天赋(或先验)感性论"。就其与笛卡尔的"天赋观念论"针锋相对而言,它其实是发生在哲学和思想领域的一场下层反抗上位者的阶级斗争或"庶民的革命"。

〔2〕 [英]罗素:《西方哲学史》下卷,马元德译,商务印书馆,2017年,第154页。罗素的说法在一定程度上重申了莱布尼茨对洛克经验主义的批评:"必然真理的原始证明只来自理智,而别的真理则来自经验或感觉的观察。我们的心灵能够认识两种真理,但它是前一种真理的源泉;而对于一个普遍的真理,不论我们能有关于它的多少特殊经验,如果不是靠理性认识了它的必然性,靠归纳是永远也不会得到对它的确实保证的。"([德]莱布尼茨:《人类理智新论》1.1,陈修斋译,商务印书馆,2016年,第50—51页。)他的批评也预示了英国经验主义通过休谟达致的自我怀疑和否定。在《人性论》(1739)"附录"一文最后(倒数第二段),休谟坦承:"简单地说,有两个原则,我不能使它们成为相互一致,同时我也不能抛弃它们两者中的任何一个。这两个原则就是:我们全部的个别知觉都是个别的存在物;而心灵在个别的存在物之间无法知觉到任何实在的联系。"([英]洛克:《人性论》,关文运译,商务印书馆,2016年,第669—670页。)后来他在根据《人性论》第一卷"论知性"部分改写的著作(1748)中再次以"怀疑主义"(休谟自命其哲学是一种"缓和的怀疑主义")为题指出:"人心中从来没有别的东西,只有知觉,而且人心也从不能经验到这些知觉和事物(objects)的联系。因此,我们只能妄自假设这种联系,实则这种联系在推论中并没有任何基础。"([英]洛克:《人类理解研究》,关文运译,商务印书馆,1997年,第135页;译文根据原文略有修改。)

"产生了许多大师",如波义耳、惠更斯和牛顿,因此"我们只当一个小工,来扫除地基,来清理知识之路上所堆的垃圾,那就够野心勃勃了"。洛克自比"小工"(under-labourer)所欲铲除的"垃圾"是什么呢？它就是"今人"(例如笛卡尔)在各学科特别是哲学中引进的"荒诞名词"和"含糊说法"(不用说,其中定然包括了笛卡尔的"天赋观念");如洛克所说,"它们只会掩饰愚昧和阻碍真知",因此"打破虚妄和无知的神龛,我想这将促进人类理解力的发展"。[1]就此而论,洛克的"白板"根本是一种"遮诠"或否定性修辞,意在破除人们已有的刻板印象或哲学偏见,使之成为适合接受新学启蒙的"心灵写板"。这样看来,"白板"其实是心灵的"白板化"或原始记忆—前理解的破除和净化。

洛克本人对此有充分的自觉。他在《人类理解论》"没有天赋的实践原则"一章(1.3)中解释"人们的原则"(确切说是错误的观念)从何而来时,特别以"白板"为例(这也是他在本书第一次提到"白板")指出：

> 留心用原理教育儿童的人(很少有人没有一套自己信仰的原则)往往将自己主张信奉的学说灌注在他们毫无戒备和尚无定见的心灵中(因为白板可以接受任何字迹)。(1.3.22)[2]

人们被动接受—获得了最初的思想(其实是"意见"),并在成年之后坚信这些想法"是上帝和自然印刻在他们心中的"(3.23)"自然"知识或所谓"天赋观念";这证明(洛克不无悲哀并语含讥讽地说到)"习俗(custom)比自然的力量更大,几乎总能让人的心灵屈从于某物并将其奉为神圣"(3.25)。[3]有鉴于此,洛克准备借助修辞的力量或逻各斯的言后功能(perlocutionary function)消除习俗造成的偏见、使大众"复归于婴儿"——也就是说让他们的心灵重新成为"白板"——来接受新哲学(即洛克本人的哲学)的再教育而战胜自己的对手(确切说是他的权力话语的效果历史)。其结果——我们作

---

[1] [英]洛克:《人类理解论》,中译本前言第15页。译文根据原文有所修改。
[2] 同上书,第47页。译文根据原文有所修改。洛克本人也在他论儿童教育的书信(它们后来结集发表,成为18世纪资产阶级"绅士教育"的典范之作)最后一段卒章明义,声称"绅士的儿子当时还很小,我只把他视为一张白板(white paper)或一块蜡(wax),可以依照人们的喜好把他铸成和塑成任意的样式"([英]洛克:《教育片论》第217节,熊春文译,上海人民出版社,2005年,第275页),即是他的现身说法。按:"白板"原译作"白纸","蜡"原译作"石蜡",今统一改为"白板"和"蜡"。
[3] [英]洛克:《人类理解论》,关文运译,第47、48页。译文根据原文有所修改。

为历史的后来者有幸见证了这一结果——是谈论和书写哲学本身成为哲人洛克以言行事的政治实践,换言之述而不作的理论人其实是寓作于述的政治人。

洛克并不是这样做的唯一或最后一人。事实上,他效法了他的前人,包括"古人"和"今人",甚至是他的敌人。柏拉图在《理想国》第六卷中借"苏格拉底"之口道出了哲人统治的秘密(arcana imperii),那就是"任何一个城邦,除非由画家(ζωγράφοι)根据神圣的原型来绘制,否则永远不会幸福";而为了实现这一目标,必须先破后立(或者说不破不立):

> 他们对待城邦和人性就像蜡板(πίνακα)一样,首先要把它擦净;这绝非易事。但是你知道,他们和其他人的不同首先在于:在拿到一个干净的蜡板或是自己把它擦净之前,他们是不愿动手绘制法律蓝图(γράφειν νόμους)的。(*Republic*, 6.500e - 501a)[1]

这段话直承上文"哲人统治殆无可能,除非出现奇迹"(499b—d)和"哲人应当和风细雨地启发和接引大众"(499e—500a)之说而来,既是"苏格拉底"(柏拉图)开诚布公的夫子自道,也是柏拉图("哲人王")图穷匕见的政治宣言。如果我们的判断无误,这个首先需要"擦净"以便描绘理想蓝图的"蜡板"正是洛克的"白板"——如上所说,它的要义在于"使心灵(重新)成为白板"——的秘密起源和最初原型。

我们看到,柏拉图的政治哲学以某种灵魂学或认识论(如"回忆说""爱欲说""理念说")为基础——他笔下的"苏格拉底"宣称(或者说是要求我们相信)"每个人的灵魂中都有一个知识的器官,它能够在被其他活动毁坏致盲后重新通过这些学习刮垢磨光而重见光明"[2],只有这样哲人或理想国的立法

---

[1] [古希腊]柏拉图:《理想国》,郭斌和、张竹明译,商务印书馆,1997年,第253页。译文根据原文略有修改。

[2] [古希腊]柏拉图:《理想国》,郭斌和、张竹明译,第292页。译文根据原文略有修改。我们看到,"今人"的伟大代表培根在他为现代哲学和信仰奠基的《新工具》(1620)一书中提出人的心灵因受制于四类"假象"(idols)而无法正确认识"自然",为"必须下定决心将其全部摈弃和消除,使心灵彻底得到解放和净化;因为建立在科学基础上的人类王国的大门和天国的大门一样,只有[心灵单纯的]儿童才能进去"。(*Novum Organum*, LXVIII)就此重启了柏拉图的哲学方案——确切说是用哲学改造世界的政治方案,与笛卡尔1637年提出的"方法"——即先破后立的行事原则,所谓"只有把它们(按:即错误的思想)一扫而空,然后才能换上好的"([法]笛卡尔:《谈谈方法》,王太庆译,第13页)——相映成趣,并预示了七十年后洛克的"白板"理论。

者才有可能通过"辩证法"将"逻格斯的知识"(ἐπιστήμης λόγους)即关于正义(δικαίων)、美(καλῶν)和善(ἀγαθῶν)的正见种子"写入"(γραφομένοις)人的灵魂[1]，便是柏拉图本人的现身说法。与之类似，洛克的认识论(质言之，即他的"白板"说)也指向并承载了某种政治哲学——洛克本人为之代言的政治哲学。

一般认为，"洛克的全部政治学说是建立在自然状态的假说之上的"。[2]洛克的"自然状态"是一种完全自由和平等的非社会状态[3]，生活在自然状态下的人类即"自然人"享有的权利也就是"自然权利"构成了"自然法"的基础(而非相反；我们看到正是这一点见证了传统"自然正当"观念的内裂和变形)，如他本人在《政府论》第二篇中所说：

> 自然状态有一种要求人人遵守的自然法来支配自身；而理性亦即这种自然法，教导只愿意遵从理性的全人类：人们既然都是平等而独立的，那么，任何人都不得侵害他人的生命、健康、自由或财产。(第6节)[4]

洛克随后指出："正是在此基础上建立了伟大的自然法"，后者"如此清楚明白地铭刻于全体人类心中"(第11节)[5]，可以说构成了人类政治或政治社会的存在理由和神圣基础(它之所以神圣，是因为它源于人的"自然"也就是人性而非神的意志或旨意)：

> 如上所述，人按照本性是自由、平等和独立的，非经本人同意，不得将任何人置于这种社会地位之外并受另一人政治权力的限制。同意的情况是通过与其他人协商，联合并组成一个社群，为的是他们相互之间舒适、安全与和平的生活，有保障地享受其财产……当任何数量的人如此同意建立起一个社群或政府时，他们就立刻联合起来并组成一个政治

---

[1] Plato: *Phaedrus*, 276e—277a & 278a—b. 这一"刻写"过程同时也是灵魂的"回忆"或自我发现过程；柏拉图由此回答了他当年与智者辩论未决的"德行是否可教"(确切说是"正确的知识从何而来")这一问题。
[2] 列奥·施特劳斯：《自然权利与历史》，彭刚译，第220页。
[3] 即如卡尔·贝克尔所见："洛克的自然状态并不是历史上实际存在过的早于社会的状态，而是逻辑上的一种非社会的状态。"([美]卡尔·贝克尔：《论〈独立宣言〉》，彭刚译，载《18世纪哲学家的天城》，生活·读书·新知三联书店，2001年，第210页。
[4] [英]洛克：《政府论(第二篇)》，顾肃译，译林出版社，2016年，第4页。
[5] 同上书，第7—8页。

体,在那里,多数人拥有为其余的人采取行动和做出决定的权利。(第 95 节)[1]

无论何时,只要立法机关侵犯了这个基本社会准则……该机关便丧失了人民曾出于相反的目的授予它的权力。这项权力复归于人民,他们有权利恢复他们原初的自由权,并通过建立(他们认为合适的)新的立法机关来为他们谋取安全和保障,这正是他们加入社会的目的。(第 222 节)[2]

近一个世纪之后[3],"新大陆的新型英国人"[4](这些人可以说是"洛克之子"和 17 世纪英国革命的精神后裔[5])、《美利坚合众国十三州一致宣言》(即后来人们熟知的《独立宣言》)和未来美国的"作者"在费城庄严宣布:

我们认为这些真理是自明的:人人生而平等,他们从他们的造物主那里被赋予了某些不可转让的权利,其中包括生命、自由和追求幸福的权利。为了保障这些权利,才在人们之间成立了政府。政府的正当权力来自被统治者的同意。无论何时当某一形式的政府变得是危害这一目的的,人民就有权改变或者废除它,并建立新的政府。[6]

他们所说的"自明真理"就是洛克所说的"如此清楚明白地铭刻于全体人类心中"的"自然法":确切说是政治哲人洛克重新刻写在现代人—儿童—心灵—白板"中的"个人权利"或"自由"这一价值(而不仅仅是事实)观念;它实在是哲人"制作"并"灌输"给儿童现代人的"意见"[7],但被后者接受和解读为了"自

---

[1] [英]洛克:《政府论(第二篇)》,顾肃译,第 59 页。
[2] 同上书,第 136 页。
[3] 根据拉斯莱特的说法,洛克的《政府论》写作于 1679—1681 年之间而非传统认定的 1690 年([英]拉斯莱特:《洛克〈政府论〉导论》,冯克利译,第 66、79 页)。
[4] [英]拉斯莱特:《洛克〈政府论〉导论》,冯克利译,第 18 页。
[5] 用卡尔·贝克尔的话说:"在政治理论和政治实践上,美国革命都是从[英国]17 世纪议会所进行的斗争中得到启发的。《宣言》的哲学并非来自法国。它甚至并不新颖,只不过是把一种好的旧有的英国理论加以新的阐发,以适应当时之需罢了。"([美]卡尔·贝克尔:《18 世纪哲学家的天城》,彭刚译,第 217 页。)
[6] 转引自[美]卡尔·贝克尔:《论〈独立宣言〉》,《18 世纪哲学家的天城》,彭刚译,第 172 页。
[7] 洛克本人对此并不讳言,如他在《人类理解论》"赠读者"的前言中就预先声明:"我自认和你一样容易出错,亦知本书能否成立,并不在于我的任何意见,而在于你自己的意见。"(中译本"前言"第 11 页;此为笔者另译。)

明的"、神圣的"真理"。[1]

诚然，洛克的对手——如笛卡尔或菲尔默（Robert Filmer，1588—1653）——也认为他们的主张——如"天赋观念""君权神授（天赋君权）"之类——是自明的和神圣的。笛卡尔固无论矣，菲尔默亦复如是。菲尔默生前著有《君父论》（*Patriarcha*）一书，但是没有公开发表，直到他死后二十七年（1680 年）英国"王位排斥法案危机"期间（1679—1681）才正式出版。即如本书的副标题"保卫国王的自然权力，反对人民的不自然的自由"（*The Natural Power of Kings Defended against the Unnatural Liberty of the People*）所示，菲尔默坚决捍卫都铎王朝的"绝对君权"理论，认为王者受命于天——换言之，他的权力并非来自人民的"同意"或"授予"——而在人间享有"唯一正当和自然的权威"，即"最高君父的自然权利"；与之相应，"人民在这个世界上享有的最大自由就是在一位君主的统治下生活。自由的所有其他表现或说法都是程度不同的奴役，一种只会毁灭自由的自由"。[2] 洛克的《政府论》（特别是上篇）即为驳斥菲尔默的"过时"观点（确切说是菲尔默代表的、作为辉格派—自由主义对立面的政治意识形态）而作。这就很好地解释了为什么他在六十年代用拉丁文撰写的《论自然法》（*Questions concerning the Law of Nature*，1664）中明确宣布，"自然法刻写在人的心灵了吗？没有"——"没有任何原则，不论是实践的还是思辨的，是自然刻写在人的心灵中的"[3]，但十多年后他又言之凿凿地声称"伟大的自然法"——即"任何人都不得侵害他人的生命、健康、自由或财产"这一理性命令——"清楚明白地铭刻于全体人类心中"。原因无他：此一时也，彼一时也。洛克当年否定其存在或者说他希望从人类心灵中抹去其记忆（这一记忆已经被神化）的自然法是古典—基督教传统的自然法：根据古典传统，诸神之父宙斯将"正义"（δίκην）赠与人类，世上的王者（βασιλῆες）由此施行公

---

[1] 仿佛现代科幻作品中的时间旅行者一样，哈姆雷特接受父亲鬼魂感召—启示后的慷慨陈词——"我要从我的记忆书版中抹去一切琐屑愚蠢的记录、一切书本里的格言、一切观念说法、一切少年时代观察记录的既往印象，唯有你的命令留在我的脑海中，不夹杂任何低贱的材料"（*Hamlet*，I. v. 103-109）——正预示了后世"洛克之子—现代儿童"的自我主张和根本抉择。

[2] Peter Laslett (ed.): *Patriarcha And Other Political Works Of Sir Robert Filmer*, Oxford: Basil Blackwell, 1949, pp. 55, 62.

[3] [英]洛克：《自然法论文集》，刘时工译，上海三联书店，2012年，第 128、131 页。

正的统治——这是"诗人"赫西俄德的说法[1]；而在"哲人"柏拉图看来，理性—主人应当统治欲望—奴隶，是为自然正当(φύσεως δίκαιον)[2]，亚里士多德亦持此说[3]；后来他们的罗马学生西塞罗也指出"真正和首要的法律"来自"朱庇特的正确理性"(ratio recta summi Iouis)或神的心灵，并为"智者的理性和心灵"参与分享。[4] 另一方面，基督教传统认为上帝在人心中写下了神圣的法律[5]，后由摩西（他同时作为宗教先知和政治领袖）直接"受命于天"、书之于版并颁布施行，是为人法之始。这不是自然法，但由上帝为人类量身定制，因此也是神圣的；它由上帝在世间的代理、"地上的神"(God on earth)——国王（立法者—主权者）监管执行，因此也是王法。王法是神圣的，而它的人格化身、国王——确切说是国王的"法身"或政治身体(body politic)——也是神圣的。换言之，国王是同时具有"神圣身体"和"自然身体"(body natural)或"肉身"的"神而人"者。在中世纪欧洲，"国王二体"论"构成了基督教神学的一个旁枝，并在后来成为了基督教政治神学的地标"。[6] 在近代之前的英国，国王的"神圣身体"与其"自然身体"的分立尤为典型和明显，即如今人所见：

> 从所有欧洲国家共有的历史背景出发，只有英格兰发展出了一种具有连贯性的"国王的两个身体"的政治或法律理论，正如与之相关的"单人合众体"概念也是纯粹的英国发明。[7]

与此同时，"'王国的政治之体'在英格兰具有一种异常坚实的涵义，远超过其他任何欧洲王国"，原因是：

> 议会，通过代议的形式，构成了王国活的"政治之体"。也就是说，英国议会从来不是一个"拟制人格"(persona ficta)或"代表人格"(persona repraesentata)，而始终是一个非常实际的"代表之体"

---

[1] Hesiod: *Work and Days*, 276-281; *Theogony*, 81-90.
[2] Plato: *Gorgias*, 484a-b; *Republic*, 431a, 442a-b; *Laws*, 627a.
[3] Aristotle: *Politics*, 1.2.1252a, 1.5.1254a, 1255a.
[4] Cicero: *Laws*, 484a-b; *Republic*, 431a, 442a-b; *Laws*, 2.8, 10.
[5] *Psalms*, 40:8; *Jeremiad*, 31:33; *Hebrews*, 8:12-13.
[6] [德]康托洛维茨：《国王的两个身体：中世纪政治神学研究》，徐震宇译，华东师范大学出版社，2018年，第650页。
[7] 同上书，第586页。

(*corpus repraesentans*)。[1]

在很大程度上，1642—1660年的英国内战正是英格兰王国的"政治身体"与英格兰国王的"政治身体"之间的历史对决，而查理一世在1649年1月30日被议会斩首——他的肉身的陨灭——标志（至少是预示）了国王的"政治身体"和神圣王权—法在英国本土的终结。1660年查理二世"王者归来"，但归来的只是王者的"肉身"和尸居余气的"报身"而非其"法身"[2]——现在主权在议会，而议会代表人民（当然，这是通过自身"劳动"而拥有合法"财产"的"人民"，确切说是这样的"个人"），因此人民（而非国王）的议会才是真正的王者："天赋王权"或王者享有"唯一正当和自然的权威"的时代一去不返，同时人民主权的时代正在或者说已经开启。而洛克，谨慎的洛克，正是这个新的时代秩序（*novus ordo seclorum*）的"灵魂写手"或哲人—立法者[3]：他首先从人心中抹去古典—基督教传统的"自然正当"观念—记忆（菲尔默的"神圣君权"即为其游魂为变的回光返照），然后在人们的"心灵—白板"中写入"自然权利"的律令—福音——新的自然法——而重新塑造了现代人的政治信仰，确切说是以这种方式"制作"了现代世界的自我意识。事实上，这也正是柏拉图和一

---

[1] [德]康托洛维茨：《国王的两个身体：中世纪政治神学研究》，徐震宇译，第586—587页。

[2] 如我们所见，英国自1660年起不再使用暗示国王与议会默契合作的"议会中的国王"（the King in the Parliament）这一说法，而是改用标举二者差别的"国王与议会"（the King and the Parliament），国王从此不能随意征税或制定法律——这是议会的权力，同一年骑士服役制和庇护制经议会批准废除，"军队事实上成为有产者的军队"；查理二世本人也学到了重要一课，那就是"他必须与英国乡绅联合行使统治权"（[美]克莱顿·罗伯茨、戴维·罗伯茨、道德拉斯·比松：《英国史：史前至1714年》，潘兴明等译，商务印书馆，2016年，第449、467、469页）。

[3] 拉斯莱特认为：洛克是一个"无所依附：家庭、教会、社区和乡邻"的"孑然一身的个人"，因此不应把他视为"一个正在崛起的阶级即资本家或资产阶级的代言人"（[英]拉斯莱特：《洛克〈政府论〉导论》，冯克利译，第55—57页）。这一说法避重就轻，不能令人信服。事实上，洛克正是因此而（尽管也许是不自觉地）成为了代表时代精神的世界历史个人。罗素曾批评洛克的"自然状态"，认为"这写的不是野蛮人的生活，而是有德的无政府主义者组成的空想社会"（Russell: *History of Western Philosophy*, George Allen & Unwin Ltd, 1947, p. 649）；"有德"（virtuous）的本质在于"有产"，即如波考克所说：在中世纪欧洲，"随着'城邦'（polis）和'共和国'（res publica）蜕化为自治市（municipality）"，法律"对公民的定义逐渐地不再根据他的行动和德行，而是根据他的物权"，此即"商业人文主义"之缘起；此后个人—有产者（即拥有财产的个人）"艰难而有效地占领了历史舞台"，并催生了"古典经济学中的经济人、美国的民主人——前者的一个近亲——和德国的辩证人或社会主义人"（[英]波考克：《德行、商业和历史》，冯克利译，生活·读书·新知三联书店，2012年，第65、76、107页）等现代资本主义社会的权利主体。

切哲人王的方式;洛克由此重新启动了柏拉图的理想国(Καλλίπολις)[1]建国方案而公开了哲人(包括伪哲人)"统治的秘密"——这个秘密就是:人心(以及人性)是一个可以反复清除和不断重写的白板;它至少可以是,或者应该是,甚至必须是这样一种场域(χώρα):哲人—立法者在此将发挥其权力意志和道德想象,重估一切现有价值(尼采)乃至毁弃一切(据说已经败坏的)现代文明(卢梭),以便谱写和描绘他心目中"最真实的悲剧"[2]和"最新最美的画图"[3]。幸或不幸,它的确实现了,或者说不断趋于实现:作为现代世界的原型—底本、革命基因("再来一次!")和无限循环—回归路径。

2019年6月中旬至7月中旬写于霍营瑞旗家园寓所
(原刊于《中山大学学报》2000年第5期)

---

[1] Plato: *Republic*, 527c. 柏拉图随后不无悲哀地指出:这样一个理想国只"存在于言辞中"(ἐν λόγοις κειμένη),"天上或许有其原型"(ἐν οὐρανῷ ἴσως παράδειγμα),但在世上无迹可寻(592a—b)。我们看到,这个被柏拉图本人宝爱而雪藏的"言辞中的理想国"正是后来欧洲18世纪"启蒙哲人"(*philosophes*)——他们可以说是洛克在欧洲大陆特别是法国的精神之子(关于洛克政治哲学在欧洲和美洲大陆的"两种相互独立的命运",参见[英]拉斯莱特:《洛克〈政府论〉导论》,冯克利译,第15—18页)——通过"言辞"预告、宣传并推动实现的"天城",尽管其中也蕴含了经过转化(或者说世俗化)的中世纪基督教神学激情,即如卡尔·贝克尔所说:他们"展望着未来,就像展望着一片美好的乐土、一个新的千年至福王国"。([美]贝克尔:《18世纪哲学家的天城》,彭刚译,第111页。)

[2] Plato: *Laws*, 817b.

[3] 毛泽东:《介绍一个合作社》,《红旗》1958年第1期,第3页。

作者弗洛伊德

——福柯论弗洛伊德

张　锦

福柯在其重要著作《古典时代疯狂史》《疯癫与文明》《词与物》《临床医学的诞生》《规训与惩罚》《性经验史》等中都在论述问题的关键时间点和事件上反复征引弗洛伊德，可见弗洛伊德作为福柯的对话对象，作为19世纪思想与话语模式奠定者和标志性人物的重要位置。在福柯看来，弗洛伊德是19世纪产生的非常独特（assez singuliers）的"作者"，他是"话语性的创始人"（fondateurs de discursivité）；他将人文科学阐释与分析的对象从"功能、冲突和意义"引向了"规则、规范和体系"[1]，并将"人"的精神经验置入了"科学"对象的研究领域，实现了人的精神的对象化，弗洛伊德因而在人的客体化同时也是主体化的问题上位置关键。本文将主要以福柯的著作为参考，并结合弗

---

[1] 关于什么是福柯所谓的"功能、冲突和意义"，什么是"规范、规则和体系"，福柯这样描述："这些构成模式是在生物学、经济学和语言研究这三个领域获取的。正是在生物学的投影的表面，人才显得是一个具有种种功能（fonctions）的存在——即接受刺激（既是生理学的，但也是社会的、人与人之间的、文化的刺激），对刺激做出反应、适应、进化和服从周围环境的要求，随着由环境强加的改变而进行组合，设法消除平衡，根据规则行动，总之，具有生存的条件并有可能发现那些使人能履行其功能的折衷的调解规范（normes）。正是在经济学的投影表面，人才显得是具有需求和欲望，设法满足需求和欲望，因而具有利益，追求利润，与其他人相对立；总之，人出现在一种不可克服的冲突（conflit）的境遇中；人回避、躲避或终于能支配这些冲突，终于能发现一种解决办法，这个办法至少在一个层面上和一度平息了其种种矛盾；人创立了一组规则（régles），这些规则既是对冲突的限制，又是重新激发冲突。最后，正是在语言的投影的表面上，人的行为才显得是想说些什么；从人小小的动作，直至这些动作的并非所愿的机制和失败，都具有一种意义（sens）；人通过物体、仪式、习惯和话语而在自己周围放置的一切，人在自己身后留下的一切足迹，都构成了一个融贯的整体和一个符号体系（système）。这样，功能和规范、冲突和规则、意义和体系，这三组对子完整无遗地覆盖了有关人的认识的整个领域。"（[法]福柯：《词与物》，莫伟民译，上海三联书店，2001年，第466页）

洛伊德的著作,具体说明福柯为何认为弗洛伊德是他所认为的19世纪独特的"作者"。

一、19世纪独特的作者:"话语性的创始人"弗洛伊德

为了回应大家对《词与物》中塞万提斯、萨德、林奈、布丰、居维埃、李嘉图、马克思、弗洛伊德、孔狄亚克等"具体人名"或者说"具体作者名"反复使用的质疑,福柯在《作者是什么?》这次演讲中论述了他对"作者"概念以及"作者功能"概念的思考。[1] 在这篇演讲中,福柯所谓的"作者"并不只指文学作品尤其是小说的作者,还包括科学奠基人和"话语性"[2]的创始人,福柯进而区分了文学作者、科学奠基者与"话语性的创始人"之间的差异性。福柯首先指出:"在19世纪的欧洲,出现了一类独特的作者,他们既不应该被与那些'伟大的'文学作者相混淆,也不应该被与那些经典宗教文本的作者和科学的奠基者相混淆。虽说多少有些武断,我们不妨称他们为'话语性的创始人'。"[3]所以,首先在福柯看来他要讨论的"独特作者"是一个既定历史时代和空间的产物,19世纪是个重要的历史前提。19世纪欧洲产生的这类独特作者不同于伟大的荷马、亚里士多德,不同于教会的神父们,也不同于最早的数学家和希波克拉底传统的创始者这样的"跨话语"(transdiscursive)[4]作者,福柯称他们为"话语性的创始人"。19世纪这类作者的独特性在于"他们不仅是他们自己著作,他们自己书的作者,而且他们生产出了更多的东西:构成其他文本的可能性与规则。在这个意义上,他们完全不同于像小说家这样的作者,后者实际上只是他自己文本的作者。而弗洛伊德就不仅仅是《梦的解析》或《诙谐及其与无意识的关系》的作者,马克思就不仅仅是《共产党宣言》或《资本论》的作者:他们都确立了话语的无限定的可能性"。[5] 即这类作者生产出了话

---

[1] 详见张锦:《解剖学与"人之死"——论福柯的"死亡抒情性"问题》,载《跨文化的文学理论研究》第6辑,知识产权出版社,2014年,第69—84页。
[2] "话语"的概念是20世纪理论术语的关键词,由于今天我们已经太熟悉该术语了,它已经成为我们讨论问题的常识性和前提性概念,所以本文不再花费篇幅论述此概念,我们直接以之为基础讨论问题。
[3] Michel Foucault, "Qu'est-ce qu'un auteur?", *Dits et écrits*, Vol. I, 1954 – 1975, Paris: Éditions Gallinard, 2001, p. 832.
[4] Ibid.
[5] Ibid., pp. 832 – 833.

语增殖的方式和基础,他们奠定了其他人说话的话语范式,也成为其他文本得以产生的"可能与规则",其他文本或阐释或举例或应用或创造性改写他们,但相关话语的前提都是他们。在这里福柯举了马克思和弗洛伊德两个例子,说明马克思和弗洛伊德正是福柯认为的"话语性的创始人",也就是说正是在"话语性的创始人"的意义上,福柯提出了弗洛伊德独特的19世纪"作者"身份。

关于弗洛伊德对19世纪思想的话语性塑型意义,福柯在《词与物》中解释"阐释和形式化"我们时代这两种重要的分析形式时这样说:"这就恰当地说明了19世纪向思想的形式主义和向无意识的发现——向罗素和向弗洛伊德的双重迈进。这也说明了人们的种种愿望,即使其中一个进程转向另一个进程并使两个方向相互交织在一起:例如,想阐明纯形式的尝试,这些纯形式早在任何内容之前就强加在我们的无意识上面;或者是使经验的基础、存在的意义、所有我们的认识的实际的境遇全都直抵我们的话语的努力。"[1]弗洛伊德的"无意识"帮我们确定了阐释无法抵达却早已存在并成为我们阐释动力机制与源泉的区域。福柯认为弗洛伊德的"无意识"之所以重要,并不仅是指他的分析到达了人的意识以下的层面,而更重要的是指他的"无意识"概念与领域提供了人的意识以外的知识的前提和保证,这正如福柯讨论人种学与精神分析的关系时所说:"像精神分析一样,人种学并不询问人本身,如同能在人文科学中那样显现的人,而是询问通常使得一种有关人的知识成为可能的区域。"[2]人种学在西方产生的背景和前提我们现在都非常清楚了,它并不是要研究人本身,而是要建立关于人的知识与历史的某些标准以对人种进行常常是系关优劣的区分。与人种学共处于同一知识型内,这二者,即"人种学和精神分析必定都是两门有关无意识的科学:这不仅是因为它们在人身上都达到了人的意识以下的层面,而是因为它们都走向那在人之外使得人能凭一种实证知识而知晓的一切,都走向那呈现给或逃避人的意识的一切"。[3]而且精神分析因为对"无意识"的发现和阐释而与人种学共同确立起了"个体的历史与文化的无意识"以及"文化的历史性和个体的无意识"这两种对现代欧洲知识叙述方式与内容而言的根本性范式:"我们懂得了精神分析和人种学应

---

[1] [法]福柯:《词与物》,莫伟民译,第390—391页。
[2] 同上书,第494页。
[3] 同上书,第495页。

是相互面对面地、在一个基本的相关性中被确立起来的:自从《图腾与禁忌》以来,一个为它们所共有的领域的确立,能毫无间断性地从一个过渡到另一个的话语的可能性,个体的历史与文化的无意识以及文化的历史性与个体的无意识这样的双重连接,可能展现了能相关于人而提出的最一般的问题。"[1]这两门范式性学科不必然但却一定跟对种族和个人的殖民与暴力相关:"这并不是说,殖民的境地对人种学来说是必不可少的:在医生幻影似的角色中的催眠或病人的疯癫都不构成精神分析;但是,诚如精神分析只在一种特殊关系的寂静的暴力和由这种关系呼唤的迁移中才能展现出来,以同样的方式,人种学也只有在欧洲思想所具有的和能使欧洲思想像面对自身那样面对其他所有文化的那种关系所具有的历史的统治权(虽始终是克制的,但也始终是现实的)中,才能获得其特有的维度。"[2]所以精神分析和人种学并非是普通的学科,它们与现代欧洲的历史境遇直接相关,我们从这一点也能理解现代欧洲的知识话语方式怎样与其殖民的历程相关且共谋,进而证明这些话语在型塑现代欧洲主体方面的范式性意义。

言归正传,具体而言,福柯认为"最早、最重要的话语性创始人马克思和弗洛伊德"与科学奠基者或一般的小说家不一样的地方在于以下三个方面。首先,"当我谈及作为'话语性的创始人'的马克思和弗洛伊德,我的意思是他们不仅使大量的'类似'成为可能,(而且同样重要的是)他们还使大量的'差异'成为可能。他们为引进他们话语之外的一些要素打开了空间,但这些要素仍然属于他们所开创的那个话语领域。我们在说弗洛伊德开创了精神分析的时候,意思不是说(意思不只是说)在阿布拉汉姆(Abraham)或米莱尼·克雷恩(Melanie Klein)的著作中,重新出现了力比多的概念或关于梦的分析技术,而是说对于他自己的文本、概念和假设而言,弗洛伊德使得某些差异成为可能,而这些差异都源于精神分析话语自身"。[3] 弗洛伊德奠定了关于"梦"和"无意识"的学说,这个"奠定"是话语方式意义上的,而不是言说内容意义上的,所以在精神分析的领域内,弗洛伊德的继承与反对者可以根据弗洛伊德的概念和假设生成许多相似性的思考,但也可以生成许多差异性的思考,无论是相似还是差异,这些思考都没有脱离精神分析的话语域,是其问题

---

[1] [法]福柯:《词与物》,莫伟民译,第 496 页。
[2] 同上书,第 492—493 页。
[3] Michel Foucault, "Qu'est-ce qu'un auteur?", p. 833.

的类比、类推、延续、补充或者反对。其次,"话语性的创始对其后来的转变而言是异质性的。要拓展某种话语性,例如要拓展弗洛伊德创始的精神分析,并不是要给予精神分析一种它开始并没有接受的形式普遍性,而只是为精神分析打开一定数量的应用可能性。要限制精神分析,那实际上就是试图在弗洛伊德的创始行为中分离出一些可能是数量有限的、只有它们才具有开创价值的命题或陈述,与它们相比,弗洛伊德所接受的其他某些概念或理论被认为是衍生的、次要的和从属的"。[1]"话语性创始"自身是异质性的,某种话语性或者说话语实践、话语范式产生后的讨论是这个话语性派生的,或者是对它的应用、例证和进一步拓展,但需要强调的是"话语性创始"与其应用是异质性的存在,前者是对后者的可能性和规则的限制。最后,"话语性创始"与科学实践创始不一样的地方还在于"在这些话语性的领域,'返回起源'(retour à l'origine)是不可避免的必然"。[2] 在这里,"返回"(retour)这个词标示出了话语性完全不同的特征和独特的意义:"'返回'一说指一种有其自身特性的运动,它概括出了话语性创始的特征。如果要有返回,首先必须是发生了遗忘,这种遗忘是根本的、建构性的,而不是偶然的遗忘,也不是因为不理解而导致的淹没,而是根本的、建构性的遗忘。"[3]也就是说,对于话语性创始而言,如果日后的应用过于庞杂或者莫衷一是或者不知所云或者分歧很大,那么我们需要做的是"返回"话语的起源处,那里规定了日后各种言说的大写的相似性基础是什么,对那里的遗忘是分歧产生的重要原因。另外,对于话语性创始而言,如果要创新,也必须返回话语的起源处:"向着文本的返回是使话语性发生改变的一种有效且必要的手段。重新考察伽利略的著作,也许将会改变我们关于机械学史的知识,但不会改变机械学自身。而重新检视弗洛伊德或马克思的著作,则会修正我们对精神分析或马克思主义的理解。"[4]也就是说,向着话语性创始之处的"返回"是为了话语性创新,为了转型,也只有"返回"才能创新,才能转型,才能引入修正,才能生产出异质性的有益思想,否则,我们就无法真正实现与话语性创始者的对话。这对我们今天思考人文学科也是极有启发的——返回话语的起源处。这种返回因为与机械学等自然科学和小说等文学领域不同,所以非常值得注意,因为这种"返

---

[1] Michel Foucault,"Qu'est-ce qu'un auteur?",pp. 834 – 835.
[2] Ibid.,p. 835.
[3] Ibid.,p. 836.
[4] Ibid.,pp. 836 – 837.

回"进一步确保了话语创始者即作者与其话语之间的紧密关联,这也是为什么越返回我们越离不开马克思,离不开弗洛伊德,我们对话语性越想创新、越想修正、越想转型也就越离不开向马克思、弗洛伊德原典的返回。福柯说:"这些返回的最后一个特征在于,它们会导致作品和作者之间神秘难解的缝合……相反,《精神分析概论》的被发现,由于它是弗洛伊德的文本,它改变的就不是有关精神分析的历史知识,而很可能是整个精神分析的理论领域——哪怕只是通过侧重点或重心的移动来改变。这样的返回运动是我所谈论的这些话语场域的轨迹本身,它们在'原创'作者与间接作者之间构成某种关系,这种关系不同于把一篇普通文本与其直接作者联系起来的关系。"[1]这些返回使作者与作品之间的关系更加紧密,与一般的文本和作者关系不同,这种话语性创始者与其作品关系的任何改变即"哪怕是侧重点或中心的移动",都会影响整个这个理论场域及其对之的理解与阐发,所以要想转变对这个理论领域的理解,必须返回这个创始性话语本身。对于这种"返回"拉康特别同意福柯的观点,并且非常感激福柯,拉康在演讲之后回应说:"我很晚才接到邀请。我读了以后,注意到了最后一段,即'返回到某某'。人们可能返回到很多地方,但是,最终,返回弗洛伊德是我作为一种旗帜的东西。在某些方面我非常感谢你。你回应了我所期待的。关于弗洛伊德,我特别提示这种'返回'的意义。你所说的一切至少完全恰当地表达了我所做的一些工作。"[2]拉康就是从"忠实地返回"弗洛伊德入手,创立了他自己时代的、融入了自己的问题意识和历史意识的拉康学派。拉康对"返回"的回应使我们能够更加形象地把握福柯所说的只有向话语性创始者的返回才能带来理论新的转变这一思想。

二、从"功能、冲突和意义"过渡到"规范、规则和体系"的分析

弗洛伊德获得如此重要的话语性创始人位置,其根本之处正在于:"如果考虑到是弗洛伊德,而非其他人,使人的认识接近其语文学的和语言学的模式,但想到也是弗洛伊德首次着手彻底消除肯定与否定(常态与病态、可领悟与不可沟通、能指与非能指)之间的划分,那么,我们就能理解他宣告了一种

---

[1] Michel Foucault, "Qu'est-ce qu'un auteur?", p. 837.
[2] Ibid., p. 848.

依据功能、冲突和意义的分析过渡到一种依据规范、规则和体系的分析；这正如这整个知识（即在这个知识的内部，西方文化在一个世纪中为自身提供了人的某个形象）都围绕着弗洛伊德的工作转，而没有因此摆脱其根本的布局。"[1] 弗洛伊德使得关于人、人文科学的分析接近了语文学和语言学模式，这一点非常重要，澄清这一点有助于我们更加深入地理解弗洛伊德的工作及其对欧洲思想、理论甚至现实的重要意义。这里所谓的语文学模式可以参照下面的论述来理解："《资本论》第一卷是对'价值'所作的一种诠释；尼采的所有著作都是对几个希腊词的一种诠释；弗洛伊德的著作则是对所有这样一些沉默语句的诠释，这些语句既支撑着并且同时又挖掘我们明显的话语、我们的幻想、我们的梦想和我们的肉体。语文学，作为对在话语深处的表述所作的分析，已变成了现代形式的批判。"[2] 在福柯看来，语文学是现代思想形式和现代批判方式的表征，即语文学的结构构成了现代批判的形式，也就是说现代知识反思与建构的形式、现代历史书写的形式。[3] 语文学为现代欧洲所构造的知识阐释的空间是："马克思通过对'价值'所做的历史性分析、批判、诠释和反思成为我们思考资本主义社会运行方式得以确立的基础，尼采对几个希腊词的诠释使得一种新的对语言、知识和认识的质疑成为可能，弗洛伊德则通过对支撑我们显在话语的沉默话语的分析和诠释来重构人的意识和肉体领域。"[4] 关于语言学模式，弗洛伊德在《精神分析引论》中也说道："梦的工作的这种奇怪现象，幸而在语言发展上可以找到类比。"[5] 所以这里要特别强调的是福柯认为弗洛伊德对人的分析接近了语言学模式，这并不是说弗洛伊德用了语言学模式来分析人，而是说它们共处于相似的分析方式中，即语言学或语文学式的分析方式，语言学模式可以帮助我们理解或类比精神分析的模式，精神分析的分析方式与语言学模式是平行的关系，它们都是那个时代知识分析方式的体现，它们共享相似性的知识型。所以由语言学模式可以类比精神分析的模式。弗洛伊德说："梦的工作的这些特征可称为原始的

---

[1] ［法］福柯：《词与物》，莫伟民译，第471页。
[2] 同上书，第389页。
[3] 关于语文学与现代知识、现代学科对象的关系，关于语文学在现代知识谱系中的根本性地位以及语文学与现代语言的功能，详见张锦：《福柯的"异托邦"思想研究》，北京大学出版社，2016年，第332—342页。
[4] 张锦：《福柯的"异托邦"思想研究》，341页。
[5] ［奥］弗洛伊德：《精神分析引论》，高觉敷译，商务印书馆，1984年，第135页。

(archaic)。它们依附于语言文字的原始表示方式,其难于了解之处也不亚于原始的语言文字。"[1]弗洛伊德的确以原始语言或者说语文学的对象来类比梦的解析对象,即梦的工作。而弗洛伊德之所以释梦,并不是因为他对梦有兴趣,而是因为梦的"这些象征的关系并不是梦所特有的,因为我们已知道同样的象征也见于神话和神仙故事,也见于俗语,民族,散文和诗歌之内"。[2]所以弗洛伊德是要借助梦的象征性来阐释神话、俗语、民族、散文和诗歌等各种文本的意义。这样精神分析就不仅仅是一个学科,而是一个普遍性的人文学科知识的阐释基础和方式:"我们所有和梦的象征相平行的事实可以使你们懂得精神分析何以引起普遍的兴趣,而心理学和精神病学则不如此;精神分析的研究和许多其他学科——如神话学,语言学,民俗学,民族心理学及宗教学——有很密切的关系,而研究的结果又给予这些学科以有价值的结论……人类个体的精神生活接受精神分析的研究,其所产生的结果可用来解决人群的许多生活之谜,或者至少也可给这些问题以解决的希望。"[3]所以精神分析并不是要解决一个学科的问题,它与心理学和精神病学这些病理学科不一样,它提供的是一个普遍的关于人的范式,这一点我们在本文第一部分也说明了。精神分析对神话学、语言学、民俗学、民族心理学、宗教学、文学都有意义,因为在弗洛伊德看来对人类个体的精神生活进行精神分析的研究,可以解决人群的生活之谜,这也回应了我们上文所讲的精神分析与人种学的相同现代功能和构造——"个体的历史与文化的无意识"以及"文化的历史性和个体的无意识"。所以当我们在"性"的具体分析和解读意义上去认同或不认同弗洛伊德的时候,恰恰误解了他,他要做的是梦的"象征"性分析,而不是梦的细节研究。因而弗洛伊德说:"要撰写梦的问题科学研究史是一件难事"[4],因为这项科学研究史关涉的是整个象征领域。弗洛伊德的"目标是要证明梦是可以解释的"。[5] 他认为,"'解释'一个梦就是意味着给梦指派一种'意义'"[6],而给梦指派意义的过程,正在于发现梦的隐意及其象征性:"梦总有一种意义,即使是一种隐意;做梦是为了代替某种其他思想过程,只有正确

---

[1] [奥]弗洛伊德:《精神分析引论》,高觉敷译,第137页。
[2] 同上书,第126页。
[3] 同上书,第127页。
[4] [奥]弗洛伊德:《释梦》,孙名之译,商务印书馆,1996年,第5页。
[5] 同上书,第92页。
[6] 同上书。

地揭示出这个代替物,才能发现梦的隐意。"[1]由此可见,弗洛伊德释梦的目的不在于梦本身,而在于通过梦的隐喻来阐释人、社会和文化,阐释社会的"规范、规则和体系",即通过梦来揭示意义的生成规则及其背后的力量。因而弗洛伊德坚持认为:"梦确实包含着意义,用科学方法释梦是完全可能的。"[2]弗洛伊德正是要通过梦来处理一个哲学问题,即:在告别上帝的时代后,现代人的能产性和动力来自何处——这种动力不是来自有意识,而是无意识机制。在引入我们最关键的"规范、规则和体系"的阐释转向之前,福柯还补充了另一个前提:"但想到也是弗洛伊德首次着手彻底消除肯定与否定(常态与病态、可领悟与不可沟通、能指与非能指)之间的划分。""肯定与否定、常态与病态、已思与非思、可领悟与不可沟通、能指与非能指"之间是根本性的、本质区别,还是只是一个量的差别,这涉及对病理学、生理学,当然更重要的是对人的科学的完全不同态度和思考方式。福柯的思考受其老师康吉莱姆影响很大,康吉莱姆在其《正常与疾病》一书中就分别讨论了当时非常重要的病理学家对糖尿病的态度,这个态度的根本就是糖尿病是量的差异还是有质的标准作为前提,康吉莱姆以此为基础说明了不同医学家对病理学与生理学关系的理解,并将这种病理或生理学的讨论引向了对一般人文科学理论的思考。正是在这本书中,康吉莱姆说:"夸张的版本往往比忠实的版本更能够反映某种形式的本质。"[3]所以病态是对常态的揭示,这一点用来理解弗洛伊德也很恰当。弗洛伊德消除了常态与病态之间的划分,而代之以意识—无意识理论,实际上他把每个人都纳入了他的思考范围,因而他的理论的覆盖面非常广,以前精神医学不顾及的"正常人"也成为他的分析对象。在弗洛伊德那里,尽管有"精神病人",但实际上"人"是没有常态和病态之分的,有的只是意识和无意识关系的此消彼长,所有的"人"都可以在他的体系中获得阐释,病态只是对常态的延伸或者揭示。因为重要的不是你的症状,而是症候背后的规则,正常人都会有口误,这背后是有体系、规则和规范可寻的,所以重要的不是你的口误,而是它背后的语言和意义体系。因而,福柯得出了一个关键的结论,即弗洛伊德"宣告了一种依据功能、冲突和意义的分析过渡到一种依据规范、规则和体系的分析"。我们在注释中引用福柯的原文解释了

---

[1] [奥]弗洛伊德:《释梦》,孙名之译,第92页。
[2] 同上书,第95页。
[3] [法]乔治·康吉莱姆:《正常与病态》,李春译,西北大学出版社,2015年,第30页。

"功能与规范""冲突与规则"和"意义与体系"的含义,这三组对子分别对应的是福柯在《词与物》中主要分析的三个经验生活的领域,即生物学、经济学和语言研究。这里的生物学、经济学和语言研究是指19世纪人文科学领域的知识和阐释状况,现在即19世纪,人们从分析比较复杂多元和偶然的生物功能或刺激、经济冲突或矛盾、言语的意义过渡到了分析生物背后的规范、经济背后的规则和语言背后的体系,即那些象征系统,而不是具体的能指符号。这三个象征系统在19世纪以来的知识中体现为缺席却在场,永远无法抵达但却令人无限向往的三个重要命题:大写的死亡、大写的欲望和大写的律法:"通过这三个形象,生命及其功能和规范就建立在大写死亡(La Mort)的寂静的重复之中,冲突和规则就建立在大写欲望(Le Désir)的裸露的开启之中,意义和体系就建立在一种同时是大写律法(Loi)的语言之中。我们知道心理学家与哲学家们如何称呼所有这一切:即称其为弗洛伊德的神话学。的确,弗洛伊德的这个方法在它们看来必定是如此;对于一种处于表象之中的知识来说,能朝向外部去涉及和定义表象可能性的,只能是神话学。"[1]弗洛伊德的伟大之处正在于他能从外部为19世纪的知识寻找合法性的依据,他触摸到了大写的死亡、大写的欲望和大写的律法,所以在福柯看来弗洛伊德神话学的本质即在于弗洛伊德正好表征了19世纪知识型——"人之死",或者也可以说对大写的相似的再度寻找,[2]这个相似性基础即无意识的巨大深渊。因此,"人文科学只能在可表象物的要素中进行谈论,但依据的却是一种意识—无意识的维度,人们越设法阐明体系、规则和规范的秩序,这个维度就越明显。似乎常态和病态之间的二分倾向于为了意识和无意识的二极的利益而消失殆尽。"[3]弗洛伊德宣告"一种依据功能、冲突和意义的分析过渡到一种依据规范、规则和体系的分析",这种二项的颠倒正是福柯在《词与物》中用来描述19世纪人文科学的重要依据:

> 我们也许可以从这三个模式出发,描述自19世纪以来的所有人文科学。实际上,这三个模式覆盖了人文科学的整个生成变化,因为我们可以自一个多世纪以来追踪其特权王朝:首先是生物学模式的统治(人及其心理、群体、社会、所谈的语言在浪漫主义时期都是作为生物而存在的

---

[1] [法]福柯:《词与物》,莫伟民译,第489页。
[2] 关于19世纪知识型"人之死"的阐释,详见张锦:《福柯的"异托邦"思想研究》,第251—263页。
[3] [法]福柯:《词与物》,莫伟民译,第473—474页。

并且就其实际上生活着而言的;它们的存在方式是有机的并且人们根据功能来分析这个存在方式的);接着是经济学模式的统治(人及其所有活动都是冲突的场所,既是其或多或少明显的表现,又是其或多或少成功的解决);最后——如同在孔德和马克思之后是弗洛伊德——开始了语文学的(当涉及阐释和发掘被隐藏的意义时)和语言学的(当涉及构成和阐明指称体系时)模式的统治。因此,一个宽广的漂移把人文科学从一种充满着生物模式的形式引导向另一种较为充满着那些取自语言的模式的形式。但是,这个逐渐转变是从另一个转变复制而来的,即另一个转变使每一个构成性对子中的第一个项(功能、冲突和意义)退却,并使其第二个项(规范、规则和体系)的重要性更强烈地涌现出来。戈德斯坦、莫斯和杜梅泽尔差不多可以完全代表这样一个时候,即在那时,每一个模式中的颠倒都实现了。[1]

福柯说一个世纪以来人文科学领域中的生物学模式被经济学模式接替,然后后者被语言学模式接替,但是在这个逐渐转变的背后更重要的是另一个颠倒,即阐释从功能、冲突和意义向规范、规则和体系的过渡。弗洛伊德就处在这条线路的关键点上。因为在生物学模式—经济学模式—语言学模式之间的接替与过渡背后,那个更重要的转变与颠倒越来越清晰,这个清晰的人物表征就是从孔德到马克思到弗洛伊德的话语转变,而这个转变的根本就是"规范、规则和体系"强烈涌现和"功能、冲突和意义"的退却。这里,如果说孔德对应了生物学模式、马克思对应了经济学模式,那么弗洛伊德则恰好对应了语文学或语言学模式。这也有助于我们理解弗洛伊德与语文学或者语言学的关系。我们前文反复强调语文学模式对于19世纪而言是现代形式的批判或者现代批判的形式,又强调弗洛伊德实现了某种重要的颠倒,那么二者关系如何呢?我们可以进一步总结一下,它们处在同一时期,二者可以类比、相互表征、揭示对方的逻辑和型构方式并表征它们时代的知识型,它们谁也不高于谁。弗洛伊德使类似语言学或者语文学模式的无意识—意识分析、体系—意义分析得以真正进入人文科学的阐释和话语领域,在人文科学阐释的领域复制语文学的结构,所以福柯才说弗洛伊德使得"人的认识接近其语文学的和语言学的模式"。同时,语文学模式本身又是对弗洛伊德所实现的二

---

[1] [法]福柯:《词与物》,莫伟民译,第469—470页。

项颠倒的集中呈现与复制,所以可以简单地说,语文学模式就是弗洛伊德模式,或者无意识的结构就是语言。

三、应运而生的天才:人的精神的对象化

弗洛伊德所实现的这种转变还有一层重要的指向,即他实现了人的精神被管理,被对象化为医学科学的对象。而他完成的这一切也并不完全是他主动的选择,正如福柯讨论"作者功能"概念一样,它是一种复杂运作的结果。弗洛伊德在《精神分析引论》中一上来设定研究对象时,针对的就是解剖临床医学。我们知道福柯在《临床医学的诞生》一书中对解剖临床医学。福柯在《临床医学的诞生》一书中指出,解剖临床医学使得人在生理学的意义上对象化了,从而成为医学的科学对象。而弗洛伊德要做的,是反解剖临床医学的霸权,将精神现象科学化、对象化。医学和医生在现代社会的重要地位一方面在于解剖临床医学对人身体的把握,另一方面在于精神分析对人精神的掌控。这两方面都不仅仅关涉"健康"问题,而且更重要地关涉"人"成为知识的对象并成为知识的主体和方式这一问题。[1] 所以福柯说:"人们不难理解在关于人的科学的体制中医学竟然占有如此重要的地位:这种重要性不仅仅是方法论方面的,而且因为它把人的存在当做实证知识的对象。"[2] 医学不仅仅是一个认识人的方法论和视角,当人的存在被当做实证和经验知识的对象时,发生变化的将是所有人的科学的面貌,这也是为什么医学领域发生的事情与诗学、诗歌和哲学领域发生的事情同构。而"'比夏、杰克森和弗洛伊德'这几个名字应运而生,他们的声名并非来自他们揭示了解剖医学、神经医学和无意识领域在显露人的生命本质这个哲学问题上的贡献和发明,他们的声名恰恰来自欧洲文化发展到此必然要求了这种医学与哲学的关联"[3];"在这种文化中,医学思想完全与人在哲学中的地位相关联"。[4] 当然这也解释了为什么在现代知识体系中,精神分析医师弗洛伊德的影响能够超越医学而渗透到各人文科学中。所以无论在临床医学、精神分析学、心理学、文学、哲学

---

[1] 关于人的对象化及其补偿,即人的主体化,详见张锦:《福柯的"异托邦"思想研究》,第259—261页。
[2] [法]福柯:《临床医学的诞生》,刘北成译,译林出版社,2006年,第220页。
[3] 张锦:《福柯的"异托邦"思想研究》,第261页。
[4] [法]福柯:《临床医学的诞生》,刘北成译,第221页。

还是在历史、社会学等领域,发掘人的无意识和人之死都是可以联系弗洛伊德话语的功能。而这一点也回应了为什么福柯在《词与物》、《什么是作者?》以及《性经验史》中不断强调弗洛伊德的话语创始地位是"被要求"的,这一点同时也剔除了弗洛伊德的个人神话,而将知识的讨论域给了整个的社会与文化谱系,虽然这并不能否认弗洛伊德的天才性。

在《性经验史》中,福柯这样描述弗洛伊德:"至少在弗洛伊德之前,关于性的话语——包括学者和理论家关于性的话语——也是一再对自己谈论的对象遮遮掩掩。"[1]弗洛伊德实现了性话语的公开谈论,这个公开谈论看似为了治疗,在治疗的名义下性不必再被遮掩,但这绝对谈不上解放,因为在治疗的名义下的暴力则是,你对他倾诉性经验,你的经验成为他的科学资料,你成为他的研究对象却要付费给他,他获得双重利益——金钱和科学对象与资源。这种对性经验,对个人生命经验的医学和科学话语捕捉导致了一个非常重要的结果:"这就是说,生命进入了历史(我是说人类的生命现象进入了知识和权力的秩序之中),进入了政治技术的领域。"[2]人类的生命现象进入了知识的领域,同时知识也获得了对生命的权力,这就是福柯所说的"生命政治"(biopolitics)的一部分内容,即生命成了被医学管理治理的技术领域与对象。弗洛伊德的位置应该在此意义上被理解,而他在此意义上也是应运而生的:

> 大家还会嘲笑曾反对弗洛伊德和心理分析的泛性主义的指责。但是与其说轻率的人是那些表达不满的人,不如说是那些通过反手一击把指责拒之门外的人,好像指责只是复活了古老的过分羞耻感的恐惧。因为前者只是惊讶于一种有着悠久历史的程序,而没有发现自己已经完全被这种程序包围了。他们把长期形成的东西归因于弗洛伊德的邪恶天才。他们还弄错了性经验的一般机制在我们社会里被建立起来的日期。但是,后者却弄错了这一程序的本质。他们相信弗洛伊德通过一种突然迂回的方式把性应该得到的,但是长期以来颇受争议的部分归还给性。他们没有看到弗洛伊德的杰出天才把他置于18世纪以来由知识和权力策略划定的一个关键时刻上,他极富成效地重振了认识性和把性纳入话

---

[1] [法]福柯:《性经验史》,佘碧平译,上海人民出版社,2006年,第35页。
[2] 同上书,第92页。

语之中的古老命令,堪与古典时代最伟大的精神导师比肩而立。[1]

这里有两类人需要澄清,一类是"表达不满的人",他们指责弗洛伊德,以为是弗洛伊德的邪恶天才导致了对人、社会和心理分析的泛性主义,但这类人不否认历史上对性进行谈论与管理的这一程序,他们讨论的是羞耻感的问题,另外,他们弄错了性经验机制在我们社会建立的日期。这类人误解了弗洛伊德,但福柯觉得另一个类人可能是更轻率和需要警惕的,即他们看似拒绝了对弗洛伊德的上述指责,但他们弄错了程序的本质,他们以为性是被压抑的,是弗洛伊德还给了性自由。事实上,福柯说,"他们没有看到弗洛伊德的杰出天才把他置于18世纪以来由知识和权力策略划定的一个关键时刻上,他极富成效地重振了认识性和把性纳入话语之中的古老命令,堪与古典时代最伟大的精神导师比肩而立"。弗洛伊德的天才之处在于再度把性纳入话语,纳入生命的塑造之中,这正是弗洛伊德堪与"古典时代最伟大的精神导师"相比肩的地方,他恢复了古老的律令。福柯在《性经验史》的后面几卷就集中讨论了古典时代的城邦主或有威望的人是如何在性经验的意义上处理他与妻子、男童、真理和自我的关系的,在这些关系里面性节制是自我塑造、是理想城邦主的一个关键方面。所以弗洛伊德是应19世纪求真意志而生的伟大天才。到了19世纪,"性已经被构成为一种真相赌注。因此,需要弄清楚的不是弗洛伊德或其他某个人发现的新的理性入门,而是19世纪留给我们的这一'真相与性的相互作用'的逐渐成形(和转型)"[2]。

在福柯早期著作《疯癫与文明》中,福柯也是这么看待弗洛伊德的,所以福柯对弗洛伊德的判断是具有连续性的。福柯说:

这样,当精神病患者被完全交给了他的医生这个具体实在的人时,医生就能用疯癫的批判概念驱散精神病实体……正是这种情况使19世纪的全部精神病学实际上都向弗洛伊德汇聚。弗洛伊德是第一个极其严肃地承认医生和病人的结合关系的人,第一个不把目光转向别处的人,第一个不想用一种能与其他医学知识有所协调的精神病学说来掩盖这种关系的人,第一个绝对严格地追寻其发展后果的人。弗洛伊德一方面消解了疯人院的各种其他结构的神秘性:废除了缄默和观察,废除了

---

[1] [法]福柯:《性经验史》,佘碧平译,第103—104页。
[2] 同上书,第37页。

> 疯癫的镜像自我认识，消除了谴责的喧哗。但是，另一方面，他却开发了包容医务人员的那种结构。他扩充了其魔法师的能力，为其安排了一个近乎神圣的无所不能的地位。[1]

弗洛伊德重新打开了与疯人交流的机制，当然他也为医生取得了一个上帝一样神圣的位置。这一点与他在《临床医学的诞生》中的论述相似。精神分析医师拥有知道疯人秘密、治疗疯人的绝对权力，疯人在精神分析的意义上被对象化了，所以成为精神分析话语的对象是疯人主体新的代价。在刑罚的领域也一样，福柯在《规训与惩罚》中谈到惩罚和塑造"灵魂"对象，刑罚的目标在19世纪变成了人的精神。"既然对象不再是肉体，那就必然是灵魂。曾经降临在肉体的死亡应该被代之以深入灵魂、思想、意志和欲求的惩罚……这是一个重要的历史时刻。"[2]这种对灵魂的深入和普遍治理是现代刑罚的根本目标。刑罚与心理学、精神科学、社会科学紧密结合，使得"灵魂"成为被再塑造的对象，社会要矫正和管理的是一个人的性格和灵魂，同时通过精神医学将灵魂和精神对象化、客体化、知识化。解剖临床医学对人的身体进行了科学化、客体化和对象化，而弗洛伊德精神分析对精神和灵魂进行了科学化、客体化和对象化，人在两方面全面被客体化、对象化正是人的现代遭遇，虽然作为补偿人同时也成为主体。

在福柯看来，弗洛伊德就是这样一个"话语性创始人"意义上的作者，他是奠定了19世纪独特知识言说方式的权威，他实现了阐释向"规则、规范和体系"的转向，他也促成了人的精神的对象化，他的天才与时代的要求同样重要，我们越是看到他的话语性创始人的重要性与天才性，也越能体会他对时代的意义和他如何被现代知识所要求。

（原刊于《国外文学》2017年第4期）

---

[1] [法]福柯：《疯癫与文明》，刘北成、杨远婴译，生活·读书·新知三联书店，2003年，第256页。
[2] [法]福柯：《规训与惩罚》，刘北成、杨远婴译，生活·读书·新知三联书店，2007年，第17页。

布莱希特"姿态论"初探
张　宁

　　戏剧理论家、剧作家、诗人贝托尔特·布莱希特（BertoltBrecht）一生的理论著述与创作实践主要围绕戏剧而展开。对布莱希特来说，戏剧"就是要生动地反映人与人之间流传的或者想象的事件"。[1]因此，他关注人与人之间的关系，表象与现实的关系。他致力于将事物间的关系及其矛盾性质展示给观众，使观众学会观看各种关系及其矛盾，进而明白关系是可建构的，矛盾是可建构的，因此，人和历史也是可建构、可改变的。布莱希特在其艺术实践中始终坚持着政治与艺术之间的对话。如果说有一个词能够最好地表达出他的这种热情，那就是有着多重意义的"姿态"（Gestus）。[2]

　　国内学者对布莱希特的叙事剧及间离效果理论进行了充分研究，然而，对于布莱希特美学思想中同等并重的"姿态论"却鲜少涉及。1988年，黄佐临在联邦德国的研讨会上，将其执导的《中国梦》的成功归因于写意戏剧观的成功实践，他指出，他所探索的写意戏剧是希望"把斯坦尼斯拉夫斯基内在的移情作用和布莱希特的外部姿态（gestus）[3]以及梅兰芳的'有规范的自由行动'（斯坦尼语）合而为一"。[4]在这里，黄佐临将布莱希特的戏剧理论用"姿势论"加以概括，而未提其"间离效果"。黄佐临选Gestus为布莱希特戏剧理论的核心关键词，认为它能彰显布莱希特的独特性之处，但是他对Gestus的理解也谈不上达到一定的理论高度，而是仅仅将其视为一种演员的外在动作，是"一种似舞蹈而又非舞蹈，似形体造型而又非形体造型的优美动作"，[5]

---

[1]　[德]贝·布莱希特：《布莱希特论戏剧》，丁扬忠等译，中国戏剧出版社，1992年，第5页。
[2]　Meg Mumford, *Bertolt Brecht*, London & New York: Routledge, 2009, p.53.
[3]　在《我与写意戏剧观》一书中，黄佐临又将Gestus译为"姿势论"。黄佐临：《我与写意戏剧观》，中国戏剧出版社，1990年，第543页。
[4]　上海艺术研究所话剧室编：《佐临研究》，中国戏剧出版社，1990年，第13页。
[5]　同上书，第233页。

对此,林克欢指出,"有关'写意戏剧'的理论存在大量语焉不详的空白与矛盾,理论尚在途中"。[1]

20世纪30年代中期,布莱希特创作了《论姿态性音乐》(Über gestische Musik)一文。不过,据卡尔·韦伯(Carl Weber)的考证,布莱希特第一次使用Gestus这个术语可以追溯到1920年。当时,他在家乡奥格斯堡当地的一家报纸中写了一篇戏剧评论,首次使用了这个词语。那时布莱希特用Gestus仅仅表示与言语相对的身段手势。[2] 肯尼斯·福勒(Kenneth Fowler)的文章对布莱希特最初几次使用Gestus有较为详细的叙述:在1920年11月布莱希特发表的一篇戏剧评论中,指出演员的"姿态与言语"怎么样"构成一个有力的、充满节奏的整体"。在同年10月的另一篇评论中,布莱希特使用了Gestus的同义词Geste,"表演者必须完全从'姿态'出发,克服语言的俗套"。布莱希特在1920年以后所写的评论中还使用了名词Gestik,表示"示意动作中令人满意的瞬间"。[3] 直到1929年,卡尔·韦伯强调,布莱希特已经执导了十余部戏之后,他才逐渐对Gestus和Gestik的使用与理解相对成型,并成为他的新型戏剧理论叙事剧中的支柱范式概念之一。[4]

那么,姿态到底是什么呢?约翰·魏勒特(John Willett)认为在《论姿态性音乐》中,布莱希特对姿态做出了最清晰、最全面的定义:"不应该把'姿态'理解为打手势:姿态与解释或强调手的动作无关,而是关乎全部的态度。如果言语以动作为基础,并且表现说话人对其他人所采取的一定的态度,那么这种言语就是姿态性的。"[5]在布莱希特档案馆里有一份从未发表过的片段,布莱希特将"姿态"视为《一部新百科全书中的命题陈述》(representation of sentences in a new encyclopaedia),对它做了进一步的阐述:"1.这种有用的主张的陈述对象是谁?2.这种主张是对谁有用呢?3.它在号召什么?4.什么实际行动可以与此呼应?5.它又能生成什么样的意见?什么样的意见是对

---

[1] 林克欢:《当代戏剧批评的可能性》,《当代戏剧》1999年第2期,第7—9页。
[2] Carol Martin and Henry Bial, eds. *Brecht Sourcebook*, London and New York: Routledge, 2000, p. 41.
[3] Kenneth Fowler, *Received Truths: Bertolt Brecht and the Problem of Gestus and Musical Meaning*, New York: AMS Press, 1991, p. 27.
[4] Carol Martin and Henry Bial, eds. *Brecht Sourcebook*, p. 41.
[5] BertoltBrecht, *Brecht on Theatre*, trans. and ed. John Willett, London: Methuen, 1964, p. 104.

它的支持？6. 这是谁在什么样的场合中说出来的？"[1]如何理解这个定义呢？简言之，布莱希特关注的是思维主体的人所处的某种由社会或经济决定的关系以及由此而产生的行为，"姿态"即是对这种关系和行为所进行的意识形态及艺术上的选择与示范。布莱希特将这种选择与示范贯穿于他的戏剧、诗歌、摄影与电影理论、创作与实践中，他借助姿态实现对事物关系及藏于其中的矛盾性质的探索，更是企图将观众领入他的姿态领域，让观众通过姿态的使用而理解、领悟他的创作与思想，学会观看，从而掌握他所提供的一种新的对文本的读法、对影像的看法、对现实诸关系的认识。可以说，姿态是全面研究、理解布莱希特的一个关键词。

国内研究者对于 Gestus 的忽视在很大程度上源于该词的中译。在 1984 年出版的《布莱希特研究》中，译者君余将本雅明在"What is Epic Theatre?"中论述的 Gestus 译为"动作"。1990 年出版的《布莱希特论戏剧》收录了《论姿态性音乐》一文，译者李健鸣将这个 Gestus 的形容词形式译为"动作性的"，本文中出现的 Gestus 以及本书收录的《戏剧小工具篇》中的 Gestus 也被译为"动作"。事实上，布莱希特的 Gestus 是个极为复杂的概念，它涉及身体的和言语的表达以及态度等多方面内容，"动作"一词显然无法表达 Gestus 的内涵与外延。台湾学者蓝剑虹的《现代戏剧的追寻》主要参考了法语版的布莱希特及其研究者的著作，Gestus 在他的笔下被译为"样态"。在 1998 年出版的《本雅明文选》中，赵英男翻译的"What is Epic Theatre?"中就使用了"姿态"一词。同年出版的《布莱希特与方法》中，译者陈永国将詹姆逊重笔论述的 Gestus 译为"姿态"。本文采用"姿态"的译法，在对已有汉译的文本时进行引用时，为避免歧义，将在尊重原译的基础上把 Gestus 改译为"姿态"；在对相关外文文本进行翻译、转述的时候，在必要的地方仍使用"动作（性的）"译法。其实，布莱希特使用的 Gestus 在英语中也很难找到一个可以明确互译的单词。约翰·魏勒特（John Willett）(1964)在多数情况下将 Gestus 译成现在已经基本上不用的 Gest，少数情况译作 Gesture。梅格·芒福德（Meg Mumford）(2009)则分别给出了这个拉丁词在德语中和英语中的两个对应词 Geste(gesture)和 Gestik(gesticulation)。

需要注意的是，布莱希特在谈论 Gestus 时还经常使用德语词 Haltung。肖恩·卡尼（Sean Carney）认为，Haltung 是独立于 Gestus 存在的一个布莱希

---

[1] BertoltBrecht, *Brecht on Theatre*, trans. and ed. John Willett, p. 106.

特常用词。而在詹姆逊、魏勒特这里，译作了"gesture"，视其为 Gestus 的一个方面。弗洛里安·贝克尔（Florian Becker）的分析也进一步确定了这种认识，他认为布莱希特的社会性姿态表达了"在某一个特定时代中人与人之间的一种社会关系"。这些涉及或暗示了"行动者的一定的态度，尤其是他对别人的态度。这些态度'决定了'或'决定性地影响了'行动者的肢体动作、语调以及面部表情"。[1]

一、姿态溯源

在《论实验性戏剧》中，布莱希特高赞狄德罗（Denis Diderot）和莱辛（Gotthold Ephraim Lessing）对欧洲戏剧的启蒙，他们把剧院当作既是娱乐又是教育的场所，以一定艺术形式所表现出来的教育因素不但没有破坏戏剧的娱乐性，反而会进一步加强它，为欧洲的戏剧带来了蓬勃发展。在布莱希特具体的理论创作与实践中，他也以不同的方式向两位启蒙家致敬。他不仅曾计划成立一个"狄德罗小组"，更是在德国民族主义戏剧奠基人莱辛的《汉堡剧评》中为自己的戏剧主张找到了许多论据。正是在这本书中，莱辛有一篇专门谈论 Gestus。

在 1767 年 5 月 12 日的评论中，莱辛开篇便点明题旨："双手采取什么样的动作才能在冷静的剧情里恰当的表达道德说教呢？"[2]显然，莱辛的 Gestus 指向纯粹，就是指手部的动作，使用手势的目的是为了恰如其分地表现出戏剧的教育性。首先，莱辛批评当时的某些演说家，他们的双手显然能够做出某些动作，但是，他们却不懂得怎样给这些动作赋予固定的意义，怎样使动作和意义互相联系起来，这样不但能够把一个单一的内容表达出来，而且能够把一种隐藏其中的互相联系的意义表现出来。

随后，莱辛将当时的戏剧演员与古代哑剧表演者进行了比较。对于哑剧表演者来说，由于他们要用双手替代语言，因此，在表演上会让人感觉他们对手势的运用无休无止。通过莱辛对哑剧表演者的手部动作的介绍，让我们发现他们具有中国传统戏曲"程式化"的特点，因为他们"双手的动作不仅仅是自然的标志；动作都有一个公认的意义，演员则必须把这种公认的意义全盘

---

[1] Florian Becker, *Towards an Understanding of "Gestus"*, The Brecht Yearbook 33, 2008, p. 36.
[2] 以下出处皆引自[德]莱辛：《汉堡剧评》，张黎译，上海译文出版社，1998 年，第 21—26 页。

保留下来"。而戏剧演员的手势则能够加强语气,"通过对手的动作,作为事物的自然标志,使声音的约定标志获得真实性和生活感"。莱辛批评那些在舞台上做无关紧要的动作演员,尤其是一些女演员们,她们以为自己袅袅婷婷的动作能够使观众神痴心迷,其实她们的所为只不过像个牵线木偶而已。

无关紧要的动作不能做,毫无意义的动作更不能做。女子的妩媚让人心醉,但是,如果出现在不恰当的地方,那便是矫揉造作,甚至是丑态毕露;即使是恰当的妩媚,如果反复出现,也会让人厌烦,遭到冷遇。因此,如果演员在舞台上想要表现出具有普遍意义的思考,却辅以法国式的三步舞会上用的手势,这种毫不得当的表演,被莱辛斥为小学生在诵读儿歌。

对于有意义的手势,在表示道德说教的段落里,是必须要做到的。莱辛倡导的戏剧是将娱乐与教育融为一体的戏剧,因此,戏剧中的道德说教的成分是莱辛特别重视的。但是,莱辛意指的道德说教不是具体的某种道德规范,而是一个命题,该命题具有一种普遍意义。例如,"由于他们过于轻信,天真的青年常常上当"。这是一位老人对他的儿子的劝告。年轻人常常会抱着不切实际的希望,以为事情都会有一个美好的结局。这是年轻人普遍都会有的想法与认识。这就属于具有普遍意义的命题。而实施某种行为的人必然处于一个特殊的环境中,道德说教就是从这个特殊处境中概括而来。说话的老年人面对着怀揣梦想的儿子,此时小伙子正处于对未来的憧憬之中,借老人之口表达出的道德说教就是来自于这样的特殊环境。由此,莱辛指出,道德说教具有普遍性。但是,就这位热情洋溢的年轻人而言,他的父亲的此番说教对于他对无所不能的上帝的坚信,却显然超出了他的认知范围,进入一个他不熟悉的领域。也就是说,对于某个事物来说,道德说教则成为某种陌生的东西,构成了题外之言。如果这样的对白在舞台上说出,对于那些看戏时没有集中注意力或者辨别力不够敏感的观众来说,他们也会不理解或者完全忽视具有普遍性的道德说教和目前事物的关系。考虑到有这样的观众存在,表演者就应该尝试把具有象征意义的道德说教还原成看得见、摸得着的事物,所以,演员需要以一种父亲般的警告的声调和手势来说出这句台词,这时,手势就是使这种关系具体化的一个手段,因此,表演者不能放过能够使用这种手势的机会,这就是有意义的手势,可以使道德说教变得明白易懂,生动活泼。莱辛指出,这种手势就是个性化的手势。

莱辛以一句话总结了如何朗诵出道德说教的题外之言:"唯一适合这些台词的行动,是把它们的普遍性再限制在特殊性上的行动。"因为对莱辛而言,戏剧的教育性更为重要,所以相比较他对有关道德说教的手势的细致阐述,手势如何配合台词中的非道德说教部分就简单得多:这就需要演员"从中进行正确的抽象概括"。

莱辛使得布莱希特知道Gestus(手势)不是演员在舞台上的"无关紧要的动作",也不是"尽可能的变化多端",更不是歌德所制定的不容违反的教条"把两只手一上一下相互交叉,或者放在腹部,或者将一只手插入坎肩,甚至两只手都插进去,这都是极端错误的"。[1] Gestus(手势)可以把事件及隐藏于其中的各种关系具体化,可以把事件的特殊性中所蕴含的普遍性表现出来。Gestus(手势)在道德说教段落中的应用启发了布莱希特,但是,布莱希特并没有把Gestus仅仅限于手部的动作,而是将其扩展到身体的其他部分,扩展到语言的应用上。

布莱希特姿态概念的形成同样离不开他作为剧作家和导演的实践。在这个问题上,卡尔·韦伯的文章能够帮助我们更好地认识布莱希特的戏剧实践活动。[2] 1952年,卡尔·韦伯成为布莱希特的导演助理,同时,他还是柏林剧团的编剧和演员。布莱希特去世以后,他成为剧团的导演之一。他告诉我们,早在20世纪20年代,由于布莱希特在慕尼黑和柏林的剧院工作过,他有机会接触到德国当时的一些著名演员,观察这些演员们是如何排练和演出的。此外,他痴迷于像拳击和自行车竞赛那样能够吸引观众的运动,在这些场合他开始对新型观众形成自己的看法。布莱希特在谈论姿态的文章中,着重提到了几位表演者,如著名的慕尼黑喜剧演员卡尔·瓦伦丁(Karl Valentin)、《人就是人》中主人公加里·盖伊的扮演者彼得·劳瑞(Peter Lorre),女演员卡罗拉·内尔(Carola Neher)以及他的第二任妻子海琳·魏格尔(Helene Weigel)等。其中,有一位演员是布莱希特在1930年前提到次数最多的,他曾经多次写文章向这位演员致敬,他就是美国著名的默片电影演员查理·卓别林。而卡尔·韦伯之所以强调1930年是因为正是在这一年,布莱希特的姿态的概念开始变得明确。早在20世纪20年代,卓别林的电影《受辱记》和《淘金记》就给布莱希特留下了深刻的印象。布莱希特认为第一个完全实现姿态的形象就是卓别林饰演的流浪汉。"卓别林的脸总是不动

---

[1] [德]歌德:《歌德文集》第10卷,范大灿、安书祉、黄燎宇等译,人民文学出版社,1999年,第343页。

[2] 本段论述中的引文引自Carol Martin and Henry Bial, eds. *Brecht Sourcebook*, London and New York: Routledge, 2000, pp. 42-43。

的/没有任何表情的,就像是蜡做的一样。仅仅一个模仿的眼神就将它撕裂,如此简单,却又如此有力,如此有效。一个苍白的小丑的脸,有着浓密的胡子,一头艺术家的卷发,还有小丑的把戏。"1926 年,布莱希特在看完《淘金记》后写了一则评论,其中写道:"这位艺术家(卓别林)本身就是一部纪录片,因其带有历史事件的力量而给人留下深刻印象。"

1929 年,布莱希特在《论现代类型的女演员》中写道:"举个例子来说,Duse 或者 Bernhardt 所代表的类型已经过时,到目前为止最新的女演员的类型是:'少女'型。这种'少女'类型体现了真正的进步:可以说,它更为经典,它不展示那种矫揉造作的表情,而是压根什么表情都没有——例如,你可以把 LilianGish 的表情不看成是一种表达/表情,而是当作一个优柔、软弱性格的一个意外的副作用,它与一个乞讨少女(比如说在艺术桥乞讨的少女)的(真正)表情没有任何关系。"从这一段描述中我们不难发现,布莱希特所推崇的演员的脸应该是空白的、没有表情的,等待身体的姿态来填充。没有任何表情的面部,就像一张可以随时在上面写字的白纸,这就是布莱希特对演员的要求。1936 年,他强调指出,"叙事的表演模式要特别感谢无声电影。它的各个要素重新回归表演艺术。卓别林,这位以前的丑角,并没有延续戏剧的传统,而是探讨了对人的行为表现的一种新方式"。据卡尔·韦伯介绍,20 世纪 30 年代中期布莱希特在美国的时候,比较喜欢看警匪片。也许对他来说,这些电影是美国生活最真实的陈述;也许是这些电影可以被引用的特点与布莱希特对姿态的理念相符。但是,按照卡尔·韦伯的论证,布莱希特发现,一些年轻人看完警匪片以后会摹仿剧中人物的走路方式、说话腔调,甚至有时候也会欺负人,这给他提供了正在被引用的姿态的例子。如果这么说,那么显然布莱希特所主张的可以引用的姿态是相当简单和普通的,不仅是过去有观众摹仿剧中人物做出种种类似举动,而且现在也经常看到某部热播剧之后,成人或者孩童便将剧中之事带到现实生活之中,孩童摹仿剧中死亡的镜头结果造成惨剧的新闻也屡见报端。所以,在此必须要指出的是,布莱希特主张的可以引用的姿态要复杂、深刻的多,他追求的是观众能够对剧中人物进行批判性审视的演出。但是,卓别林的电影确实给布莱希特展示了姿态有助于建立一种新型戏剧的可能性。

促使布莱希特的姿态概念成熟、完善的一个动力,也是西方研究者长期忽略的一个重要来源,那就是中国戏曲对身体动作的运用。1935 年,布莱希特在莫斯科观看了梅兰芳的演出,他在梅兰芳的表演中看到的不是现实生活,而是一套操作自如的符号和指称的系统。感到中国戏曲的表演与他对戏剧的思考相契合。翌年,他创作了《中国戏剧表演艺术中的陌生化效果》[1]一文,第一次正式提出"Verfremdungseffekt"(陌生化效果/间离效果)。国内对这篇文章的分析多围绕"第四堵墙"展开,事实上,在这篇文章中,布莱希特重笔赞扬中国戏曲制造和操纵姿态的能力。[2]

布莱希特发现,当演员在表演云彩的变化过程时,看着观众,同时又看着自己的手和脚的动作,这些动作担负起描绘检验的任务。"演员把表情(观察的表演)和动作(云彩的表演)区分开来,动作不因此而失真,因为演员的形体姿势反转过来影响他的面部表情,从而使演员获得他的全部表现力。这样,他就得到一种成功的有控制的表现力……演员借助他的形体动作描绘出脸部表情。"由此,布莱希特指出,演员因为用一种奇异的眼光观察自己和自己的表演,所以他出现在观众面前是陌生的,他表演的东西就是惊愕的。"这种艺术使平日司空见惯的事物从理所当然的范畴里提高到新的境界。"这就是间离效果,它植根于现实生活当中的熟视无睹和麻木,目的是要击碎事物的自明性。

布莱希特详细描述了《打渔杀家》中渔家姑娘划船的动作,并指出观众的感情是由演员的姿势引起的。演员在表演时的自我观察产生了一种自我疏远的动作,这是演员与角色的间离;这种疏远阻止观众移情于台上、与舞台表演融为一体,这是观众和角色的间离。即使中国戏曲演员要呈现巨大热情,他们在表演时也不流于狂热急躁,而是用牙咬着一绺发辫,颤动着。这样的表现不是说中国戏曲不要感情、抛弃感情,而是把不同的感情动作简朴地表演出来,这样可以避免把自己的感情变为观众的感情。

叙事剧的"中断"原则也可以在中国戏曲演员的表演当中找到源头,或者,保守点说,得以证明。布莱希特指出,中国戏剧演员在整个表演中,并没有置身于精神恍惚的状态,他不需要"从里面出来",而是在维持现状的情况下,每一个瞬间都能打断他的表演,当被打断之后,中国戏曲演员可以在被打断的地方继续表演下去。

随后,布莱希特又创作了《论中国人的传统戏剧》,在其中进一步探讨了

---

[1] [德]贝·布莱希特:《布莱希特论戏剧》,丁扬忠等译,第191—202页。本节除特别注释外,所有译文皆出自该篇。
[2] Carol Martin and Henry Bial, eds. *Brecht Sourcebook*, p. 227.

中国戏曲中的代代相传的动作,即程式。首先,这些动作看上去能被人学习。在中国学戏时,小演员要严格摹仿一招一式,才能把动作学会并代代相传。其次,演员对动作能够随意改动。布莱希特指出,演员们对动作的改动并非是偷偷摸摸,不被察觉的,而是在观众审视、思量的目光中进行,但事实上,祖辈传下来的动作基本上是不允许下一代任意改动的,即使像梅兰芳那样对戏曲做了大胆创新,在最初的时候也是担心不被接受。

布莱希特注意到,中国演员表演的不仅是剧中人物的立场态度,而且把演员自己的立场态度也表演出来,即"演员怎样用他的方式表现人的举止行为",至此,肢体动作与态度联系在一起,这正是布莱希特对其姿态概念的扼要解释。虽然布莱希特早在20世纪20年代初期就已经使用姿态这个术语,但姿态概念的明确是30年代以后的事情,让他产生惊愕之感的中国戏曲对他的理论的刺激与丰富不仅体现在陌生化效果上,也体现在姿态的概念上。事实上,对布莱希特而言,陌生化效果正是在姿态的基础上而获到的。在创作《中国戏剧表演艺术中的陌生化效果》四年之后,他又一次强调"中国表演艺术对姿态的处理是非常出色的。中国演员通过观察自己的动作,而获得陌生化效果"。[1]

为了更好地理解更为复杂与多义的"姿态",首先需要将布莱希特的"姿态"与传统戏剧理论中的"动作(性)"区别开来。

二、姿态与"动作"

前文指出,国内译者一般都把布莱希特的 Gestus 译为"动作",而"戏剧,就其本质来说,是动作的艺术"。[2] 因而使得国内研究者对该词并未给予应有的重视。但是,从另一个角度来说,布莱希特的姿态与动作有关,只是此"动作"非彼"动作"。通过与传统戏剧理论中的"动作(性)"的对比,能够更好地帮助我们了解布莱希特的姿态的特质。

德国学者安德勒泽伊·威尔特(Andrzej Wirth)认为,布莱希特的叙事剧理论开启了一个新的纪元,他的理论暗含这样一个意思——剧场里的话语包含了地位等同的语词及运动元素(姿势 Gestus)。汉斯·蒂斯·雷曼对此反

---

[1] [德]贝·布莱希特:《布莱希特论戏剧》,丁扬忠等译,第212页。译文有改动。
[2] 谭霈生:《论戏剧性》,北京大学出版社,1984年,第11页。

驳道:"姿势难道不是所有剧场演出的核心吗?"[1]雷曼所说的姿势,即传统戏剧理论中的动作。

美国戏剧教育家贝克(G. P. Baker)断言:"历史无可置辩地表明,戏剧从一开始,无论在什么地方,就极其依靠动作。"[2]这是对亚里士多德悲剧定义的附和与强调,"悲剧是对于一个严肃、完整、有一定长度的行动的摹仿;它的媒介是语言,具有各种悦耳之音,分别在剧的各部分使用;摹仿方式是借人物的动作来表达,而不是采用叙述法;借引起怜悯与恐惧来使这种情感得到陶冶。"[3]悲剧摹仿的是行动,这是悲剧作品的具体内容。而摹仿靠得是动作,这是悲剧的表现手段。这里的动作意指表演,也就是悲剧演员用自己的肢体动作(或者是言语动作及静止动作)进行表演以摹仿人的行动。虽然亚里士多德同样认为史诗也是对人的行动的摹仿,但是,史诗的摹仿方式,即表现方式,用的则是叙述法。席勒继承了亚里士多德的说法,指出戏剧体裁与叙述体裁的不同之处在于戏剧艺术能够使远方的或者过去的事情成为现在的事情,而它们之间的这种区别正是源于两种体裁所采用的不同的表现手段。就戏剧而言,演员必须把事件在其发生的瞬间变成舞台上的各种动作,以便将其作为现在的事情直接陈诸观众面前。[4]因此,舞台上的动作是使过去的行动变成现在时的必要手段。而布莱希特却反其道而行之。他的"陌生化效果的目的在于把每一个事件里的社会性姿态陌生化"。[5]为了实现这一目的,就需要采用一个重要的技巧,那就是历史化技巧。演员要把事件当成历史事件来表演,因为历史事件是一次性的、暂时的、同某一个特定的时代紧密联系在一起的,这样,历史事件中出现的人物行为就不再是具有普遍人性的、普遍意义的,而是具有特定时代的特殊性的。因此,人物的行为中便包含着已经能够被历史过程超越或者是可以被超越的因素,它必然要受到下一个时代以其立场对它进行的批判。社会的进步和发展使我们能够对前人的行为越来越感到陌生。所以,不同于传统戏剧的演员,叙事剧的演员在表演时要采取历史学家对待过去事物和行为的那种姿态来对待目前发生的事件和行为,从而实现陌生化效果。

---

[1] [德]汉斯·蒂斯·雷曼:《后戏剧剧场》,李亦男译,北京大学出版社,2010年,第26页。
[2] [美]贝克:《戏剧技巧》,余上沅译,中国戏剧出版社,1985年,第20页。
[3] [古希腊]亚理斯多德:《诗学》,罗念生译,人民文学出版社,2002年,第16页。
[4] [德]席勒:《悲剧艺术》,张玉书译,《席勒文集Ⅳ 理论卷》,人民文学出版社,2005年,第47页。
[5] Bertolt Brecht, *Brecht on Theatre*, p. 139.

"对剧作者说来,动作的重要性正在于,动作是激起观众感情的最迅速的手段。"显然,以贝克为代表的戏剧理论者欣赏的是能够激起感情的动作,他们认为这样的动作才是有意义的或者说是有戏剧性的动作。如果不激起观众的感情的话,那么观众席中能够保持注意力的人就会少。所以戏剧家就应该避免这种不带感情的注意,而是要运用他能够操纵的最具体的手段,即"为动作而动的动作或者为说明性格而动的动作",或者精确地说,能够在观众中"引起同情或憎恶的形体动作或身体动作"。为了进一步强调动作与感情的关系,贝克提醒从古至今那些最伟大的戏剧对动作的使用都不是只为了表现一个纯粹的肢体姿势,而是要用动作把舞台人物的内心状态表露出来,目的仍是要引起观众的共鸣,无论观众被激发出同情之心还是反感之意,这都是称得上有戏剧性的动作,这样的作品才是真正的戏剧作品。[1]简而言之,戏剧家要根据人物所处的环境,弄清他的心理状态,赋予他特定的形体动作,而观众要通过动作来洞察人物的内心活动和情感、心理状态和意愿。

斯坦尼斯拉夫斯基在论演员的技巧时,使用了"形体动作"的概念。他指出,"在每一个形体动作中,只要这形体动作不是机械的,而是充满内心活力的,那末其中就藏有内心动作,体验"。[2]布莱希特认为"斯坦尼斯拉夫斯基关于形体动作的理论也许是他对新戏剧的最重要的贡献",这一理论对演员在塑造形体方面有了很大的帮助,减少了演员在这个问题上的劳动量,它在一定程度上反映了斯坦尼斯拉夫斯基方法的进步性,因为它体现出斯氏方法要表现个人的东西,从而使得对人的了解更为深入。此外,因为斯氏的形体动作要求充满内心活力,"可以表现充满矛盾的心理状态"。[3]尽管布莱希特对斯氏的形体动作理论评价颇高,却不代表对它完全认同。旋即,布莱希特在他的斯坦尼斯拉夫斯基研究中指出他们二者的不同。首先,布莱希特要求演员在最初的排练中要着重"表现情节的发展、过程和行为",认为如果演员这样做"随即就会产生感情和情绪"。虽然斯氏的表演理论可以表现出人的充满矛盾的心理状态,但是,《戏剧小工具篇》中强调的是"在塑造人的时候一定要突出人的充满矛盾的性格",演员要实现这一点就必须用一种新的方式接近角色。如果借用斯氏的形体动作这一术语,那布莱希特对演员的形体动

---

[1] [美]贝克:《戏剧技巧》,余上沅译,第25—26、41、46、47、52页。
[2] 转引自谭霈生:《论戏剧性》,第19页。
[3] [德]贝·布莱希特:《布莱希特论戏剧》,丁扬忠等译,第271页,第266页。

作的要求"不仅是为了用现实主义的手法来塑造角色,而且将成为角色的主要依据,也就是组成故事梗概。必须要非常认真地去思考,哪些是姿态。这是一个相当重要的步骤"。[1] 综上所述,贝克和斯坦尼斯拉夫斯基要求演员用动作表现内在情感,观众通过演员的动作体察到人物的内心活动,从而实现对角色的认可,共鸣。布莱希特也要求"一切感情的东西都必须表露于外,这就是说,把它变成姿态"。演员也要寻找一种外部的、感观的表达方式,可以尽可能地泄露出角色的内心活动,但是,他在表演时要像中国的京剧演员,"通过观察自己的姿态,而获得陌生化效果"。也就是说,演员要通过呈现种种姿态,把事件表演给观众,让观众看到这个事件是如何按照演员的看法在现实中演变的,以及可能会发生怎样的演变。布莱希特反对演员对所扮演的角色产生共鸣,而是强调演员同角色不一致性,因此,他要求演员可以选择自己的对待角色的立场,表达出他对角色的意见,强调这是"他作为演员对事件的陈述、意见和解释",这样,他的表演就会成为同观众进行的一场谈话,让观众批判性地观看舞台上的角色。布莱希特认为,这样的表演方法也能激起感情,但是,这种感情与传统的、流行的戏剧的感情形式不同,因为它最终激发的是观众的批判态度,这才是"一种彻底的艺术态度"。[2]

布莱希特在他的戏剧论著《戏剧小工具篇》中,对姿态进行了总结和强调。他指出,"情节"是"所有姿态性事件的总结构",是人类之间所发生的事件,因为其中包含着可以讨论、可以批判以及可以改变的事物,因此,它是戏剧演出的核心,有着举足轻重的地位。在这种"一切都依赖于姿态的戏剧"中,演员的身姿体态、语音语调以及面部表情都是由姿态决定的。由于对姿态的表达十分复杂、充满矛盾,因此,无法用一个词来说明它的本质。然而,可以确定的是,"人物对他者所采取的态度的范围,可以称之为姿态的范围"。[3] 剧本的内容要具有姿态性,演员在掌握情节的时候,要把素材分解成一个接一个的姿态来理解,这样才能把握所要扮演的角色。即使是戏剧中的音乐,也要突出其姿态。质言之,姿态即布莱希特戏剧美学中戏剧元素的总和。

(本文系"第十届华文戏剧节[香港·2016]"研讨会发言稿)

---

[1] [德]贝·布莱希特:《布莱希特论戏剧》,丁扬忠等译,第271、280页。
[2] 同上书,第212—213页。
[3] Bertolt Brecht, *Brecht on Theatre*, pp. 198-204.

从朝贡制度到条约制度
——费正清的中国世界秩序观

陈国兴

马士(Hosea Ballou Morse,1855—1934)在其1910年出版的《中华帝国对外关系史》中描述了清代的"贡赋"制度和对外交往中的朝贡礼仪制度。他认为"贡赋"是中国早期朝代税赋的主要形式,是亚洲式政府(Asiatic government)的一个固有特点。贡物以实物,特别是粮食为主,太平天国之后,一些省份也可采取折现的办法纳贡,但是原来运送贡粮的船只费用依然摊派如故,反映了中国根深蒂固的财政上的政治保守主义。他依据《大清会典》对清代的朝贡国进行了列举:周边定期朝贡的国家,南掌(Laos,即老挝)、缅甸十年一次,苏禄(Sulu)五年一次,朝鲜四年一次,暹罗(Siam)三年一次,琉球(Loochow)三年两次,安南(Annam)两年一次;其他欧洲国家如荷兰、葡萄牙、意大利、英国等国则不定期派来使节。他认为这些抱着开拓贸易想法的欧洲使节在华的屡次失败,源于中国人的朝贡礼仪观念,"这些使臣前来是为了朝贺和进贡的,其责任是接受命令而不是谈判订约的"。[1] 在这里,马士显然将朝贡制度作为一种保守、落后的对外关系制度,认为它妨碍了条约制度的推行,并必然为后者所取代。但他并没有从更深层次上阐明清代对外关系中朝贡制度保守、落后的原因,也没有看到这种制度与国内贡赋制度的内在联系,因而他所做的只能算是一种粗略的研究。

在欧美学界,第一个对中国朝贡制度进行深入剖析和系统化研究的当属费正清(John King Fairbank,1907—1991)。费正清是从外交史研究进入中国学的,他继承并发扬了马士有关朝贡制度的研究。他认为,朝贡制度作为

---

[1] Hosea Ballou Morse, *The International Relations of the Chinese Empire* (*The Period of Conflict 1834-1860*), London: Longmans, Green and Co., 1910, pp.31-33,50,43.

一种中国的世界秩序,是传统文化的一个组成部分,是基于国内儒家等级制度的政治和社会秩序的延伸,与欧洲基于民族—国家(nation-state)主权平等的国际关系相比,是一种封闭、落后的外交制度,必然会在代表主权平等的条约制度的冲击下瓦解,中国的外交因此得以进入近代国际关系网络之中。费正清的这种见解成为他研究中国近代史的一个基本观点,在20世纪60年代末期遭到佩克(James Peck)、柯文(Paul A. Cohen)等人的激烈批评,但他在朝贡制度研究方面取得一些积极成果,依然是影响至今的一种主流思潮。

一、费正清对朝贡制度的最初理解

费正清对中国朝贡制度的论述始见于他1936年的博士论文,在论文的扉页上写着"In Grateful Memory of Hosea Ballou Morse",可见马士对他的影响之深。文章第一章论述了1842年《南京条约》签订前中国传统的外贸管理方式:由政府建立或授权的垄断部门控制的对外贸易,在理论上是一种与接受附属国朝贡相联系的特权。尽管中国商人、官员乃至朝廷从中获利巨大,但在官方看来仍然是一种朝贡贸易,而非平等的贸易关系。明朝永乐年间(1403—1424),中国与东南亚一些国家的海上朝贡贸易受到了极大的鼓励,中国舰队出访这些国家以建立皇帝在这里的宗主权,而来到广州进行贸易的15个国家,像暹罗、爪哇(Java)、柬埔寨(Cambodia)、婆罗(Borneo)、苏门答腊(Sumatra)、孟加拉(Bengal)、锡兰(Ceylon)等都具有附属国的地位,由政府在口岸设置的市舶司来监管他们的贸易和朝贡事务。1517年,葡萄牙第一次派使团来华,企图在广州开展贸易,他们给皇帝带来了礼品,因而不能说中国没有赋予他们属国地位。[1]

在费正清看来,1842年《南京条约》签订以后,中国人在与西方列强打交道中仍然延续了这种传统的对外关系的观念和政策,中国人认为西方人与这些周边属国一样,乃化外之民。他引述马士学生密迪乐(Thomas Taylor Meadows)的话:

> 中国人的确习惯上把欧洲人称为并看作是"蛮夷",指那些"来自野蛮、不文明的国度,道德和智力有待开化的民族"……那些有机会对我们

---

[1] John King Fairbank, *The Origin of the Chinese Maritime Customs Service*, 1850-1858, D. Phil. diss., Balliol College, Oxford University, 1936, pp. 1-5.

的习俗和文化有直接了解的中国人，这些人包括五个口岸在内，在 3.6 亿人口中约占五六千人，他们大多都把我们看作是在道德和智力上不如他们的民族。至于那些对我们没有直接了解的中国人，我与他们没有交流过。但同我交流过的中国人，他们先前对我们的看法和我们对待野蛮人的做法不太一样，当他们了解到我们也有姓氏，也有父亲、兄弟、妻子、姐妹等家庭关系，或者说当了解到我们并不是像一群牛一样生活时，他们虽未感到惊愕，也总觉得诧异。[1]

中国人对待西方人的这种态度部分源于对西方的不了解，对西方的蔑视主要源于文化优越的传统，这种传统构成中国人生活观的一部分。在早期，中国文明周围是野蛮的部落，并不时遭到他们的围攻，这些夷狄构成了他们认识世界的一部分，有关夷狄的传统在文献和普通人的脑海里建立起来。由于中国文化中这种根深蒂固的传统观念以及中国人对这种观念的不断强化，所以面对西方的入侵，这种观念不仅得以存活而且变得更加强烈。在咸丰时期的文件里"夷"是用以指涉西方人的通用字，而且一些野蛮部落的特征也都被堂而皇之地归结到西方人身上。在中国人看来，行为缺乏理性和不可预知性是西方人类似野蛮人的一个主要特征，因此在中国的官方文件里，常可以看到"夷情叵测""夷情诡谲"这样的字眼。另外，在中国的社会等级中商人是处于最底层的，中国人对西方人唯利是图的做法嗤之以鼻，所以条约口岸西方人昭然若揭的贪婪只能引起中国人的厌恶。此外，官员和文人学士迟钝的思维惯性也造成了中国人对西方的无知和隔绝。可以说，中国文化优越的传统不论在过去还是现在都极少是一种虚妄的东西，通常代表了一种最强的力量，在 19 世纪 50 年代体现为驱逐外国蛮夷的刺激性情感，但也严重妨碍了中国官僚阶层的对外交往，只有少数洋务派官员提出了"中学为体，西学为用"的口号。所以在外交行为上中国人是"防范性"的、"不动声色"的、害怕"另生枝节"的，由此而产生的对外国入侵的担心，使清政府把对外交往主要限制在广州这个尽可能远离首都的南方城市。英国人利用条约进一步扩大贸易的想法，与中国人的这些传统观念处处抵牾，因而造成了早期条约制度的失败，而 1858 年建立的外籍税务司制度为双方的共治搭建了一个平台，并最终导致

---

[1] John King Fairbank, *The Origin of the Chinese Maritime Customs Service*, 1850-1858, p. 69.

了中国传统的朝贡制度的瓦解。[1] 在这篇博士论文中，费正清主要论述了外籍税务司制度的建立，朝贡制度只是被作为一个背景，通过其中所折射出的中国人的文化心理，旨在说明这种共管制度建立的艰难历程。因而，他对朝贡制度的描述更多是一种粗略的感性认识，还没有形成系统化的观点。

二、费正清对朝贡制度的界定

1941年，费正清与邓嗣禹（1906—1988）合著的《论清代的朝贡制度》（"On the Ch'ing Tributary System"）发表在《哈佛亚洲学报》第 2 期（*Harvard Journal of Asiatic Studies*，Vol. 6，No. 2），这是费正清在原来博士论文的基础上，把朝贡制度问题抽出来，第一次作为一个专题进行研究。该文长达 112 页，共分 8 个部分，对清代朝贡制度进行了较为全面、系统的论述。

文章先从四个方面对朝贡制度加以界定：

（一）朝贡制度是中国早期先进文化自然发展的结果。明清之际朝贡制度的制度化源于中国文化优于四夷的悠久传统，从商代起，中国文化像一个岛屿卓然于四夷，在与北方、西方的游牧民族以及与南方土著民族的接触中，中国人逐渐产生了这样的认识：中国优于四夷，主要在于文化而非政治，在于体现在儒家行为准则和文字系统上的生活方式而非武力，夷狄之所以为夷狄，不在于他们的种族和出身，而在于他们对中国生活方式的非依附性。因此，四夷要想"来化"，分享中华文明，就必须承认中国皇帝作为天子的至高无上的威仪。这种对皇威的承认显然是要通过三拜九叩的礼仪和土特产的朝贡体现出来。实际上通过这种体现了各种繁文缛节的朝贡制度，这些非中国的四夷地区在无所不包的中国政治和道德体系中获得了一席之地。

（二）朝贡制度在中国统治者看来具有自我防御的政治目的。在此，费正清引述了蒋廷黻的论述：新儒家的教条认为，国家的安全只能在孤立中才能实现，并规定，任何国家要发展与中国的关系都必须按照属国的方式行事，必须承认中国皇帝至高无上的地位，即宗主国—附属国的关系，附属国必须像中国人一样接受中国的道德伦理，这样就排除了国际交往中的平等原则。这

---

[1] John King Fairbank，*The Origin of the Chinese Maritime Customs Service*，1850 - 1858，pp. 70 - 81.

种教条不是为了征服和主宰,而是为了寻求和平和安全。此外,那种认为中国朝廷从朝贡中获利的看法是不对的,中国回赐礼品的价值要远远大于贡品,因此难怪中国19世纪晚期以前的政治家们会对国际贸易能增加国内财富的观念持嘲笑的态度。中国允许贸易主要出于两种目的:一是为了彰显帝国的慷慨,二是为了保持四夷对中国的臣服。[1] 费正清由此认为,贸易与朝贡实际上是对外关系制度的一体两面,中国统治者注重的是朝贡的道德价值,而四夷则看重贸易带来的物质价值,这种平衡使得双方都十分满意,从而维持了两国的关系。

(三)在实践上,朝贡制度有着重要的商业基础。在中国与四夷的交往中,商业关系与朝贡是密不可分的。贸易是由陪伴贡使来到中国边境甚至首都的朝贡国商人来进行的,有时朝贡使团成员也充当了商人的角色。在澳门和广州,由于欧洲人过度关注商业带来的物质利益而把理应进行的朝贡礼仪忘得一干二净。

(四)朝贡制度是中国处理国际关系和外交事务的媒介。在中国人看来,所有外交关系都属于朝贡关系,因而所有的国际交往,如果涉及同中国的关系,都必须纳入朝贡制度。中国遣使查明敌情或寻求结盟,外国使者来华谈判之类的外交事务都要在此框架下进行。如中国皇帝会遣使参加朝贡国国王的葬礼,以表达对属国的关心,同时也可以借此了解新的国王,并对该国事务施加压力。如果外国使臣在京逝世,中国会给予国葬。

其次,费正清还依据《万历会典》《大清会典》等对晚明到清代朝贡国遣使来华的周期及起伏变化、机构设置、宾礼制度等做了较为翔实的分析。明代设置了主客司负责朝贡国事务,郑和航海前后,朝鲜、琉球、安南、占城、柬埔寨、暹罗、西藏等地的朝贡较为频繁且呈现出周期性。1421年明成祖从南京迁都北京,与此同时随着郑和航海的结束,原来通过南海海路而来的供使逐渐减少,来自西部内陆的供使出现上升趋势,到16世纪,贡使来华的总量呈明显下降趋势。清代在明代基础上,除继续把来自东、南部的朝贡国归入主客司管理外,1638年又在原来处理蒙古事务的蒙古衙门的基础上增设了理藩院,用以管理北部和西部贡国事务,仍以蒙古事务为主,也包括欧洲事务。随着清代统治者对西、北各部族的征服,这些地区的情况已不同于明代的朝贡

---

[1] T. F. Tsiang, "China and European Expansion", *Politica*, 1936, 5(2), A lecture delivered at the London School of Economics.

与贸易的关系,这些地区的贡使不再充当贸易交流的角色,理藩院管辖下的这些地区成为区别于东、南朝贡国的藩部,但是理藩院在处理满—蒙关系时依然延续了传统朝贡制度的做法。

另外,费正清还论述了清代朝贡制度下与欧洲国家的关系。明代,在与中国的多次冲突中,葡萄牙人获得了名义上的朝贡国地位,被允许居住在澳门这个固定的地方,并可以定期到广州进行贸易;清代,英国东印度公司也是被局限在广州进行贸易,甚至到 1858 年以后也仅仅局限在五个通商口岸,他指出这是中国政府传统朝贡制度的自我防御心理使然。费正清进一步指出,中国的这种封闭状态是被来自海洋的贸易逐步打破的。在鸦片贸易之前中国的帆船贸易有所发展,与中国进行帆船贸易的国家被列为互市国,因为从陆地而不是海洋发展起来的朝贡制度在中国强大的时候可以对内陆边疆的贸易进行有效控制,通过贸易的媒介使这些贸易国成为朝贡国。但是,由于海洋贸易远离边境,中国政府很难形成有效的控制,中国消极的海洋政策也很难吸引海上贸易国愿意成为中国的朝贡国。到 19 世纪初,朝贡贸易被贡使以及朝贡国乃至中国商人为了单纯的经济利益所利用,贸易与朝贡的连带关系产生了实质性的分裂。但是 19 世纪 30 年代以后,随着欧洲诸国纷纷来华寻求贸易开拓,清廷依然固执地采用这种古老的朝贡制度,加之对欧洲国家认识的缺乏,于是在与这些国家打交道时便出现了种种障碍。[1]

1942 年,费正清再次撰文《朝贡贸易与中国对西方的关系》就朝贡问题进行了专门论述。文章除了重复上述《论清代的朝贡制度》中有关朝贡制度的四个特点外,着重强调了朝贡制度的文化起源和中国人面对西方入侵时的无知与愚昧。

在长期与中国人打交道的过程中,无论是北方的游牧部落还是南方的土著对中国人的先进文化都留有深刻的印象:作为这种先进文化象征的文字书写系统和儒家的行为准则,以及中国人崇高的德行、中央王国在文学、艺术、生活方式方面取得的伟大成就,都是这些四夷无法抵御的诱惑,他们对中国文化的渴望更加强化了中国文化的优越性。而中国人对夷狄的判断也主要是通过文化而不是种族或民族的因素。几个世纪以来中国作为东亚文明的中心,逐渐形成了一种类似民族主义的文化主义精神(spirit of culturism)。

---

[1] John King Fairbank & S. Y. Teng,"On the Ch'ing Tributary System", *Harvard Journal of Asiatic Studies*,1941,6(2),pp. 135 - 246.

他认为这种文化主义来源于中国人"天人合一"的观念,中国人认为人必须顺从自然才能达到人与自然的和谐,这与人与自然对立的西方观念是不同的。由人与当下自然的和谐推断出现在与过去的延续性,因为每一代人都会与看不见的自然力量一起影响当下人的生活,因而便产生了敬祖的做法,于是敬祖和服从自然都构成了当下人的行为准则。皇帝作为天子是人与这种看不见的自然力量的协调者,为此他必须代表万民举行仪式祈求风调雨顺、人民安康,皇帝在仪式中的作用以及他高尚的德行构成了他权威的基础。孔子认为,一个人良好的德行在于他对礼仪和社会规范的遵从,即所谓臣忠子孝,当然在上天面前代表子民的皇帝必须是所有人的典范,并以此建立他的权威和影响。孔子的教条成为皇帝践行政治权威的道德基础。因此,皇帝与夷狄的关系是一种文化中心的中国与四夷的关系,对这种关系的认可构成了朝贡制度的理论基础,"来化"的夷狄必须承认中国皇帝作为天子的独一无二的崇高地位,并通过贡品和各种礼仪体现出来,而皇帝则以"怀柔远人"的德行彰显他的宽大仁慈,在这种朝贡和怀柔的双边活动中中国皇帝统御万邦的权威得到很好的体现。

基于这样的文化主义,中国人没有兴趣了解西方,也不愿意与他们接触,作为商人的蛮夷他们不屑一顾,作为武力的蛮夷他们唯恐避之不及。因而,前来开拓贸易的西方人往往被局限在几个固定的口岸,即使在口岸也被孤立在一个封闭的区域。其次,中国政府为避免与这些西方商人直接打交道,通常由当地商人、买办、翻译人员、银行业者间接来进行,这些人受教育程度较低,交流中使用的洋泾浜英语也不利于传达思想。而传教士也因人数和传教地域的局限性,加之中国政府的禁教限制,很难对中国产生较大的影响。凡此种种,造成了中国人对西方的无知与愚昧,面对西方商业的入侵毫无思想准备。[1]

这些早期朝贡制度的观点为费正清日后条约制度的论述做了很好的铺垫。他认为,对19世纪中国的对外政策只能在传统的朝贡制度框架下才能理解,朝贡制度作为东亚的儒家世界秩序直到1842年以后才被英国的条约制度取代,这是一个漫长而复杂的过程。1953年,费正清在其博士论文以及上述文章的基础上,出版了《中国沿海的贸易与外交:1842—1854年通商口岸的

---

[1] John King Fairbank, "Tributary Trade and China's Relations with the West", *The Far Eastern Quarterly*, 1942, 2(1), pp. 129-149.

开埠》一书,在该书中他把博士论文中外籍税务司制度建立这一事件推溯至1842年《南京条约》的签订,原来成为他论文结局的这个事件不再是他的焦点,而仅仅构成了西方侵入中国这个大格局中的一个环节,共管体制成为该书的核心。他已经从博士论文有关中英外交的纠葛中摆脱出来,赋予了这些事件更广泛的文化和政治意义,作为共管体制重要标志的外籍税务司制度成为了解中国过去和未来的窗口:"如同是'使条约制度平稳地为外国人运转的润滑油',这个机构对中西关系的发展具有明显的重要性,而作为条约制度成功运转的关键,它又为朝贡关系的消灭和一个新的政治秩序的创立铺平了道路"。[1] 由此,我们可以看出,费正清已经开始搭建日后闻名的"冲击—反应"框架,作为这个框架必不可少的组成部分—朝贡制度在这本书中扮演了一个重要的角色。在第二章,他从共管体制的角度对朝贡制度进行了深刻的论述:

> 19世纪满汉对西方作出的反应,是由一种从中国漫长的历史中继承而来,并在朝贡制度中制度化了的设想、期望和评价所形成的意识形态结构所注定的。朝贡是一种华夷共守的制度,它是在华夷边境上由双方共同创造,并在数世纪中作为中外交往的媒介双方共同实行的制度。这种朝贡关系的意识形态在汉—满民族思想中所占据的位置,无异于民族主义和国际法在西方人头脑中所占据的位置。朝贡思想与儒家君主制那种令人惊异的特性密切相连,即夷狄入侵者常常可以承袭这种制度并成为中国的统治者。对这个问题的理解,不只是目光短浅的西方政治学家所看到的那些东西。儒家君主制是一种独特的非民族的制度(non-national institution),虽以儒教中国的社会文化为基础,但也能为中国的反叛者和夷狄入侵者所掌握并加以利用,实际上有时他们利用得更容易。可以毫不夸张地说,在近代,中国的儒家君主制本身已成为华夷共治的制度。

面对近代西方的冲击,中国仍以这种三千年来在与游牧民族交往时形成的朝贡制度及先入之见来应对工业化的西方,显然会误入歧途,终致悲剧的发生。"虽然朝贡制度无法成功地应对西方,但这是中国唯一的防御方式,因

---

[1] [加拿大]保罗·埃文斯:《费正清看中国》,陈同、罗苏文等译,上海人民出版社,1995年,第196页。

为它是儒家君主制与外国列强打交道的既定方式。"[1]

1965年9月,在麻省理工学院举办了关于中国的世界秩序的专题研讨会,费正清于1968年把这次研讨会提交的论文结集出版,是为《中国的世界秩序:传统中国的对外关系》(*The Chinese World Order: Traditional China's Foreign Relations*, HUP, 1968.)一书。书中共收录相关论文13篇,其中费正清为本书所作的序言《中国的世界秩序:一种初步的构想》("The Chinese World Order: A Preliminary Idea")对中国的朝贡制度做了总结性的论述。他认为,中国与周围地区以及"非中国人"的关系带有中国中心主义和中国优越的色彩,在中国人的传统观念中,外交关系就是中国国内政治和社会秩序向外的示范,因而是等级制的、不平等的,在东亚形成的以中国文化为中心的关系网络与欧洲的国际关系不同,是一种中国的世界秩序。这种以中国为中心的世界秩序可以分为三大圈:

> 第一是汉字圈,由几个最临近而文化相同的属国组成,即朝鲜、越南,它们的一部分古时曾受中华帝国的统治;还有琉球群岛、日本在某些短暂时期内也属于此圈。第二是亚洲内陆圈,由亚洲内陆游牧或半游牧民族等属国和从属部落所组成,它们不仅在种族和文化上异于中国,而且处于中国文化区以外或边缘,它们有时进逼长城。第三是外圈,一般由关山阻绝、远隔重洋的"外夷"组成,包括最后在贸易时应该进贡的国家和地区,如日本、东南亚和南亚其他国家,以及欧洲。

中国的这种世界秩序"同欧洲那种民族国家主权平等的国际关系传统大相径庭。近代中国在19世纪和20世纪难以适应以民族国家为基础的国际秩序,部分是由中国的世界秩序这个重要传统造成的"。费正清在这本书中另一篇文章《中国的世界秩序中的早期条约体系》("The Early Treaty System of Chinese World Order")再次考察了19世纪朝贡制度的解体,作者认为通商口岸最早为外国领事负责的特区,当最惠国条款施及所有缔约国时,清廷不再宣称居于西方人之上。在随后的20年里清朝再也无法把西方人纳入其权力体系之中,从而导致了陷入危机的朝贡制度的最终瓦解。[2]

---

[1] John King Fairbank, *Trade and Diplomacy on the China Coast: The Opening of the Treaty Ports 1842-1854*, Cambridge, Mass.: Harvard University Press, 1953, pp. 23, 25.
[2] [美]费正清:《中国的世界秩序:一种初步的构想》,载《中国的世界秩序:传统中国的对外关系》,费正清编,杜继东译,中国社会科学出版社,2010年,第4、16—17页。

本书收录其他人的文章分别就中国世界秩序的产生、发展以及清代的状况进行了探讨。如杨联陞的《中国世界秩序的历史诠释》、王赓武的《明朝早期和东南亚的关系：背景探析》、法夸尔的《满族蒙古政策的起源》、全海宗的《清代中朝朝贡关系考》、弗来彻的《中国和中亚：1368—1884》、韦尔斯的《清朝与荷兰的关系：1662—1690》、史华慈的《中国对世界秩序的理解：过去和现在》等文章基本上都是按照费正清的上述思路来论述的。费正清在此书中提出的"中国世界秩序"的理论框架把朝贡制度的研究提升到一个新的层次，开辟了一个新的研究领域，对许多学者产生了深刻的影响，"朝贡制度""朝贡贸易"等词语已经成为中国传统对外关系研究领域的常用术语。

三、西方条约制度及费正清对条约制度的理解

在费正清文化诠释的框架中，中国在被外族统治的历史上长期以来形成了一种华夷共治（Sino-barbarian Synarchy）的国内政治架构，在清代即是满汉两头政治（Manchu-Chinese Dyarchy）的共管制度。夷族统治者对儒家思想的皈依，投射到对外关系上就是以中国文化为中心而形成的等级制的朝贡制度，这是一种与西方以民族国家和主权平等为基础的条约制度截然对立的对外关系制度，朝贡制度代表了一种非理性、保守、落后的对外关系，条约制度则代表了近代理性、开放、先进的国际关系准则，因而前者构成了后者顺利进入中国的障碍。他认为，西方人（主要是英国人）要打破这种障碍，只好退而求其次，采取了中西共治的折衷办法，并在一定程度上维护了清廷的脸面，尽管它有悖于西方国际关系的概念，但可以使条约得到有效执行，"对外国人而言，海关成为一种使条约制度顺利发挥作用的润滑剂"；在清廷方面，满汉两头政治管理的惯性作法使它很容易过渡到华夷共治。但双方的看法是相互颠倒的：西方试图通过这种办法将中国纳入到民族国家和主权平等的国际关系网络中，而清廷则试图将西方纳入到它的儒家君主制的世界秩序中。无论如何这是一种双方都能接受的办法，费正清把1860年之后的这种从朝贡制度向条约制度的过渡称之为"满—汉—西共治"（Manchu-Chinese-West Synarchy），清廷"把外国入侵者纳入其国内权力结构的手段……实在是太方便易得了。它盲目地、毫无准备地引领着中国人民进入了民族主义和工业主

义的崭新时代"。[1] 这样,条约制度逐步渗透并瓦解了朝贡制度,最终促进了中国的近代化进程。

　　费正清所谓的平等的条约制度是建立在近代欧洲绝对主义国家向民族国家过渡过程中诞生的国际法基础之上的。1618年至1648年的欧洲三十年宗教战争,最终导致了宗教共同体(religious community)和政治共同体——王朝(dynamic realm)的分裂,居住在某一地区的人在本地区传统的语言和部族等基础上,依据新的宗教信仰,形成了一个个民族国家。战争催生了民族国家,国家又继续发动战争,面对欧洲战争频仍的局面,英国政治哲学家霍布斯(Thomas Hobbes,1588—1679)提出了"自然状态"(natural state)说,试图从中探索战争的根源以及寻求社会安宁的解决办法。他认为,人按照自己本性生活的状态就是"自然状态",人的本性是保命(self-preservation)、自私的,总是企图无限地实现占有一切的"自然权利",从而导致了"一切人反对一切人的战争"(war of all against all)的状态。人们为了避免战争,就必须放弃企图占有一切事物的自然权利,通过相互契约,把大家的权利交给一个人,把大家的意志变成一个意志,通过一种公共权力机制来实现管理和保命。这个被人们通过契约赋予权力的人是君主,这不同于原来古典时期的君权神授→君主→臣民的纵向共同体,而是个人与个人之间横向缔约权利向君主的转让。君主代表的是人们的集体意志,他就是国家的本质,霍布斯把这样的国家比作《圣经》中力大无比的海兽"利维坦"。国家的建立,结束了自然状态。在他看来,每个人之上都有一个超越一切的权力——国家政权,可以使契约获得有效性,从而使社会得到安宁,和平得到保证。在他看来,君主应当具有至高无上的绝对权力,是一切法律的制定者和纠纷的仲裁者,臣民只能绝对服从君主,不能有任何的不满和反抗,因为反对君主就等于反对契约、反对自己。君主在国家内部建立的政治权威形成了内部主权,在与其他国家打交道时,就出现了相互承认的主权概念,这为国际法的诞生提供了前提。格劳秀斯(Hugo Grotius,1583—1645)把国际法看作是国与国相互交际的法律,是维护各个国家的共同利益的法律,其目的在于保障国际社会的集体安全,正像一国的法律是为了谋求本国的利益,国与国之间的法律谋取的非任何国家的利益,而是各国共同的利益。这就是格劳秀斯所谓的国际法。

---

[1] John King Fairbank, *Trade and Diplomacy on the China Coast: The Opening of the Treaty Ports 1842-1854*, pp. 464-465, 468.

三十年欧洲宗教战争结束后,在 1648 年召开了威斯特伐利亚(Westphalia)和会,与会各国依据格劳秀斯提出的国际法原则签署了一系列和平条约总称为《威斯特伐利亚和约》(*The Peace Treaties of Westphalia*),该和约把对主权源泉的追溯从内部统治的合法性正式转向了外部承认的关系,确立了每一个缔约国的合法地位,确定了以平等、主权为基础,以条约体系为形式的国际关系准则。因此,威斯特伐利亚和会被视为中世纪权力重叠的宗教—王朝共同体与近代单一政治秩序的民族—国家的分野,代表了中世纪神权法与近代理性自然法的分野。

这种在主权平等的国家间以条约形式构成的欧洲威斯特伐利亚体系最初主要局限于欧洲国家,近代理性自然法也只是欧洲的一种"国家间法"(laws between nations)。启蒙运动的历史视野及其自然法观念为形式主义的主权概念提供了普遍主义的基础,即当欧洲国家与其他地区的国家签订条约时,也预设了在这些地区某种主权国家的存在,实际上这种预设的主权国家概念仅仅是一种形式,而没有描述实质的国家关系,它把国际法看作是人道主义(所谓人道和相互尊重的原则)在国际关系领域的体现,认为这是一种纯粹的现代现象。这种形式的对等关系体现了实质上的不平等关系,随着殖民主义和资本主义的扩张,这种预设的主权和国际法概念在全世界范围内得到推行。

如费正清所言,中国的朝贡关系是一种国内关系向外的延伸,他否认中国与这些朝贡国之间的主权关系,因而也就否认了中国的国家主权概念,由此他将朝贡制度贬低为一种落后的对外关系体系,而把以主权为基础的条约制度褒奖为一种先进的体系,这样就人为地造成了二者之间的紧张关系。实际上,19 世纪的清朝是一个自主的政治实体,其主权概念源于内部统治的合法性,儒家思想及其指导下的法律体系构成了清王朝统治的合法基础。它不仅存在着多数学者都承认的朝贡制度,同时还具有复杂的行政权力、法律体系、领土权和国际关系,否则就无法解释中俄分别于 1689 年和 1727 年签订的《中俄尼布楚条约》和《中俄恰克图条约》。19 世纪中叶,当英国等欧洲国家与清廷签订条约时,实际上完全忽略了中国国家主权的实质存在,只是将其作为形式上平等的主权国家,这种形式平等的主权概念背后是在武力威胁下的不平等,并最终以不平等条约的形式确定下来。因此,这里存在一个帝国主义的霸权逻辑:一方面西方列强强迫中国设立海关、通商口岸,割地赔款,严重损害中国主权,同时在形式上又赋予中国一个独立主权国家。费正清在最初的分析中,只看到了条约制度对朝贡制度的瓦解和对近代化的促进作用,而没有看到帝国主义的这种霸权逻辑。只有当这些被殖民、被侵略的国家接过了启蒙主义的普遍权利的口号,通过反殖民运动和民族解放运动,实现民族自觉和国家独立,才赋予了形式主义的国际法和主权概念以世界范围的实质内容。[1]

此外,费正清还认为朝贡制度缺乏平等尊重的概念。实际上满族入主中原,最初为了得到各民族对其统治合法性的承认,主张夷夏相对化和内外无别的说法,如今文经学对大一统的讨论,这其中都蕴含了民族平等的观念。在处理与朝贡国的关系时也主要采取一种"差序包容"(hierarchical inclusion)的宽容态度:允许朝贡国之间通商并与他国缔结条约、尊重朝贡国主权、不干涉内政等。处理与蒙、藏等民族以及与俄国等国家的关系时,也存在着朝贡与条约制度交叉、并用的情况。但从平等关系的角度把朝贡制度与条约制度对立起来,是一种简单的做法。到清朝后期,朝贡国与西方国家缔结条约也是造成朝贡制度瓦解的一个重要原因,不能仅仅归结于西方对中国的冲击。

把清朝官员和士大夫对西方国家的无知愚昧作为闭关锁国、排斥外来文化的原因也不具有很强的说服力。例如在康熙时期,就任命比利时人南怀仁(Ferdinand Verbiest,1623—1688)出任钦天监正来推算历法,在他的举荐下大批传教士得以出入北京朝廷;康熙二十二年(1683)平定台湾后,东南沿海开禁,并允许广东澳门、福建漳州、浙江宁波和江南云台山四榷关对外通商,对荷兰、暹罗和其他国家实行免税和减税政策;《中俄恰克图条约》的签订设立恰克图为两国通商地,允许俄国向北京派遣教士。的确存在清朝官员和士大夫对西方的不了解,但是清廷关注的焦点在西北的内陆边疆,因为在相当长的时间里军事压力主要来自西北,同时由于东南沿海的走私活动猖獗加上郑成功部的袭扰,清廷对沿海地区实行了封禁政策。直到鸦片战争以后,来自沿海的西方侵略问题才成为清廷关注的焦点。

费正清把民族—国家看作是与传统帝国相对立的政治体制。实际上在中国漫长的历史中,儒家思想早已成为国内各民族赖以聚合的文化共同体的基础,甚至是构成朝贡关系网络的基础,加上满汉共治的清政府不断强化大一统思想和儒家法统而形成的"官方民族主义",因此中国本身就是一个以儒家文化为基础的民族—国家。把欧洲式的民族—国家的概念作为一种普遍

---

[1] 汪晖:《现代中国思想的兴起》(上卷第二部),生活·读书·新知三联书店,2008年,第696—702页。

的法则强加给中国,是对中国文化共同体的纵横向的切割,即否认儒家传统和儒家文化的聚合力,是一种把中国纳入西方殖民体系分割宰治的做法(如不平等条约强行割地建立殖民地以及划分势力范围)。中国近代民族主义恰恰是在西方列强的侵略下诞生的,比如梁启超提出的反对列强侵略的大民族主义和反对清政府腐败无能的小民族主义。但是,民国以后,孙中山提出了五族共和的思想,小民族主义又让位于大民族主义。[1] 所以,中国近代民族—国家思想与帝国传统有着很深的内在联系,不是像费正清所言,"西方观点的实质是把中国当作一个初期的国家看待。……条约规定一切民族国家一律平等,即使这些条约造成了不平等的局面";他还以美国"门户开放"为例再次强调中国近代民族主义的外来性,"中国的'完整',它面对帝国主义列强的民族独立以及作为一个民族国家的发展,都已成为美国政策的实际的习惯用语。……如果这些深深植根于西方思想中的西方期望能起作用,那么与西方的接触就必然给中国带来民族主义"。在他看来,英国通过条约帮助中国建立了新的制度—平等的民族国家,而美国则保持了中国的主权和领土完整,如果说西方的入侵刺激了民族主义的话,也是间接的,因为"中国人的反应是,一直将这种灾祸归咎于清政府的无能,而不强调外国侵略的因素"。[2]

至于晚清的自强和改良运动,在费正清的眼中也完全是西方冲击的产物。他认为,无论张之洞的"中学为体,西学为用"还是魏源的"师夷长技以制夷",都是"为表达英国人和其他西方人以淡化了的方式参与共治而创立的基本理论"。按照这种两分法,满族天子可以继续他的儒家统治,西方人参与整个近代化进程,包括海关和租界的建立,及其由先进的城市管理产生的贸易法和条约口岸体制。但他认为这只是向近代化过渡的一种折衷的办法,"接受任何西方的事物都被证明是一种单向驱动器,它只能进一步使这个儒教国家脱离它的传统基础"。魏源发展军事工业的想法,必然会摧毁传统的儒教国家及其由税吏管理的农业经济,从而促进中国的近代化。[3] 我们不应该否认西方侵略的同时带来的西方近代思想和先进技术对中国的促进作用,但费正清在这里再次回避了中国近代知识分子内部成长的民族主义因素,冯桂芬、龚自珍、魏源、康有为、梁启超等人面对西方的入侵不断地将这种外来的

---

[1] 汪晖:《现代中国思想的兴起》(上卷第二部),第 614 页。
[2] [美]费正清:《条约体制下的共管》,载陶文钊编选:《费正清集》,林海、符致兴等译,天津人民出版社,1991 年,第 85—86、88 页。
[3] 同上书,第 90—91 页。

压力转变为内在制度的变革和"自强"的诉求,制度的变革在于重新树立在西方冲击下岌岌可危的政治权威,对传统的强调在于强化中国反对外国侵略的民族意识,学习西方在于加强反对外国侵略的军事力量,因为只有这样中国才能成为一个强大的主权国家,才能有效地获得国际承认并抵御外敌侵略。

结　论

总而言之,我们在看待朝贡制度和条约制度的时候,不能简单地将二者对立、割裂开来,这是西方二元对立、线性社会发展的简约化思维逻辑。我们既要看到条约制度的积极作用,也要看到条约制度后面彰显的帝国主义的霸权主义和殖民主义。既要看到朝贡制度保守落后的一面,也要看到这种长久形成的制度积极意义的一面。在当今国际关系领域,由于霸权主义、扩张主义造成的冲突、杀戮、掠夺每天都在上演,被费正清指责为不平等、落后的中国朝贡制度实际上完全可以用来建构一种新型的具有中国特色的外交关系理论。中国的朝贡制度是一个有序的世界秩序,不是霍布斯式的"一切人反对一切人"的诸国林立、互相倾轧的无序战场。中国的朝贡制度所包含的"天下观"中的"天"的概念不仅是一个单纯的物质性概念,更是一个社会、精神和道德的概念,体现了一种和谐互系的自然秩序和道德秩序,是自然与人文、政治权威和社会秩序交汇的空间。这种空间以同心圆的形式出现,就像向水中投入一枚卵石产生的一圈圈的涟漪,随着不断延展的涟漪,中心不断地被淡化,从而消弭了自我与他者的对立关系,存在的只是远近、亲疏的距离和礼仪关系。同时它又是一种差序包容的关系,一方面,上下有别、尊卑有序的差序关系保证了体系的和谐与稳定;另一方面,居于中心的中国对附属国是怀柔、包容的,它不是西方强权维持下的紧张的国际关系,而是一种互系的、和平的国际关系。国家有大小、强弱之分,差序是一种正常存在的结构,但是近代形成的平等政治观念是所有国家的诉求,只要大国有责、小国有序,是可以构建一种和平、稳定的国际秩序的。[1]

（原刊于《国际汉学》2016年第1期。收入本书后略作改动）

---

[1] 秦亚青:《全球视野中的国际秩序·代序》,载秦亚青主编:《中国学者看世界国际秩序卷》,新世界出版社,2007年,第12—14页。

同之与异,不屑古今

——刘若愚的《文心雕龙》研究

闫雅萍

刘若愚(James J. Y. Liu)是著名的美国华裔比较文学学者,美国华裔文史学界素有"东夏西刘"之称。"西刘"即是指长期任教于美国西海岸的斯坦福大学的刘若愚,其在西方汉学界的影响由此称谓可见一斑。刘若愚生平多用英语著述,共出版英文专著八部,发表论文五十余篇,为中国的文学理论进入西方学术视野垦拓道路,无论中西的比较文学及汉学研究论著文章中总少不了对他的征引。杨乃乔先生曾将在西方学术语境下操用英语展开比较诗学研究的华裔学者群称为华裔比较诗学研究族群,认为在这个学术族群中,刘若愚是最为声名显赫且最早具有国际影响的首席学者。

奠定刘若愚先生地位与名声的最重要的代表作之一应是其于1975发表的用英语写成的著作《中国文学理论》(*Chinese Theories of Literature*),书中采用并修改了艾布拉姆斯(M. H. Abrams)的文学理论框架,用形而上理论、决定理论、表现理论、技巧理论、审美理论、实用理论等框架梳理了中国的文学理论,并就中国的文学理论与西方文论中所蕴涵的共同的审美思想进行相互的比照。刘若愚认为文学理论,无论中西都可分为文学本论和分论,文学本论回答文学的本质及起源等本体论问题,而文学分论则解决文学创作中的具体理论问题。在一个理论的框架或体系内,所有关于文学的本体论和具体理论应该能够得以充分的讨论。因此他修改并扩展了艾布拉姆斯的理论框架,并在这一理论框架中,一并探讨中国及西方的文学理论。在这部著作中,刘若愚明确陈述他的终极目标是"将渊源悠久而大体上独立发展的中国批评思想传统的各种文学理论与西方传统的理论比较,从而有助于达到一个最后可能的世界性的文学理论"。[1]

刘若愚的这一论著在英语学界产生了重要的影响,同时也受到不少汉学家和研究者的质疑与诟病,认为其所谓的比较与对话更大程度上是一种单面向的呈现,并认为"这种试图以西方文论框架来讨论中国文论的方式割裂了作品的有机结构"[2],是用西方的诗学框架来切割中国的诗学传统,恐使中国的文论思想有沦为西方文学理论的注脚之危险。曹顺庆引用法国汉学家弗朗索瓦·于连的批评,认为他"试图用一种典型的西方模式考察中国诗学,这种方法得出的结果没有什么价值"。[3] 曹顺庆认为刘若愚的这种"求同的"价值取向和思维方式罔顾中国文论与西方文论的"异质性"和不可通约性,是对西学理论话语霸权的妥协。进入 21 世纪,更多的学者则对刘若愚的研究给予了更为公允理性的肯定。有研究者从翻译的角度着眼,认为刘对中国文学理论的英语翻译与研究为保留汉语的源语特征宁愿牺牲可读性,这是对西方理论的一种"话语抵抗"。[4] 杨乃乔对刘若愚的比较诗学研究的贡献与价值给予了最充分的肯定,认为他的研究真正具有比较视野,为中西文学理论的汇通与对话打开"窗口",开拓"路径",是卓有成就的"跨语际批评家"与"跨语际理论家"。[5] 综合而言,对于刘若愚在英语世界对中国文学及文论的翻译与研究的两种相反评价源于批评者两种不同的外在着眼点,即刘氏的中西比较研究是"求同"还是"辨异"?无论褒贬,关于刘氏的批评与研究中都没有回避其"建构"更富有解释力的共同诗学与理论的努力。两种相反相成的评价在某种程度上也反映出刘的跨文化理论研究的内在张力,因此考察刘氏的中国文论研究依然要重新回到其研究本身,在其内容、方法及成就做出更公允评价的同时,揭示其对当下之研究的启示。

事实上,刘若愚本人对他的研究方法——对于概念的抽象提取可能遭遇到的反对与质疑提出了辩解。他在"序言"中申明要致力于为英语世界的普通读者呈现中国的文学理论的基本面目和体系,目标的设定与语境的要求决

---

[1] 刘若愚:《中国的文学理论》,杜国清译,江苏教育出版社,2006 年,"导论"第 3 页。
[2] 刘颖:《英语世界〈文心雕龙〉研究》,四川大学博士学位论文,2007 年,第 34 页。
[3] 曹顺庆:《异质性与变异性》,《东方丛刊》2009 年第 3 期,第 1 页。
[4] 蒋童、钟厚涛:《话语抵抗与理论建构——刘若愚中国古代文论的英语翻译研究》,《文艺理论研究》2009 年第 5 期,第 29—33 页。
[5] 杨乃乔:《路径与窗口——论刘若愚及在美国学界崛起的华裔比较诗学研究族群》,《北京大学学报》(哲学社会科学版)2008 年第 5 期,第 67—76 页。

定了他首先要理清要目地呈现,然后才谈得上比较与对话,否则"对话"只能成为一种"空话"。[1] 这同时涉及跨语言研究必然要面临的翻译问题,从文化翻译观来看,跨文化翻译中文化资本的流通仍以译作在目的语文化中的理解为前提。在此意义上,在理解基础上的单面向呈现既是手段也是目的。至于"割裂了(中国批评家)作品的有机结构"的批评,他认为而散见于序跋中的中国批评家的零散批评话语,前后历经多年,不可能看做有机的整体。[2] 西方的汉学家和身居海外的华裔比较诗学研究者为该书撰写了中肯的书评。周策纵在书评中认为《中国文学理论》采用了分析与阐释学的方法,主要讨论的是关于文学的的本体论。刘若愚的研究使得中国整体的文学理论的呈现成为可能,其最大的贡献在于将中国的文学思想汇聚起来并清晰阐明,阅读该书首先要理解作者的意图。[3] 同时也惜乎其具体的文本分析与阐述未能充分展开讨论,失之匆促。

批评刘若愚将源于西方文学经验的理论框架套用于中国文学理论者往往忽视了一个重要事实,刘若愚在采用艾布拉姆斯的诗学体系来诠释中国古代诗学思想时并未原封不动地从该体系出发来观照中国的文学理论,而是从理论所关注的共同因素出发,如宇宙、作家、作品及读者之间的双向互动关系来考量中国古代的诗学思想,这种考量反过来对原有的框架进行了扩充,形成新的更具有普遍适用性的理论框架,在这一框架下,中西文学理论的比较和对话才有可能发生。

在对具体理论的阐发中,刘若愚着力于中西诗学理论的双向互动,不仅运用西方的文学理论来阐发中国的思想及观念,同时也运用中国的诗学思想来解释西方的理论和话语。杨乃乔认为他的双向阐释"以西方诗学体系为透镜,在适配与调整中所完成的对中国古代文学理论的分类,在中国古代文献典籍中所蕴涵的丰沛的文学批评思想与文学理论思想,也正是在中西比较诗学的互见与互证中澄明起来,且走向逻辑化与体系化"[4]。从其写作目标的达成来看,他试图"促使西洋学者在谈论文学时不能不将中国的文学理论也

---

[1] 刘若愚:《中国的文学理论》,杜国清译,江苏教育出版社,2006 年,原序第 1 页。
[2] 同上书,第 18 页。
[3] Chow Tse-tsung, "Reviews", *Harvard Journal of Asiatic Studies*, Vol. 37 No. 2 (Dec., 1977), pp. 413–423.
[4] 杨乃乔:《路径与窗口——论刘若愚及在美国学界崛起的华裔比较诗学研究族群》,《比较诗学与跨界立场》,复旦大学出版社,2011 年,第 213 页。

一并加以考虑"(中译者杜国清语),为中国古代诗学思想走向西方学界成为世界性文学理论创造了可能的路径,使西方读者能够通过这一路径和窗口走近并认识中国古代诗学思想中所关注的文学理论问题,促进了中国文学理论在西方的接受,同样也扩大并加深了促进了对于中国文学理论阐释性理解,寻求沟通中西思想与话语的共同问题基础,使得构建世界文学理论体系的雄心与宏愿成为一种可能。

国内学界对刘若愚的研究可参见詹杭伦《刘若愚:融合中西之路》(文津出版社,2005);李春青等《20世纪中国古代文论研究史——海外汉学卷》(山东教育出版社,2008年);王尔敏《中国近代之文运升降》(中华书局,2011)等近年出版的专著及相关章节,本文不赘,仅就其《文心雕龙》的相关研究进行详述。刘若愚并未专著研究《文心雕龙》的翻译与诠释,他既申明以归纳而非演绎的方法研究中国文学,那么《文心雕龙》作为最重要的理论文本之一成为归纳中国文学理论的首要资源。

一、刘若愚的学术理路与《文心雕龙》研究

在《跨语际批评家》(*Interlingual Critic*)一书中,刘若愚将西方汉学界的中国文学批评家称之为"跨语言的批评家"。这种学术身份使得他对于"学术为何"及"学术何为"做出了清晰的认定和表述。他认为跨语际批评家的视野和学养让他们有可能采用一种融合中西的研究方法使其研究指向寻求一种综合的、更具有解释力的世界性的文学理论。如前文所述,对于英语世界的中国文学研究,他坚持一条执两用中的途径,既不赞成不加区别地运用现代西方的批评术语、概念、方法和标准来研究中国诗歌与文学,也不认为只有采取中国的传统方法才能研究中国文学。中西理论的极度复杂自然无法简单地归之为同异之辨,但中西之"异"显在,"同"则隐蔽。要建构"和而不同"的世界诗学首先要挖掘清理相异面目之下的隐在之同,求同中辨异。这应是刘若愚的研究路向的逻辑起点。夏志清称赞刘若愚有成为"跨语际理论家"(interlingual theorist)的雄心,欲将中国传统的同二十世纪欧美的文学理论综合起来而自成一家言。[1] 他致力于以现代理论的系统去发掘中国传统诗

---

[1] 夏志清:《东夏悼西刘——兼怀许芥昱》,台北《中国时报》1987年5月25日、26日,转引自李春青等:《20世纪中国古代文论研究史——海外汉学卷》,山东教育出版社,2008年,第617页。

学话语的普遍内涵,并使之成为现代的理论资源,贡献于世界诗学的共同体。

詹杭伦概括了刘若愚的中国诗学研究三个路向,分别为:跨语际研究中必然面对的语言问题,以现代学术观念对中国传统文论资源的系统整理,提出融会中西的批评策略及诗学观念。[1]事实上这三个路向在刘若愚的早期著作《中国诗学》中就已初步成形,在《中国文学理论》中进一步发展,提出了(中国)文学研究的六大理论。

《中国文学理论》一书中引用《文心雕龙》的文学理论凡55处,居所有征引文献之首位,[2]重点讨论了《原道》《神思》《体性》《情采》《养气》《总术》等篇章,将其归纳入他的六大理论范畴中。通过对《原道》篇的翻译与讨论,刘若愚认为刘勰关于"文"与"道"的关系的讨论是一种形而上理论,即文学本体论,是最有可能与西方的文学理论进行比较的;但同时他也没有忽略,《文心雕龙》中综合讨论了文学的各个方面——从文学的本体论到具体的文学分论,形成了体系性的综合理论。正基于这一理解,虽已有好几种书名英译在前,他仍对《文心雕龙》书名英译提出了新的建议,认为其是一部文学理论的详论之作,应译为 *The Literary Mind: Elaborations*(《详论文心》),同时对在讨论中涉及的重要章节,如《原道》等都进行了诠释性英译。

二、《文心雕龙》中的形而上理论(Metaphysicism)

艾布拉姆斯(M. H. Abrams)认为讨论一件艺术作品应围绕与其相关的四个要素:作品、艺术家、宇宙和观众,其他三个要素以作品为中心形成彼此的联系。所有的西方艺术理论可以根据对这四要素之一的趋向划分为四大基本类型,分别为模仿理论、实用理论、表现理论与客观理论。刘若愚认为直接运用这一理论体系来研究中国文学理论会碰到适用性的困难,因此他对这四要素之间的关系进行了重新的排列,认为相互联系的要素之间应当是一种双向的关系,四要素之间的关系呈现为从文学创造到接受的四个阶段,借此可以对不同的文学思想进行有系统的分析和批评。同时他申明通过归纳而非演绎的方法,将中国传统批评分为六种文学理论,他分别称之为形而上论、

---

[1] 詹杭伦:《刘若愚:融合中西诗学之路》,文津出版社,第48—75页。
[2] 见刘若愚:《中国的文学理论》附录的"索引"部分,第236—239页。数据为笔者统计。

决定论、表现论、技巧论、审美论及实用论。[1] 在《中国文学理论》一书中,刘若愚给予了形而上理论最重要的地位,(对其讨论占取全书三分之一的篇幅),他认为从比较和综合的视野来看,这一理论最有可能与西方的理论进行比较,贡献于世界文学理论。的确,作为对文学本质是什么的"元理论",中西理论对共同问题的回答使比较具备了基础并成为可能。

《文心雕龙·原道》篇中刘勰开创性地论述了文与道的关系。《原道》与《征圣》《宗经》《谶纬》《辨骚》被视为刘勰的"文之枢纽"论,详论为文之大端,系统论述了文学的发生、本质等本体论问题。刘勰"道"之所谓,向来为论者聚讼,莫衷一是。认为其道有谓儒家之道、道家之道、佛家之道、自然之道(客观规律)、宇宙本体(精神或理念)。[2]

将"道"作为宇宙本体的理解使得刘勰的文学本质论具有了形而上的玄学色彩。刘若愚将"形而上"的概念界说为以"文学为宇宙原理之显示"的概念为基础的各种理论,[3]其核心是探讨文学与宇宙之关系。正是基于将刘勰所谓之"道"作为宇宙本体,一种精神或理念的理解,刘若愚将《原道》作为中国文学理论中关于形而上理论最为集中完善的表述。他在文学与宇宙之关系的普遍框架中讨论刘勰所谓宇宙之道,将文学作为宇宙原理之显示的概念源头上溯至《易传》中对卦象的注释和评论以及《乐记》中认为"乐者,天地之和"的思想和理论,并认为文学的形而上概念在陆机的《文赋》中初露端倪,至《文心雕龙》得到了全盛发展。[4]

刘若愚认为《原道》篇对形而上的理论进行了最为透彻的论述。《原道》体现了刘勰对于文学本质的认识(文学本论),刘勰在其中表达了"文"源于"道"并为"道"之显现的核心思想。通过将天地之文与人之文并立与模拟,刘勰在他们之间建立了一种平行应和的关系,认为文是人之德性,与天地并生于道,并显现道。("文之为德也大矣!与天地并生者何哉?)刘若愚翻译了《原道》篇中的重要论述并充分讨论了"道"和"文"这两个关键词的复杂意义。的确,如果刘勰在《原道》中讨论"道""圣""文"的关系可以用现代理论术语表述为宇宙、作家和文学作品之间的关系时,那么,将《原道》中所体现的文学理

---

[1] 刘若愚:《中国的文学理论》,杜国清译,第18页。
[2] 周振甫主编:《文心雕龙辞典》,中华书局,1996年,第580—584页。
[3] 刘若愚:《中国的文学理论》,杜国清译,第20页。
[4] 同上书,第20—29页。

论归类为形而上理论不仅仅是一种便利且具有了逻辑合理性,同时有利于将问题提到一定的范围内,为对话与对接搭建了平台。

为了呈现形而上理论在中国文学理论中发展的脉络,刘若愚也指出形上理论逐渐吸收其它理论的因素而发生的历史演变,如唐代以及后期的作者继续提及"天文"与"人文"的类比,可是他们通常是用以作为实用理论的宇宙哲学基础。但文学的形而上概念并未从此消亡反而经过了进一步的发展和修正产生了新的理论,并演化出理论的支派和支流,在黄庭坚提倡的"拟古主义",严羽的"禅语论诗",王夫之的"情景合一"之论,王士禛的"神韵说"及至近代王国维的"境界"理论中,都可以辨析出形而上概念的渊源。[1] 宇文所安对《文心雕龙》对后世的影响如何存有疑问,认为它在清代之前很少作为权威性的批评和理论而被引用,并未享有它现在的地位,[2] 然而刘若愚在中国传统文学理论中理出形而上理论的隐在脉络,认为《文心雕龙》中的形而上文学理论对于后世有着复杂而广泛的影响。

中国文学(诗)的抒情传统作为一个异于西方传统的突出特质得到了广泛的认同,并成为一个讨论中西比较诗学时参考框架,与之相应的中国传统文学思想与概念也得到了更多的强调与发挥。而刘若愚认为刘勰在《文心雕龙·原道》中提出的文学与"道"(宇宙原理)的关系问题在现代理论中得到回响,并可在现代理论的框架中进行比较性的会通研究,这既是对《文心雕龙》及中国传统文学理论的现代开掘亦是对世界文学理论体系的丰富。

三、形而上理论与西方文学理论的比较

尽管进行了重点讨论,刘若愚同时也矛盾地指出形而上理论并非中国文学理论中最有影响或最重要的理论。但是它作为有关文学的发生及其本质的认识和理论表述,是关于人类共同的经验的追问与认识,因而可以成为中西之间互相比较与沟通的理论,并为最终的综合性的文学理论贡献自己的观点。《原道》中所阐述的形而上理论与西方的模仿理论和表现理论以及象征主义理论有可堪比较之处。

---

[1] 刘若愚:《中国的文学理论》,杜国清译,第 39—70 页。
[2] Stephen Owen, *Readings in Chinese Literary Thought*, Cambridge: Council on East Asian Studies, Harvard University Press, 1992, p. 184.

首先,形而上理论和模仿理论都是探讨文学与宇宙之关系,但是中西宇宙概念的不同所指则导致这两种理论的不同走向。刘若愚以《文心雕龙》与锡德尼的《诗辩》为例辨析这两种理论的同与异。当刘勰以"心生而言立,言立而文明"的逻辑论述文学作为道之显现的思想时,锡德尼(Sir Philip Sydney,1544—1586)则称"假如言语次于理性,是人类最大的天赋,那么,极力精练此种恩赐便不能不获得赞美。"刘若愚认为上述的论述中都将语言作为人类的独特才能,但其不同在于相对于中国文化中将这种天赋归于自然赋予,而西方文化的传统则将其归恩于上帝的恩赐。[1] 刘若愚认为在模仿理论与表现理论中,经常使用"镜子"的隐喻,镜子代表艺术作品或艺术家的心灵反映外在现实或上帝,而在中国的批评思想及形而上理论中则很少使用这一隐喻。[2] 这一区别在更本质的意义上——"文"作为本体实存还是作为镜像反映——将形而上理论与模仿与表现理论区别开来。在《文心雕龙》的论述中,"文之为德也大矣!""道沿圣以垂文,圣因文而明道"。文作为本质实存而存在,是道的实存显现(manifestation)而非镜像反映(reflection),而圣人则述而不作,以文明道。文的本体性得到了至高的肯定。

关于"文"与"道"的关系的理论阐述在刘勰之前的确鲜有论及,刘勰在《原道》篇中提出的文源于道的思想以及心、言、文之间的"显现"关系是具有开创性的,它内在地发展出文以载道的理论脉络。刘若愚关于文学与道(宇宙)的源生关系的论述在更大的论述框架中与西方的理论具有共同的关注中心因而具有了可类比性。差异显然存在,求同成为比较的价值所在。刘若愚以光谱的比喻揭示中西文论的比较问题,同与异只有在同一理论框架下的范围(光谱)内才能够进行(色调的)差异比较。

刘若愚在象征主义的理论中发现了与形而上理论相似的认识。马拉美(Stephane Mallarme)关于诗的定义认为诗是通过回归其本来节奏的人类的语言,对全部存在之神秘意义的表达。刘若愚认为这与《原道》中的文与道之关系并无二致;而他的语言观念也可与刘勰的表述——"辞之所以能鼓天下者,乃道之文也"——引为同调。[3] 刘若愚还在杜夫海纳(Mikel Dufrenne)的当代现象学理论中听到了形而上主义的回响,杜夫海纳认为"艺术和自然

---

[1] 刘若愚:《中国的文学理论》,杜国清译,第72—73页。
[2] 同上书,第75页。
[3] 同上书,第83页。

是有意义的存在",艺术"出现于历史的黎明期,当人类刚脱离动物阶段时",[1]与刘勰的文之为德而与天地并生,与人共现的思想所见略同。而杜夫海纳关于艺术作为现象之存在的论断——艺术家既非有意识地模仿自然,亦非以纯粹的无意识和非自愿的方式显示它的意义——显然令人联想起"道沿圣以垂文,圣因文而明道"的文道之论。

如果形而上理论发生在艺术过程的第一阶段,那么表现理论则关注作家与文学作品之间的关系,即艺术过程的第二阶段。刘勰在《文心雕龙》的《体性》篇及《情采》篇中提出了文学的表现作用,与文学作为作家心灵之表现的观点不同,刘勰认为文学表现的对象不仅仅是个人的情性,还有自然之理路。"夫情动而言形,理发而文见,盖沿隐以至显,因内而符外者也。"(《文心雕龙·体性》)情理因内,言文符外,刘勰的表现概念呈现出情理并重,情志合一的特征。

作为中国古代第一部系统性的文论著作,《文心雕龙》不仅纵论前人著作,而且首次讨论了整个文学过程的各个方面,因而有集大成之誉。在刘若愚的文学过程论和文学理论体系中,刘勰的论述涉及文学过程所有的四个阶段和大部分文学理论。刘若愚将《文心雕龙》置于"共时性"的体系之中而加以研究。对这样一部体系相对严密的论著而言,从其文本中抽取若干重要论述展示其历史源流,为解读这部文论巨著提供了一种历史的观照;而与西方理论的比较则更具开创性的意义,一方面使得《文心雕龙》中的精深理论的某一组成部分或某一侧面能够为西方的读者所理解,反过来也为其理论本身提供了具有启发性的新的阐释。宇文所安认为刘若愚采取了最为合理的策略将零散的批评语料呈现给现代西方读者。[2]

总体而言,刘若愚认为,《文心雕龙》的基本文学理念是形而上的,其他的概念则附属其上。刘勰本人并未明言各种概念之间的联系,但是各种概念之间的联系及其与形而上概念的附属关系可经由分析而知。[3]在不同的理论分类中引用了《文心雕龙》的论述之后,他并不想给读者留下关于《文心雕龙》的零散印象,因而专门讨论了刘勰的"综合主义"的文论思想,旨在言明《文心

---

[1] 刘若愚:《中国的文学理论》,杜国清译,第87—88页。
[2] Stephen Owen, Review. Comparative Literature, *Translation*: *Theory and Practice*, Vol. 90, No. 6, pp. 986-990, John Hopkins University Press, 1975.
[3] 刘若愚:《中国的文学理论》,杜国清译,第183页。

雕龙》中的实用理论、表现理论、审美理论是统合于形上的基本文学概念之中的,从而对《文心雕龙》的理论的系统性作出了自己的诠释,并为《文心雕龙》的体大虑周做了比较性的旁证。

四、余论:从《文心雕龙》的比较诗学研究到世界诗学的理论建构

比较诗学的视野为《文心雕龙》的理论阐释提供了具有普遍性与可比性的场域,使其理论经由比较与辨析进入现代西方读者的视野。刘若愚对于《文心雕龙》的理论诠释表现出了一种综合中西的建构性理解,这一理解经由对中西概念及其形成的同与异辨析而达成。

刘若愚终生致力于中西比较文学的研究,在他的最后一本著作《语言—悖论—诗学》(Language-Paradox-Poetics)[1]中,他再次将注意力集中于中西语言与诗学的比较,书中通过中西文本的并置,揭示中国传统的"悖论诗学"(如"言不称物,文不逮意""言有尽而意无穷"等)与当代西方诗学及阐释学的某些汇聚点。"该书中所引用的中文文本的诠释显然表现了作者对于西方理论的理解,书中有不少关于中西概念及其形成的同与异的深刻见解和分析。"[2]关于这本书的目的,刘若愚的表达更加谦逊,他认为要给读者提供的"并非是比较诗学而是一种中国诗学",仅在有限的范围内"为真正的比较诗学,一种既非'欧洲中心主义'的,亦非'中国中心主义'的诗学开创一条道路"。[3] 这种中国诗学不仅仅是一种神秘的、令人难以理解的异国趣味,而是在共同的诗学框架中对文学的本体问题提出了一种不同的理解。

在《中国文学理论》中,刘若愚尝试从文学的共同因素出发,借助文学研究的共同对象及相互间的关系,抽取中西重要的文学思想观念和理论,在共同的理论框架下加以讨论,并进行呈示及比较。在文学与宇宙关系的维度上,《文心雕龙》的文道之论作为以形而上的理论为主调的综合理论得到重新认识。刘若愚的《文心雕龙》跨文化研究,始于比较,而终于建构,实现了经由

---

[1] 该著作在刘若愚先生生前并未出版,而是在其身故后由其弟子林理彰(Richard John Lynn)整理完成后出版。见 James J. Y. Liu, *Language-Paradox-Poetics: A Chinese Perspective*, ed. Richard John Lynn, Princeton University Press, 1988。

[2] Zhang Longxi, "Reviews on *Language-Paradox-Poetics: A Chinese Perspective*", *Chinese Literature: Essays, Articles, Reviews*, 10(1988), p. 191.

[3] Ibid., p. 194.

比较对中国古代文学理论的现代理解,并对中国文学理论的内涵进行新的开掘与丰富。在当下"中国文化走出去"的背景与语境中,他的研究再次给予我们路向方面的启示:面对跨语际研究中的语言问题,清晰的呈现与诠释性的翻译是比较与对话的基础;求同与辨异不可回避且永远是一种内在的紧张存在,"同之与异,不屑古今";只有提出融会中西的批评策略及诗学观念,理解、对话与交流才能发生。在全球化的话语体系与时代坐标中,要尝试将中国文化变为一种内在的结构性因素,而不是一个角色或替代,不仅需要对传统的再度发掘与重组,更需要去创造传统思想与现代社会对话与对接的平台。在这一路向上,刘若愚的研究是开端而非终点。

(本文原题《刘若愚的〈文心雕龙〉研究》,
原刊于《国际汉学》2019 年第 3 期)

身体、家庭政治与小说叙事

——从晚明生育知识看《金瓶梅词话》的求子之战

陈毓飞

后嗣问题在小说中是西门府家庭政治的核心问题,众妻妾甚至仆妇围绕生子展开的家庭权力斗争作为关键线索之一贯穿整部小说。在由生子的竞争展开的对生子的"资源"西门庆本人的争夺成为叙事主线之一的同时,当时与生育相关的各种知识环节与具体内容——怀孕、生产、保胎、流产——都渗入了小说,与小说叙事之间显示出极大的相关性。本文着重从以下几个方面进行具体分析。

一、小说与晚明日用类书中生育内容的相关记载相合,反映了同时代的共同知识。

小说中与求子怀孕有关的内容,与不同晚明民间日用类书不同种类的种子门或保婴门、胎产门有着相近的记载。这一门类的主要内容是包含明代民间流行的求子、保胎、生产的妇产科知识和照顾婴幼儿的儿科知识。如《三台万用正宗》的此卷"胎产门"下又包含"妊娠脉诀""种子奇方""不育女专生男""产后良方""夫妇云雨忌日"和"十月怀胎形局"六类不同知识。

小说第三十九回,政和七年正月初九潘金莲生日,西门庆一早去玉皇庙给官哥寄名打清醮,晚上吴月娘等众人围着大师父与王姑子听说因果。两个尼姑演说的是佛教五祖弘忍修成正果、度母升天的故事,其中一段内容是不足百字的关于十月怀胎过程的韵文。[1] 这段十月成胎的说法与不同晚明民间日用类书种子门或保婴门、胎产门有着相近的记载,文字稍有出入,内容基

---

[1] 第三十九回,第588页。

本完全相同,应源自同一更早的源头。[1] 比如,《五车拔锦》卷十九保婴门《十月胎形图说》附图,内容是这样的:

> 初月胎形如珠露,未入宫罗在昆户。犹如秉烛在风中,风紧之时留不住。
> 二月胎形北极中,如花初绽芷珠红。分枝未有宫罗内,受气阴阳血脉同。
> 三月胎形似血凝,有宫无室味无真。娘思食味千般爱,苦辣酸咸并纳成。
> 四月胎形分四肢,入宫胎隐始成儿,食忌兔獐并毒物,免教胎内受邪欺。
> 五月男女分定时,前人说与后人知。五更在娘脐边转,男左女右定无疑。
> 六月胎形生发毛,却在脐中渐渐高。饮食不同二三月,主娘愁闷又心嘈。
> 七月胎形渐见成,七精开窍有分明。七三二百有余日,若有胎成亦成人。
> 八月胎形定见真,孩儿腹内有精神。娘眠思食吞难下,困穷忧愁耽闷行。
> 九月胎娠重若山,母胎欲产得齐全。一夜一升三合血,古人曾见不虚言。
> 十月满足欲生胎,四股罅缝骨精开。产下要紧加防慎,莫令儿下客风吹。[2]

如果比较两处文字记载,《金瓶梅词话》与晚明民间日用类书分享了当时共同的生育知识这一事实是很明确的,只是这两类书籍中的知识采用的是韵文体,而在晚明流行的医书中是散文体。如小说第八十五回写到潘金莲怀

---

[1] 日本学者泽田瑞穗认为《金瓶梅》的这段十月成胎的说法引用了《五祖黄梅宝卷》的内容。小川阳一将《金瓶梅》与《五车拔锦》、民国版《五祖黄梅宝卷》三者内容异同进行进一步细致比照,认为后世的《五祖黄梅宝卷》是综合了《金瓶梅》和《五车拔锦》两个系统的《十月胎形说》而成的。参见[日]泽田瑞穗:《『金瓶梅詞話』所引の宝卷について》,《中国文學報》,第5期,1956年10月;[日]小川阳一:《日用類書による明清小説の研究》,第37—41页。
[2] [日]酒井忠夫监修,坂出祥伸、小川阳一等编:《中国日用類書集成》第2册,《五车拔锦》卷十九保婴门,东京:汲古书院,1999年9月第1版,第146—155页。

孕,"眉黛低垂,腰肢宽大,终日恹恹思睡,茶饭懒咽……眼皮儿懒待开,腰肢儿渐渐大,肚腹中拨拨跳,茶饭儿怕待吃,身子好生沉困"的描写,与《十月胎形图说》"六月胎形生发毛"一段的说法相合。[1] 听讲经的当夜,在所有人都听得困顿疲乏陆续归房之时,吴月娘却兴致勃勃,留下王姑子,二人关于未保住已成形的男胎的谈话显示符合通俗类书中关于七月胎形阶段的说法。

二、小说中吴月娘求子得到尼姑给的求子符药的情节有必要,从医药学角度进行考察。小说中多次提及的头胎衣胞和"种子灵丹"使吴月娘的行为无疑难逃道德指责和争议。

王姑子向吴月娘介绍薛姑子有求子的"一纸好符水药"。[2] 第五十回四月十七日李娇儿上寿之夜,王姑子就带了薛姑子来,吴月娘盛情接待并获得了种子符药。

对这符药有更详细的描写出现在第五十三回,吴月娘取出衣胞和符药,外包装封筒上刻有"种子灵丹"和作为广告词的诗句。对这些片段进行必要的医药学角度的分析会发现,首先,文中提及的头胎衣胞和"种子灵丹"在晚明民间日用类书医学门和正规《本草纲目》中均有出现。[3] 这些医药资料上所记载的衣胞的多种药用方式与补气养血的效果,以及《五车拔锦》卷十九保婴门的"祈婴要览"所载"壬子丸""补天丸"之类的求子丹方可能与小说中未给出配方的"种子灵丹"存在关联。[4] 明代民间流行的助孕药方在民间日用类书的"种子丹方"等栏目中得到了大量的保存,如:加减四物汤、当归散、资血汤、温经汤、治妇人无子方、加味养荣丸、壬子丸及其他有药方而无药名的丹方。[5] 其次,小说中所记载的内容介绍了这些特殊丸药的包装及包装上的

---

[1] 第八十五回,第1459页。
[2] 第四十回,第594页。
[3] [日]小川阳一:《日用類書による明清小説の研究》,第265—267页。
[4] "壬子丸:此丸服之,不过半月一月有孕。试之屡验。吴茱萸、白芨、白蔹、白茯苓各一两,牛膝五钱,细辛五分,菖蒲、白附子、当归各少许,厚朴、桂心、没药、人参各四两,乳香三X。右为系末,炼蜜丸,用壬子日修合,如红子大。每服十丸有效。若男子服,补益;若孕妇服之,即生双胎。空心好酒送下。无夫妇者,不可服。"[日]酒井忠夫监修,坂出祥伸、小川阳一等编:《中国日用類書集成》第2册,《五车拔锦》卷十九保婴门,第158—159页。
[5] 诸晚明民间日用类书的此类具体内容大同小异,如《三台万用正宗》,卷二十八胎产门中有一栏目"种子奇方"。见[日]酒井忠夫监修,坂出祥伸、小川阳一等编:《中国日用類書集成》第4册,《三台万用正宗》,卷二十八胎产门,第569—572页。

广告词,以及使用方法、注意事项、服药禁忌,甚至写到了处方不明的药丸香味对人嗅觉的直接刺激反应。其中服药忌萝卜、葱白、使用时间等语几乎是类书中此类记载中必有的内容。这段描写可见生育辅助药类都作为日常可获得的医药知识和材料为当时寻常百姓所知,同时也是《金瓶梅词话》所享有的与生育有关的医药知识背景的一部分。

吴月娘按姑子的指点按时服药,成功怀孕。但是,无论是吴月娘所育之孝哥还是李瓶儿所生之官哥,西门庆的两个男嗣均存在道德上之先天不足:二者在出生之前即被污染,其孕育化生本身是存在问题的。

明代的医学理论不再将生育的责任只归结于女性一方,而是认为父亲一方对生育结果也要负责。其时的病因学观点认为,胎儿或婴幼儿患病的根源在于从母胎带来的"胎毒",特别是常见的痘麻疹,往往源于妊娠期性交所产生的热毒。因此父母的性欲需要得到控制,以保障孩子的健康。[1] 这种医学理论暗含着对夫妻性爱与后代健康之间关系的道德判断,因此像《金瓶梅词话》中第二十七回西门庆在李瓶儿孕期与之行房的行为,便暗示着官哥的健康已埋下隐患,存在先天不足。

同样,明代的名医极为反对滥用"毒剂"或"峻猛"的补药,因为这样会造成阳痿、皮肤病和婴儿疮症,使用春药当然更被反对。西门庆初遇胡僧时,原本声称是要问对方"求些滋补的药儿"。[2] 但是,明代以及更早社会中的中国成年男性被要求合理产生并控制性欲,生成子嗣,完成儒家家庭伦理赋予他的基本责任;而胡僧的春药之目的在感官的享受,不在孕育新的生命。

孝哥的孕育,是在西门庆服食春药和母亲服食求子药丸的前提下成功的,这也正合了吴月娘自己的心思:"他有胡僧的法术,我有姑子的仙丹,想必有些好消息也。"[3] 第五十回是吴月娘第一次见到薛姑子,就认为这是个有道行的姑子,连忙迎接。[4] 这一段吴月娘比寻常分外不同的方式殷勤款待薛姑子的描写,与第四十九描写西门庆盛情款待胡僧相映成趣,西门亦一见胡僧古怪的样貌便认为他必是有手段的高僧。[5] 薛姑子与胡僧在叙事结构上的

---

[1] [美]费侠莉:《繁盛之阴:中国医学史中的性(960—1665)》,甄橙主译,吴朝霞主校,第156、158—159页,第191页,第168注57。
[2] 第四十九回,第736页。
[3] 第五十三回,第811页。
[4] 第五十回,第741页。
[5] 第四十九回,第735页。

对应关系,以及这两回承上因启下果的关键作用,早已为人所识。[1] 有意思的是,作者在这里却添了一闲笔:在众妇人听薛姑子讲道说话时,月娘随口问从前边客厅收拾家活来的小厮画童:"前边那吃肉的和尚去了?"画童道:"刚才起身,爹送出他去了。"[2] 在叙事顺序上,这两回是先后关系:读者先读到西门庆从胡僧手中得药,后看到吴月娘款待薛姑子。而叙述者通过吴月娘和画童的对话,想提醒的一点是:实际上,这怀揣灵丹妙药的一僧一尼曾经在同一段时间内,在西门府的同一个空间之中无比接近:一个在男性所处的厅堂,一个在女性所处的内闱。这种时空上的交汇将第二次发生,那就是第五十三回西门庆夫妇用药发生作用的时刻。作者用空间并置手段来弥补传统线性叙事必然造成的时间差,这一精巧独特的手法是不多见的。

尼姑们提供的符药本身存在严重的伦理危机:虽然不知道药丸的具体成分,另一药物却是头胎男婴的衣胞制成的。药名被称为"紫河车"的人体胎盘长期被认为具有滋阴补阳的效用,《三台万用正宗》卷二十六医学门《经验良方》和收录了治气血虚的"补天丸",详细介绍了利用衣胞制药的程序,以及女用男初胎的新风尚。[3] 与小说中王姑子将这并不易得的材料"熬矾水,打磨干净,两盒鸳鸯新瓦,泡炼如法,用重罗筛过,搅在符药一处"[4]进行制作的工序相比,程序相近,更为详细。

紫河车这一中医原料既被用于制造春药,制造治疗严重阴虚症的"大造丸",也可被用来治疗不育症。但问题在于:这种药材源于人体,随着婴儿的生产排除母体之外而成为人体的废物——这种补药因而具有两重性质:既具有再生性,也具有污染性。吴月娘在服用这种有些焦刺刺的气味、难以下咽的粉末时,文本中产生了吞食另一人体以制造新生命的诡谲氛围。

---

[1] 张竹坡第五十回回评:"而薛姑子特于梵僧相对也。信乎!此回文字乃作者欲收拾以上笔墨,作下五十回结果之计也。上五十回是因,下五十回是果。"朱一玄编:《金瓶梅资料汇编》,第505页。

[2] 第五十回,第742页。

[3] "补天丸,[治气血虚甚者]紫荷车[一其即胞衣。本草及古方不同,不分男女。今则男用女初胎,女用男初胎者为上。若壮盛妇人者,俱可用加以补肾丸药。川黄柏[酒炒]、龟板[煮各三两]、杜仲[炒]、牛膝[酒洗各二两]、陈皮[一两]、干姜[五钱],五味子[一两]。右为细末,将紫荷车洗净,布绞干,入药捣,匀焙干,再为末,酒打米糊为丸,将紫河车蒸熟捣末。但虚劳者,当以骨蒸药加减,下部虚用补血药犹妙。一方用侧叶乌药叶首乌叶,俱酒浸蒸热曝干为末丸,亦名补肾丸。同紫荷车为丸服之。"[日]酒井忠夫监修,坂出祥伸、小川阳一等编:《中国日用類書集成》第4册,《三台万用正宗》卷二十六医学门,《经验良方》,第489—490页。

[4] 第五十回,第752页。

谢肇淛在《五杂俎》中记录并谴责了明代这种买卖食用胎盘的情况。[1]他留下的记载让我们进一步了解当时对于使用胎盘的观念与情况。首先，胎盘被认为具有壮阳补气的药用效果；其次，民间流传有失胎盘之儿不育的说法，一般中等人家以上都不愿出售；再次，从事买卖交易的中间人一般是稳婆老妪；最后，购买者一般为富贵之家。民间对于食用胎盘可能给与这一胎盘共同生产的新生儿的未来带来危险的信仰，使谢肇淛对于富有阶层的这种特殊消费行为之道德性产生了质疑：无论是食用胎盘滋补自身或求子嗣，都是为了自身的利益而残害别人的孩子。如此看来，吴月娘的行为无疑难逃这一道德指责。

进一步来说，紫河车药丸背后还存在身体与金钱的交易关系：服用胎盘的行为意味着购买人体进行消费。王姑子和薛姑子花三钱银子从相熟的稳婆处购买了衣胞，吴月娘又给她们每人二两银子为报酬，后来潘金莲也是给了薛姑子三钱银子。[2]金钱因素的涉入使其间的伦理问题更为复杂。

使用不正当的方式获得怀孕机会这种做法，使吴月娘这一人物形象又增添了一层争议。有的人认为吴月娘是小说中难得的正面人物，恪守妇道而得善终。但张竹坡的评点一直强调月娘之隐恶：月娘好佛，而与姑子过从甚密，因此烧夜香、吃药安胎都是尼姑传授的阴谋诡计。烧夜香一节曾引起过不少学者的讨论。[3]而吃药安胎一节同样显示出月娘言行之前后不一，充满矛盾。在第二十一回，月娘雪夜烧香，许愿生嗣。正好被西门庆听到，后者大受感动，借机和好。但是在求生子符药时，她嘱咐尼姑不可让他人知晓——一向自居贤妇的吴月娘的心思竟与她眼中口中的浪妇潘金莲说了一模一样的话。[4]种子灵丹是不可分享的，吴月娘真正希望的是自己生子，而不是西门妻妾中的其他人诞下后嗣："若吴氏明日壬子日，服了薛姑子药，便得种子，承继西门香火，不使我做无祀的鬼，感谢皇天不尽了！"[5]这才是她真正想说的

---

[1] 谢肇淛：《五杂俎》，第91—92页。
[2] 第五十回，第752页；第七十三回，第1204页。
[3] 如何建军通过讨论烧夜香这一仪式在汉唐以来的文学传统中的色情意味，分析张竹坡对《金瓶梅》中吴月娘这一人物的评价的正当性和小说叙事在对其性格进行描写时所透露的弦外之音。参见 Jianjun He, "Burning Incense at Night: A Reading of Wu Yueniang in *Jin Ping Mei*," *Chinese Literature: Essays, Articles, Reviews* 29(2007): 85 - 103。
[4] 第五十回，第751页；第七十三回，第1204页。
[5] 第五十三回，第804页。

话。张竹坡对吴月娘的评论的合理性,在求子符药事件上再一次得到了体现。

为求子而进行的带神秘性的手段,在吴月娘的敌人潘金莲处还有一个印证。第七十三回,薛姑子给潘金莲送安胎气的衣胞符药,告诉她一个新方法:"缝做个锦个香囊,我赎道朱砂雄黄符儿,安放在里面,带在身边,管情就是男胎,好不准验!"[1]这一巫术性质的求男胎之法没有得到真正实施的机会,但是其中表现的求男嗣的执着,却与民间日用类书中更多的关于确保生男胎的方法相合。日用类书种子保胎的门类中,往往记载此种"转女为男"之法。[2]薛姑子的方法似乎是民间日用类书中两种方式的结合。

生子符药的出现不仅透露了吴月娘并不光彩的一面,而且将她与潘金莲置于同一枚硬币的两面:吴月娘的成功与潘金莲的失败。这刺激了下一轮矛盾,推动了情节进展。

三、作为服药时间出现的"壬子日"这一特殊日期,对于读者理解小说中的生育问题具有不可忽视的意义。

小说未给出这"外有飞金硃砂,妆点得十分好看"的药丸之具体配方,但药效、具体用法都有明确说明,尤其是服用时间的特殊说明。"壬子日"这一特殊日期在王姑子的介绍中就已出现,第五十回给吴月娘药时薛姑子再次强调这一日期的重要性。后第五十二回吴月娘让潘金莲查历头,知道四月二十三日是壬子日。第五十三回西门庆醉酒误入吴月娘房中,"月娘暗想明日二十三日,乃是壬子日,今晚若留他,反挫明日大事。又是月经左来日子,也至明日洁净"。[3]就约他明日来,带笑把西门庆推出门去。次日清早沐浴拜佛念经服药,当晚她的策略便取得了成功。

《金瓶梅词话》在叙事上建构的重复美学不允许读者放过任何一个出现不止一次的信息。壬子日这一日期对于读者理解小说中的生育问题具有不可忽视的意义。这首先是因为,在中国传统中,壬子日长期以来被视为万物滋生的时间。明代陈三谟《岁序总考全集》中"壬"和"子"的条目详细解释了

---

[1] 第七十三回,第1204页。
[2] 这种"转女为男法"具体方法是"受妊之后,用弓弦一条绛囊,盛带妇人左臂近肩,垂系腰下,满百日去之。"或"雄黄一两绛囊,盛带左边斧一把,置产妇床头,仍置刃床下,勿令人知。"[日]酒井忠夫监修,坂出祥伸、小川阳一等编:《中国日用類書集成》第2册,《五车拔锦》卷十九保婴门,第159页。
[3] 第五十三回,第807页。

这种含义:"壬;壬之为言任也。言阳气任养万物之于下也。壬位北方,时为冬令。阴极阳生。象人怀妊之形""子;子者滋也。言万物滋生于下也。十一月阳气始生,人承阳以生,故曰孳萌于子"。[1] 小说作者在这里的设计不是凭空而来。但是,除了将生育与壬子日这一象征新生的日期相联系,说明这一叙事设计的确得到实际知识背景的支持以外,从整部小说的结构来看,这一日期与生育的关系在叙事上还有更为复杂和深刻的用意。

吴月娘在四月二十三日壬子日这一天受孕成功而有了孝哥,他的异母兄官哥却是在同年的另一个壬子日八月二十三日夭折的。第五十九回一岁零两个月的官哥死后,西门庆请阴阳师徐先生来批书,徐先生反复掐算,说的判词是,官哥生于政和丙申六月廿三日申时,月令丁酉,艮干壬子,犯天地重丧,又黑书上云,壬子日死者,上应宝瓶宫,下临齐地云云。[2] 通过这段神秘性的判词,读者才知道官哥是生于壬子日,死于壬子日的。创作者对壬子日这一日期在两个新生命身上的反复利用,至少让读者看到:壬子日不仅是一个孕育生命的日期,同样也可以是新生命夭折的日期;通过人为手段制造出生命可以实现,但如果不能加以保护,已诞生的年幼后嗣官哥照样抵挡不住来自成年人的恶毒攻击与残害,无法在一个充满斗争与恶意的空间中存活,而会在昭示新生的时间死去。通过天文与人事在此处形成的呼应,叙事者试图传达这样的信息:即使天意护佑而生后嗣,若人为恶,亦不可保存。如果不注意这个被淹没在黑书判词中的细节,壬子日在《金瓶梅词话》中的叙事作用就难以被发现。

此外,壬子日和种子灵丹可以辅助达到受孕成功的目的,也可能带来意想不到的危机。吴月娘择日引起潘金莲的怀疑,后者继而也找薛姑子要了符药。第七十五回西门庆从京城返回之后不久,正好又逢壬子日,潘金莲企图实施怀孕的计划。但是由于吴月娘心里积攒的诸多不满,阻挠了她的计划,这一吉时被错过了。之后因这一次的积怨二人大吵一场,为金莲在西门庆死后被赶出家门埋下伏笔。第八十五回,潘金莲在西门庆死后与陈经济偷情却不慎怀孕,这是造成她被发卖出去、进而被武松杀死的直接缘由。因此,可以说,壬子日这一象征"生"的日期,在小说中带来新生命的同时,也埋伏了死亡

---

[1] [日]小川阳一:《日用类书による明清小说の研究》,第269页。
[2] 第五十九回,第929页。除"壬子日"这一日期之外,这段文字中还包含了其他明代流行的命理知识,与叙事设计密切相关。

的线索：婴孩会在壬子日夭折，成人也会因对这一特殊日子的抱持目的而引祸上身；一个自然的日期可以被人为利用来达成目的，也可以因人的行为带来死亡的厄运。

而在晚明日用类书对于受孕时机的记载中，除了壬子日具有特殊性之外，更为注意的是与女性经期的关联。类书中的医学论述的源头甚至原文，可以在明代流行之医学著作如《广嗣要语》中找到证据。吴月娘得到的灵丹外封上已经印有"单日为男，双日为女"这样的求子常识。值得注意的是，《金瓶梅词话》中吴氏受孕之四月二十三日壬子日正符合上述与经期相关的要求。绣像本《金瓶梅》中删去了关于吴月娘思度经期未尽的那句话，但在二人对话中，保留了"月经还未净"一句。张竹坡在此句旁评道："结胎分明"。[1]《金瓶梅》第五十三至五十七回的内容错乱问题一直是金学研究中的一个难题；不过，此处两个版本的写法虽有不同，却都反映了一个共同点：无论是万历时期词话本作者（或改写者），还是崇祯时期绣像本这段文字的改写者，甚至清代康熙年间的评点者张竹坡，都分享了共同的关于受孕与特定时间关系的知识，而能够体会出作者创作设计的用意，即孝哥得以孕育之非自然性或人为性。

总之，以上过于繁琐的医学材料引证和分析是为了说明以下几点：

一、对于后世，尤其是今日读者来说，晚明民间日用类书中这种未必"科学"的生育知识和小说中关于女性生育各环节的片段，已经远离我们的日常生活，在今人看来可能只是作者不知节制的创作的一部分，早已失去其意义指向。但是在这部小说诞生的时候，壬子日、求子符药、堕胎药等细微的信息，对于那时的读者来说是能引发丰富暗示与联想意义的文字，并且能够参与读者对人物行为的道德判断。

二、小说中的这些片段运用之正确性，不仅能够得到晚明民间日用类书知识的支持，而且与明代妇产科领域的医学理念、实践及争议互相印证。《金瓶梅词话》不是一部为了传播明代丰富的生育知识和技术而创作的小说，但是作为一部被认为具有"百科全书"性质的巨作，它作出了相应的贡献：将一个时代的生育实践引入小说，并用叙事的方式对其中隐藏的问题作了深刻的反思。两次顺利的生育却无法为西门庆留存继承的后嗣，求子的目的是否一定是正当的？能否为了实现这一儒家传统中对家庭继承的期待而采用不正

---

[1] 秦修容整理：《会评会校本金瓶梅》，第五十三回，第717页。

当手段?

三、就叙事而言,小说还实现了对于某些原本不可叙述之领域的开拓,从而使中国古代小说甚至整体文学上女性身体的存在样态发生了变化:不再只是浪漫题材中美丽的脸庞与身形,而是不洁的母体,为了实际的生存进行斗争与算计的母体。无论是流产或顺利保胎后的生产,都是阴性的行为;流血的子宫还会导致母亲的死亡,而这将是这里未详细分析的另一主人公李瓶儿的命运。

布鲁克斯关于诗歌复杂性结构的批评方法
——以《荒原》的结构型"多层反讽"模式为例

盛海燕

克林斯·布鲁克斯(1906—1994)是美国新批评的核心人物。他关注现代诗歌的本质结构,著述丰厚,诗歌理论和方法影响深远。纵观布鲁克斯的术语系统,本文提出"结构"这一表述至少有五点思想值得深究:一、在结构中,对立的关系无所不在,既存在于作者对各种经验的整合、一首诗作的整体结构及同类成分关系中,也存在于各种意义、经验、态度、语调、力量之间;二、不是说仅有这些对立或异质的要素和关系就可以造就一首好诗,一首好诗还要协调各种冲突对立,臻于平衡,达到整一;三、结构的"复杂性"原则超越了"形式—内容二分法"思想;四、这种复杂性使诗歌作为"精微深奥的媒介"成为唯一能准确传达诗人所要表达的东西的语言工具;[1]五、批评始于关注统一性(即整一性)问题,即"文学作品是否形成了这一整体,以及构建这一整体时各部分彼此之间的关系"。[2] 在其著名的《荒原:神话的批评》[3]诗评中,他成功地分析了艾略特的长诗《荒原》的整体结构。

一、超越"内容—形式二分法"的"复杂性"结构

布鲁克斯一贯反对内容—形式二分法(dichotomy)。在传统意义上,诗的"内容"与"形式"往往是分离的:"内容"与诗人使用的素材有关,因此千变万

---

[1] Cleanth Brooks, *The Well Wrought Urn: Studies in the Structure of Poetry*, New York: Reynal and Hitchcock, 1947, pp. 68 - 69.
[2] Cleanth Brooks, "The Formalist Critics", *The Kenyon Review*, 1951, 13(1), p. 72.
[3] 该诗评的中译文来自笔者译文。载于《当代比较文学》第三辑,华夏出版社,2018年,第99—134页。

化(various)，诗所共有的内容一般被认为是"诗意的"题材、措辞或意象；"形式"被视为是"包裹""内容"的外壳(a kind of envelope which "contains" the "content")。[1] 布鲁克斯认为他同时代的一些文论家表面上有所推进，实际上还是老调重弹。例如他的老师约翰·克劳·兰色姆(John Crowe Ransom)提出诗歌是由逻辑结构(logical structure)和局部肌理(local texture)构成的实体(entity)；结构是可以用散文释义的部分，与之相反的肌理是诗歌的本质和精髓。布鲁克斯认为：诗可释义的部分根本不是诗歌的结构，它应属于外在于诗歌的东西，类似于"脚手架"。他称这种"结构—肌理"二分法为"类似陈旧的内容—形式二元论"[2]。伊沃尔·温特斯(Yvor Winters)提出诗本身固然大于其释义内容，然而许多无法被释义的诗在结构上具有缺陷。[3] 布鲁克斯反驳道：事实是"任何一首好诗原本都是拒绝那些释义的企图的"。[4] 对于F. A. 波特尔提出的结构即散文要素的观点，布鲁克斯称之为古老的"形式—内容二元论"(the old form-content dualism)的变体，即考察某一部分适用于理性分析还是非理性欣赏来区分形式(结构)与内容。[5] 布鲁克斯的观点是："在一部作品中，形式和内容不可分"。[6] 他说，如果我们将诗归结为"理性意义"、释义或陈述，也就是把诗"割裂"为形式与内容两部分，会导致用真伪或逻辑的量尺去判断诗歌，导致诗歌加入与科学、哲学或神学的不实竞争中。他认为当时诗歌研究的困境归根结底是源于上述异说，因此他力图用结构—意义的研究导向克服"内容—形式二分法"的弊端。

实际上，其他新批评家们探讨诗歌时常常谈及结构—意义。我们不妨按照复杂程度将这些讨论分为三类。第一类认为诗的结构中不同或对立的要素无法调和，以温特斯和肯尼斯·伯克(Kenneth Burke)为代表。温特斯不认可那类具有双重基调结构(或称反讽结构)的诗，说它们暴露了诗人未经细心审视的矛盾内心，因此诗人应该"密切审视自己的情感并做出修正"(to

---

[1] Cleanth Brooks, *The Well Wrought Urn*: *Studies in the Structure of Poetry*, New York: Reynal and Hitchcock, 1947, pp. 177-178.
[2] [美]雷纳·韦勒克：《近代文学批评史》(第六卷)，杨自伍译，上海译文出版社，2009年，第363页。
[3] Yvor Winters, *In Defense of Reason*, Denver: Swallow Press, 1987, p. 31.
[4] Cleanth Brooks, *The Well Wrought Urn*: *Studies in the Structure of Poetry*, New York: Reynal and Hitchcock, 1947, p. 180.
[5] Ibid., p. 209.
[6] Cleanth Brooks, "The Formalist Critics", *The Kenyon Review*, 13(1), 1951, p. 72.

scrutinizehis feelings and correct them)。[1] 他以拜伦的诗歌为例,认为诗人通常制造一种夸张,再用用讽刺或滑稽的反高潮将它破坏,这样的诗生硬而拙劣。肯尼斯·伯克(Kenneth Burke)在《反驳陈述》中提出:反讽由于统一了各种杂乱矛盾的态度,表现出一种摇摆、矛盾的心态,它有局外人的冷静和警觉,但又有摆脱不了怀旧情怀,从而对头脑简单的人们具有的那种自信保持远观的敬畏,同时又心存自责。[2] 上述两位批评家对反讽的界定停留在单一对峙冲突的关系上,停留在两种心境交错的状态。

第二类包括瑞恰慈、艾略特、维姆萨特,他们进一步看到平衡和调和的可能性。瑞恰慈(I. A. Richards)对桑塔亚那(George Santayana)的包容与排斥概念进行了翻新,提出"包容诗"是"相反相成的冲动"达到"平衡的自持"(balanced poise)的诗歌,这种"平衡的自持"存在于我们的心理反应里而不是在"引起刺激反应的物体"(stimulating object)的结构里。[3] 在《完美的批评家》一文,艾略特声明在真正有鉴赏力的头脑里,各种感知观念(perceptions)通过归纳形成一个结构——与整个"文学传统"紧密相关的、系统化的鉴赏标准。艾略特在《雪莱与济慈》("Shelley and Keats")一文提出两种创作观念:一种是连贯、成熟的(coherent, mature),它建于经验的各种事实基础之上,未对读者的乐趣设置阻碍,不论读者对它持有接受或否认态度、同意或者强烈反对;另一种是被那些具有成熟健全头脑(well-developed mind)的读者们视为幼稚或优柔寡断的(childish or feeble)一类。[4] 布鲁克斯相信艾略特由此把诗歌批评引向"结构"研究:考察一首诗,应该从考察其信条是否为真理转向探究"这首诗的结构",即"从诗之所言转到诗是什么"。[5] 维姆萨特(W. K. Wimsatt)在《浪漫主义关于自然的意象之结构》一文总结出浪漫主义诗歌的结构,即以一种平行过程(a parallel process)展开本体和喻体,其本体很可能是主观回忆或悲伤等感情;诗中那种"异质间的张力"(tension in disparity)

---

[1] Yvor Winters, *In Defense of Reason*, Denver: Swallow Press, 1987, p. 72.
[2] Kenneth Burke, *Counterstatement*, Oakland: University of California Press, 1968, p. 231.
[3] I. A. Richards, *Principles of Literary Criticism*, London: Routledge, 2001, p. 232.
[4] T. S. Eliot, *The Use of Poetry and The Use of Criticism*, London: Faber and Faber, 1950, p. 96.
[5] Cleanth Brooks, *Modern Poetry and the Tradition*, Chapel Hill: University of North Carolina Press, 1939, p. 48.

元素没有像在玄学派诗歌里显得那样重要。[1] 大致上说，瑞恰慈、艾略特和维姆萨特的探究方向一致，都是讨论诗歌的整体结构并明确认可其中异质成分的重要作用。尤其是瑞恰慈所言"相反相成的冲动"达到"平衡的自持"、艾略特的"连贯、成熟的"诗与维姆萨特的"异质间的张力"，可视为同义。

第三类强调意义阐释的多样性，揭示更复杂的情形。这一类包括燕卜荪和布鲁克斯。瑞恰慈的学生燕卜荪，1930 年出版了《复义七型》(Seven Types of Ambiguity)，因其研究语言多义性问题而著名。他归纳出七种"复义"现象（也译为复义或朦胧），并运用语言学的词法（verbal framework）和句法学（syntax）对诗行进行"分析"。值得一提的是，"复杂性"（complexity）一词在书中总共出现了 24 次（除此之外，其形容词形式"complex"出现了 14 次，另一个表示复杂的同义形容词"complicated"出现了 22 次），覆盖每一章即所有七种复义类型，很大程度上意味着它是研究"复义"现象不可或缺的相关范畴。该书一开始就指向多义性研究：一个单词可以有几种不同的意义；这几种意义相互联系；这几种意义需要彼此补充；或者这几种意义结合起来，以使该单词指一种关系或一种过程。他声明，对于一个英语句子，没有任何解释可能列举出它全部的意义，并且总有某些暗含意义是无法陈述的。[2] 在文学作品里，词语更加富有表现力，那里复义可以在三种刻度或维度中得到拓展。第一个维度是逻辑或语法的无序程度；第二个是读者理解复义的意识程度；第三个是与作者心理复杂性的关联程度。[3] 这样，诗歌语言的多义性，不仅取决于诗歌文本本身，还涉及读者反应和诗人意图。总的来说，该著作在整体上洞察了一个敏感读者头脑中可能出现的多种意义阐释。燕卜荪的另一本著作《复杂词的结构》(The Structure of Complex Words，1951)追溯了复杂单词在历史进程中形成的各种意义，建立了四个数学等式解读作品，但不幸被布鲁克斯奚落为"无关的"甚至"奇怪的"非专业读法。[4]

布鲁克斯意识到对立可能带来的局限性，因此在"整一"的框架下探究"结构"中持续"复杂"化的更深层面，这与燕卜荪研究词语及阐释的"多义性"在思想上有相通之处。在布鲁克斯的术语系统中有一系列相关术语探讨这

---

[1] W. K. Wimsatt, "The Structure of Romantic Nature Imagery", *The Verbal Icon: Studies in the Meaning of Poetry*, Lexington: University Press of Kentucky, 1982, pp. 103-117.
[2] William Empson, *Seven Types of Ambiguity*, London: Chatto and Windus, 1949, pp. 5-6.
[3] Ibid., p. 48.
[4] Cleanth Brooks, "Hits and Misses", *The Kenyon Review*, 1952, 14(4), p. 677.

一结构。他首要使用术语"反讽",因为反讽与语境紧密相关而且承认各种不协调因素(incongruities)。他也用"悖论"和"戏剧化过程"描述这个结构:"戏剧化过程要求把记忆中各种对立的方面结合成一个实体——放入陈述语层面——就是一个悖论,断言对立面的整一。"[1]他同时关注诗人在更高更严肃的各层面传达的复杂经验:诗人给予我们的洞察力,使我们保持整一经验,把有明显矛盾冲突的各种经验成分统一成为一个新格局。[2]他继燕卜逊和艾伦·退特之后关注"张力",声明它是文学(包括结构、语言、意义等)的特质,因为与之相对的科学术语只有纯外延意义(pure denotations)。[3]除此之外,"多种态度的复合体"[4]也是布鲁克斯用来说明诗歌结构的术语。

本文认为:经常与布鲁克斯相提并论的术语"反讽",根本体现的是"对立""异质"的各方面达到"整一",在本质上是初级的辩证观,但是并不能涵盖布鲁克斯对诗歌结构"复杂性"的深思。赵毅衡在专著《重访新批评》中专设一章讨论"作品的辩证构成",首先提及布鲁克斯"用反讽论来概括诗歌的辩证结构"的努力,[5]给予本文极大启发。在此基础上,本文提出:把布鲁克斯的所有努力归结到"反讽"这一个术语,是值得商榷的。

布鲁克斯清醒地意识到,"反讽"是一个"不够充分"的术语,是一个符号。如果用奥格登和瑞恰慈提出的"语义三角"来解释,我们就会明白:反讽作为一个符号所对应的"指称物"是诗歌"结构",两者其实并无直接联系;两者中间存在一个与语境相关的"思想或指称",才是与该符号直接关联的部分。这个语境指布鲁克斯的整体的诗歌批评理论。经过较为全面的考察可以得知,"反讽"仅是布鲁克斯借用来表达"结构"观点的符号之一,前言中所述五点为该符号涵盖的"思想或指称"。对于这样一个结构或者关系系统,布鲁克斯有时还用到其他术语,比如悖论、戏剧化过程、张力、"多种态度的复合体"等。

---

[1] Cleanth Brooks, *The Well Wrought Urn*: *Studies in the Structure of Poetry*, New York: Reynal and Hitchcock, 1947, p.195.
[2] Ibid., p.195.
[3] Ibid., p.192.
[4] Ibid., pp.174-175.
[5] 赵毅衡:《重访新批评》,四川文艺出版社,2013年,第44页。

二、反讽作为稳定结构的必要条件

布鲁克斯在分析诗歌的结构状态时,首要使用了古老的术语"反讽"。在文章《反讽与"反讽诗"》里,布鲁克斯把艾略特的"连贯、成熟和基于经验事实"的诗与瑞恰慈的"综感诗"(poetry of synthesis)等同起来,使之成为自己反讽理论的两个基石。

布鲁克斯对"反讽"的定义是什么呢?他给这个定义时非常谨慎。在《文学门径》的附录术语表中,布鲁克斯和沃伦对反讽的最初定义是:"反讽总是涉及对比,以及在被期待的和事实之间、在表面的和真实的之间存在的不一致(discrepancy)。"[1]在各种反讽类型中,布鲁克斯注重探究那些"微妙的、暗隐的"[2]的层面。布鲁克斯进一步提出:"语境对于一个陈述语进行明显的歪曲和修正,我们说这个陈述语是'反讽的'。"[3]他认为,"语篇中的任何'陈述语'都得承担语境的压力,它的意义都得受到语境的修正";好诗经得起反讽的破坏,即"内部的压力得到平衡并且互相支持",取得类似于穹顶结构的稳定性。

布鲁克斯认为在一个稳定向上的结构中,向下的力反而是必不可少的。他使用了两个比喻加以形象说明:在一个穹顶结构中,那些把石块拉向地面的力量,或者纸风筝尾巴形成了把原本上升的风筝向下拖的力。这种向下的力提供了支持,和向上的力一起使结构获得稳定性。当然,借用力的比喻,布鲁克斯指的是一首诗里的各种内涵、态度、语调和意义存在于诗的各种成分中,包括隐喻、意象、象征、词语、陈述语、主题等。使用反讽这个术语,不仅是强调诗是一个"意义的结构",还强调该结构中要有不同甚至相反的"力":不能只强调向上的、正面的力,同时向下的力也不应被削弱,需要保存它应有的强度,这样结构才能获得稳定性。"一个纸鹞有了合适的载重,鹞线上的张力

---

[1] Cleanth Brooks, Robert Penn Warren and John Thibaut Purser, *An Approach to Literature: A Collection of Prose and Verse with Analyses and Discussions*, Baton Rouge: Louisiana State University Press, 1936, p. 878.

[2] Cleanth Brooks, *The Well Wrought Urn: Studies in the Structure of Poetry*, New York: Reynal and Hitchcock, 1947, p. 9.

[3] Cleanth Brooks, "Irony and 'Ironic Poetry'", *College English*, 1948, 9(5), p. 232.

保持很好,它就会迎着风力的冲击而稳定上升。"[1]布鲁克斯认为这个结构并不是简单的"用砖砌墙"[2]。"用砖堆砌"的类比是反对诗歌创作中机械切割、累加而得到的简单几何结构。他认为诗歌是一个有机系统(an organic system)[3],各部分"有机联系"(organic relation to each other)[4]在一起,相互对立的成分达到了彼此平衡。

哪些是反讽诗呢?在多数读者观念中,很多诗如马维尔的《致他娇羞的女友》、沃尔特·罗利(Sir Walter Raleigh)的《少女答牧羊人》("The Nymph's Reply to the Shepherd")或者格雷的《墓畔哀歌》,语境的压力由各种明显类型的"反讽"体现出来,因此是反讽诗。抒情诗(lyrics),尤其是简单的抒情诗,常常被人们排除在反讽诗以外。但是,布鲁克斯把它们也悉数纳入反讽诗的范围:抒情诗或者最简单诗的各部分也同样受到诗的整体语境的修正,类似于明显类型的反讽效果。"一首诗的各个部分的关系,甚至是一首简单的抒情诗,往往是错综复杂的,却总是非常重要。每个部分,意象、陈述语和隐喻帮助构建总体意义,同时自身也受到整个语境的修正。在许多诗中,这种修正累积成重要的绘图中的暗影,在某些情况下,甚至完全逆转了普通意义。"[5]他以歌谣《谁是西尔维娅》("Who is Silvia?")为例,在诗中既出现了基督教的贞洁也出现了异教爱神丘比特,产生了一种令人愉悦又有魅力的融合。它虽然有一种抒情诗的优雅,在结构上却因为体现了相反的态度而显得复杂化了。这类诗不消除与其基调(dominant tone)明显敌对的部分,而且因为它能够熔合(fuse)无关的和不协和的成分,已与自身达成妥协且经得起反讽的攻击[6]。这样,布鲁克斯就大大扩展了"反讽诗"的范围。

瑞恰慈的"综感诗"理论继承了柯勒律治的观念,把综合文学作品各部分的魔术般的力量归功于"想象力"——这种能够平衡或调和对立的或不协和

---

[1] Cleanth Brooks, "Irony as a Principle of Structure", *Critical Theory Since Plato*, Hazard Adams and Leroy Searle (ed.), Beijing: Peking University Press, 2006, p. 1050.
[2] Cleanth Brooks and Robert Penn Warren, *Understanding Poetry* (the 4th ed.), Beijing: Foreign Language Teaching and Research Press, 2004, p. 11.
[3] Cleanth Brooks and Robert Penn Warren, *Understanding Poetry* (the 1st ed.), New York: Henry Holt, 1938, p. ix.
[4] Cleanth Brooks, "Irony and 'Ironic Poetry'", *College English*, Vol. 9, No. 5, 1948, pp. 231-237.
[5] Ibid., p. 237.
[6] Ibid., p. 234.

的品质。他说这种想象力在于诗人能够接受更广的刺激,并且做出完整的反应,通常相互干扰而且是冲突的、对立的、相斥的那些冲动,在诗人的心里相济为用而进入一种稳定的平衡状态。与此相反,布鲁克斯并不强调想象力的综合作用,而是强调语境:只要诗中成分受到了语境的压力从而在意义上发生歪曲和修正的,就是反讽诗。反讽把相反的力带入诗,正力和反力之间的冲突和抗衡使诗获得了一个稳定结构,即对立整一的结构。

正如前言里已描述的,在布鲁克斯的术语系统中,诗的"结构"这一术语至少包括五点思想值得深究。而布鲁克斯的批评方法——结构型"反讽"——涵盖了全部五点思想,他成功地把它用于对艾略特的复杂长诗《荒原》的解读中。

三、结构型"多层反讽"模式

在布鲁克斯著名的《荒原:神话的批评》诗评中,他首先反驳了许多批评家自这首诗1922年发表以来对它不断进行的误释。例如埃德蒙·威尔逊(Edmund Wilson)视之为一个绝望和幻灭的说明,左翼批评家称之为"久旱的诗"(the poetry of drouth);艾达·娄·沃尔顿(Walton, EdaLou)用"沙漠中的死亡"作为其讨论当代诗歌的论文题目[1];瓦尔多·弗兰克(Waldo Frank)曲解了艾略特的整体地位与人格。布鲁克斯认为误释不仅仅包括上述对主题的错误解读,也包括对艾略特诗歌基本方法的错误认识。当时的流行观点是:艾略特运用反讽对比在辉煌的过去与污秽的现代之间进行对照——形成强烈反讽(crashing irony)。读者确实很容易在该诗找到这样的对照,第三章"火的说教"中有大量明显的例子:斯宾塞《贺新婚曲》描绘了伊丽莎白时代少女在优美的泰晤士河畔筹办婚礼的美好场景,然而在现代,经过夏夜狂欢后,河面上漂浮着游客丢弃的瓶子、廉价食品的包装纸、丝质手绢、纸盒和烟蒂,当年少女的朋友们现在变成了游手好闲的公子哥;在马维尔《致他娇羞的女友》中,诗人仿佛看到了"时间带翼的马车",在约翰·戴(John Day,1574—1638)的诗里可以读到"号角与狩猎的喧闹声",如今都被伦敦街头的"汽车和喇叭声"代替;当年伊丽莎白女王乘坐画舫缓缓行进在壮美的河面上,与现代河面上荡漾着"油腻和沥青"、街道上是"电车和覆满尘土的树"

---

[1] Eda Lou Walton, "Beyond the Wasteland", *Nation*, No. 9, 1931, pp. 263-264.

形成对照。

这些明显对照以及由此形成的表面反讽,在布鲁克斯看来只是最肤浅的解释,忽视了反讽所运作的其他维度,即"反讽逆转"。他提出:

> 《荒原》使用的基本方法可以描述为:运用复杂性原则(the principle of complexity)。诗人运用表面平行(surface parallelisms)在现实中形成反讽对比(ironical contrasts),同时也运用表面对比(surface contrast)在现实中构建平行。(第二组产生的影响,可描述为反讽对立面[the obverse of irony]。)两方面结合起来的效果是:把混沌的经验整理成一个新的整体,经验的现实表层被忠实地保留下来。经验的复杂性也保留下来,未受到先定构思所产生的那种明显强制力的妨碍。[1]

上面引文中涉及两组对比:浅层的反讽对比以及深层的"反讽逆转",本文称之为"结构型多层反讽"。在分析"火的说教"中,伊丽莎白时期的爱情具有瑰丽的色彩,与现代年轻的女打字员同男友之间俗气而冷漠的约会,形成了明显对比,布鲁克斯在表面的"反讽对比"基础上进一步提出深一层反讽。按照艾略特提供的引文出处,罗伯特亲王(Lord Robert)与伊丽莎白女王闲聊,甚至他当着大主教德·夸德拉的面说,如果女王愿意,没有理由不让他们俩成婚。布鲁克斯据此认为这段同时营造出了一种相反效果:即便是伊丽莎白时代,爱情同样徒劳无果,带来空虚,因此伊丽莎白虽然贵为女王,但和那位现代城市中的女打字员也有相似之处。[2] 布鲁克斯认为本诗第二、三章多次援引伊丽莎白时代的诗歌,其原因之一或许是:事实上随着英国文艺复兴的到来,旧有的那套超自然的惩戒(supernatural sanctions)已经开始分崩离析了。

布鲁克斯使用下面的典型例子对"结构型多层反讽"予以更清晰的描述:

> "死者的葬礼"的占卜情景会令人满意地说明这一总体方法。表面上诗人再现了江湖骗子——索索斯垂丝夫人——的喋喋不休,其表面反讽是:塔罗纸牌的原初用法与索索斯垂丝夫人的滥用形成对比。然而每一细节(在"占卜者"的空谈中应验的)在这首诗的整体语境里都承担了

---

[1] Cleanth Brooks, *Modern Poetry and the Tradition*, Chapel Hill: University of North Carolina Press, 1939, p. 167.

[2] Ibid., p. 156.

一个新意义。在表面反讽(surface irony)以外也有索福克勒斯式反讽(a Sophoclean irony),20世纪观众会反讽地接受"算命"这回事,随着诗歌的展开,却成真了——在夫人自己都不觉真实的意义上竟然成真了。表面反讽因而逆转,变为深层反讽。在她说话语境的言辞里,下面各项仅仅被提及一次:"有三根杖的人""独眼商人""成群的人,在一个圈里转"等。然而一旦转换成其他语境,它们就被加载了特殊意义。总之,所有该诗的中心象征都在这里出现;这里是唯一把它们明确结合的一章,尽管联系是松散的且是偶然的。随着诗歌展开,深层联系的诗行只有根据整体语境才会出现——这当然恰好是诗人意图达到的效果。[1]

在诗歌的第一章出现了算命家索索斯垂丝夫人。按照杰西·韦斯顿小姐(Miss Jessie Weston)在《从祭仪式到传奇》(From Ritual to Romance)的讲述,塔罗牌原本用来裁决那些对民众至关重要的事情,比如泉水的涌现。现代的这位算命家远远比不上她前辈的本领,而且她从事的粗俗的算命行当归属于庸俗化的文明。牌中的字符和人物没有丝毫改变。她读出诗中主人公抽取的纸牌画面是溺亡的腓尼基水手,所以警告他要避免溺水身亡。她其实并没有意识到:重生的途径或许就是死亡本身。当现代读者读到这位患了感冒的算命夫人依靠胡言乱语以谋生计,都感到其预言的荒诞性。布鲁克斯提出,然而随着诗歌各章逐一展开,她的预言竟然都说中了,贯穿了整首诗的布局,由此表面反讽经过逆转变成了更深层反讽。我们看到,诗人如何通过表面杂乱的诗句一步步推进关于主人公命运与水中再生的主题。在第二章"死者的葬礼"中的诗行"那些明珠曾经是他的眼睛",明显是引用了莎士比亚《暴风雨》中精灵爱丽儿所唱的歌。当飞蝶南王子听到歌声后自语道,这歌词说的是他的溺死的父亲。布鲁克斯认为死亡可以使人进入富丽奇瑰的疆域,死亡成为一种新生,主人公头脑中出现了溺亡之神:神像被抛入河水中并在下流处被捞起,象征着自然中生生不息力量的死亡与神的复活。第四章"水里的死亡"与前一章"火的说教"形成对比,布鲁克斯认为这一部分象征着牺牲以及由此获得的解脱,水里的死亡展示出强大的再生力量。这章提到的溺亡的古代腓尼基水手,描述他死亡的语调是柔和的,"海底的一股洋流/低语着啄他的骨头",明显不同于另外一种死亡,即"火的说教"中"白骨抛弃在干

---

[1] Cleanth Brooks, *Modern Poetry and the Tradition*, Chapel Hill: University of North Carolina Press, 1939, pp. 167–168.

燥低矮的小阁楼上,被耗子的脚拨来拨去的,年复一年"。布鲁克斯进一步谨慎地指出,"水里的死亡"这一说法印证了对死亡和时间的征服,穿过死亡将会看见"有定季节的永远轮回"以及"春与秋、生与死的世界"。第五即最后一章"雷的说话"中,雷声不再是徒劳无果的,它带来了雨。布鲁克斯把主人公的命运推及整个人类以及现代文明,主人公认识到只有通过死亡才能获得重生。这首诗最后以大量的引文结束,其中被毁坏的塔或许也是那座毁圮的教堂,"只是风的家",它也代表整个传统正在朽毁;主人公决心索回传统,使之复兴。布鲁克斯提出,虽然主人公最终没有亲眼见证荒原的复活,但是如果世俗化已经摧毁或者可能摧毁现代文明,主人公仍要履行个人责任。[1]

布鲁克斯指出,在诗的第一章,索索斯垂丝夫人用塔罗纸牌占卜时,以下各项只提及一次:"持三根杖的人""成群的人,在一个圈里转"以及"那绞死的人"。当这些原型进入到新的语境,就被加载了特殊的意义,仔细分析得知它们是贯穿整首诗的"中心象征"。它们随主人公在伦敦的现实经历中得到应验。布鲁克斯坚持在解读中把"持三根杖的人"与《从祭仪式到传奇》中失去生育能力的渔王、"而我坐在冬日黄昏的煤气厂后,/对着污滞的河水垂钓"中的主人公自己,甚至艾略特另一首诗《空心人》中的稻草人联系在一起,揭示出那代表权力和行动的权杖无法掩饰的身体残疾和精神荒芜。"雷的说话"里"我看见成群的人,在一个圈里转",本来是但丁《神曲》中身处地狱等待审判的人群,当艾略特将现代伦敦与波德莱尔的"拥挤的城市"以及但丁的候判所联系在一起时,诗中的相关象征"进一步复杂化",加载了新意义。"在冬天早晨棕黄色的雾"笼罩的现代伦敦也是一座"不真实的城":上班路上拥挤的"人群在伦敦桥上涌动,这么多,/我没有想到死亡毁灭了这么多。/叹息,隔一会短短地嘘出来,/每个人都把双眼盯在他的脚前"。[2] "我没有想到死亡毁灭了这么多"引自《神曲·地狱篇》第三诗章,指那些活过但无誉亦无毁的众生,他们是代表现代世界里处支配地位的世俗态度的典范;"叹息,隔一会短短地嘘出来"引自第四诗章,指死在福音传扬之前、未受洗礼的人们。一旦《神曲》里的这两个句子被诗人带入新语境后,就被加载了特殊意义:《神曲》

---

[1] Cleanth Brooks, *Modern Poetry and the Tradition*, Chapel Hill: University of North Carolina Press, 1939, p. 164.

[2] T. S. Eliot, *T. S. Eliot: Collected Poems, 1909 - 1962*, New York: Harcourt, Brace & World, 1934, p. 55.

中的两个阶层——世俗化阶层与无信仰阶层，就是伦敦桥上的现代荒原居民；他们的生活就是死亡。他们的面目模糊，虽生犹死，布鲁克斯联系到诗人的另外一首诗《空心人》里的描述："有声无形，有影无色／瘫痪了的力量，无动机的姿势。""那绞死的人"代表弗雷泽笔下被绞死的神（包括耶稣），表达牺牲的意味，艾略特在一条注解上指出它与最后一章"雷说的话"里出现的那位头披兜帽的人物有关。按照《新约·路加福音》第24章，耶稣的两个门徒得知耶稣蒙难，忧伤地去往耶路撒冷附近的村子以马忤斯，路上谈论着发生的一切，复活的耶稣头披兜帽与他们同行，但是他们的眼睛模糊了，没有认出耶稣。这位头披兜帽的人物出现在最后一章"雷的说话"，即"那总是在你身边走的第三者是谁？……／裹着棕色的斗篷蒙着头巾走着"。在最后一章，荒原上行走着耶稣忠实的两个信徒、用斗篷兜帽掩面的耶稣还有"涌过莽莽的平原，跌进干裂的土地"的"那一群蒙面人"，他们似乎都在赶往毁圮的教堂。布鲁克斯提到，按照韦斯顿小姐的说法，拜访毁圮的教堂是个开始——即接受洗礼，可见诗人传达的涵义是明显的，即复兴信仰。布鲁克斯在该文评中引艾略特在"朗伯斯后的沉思"中的句子，"使得信仰幸存于我们面前的黑暗时代；更新和重建文明，挽救这个世界，避免它走向自我毁灭"。[1] 布鲁克斯认为艾略特的主旨是复兴一个已知的、丧失声誉的、包括各种信仰的体系。[2]

布鲁克斯对诗人所传达主旨的阐释是积极的，他精心措辞，使"反讽逆转"一语也体现出自反向正的拨正意味。反讽自从缘起就暗含反讽者地位的逆转，一开始表现得像个傻瓜、疯子或者骗子的剧中角色，反衬出对手的聪明，但是随着谈话或者情节的展开，证明这些妄语才是真理，给对手突然一击，对手反转成为被嘲笑的对象，柏拉图《对话录》中的苏格拉底就扮演了反讽者的角色。反讽者的地位经历了自反向正的拨正过程。本文注意到布鲁克斯表达"反讽逆转"的用语，不是 the reverse of irony，而是"the obverse of irony"。我们知道 obverse 和 reverse 作为动词都可以表达"翻转"，但是作为名词，它们是一对反义词，分别对应硬币的正、反两面。用表示硬币正面的词语 obverse 来说明"反讽逆转"，恰好表达出"拨正"的意味。在结构型"多层反

---

[1] Cleanth Brooks, *Modern Poetry and the Tradition*, Chapel Hill: University of North Carolina Press, 1939, p. 164.
[2] Ibid., p. 171.

讽"模式中,"反讽逆转"是该模式中的基本原型,实现由"表层反讽"到"深层反讽"的推进。正如布鲁克斯所说,该诗第一章"死者的葬礼"里面出现的占卜情景令人满意地说明了这个总体方法,按照他对该情景里表层反讽(一层反讽)与深层反讽(二层反讽)的文字描述,本文将这个基本原型绘图如下(见图1):

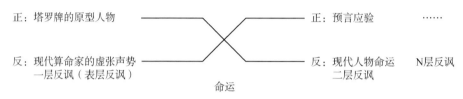

图1　反讽结构的基本原型

如果我们能够全面而准确地把握布鲁克斯的复杂性原则,就会明白在复杂的诗歌中,这种拨正其实并不是诗人意图的终点:江湖骗子索索斯垂丝夫人的妄语道出了"符号化的真相",实现了其地位的拨正,然而"真相"包含着更为丰富深刻的反讽意味,这个真相才是诗人力图穿透诗歌表层看似随意丢放的各种混沌经验,展示给读者的真实意图和态度。在"命运"的大框架下,布鲁克斯在文中分析了一些次级反讽,使纷繁的典故、象征以及混沌经验归于次级反讽中,以展示"现实中的真相"。它们分别对应着某张塔罗纸牌。塔罗牌中画有"高塔"图案的纸牌进入新语境后象征信仰;"溺亡的水手"牌预示了主人公的身份和命运。虽然主人公并没有直白提及"恋人"牌,但该诗纷繁的典故和写实片段里有多处涉及两性关系。菲罗美的典故或许与"世界"那张牌有关。本文在这里归纳了其中四个次级多层反讽模型,分别是信仰、主人公的身份及作用、两性关系、自然/世界。布鲁克斯并未限定反讽的层数,意味着它的开放性和多维性,本文因此在一层反讽和二层反讽后面添加了字母N,表示延伸开来的多层反讽,比如分析第一个次级反讽——"信仰"时,层数变化延伸到第三层。本文进一步尝试以图示说明《荒原》诗中多层反讽结构的复杂性。正如布鲁克斯指出,各种人物间的关系表面上显得松散,材料随意丢放在一起,但随着诗向前展开,关系建立了起来。若放在诗篇的整体语境中考察,深层联系便昭然若揭;由此达到经验合一、各阶段统一的效果,进而真实地感受到该诗的总体主题。见图2:

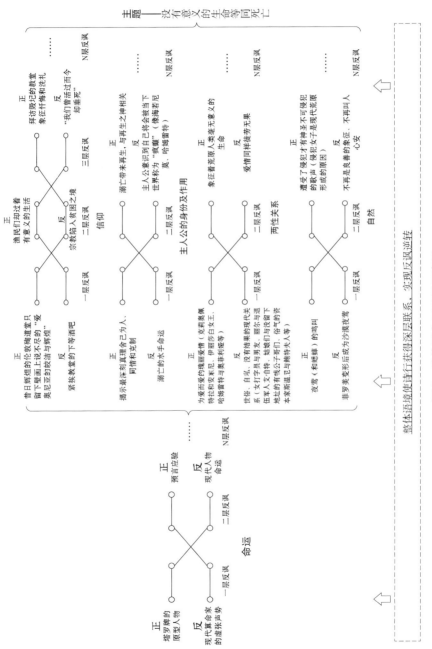

图 2 结构型多层反讽示意图

作为描述普遍结构的术语"反讽"建立了一种关系，它把其他纷繁跳跃的戏剧化例证组织起来，通过多层级的建构实现了一种复杂化布局，以避免单一浅层的对比阐释法所导致的简单化。本文之所以称之为结构型"多层反讽"模式，是因为布鲁克斯眼中的"反讽"不仅是表面或浅层的对比与平行，同时也带入逆转后的格局。布鲁克斯提出在真正的诗人那里，主题通过间接的方式得以展示，其形式是悖论式的。在《荒原》文评的一开始，布鲁克斯就指出，《荒原》的总体主题是一个悖论：没有意义的生命等同死亡；然而奉献，甚至牺牲，或许赋予生命，唤醒生命；这首诗在很大程度上印证了这一悖论及其各种变体。[1] 现在我们看这一悖论表述，在表面上违背了形式逻辑，其实内含着辩证思维；比起平常的矛盾手法，"悖论"所表述的内容经过仔细的审视，因此更严密。换种情形，如果违背形式逻辑且并无辩证思维的，就只能造成逻辑错误，是修辞败笔。上面的主题阐明诗人貌视没有意义的生而看重能带来新生的死，于是没有意义的生等于死，而有意义的死意味着新生。这种辩证思维的作用在于它将读者引入沉思，带来我们对生与死的新认知。在布鲁克斯术语系统中，用于描述诗歌普遍结构的术语"反讽"涵盖了揭示主题的"悖论"。

四、结语

布鲁克斯笔下的诗歌本质结构是一种复杂的布局和意义结构，同时遵循结构的"整一原则"(the principle of unity)。[2]

本文提出，结构型"多层反讽"模式正是布鲁克斯能够成功分析艾略特这首复杂长诗的本体论批评方法。布鲁克斯一直不赞成艺术宣传的论调，他批评艺术宣传类的"天真"论调并不比维多利亚时期的说教或感伤倾向有所进步，尽管该学说在经济学方面产生了革命性影响，但是在"审美理论"方面"根本就不是革命性的"。[3] 把英美新批评称为"文字分析学派"的文评家袁可嘉，指出该派"在政治思想的倾向上是不好的"，但是袁可嘉站在"一分为二、

---

[1] Cleanth Brooks, *Modern Poetry and the Tradition*, Chapel Hill: University of North Carolina Press, 1939, p.137.

[2] Cleanth Brooks, *The Well Wrought Urn: Studies in the Structure of Poetry*, New York: Reynal and Hitchcock, 1947, p.178.

[3] Cleanth Brooks, *Modern Poetry and the Tradition*, p.51.

实事求是"的立场上做出了公允的评价,认可该派"对文学作品的艺术分析确实有所建树,有所发展"。[1] 本文赞同袁可嘉的观点,研究西方文论的过程中,需要萃其精华、弃其糟粕。学习新批评派的主要人物布鲁克斯的批评方法,可以使我们认识到要回归到研究作品自身作为一个整体的规律性及艺术价值的领域,避免科学主义和外部研究对原本整一的艺术结构进行过度的抽象和拆解。

(原刊于《当代比较文学》2021年5月第7辑)

---

[1] 袁可嘉:《现代派论·英美诗论》,中国社会科学出版社,1985年,第58页。

灵悟还是顿悟?
——谈乔伊斯诗学概念 epiphany 的翻译

张明娟

Epiphany 是乔伊斯提出的一个诗学概念,首次出现在《一个青年艺术家的肖像》(*A Portrait of the Artist as a Young Man*)的初稿《斯蒂芬英雄》(*Stephen Hero*)的手稿中。1941 年 epiphany 于哈佛大学图书馆甫一露面即引起评论家关注。弗莱(Northrop Frye)将 epiphany 视为一种批评原型(an archetypal form of criticism)。[1] 阿什顿·尼柯尔斯(Ashton Nichols)在其著作中认为这一诗学概念可以上溯至浪漫主义时期的华兹华斯(William Wordsworth)。[2] 杰克·达得利(Jack Dudley)一反主流评论对于 epiphany 概念的世俗化定位,重溯其被割裂的基督教神学根源。[3] 国内学者如郭军、李维屏、戴从容、屈荣英、吕国庆、蒋虹、杨建等人的文章或著作也就这一理论对乔伊斯作品进行解读。然而,学术界对 epiphany 的理解与翻译存在着分歧。笔者做了初步统计,并将该概念的翻译按照审美主、客体关系大致分为三类。一是以审美客体为中心(the perceived):主显、昭显、显形、神现。二是以审美主体(the perceiver)为中心:顿悟、精神顿悟、灵悟。三是以审美的瞬时性内涵特征:灵瞬。其中尤以"顿悟"和"精神顿悟"最为集中。这些翻译是否准确?作为诗学的 epiphany 到底如何翻译?

黄雨石译本《一个青年艺术家的画像》中将 epiphany 译为"灵悟",并在译

---

[1] Northrop Frye, *A Study of English Romanticism*, Brighton, Sussex: Harvester Press, 1983, p. 158.
[2] Ashton Nichols, *The Poetics of Epiphany: Nineteenth-Century Origins of the Modern Literary Moment*, Tuscaloosa: The University of Alabama Press, 1987, p. 2.
[3] Jack Dudley, "What the Thunder Said: A Portrait of the Artist as a Trans-Secular Event" *Literature and Theology*, 2013, 27(3), pp. 1 - 19.

后记中提到将该词"姑且译作灵悟"。[1] 郭军[2]、杨建[3]均采用"灵悟"译法,这与笔者对 epiphany 一词的翻译不谋而合。然而,到目前为止,学界对此概念的阐释并不到位,甚至存在一定的误解。笔者通过对该词追根溯源,回归其生成的历史语境,试图厘清该词的本来面目,阐明将 epiphany 译为"灵悟"的理由。

一、Epiphany 溯源

对乔伊斯 epiphany 诗学理解应从其定义、生成语境和诗学根源等诸多方面进行考察。从词源学上来看,epiphany 源于希腊语 epiphaneia,意为"出现"(appearance)或"显现"(manifestation)。希腊神话和宗教中,epiphany 指"神的突然显现"(the sudden manifestation of the divine)。希腊戏剧中指神在舞台上的突然出现(the sudden appearance of God on stage)。古希腊人普遍相信神是无所不在的,只要用供品和仪式取悦于神,神便会赐予人类以丰收,帮助人类消除病痛及对死亡的恐惧感。供品和仪式是人与神建立直接联系的纽带。作为人类敬神的回报或显示神的权威,神会介入人世生活,与人交媾生子、干预战争、救治病患。神人互渗(interpenetration),尤其是"神介入人世",是古希腊神话的一个重要主题,最早的口头传统是酒神狄奥尼索斯突然出现在(Magnesia)的林间。《伊利亚特》记载了特洛伊战争中因为神的干预而导致希腊战败的一系列事件。希罗多德(Herodotus)《历史》亦记载神介入人世的故事,大多是为了惩罚人的傲慢无礼。公元前 2 世纪左右希腊学者依斯特鲁思(Istrus)论文《阿波罗之显形》("Epiphanies of Apollo")、费拉科斯(Phylarchus)的《论宙斯的显现》("On the Appearance of Zeus")也探讨了"神介入人世"的现象。[4]

概而言之,基督教诞生之前,该词均指"神的显现"。基督教是在犹太教基础上融合了古希腊、罗马精神而成立。犹太教中亦有"神介入人世"传统,

---

[1] [爱尔兰]詹姆斯·乔伊斯:《一个青年艺术家的画像》,黄雨石译,外国文学出版社,1983 年,第 313 页。
[2] 郭军:《乔伊斯灵悟美学及其在〈肖像〉中的作用》,《外国文学研究》1993 年第 3 期。
[3] 杨建:《乔伊斯诗学研究》,华中师范大学出版社,2011 年,第 107 页。
[4] 转引自 Ashton Nichols, *The Poetics of Epiphany*: *Nineteenth Century Origins of the Modern Literary Moment*, Tuscaloosa: The University of Alabama Press, 1987, pp. 6-7。

例如,《旧约》的三次"神人立约",即上帝与犹太先民之间订立的契约:第一次为"洪水灭世"后上帝与挪亚及其后裔以"虹"立约,故"彩虹"成为神圣立约及由此而至的神人沟通之象征;第二次为上帝与犹太先祖亚伯拉罕定"割礼";第三次为上帝在西奈山上与带领犹太民族走出埃及的古代英雄摩西订立"十诫"律法。这些神圣立约是神人之间"不可背弃的盟约"。基督教继承了立约这一传统,认为耶稣诞生即上帝与人重新"立约"。[1] 古希腊神话与基督教在"神介入人世"这一传统上相契合,epiphany 这一术语也因此被基督教所借用,但将其与基督教的上帝或耶稣相连,指耶稣诞生之际向东方三博士(the magi)显示其神性,1月6日为基督教重要节日主显节(Epiphany),纪念"人类历史上上帝明确而直接地显现于人们生活的一刻"。[2]

由此看来,epiphany 在基督教背景下依然保留了"神的突然显现"这一基本含义,指神以人的形象(圣子)或以某种神秘力量(圣灵)的形式出现。考察 epiphany 一词的流变,可以发现,神学与基督教语境下,其基本内涵包含神现、神显、主显、显圣、显形之意。那么乔伊斯笔下的 epiphany 应如何理解?

二、文本层面的 epiphany

乔伊斯(James Joyce)的 epiphany 首次出现在《斯蒂芬英雄》中,并在自传体小说《一个青年艺术家的画像》中再次被提及并得以阐释。乔伊斯借其化身斯蒂芬·迪达勒斯(Stephen Daedalus)之口为 epiphany 下了定义:By epiphany, he meant "a sudden spiritual manifestation, whether in the vulgarity of speech or of gesture or in a memorable phase of the mind itself". epiphany 指的是"a sudden spiritual manifestation,或现于粗俗的言谈或手势中,或现于难忘的心境"。[3]

乔伊斯文学意义上的 epiphany 与神学意义上的 epiphany 有无联系?国内外学术界通常认为 epiphany 是世俗化的概念:"主流批评一致认为詹姆斯·乔伊斯作品是世俗性的,它标志着宗教在现代生活中的离场或与在现代

---

[1] 卓新平:《基督教哲学与西方宗教精神》,《基督教思想评论》2004年10月第一辑,第10—11页。
[2] Ashton Nichols, *The Poetics of Epiphany: Nineteenth-Century Origins of the Modern Literary Moment*, p. 7.
[3] James Joyce, *Stephen Hero*, eds. John J. Slocum and Herbert Cahoon, New York: New Directions, 1963, p. 211.

生活中的无足轻重(absence or irrelevance of religion in modern life)。"[1]笔者对此持不同见解,认为乔伊斯的epiphany依然具有宗教色彩。正如杰克·达德利(Jack Dudley)所言:"乔伊斯以其epiphany这一概念,制作了(craft)现代主义的宗教体验。"[2]就语词层面而言,理解这个定义的关键便是spiritual manifestation中的spiritual,而该词往往为评论家所忽略,认为毫无意义。国内学者在译介此概念时也往往忽略或误解了概念生成语境中spiritual的本原意,倾向于将其译为"精神",从而将spiritual manifestation译为"精神的豁然显露"(见黄雨石译本后记)或"精神顿悟"。事实上,spiritual并不能与汉语的"精神"相对等,它指向的是宗教的灵性意义。《韦氏新大学词典》中对spiritual一词的解释有:

> 1. of, relating to, consisting of, affecting the spirit 如 man's spiritual needs 人的精神需要 2. of or relating to sacred matters 与神圣物相关,如 spiritual songs 圣歌,灵歌 3. ecclesiastical rather than lay or temporal 神职而非外行或现世的, 4. related or joined in spirit 与精神相牵相连,如 spiritual homeland 精神家园 5. of or relating to supernatural beings 与神仙或神物相关[3]

这5个释义中,只有1和4与汉语语境的下"精神顿悟"中的"精神"相近,其余都有宗教或神的意蕴。当spiritual与manifestation(显现)相连时,宗教或神学色彩更加昭然。

当然,仅仅语词层面尚不能为我们理解并翻译"epiphany"这一概念提供充分、全面的阐释。换言之,概念翻译仅仅依靠定义本身是不够的,尚需将其置于生成语境中考察,包括乔伊斯人生经历、宗教背景、概念生成之当下语境与历史语境。

---

[1] Jack Dudley, "What the Thunder Said: A Portrait of the Artist as A Trans-Secular Event", *Literature and Theology*, 2014, 28(4), p. 458.
[2] Robert Scholes, "Joyce and the Epiphany: The Key to the Labyrinth?", *The Sewanee Revie*, 1964, 72(1), p. 69.
[3] 《韦氏新大学词典》,世界图书出版公司,1988年。

三、epiphany 诗学概念的生成

(一) 乔伊斯的宗教背景

乔伊斯通常被誉为"语言艺术领域中的雅努斯之神"。雅努斯(Janus)为古罗马神话中的门神,又称"双面神",生有一前一后两副面孔,既朝向过去,又面向未来。这一称谓恰如其分地总结了乔伊斯在欧洲现代文学史的地位:既宣告了19世纪文学末日的到来,又昭示着现代主义的诞生。然而,研究者往往更为关注"双面"乔伊斯的"现代主义""叛逆传统"之一面,却忽视了传统尤其是宗教在其生活中不可忽视的影响。他们割裂了乔伊斯 epiphany 一词的基督教根源,认为乔伊斯提出这一概念的目的是"建立一个'没有上帝的艺术神学',将宗教神学世俗化、艺术化,用缪斯替代了圣母,用阿奎那美学替代了神学,用艺术创造的启示代替了宗教的显圣"[1]。显然,在很大程度上这一观点深受乔伊斯"爱尔兰及天主教的反叛者"这一定型观念的影响。的确,考察乔伊斯的经历,我们知道,乔伊斯出身于虔诚的天主教家族,少年时代笃信天主教,有着一段宗教狂热,担任过圣母讲社的社长,做过祭坛助手,协助祭司主持弥撒、祝福式以及其他仪式,还梦想过长大后能当上神父。到了青年时期,乔伊斯却表现出了强烈的叛逆精神,背弃了天主教,并自我放逐,离开被他称为"精神瘫痪"的都柏林。然而,一个值得注意的事实是,尽管极力挣脱天主教的束缚,乔伊斯仍然承认"自己的思想受惠于从阿奎那到纽曼的天主教"[2],"现代的乔伊斯可能积极反对天主教传统的压迫权力,但是另一方面也宣称他和天主教徒传统的结盟,他从没有离开天主教,也从没想到过超越天主教"[3]。

宗教对乔伊斯难以摆脱的影响在另一位传记作家理查德·艾尔曼(Richard Ellmann)那里同样得到了证明。他提及乔伊斯很害怕暴雨,有次听到雷声时表现的很胆小,托马斯·麦格利维(Thomas McGreevy)揶揄道:"看看你的孩子们,他们可一点都不怕!"乔伊斯不屑地说,"他们没有宗教"。艾尔曼对此评述道,"乔伊斯骨子里的与他脑子里的存在差异。这一隐喻非常

---

[1] 杨建:《乔伊斯诗学研究》,华中师范大学出版社,2011年,第112页。
[2] [英]安德鲁·吉布森:《詹姆斯·乔伊斯》,宋庆宝译,北京大学出版社,2013年,第25页。
[3] 同上书,第47页。

贴切,乔伊斯没能逃脱宗教的影响,正如他没能逃脱'肮脏的都柏林'的影响一样"。[1] 彼得·寇斯提罗(Peter Costello)也发现了乔伊斯自身的矛盾性:"在乔伊斯笔下,斯蒂芬·迪达勒斯飞越国籍、语言和宗教这三重网。矛盾的是,他本人越是主张自己的自由,却越依赖本土文化……他也只是一个人,而生而为人,就必定是遗传的产物。"[2] 在对宗教的接受与拒绝、崇拜和嘲讽间,乔伊斯逐渐从灵性生活走到艺术生活,但其人生始终与宗教传统息息相关、密不可分。他提出的所谓"世俗化"的"灵悟"概念,依然有着浓厚的神学和宗教色彩。而他的关于"艺术"的表述,依然无法摆脱宗教话语的影响:在《一个青年艺术家的画像》中,乔伊斯将艺术家看作是对"宣扬永恒的想象力的教士,一个能够把每天普通生活上的经历变作具有永生生命的光辉形体的教士"。[3] 在一封给弟弟的信中他写道,"你不认为弥撒仪式与我正致力的事情有点类似吗?我指的是自己正在诗中努力通过将一日三餐似的日常生活转化为某种永恒意义的艺术,给人们某种智性的愉悦感和心灵的享受,以达到他们精神、道德、和灵魂的提升"。[4]

在《斯蒂芬英雄》中乔伊斯提醒作家"应该极其小心的记录这些灵悟现象(epiphanies),并且注意到这些现象虽然微妙,但却稍纵即逝"。1900—1903年间,乔伊斯本人也记录了这些微妙瞬间,成集于《灵悟篇》(*Epiphanies*)的手稿,现存40篇。据说他曾计划将其出版但未能如愿,随后将这些记录分散用于小说中如《青年艺术家的肖像》《都柏林人》等。通过运用主题象征,如鸟、牛、水、雪、女人、绿玫瑰,甚至是一些卑微的事物如粗俗的语言或手势、表现审美对象对审美主体的启示和感悟。如《画像》中"一个立在水中的女孩"对斯蒂芬带来的心灵变化的那段描写,对深受天主教熏陶的乔伊斯来说,就是典型的宗教的灵性体验:女孩"深色羽毛的鸽子的胸脯",是鸽子在基督教中的作为"圣灵"形象的化用。而斯蒂芬情不自禁大叫"仁慈的上帝",仿佛"她的形象已经永恒地进入了他的灵魂",给予他"神圣的狂喜"。在现代主义

---

[1] Stanislaus Joyce, *My Brother's Keeper: James Joyce's Early Years*, ed. Richard Ellmann, New York: Da Capo, 2003, pp. 18-19.
[2] [爱尔兰]彼得·寇斯提罗:《乔伊斯传》,林玉珍译,海南出版社,1999年,第17页。
[3] James Joyce, *A Portrait of the Artist as a Young Man*, New York: Penguin, 2000, p. 221.
[4] Stanislaus Joyce, *My Brother's Keeper: James Joyce's Early Years*, pp. 103-104.

的乔伊斯那里,艺术与审美体验并非完全世俗化,而是一种"超验"(transcendence)。[1] 乔伊斯不仅没有"飞越"神学与宗教,在自我放逐到欧洲大陆期间还曾对东方神秘主义产生过浓厚兴趣。考察乔伊斯的人生经历,其epiphany并没有割裂宗教、神学根源也就不难理解。

(二) 托马斯·阿奎那美学的影响

乔伊斯"灵悟"既是诗学概念又是美学概念,且其诗学概念由美学概念衍生而来。在《一个青年艺术家的肖像》中,乔伊斯明确指出他的美学思想深受阿奎那(Thomas Aquinas)的影响。在借化身斯蒂芬之口提出灵悟的定义(a sudden spiritual manifestation)后,乔伊斯进一步阐释灵悟,谈到阿奎那的美学三段论(完整性 integrity、对称性 symmetry、光辉 radiance)并总结出美的最高阶段便是灵悟:

> 首先,我们认识到对象是一完整物,然后认识到它是一个组织起来的复合结构,一个实在之物,最后,当各部分之间的关系非常微妙之时,当各部分被调整到一个特殊的点时,我们认识到那就是物之所是(the whatness of a thing)。它的灵魂(soul),它的所是,从它那表象的法衣后向我们跳脱出来。最普通的对象的结构经过如此调整,它的灵魂对我们而言似乎闪耀着光辉。这样对象便实现了灵悟。[2]

阿奎那美学赋予了乔伊斯诗学怎样的意义呢?事实上,阿奎那美学思想源自罗马帝国时期的文论家普罗提诺(204—270)。普罗提诺的全部思想建立于基督教三位一体的基础之上。他将柏拉图、基督教及东方神秘主义融为一体,创立了一个新的三位一体即太一、理性和灵魂的一体化。在他看来,宇宙的本原是至善完美的、用语言所不能名状的神或/太一,即一种纯粹的精神,它通过放射创造了世界。放射出来的光辉层层递减,最先是理性,其次是世界精神或世界心灵,然后是个别心灵,最后是物质。钱锺书先生论及普罗提诺时说,"普罗提诺之所以自异于柏拉图者,在乎绝圣弃智。柏拉图之'理'

---

[1] Jack Dudley, "What the Thunder Said: A Portrait of the Artist as a Trans-Secular Event", *Literature and Theology*, 2014, 28(4), p. 458.
[2] [爱尔兰]詹姆斯·乔伊斯:《一个青年艺术家的画像》,黄雨石译,外国文学出版社,1983年,第218页。

(Idea),乃以智度;普罗提诺之'一'(One)只以神合"。[1] 在普拉提诺看来,神有着至高无上的地位。

阿奎那继承了普罗提诺的思想,将美视为神或上帝的属性,认为完整与和谐并非审美客体本身的属性,而是上帝在上面打下的烙印,是上帝精神的辐射。"在20世纪杰出的现代主义作家中,乔伊斯也许是唯一钟情于阿奎那美学理论的人"。[2] 此句评述侧面证明了乔伊斯诗学中不可割裂的神学渊源。概而言之,"灵悟"这一概念实质上是有内在逻辑关系的,即由灵而悟,灵即上帝或神或太一的光辉。人要获得悟的体验,需要有一种媒介,它可以是琐碎卑微的,但反射着神的光辉,投向人的心灵,让人在瞬间体验到一种美好而豁然开朗的感觉。

(三)"灵悟"诗学根源

尽管"灵悟"由乔伊斯提出,但其诗学根源却可溯至浪漫主义文学中的"瞬间"说。兰波(Robert Langbaum)和弗莱都认为文学中的"灵悟"来源于华兹华斯的诗学概念"瞬间"(spots of time)。[3] "瞬间"是华兹华斯在其长篇传记史诗《序曲》中提出的概念,用来指因为某种东西引起作者对过去生活的回忆,通过这些回忆,作者在不经意的刹那间领悟到更高层面的意义。[4] 雪莱的《诗辩》(Defense of Poetry)中亦提及这种瞬间:这种令人销魂的瞬间来无影、去无踪,诗歌就是要"救赎"(捕捉)"上帝造访人间"的这一刻。爱默生的超验主义学说亦可与灵悟相关,其《论自然》被卡拉尔誉为"一本真实的启示录"。他认为自然是精神或上帝的象征,当一个人完全沉溺在自然中时,他就会与上帝在一起。他主张通过直觉,借助于象征的方式与上帝发生联系。在1838年的一次演讲中他谈到:"最不起眼的小事也充满了意义,在乡村窗户旁听到的笛声,村姑的一段乐曲,所教给心灵敏感的人的,不亚于其他人从学

---

[1] 钱锺书:《谈艺录》(补订本),中华书局,1984年,第273页。
[2] 李维屏:《乔伊斯的美学思想和小说艺术》,上海教育出版社,2000年,第60页。
[3] Ashton Nichols, *The Poetics of Epiphany: Nineteenth Century Origins of the Modern Literary Moment*, Tuscaloosa: The University of Alabama Press, 1987, pp. 2-3.
[4] [英]华兹华斯:《序曲》,丁宏为译,中国对外翻译出版公司,1999年,卷12,第208行。

院交响乐中学到的。"[1]这种现象就是典型的"灵悟"。

评论家也发现了现代主义作品中类似现象的存在：如华莱士·斯蒂文斯(Wallace Stevens)的"觉醒的时刻"(moment of awakening)、弗吉尼亚·伍尔夫(Virginia Woolf)的"存在的瞬间"(moment of being)、庞德(Ezra Pound)的"魔幻的瞬间"(magic moment)。艾布拉姆斯(M. H. Abrams)认为乔伊斯提出的 epiphany 这一诗学概念可以作为此类文学现象的定义。[2] 这类文学现象的共同特点是：强调平常事物对观察者的启示意义。例如，伍尔夫提出"存在的瞬间"，认为生命中有些经历是意义重大的、震撼心灵的、富于启示的、可称之为"存在"(being)，而使心灵在震撼中获得启示的瞬间便是"存在的瞬间"(moment of being)。相对于物质的、外在的、表面的生活这样的"非存在"(non-being)，只有存在的瞬间才能揭示生活的真理，显露那个"隐藏的模式"，也就是说必须凭借心灵对"存在的瞬间"的直觉性感悟，才能把握住生命的本质。[3]

在古希腊神话的俄尔普斯神系中有时间之神(Chronus)和永恒之神(Phanes)。从神话学源头来看，epiphany 正是永恒之神 Phanes 的词根。在 epiphany 诗学那里，"瞬间"成为"永恒"的手段，也就不难理解。

四、epiphany 与灵悟、顿悟

在对概念追源溯流，考察其历史生成后，可以谈谈 epiphany(灵悟)一词的翻译了。

首先，将 epiphany 翻译成"灵悟"是否有道理？从词源来看，"灵"(靈)即"巫"。王国维《宋元戏曲考·上古至五代之戏剧》云："古之所谓巫，楚人谓之曰灵。"[4]"巫"起着沟通神人之际的作用，充当神人交流的沟通者。钱锺书在《管锥编》中关于《楚辞·九歌》的部分考论了"巫"的双重身份：《九歌》灵兼巫

---

[1] Ralph Waldo Emerson. *The Early Lectures of Ralph Waldo Emerson (1838 - 1842)*, eds. Robert E. Spiller and Wallace E. Williams, Cambridge, Mass.: Harvard University Press, 1972, pp. 48 - 49.
[2] M. H. Abrams, *Natural Supernaturalism: Tradition and Revolution in Romantic Literature*, New York: Norton, 1971, p. 421.
[3] 伍厚恺：《弗吉尼亚·伍尔夫：存在的瞬间》，四川人民出版社，1999 年，第 42 页。
[4] 罗竹风：《汉语大词典》(卷 11)，汉语大词典出版社，1993 年，第 747 页。

与神二义。[1]《汉语大词典》关于"灵"字的解释有巫、神灵、天、天帝、魂灵、灵气、神光或灵光、有灵性者等。[2] 这些释义恰恰综合了"灵"既巫又神，即充当媒介又是神本体的含义："灵既是事神之巫，又是神之所附丽，即神的本体。一指而二名，一身而二任"。[3] 重新回到乔伊斯对灵悟的定义"a sudden spiritual manifestation"，spiritual 在神学背景下通常被译作"灵"，如 spiritual exercises 灵修，spirituality 灵性。"灵"字恰到好处地好传达了古希腊文化及基督教文化中的 epiphany 所蕴含的神学色彩。

"灵悟"中的"悟"字又从何而来？epiphany 是否含有"悟"的含义呢？epiphany 作为普通词汇，除了表示"神的突然显现"之外，还指 a sudden perception of the essential nature or meaning of something（对事物本质特征或意义的顿悟）或 an intuitive grasp of reality through something as an event usu. simple and striking（由某事物引发的对现实的直觉领会）。（《韦氏新大学词典》）通过前文对 epiphany 的追根溯源，可以发现"悟"的意义是由其"神现""神显"意义衍生而来。epiphany 本义是"神显""神现"，引申义则是"灵悟"。西方作家如华兹华斯、雪莱、华莱士、庞德乃至现代作家乔伊斯、伍尔夫等人的创作中，都注重客观事物（审美客体）对观察者（审美主体）的启示意义、强调审美瞬间对心灵引发的感悟。上帝或神或隐或现，或是外在于人，或是内在于人心，从未缺席。

既然 epiphany 中含有汉语"悟"的意思，那么能否翻译成"精神顿悟"或"顿悟"呢？在前文考察乔伊斯 epiphany 的定义时笔者已经论及 spiritual 并不能与汉语中的"精神"对等，epiphany 也就无法对译成"精神顿悟"。那么翻译成"顿悟"是否可行呢？

从心理学、思维学角度来看，灵悟与顿悟都表现为一种"直觉"的思维方式，一种凭借灵感而获得的领悟。然而，西方语境下的"悟"并不能等同于中国语境下的"悟"：二者有着截然不同的根源和发生机制。在中文语境中，"悟"本为"觉"，本义是生理上的觉醒，后来由生理上的觉醒而引申为心理上和精神上的知晓、明白和领会。"悟"作为一种思维方式或认知方式是发自心灵的，是以心去体悟、知觉对象。从根源上来看，"悟"是中国道、玄及佛学中

---

[1] 钱锺书：《管锥编》（第二册），中华书局，1979 年，第 598—599 页。
[2] 罗竹风：《汉语大词典》（卷 11），汉语大词典出版社，1993 年，第 747—748 页。
[3] 臧克和：《钱锺书与中国文化精神》，百花洲文艺出版社，1993 年，第 122 页。

的一种独特思维方式,可追至老庄哲学的直观体道论。"悟"最早见于《庄子·田子方》:"物无道,正容以悟之,使人之意也消。""道"为天地之母、万物之宗、宇宙的终极所在,亦是宇宙永恒的规律:道之为物,维恍维惚(《道德经》第二十一章)。鉴于"道"的特殊性,老庄哲学指出一条通过心灵体验去认识"道"的途径——"直观体道",即通过"静观""玄览"来认识道的无限性与不可确定性。魏晋南北朝时期,老庄思想被玄学家们发挥。在此基础上,深谙玄、佛精义的僧肇等早期佛家人士才将道家的"悟"转化吸收为佛家的"悟"并使其成为特有的修行方式。佛教完成中国化的转化建立禅宗后,"悟"成为禅宗的重要术语,指修行参禅时恍然大悟、洞见真谛的情形。

顿悟是禅宗的一个法门。禅宗得名于"禅定修心见性"。禅宗在中国经历了由印度禅到中国禅的转化过程。印度禅起源于释迦牟尼时代,灵山上"佛祖拈花,迦叶微笑"为禅宗以心传心法门之始。据胡适考证,菩提达摩于公元5世纪70年代南朝刘宋明帝末年或元魏孝文帝初年时来广州,后到嵩山少林寺面壁十年,将衣钵传给慧可。至五祖弘忍分为北宗神秀,南宗慧能。北宗强调"藉教悟宗",主张"渐悟";南宗强调"教外别传""明心见性",认为心性本净,佛性有本,心即是佛,觉悟成佛不需外求,一悟之下,立即成佛。因而主张"顿悟"。所谓"顿",为"显示不可思议智最胜境界"[1]。南宗即顿悟法门后来成为禅宗正统。"顿悟"法门讲究"明(识)心见性""见性成佛"。慧能《坛经》中云:

> 善知识!我于忍和尚处,一闻言下大悟,顿见真如本性。是故将此教法,流行后代,令学道者顿悟菩提,令自本性顿悟……刹那间,妄念俱灭,即是真正善知识,一悟即知佛也。

汤用彤先生在总结慧能禅的特色时曾指出:"慧能之学说要在顿悟见性,一念悟时,众生是佛,从自心中顿见真如本性。"[2]要获得顿悟,自性亦即每个人的本心最为重要。只有通过参禅功夫而识心达本,才是真正的悟。而一旦彻悟之后便豁然开朗,瞬间即为永恒。慧能认为,"菩提只向心觅,何劳向外求玄,听说依此修行,西方只在眼前"(《坛经》)。禅家著名公案"一指禅"即"竖一指以示禅机"等都强调依靠自身开悟成佛。在"悟"的瞬时性,"于刹那

---

[1] 出自《楞伽》,转引自葛兆光:《中国禅思想史——从6世纪到9世纪》,北京大学出版社,1995年,第198页。
[2] 汤用彤:《隋唐佛教史稿》,中华书局,1982年,第189页。

间见永恒"这一点上,灵悟与顿悟是一致的。此外,禅宗讲求"平常心是道",认为"一花一世界","神通并妙用,运水及搬柴","青青翠竹,尽是法身;郁郁黄花,无非般若"。顿悟讲求借助生活中日常的事物或事件,如拈花微笑、当头棒喝、担水砍柴,竖拂子、竖扫帚等启示参禅者。《景德传灯录》载唐代禅师法常曾用"蒲华柳絮,竹针麻线"的禅语来回答弟子"如何是佛法大意"的问题。又载:唐代朗州刺史、文学家、哲学家李翱仰慕惟俨禅师,拜谒请教"如何是道",师以手指上下,曰:"云在天,水在瓶",意指道在一切平常之然中。

现代西方灵悟诗学观也强调平凡事物所具有的不平凡的启示意义,讲求超越的瞬间和非超越的日常生活的联系。例如,在《到灯塔去》中,伍尔夫通过莉丽表达了她对"存在的瞬间"对于生命意义的思考:"生命的意义是什么?那就是全部问题之所在——一个简单的问题;随岁月的流逝而步步朝你威逼过来的问题。伟大的启示从未显现过。伟大的启示也许根本就不会显现。替代它的是小小的日常生活的奇迹和光辉,就像在黑暗中出乎意料地突然擦亮一根火柴,使你对于生命的真谛获得一刹那的印象……"[1]

从英国诗人威廉·布莱克(William Blake)《天真的预言》的首节,我们同样能体会到《华严经》"一花一世界,一叶一菩提"中的"日用之道""平常心是道",也能读出陆机《文赋》"观古今于须臾,抚四海于一瞬"和宋代僧人道灿的"天地一东篱,万古一重九"中的"于有限中见无限""化瞬间为永恒":

> To see the world in a grain of sand,
> And heaven in a wild flower;
> Hold infinity in a palm of your hand,
> And eternity in an hour.

然而,尽管乔伊斯的"灵悟"与"顿悟"有不谋而合之处,在对世界的观照模式上,二者却存在着根本不同,这要归于二者的神学/宗教或哲学根源。

考察"灵悟"这一概念的源头、流变,可以发现,无论是浪漫主义时期的华兹华斯、雪莱、爱默生,还是试图去掉宗教束缚、追求艺术自由的现代主义的乔伊斯,无一例外都无法与神学、基督教传统完全割裂。"神人交涉"是西方文化研究的一个重要关键词。古希腊神话中众神表现为人格化的神,古希腊哲学中则为非人格的神、理性化的神,神或被等同于纯粹的精神如亚里士多

---

[1] 伍厚恺:《弗吉尼亚·伍尔夫:存在的瞬间》,第139页。

德所说的"纯形式"、"思想的思想"、普罗提诺所说的"太一"最高的理念、原则,或者被看作自然的本原和运动的终极原因如逻各斯。无论是非人格化、理性化的神,还是人格神,及至后来的黑格尔的绝对精神,在观照世界的模式上一脉相承:即人与上帝、人与自然始终存在一种等级式的、二元论观念,神或上帝偶尔会介入人的生活,但永远是高高在上的主宰者、干预者。以诗歌为例,在前浪漫主义和浪漫主义时期,自然依然被视为神的化身。即使能够传达出诗人与自然的亲近,但正如哈罗德·布鲁姆(Harold Bloom)所言:"浪漫主义诗歌,即使是声称寻求天人相通甚或是天人对话的华兹华斯诗歌中,也只能找到瞬间的天人相通的痕迹"。[1]

　　禅宗看待世界的模式却与此相反。作为中国化的佛教,禅宗在其发展历程中,吸收了中国传统文化的精神。顿悟派创始者慧能思想是对早期僧人竺道生思想的全面继承。竺道生吸收了儒学"性同""性善"论,提出"人皆可成佛""一阐皆得成佛"[2]。又在道家不离世俗而出世思想的影响下,指出求法当于世俗生活本身,而非求于渺茫的西天佛国。禅宗以人为本而力求天人合一的终极倾向,立足于现世而坚决否定飘渺彼岸的实用态度,重体验、依靠"悟"的直觉思维方式,是中国文化精神的集中体现。僧肇云:"天地与我同根,万物与我一体",即在我们眼前呈现的、被我们当作客观现象的天地万物,实际上与"我"为同一个东西,因为它们都是"我"之感受与经验,皆由"我"而生,或者说是"我"的一种表现。既然外境由"我"而生,探求实相的途径则不能是向外而必然是内返以找到作为万法之"我",也就是禅家所谓"明心见性"的"心",也即佛的本体。[3]

　　简而言之,基督教属于神学,禅宗表现出世俗化精神,讲求"平常心是道","人人皆可成佛"、否认神的存在,甚至"呵佛骂祖",蔑视佛圣祖师的权威,强调"佛性无差别",提倡返向内心、自我为主、顿悟成佛;尽管都追求超越,epiphany 灵悟体现了基督教乃至西方哲学的外在超越性,即人必须借助于上帝、神等外在的力量来实现对俗世及自身的超越,顿悟则体现了禅宗"内在超越"的特性;灵悟体现了西方自古以来的等级式的、二元论的观照世界的

---

[1] Harold Bloom, "The Internalization of Quest-Romance", in Harold Bloom, ed., *Romanticism and Consciousness: Essays in Criticism*, New York: Norton, 1970, p.9.
[2] 阐提为梵语,即作恶多端,贪求欲乐,不思悔改者。经有明文,这种人不能成佛。竺道生禀"一切众生皆有佛性",提出"一阐皆得成佛"的学说。
[3] 参见李壮鹰:《禅与诗》,北京师范大学出版社,2001年,第120—146页。

模式，顿悟则体现了人与周围世界融为一体的天人合一式、整体的观照模式。这样，当乔伊斯的 epiphany 与"顿悟"在诗学的场域相遇时便形成了意义的偏离与错位。将 epiphany 译为顿悟，显然还是受佛经翻译中"格义"方法的影响。禅宗作为中国本土化了的宗教，其术语甚至思想已内化于中国人的集体无意识之中。顿悟亦从一个佛教用语转化为普通的心理学术语，并进入日用场域。从阐释学角度看，理解即是阐释。翻译过程亦可看作是译者的视域努力与原作者的视域相融合的过程，当最初的译者从 epiphany 中发现与"顿悟"表面的契合之后，"格义"作为一种翻译策略便登场了。问题在于，这种"格义"之法在诗学翻译中是否有效？

"格义"有狭义、广义之分，狭义的格义指佛经阐释与翻译的一种方法。始创于竺法雅。汤用彤先生将格义释为"格量也，盖以中国思想，比拟配合，以使人易于了解佛书之方法"。应当承认，在佛教早期传播史上，格义发挥了积极的作用，促进了印度佛教思想与中国思想的融合与交流及佛教在中国本土化的进程。然而，作为一种阐释与翻译策略，"格义"的局限性也很明显，它因附会求同无法准确传达出术语在源语文化中的本来面貌以致"迂而乖本"。例如，道安注意到格义法来解释佛典的弊病，认为：先旧格义，于理多违(《高僧传·释僧光》)。因而，随着佛教的日渐昌盛，格义逐渐式微："迨文化灌输既甚久，了悟更深，于是审知外族思想自有其源流曲折，遂了然其毕竟有异，此自道安、罗什以后格义之所由废弃也"。[1] 对诗学术语而言，翻译应力求科学、准确、统一，格义方法是一种不得已而为之的下策。中西诗学沿着自身的脉络发展、演变，是不同文化、文学传统的产物。"格义"容易造成诗学血统方面的混乱。不同诗学之间交流的目标并非是相互融合，消弭自我，而是保持各自的特性，平等对话、共同发展，而其前提是正本清源。

结　语

普通词语的翻译尚且不是语词的简单对应，而是涉及文化转换。学术术语翻译难度更大。每一个诗学概念、诗学范畴都是复杂的历史性存在，从形成过程来看，很少是偶然性、孤立性的存在。其背后往往有深厚的文学与文化传统，而在概念的使用过程中亦可能发生流变。这需要我们回到其生成的

---

[1] 汤用彤：《汉魏两晋南北朝佛教史》(增订本)，北京大学出版社，2011年，第133—134页。

文化、历史语境中去还原概念的本来面目,在历史的长时段中去观照概念的意义和诗学价值,这种穷本逐末式的探究本身已涉及复杂的意义阐释和古今对话。诗学概念的翻译问题则是一种更为复杂的"上穷碧落下黄泉,动手动脚找东西"[1]的跨时空、跨语际、跨文化的意义阐释和对话行为。

另外值得一提的是,epiphany 众多译语中,其中一条是来自于汉译版《欧美文学术语词典》。该词典由艾布拉姆斯主编,收录了乔伊斯的 epiphany,译者将其译为"灵瞬"。[2] 这一译语尽管体现了乔伊斯这一概念的神学渊源和瞬时性特征,但是其"审美客体对具有观察能力的审美主体的引发的感悟"并没有传达出来。术语词典的编撰比一般的学术性翻译的规范性、标准化要求更高。一项针对中国术语翻译研究现状的调查表明,文学术语翻译研究目前处于缺失状态。[3] 诗学对话中的术语翻译研究是一项艰巨的任务。

(原刊于《跨文化对话》第 41 辑,商务印书馆 2018 年出版)

---

[1] 语出傅斯年。笔者借用此语,意在说明诗学话语翻译涉及复杂的跨时空、跨文化对话。
[2] [美]M. H. 艾布拉姆斯:《欧美文学术语词典》,朱金鹏、朱荔译,北京大学出版社,1990 年,第 97—98 页。
[3] 陈智淦、王育烽:《中国术语翻译研究的现状与文学术语研究的缺失》,《当代外语研究》2013 年第 3 期。

后记

2021年元月,是乐黛云先生九十诞辰。三年前,乐门弟子定于2020年春天在朗润园为乐先生举办一次开放式的寿庆聚会。三年来,我一直盼望着这场盛会能够如期举行,盼望见到先生的慈颜,听到先生弟子的欢声笑语。无奈2020年初开始肆虐的新冠疫情,取缔了这场春天的约会,我也只好闷栖在沪上的陋居,烦忙于线下的琐事和线上的课程。

转眼间便到了2020年底。眼见先生的诞辰日近,庆祝之事却寂悄悄地没有动静,按捺不住想为先生做点什么的我便询问跃红兄,可否为先生出一本九十华诞贺寿文集。跃红兄说,早有此心,并让我与张辉兄联系。与张兄一说,张兄也说早有此心,于是决定一起合作来筹办此事。

坦白说,我把刊刻先生寿庆文集的事情,一方面视为自己的荣幸,另一方面也视为对先生山高水阔的教诲之恩的一份绵薄谢意。攻读博士学位期间,先生让我以儒家典籍为个案探索"中国解释学"的问题,这样一来,我便养成了反复阅读先秦儒家经典的习惯。这对于确立我的生命态度和学术品格具有重要影响。

儒家主张成己、成人并举,内外之道兼合。所谓"富有之谓大业,日新之谓盛德",就是要求在品格修养和人间事功两方面都不断进取、新新不已,过积极的人生。孔子岂不知宇宙荒漠无边、天道循环不已(此处蕴含颇类于佛家所云无尽的成、住、坏、空)?岂不知人生艰苦、世事难为?但为何他偏偏要"知其不可而为之"?这是因为,他把入世的担当和责任视为对于"天命"的敬畏、认领和回应。孔子很注重培育"无忧无怨"的乐天人格,这种人格培育,意味着"我们一起同在这可怜的人间"(这是周作人写给鲁迅的一句话),不必怨天,不必尤人,行有不得,则反求诸己。如此来看,所谓"孔颜乐境",不就是要我们"笑对苦难人生"吗?所以,窃以为儒家、佛家,都有大慈悲在,只不过相比之下,佛家所持的是一种"消极的慈悲",儒家所持的则是一种"积极的慈悲"。记得我们初到上海那几年,一家都深陷于困顿而难以自拔,先生得悉之后,数次劝慰我要"快乐地面对":因为,忧愁也是一天,快乐也是一天。当时我只是感激先生所施加于我的有效的精神纾解,现在我才恍然大悟,原来这就是孔子所教导的"积极的慈悲"啊!这里套用一句《孟子》的话,以示对先生之遥深用意的感喟:孔子,我师也。先生岂欺我哉!

孔子说:"君子之德,风;小人之德,草。草上之风,必偃。""必"字表明,德性的境界具有真正强大的力量,因为它所唤起的是人们甘心情愿的精神认同。正如孟子所云,是"中心悦而诚服也,如七十子之服孔子也"。

在这个"放于利而行"的世道,相信"君子之德风",难免会再一次遭受"迂远而阔于事情"的嘲讽。但是,正如先生的一生行事之于我们,不也产生了一种"所过者化,所存者神,上下与天地同流"(借用孟子的话)的德性教诲之效吗?所以,"君子之德风"不仅仍然具有事实的支撑,而且在滋养我们的生命方面它也绝非"小补"而已。

愿世人也像往圣先贤,也像我们所敬爱的先生,多花些心思气力来"照料灵魂"。

最后,借此机会说几句感谢的话。

感谢先生所赐予我的德业教化;

感谢世界各地的乐门弟子很快提交了高水平论文近作;感谢南方科技大学唐克扬教授及李梦遥老师、王天甲老师为本书设计封面,张辉教授为本书题写书签;

感谢中国社科院外国文学研究所张锦副编审的热心奉献以及北京大学比较文学与比较文化研究所李茜博士后和上海师范大学比较文学与世界文学研究中心吴佩烔副教授在担任筹备组秘书期间的辛勤劳动;上海师范大学硕士研究生杨滢桐、杨莹两位同学根据出版社的要求对所有论文的格式规范重新做出修正,在此也致以谢意;

最后,感谢复旦大学出版社的老朋友方尚芩女士。她以极高的效率办妥了选题申报等相关事宜,而后又在出版过程之诸环节中认真校审、严格把关,充分地展现了一个编辑人所应当具备的良好职业素养。

刘耘华　于沪上

2021 年 6 月 19 日

作者简介

曹卫东,1968年生,先后就读于北京大学西语系和比较文学研究所、中国社会科学院研究生院、德国法兰克福大学社会学系,先后就职于中国社会科学院文学所、北京师范大学文学院,先后担任北京师范大学党委常委、副校长,北京第二外国语学院党委常委、校长,现任北京体育大学党委书记、校长,兼任中德友好协会副会长。主要从事西方马克思主义哲学研究和中德文化关系研究,著有《交往理性与权力批判》(2016)、《迟到民族与激进话语》(2016)等,译有《交往行为理论》(2018)、《包容他者》(2018)、《后民族结构》(2018)等,合著有《20世纪德国马克思主义文艺理论研究》(2012)等。

车槿山,1955年生,北京大学中文系比较文学与比较文化研究所教授。

陈国兴,1967年生,2012年博士毕业于北京外国语大学,师从乐黛云先生。现为齐鲁工业大学(山东省科学院)外国语学院(国际教育学院)教授,硕士生导师,研究方向为翻译与跨文化研究。兼任山东省商务英语学会副会长、山东省法律英语学会副会长、山东省译协常务理事、山东省国外语言学会常务理事、中国海外汉学研究会理事、国家社科基金结题评委等。

陈戎女,1996年至1999年就读于乐黛云先生门下,获文学博士学位。现为北京语言大学比较文学研究所教授,研究方向为文学经典与跨文化阐释、西方古典学研究、跨文化戏剧研究等。

陈跃红,生于1954年,自1985年起追随乐先生学习比较文学,1988年考入北大比较文学研究所并有幸成为先生硕士研究生。1991年留所任教。历任北京大学比较文学与比较文化研究所讲师、副教授、教授、特聘教授,北大中文系副主任(2004—2012)、中文系主任(2012—2016),北大校务委员、中国比较文学学会秘书长等职。现任南方科技大学讲席教授、人文社会科学学院院长、中国比较文学学会副会长兼组织委员会主任。

陈毓飞,浙江桐乡人,北京外国语大学比较文学与跨文化研究专业博士,浙江外国语学院副教授。主要研究方向为中西小说研究。

程巍，1966年生，1988年从武汉大学英文系考入乐黛云先生门下，1991年以《第四堵墙：斯坦尼拉夫斯基、布莱希特与梅兰芳》获比较文学硕士学位，随即入中国社会科学院外文所工作至今。现任中国社会科学院外国文学研究所研究员、所长，并入选第三批国家"万人计划"哲学社会科学领军人才、文化名家暨"四个一批"人才。主要研究领域为英美文学——文化史、当代西方文学理论。著有《中产阶级的孩子们：60年代与文化领导权》《文学的政治底稿：英美文学史论集》《隐匿的整体》《否定性思维：马尔库塞思想研究》《句子的手艺》《泰坦尼克号上的"中国佬"：种族主义想象力》等；代表性论文有《辜鸿铭在英国公使馆的"身份"考》《日俄战争与中国国民性批判——鲁迅"幻灯片"叙事再探》《"一切文明和良治的最终基础"：辜鸿铭驳阿多诺》《胡适版的"欧洲各国国语史"：作为旁证的伪证》《反浪漫主义：盖斯凯尔夫人如何描写哈沃斯村》《"中国新文化运动史"写作传统——兼谈乐黛云"新文化运动另一潮流"》等。

戴锦华，1959年生。北京大学中文系比较文学研究所教授，博士生导师；北京大学电影与文化研究中心主任。主要研究领域为文化研究、电影与性别研究等。代表作有《浮出历史地表——现代中国妇女文学研究》《电影理论与批评手册》《隐形书写——90年代中国文化研究》《镜城地形图——当代文化书写与研究》《雾中风景——中国电影文化1978—1998》等。

龚刚，澳门比较文学学会会长，澳门大学南国人文研究中心学术总监、中文系教授、博导，兼任《外国文学研究》编委。著有《钱锺书与文艺的西潮》《现代性伦理叙事研究》《文艺学与古典文学论稿》《乘兴集》等专著或文集，在《文学评论》《外国文学评论》《伦理学研究》《文学跨学科研究》（A&HCI收录）等学术刊物刊上发表论文70余篇，被《新华文摘》《社会科学文摘》等多次转载、摘编。并在《诗刊》《散文》《小说选刊》等文艺刊物上发表诗歌、散文、小说等逾百篇。

黄学军，1991年7月毕业于北京大学比较文学专业，获硕士学位，现任职于宁夏大学人文学院中文系，教授。

孔书玉（Shuyu Kong），北京大学中文系文学学士、比较文学硕士，不列颠哥伦比亚大学亚洲研究博士。曾在阿尔伯塔大学、悉尼大学任教。现为加拿大西蒙菲莎大学人文学系教授，该校林思齐国际文化交流中心主任。主要从事亚洲文学、电影、传媒以及海外华文文化的教学与研究。学术兴趣包括社会主义时期中国与世界的交流、二十世纪初期旅欧艺术家等。学术论著有：

Consuming Literature: Best Sellers and the Commercialization of Literary Production in Contemporary China（Stanford University Press，2005）、*Popular Media, Social Emotion and Public Discourse in Contemporary China*（Routledge，2014）、《故事照亮旅程》（生活・读书・新知三联书店，2020）。合译小说集有 *Beijing Women: Stories by Wang Yuan*（Merwin Asia，2014）。

林国华，1994 年进入北京大学比较文学研究所，师从乐黛云先生和刘小枫先生，后游学美国，曾供职于西南政法大学法学研究所，现供职于华东师范大学政治学系，著有《灵知沉沦的编年史》（商务印书馆，2019）等读书随笔。

刘耘华，1998 年考入北京大学比较文学与比较文化研究所，从乐黛云先生攻读博士学位。复旦大学中文系教授，曾任上海师范大学人文学院教授，国家重点学科——上海师范大学比较文学与世界文学学科负责人，《国际比较文学（中英文）》创刊主编。主要从事中西比较诗学、儒家诗学、海外汉学、基督教与中国古代文学文化关系研究。

马向阳，博士、教授，现执教于南京传媒学院，先后毕业于北京大学、清华大学，分获硕士和博士学位，研究领域为网络社会学和媒介文化。中国高校影视学会影视产业与管理委员会常务理事，是国内最早从事互联网研究的学者之一，拥有近 20 年的媒体内容运营和管理经验，发表作品有著作《纯粹关系——网络分享时代的社会交往》等数百万字，曾获南京市第十五次哲学社会科学优秀成果奖。

米家路，原名米佳燕，四川外国语大学英语系学士（1981），北京大学比较文学硕士（1991），香港中文大学英文系文化研究博士（1996），加州大学戴维斯分校比较文学和电影研究博士（2002）。现任美国新泽西州新泽学院英文系和世界语言与文化系副教授、中文部主任。学术研究涉及中西现代诗歌、电影与视像、文化批评理论、后殖民理论与性别研究以及生态文化。英文著作包括：《中国现代诗歌中的自我模塑与现代性，1919—1949》（2004）、《环境挑战时代的中国生态电影》（与鲁晓鹏合编，2008）。主编《四海为诗：旅美华人离散诗歌精选》（2014）。中文著作包括：《望道与旅程：中西诗学的幻象与跨越》（台湾秀威，2017）、《望道与旅程：中西诗学的迷幻与幽灵》（台湾秀威，2017）、《深呼吸》（台湾秀威，2019）、《身体诗学：现代性，自我模塑与中国现代诗歌，1919—1949》（台湾秀威，2020）。目前正在撰写英文专著《异境：中国现代文学、绘画与电影中的地形学与水缘诗学》（Brill 出版）。

秦立彦，北京大学比较文学与比较文化研究所副教授，美国圣地亚哥加州大学比较文学博士。研究方向为英美诗歌、中美文学关系。著有《理想世界及其裂隙——华兹华斯叙事诗研究》，译有《华兹华斯叙事诗选》等，并出版诗集《地铁里的博尔赫斯》《可以幸福的时刻》《各自的世界》。

申洁玲，1991年考入北京大学成为乐老师硕士研究生，2003年在中山大学获得博士学位，现为华南师范大学文学院教授，硕士研究生导师，研究领域为比较文学、叙事学。先后在《外国文学评论》《外国文学研究》《国外文学》《中国现代文学研究丛刊》等刊物发表论文20多篇；发表的著作有《中国现代第一人称小说叙事研究》（光明出版社，2015）等3部；主持的国家社会科学基金一般项目有"叙述行为和'不可靠'叙事理论研究"（14BZW005，已结项）。

盛海燕，2012—2018年师从乐黛云老师，取得北京外国语大学文学博士学位，美国休斯敦大学英语系访问学者，现任北京化工大学英语系副教授。2020年，专著《跨文化对话视域中的克林斯·布鲁克斯的诗学理论》由黑龙江人民出版社出版。

史成芳，1964年生于湖北省罗田县，1987年本科毕业于华中师范大学中文系，1990年至1993年、1994年至1997年，先后在北京大学中文系比较文学与比较文化研究所学习并获硕士和博士学位。

宋伟杰，北京大学中文系比较文学博士、哥伦比亚大学东亚系博士，罗格斯大学亚洲语言文化系副教授，兼聘比较文学项目，博士生导师。著有《测绘现代北京：空间，情感，文学地形图》《中国·文学·美国：美国小说戏剧中的中国形象》《从娱乐行为到乌托邦冲动：金庸小说再解读》。新研究计划包括"意识形[生]态：环境物象与中国生态批评""侠义心理地理：武侠片，先锋派，华语电影""东北·文艺·复兴：二十一世纪初关外文学电影"。（合）编有《春桃——许地山文集》《环境人文、生态批评、自然书写》，（合）译有《被压抑的现代性：晚清小说新论》《跨语际实践》《比较诗学》《公共领域的结构转型》《理解大众文化》《大分裂之后：现代主义，大众文化，后现代主义》等。

王柏华，复旦大学中文系教授，"奇境译坊·复旦文学翻译工作坊"主持人，中国英汉语比较研究会诗歌研究专业委员会常务理事，狄金森国际学会（EDIS）理事，在国内组织首届狄金森国际研讨会并发起狄金森国际合作翻译项目，主编《栖居于可能性：狄金森诗歌读本》。出版有《中外文学关系论稿》，译著有《我的战争都埋在书里——狄金森传》《多元文化时代的比较文学》《中国文学思想读本》等；主编"北极光诗丛"（2016）、"时光诗丛"（2020）、"世界诗歌批评读本丛书"(2021)。

王达敏，1979年考入北京大学中文系，在该系先后获得学士、硕士、博士学位。现为中国社会科学院文学研究所研究员。另任中国近代文学学会副会长兼秘书长、中国古代散文学会副会长、安徽大学文学院讲席教授等。研究领域为清代、近代的文学史。撰有专著《姚鼐与乾嘉学派》《中国现代化进程中的桐城派》《何处是归程：从〈红楼梦〉看曹雪芹对生命家园的探寻》等；整理校点有《张裕钊诗文集》《贺培新集·俞大酉集》。

王宇根，现任俄勒冈大学东亚系中国文学副教授，曾任北京大学比较文学和比较文化研究所讲师。主要研究领域为比较诗学、中国古典诗歌和诗学思想史。1992年获安徽师范大学中国文学学士学位。1995年获北京大学比较文学硕士学位，指导老师为乐黛云教授。2005年获哈佛大学东亚语言与文明博士学位，指导老师为宇文所安教授。英文出版物包括学术专著 *Ten Thousand Scrolls: Reading and Writing in the Poetics of Huang Tingjian and the Late Northern Song*（Harvard，2011；中文版《万卷：黄庭坚和北宋晚期诗学中的阅读与写作》，生活·读书·新知三联书店，2015）和 *Writing Poetry, Surviving War: The Works of Refugee Scholar-Official Chen Yuyi (1090–1139)*（Cambria，2020；中文版书名暂定为《万里江湖憔悴身：陈与义南奔避乱诗研究》）。中文出版物包括合著《比较文学原理新编》（北京大学出版社，1998）、译著《东方学》（生活·读书·新知三联书店，1999）和《诠释与过度诠释》（香港：牛津大学出版社，1995）等。

伍晓明，1954年生，复旦大学中国文学专业文学学士，北京大学中国文学及比较文学专业硕士，英国萨塞克斯大学哲学博士。曾任职任教于天津社会科学院、北京大学、伦敦威斯敏斯特大学、新西兰坎特伯雷大学，现为四川大学文学与新闻学院讲座教授。主要著作有《吾道一以贯之：重读孔子》（北京大学出版社，2003，2013；此书韩文版由韩国艺文出版社于2019年出版）、《有（与）存在：通过"存在"而重读中国传统之"形而上"者》（北京大学出版社，2005）、《"天命：之谓性！"——片读〈中庸〉》（北京大学出版社，2009）、《文本之"间"——从孔子到鲁迅》（北京大学出版社，2012）等。译著有伊格尔顿《二十世纪西方文学理论》（陕西师范大学出版社，1986；北京大学出版社，2006，2018）、马丁·华莱士《当代叙事学》（北京大学出版社，2005；中国人民大学出版社，2018）、列维纳斯《另外于是，或，在超过是其所是之处》（北京大学出版社，2019）等。发表中英文论文多篇。研究领域包括中国思想传统、比较哲学、比较文学。

闫雅萍,北京第二外国语学院英语学院副教授。2008年入乐先生门下于北京外国语大学攻读博士学位,开始比较文学与跨文化研究的问学之路。在乐先生指导下,以《文心雕龙》英语翻译与跨文化研究为选题,完成博士学位论文。先后发表了《〈文心雕龙〉英语翻译与研究概述》《比较诗学研究视野中的〈文心雕龙·风骨〉论》《"文心"西渐:历史、比较与发展》等CSSCI论文若干篇。

杨乃乔,四川师范大学中国古典文学研究所中国古典文献学硕士、北京师范大学中文系文艺学博士,北京大学比较文学与比较文化研究所博士后,复旦大学中文系比较文学与世界文学教研室教授、博导,台湾辅仁大学外国语学院兼职教授、博导,曾赴中国香港地区、美国、日本、新西兰、加拿大、中国台湾地区、韩国、德国等高校讲学与访学。出版专著、译著与编著多部,其中独著《悖立与整合:东方儒道诗学与西方诗学的本体论、语言论比较》(文化艺术出版社,1998)获2001年北京市第六届哲学社会科学优秀成果一等奖;多年来发表学术论文160多篇。研究方向为比较文学、比较诗学、翻译研究、中西比较艺术研究、中国经学诠释学与西方诠释学研究。

张洪波,湖南安化人,北京大学中文系文学学士、硕士、博士。现为北京外国语大学中国语言文学学院比较文学专业副教授。主要研究领域为中国古代文学经典话语观念分析、跨文化的文学阐释、《庄子》《红楼梦》的跨文化译释。出版过专著《〈红楼梦〉的现代阐释——以"事体情理"观为核心》。

张辉,1997年毕业于北京大学中文系,获文学博士学位。现任北京大学中国语言文学系教授、北京大学比较文学与比较文化研究所所长。兼任中国比较文学学会(CCLA)副会长、秘书长。著有《审美现代性批判——20世纪上半叶德国美学东渐中的现代性问题》《德意志精神漫游:现代德语文本细读》《冯至:未完成的自我》《文学与思想史论稿》《莱辛论》等。

张锦,1982年生,2007—2011年师从乐黛云老师,现任中国社会科学院外国文学研究所副编审,主要研究领域为比较诗学、西方文论和福柯研究。代表作有:专著《福柯的"异托邦"思想研究》(北京大学出版社,2016),译著《萨特》(北京大学出版社,2019),论文《马克思、布兰维里耶与生物学种族主义——论福柯"胜利者史学"的谱系》《"情动"与"新主体":德勒兹与福柯——一种朝向未来的方法论》《历史装置、电影作者与"人民"考古——福柯论电影》《作者弗洛伊德:福柯论弗洛伊德》《"命名、表征与抗议":福柯的"异托邦"与"文学异托邦"》等。

张明娟，烟台大学外国语学院副教授，英语系主任，硕士生导师，九三学社社员，山东省外国文学学会理事。1998年本科毕业于西安外国语学院，2013年获山东大学英语语言文学硕士学位，2013年起就读于北京外国语大学比较文学与跨文化研究专业，师从乐黛云教授，2017年获得文学博士学位。研究方向有美国文学、比较文学与翻译研究。

张宁，1998年毕业于济南大学外语系英语教育方向，2004年就读于北京第二外国语学院美国研究方向，2007年考入北京外国语大学，师从乐黛云先生，主修比较文学与跨文化研究。毕业至今任教于济南大学外国语学院。两次赴奥地利维也纳大学访学，主要研究领域为中外戏剧比较研究。

张沛，北京大学中文系比较文学与比较文化研究所教授，主要从事莎士比亚戏剧、英国文艺复兴诗学、西方文学理论方面的教学与研究。

张旭春，1999年毕业于北京大学比较文学与比较文化研究所，获比较文学博士学位，现任四川外语大学英语学院院长、教育部留学回国人员科研启动基金评审专家、重庆市社会科学学术委员会委员、重庆市比较文学学会副会长。

赵冬梅，文学博士，高丽大学中语中文学科教授，高丽大学中国学研究所所长。研究领域为中国古典小说、对外汉语教学。

周阅，1967年生，北京大学比较文学博士，北京语言大学教授，主要研究领域为东亚文学与文化关系、中日比较文学、日本中国学。近期发表的论文有《芥川龙之介与中国京剧》（载《汉学研究》2017年春夏卷）、「中国における川端康成文学研究」（载国际日本文化研究シ一『世界の日本研究2017』2017年5月）等。

图书在版编目(CIP)数据

乐以成之:乐黛云先生九十华诞贺寿文集:汉文、英文/张辉,刘耘华编. —上海:复旦大学出版社,2021.9
ISBN 978-7-309-15784-0

Ⅰ.①乐⋯ Ⅱ.①张⋯ ②刘⋯ Ⅲ.①比较文学-文集-汉、英 Ⅳ.①I0-03

中国版本图书馆 CIP 数据核字(2021)第 120544 号

乐以成之:乐黛云先生九十华诞贺寿文集
张　辉　刘耘华　编
责任编辑/方尚芩

复旦大学出版社有限公司出版发行
上海市国权路 579 号　邮编:200433
网址: fupnet@ fudanpress.com　　http://www.fudanpress.com
门市零售: 86-21-65102580　　团体订购: 86-21-65104505
出版部电话: 86-21-65642845
上海盛通时代印刷有限公司

开本 787 × 1092　1/16　印张 37　字数 625 千
2021 年 9 月第 1 版第 1 次印刷

ISBN 978-7-309-15784-0/I・1286
定价: 158.00 元

如有印装质量问题,请向复旦大学出版社有限公司出版部调换。
版权所有　　侵权必究